Los ú

Literatura Fantástica

José Antonio Fideu
Los últimos años de la magia

Premio Minotauro 2016

minotauro

Certificado PEFC

Este libro procede de bosques gestionados de forma sostenible y fuentes controladas

PEFC

PEFC/14-38-00305 www.pefc.es

Avinguda Diagonal, 662, 6.ª planta. 08034 Barcelona (España)
www.edicionesminotauro.com
www.planetadelibros.com

Adaptación de la cubierta: Booket / Área Editorial Grupo Planeta
Primera edición en Colección Booket: abril de 2022

Depósito legal: B. 4.277-2022
ISBN: 978-84-450-1300-7
Impresión y encuadernación: Liberdúplex, S. L.
Printed in Spain - Impreso en España

Biografía

José Antonio Fideu Martínez (Albacete 1972), es escritor y maestro. Desde hace años compagina su vocación por la enseñanza con su otra gran pasión: contar historias. Ha publicado novelas, relatos, guiones para cómics y artículos en diferentes revistas. Además, como ilustrador ha participado en varias exposiciones colectivas. En el año 2016 recibe el Premio Minotauro por su novela *Los últimos años de la magia*. Este premio está considerado uno de los galardones más importantes de la literatura fantástica en lengua castellana. Amante de la cultura en general, entre sus otras aficiones podemos señalar el modelismo, la pintura de miniaturas, los juegos de rol y de mesa, la música, el cómic o el cine. Tras publicar su primer guion para cómic (*Núbilus*) con el que cosecha excelentes críticas, en el año 2009 aparece la novela de la que surge esta misma historia. Posteriormente publica varios guiones más para la editorial Planeta de Agostini, (*Alma* y *Las increíbles aventuras del Duque Dementira*), siendo *Alma* su primera obra traducida a otro idioma, el italiano. En 2010 aparece *La Logia de los soñadores* en la editorial Dolmen y también por esas fechas publica el serial *Los archivos del Capitán Meteoro* en una de las webs sobre cómic más visitadas de nuestro país (www.zonanegativa.com). En el año 2016 recibe el Premio Minotauro por su novela *Los últimos años de la magia*, que fue objeto de excelentes críticas y tuvo una entusiasta acogida por parte de sus seguidores. Además, ha publicado cuentos en diferentes antologías, artículos en revistas especializadas y audiolibros como *Capitán Meteoro* (Sonolibro, 2019). Capaz de cultivar estilos muy diferentes, las obras de Fideu muestran siempre una gran capacidad imaginativa, y abarcan desde el *hard-boiled* oscuro de *Núblilus* hasta la más pura ciencia ficción, pasando por la alta fantasía o el cuento de hadas. Su último trabajo es la novela *Los dioses muertos. Canto de Prometeo* (2020), editada por El transbordador, una obra en la que de nuevo vuelve a mezclar varios géneros y que transita entre los terrenos de la fantasía épica y la ciencia ficción clásica.

Este libro es, a la vez, un homenaje a la vida de mi padre —a todas sus vidas, pero en especial a aquellas olvidadas— y una forma de rebelión ante el Cazador de Hadas y los suyos.

Aunque ahora, durante la mayor parte del tiempo, yo lo recuerde como un hombre normal, como un sencillo maestro de escuela perdido en el mundo, sin duda era un gran mago, el mejor de los custodios. Y es que a veces, el viento me trae retazos de otra existencia, jirones de sueño, en los que lo veo luchando contra gigantes, nadando entre sirenas por los mares de Ítaca o pintando hadas que más tarde cobraban vida...

Y aunque luego la realidad corre a robarme esas certezas y a cambiarlas por penas, yo sé que existieron de verdad.

¡Maldito seas, Caín Nublo! Yo también puedo recordar.

Y para ser justo, debo dedicar también esta novela a la memoria de Jean Eugène Robert-Houdin, ilusionista francés al que se considera padre de la magia moderna. La vida de Houdin ha inspirado a generaciones de hombres que vivieron después que él, como el famoso escapista Harry Houdini (nacido Ehrich Weiss), quien adoptó este apellido en su honor. Animándonos a mirar más allá, Houdin se erigió también en vencedor contra la oscuridad que nos acecha.

Los últimos años de la magia

I

Aurelius Wyllt, el Gran Houdin y Walter Acisclo MacQuoid

Érase una vez… No cabría otra manera de comenzar este relato.

Érase una vez una ciudad envuelta en nieblas que comenzaba a convertirse en la capital del mundo moderno. Érase una vez, en esa ciudad, un teatro antiguo, y cerca de él, una taberna, y en la taberna, un muchacho de corazón luminoso que soñaba con mantener la luz en su interior cuando el tiempo viniera a señalarlo como adulto.

Érase una vez Aurelius Wyllt.

Aurelius era uno de esos niños huérfanos que tanto abundan en los cuentos de hadas. Sin duda, un detalle como ese, y la narración de sus párvulas andanzas en el hospicio de Saint Peter, podrían ayudarle a ganarse la simpatía del lector, lo cual nunca está de más al comienzo de cualquier historia. No obstante, pecaríamos de melodramáticos —puede que de absolutos embusteros— si empezáramos incidiendo de esta manera en su origen, sin añadir ningún comentario más al asunto.

Lo cierto es que Aurelius fue acogido por una nueva familia a los pocos meses de ser abandonado en el hospicio, y jamás llegó a echar de menos a sus progenitores. Podría decirse que aunque fue uno de los muchos niños a los que el destino dejó sin amparo en aquellos tiempos crueles, también fue uno de los pocos que logró sobrevivir a su propia mala suerte.

Aunque para relatar con propiedad los inicios de nuestro

protagonista en el mundo, puede que sea necesario remontarnos todavía más atrás en el tiempo. Quizá necesitemos conocer también algunos capítulos, aunque sea de pasada, de la vida del hombre que se convertiría en su padre adoptivo.

Una lluvia de metralla perdida acabó con la hombría de Maximilian Wyllt, en Crimea, en el que él denominaba el glorioso sitio de Sebastopol. Quedó el pobre allí medio sordo de un oído, cojo y mulo, tan incapaz de caminar recto como de engendrar progenie. Y cosas del destino, lo que fuera una desgracia para él, pues lo privó de volver a disfrutar del consuelo de un vientre de mujer, terminaría convirtiéndose en la mayor suerte del pequeño.

A su regreso de la guerra, y con la intención de consolar a su apenada esposa —también herida en el ánimo por aquella traidora explosión—, el sargento Wyllt consintió en pagar la suma de treinta y siete libras para concederle una falsa maternidad, que solo fue ficticia en lo que al parto se refiere.

Condecorado por la reina en persona, que hasta llegó a dirigirle la palabra durante el acto de imposición de medallas a la salida del hospital, Maximilian Wyllt invirtió su renta de inválido y los restos de la modesta fortuna familiar de su mujer en inaugurar una taberna de la que él y su familia consiguieron vivir durante años. El servicio de comidas era bueno, y alquilaba habitaciones limpias y caldeadas, con lo que apenas le costó hacerse con una pronta y justa reputación de lugar fiable, en el que las gentes de bien podían hallar barato acomodo.

No sin esfuerzo, trabajando desde muy temprano hasta mucho después de que el sol se hubiera retirado, el viejo soldado logró mantenerse a flote. Las deudas, aunque siempre presentes, jamás supusieron un escollo insalvable para la nave familiar, de manera que su vida nunca llegó a convertirse en un naufragio. Vivieron bien los Wyllt, y el joven Aurelius pudo incluso ir a la escuela. Mucho antes de que la ley de educación del setenta decretara obligatoria la asistencia a clase de todos los menores de trece años, su padre consideraba ya que la formación de todo muchacho era fundamental. Por eso, en cuanto cumplió los siete, lo matriculó en una academia cercana a casa, de muy buena fama, donde no tardó en destacar por su diligencia y agudeza. Aurelius siempre afirmó que su primer contacto con la magia se produjo a través de los libros, y que jamás les habría prestado ninguna atención si aquel hombre pequeño con aspecto de chivo, su maestro, el señor Martin, no le hubiera enseñado, con sus apasionadas lecturas, a mirar en la dirección adecuada.

Lo cierto es que, a pesar de que las heridas de Maximilian Wyllt jamás dejaron de sangrar pena, el hogar que fundó con remiendos y despojos acabó convirtiéndose pronto en una verdadera familia. Aunque nunca fue muy cariñoso —pocos cabezas de familia lo eran entonces—, sí que fue un padre en el que Aurelius pudo confiar siempre. Maximilian era un hombre justo en su victoriana severidad, que consideró los tres pisos de su taberna un castillo que defender, y a los que vivían con él allí, súbditos a los que debía cuidar y sobre los que debía gobernar con magnanimidad y prudencia. Durante años fue un cojo diligente, temeroso de Dios y poco dado a la melancolía, de los que apenas se permiten arrebatos de ira y en cuyas biografías escasean las concesiones a la pereza o el desánimo. Hombre moderado en todos sus ademanes y costumbres —bebía solo jerez, un par de gotas en las fechas más señaladas—, únicamente en tres o cuatro ocasiones dejó entrever aquella pena secreta que había enterrado en lo más profundo de su alma.

Sin embargo, como suele ocurrir, Aurelius fue incapaz de valorar entonces el regalo que sus padres le ofrecieron, toda aquella costosa normalidad, y no aprendería a hacerlo hasta mucho después. Por aquella época, como uno de esos pájaros raros traídos de Oriente, que damas adineradas recluyen en jaulas de oro, Aurelius no ansiaba más que volar. Era todavía un niño, un muchacho inquieto y soñador que, más que protegido, se sentía atrapado. Se le obligaba a estudiar y trabajar con ahínco, cuando él hubiese querido navegar en un barco pirata a la búsqueda de tesoros y aventuras, y en secreto, aborrecía su vida. Daba igual que la miseria campara a sus anchas por las calles que rodeaban la taberna. Creyéndose protagonista de la historia del universo, pensaba que nada malo podía ocurrirle… y ansiaba volar.

No obstante, este sentimiento de hastío habría permanecido inmovilizado bajo el peso de sus obligaciones diarias si un día no se hubiera encontrado, frente a la puerta de entrada del Nuevo Teatro de Dorset Garden, con un auténtico mago. Jamás habría conseguido teñir de color su gris existencia si aquel hombre misterioso no hubiera adelantando su dedo índice para señalarlo directamente, invitándolo, casi obligándolo, a buscar esa nueva vida que, según creía, siempre le había estado esperando.

Era invierno. Corría el año 1871 y Aurelius acababa de cumplir los doce años. Pocos meses antes, Charles Dickens había pasado a engrosar la lista de glorias difuntas del Imperio británico, y en Brooklyn, Nueva York, habían colocado ya la primera piedra del famoso puente colgante. El mundo avanzaba como un reloj de piezas perfectamente engarzadas hacia el futuro, sin pararse a pensar demasiado en los hombrecillos que quedaban atrapados entre los engranajes del progreso. La nieve caída durante los últimos días se mantenía limpia en los rincones, en los alfeizares de algunas ventanas y en las partes más resguardadas de los tejados. En el resto de sitios se había convertido en una pasta oscura, una suerte de bilis de la ciudad, cuya única vocación era la de entorpecer el paso de los vecinos que se atrevían a desafiar el frío.

Aurelius no era tan valiente. No habría salido si no lo hubieran mandado a hacer los recados, pero su madre llevaba varios días encontrándose mal. Así que obedeció sin perder un momento cuando el viejo Maximilian le entregó las monedas, pidiéndole que se apresurara.

—Pásate y compra manzanas en la tienda del señor Everett. Luego, acércate a la carnicería y a por las verduras. ¡Ah!, y recoge la leche, el queso y el pan.

Sin dudarlo dos veces, Aurelius tomó la cesta y el abrigo, y corrió por aquellas calles atestadas en cumplimiento de su sagrada misión. Sorteando vecinos atareados, esquivando aristocráticos carruajes y caballerías de baja alcurnia, atento a los pillos que ansiaban su monedero, avanzó hasta llegar al río. Lo cruzó y continuó luego un buen trecho caminando junto a la orilla. Solo se permitió el lujo de detenerse en el taller del señor Battaglia para admirar el lento y preciso movimiento de los juguetes de cuerda que el maestro exponía en el escaparate, junto a sus relojes. Y fue entonces, poco después de reanudar la marcha, cuando, de la manera y en el momento más inesperados, se encontró con el hombre que habría de cambiar su destino.

Caminaba imitando los andares de su padre, un pie sobre la acera y otro sobre la calzada, tratando de convertir aquel paseo en otra gran aventura, cuando un empujón inesperado le hizo tropezar. Fue a caer de rodillas sobre un charco, calándose hasta los huesos. La realidad, quizá dolida por sus continuos desprecios, lo recibió con una dureza exagerada. Y solo al tratar de incorporarse, cayó en la cuenta del lugar en que se encontraba, precisamente frente a la entrada del Nuevo Teatro del Duque de York.

Es curioso, pero rememorando aquel día años después, Aurelius agradecería que la nieve se hubiera convertido en hielo en tantos lugares y que el frío hubiera obligado a la gente a apresurarse. De otra manera, él jamás habría caído, jamás habría blandido el puño maldiciendo el descuido de aquel hombre y jamás se habría fijado en los cartelones. Pero así ocurrió, y al alzar el rostro, su voluntad quedó atrapada para siempre por aquella enigmática mirada impresa.

El rey de los magos se encontraba frente a él y, de alguna manera inexplicable, había conseguido hechizarlo. Lo señalaba... Puede que aquellas imágenes de hermosísimas sacerdotisas egipcias arrodillándose a sus pies influyeran a la hora de captar su atención de una manera tan absoluta. Lo cierto es que

Aurelius —nunca se cansó de repetirlo— pensó siempre que había sido alguna forma de arcana hechicería, inscrita en aquellos anuncios, la que se había apoderado de su albedrío.

Fuera de una manera u otra, a partir de aquel instante no hubo para él más finalidad en su vida que la de presentarse ante el Gran Houdin —así se hacía llamar aquel mago francés— para aprender sus secretos. Cuando consiguió por fin librarse del embrujo que lo mantenía embelesado, se apresuró a terminar los recados y regresó corriendo a casa para informar a sus padres de su recién nacida vocación. Y es que, tres parpadeos después de haberse encontrado con la imagen pintada de Jean Eugène Robert-Houdin, Aurelius había decidido lo que quería ser de mayor: quería ser mago.

Por supuesto, sus padres recibieron la noticia con escaso entusiasmo. Su madre, con poco ánimo para regañarle, lo acusó de tener la cabeza en las nubes y, mostrándole las verduras que había traído, le recriminó el haber confundido berzas con puerros. Además, había olvidado el ruibarbo para los postres.

—¿Iremos a verlo? —preguntó Aurelius mientras perseguía a su padre. El veterano apenas levantó la cabeza para mirarlo de reojo un par de veces—. En los carteles se asegura que es capaz de cortarle la cabeza a un hombre y de volver a colocarla en su sitio…

—Yo también sería capaz de hacerlo —contestó Maximilian con sorna, concediéndose una breve tregua en sus quehaceres—. Tu madre dice que mi pudin de Yorkshire resucita a los muertos. No veo el prodigio en eso.

—¡Padre, hablo en serio! El muerto vuelve a caminar luego.

—¡Anda Aurelius, no seas cándido! —La mirada de Maximilian permaneció fija en el rostro de su hijo, aunque lo que veía quedaba muy lejos de allí, quizás al fondo de su propia memoria—. Los muertos no resucitan… ninguno. Te lo aseguro.

—Pero, padre…

—Venga… —Lo interrumpió con un aleteo de la mano—. No pierdas el tiempo con esas tonterías… Te lo digo yo, que por desgracia he visto muchos. Los muertos, si están muertos de verdad, no resucitan, hijo mío. Ninguno.

Apenas había reanudado el hombre la faena cuando el muchacho volvió a engancharse de su mandil para, con insistentes estirones, recuperar su atención. Dejando en el suelo el barril que acababa de cargar sobre su hombro, Maximilian Wyllt esperó, con los brazos en jarras, a que su hijo alegara nuevas y absurdas razones.

—Jesucristo resucitó. —Aquellas indudables palabras suponían una victoria absoluta para Aurelius. Al menos eso creía él.

—¿No irás a comparar a ese charlatán francés con el hijo de Nuestro Señor? —La paciencia de Maximilian comenzaba a agotarse—. Creo, señorito, que estás diciendo tonterías de un calibre que ni tú mismo eres capaz de medir...

—Pero ¿me llevará a verlo?

—No, desde luego que no. —El tono de voz de su padre comenzó a elevarse, volviéndose poco a poco más duro—. Se me ocurren mil maneras mejores que esa de gastar el dinero que tanto esfuerzo me cuesta ganar. Así que ve olvidándote del asunto y procura no desatender tus obligaciones... ¡Magos! —Mientras se alejaba dándole la espalda, todavía tuvo tiempo de sentenciar para sí, aunque en voz lo suficientemente alta como para que lo oyeran todos—: Lo que me faltaba ya...

Sin embargo, la negativa de sus padres no logró desanimar a Aurelius. Para él, todo había dejado de tener importancia menos su nueva meta. Por eso, esperó inquieto, dejando pasar la tarde, disimulando su ansia entre faena y faena. Mientras su cuerpo sonámbulo secaba jarras y platos, movía barriles y barría el suelo, su mente funcionaba a toda máquina, tratando de diseñar el plan más audaz. Encontró rápido la víctima que habría de ponerse a su servicio sin ni siquiera saberlo, y estableció los pasos que, al sucederse de manera exacta, terminarían conduciéndolo al triunfo. El mártir sería otro veterano de guerra, Walter Acisclo MacQuoid, a la sazón tramoyista del teatro. Cliente asiduo de los de nariz colorada y costumbres fijas, al finalizar cada jornada pasaba siempre por allí buscando su ración diaria de cerveza y olvido... Era perfecto.

Aurelius lo trató aquel día de manera especialmente atenta,

adelantándose a servirle antes de que lo hiciera su padre. Tras verlo apurar la tercera pinta, consideró que ya tendría la lengua bien dispuesta. Se acercó a él y le preguntó por el asunto. Albergaba la esperanza de que aquel hombre, que siempre se había mostrado amable al trato, le desvelara entre trago y trago los secretos que tanto ansiaba conocer. Sin duda habría sido testigo de los prodigios del Gran Houdin en los ensayos.

Por desgracia, una vez más hubo de conformarse con negativas y silencios. El pobre Walter le pareció ignorante como una rueda de molino, y apenas fue capaz de contarle nada. Y es que hay hombres tan poco amigos de la poesía que serían incapaces de ver un dragón aunque se posara en sus narices. Esa noche, Aurelius se fue a la cama sintiéndose el mayor fracasado del mundo. Era incapaz de entender cómo alguien había dejado pasar una oportunidad así.

Solo recuperó el ánimo al día siguiente, cuando al llegar a la escuela, el maestro los sorprendió declarándose admirador del gran mago y, a su manera, predicador de sus milagros.

—A ver, señor O'Malley... —El profesor señaló a uno de los muchachos—. Si pudiera elegir, ¿a qué gran hombre le gustaría conocer? Y no me refiero únicamente a hombres vivos, ustedes ya me entienden...

Caballero de humor variable, el maestro podía pasar en un momento de la furia más exacerbada, una furia casi siempre venial, a la oda más poética. No era raro que interrumpiera la clase para, abandonando la materia que tocara, dedicarse a comentar con sus alumnos los más peregrinos temas. Los sabios, antiguos y modernos, eran desatendidos en ese caso para dar paso a las más discutibles disertaciones filosóficas, literarias o mitológicas.

—A mí me gustaría conocer a... al almirante Nelson, señor.

—Ah, muy bien. —El maestro aprobó la elección, asintiendo y señalando al muchacho con sus anteojos—. Nelson, un gran hombre, desde luego... ¿Y usted, señor Wyllt? Vamos, dígame a su elegido, pero que sea individuo de carne y hueso, no uno de esos aventureros de novela que tanto le gustan.

Aurelius respondió con timidez cuando el señor Martin, tras animarlo a dar un nombre sin miedo, le aseguró que no habría reprimenda, eligiera a quien eligiese. Por supuesto, ignorando a Alejandro Magno, a Shakespeare e incluso al mismísimo Jesucristo, se decantó por aquel mago que lo había señalado con el dedo a la entrada del Nuevo Teatro de Dorset Garden.

—Pero usted es consciente de que muchos acusan al tal Houdin de haber sellado un oscuro pacto con el diablo.

—No, señor... —Aurelius contestó contrariado, casi disculpándose—. No tenía ni idea.

—Pues lo han hecho. —El maestro se puso en pie y con teatrales ademanes se dispuso a explicar su aseveración. Los alumnos anticiparon con satisfacción la llegada de un nuevo alarde de erudición, preparándose para un merecido descanso—. Aunque solo piensan de esa manera los necios. No hay maldad en Houdin y su arte. De hecho, ese hombre es el más florido exponente de la razón aplicada al divertimento humano. Detrás de cada uno de sus trucos, ¿saben ustedes lo que hay?

Todos negaron casi al unísono.

—Pues detrás de la magia del Gran Houdin —continuó condescendiente, gesticulando de manera excesiva con las manos—, no hay más que ciencia, ingenio y saber...

Efectivamente, el señor Martin, atento siempre a ese tipo de oportunidades, aprovechó la ocasión, y olvidándose una vez más de los grandes hombres, del resto de alumnos y casi del mundo entero, se lanzó a improvisar un nuevo discurso dedicado a glosar los logros de aquel galo insigne. Así fue como Aurelius supo de su viaje a Argelia como embajador de Napoleón III. Los mulás, líderes religiosos que haciendo uso de milagros falsos habían animado a los nativos a rebelarse contra los colonos franceses, fueron sus adversarios. Según contaba la leyenda —leyenda que el maestro creía a pies juntillas—, el mago había iniciado su duelo deteniendo una bala con la boca, y lo había culminado haciendo alarde de la ya famosa suspensión etérea. De esta manera, flotando como una nube, se había señalado ante aquellos rebeldes como manejador de oscuras potencias sobrenaturales.

Eso le valió para ganarse su respeto y la victoria en la más extraña de las justas que haya tenido lugar. Y tras relatar aquel logro con el que Houdin se demostró más poderoso que cien ejércitos, el maestro habló de otros trucos de los que había sabido por periódicos franceses: el del árbol mecánico, el del decapitado —que prometía repetir muy pronto en el Nuevo Teatro del Duque de York—, o el de la transportación de su propia esposa.

Como si no tuvieran secretos para él, procedió a explicar sobre la pizarra los entresijos de aquellos prodigios, haciendo ver que no se trataba más que de ingeniosos engaños. Quizás aquellas palabras en las que se negaba todo poder sobrenatural al gran mago habrían desanimado a otro, pero para Aurelius, que las creía totalmente erradas, no supusieron más que un nuevo acicate. A partir de ese momento, entendió que debía demostrarle a su maestro que se equivocaba, con lo que su determinación se vio redoblada.

Así que, nada más llegar a casa, empezó a urdir un nuevo plan, cuyo último capítulo habría de ser la toma del teatro, donde presenciaría la gran actuación del que habría de ser su mentor en las artes místicas. Como su madre seguía indispuesta, le tocó encargarse de nuevo de casi todas las tareas, aunque en esta ocasión, lejos de tomárselo como una carga, aprovechó las circunstancias para ponerlas a su favor. Nunca antes se le había pasado por la cabeza sisar ni un penique de la caja, y tampoco era de los que pedían propina al terminar las faenas, así que no creyó estar obrando mal cuando tomó prestada la petaca del tío Arthur para rellenarla con whisky barato. Aquella botella plateada era la única herencia que Maximilian había recibido tras el fallecimiento de su hermano, aunque jamás había demostrado ningún cariño por ella. Tampoco se sintió pecador cuando esa misma tarde, con una sonrisa amigable, la introdujo en el bolsillo del señor MacQuoid. Aseguró entregarle aquella recompensa de manera altruista, en pago por su fidelidad a la casa.

Faltaba casi una semana para que el mago comenzara las representaciones, tenía un margen de tiempo que pretendía utilizar con astucia a favor de su propia causa secreta.

A los cuatro días, y siguiendo al pie de la letra aquel plan perfecto, Aurelius decidió cambiar ligeramente su *modus operandi* y, de actuar en la taberna, pasó a intentar hacerlo en el teatro. Fue la progresión lógica de su estrategia. Tratando de ir ganando territorio en una guerra que no habría de durar mucho, y seguro de que la última de sus batallas se desarrollaría allí, tomó sus armas —en realidad una sola, más licor— y emprendió la segunda fase de su ofensiva. Volvió a excusarse en el hecho de tener que completar una larga lista de recados para, entre uno y otro, acercarse a visitar a su nuevo socio.

Un grupo de hombres descansaba charloteando en la parte trasera, entre enormes cajones y lienzos enrollados. Hacían corro para calentarse alrededor de un brasero de hierro en el que quemaban despojos de alguno de los embalajes. El más viejo de ellos se dignó a prestarle un momento de atención cuando preguntó. Asintiendo con aire indiferente, señaló con su pipa al interior del teatro y tuvo incluso la deferencia de reclamar a voces la presencia del señor MacQuoid.

—¡Walter!, te buscan...

Tras una espera no demasiado larga en la que el muchacho se sintió cordero entre lobos, Walter Acisclo MacQuoid apareció arrastrando los pies, sin demasiada prisa. Apenas asomó la cabeza para mirar afuera, escupió maldiciendo por lo bajo. No fue hasta que terminó de barrer con la mirada a los peones, despreciándolos en silencio uno a uno, que cayó en la cuenta de que el joven Wyllt lo esperaba. Lo miró fijamente, incapaz de comprender. No se habría sentido más extrañado si se hubiera encontrado con la visita del mismísimo arcángel san Gabriel y un coro de querubines sonrientes.

Solo al rato consintió en salir, abandonando el resguardo de aquel umbral de ladrillo.

—Hola, muchacho. ¿Qué quieres...? —preguntó, apartándolo del resto de los peones.

Aurelius tardó un momento en contestar. Trató de ordenar en su cabeza las frases que había repasado de camino allí, en aquel momento convertidas en un informe potaje de ideas demasiado atrevidas, demasiado absurdas todas ellas. Sintiendo que ya no había vuelta atrás, optó por huir hacia el precipicio de la mentira, sima a la que había ido acercándose durante los últimos días sin que nadie le empujara.

—Me manda mi padre... —alcanzó a balbucear. Fue incapaz de apartar la vista del cónclave de lobos humanos que aguardaban mirándolos de reojo. Estuvo seguro de que escuchaban, de que juzgarían sus palabras con más agudeza que el señor MacQuoid, del que también desconfió. Sobrio parecía mucho más peligroso, infinitamente menos complaciente.

—¿Tu padre...? ¿Qué quiere?

—Bueno...

Aurelius miró a izquierda y derecha. Iba a contestar cuando el viejo señor MacQuoid se le adelantó.

—¡Ah, ya! Me imaginaba que te mandaría a recogerla... Aquí la tienes.

Y sacando un ovillo de amarillentos pañuelos arrugados, procedió a desenvolver el objeto que guardaba en el bolsillo. Era la vieja petaca del tío Arthur, con la que Aurelius lo había surtido de whisky barato durante los últimos días.

—Me he mercado una nueva. —Se la ofreció sonriendo y guiñándole el ojo, mostrando una desigual dentadura, con más mellas que piezas sanas, que a Aurelius le pareció el teclado de una pianola abandonada—. Pero no me ha costado barata, no creas... Ahora se venden mucho; las usan los soldados. En los barcos de la marina son más populares que los salvavidas, y no me extraña... Yo también le he descubierto utilidad. Ahí dentro hace un frío de mil demonios. Mucho más que aquí fuera.

Señaló las entrañas del teatro. Aurelius se levantó sobre las puntas de los pies y miró al interior. Las sombras confabularon en su contra, impidiéndole siquiera atisbar el más trivial de los secretos que custodiaban. Un pasillo de cajas de madera y bultos cubiertos por mantas fue todo cuanto pudo ver.

—La verdad es que el teatro debe de ser un sitio impresionante —dijo—. Sobre todo en los días de estreno.

—Sí, bueno... Lo será si vienes en carruaje, del brazo de una elegante fulana, y no tienes que recoger el estiércol de la acera al terminar la función. A mí, la verdad, no me lo parece tanto.

—La mayoría de los muchachos que conozco darían cualquier cosa por poder conocerlo por dentro.

Aurelius se mantuvo firme, sin decir nada más, mirando con avidez hacia el interior. Esperaba que el señor MacQuoid se compadeciera de él y lo invitara a entrar, pero a la vez dudaba de que aquel hombre apreciara la sutilidad de un gesto, por evidente que fuera. Sin embargo, en aquella ocasión se vio sorprendido por una inesperada agudeza que hasta ese momento no había llegado a sospechar siquiera. Quizás, en el fondo, Walter MacQuoid no fuera tan obtuso como parecía.

—Oye —dijo—. No puedo colarte cuando hay gente, pero a lo mejor quieres echar un vistazo ahora, que está vacío. Verás como no es para tanto... pero al menos podrás chulearte delante de tus amigos.

—¿Entrar ahora? —Tratando de disimular una emoción con la que a punto estuvo de atragantarse, Aurelius bajó la mirada—. Tengo todavía que hacer unos recados, pero...

—Bueno, no quiero entretenerte. —El hombre amenazó con marcharse, comenzando a dar media vuelta.

—¡Pero si no tardamos mucho...! —Aurelius reaccionó con presteza al darse cuenta de que tanto fingimiento podía echar a perder su gran oportunidad. Interrumpiendo bruscamente al señor MacQuoid, aceptó su invitación, e inmediatamente comenzó a caminar hacia el interior del teatro sin ni siquiera echar la vista atrás, seguro de que el viejo lo seguiría como un cachorro hambriento. En aquel momento pensaba que no existía fluido más mágico, más poderoso que el whisky barato con el que había agasajado a aquel hombre. Había bastado su aroma, la posibilidad de conseguir un trago más, para convertir a un veterano de guerra reumático en su siervo leal. Apenas sospechaba cuál sería el siguiente episodio en aquella rocambolesca trama que tan al dictado creía controlar.

Los objetos que habrían de servir al Gran Houdin para su representación se apilaban unos sobre otros, a ambos lados del pasillo, esperando ser transportados. No habían dado ni ocho pasos caminando entre ellos cuando notó un violentísimo estirón, que a punto estuvo de tirarlo al suelo. Tan sumido estaba en la contemplación de aquel reino de maravillas que ni siquiera habría advertido el trote de un elefante que llegara por su espalda. Tomándolo por el cuello, el señor MacQuoid lo retuvo entre unas cajas, golpeándolo contra la pared. Le sorprendió que un hombre como aquel tuviera tanta fuerza. Su mano, convertida en una tenaza traicionera, amenazaba con estrangularle.

—¡Dime qué cojones queréis tu padre y tú, muchacho! —ordenó en voz baja, mudando su gesto en la más amenazadora máscara que Aurelius hubiera contemplado jamás. Su aliento era fétido; el segundo golpe lo recibió en la nariz, aunque no fue más magnánimo que el primero. Nunca antes había reparado en lo mal que olía aquel tipo—. A lo mejor os habéis pensado que soy idiota, pero desde luego, no tanto como para no darme cuenta de que tramáis algo...

Aurelius solo consiguió contestar cuando el señor MacQuoid aflojó su presa. Al principio, sopesó la posibilidad de seguir mintiendo, pero le faltó valor. Tampoco tuvo agallas para intentar huir. Allí, entre tinieblas, el que creía cordero que por un trago se habría dejado conducir al matadero, le pareció un lobo más... Uno rabioso, que a punto estaba de lanzarse sobre su garganta para devorarlo.

—Mi padre... no sabe nada —balbuceó a punto de echarse a llorar—. Ha sido cosa mía.

—¡Maldito bastardo! ¿Qué te traes entre manos?

—Solo quería... —Trató inútilmente de retener las lágrimas, pero no pudo—. Solo quería ver al Gran Houdin.

El señor MacQuoid permaneció un momento en silencio.

—No me dejarán verlo —añadió Aurelius—. Mi padre piensa que es un charlatán.

—¿Te crees que soy una puta a la que puedes comprar por cuatro gotas de ginebra de mierda? —volvió a empujarlo.

La nuca de Aurelius golpeó contra la fría pared.

—No señor... Yo solo...

—¡Maldito chiquillo!

—Yo solo quería verlo… No quise ofenderlo, señor MacQuoid. ¡Se lo juro por lo más sagrado!

—Entonces, ¿tu padre no sabe nada de esto?

—No, se lo juro. Fue todo idea mía. Esperaba que usted se compadeciera de mí y me colara en el teatro.

—¿Que me… qué?

—Que se compa… —rectificó—. ¡Que le diera pena! ¡Perdóneme, señor MacQuoid!, al fin y al cabo no he hecho más que invitarlo.

Poco a poco, Walter Acisclo MacQuoid fue aflojando su presa.

—¡Maldita sea mi estampa! —Alzando la mano, con la palma extendida, amenazó con abofetearlo. Pero no terminó de hacerlo. Culminó el gesto con un capirotazo en la coronilla del muchacho, cuyo sonido certificó el hueco en su cabeza—. Si es que tengo que tener cara de tonto…

—¡Perdóneme, por favor, señor MacQuoid! —Aurelius comenzó a enjugarse las lágrimas con la manga. Trató de ganarse la clemencia de aquel hombre mientras lo hacía, mostrándose lo más desamparado y arrepentido posible. No tuvo que fingir demasiado.

—Dame la petaca, anda.

Aurelius se la entregó.

—Sí, esta es mejor, que es de plata… Mucho mejor, dónde va a parar —murmuró, devolviéndola a su bolsillo—. Espero que esto quede entre nosotros, y que sigas tratándome con la misma deferencia cada vez que pase por tu casa, pero intenta ser más discreto o tu padre se dará cuenta. —El señor MacQuoid clavó su dedo índice en el pecho del joven Aurelius—. A partir de ahora, irás cambiando: un día brandy, otro una pinta de cerveza… Así se notará menos. Y no me lo des a escondidas. Intenta cobrarme tú la primera vez. Te guardas el dinero y al día siguiente cuando vayas a hacer los recados, vienes y me lo devuelves. ¿Está claro?

El muchacho asintió todavía atemorizado.

—Creo que tú y yo vamos a ser buenos amigos de ahora en adelante… Toma, límpiate. —Le entregó uno de los pañuelos con los que había envuelto la petaca. Puede que aquel trapo llevara décadas sin sentir el frescor del agua—. Pero si se te ocurre volver a engañarme alguna vez, me comeré tus tripas… Recuérdalo.

Un pescozón fue la señal no convenida con la que Walter Acisclo MacQuoid dio aquel pacto por sellado. Antes de dictar sentencia sobre aquel asunto y de pasar a otra cosa, lo agarró por la pechera y, llevándolo hacia sí, acercó su rostro al de Aurelius hasta hacer que sus narices se rozaran. Aquella embestida repentina, el encontrarse los ojos enrojecidos de aquel hombre tan cerca de los suyos, le produjo una impresión que tardaría mucho tiempo en olvidar. A punto estuvo de orinarse encima.

—¡Ah!, y si alguien se entera de algo, lo negaré y luego te buscaré para comerme tus tripas…

Aurelius se quedó clavado al entarimado del suelo, sin saber qué hacer. Definitivamente, el viejo no era tan tonto. El cordero tenía colmillos.

—Vamos, anda —dijo—. Un trato es un trato. Te enseñaré esto… Y abrígate, que puedes coger una pulmonía ahí dentro.

II

La puerta de tiza y otros asombrosos trucos

Cualquiera que desconociese su forma de ser podría pensar que Aurelius se había sentido ya lo suficientemente pagado con aquella visita al teatro. Pero no era así en absoluto. Desde luego que no. Lo cierto es que el muchacho, aun siendo pequeño, era capaz de soñar a lo grande. Sus sueños incluían ya por aquel entonces un idílico período de aprendizaje bajo la tutela del Gran Houdin, viajes, un sinfín de aventuras y hasta un regreso triunfal a casa convertido en el más grande de los magos. Aquel primer acercamiento no fue más que el prólogo de la que habría de ser una gran historia, y él lo sabía.

Sin embargo, no puede negarse el hecho de que Aurelius había quedado profundamente impresionado. Aquel reino, el teatro, le pareció a ratos misteriosamente aterrador, ajeno e inalcanzable como la mismísima Atlántida, y a ratos un hogar, una tierra natal de la que siempre había sido heredero, aun sin saberlo. Aquel día pisó el escenario y lo observó desde las alturas, encaramado a una plataforma de madera, pudo pasear por el patio de butacas, recorrió palcos y pasillos —algunos de ellos los juzgó secretísimos—, hizo las veces de apuntador y hasta tuvo tiempo para acompañar al señor MacQuoid por los almacenes de vestuario y los camerinos de los actores…

Con todo, fue la realidad, y no lo imaginado, lo que más le impresionó en su primera visita casi nocturna. Y de la realidad, una parte: no el edificio en sí, sino el hecho de poder caminar entre las cosas del Gran Houdin. ¡Cuántos secretos se escondían entre aquellas cajas y arcones! A ratos, mientras el señor MacQuoid se adelantaba o se entretenía haciendo de carpintero aquí y allá, enrollando alguna maroma o recolocando bultos, Aurelius disponía de cierta libertad. Aprovechaba entonces para apartar las lonas que cubrían aquellos enigmas y echar un vistazo debajo, desafiando los encantamientos que, a buen seguro, se encargaban de vigilar las cosas del maestro. Tenía que intentarlo, el saber se encontraba al alcance de su mano... aunque lo cierto es que apenas logró ver demasiado. El miedo a importunar a su anfitrión, la penumbra reinante allí dentro y las prisas le impidieron investigar con el rigor necesario. Los misterios mágicos deberían esperar para otra ocasión... Solo sería cuestión de días.

—Bueno, ya está bien... Vete a casa, que si no, tu padre te va a echar de menos y se nos va a joder el trato.

El viejo, seguramente cansado de soportar a un compañero al que en realidad solo consentía por interés, decidió pronto dar la visita por concluida. Sin embargo, Aurelius no tomó aquellas palabras como la muestra de descortesía que en realidad eran. No le quedó más remedio que concederle la razón. Se hacía tarde y todavía le quedaba por recorrer el camino de vuelta.

Así que aquel primer día regresó apresurado, y aunque su padre volvió a regañarle, esa noche durmió feliz, seguro de haber sellado el pacto más provechoso del mundo.

Por desgracia, la sensación de plenitud que Aurelius se llevaba a casa tras cada visita se desvanecía al día siguiente, cuando el viejo MacQuoid aparecía para cobrar lo que, según creía, le correspondía por derecho. Con la mayor desvergüenza, le hablaba a Maximilian Wyllt de honradez y hombría de bien, de los tiempos del ejército y de una camaradería que debía ser perpetua entre soldados. En esos momentos, Aurelius se sentía estafado, es cierto, y puede que más de una vez se planteara romper el trato, acudir a su padre arrepentido para confesárselo todo… Pero no llegó a hacerlo. La posibilidad de volver al teatro terminaba siempre pesando en su alma más que ninguna otra consideración.

Así pues, aquellos días habrían de suponer una larga prueba, una que se dilató en el tiempo de manera sádica, convirtiéndose en una verdadera tortura para él. La fecha del estreno fue acercándose rápidamente, y aunque el señor MacQuoid siguió cumpliendo con su parte del acuerdo —le mostró el teatro a la luz del día y llegó a enseñarle el contenido de las cajas que no venían cerradas con llave—, Aurelius comenzó pronto a darse cuenta de que asistir a la representación era un deseo tan inalcanzable como el poder agarrar la luna de un salto. Mientras la gente paseaba comentando con asombro las habilidades mágicas del Gran Houdin —durante varios días no se habló de otra cosa en la cuidad—, él, su adepto más fervoroso, tenía que limitarse a escuchar, recreando en soledad las imágenes relatadas por unos y otros. Y sus ansias no hicieron más que crecer día a día, sobre todo después de saber que el señor Martin había declarado entre lección y lección, renunciando a sus firmes creencias empíricas, el profundo asombro que los trucos del mago habían llegado a causarle; había sido después de asistir a una de las últimas funciones. El maestro, que lo había considerado siempre un farsante, sí que había podido ir…

—Yo creo que ahora está convencido de que lo del pacto con el diablo es verdad —aseguró el muchacho que se lo contó todo, formando una amenazadora cornamenta con sus dedos que apuntó hacia la nariz de Aurelius.

Cuando se acercaba la hora en la que los chiquillos salían de la escuela, Aurelius aprovechaba para despejar de nieve la acera y saludar a los amigos que regresaban a sus casas. Aunque se sentía terriblemente abandonado luego, cuando se alejaban, y no podía reprimir cierta envidia malsana, no quiso renunciar a aquellos encuentros. Sabía que abandonándolos, se apartaba de manera definitiva del que había sido su mundo hasta entonces.

—No creo que la reina le hubiera dejado pisar el país si fuera tan malo.

Aurelius se sintió ofendido por las palabras de aquel chico. Disculpó al mago antes de despedirse, y regresó adentro malencarado. Solo el consuelo de saberse de alguna manera vencedor en aquel duelo de convicciones le impidió echarse a llorar frente a él. Si alguien como su maestro había dado su brazo a torcer, no cabía duda: había verdad tras el poder de Houdin.

Y así, aprovechando los escasos y áridos comentarios del señor MacQuoid, que consentía de vez en cuando en relatarle este o aquel truco, fue sobreviviendo. Aquellas crónicas, que a cualquier otro le habrían parecido secas y demasiado escuetas, eran auténtico maná para él. Su vida se había convertido en un desierto de incomprensión y soledad en el que la más insignificante gota de ilusión le permitía sobrevivir. No obstante, conforme fue acercándose el día de la marcha de Houdin, fueron alimentándole cada vez menos. Observaba con verdadero terror el advenimiento de la fecha maldita en la que el mago habría de cruzar el mar para regresar a su país, y la urgencia lo martirizaba desde que se levantaba hasta que el sueño terminaba por vencerlo.

Sin embargo, el de Aurelius fue uno de esos casos extraños, tan poco frecuentes hoy en día, en los que la pureza de sentimientos termina por beneficiar al protagonista. Quizá por eso decidiera yo comenzar su relato a la manera de los viejos cuentos. Puede que la pasión de la que hizo gala terminara por obligar a los hados a compadecerse de él…

Apenas quedaban dos días para que el Nuevo Teatro de Dorset Garden bajara el telón, convirtiendo el paso de Jean Eugène Robert-Houdin por su escenario en otro recuerdo legendario, cuando por fin se obró el milagro. Aurelius pelaba patatas en la cocina, rodeado de marmitas silbantes y cazos en ebullición, cuando vio entrar al señor MacQuoid. Quedó inmediatamente sorprendido por la visita. Era demasiado temprana, una ruptura inesperada de sus habituales costumbres. Nunca lo había visto llegar antes de que se retirara el sol. Vecino de apariencia apática que nadie señalaría como cumplidor de estrictos horarios, Walter Acisclo MacQuoid era, no obstante, metódico en lo que a su holganza diaria se refería. Bebedor ordenado, conseguía retener la suficiente fuerza de voluntad como para mantenerse sobrio hasta el punto de saber siempre cuándo parar. Era capaz de alcanzar un estado de constante y leve embriaguez, que le permitía seguir siendo dueño de sus actos y no gastarse la paga entera durante la primera semana del mes. Si bien es cierto que su nariz jamás perdía el encarnado que señala a los fieles adoradores de Baco, jamás le vio caerse borracho. Acudía siempre a la salida del trabajo, se entretenía un rato charlando con la parroquia y, casi a la misma hora todos los días, se despedía con un escupitajo y se marchaba a casa, caminando con aire derrotado.

Pero en aquella ocasión entró a destiempo, poco después del mediodía. A esa hora, ninguno de los compadres habituales había llegado, y medio vacía, la taberna estaba habitada únicamente por viajantes y desconocidos, fantasmas que se marcharían tras pagar la cuenta para no regresar jamás.

Era viernes, y en vez de alzar la mano pidiendo la primera pinta, Walter MacQuoid se dirigió al señor Wyllt y permaneció un rato hablando con él de manera amigable. Llamado por la curiosidad, Aurelius abandonó cuchillo y mondaduras para asomarse a mirar. Dejó atrás el cubo de los despojos y caminó distraído, fingiendo que todavía trabajaba. Yendo de los fogones a las alacenas, trazó una errática trayectoria que fue, poco a poco, acercándolo al umbral que separaba cocina y salón. Apartó la cortina que hacía las veces de puerta y, sin dejarse ver demasiado —barruntaba algún tipo de traición—, se asomó para observar de manera furtiva.

Walter Acisclo MacQuoid le pagó a su padre sonriendo. Un apretón de manos y un desembolso de monedas que sorprendió a Aurelius fueron el colofón de aquel sospechoso encuentro. Tras despedir al que hasta ese día había sido solo su cliente, Maximilian caminó hacia la cocina con aire pensativo, recontando la calderilla que llevaba en la mano.

Nada más llegar, extendió la palma para mostrarle el contenido. Aurelius, que había regresado al taburete para retomar la faena por pura prudencia, miró fijamente aquellas monedas sin decir nada. Habría jurado que eran las mismas que, durante días, había ido devolviéndole al viejo MacQuoid como pago por su complicidad. Observando a su padre con inquietud, el muchacho se temió lo peor. Afortunadamente, su expresión no auguraba problemas, más bien todo lo contrario. Los hombres como Maximilian Wyllt no suelen ser dados al fingimiento, y menos frente a sus propios hijos. Si aquella conversación con el señor MacQuoid le hubiera supuesto algún tipo de disgusto, Aurelius lo habría sabido mucho antes de que llegara hasta él. Además, poco después se habría encontrado con una dolorosa evidencia, en forma de bronca con manotazo.

—El domingo tienes trabajo —dijo, mostrando el dinero orgulloso—. Walter MacQuoid necesita que le echen una mano en el teatro. El pobre tiene reuma y se resiente de una herida en la espalda que cada vez le da más follón. —Aurelius tardó en entender lo que significaban aquellas palabras de su padre. Cuando lo consiguió, le resultó imposible disimular su emoción—. Me ha preguntado si te dejaba echarle una mano y le he dicho que sí... ¿No querías ir al teatro? Pues te vas a enterar bien de lo que se cuece allí dentro.

El muchacho fue incapaz de articular palabra. Se limitó a asentir con la boca abierta.

—No le digas a nadie que vas a ir, y si estando allí te preguntan, dices que eres su sobrino. ¿Entendido?

—Sí, padre —alcanzó a contestar.

—Tendrás que llegar dos o tres horas antes de que comience la representación, y te quedarás a ayudarle hasta que él te diga. Haz todo cuanto te mande. Si hay que recoger estiércol, lo recoges. Me ha dicho que te acompañará aquí cuando terminéis, que la taberna le pilla de camino a su casa. —Maximilian hizo un montón con los peniques sobre la mesa, guardándose el resto del dinero. Tomando las cinco primeras monedas, se las entregó a su hijo—. Toma —le dijo en tono solemne—, acabas de ganarte tu primer sueldo. No lo malgastes.

Pocos habrían podido imaginar que el hada madrina de Aurelius Wyllt sería un veterano borrachín de pantalones de dril remendados cien veces, chaleco de segunda mano y gorra de trapo, pero así fue. Día y pico después de aquella inesperada visita, Aurelius corrió a encontrarse con Walter Acisclo MacQuoid en la misma puerta trasera del teatro en la que lo había recibido por primera vez. Acudió a aquella cita tan contento, tan esperanzado como habría ido Cenicienta a su baile, quizá no calzado de cristal, pero igualmente bendecido por un encantamiento de pura bondad.

El viejo lo recibió sin ceremonias y le pidió que lo acompañara adentro. Tras caminar apenas unos pasos, le ordenó esperar en una esquina, junto a un perchero, y se perdió en las entrañas del teatro, dejándolo solo. Regresó al rato, pero durante el corto período de tiempo en que tuvo que esperar, Aurelius ya pudo comprobar que en aquella ocasión todo sería diferente. El Teatro del Duque de York, hasta aquel día una momia reseca que solo dejaba entrever su verdadera magnificencia, había resucitado de repente: por aquellos pasillos, sus venas, corría de nuevo la sangre de la vida, y lo hacía apresurada. Todos sus rincones oscuros habían quedado iluminados por lámparas de gas cuyas llamas azuladas ardían ahora briosas. El silencio había sido desterrado por completo de allí... Lo cierto es que, comparado con la mayoría de obras representadas en aquel escenario, el del francés era un espectáculo modesto. Aun así, el muchacho se sintió tan impresionado por aquella algarabía como si le hubieran invitado a la inauguración del Paraíso Terrenal.

—Bueno, mi querido amigo —dijo el señor MacQuoid nada más volver—, como ves, hoy la cosa está complicada por aquí. —Barrió el lugar con la mano, señalando a algunos de los que trabajaban con él—. El llevarte conmigo no haría sino entorpecerme la faena, así que te voy a dejar en un sitio donde vas a esperar. Si te portas bien y no enredas demasiado, nadie se dará cuenta de que estás aquí. Te sentarás donde yo te diga y aguardarás hasta que yo vuelva a por ti. Te recogeré antes de que empiece el espectáculo y te buscaré un buen sitio para que veas a ese hijo de puta francés que tantas ganas tienes de ver...

—¿Y el trabajo?

—El trabajo será inventarte una faena, para contarle a tu padre que te has pasado la tarde haciendo cosas que en realidad no vas a hacer. —El señor MacQuoid sonrió, y revolviendo el pelo de Aurelius, le mostró su afecto por primera vez—. Al menos, la parte más dura será esa... Ven, anda, sígueme.

Y juntos caminaron hacia los camerinos y almacenes que quedaban en la parte trasera, ocultos más allá de los cortinajes posteriores del escenario. Aurelius, incapaz de creer lo que le estaba sucediendo, incapaz de manifestar su infinito agradecimiento, avanzó en silencio. ¡De qué manera tan desafortunada había juzgado al señor MacQuoid!

—Toma. —Le entregó un llavero bastante pesado y un quinqué que encendió deteniéndose un momento—. De todas las llaves, solo te interesa esta. —Señaló una de las más grandes—. Te servirá para entrar en esa habitación. Pasa ahí y espera. No toques nada y ten cuidado con la luz. Dentro de un momento vendrá un hombre. Te presentas ante él y te pones a su servicio. Ayúdale en todo cuando te pida, y cuando te diga que has terminado, vienes y te sientas aquí de nuevo. —Iluminó un viejo banco de madera que había junto a la puerta—. Vendré a por ti antes de que empiece la función... ¿Has entendido?

Aurelius asintió, tomando la lámpara. Antes de que el señor MacQuoid se alejara tres pasos dejándolo solo, ya había reparado en el letrero manuscrito que alguien había colocado sobre la puerta, en un marquito dorado. «Señor Houdin, maestro hechicero», rezaba aquel cartel.

Con un respeto casi reverencial, el muchacho introdujo la llave en la cerradura, la hizo girar y dio el primer paso hacia su futuro. Como Moisés el día en que separó las aguas del Mar Rojo, Aurelius fue apartando las sombras, iluminando todos los rincones del cuarto, para descubrir uno a uno los misterios que contenía. La mayoría de los bultos del Gran Houdin, apenas cubiertos por sábanas, esperaban el regreso de su dueño. Aurelius encontró un perchero del que colgaban estrafalarias túnicas de colores y un batín granate; libros, montones de libros —algunos con aspecto de ser tan antiguos como el tiempo—; una caja de espadas; dos revólveres que, por lo que leyó, pertenecían a un tal Samuel Colt y varias pistolas antiguas; piezas de una armadura medieval; varios autómatas medio desmontados —entre ellos un arbolito mecánico muy curioso—; diversos juegos de naipes enormes... Hasta un sarcófago egipcio lleno de trastos. Y cómo no, varios instrumentos que juzgó propios del oficio de mago y que fue incapaz de reconocer... Todo estaba allí, al alcance de su mano.

Tratando de no perder detalle, Aurelius caminó muy despacio entre aquellas cosas, hasta llegar a un tocador viejo, ubicado al fondo de la estancia, sobre el que dejó la lámpara. Dudó de hacia dónde dirigirse después, qué elegir primero, pero casi de inmediato optó por los libros. Sin duda, los libros de aquel hombre esconderían secretos encantamientos que debía tratar de retener en su memoria.

Tomó de nuevo el quinqué y se acercó a ellos. Los examinó con sumo cuidado, tratando de memorizar previamente la posición en la que se encontraban antes de haberlos tomado en su mano. Consideraba de vital importancia dejarlo todo en su sitio, pues no quería parecer un fisgón entrometido a los ojos del maestro. Sin embargo, cuatro de aquellos volúmenes estaban escritos en francés —uno le pareció el diario del propio Houdin—, y el único que estaba escrito en inglés apenas le llamó la atención. Era una especie de libro de recetas que no llegó a entender.

Continuó caminando con lentitud de un sitio a otro, para descubrir que hasta el más banal de los chismes allí almacenado había sido perfumado con el embaucador aroma del misterio, barnizado con magia. Tantas cosas, y tan sorprendentes todas, que en ocasiones tuvo miedo hasta de mirarlas fijamente, no fuera su curiosidad a despertar alguna maldición.

Sin embargo, Aurelius se forzó a seguir buscando. Con el oído atento a lo que ocurría afuera, prosiguió su aventura. Estaba dispuesto a pasar revista a todas las cosas del maestro, y quizá lo hubiera conseguido de no haber dado con la luz... Un fulgor tenue, que emanaba latiendo cadencioso por debajo de una de aquellas misteriosas telas, lo obligó a detenerse. Había algo al fondo de la estancia, algo cubierto, que iluminaba el suelo a borbotones.

Aurelius sintió una leve punzada de miedo —es cierto—, aunque no lo bastante fuerte como para persuadirlo de que abandonara su exploración. Jamás se planteó salir de allí. Si las demás cosas del maestro le habían parecido sorprendentes, aquel nuevo misterio prometía serlo mucho más. Esperó quieto un momento. El fulgor volvió a latir.

Caminando casi de puntillas, se acercó muy despacio hasta aquel enigmático bulto. No era muy grande, pues la montaña que formaba la tela bordada que lo ocultaba apenas le llegaba a la frente. Agarrándola por uno de sus extremos, y agachándose a la vez, procedió a examinar el objeto que emitía aquella extraña luz pulsante. Lentamente fue bajando la cabeza, hasta que el secreto oculto estuvo a la altura de sus ojos...

Quedó completamente petrificado cuando descubrió la fuente de la que emanaba aquella claridad. Por fin había encontrado la prueba irrefutable de la existencia de la magia. La verdadera magia, la de Merlín y Circe, era real. Houdin había dejado allí, en un rincón de su camerino, una gran ánfora de cristal, muy parecida a los jarrones que con tanto esmero rellenaba de flores su madre, pero mucho más grande. En el fondo de la vasija, sobre un colchón de lienzos de lino, dormía plácidamente un asombroso ser de luz. Aquel prodigio era en casi todo idéntico a una muchacha desnuda, si exceptuamos, claro está, su tamaño, la constelación de pequeños luceros ambarinos que orbitaba a su alrededor, y el maravilloso par de alas que, a la manera de las libélulas, le nacía de la espalda, a la altura de los omóplatos.

—¿Eres un hada...? —Aurelius preguntó para sí, pues de sobra conocía la respuesta a su pregunta—. ¡Es un hada!

De repente, la pequeña criatura pareció reparar en la presencia de Aurelius, y desperezándose tímidamente, comenzó a desprenderse del velo de sueño que la había mantenido inmóvil hasta ese momento. Nunca antes Aurelius había sentido tanta ternura por otro ser vivo. Observando los leves temblores de aquellas alitas transparentes, se estremeció de pies a cabeza. Por desgracia, el sonido de pasos acercándose por el pasillo lo obligó a abandonar de manera repentina la contemplación de aquella maravilla. Antes de soltar la tela, aquel rostro como de porcelana —se habría atrevido a jurarlo—, llegó a mirarlo fijamente.

Sin perder un segundo, corrió a colocarse al otro extremo del cuarto, y fingiendo indiferencia, apoyó su codo en una silla de madera, a la espera de que alguien entrara. El corazón le latía con tal fuerza que temió que cualquiera con un oído mínimamente sano fuera capaz de notarlo. La puerta se abrió de repente, y un grupo de elegantes figuras apareció al otro lado, acompañando a una dama de aspecto igualmente distinguido. Los recién llegados se entretuvieron un momento a la entrada, conversando animadamente. Aurelius corrió a presentarse ante ellos, y descubriéndose la cabeza, esperó en posición de firmes sin decir nada.

No tardó en entender, lo hizo mucho antes de que nadie llegara a presentarse: aquel hombre era el Gran Houdin. De aspecto severo, media melena encanecida y mirada que habría sido capaz de derretir los muros del infierno, el mago se libró de la capa con la que se cubría, entregándosela a la dama que lo acompañaba, y cerró la puerta tras de sí antes de dirigirse a Aurelius.

—Así que tú eres el ujier que pedí. —Su acento lo delataba como extranjero, hijo inequívoco de la República de Francia. Sin duda, la voz del gran Napoleón Bonaparte habría sonado muy parecida.

Aurelius fue incapaz de articular palabra. Cualquiera habría supuesto que su hallazgo anterior era el causante de aquel mutismo, pero no fue así. La mirada de aquel hombre, su mayestática presencia, habían llegado a impresionarle tan hondamente como el descubrimiento de la magia verdadera. Había algo en aquellos ojos que atrapaba, quizá fuese el hecho de haber visto con ellos las verdades más secretas del mundo… El caso es que Aurelius, boquiabierto, apenas alcanzó a asentir.

El mago tomó con delicadeza la lámpara que portaba el muchacho y se la pasó a la mujer, quien, alumbrada con ella, procedió a descorrer viejas cortinas, antes de abrir las ventanas que estas ocultaban. Una tras otra, con un cuidado que casó perfectamente con la elegancia de sus maneras, fue encendiendo después todas las lámparas del cuarto. Por fin, la sala quedó medianamente iluminada, bañada por una luz difusa de tonos levemente anaranjados.

—Muy bien, caballero —continuó—. ¿Y cómo se supone que debo llamarte? ¿O acaso nadie se ha dignado a ponerte un nombre?

—Me llamo Aurelius, señor —haciendo un gran esfuerzo, el muchacho consiguió emitir tímidos sonidos que apenas se asemejaron a lo que era su voz.

—Aurelius, muy bien. —Caminando con tranquilidad, el mago avanzó hasta el perchero, se despojó de su chaqueta y procedió a cubrirse con una de las túnicas—. Me gusta ese nombre. ¿Y tienes apellido?

—Wyllt, señor…

—Wyllt, claro, no podía ser de otra manera.

Aurelius fue incapaz de entender aquella última aseveración del maestro Houdin, aunque no se atrevió a preguntar. Permaneció muy quieto, esperando indicaciones, tratando de contener su nerviosismo.

—Anda, muchacho, ve y tráeme esa caja de allí. —El mago tomó asiento en un viejo sillón de orejas con pinta de centenario. Un tintineo de cristal y el sonido de un líquido colmando una copa indicaron que la mujer de Houdin había comenzado a servir coñac—. ¡Vamos, no tengas miedo…! Nada de lo que hay aquí te hará daño.

Y así, llevándole una pequeña tabaquera de madera tallada, comenzó la servidumbre del joven Wyllt, una servidumbre que apenas habría de durar un par de horas, pero que se convertiría en recuerdo al que se aferraría durante los siguientes años para seguir viviendo sin perder el alma. Houdin sería ya para siempre su maestro. En ese corto período de tiempo, mientras cogía esto o aquello, mientras cebaba la estufa, ayudaba a engrasar un arnés, cargaba las pistolas, o enrollaba pañuelos en el interior de bastones huecos, el gran mago lo inició en los saberes arcanos de los que era amo y señor. Y lo hizo sin apenas ceremonias, con la mayor naturalidad. Como si aquel encuentro hubiera estado programado desde hacía milenios, como si un capítulo del libro del destino llevara por título los nombres de ambos... Congeniaron de manera rápida y muy profunda. Todo cuanto decía el Gran Houdin, por loco que hubiera podido parecernos a ti o a mí, querido lector, a él se le antojaba claro y sin posibilidad de duda. Las palabras de su recién estrenado maestro consiguieron, por fin, dar sentido a su mundo, un mundo que nunca antes había terminado de entender por completo. Todo encajaba hablando con él: los duendes, las hadas, la magia de la mecánica celeste, los embrujos, las lamentaciones de los espectros... Esas maravillas de las que hablaban los libros, que su padre habría despreciado sin pestañear, eran cosas reales. Y aunque en todo aquel tiempo, Houdin no dio muestra alguna de poseer dones sobrenaturales —se comportó como se habría comportado un relojero atareado, dando cuerda a sus autómatas, preparando artificios de feria sin esconder sus trucos a Aurelius—, el muchacho supo que aquel hombre era capaz de volar, que a un gesto suyo las leyes de la creación habrían quedado abolidas y que hasta sobre los sueños gobernaba su voluntad.

—¿Sabes?, la mayor dificultad para un mago, para uno verdadero, me refiero, radica en hacer creer a los demás que la auténtica magia no existe. Resulta prudente fingirse débil, que parezca que algún truco se te escapa ligeramente, aunque sepas que podrías hacerlo con los ojos cerrados... Para eso los autómatas y las engañifas de barraca de feria son tremendamente útiles.

—¿Y por qué?, maestro. —Desde el momento en que se supo bien recibido, Aurelius no dudó en preguntar cuanto se le ocurrió, y en todas las ocasiones, el Gran Houdin le contestó con agrado—. ¿Por qué esconder la magia?

—Pues porque el oficio de mago —se explicó el maestro—, es muy peligroso, uno de los más difíciles de ejercer... Ten en cuenta que la realidad misma, mi apreciado muchacho, este mundo que nos acoge está contra lo que somos y hacemos. Nosotros nos dedicamos a forzar sus leyes de continuo.

Y así, entre asombrosas revelaciones y milagros supuestos, transcurrió veloz el tiempo, y mucho antes de lo que Aurelius hubiera deseado, el sueño llegó a su fin. Un pajarillo mecánico asomó por la ventana de una casa de aspecto montañés que alguien había colgado de la pared. Pió varias veces haciendo «cucú» para indicar que la hora de inicio de la función se acercaba. Mientras Aurelius ayudaba al mago a terminar de vestirse, sintió el deseo de preguntarle por aquel ser diminuto que se escondía en un jarrón, al fondo del cuarto, entre los cajones. Pero no lo hizo. Temiendo que sus furtivas exploraciones pudieran ser motivo de desconfianza entre ellos, decidió dejarlo para otra ocasión. Al fin y al cabo, si Houdin mantenía al hada oculta, era porque creía que debía seguir siendo un secreto.

—Me alegro de haberte conocido, joven Wyllt —dijo Houdin, colgándose de los hombros la capa que le entregó su mujer—. He disfrutado mucho de tu compañía.

—No, maestro... El afortunado he sido yo. —Aurelius respondió hondamente agradecido.

—Bueno, quizás ambos. —Sonrió el mago—. De cualquier manera, quiero recompensarte por tu ayuda. Los preparativos de una función se vuelven una tortura si no tienes personas inteligentes con las que conversar... ¿verdad, querida?

La mujer asintió, dándole la razón, y dijo algo en francés que Aurelius no fue capaz de entender. Solo consiguió dar significado al *oui* del principio. Luego ambos, mago y esposa, siguieron hablando en su idioma durante un momento. Como respuesta a aquella breve conversación, la señora Houdin se acercó a uno de los arcones, abrió un pequeño cajoncito y tomó de él una bolsa de fieltro que le entregó a su marido.

—Gracias, querida. —Houdin abrió la bolsa y sacó de su interior una extraña llave. De color dorado, adornada con infinidad de hojitas repujadas, colgaba de un cordón del mismo color. Dejándola sobre la mesa, sacó también de su cartera un par de billetes y la envolvió con ellos—. Debería pagar tu gentileza en guineas, me han dicho que era con esa moneda con la que cerraban sus tratos los caballeros, pero tendrás que perdonarme, no tengo más que libras.

—No tiene por qué darme nada. El señor MacQuoid le ha pagado ya a mi padre…

—Tú no la conoces. —Houdin giñó el ojo, sonriendo, y señaló a su esposa—. Si no tomas ese dinero, no dejará de martirizarme hasta que lleguemos a casa. Mi querida Cécile es un ángel del cielo, pero considera que soy un avaro sin cura.

—Gracias —consintió al fin Aurelius, tomando el dinero.

—¿Sabes? Tengo un teatro allí en Francia, en Blois, dedicado única y exclusivamente a la magia. En mi escenario no se representa más comedia ni más tragedia que la de la alta hechicería. Quizás algún día quieras venir a verlo… Serás bien recibido.

Sin esperar respuesta de Aurelius, el Gran Houdin giró sobre sí mismo y se dirigió a la puerta. La mujer del mago se despidió del muchacho con un delicado beso en la cabeza y unas palabras que, hasta mucho tiempo después, no sería capaz de entender. Caminando con pasos tranquilos pero decididos, la pareja se marchó hacia el escenario, dejándolo con la palabra en la boca. La música había comenzado a sonar poco antes de aquella apresurada despedida, y Aurelius entendió al escucharla, no sin cierta tristeza, que la función estaba a punto de comenzar. Le hubiese gustado hacer mil preguntas más, solicitar al mago que lo aceptara como aprendiz, que lo dejara viajar a su lado como sirviente… sin embargo, no pudo ni moverse. Aquella hermandad que acababa de estrenar y que había supuesto eterna, se rompía de repente en pedazos sin explicación alguna.

En el momento en que consiguió librarse del estupor y corrió tras ellos, era ya demasiado tarde. Ni siquiera había llegado a la puerta cuando el rostro arrugado del señor MacQuoid apareció bajo el umbral, apremiándole.

—Ven... ¡Vamos, date prisa! —espetó—. La función va a empezar... Te he buscado un sitio especial desde el que no te perderás detalle.

Aquellas palabras consiguieron traer a Aurelius de vuelta a la realidad. Entendiendo que debía obedecer con celeridad al viejo, decidió postergar sus lamentaciones para luego. Había adquirido una deuda de gratitud tan profunda con aquel hombre que ya nunca jamás se atrevería a desobedecerle. A partir de aquel día consideró a Walter Acisclo MacQuoid como uno de sus seres más queridos, un amigo fiel al que nunca abandonó y al que se esforzó por complacer siempre. No podía dejarlo plantado y correr tras el mago. Además, de poco habría servido. El espectáculo iba a comenzar. Seguramente, aunque hubiera querido, el maestro no habría podido atenderlo.

—Devuélveme las llaves, anda —dijo el viejo sin detenerse—. ¿No esperabas conocer a ese farsante, verdad? —Sonrió satisfecho.

Abriéndole paso por aquellos pasillos, el señor MacQuoid lo condujo hasta un palco elevado, uno que no se alquilaba, pues desde hacía siglos se utilizaba para alojar herramientas y trastos viejos. Desde aquel lugar, Aurelius pudo ver la función completa. Asomado a un pequeño ventanuco, a la manera del pájaro mecánico que señalaba las horas en el camerino del Gran Houdin, se mantuvo atento a todos los trucos, sintiéndose el más privilegiado de los mortales... Y es que no solo estaba siendo testigo de las hazañas milagrosas del mago, sino que había compartido con él toda una tarde.

¡Había visto un hada!

Uno tras otro, los milagros del mago se fueron sucediendo sobre las tablas, y aunque mientras se dedicaban a preparar la función, Houdin había compartido con él todos sus secretos, no hubo lance de aquella representación que no le pareciera absolutamente asombroso. Aurelius fue testigo de cómo el mago asombró al público con trucos de naipes increíbles, que luego abandonó para pasar a los más sorprendentes encantamientos: serpientes y figurantes disfrazadas de princesas del

Nilo fueron embaucadas por igual. Vio florecer el famoso naranjo mecánico, vio al gran maestro detener la bala con los dientes otra vez... Efectivamente, fue capaz de cortar a un hombre en pedazos para recomponerlo luego... Y al final de su espectáculo, poco antes de despedirse levitando, poco antes de provocar un aplauso asombrado que a punto estuvo de derribar los pilares de aquel edificio centenario, Houdin llamó a su mujer al escenario, dibujó con tiza una puerta falsa sobre un muro de ladrillo y, tras abrir esa puerta ilusoria, la hizo desaparecer entrando por ella. La delicada Cécile no solo caminó sin miedo hacia la oscuridad, sino que apareció triunfante, apenas un segundo después, en la otra punta del teatro, junto a la entrada principal del patio de butacas. No hubo tiempo material para que la dama recorriera el trayecto que separaba ambos puntos y, por ese motivo, muchos incrédulos trataron de explicarse aquel milagro haciendo mención a una supuesta hermana gemela de la señora Houdin. Sin embargo, Aurelius sabía bien que esa otra mujer no existía, que nunca había existido, y consideró siempre aquel prodigio final como prueba irrefutable del poder de su maestro. Una muestra de verdadera magia...

No supo explicar jamás el porqué, pero de todos los trucos de Houdin, aquel fue el que más le sorprendió, y por algún motivo, sintió que iba especialmente dedicado para él, que el mago lo había hecho como deferencia a su humilde persona. Durante años, Aurelius juraría que Houdin lo había buscado con la mirada tras ejecutarlo, y que poco antes de despedirse de los ingleses con una marcada genuflexión, había asentido sonriendo, señalando al pequeño ventanuco del gallinero desde el que él observaba.

III

La maquinaria de los sueños perfectos

Apenas se había cumplido una semana de la marcha de Houdin cuando la madre de Aurelius Wyllt comenzó a escupir sangre. Fue tras el enésimo ataque de tos. Una mancha roja en un pañuelo se convirtió en la divisa que señaló aquel aciago día como el último de su niñez.

Sin embargo, el sentimiento de orfandad había llegado a su vida poco antes. Aurelius se había sentido desamparado por primera vez al finalizar la función, cuando supo que el mago había desaparecido de manera repentina, abandonándolo para siempre a la puerta del teatro. Maldijo entonces su destino, creyéndose el más desgraciado de los mortales. Había ocurrido algo extraño, los acontecimientos se habían sucedido de forma casi mágica para alejarlo de aquel hombre. Sintió que le habría resultado imposible encontrarse de nuevo con su maestro, por mucho que se hubiera esforzado intentándolo.

—Vamos, muchacho… Se ha ido.

El señor MacQuoid esperó de brazos cruzados, bajo la escalinata de la entrada, a que Aurelius se pusiera en pie.

—Anda, vamos. Es hora de irnos. Hace frío —añadió sin disimular su cansancio…

—Pero ¿no le dijo nada? ¿No le dejó ningún recado para mí?

—¿Qué esperabas, criatura? —El señor MacQuoid mostró por primera vez un disgusto que a Aurelius le pareció desconcertante.

—No sé… Fueron tan amables conmigo.

—Venga, deja de lamentarte. Querías ver el espectáculo y lo has hecho. ¿Qué más quieres?

—Sí, pero…

—¿Qué te creías, Aurelius?

—¡El maestro me invitó a ir a su casa, a Francia!

—A ver si te entra esto en la cabeza, chiquillo… —El señor MacQuoid se arrodilló frente a él, lo agarró por los hombros y le habló con rabia. Sin duda era un tipo de ira diferente a aquella que le había mostrado días atrás, cuando lo había sujetado por el cuello para interrogarlo en la penumbra. Aurelius notó que en el gesto contrariado de aquel hombre se vislumbraba una pena antigua, una de esas que, solo a ratos, la misericordia del alcohol logra consolar—. Ese bastardo es un farsante, un malnacido que se ha hecho rico a base de engañar a todos los que han pagado para verle. Te traje porque sabía la ilusión que te hacía, pero no te engañes. No ha hecho más que mentirnos… ¿Lo entiendes, Aurelius? Tú, y yo, y la gente como nosotros, no somos nada para ellos. Llevo años trabajando en el teatro. Créeme. Sé bien de lo que hablo.

Aurelius lo miró muy serio, tratando de mantenerse firme, pero sintiendo que aquellas palabras le ofendían profundamente. Al fin y al cabo, se consideraría ya para siempre aprendiz del Gran Houdin.

—¿Por qué te crees que las tablas están tan por encima del público? —continuó Walter MacQuoid—. Esos *comicuchos* se comportan como dioses, porque, de vez en cuando, algún caballero aburrido del West End se arrastra a sus pies solicitando su compañía, pero en el fondo saben que no son más que monos de feria.

—El maestro Houdin es diferente. —Solo cuando el señor MacQuoid aflojó su presa, Aurelius se atrevió a contradecirle.

Antes de darle la réplica, el viejo escupió al suelo, mostrando su desdén hacia aquella aseveración con un escandaloso gargajo.

—Tu maestro Houdin, al que solo has servido durante un par de horas, es rico, muchacho, y tú y yo somos pobres. La peor de las miserias nos acecha, está aguardando a que demos un paso en falso para lanzarse sobre nuestros pescuezos. Tú apenas has podido verle el hocico. Por suerte, tu padre te ha protegido siempre de ella, pero está ahí, te lo aseguro… No… No quiero que los pájaros de tu cabeza te distraigan y te hagan tropezar. —El señor MacQuoid suspiró, alzando el rostro y cerrando los ojos—. No quiero ser responsable de tus males, hijo. De ninguna manera… Por eso te estoy hablando así. Quiero que recuerdes el día de hoy, pero solo si te lo tomas como un divertimento, como el regalo de un amigo que te aprecia. Si le das más valor a cualquiera de las mentiras que has visto ahí dentro, me harás lamentar el haberte traído aquí.

Aurelius bajó el rostro, asintiendo, y entonces el señor MacQuoid lo agarró y lo abrazó con fuerza. Aquel gesto inesperado le sorprendió tanto que fue incapaz de contener las lágrimas. Trató, por supuesto, de disimular su llanto, lamentándose en silencio.

—Por favor, Aurelius, deja de soñar. Eres listo… La magia no existe.

—Está bien —mintió, agarrando con fuerza el billete que le había entregado el mago, aquel billete que, escondido en el fondo de su bolsillo derecho, envolvía la llave de sus sueños.

—Además, es francés… ¿Qué puede esperarse de un puto *franchute*?

Tratando de borrar de su mente el final amargo de aquella asombrosa jornada, Aurelius caminó al lado del señor MacQuoid, muy callado, hasta llegar a la puerta de la taberna. Volvió a nevar, y sus penas parecieron retirarse por fin, huyendo del frío, a lo más profundo de su alma.

La campanilla de la puerta marcó su llegada con un tintineo nervioso. Nada más verlos, su padre salió a recibirlos trapo al hombro, la cara iluminada. Aurelius agradeció la algarabía de los clientes, el ruido que tanto le había exasperado en otras ocasiones, la mezcla de olores y, sobre todo, el reencuentro con el calor del hogar, siempre clemente. Aquella noche, Maximilian Wyllt, orgulloso, sirvió a su hijo como habría servido al rey de Inglaterra, y Aurelius se sintió como si lo fuera. De camino a casa había decidido guardar en secreto las verdades que había descubierto durante aquellas horas en compañía de Houdin. Las palabras de Walter MacQuoid a la salida habían venido a corroborar el discurso del maestro hechicero, aquello de que la magia debía mantenerse oculta, pues la realidad aborrecía de ella, pero esa no era razón para mentir en todo. Así que se tomó la cena sin referirse a ninguno de los milagros que había visto y sin hacer mención, por supuesto, al asunto del hada. Tampoco dijo nada de su pequeña traición, de ese deseo de marchar con el mago, del que se había arrepentido nada más pisar la taberna. Contestó agradecido a las preguntas de su padre y se fue a acostar. Trataría, eso sí, de soñar con aquel nuevo mundo que Houdin le había revelado, aunque jamás contara sus sueños al despertar.

Con todo y con eso, le resultó imposible mantener en secreto lo del billete. Se habría sentido despreciable, un ladrón desagradecido, si no se lo hubiera mostrado a su padre. En realidad, fue el hecho de saberse útil por primera vez, el hecho de cobrar su primer sueldo y de entregarlo en casa lo que le permitió dormir esa noche sin remordimientos. Utilizó aquel dinero para pedir disculpas en silencio.

—Mire, padre, me lo ha dado ese hombre, el francés.

—¿El Gran Houdin?

—Sí... Estuve toda la tarde con él. Necesitaba un ayudante y el señor MacQuoid me pidió que le echara una mano.

Para sorpresa de Aurelius, su padre, en vez de alegrarse por la llegada de aquella pequeña fortuna, miró el papel extrañado, frunciendo el ceño. El muchacho lo conocía demasiado bien, sabía cuándo le desagradaba algo. Era capaz de leer las arrugas de su rostro como si fueran letras de imprenta y, por eso, aquel gesto de aprensión lo dejó profundamente consternado.

—¿Cincuenta libras, Aurelius?

—Sí, padre... Eso pone. Es de verdad, ¿no?

—Sí, sí que lo es. Pero es mucho dinero. —El señor Wyllt volteó el billete con un golpe de su dedo índice. Lo habría aceptado con más entusiasmo si se lo hubiera entregado un leproso—. ¿Y dices que te lo dio por acompañarle?

—Bueno, tuve que ayudarle a preparar la función.

—Es generoso ese hombre... —afirmó pensativo Maximilian, mirando a su hijo—. Muy generoso.

—Sí, sí que lo es... El maestro Houdin es un hombre único. Tome, padre, cójalo. —Aurelius le acercó el billete, arrastrándolo sobre el tablero—. Nos ayudará a pagar los gastos del médico y algunas deudas.

—Muchas deudas —masculló Maximilian.

Ya se dirigía a despedirse de su madre —todas las noches lo hacía antes de acostarse—, cuando su padre, que había permanecido sin moverse junto a la mesa de la cocina, reclamó un momento su atención, obligándole a detenerse.

—Oye, hijo —dijo casi ruborizado.

—¿Qué?

—No te dejes deslumbrar por tanto colorido —le rogó.

—No padre, desde luego que no —contestó Aurelius avergonzado—. Sé cuál es mi lugar... Le ayudé a preparar los trucos, eso es todo.

—Muy bien —dijo, tomando el billete—. Anda, ve a despedirte de tu madre y acuéstate. El sol sale siempre demasiado temprano.

Aurelius asintió intranquilo. Tuvo la impresión de que todos (el Gran Houdin, el señor MacQuoid y hasta su padre) confabulaban para convertir el final de aquella asombrosa jornada en un cenagal de inquietud. La sensación de desagrado, aletargada por el frío, volvió a despertar.

—Oiga, padre —preguntó, volviéndose—, ¿es verdad que la miseria nos acecha?

El hombre, que se dirigía en dirección a la barra para ocuparse de sus clientes, desatendidos desde hacía rato, se volvió arqueando las cejas, sorprendido por aquella extraña e inesperada pregunta.

—¿Quién te ha dicho eso?

—El señor MacQuoid... Dice que somos pobres y que la miseria es como un animal que espera a que tropecemos para devorarnos.

—¡Vaya! —Sonrió—. No sabía que Walter MacQuoid fuera poeta.

—Pero ¿es verdad? —insistió Aurelius—. Dice que yo no la he visto porque tú me has protegido siempre de ella.

—No sabría qué contestarte. Lo cierto es que el mundo es un lugar peligroso, hijo mío. No puedo quitarle la razón a Walter MacQuoid en eso. —La seriedad retornó al rostro de Maximilian Wyllt—. Sí, creo que debes tener cuidado... Pero eso ya lo sabes, te lo he dicho mil veces.

—¿Somos pobres, padre?

—Bueno... Nunca nos ha faltado de nada. No es que nos sobre, pero tampoco creo que hayas echado de menos un plato de comida, ni un techo, ni un abrigo para protegerte del frío... No, no creo que lo seamos. Has llevado siempre buenas botas, ¿no es así? —El padre de Aurelius se acarició la comisura de los labios, haciendo gala de un gesto muy suyo. Siempre lo repetía cuando se preparaba para reflexionar—. Aunque puede que Walter se refiera a otro tipo de pobreza...

—¿A qué tipo?

—Bueno, no lo sé exactamente... Ese hombre es un poco especial. —Dudó—. Es cierto que existe un abismo esperando a que nos descuidemos lo más mínimo. Sin embargo, creo que la pobreza, la de verdad, tiene poco que ver con el dinero. La verdadera pobreza es la del espíritu, la de la gente hueca... Y esa nunca podrá alcanzarte a ti. Y mientras estés a mi lado, tampoco a mí. No soy yo el que te ha librado de la miseria, hijo mío. Siempre he estado convencido de que ha sido al revés... Tu madre y tú me habéis salvado a mí. —Sonrió—. ¿Recuerdas el día en que te llevé a visitar el Big Ben? Te dije que allí me sentía a salvo de cualquier peligro, que aquel lugar me parecía el refugio perfecto para esconderse del mal... En realidad, siento eso mismo estando a vuestro lado.

Pocas veces Maximilian Wyllt se dejaba llevar por el sentimentalismo. Era uno de esos hombres herméticos, tan de aquella época, que trataban de ocultar siempre lo hondo de sus emociones. Por eso sus palabras consolaron tanto a Aurelius. Aquella noche, a pesar de todos los avatares sufridos, a pesar de que el rostro de su madre le pareció especialmente macilento y de que la notó más cansada que de costumbre, durmió profundamente. Viajó entre sueños arropado por una nube de ilusión de la que no se despojaría hasta días después, cuando aquella palabra maldita entró a formar parte de su particular diccionario de pesares, *tuberculosis*. Así llamó el doctor al demonio que, agazapado en los pulmones de la señora Wyllt, fue robándole la salud hasta dejarla sin fuerzas para continuar respirando. Así bautizaron al peor y más cruel adversario de Aurelius... Es curioso cómo una palabra puede cambiar nuestra percepción del mundo, cómo puede entrar a formar parte de nuestra memoria, instalándose en nuestras pesadillas, hasta convertirse en un enemigo íntimo al que jamás se podrá olvidar.

La historia de Aurelius Wyllt habría continuado fluyendo sin sobresaltos hasta la llegada de la pubertad, y luego hasta la adolescencia y la juventud, de no haber sido por la prematura desaparición de su madre y todo lo que ello conllevó. Y es que aquella desgracia trajo otras consigo que, al principio, ni Maximilian ni él fueron capaces de vislumbrar.

De extraños, de sumamente extraños podríamos calificar los meses que siguieron a su encuentro con Houdin. Por un lado, Aurelius se sentía un privilegiado, uno de los pocos hombres que habían vislumbrado los secretos del universo, y, por otro, el más insignificante de los mortales, pues era incapaz de hacer nada para curar a su madre. Su actividad diaria pasó pronto a estar plenamente centrada en ella: la cuidaba, le preparaba la comida, la ayudaba a levantarse y, por las noches, limpiaba sus sudores con paños secos y la acompañaba en los momentos de desconsuelo. Al principio, Aurelius tuvo la loca convicción de que redoblando su esmero y su entrega podría hacer que mejorara, pero pronto se dio cuenta de que no sería así. Sin embargo, el hecho de saberse un mero observador, lejos de derrotarlo, le sirvió como acicate para perseverar en su tarea. Con fanática entrega, se dedicó a atenderla sin desfallecer, y desoyendo el consejo de los médicos, llegó incluso a dormir a los pies de su cama, en un viejo diván que preparó para ello. Su padre desaprobó aquel proceder y, en más de una ocasión, sus diferencias de criterio se convirtieron en airadas discusiones. Las disputas se repitieron con cierta regularidad hasta el día en que el viejo terminó por darse cuenta de que, por mucho que insistiera en ese asunto, él se declararía absolutamente insumiso a su autoridad. Es más, se dio cuenta de que si le impedía actuar de la manera en la que lo estaba haciendo, además de perder una esposa, perdería también un hijo. Tratar de mostrarse inflexible ante la enfermedad, no tenerle miedo, era lo único que le quedaba a Aurelius, su única manera de luchar contra aquella terrible injusticia.

El dolor, el verdadero dolor, habría de llegar después, el día en que su madre marchó con la tía Mildred a aquel hospital de Birmingham, o cuando regresó agotada para morir en casa, pero en aquel período en que se convirtió en su perenne custodio y enfermero no fue siempre desgraciado. Estaba en todo momento entretenido, yendo de arriba para abajo, y el poco tiempo de descanso que le quedaba lo dedicaba casi por completo a iniciarse en su nueva y secreta vocación mágica.

Aurelius comenzó en aquella época a pedir libros prestados. Cualquier cosa le valía, desde novelas de caballeros —se convirtió en un verdadero experto en el ciclo artúrico— a facsímiles de viejos recetarios mágicos. Leyó todos los libros sobre ilusionismo y prestidigitación que encontró traducidos —descubrió a Brewster, a Zanoni, a Mister Macallister y a Henri Decremps— y se propuso aprender francés cuando se enteró de que Houdin había publicado varios tratados sobre el tema. Leyó sobre brujas, demonios y maldiciones, duendes, y sobre todo prestó especial atención a todos los textos sobre hadas que cayeron en sus manos. Y a la vez comenzó a practicar sencillos trucos, soñando con repetirlos algún día sobre un escenario.

Al principio mantuvo toda esa actividad en secreto, pero llegó un momento tras la muerte de su madre en el que le fue imposible hacerlo. La magia se convirtió en su mayor afán y la convivencia con su padre se volvió mucho más cercana y constante. Durante los primeros años de su vida, aquel hombre se había dedicado a trabajar y a callar, a observar y, muy de vez en cuando, a imponer su británica justicia, pero a partir del momento en el que ella faltó, todo cambió.

La primera noche que pasaron solos, Aurelius lo encontró llorando junto a la chimenea, agarrado a una botella de ginebra y pidiendo perdón a las sombras. Ya entonces le aseguró que ninguna otra mujer pisaría aquella casa para ejercer de esposa, que nadie ocuparía el vacío que ella había dejado. Aquella declaración de amor eterno supuso la confirmación de un hecho que el joven Wyllt siempre había sospechado, pero del que nunca había tenido demasiadas pruebas. Sabía que sus padres se respetaban y que, a su manera, se querían también, pero jamás habría imaginado aquella devoción en él. La fidelidad de su padre hacia el recuerdo de su madre fue importantísima para Aurelius. El día en que supo de verdad quien era aquel veterano cojo, lo que su alma contenía, entendió muchas cosas, la mayoría de sus tímidos gestos y casi todas sus palabras, y aparte de sentirse infinitamente agradecido, por primera vez se sintió orgulloso de él.

Además, para colmo de males, el negocio comenzó a flojear cuando la gente de por allí se enteró de que su madre estaba enferma de tisis, y llegó un momento en que solo el señor MacQuoid y unos pocos más quedaron como clientes habituales. Fueron tiempos de apreturas en los que agradeció la previsión del viejo, que había conseguido ahorrar algo de dinero a base de no malgastar ni un chelín durante años. En aquel tiempo se acordaron ambos de Houdin muchas veces, y a Maximilian Wyllt no le quedó más remedio que darle las gracias, de forma silenciosa, por aquel billete. Disponer de él les permitió salir de varios apuros importantes. Y así, trabajando mucho, reduciendo al máximo los gastos superfluos y apoyándose el uno en el otro, consiguieron sobrevivir dignamente.

Nunca, en todos sus años de vida, Aurelius llegaría a ver tan de cerca a esa bestia de la que le había hablado el señor MacQuoid, la miseria, y jamás se sintió tan amenazado por sus fauces como entonces. Todos los días, Maximilian trasnochaba acompañado por un candil, a veces alumbrándose con velas, en busca de soluciones para su escasez que nunca llegaban. Quizá por eso, cuando el muchacho le propuso comenzar a exhibir sus trucos de magia en la taberna, él accedió sin apenas poner reparos. Había observado que los clientes aceptaban con agrado sus juegos con monedas y naipes, los engaños con los que Aurelius se ganaba una propinilla de vez en cuando. Pensó que sus artes, cada vez más refinadas, podían llegar a suponer un reclamo para la clientela, y como quiso la fortuna que el inicio de sus funciones coincidiera con un cierto renacer del negocio, la magia ya nunca dejó de estar presente en aquel local.

Y así comenzó oficialmente la carrera de mago de feria de Aurelius, una carrera que se prolongaría hasta poco después de cumplir dieciocho años. Primero una vez por semana, luego dos, y al final, casi todas las noches. Los recelos y las sospechas de Maximilian Wyllt, que era hombre pudoroso amigo de las buenas costumbres, fueron poco a poco evaporándose, hasta que llegó un día en el que, en aquella casa, el ver desaparecer relojes y monedas fue tan habitual como el olor a cerveza, los escupitajos o el humo del tabaco.

Y mientras tanto, la amistad entre el señor MacQuoid y Aurelius siguió fortaleciéndose. Rara era la tarde en la que el muchacho no acudía al teatro a echarle una mano, de manera que al final, a fuerza de rozarlos, sus mundos terminaron por fundirse uno con otro. Jamás llegarían a imaginar hasta qué punto se hermanarían sus espíritus.

Los rumores fueron llegándole sin que él los buscara; así es la gente. Poco a poco fue enterándose de cosas, hasta que consiguió hacerse una idea, que sospechó bastante acertada, sobre la historia de aquel hombre. Supo Aurelius que había tenido esposa, y que esa esposa le había dado un hijo —al que llamaron Connor— antes de fugarse con un galante actor francés que luego no lo fue tanto. Se decía que la mujer había terminado apaleada en el puerto de Southampton. Al parecer, Walter MacQuoid se enroló en el ejército buscando la muerte cuando se enteró de que, para vivir su loco amor, la muy desalmada se había librado también de la criatura, arrojándola al Támesis en el interior de un saco lleno de piedras.

Es posible que todo aquello no fueran más que embustes; lo cierto es que Aurelius jamás llegó a preguntarle a él directamente. Supuso que si su alma escondía una herida tal, el hurgar en ella no habría servido sino para hacerla sangrar de nuevo. Sin embargo, acabó por darle absoluta credibilidad a todas aquellas habladurías. La mirada de Walter Acisclo MacQuoid escondía una verdad tan triste que, fueran cuales fuesen los detalles que la adornaban, merecía todo su respeto. Y el sospechar las razones de aquella tristeza fortaleció, sin duda, las ataduras de su afecto. Puede que, de alguna manera, el señor MacQuoid lo viera como la encarnación del hijo perdido, que lo usara para engañar al destino, permitiéndose pronunciar palabras que de otra manera habrían terminado pudriéndose en su interior y provocándole una muerte horrible... Puede que aquella amistad supusiera una suerte de espiritismo particular por medio del cual el viejo se libraba de sus fantasmas, pero fuera así o no, lo cierto es que Aurelius se prestó a ser adoptado por aquel hombre un par de horas al día, durante las cuales se comportó casi como un hijo.

A veces no había nada que hacer, simplemente se hacían compañía, y así llegó un momento en que a fuerza de verlo por allí, los demás trabajadores terminaron por aceptarlo como parte de la familia. Empezar a cobrar pequeñas propinas por ayudar fue el resultado natural de su perenne presencia en el teatro. Poco a poco, seguramente sin pretenderlo, consiguió ganarse un puesto en la plantilla de la que no tardó en ser pieza fundamental, el comodín imprescindible al que se echaba mano siempre que la jugada se complicaba. Casi podría decirse que Walter MacQuoid lo eligió para ser su sucesor tras el escenario, puesto que habría heredado pasados un par de años si las cosas no hubieran ocurrido como ocurrieron.

Y es que, un día, después de mucho tiempo, el dueño del Nuevo Teatro de Dorset Garden anunció a bombo y platillo que el Gran Houdin regresaba, y al escuchar aquella noticia, Aurelius sintió que su ordenado mundo comenzaba a tambalearse.

Tenía entonces poco más de dieciocho años y no había pasado un solo día sin que no hubiera recordado al hada.

IV

El Aleph

Tal y como estaba previsto, el mago llegó a media mañana para comenzar con los ensayos. Aurelius le pidió permiso a su padre para estar presente en el teatro en ese momento. Pagó a Emily Babcock, la hija de la cocinera, para que se ocupara de sus faenas, sustituyéndolo durante todo el día, y se marchó temprano. Le esperaba el reencuentro con su maestro, el momento soñado durante tanto tiempo. Por fin podría presentarse ante él para hacerle saber de sus progresos, para hacerle ver que ya estaba preparado. Sin embargo, ya no era un crío, había crecido, y aunque en el fondo de su alma rogaba a Dios para que todo sucediera tal y como había soñado tantas veces, no podía evitar pensar en lo que ocurriría si el mago no se acordaba de él. Habían sido muchos años junto al señor MacQuoid, demasiados, oyéndolo hablar mal de Francia y de los franceses. Era normal que se temiera lo peor.

Afortunadamente, nada pudo reprochar al mago en su reencuentro. La mayoría de sus temores se evaporaron al poco de verlo bajar del carruaje. Tras entretenerse un rato con el dueño del teatro, departiendo animadamente en el centro de un corro de aduladores, Jean Houdin reparó en la presencia de Aurelius. En ese momento, todo lo demás pareció dejar de tener importancia para el francés. Su gesto de alegría no ofreció lugar a dudas. Al verlo, se disculpó ante aquellos caballeros de aspecto tan distinguido y avanzó sonriendo para encontrarse con él.

—¡Mi apreciado Aurelius! —exclamó, ofreciéndole la

mano de manera amistosa—. Parece que el aprendiz de mago se ha convertido en todo un caballero.

Se acordaba... Se acordaba de él y también de su nombre. Lo había reconocido a pesar de haber crecido varios palmos. Ocurre en ocasiones que, a fuerza de soñarlos mucho, algunos sueños terminan por hacerse realidad.

—Monsieur Houdin. —Aurelius tomó su mano con fuerza.

—Me alegro mucho de verte. Espero que la vida no te haya tratado demasiado mal en estos años.

—No señor, no más que a los demás. —El rostro ceroso de su madre, el rostro enfermo de aquellos últimos días sonrió al fondo de la memoria de Aurelius.

—He sabido que has seguido practicando. Me han dicho que has llegado a convertirte en un competente prestidigitador.

—Bueno, maestro —contestó Aurelius orgulloso—, no ha habido día que no me acordara de usted. He leído todos sus libros y me he ejercitado a diario, sí. La taberna de mi padre se ha vuelto muy popular en el barrio gracias a mis actuaciones.

—Pues me alegro mucho... —Agarrándolo por el brazo, lo animó a acompañarlo—. Oye, si no tienes demasiada faena, me gustaría que vinieras conmigo. Tú y yo tenemos una conversación pendiente desde hace años.

—Claro, maestro —consintió Aurelius, incapaz de disimular su satisfacción—. ¿Qué tal se encuentra la señora Houdin?

—Muy bien, muy bien... Vendrá dentro de un momento. Ha ido a hacer unas compras, pero está deseando pasar a saludarte.

Ignorando al resto del mundo, avanzaron por aquellos pasillos mal iluminados en dirección a la parte trasera del teatro. De camino, llegaron a cruzarse con el señor MacQuoid, pero ni siquiera ante él se detuvieron. El viejo siguió a lo suyo, encaramado a su escalera, tratando de reparar una de las claraboyas del techo con una sonrisa de satisfacción en la boca. Jamás lo habría reconocido, pero lo cierto era que se alegró de ver que el mago seguía recordando a su ahijado, así como el cariño con el que lo trataba. Su opinión de los franceses mejoró mucho aquel día, y ya nunca volvió a escupir al escuchar *La Marsellesa*.

La jornada superó con creces las más locas expectativas de Aurelius. Primero Houdin y él compartieron, conversando amigablemente, un almuerzo en el camerino que un par de botones trajeron desde el Hilton. Al cabo de una media hora, la esposa del mago llegó para interrumpirlos con la mayor cordialidad. Tras relatarles sus últimas peripecias londinenses, les mostró despreocupada sus más recientes adquisiciones: un sombrero de Lock & Co. y un vestido de flores que cualquier mujer inglesa habría considerado indecoroso, incluidas las de vida más licenciosa. Y finalmente, los acompañó al escenario, sobre el que esperaban ya algunos de los útiles de trabajo de su marido. Sin aparente esfuerzo, con una economía de palabras y de gestos casi mágica, aquella mujer logró que Aurelius se sintiera cómodo en su presencia, un amigo de los de toda la vida. Luego se marchó sonriendo con coquetería, y el mago le pidió al joven Wyllt que le ayudara a preparar el espectáculo. Haciéndolo partícipe de todos sus secretos de nuevo, comenzaron a trabajar hombro con hombro, y por primera vez se sintió un auténtico mago.

Aunque Houdin insistió varias veces, Aurelius rechazó ir a comer con él por pura timidez. Sintió vergüenza de acompañar al maestro vestido como un estibador de puerto y, por eso, llegado el mediodía, se disculpó poniendo excusas que el francés consintió por pura piedad. Esperó en el teatro, dando buena cuenta de unas judías pintas mientras Houdin volvía al hotel, y para calmar su impaciencia, ayudó al señor MacQuoid en todo cuanto pudo: cargó cajas, arregló una cerradura rota y hasta le dio tiempo a cambiar los fanales de dos lámparas que un joven poeta desencantado había roto a tomatazos durante la última función.

Al regreso de su maestro, los preparativos continuaron hasta que el sol comenzó a decaer. Ante los ojos atónitos de Aurelius, las maravillas volvieron a multiplicarse. Como flores de inigualable belleza, que apenas fueran a vivir una efímera primavera, los milagros de Houdin fueron formando un jardín de alegrías que jamás olvidaría. No resultó extraño que el tiempo se marchitara tan rápidamente aquella tarde.

—Me gustaría ir con usted, maestro —dijo—, ser su aprendiz. He practicado mucho, y creo que estoy preparado. Llevo años ahorrando para pagarme el pasaje. Si no hubiera vuelto a Londres, habría tardado poco en marcharme a buscarlo…

—Ya eres mago, Aurelius —contestó Houdin—. Uno nace con magia o sin ella… La magia, la verdadera magia es una aptitud del alma, no es algo ajeno a nosotros. Todo lo contrario, surge de nuestra propia voluntad… Otra cosa es que sepamos dominarla o no, que sepamos moldearla. La verdad, conozco maestros hechiceros que jamás se acercarán tanto a ella como tú.

—Quisiera que me aceptara como aprendiz, maestro —insistió Aurelius—. Quisiera ir con usted.

Houdin tomó asiento en un sillón de aspecto medieval que, seguramente, habría servido de atrezo en mil funciones. Invitó a Aurelius a acompañarlo, señalando un viejo taburete de madera. El muchacho se imaginó al rey Lear, a Hamlet, a Macbeth, al moro Otelo y a otros mil príncipes de ficción, haciendo cola para sentarse en el mismo asiento que ocupaba su maestro. La majestad del mago los superaba a todos.

—Lo cierto es, hijo mío, que ya lo eres. En realidad —afirmó Houdin con satisfacción—, si he venido aquí ha sido por ti. A buscar a mi aprendiz.

—Entonces —preguntó Aurelius incrédulo—, ¿me acepta?

—Desde luego que sí. Hace tiempo que lo hice. —El mago sonrió—. No hallaría mejor discípulo que tú. Ningún hombre trataría mi legado con el cariño con el que lo cuidarías tú. Todos estos años de espera son la prueba.

Aurelius se puso en pie, incapaz de contener la emoción. Ansioso por marchar, habría corrido en ese mismo momento hasta la taberna para recoger sus cosas y partir rumbo a Francia. El mundo y todas sus maravillas secretas esperaban. No había tiempo que perder.

—Le ayudaré con las funciones hasta el día en que nos marchemos —afirmó entusiasmado—. Ya tengo el petate preparado… Apenas necesito equipaje… Eso sí, tendré que arreglar papeles. Yo no entiendo mucho de esas cosas, solo he salido de

Londres en dos o tres ocasiones, pero no se preocupe... Para el día en que tenga previsto marcharse, estará todo listo.

—No lo dudo. —Houdin volvió a sonreír—. Sin embargo, quiero que observemos, durante un rato, un asunto que estimo de importancia y que, creo, no te has sentado a sopesar todavía con la tranquilidad debida.

Aurelius asintió intrigado.

—Siéntate, anda. —El mago señaló por segunda vez el taburete.

—Me ocuparé de todo, maestro. Se lo prometo —dijo, obedeciendo.

—Ya lo sé. Sé que lo harás... No me preocupa eso.

—¿Entonces? No habrá ningún otro impedimento, ¿verdad?

—No, Aurelius, no lo habrá. Dudo que nada ni nadie pueda impedir que te conviertas en un gran mago. Ni el peso de todo el Imperio británico sobre tus hombros podrá impedirte volar.

—¿De qué se trata entonces, maestro?

El mago reflexionó brevemente. Su rostro era la compasión hecha gesto.

—Bueno, imagino que sí, pero... ¿has pensado en tu padre?

Aurelius apenas se sorprendió de que Houdin hubiera considerado sus circunstancias personales, que supiera de su familia y que hubiera tenido en cuenta a su padre casi antes que él. Al fin y al cabo, se trataba del Gran Houdin... Lo sabría todo de él, casi todo de todos.

—Mi padre lo entenderá —contestó cabizbajo, sabiendo que mentía—. Se apenará, pero me dejará marchar. Él siempre ha querido lo mejor para mí.

—¿Y si no fuera así?

Aurelius permaneció en silencio, mirando fijamente al mago. Notó que las emociones comenzaban a acumularse en su garganta, señalando su derrota. No quería parecer un chiquillo frente al maestro, y por eso apretó los puños con fuerza, tratando de retener el dolor en lo más profundo de su ser.

—¿Qué harías si tu padre te pidiera que te quedaras? —insistió Houdin—. Sabes que se está haciendo viejo muy rápidamente. No creo que acepte tu marcha de buen grado... Y lo que es más importante, si te vas sin su permiso y luego te enteras de que ha muerto solo, jamás te lo perdonarás.

Aurelius bajó la cabeza.

—¿No habías pensado en él?

—Sí, claro que sí... Siempre me engañé pensando que me dejaría ir. La verdad, veía este momento tan lejano...

Aurelius iba a claudicar con el alma partida. Derrotado por las certeras palabras del mago, reconoció que le sería imposible irse sin permiso. Era su obligación cuidar del viejo; habían firmado un contrato de amor con un par de besos escasos y miles de sacrificios compartidos. Si su padre no le permitía marchar de buen grado, no le quedaba más remedio que seguir esperando hasta el día de su muerte, momento en el que ya sería completamente libre, y en el que quizá fuera irremediablemente tarde... Sin embargo, una vez más, el Gran Houdin se adelantó para ofrecer uno de sus asombrosos trucos. Al parecer, era tan capaz de jugar con naipes como de hacerlo con decepciones y esperanzas.

—Bueno, no te preocupes. Yo llevo pensando en ello mucho tiempo, y creo que he llegado a una solución que nos satisfará a todos. —Sus palabras fueron agua fresca que alivió de inmediato la quemazón de Aurelius—. He pensado que lo primero que tengo que hacer es ir a conocer a tu señor padre. Iremos a tu casa y me presentaré ante él. Le explicaré que te he tomado como aprendiz y que quiero que seas mi heredero. Le haré ver la necesidad de emprender un largo viaje de tutela por todo el mundo y que soy persona seria y responsable. Estoy dispuesto a ofrecerle un pasaje a él también... Verás como al final consigo embarcarlo en nuestra aventura. Vendrá con nosotros a donde quiera que vayamos, y en los períodos de descanso se hospedará en mi casa, en una estancia junto a la tuya... Así que ese asunto, por ahora, lo dejamos como pendiente, pero entre los de segura solución... ¿Qué te parece?

Aurelius no supo qué contestar. Era todo demasiado bueno para ser real.

—Bien, y ahora que ya eres oficialmente mi aprendiz, quiero que hagas un juramento. —El mago rebuscó en el bolsillo de su chaleco y sacó un pequeño papelillo doblado—. Pero como se trata de un juramento muy importante que regirá tu vida a partir del momento en que lo pronuncies, quiero que te lo lleves a casa, que lo estudies y que sopeses los puntos de los que consta. Mañana por la mañana, si estás de acuerdo con todos ellos, lo leerás en voz alta.

El mago le entregó la nota doblada y Aurelius la tomó sin dudarlo.

—Muy bien. Pues resueltos todos los trámites, creo que ha llegado por fin el momento de la verdadera magia. —Houdin lo señaló con su dedo índice. Aurelius volvió a sentirse como aquel niño que descubrió su destino gracias a un tropezón—. Como te dije una vez, la magia, la auténtica, hay que administrarla con cuidado. Debes tener siempre presente una cosa: el peligro que corre el hechicero es directamente proporcional a la magnitud del milagro que pretende realizar. A más poderoso el encantamiento, más riesgo.

El muchacho escuchó muy serio. Entendió que estaba recibiendo la primera lección de su maestro.

—Sin embargo, hoy no pienso esconderme. Es hora de hacer uso de la magia pura y de sentir el orgullo de hacerlo sin miedo.

Miles de mariposas comenzaron a revolotear en el estómago de Aurelius.

—No corra riesgos por mí... —dijo—. Yo no necesito nada.

—En realidad, Aurelius —afirmó el mago—, no lo hago por ti, sino por mí, por mis hermanos y por la magia misma. Tú simplemente vas a ser el receptor del encantamiento, la persona que me ayude en mi más importante misión... —Llevándose una mano al mentón, esperó un momento, quizá sopesando la mirada de su aprendiz—. Siempre y cuando estés de acuerdo en ayudarme, claro. Desde luego, no quisiera forzarte.

—¡Por supuesto, maestro! —contestó el muchacho—. Estoy a vuestra disposición. Será un orgullo serviros.

—En ese caso, es hora de comenzar —continuó Houdin—. No esperemos más. Es momento de abandonar los trucos de barraca para dedicarse a la alta hechicería. Puede que al principio quedes un poco desorientado y no llegues a apreciar la importancia de la magia que voy a invocar hoy, pero, créeme, la tiene. Terminarás entendiendo.

—Muy bien.

—Anda, ponte en pie.

—¿Sabes? Algunos hechiceros tienen un don especial que los diferencia de los demás. Entiéndeme, no me refiero a todo el que sabe sacar una paloma de un sombrero. Me refiero a los magos auténticos, a los más grandes, a aquellos que son uno con la sangre del universo. Los iniciados en el saber verdadero llamamos a esos dones «vías del alma» porque suponen una comunión profundísima con la creación que, en realidad, parece provenir de la propia esencia del taumaturgo. Es magia sin magia, un poder con el que algunos nacemos. Yo creo que tú te convertirás en un gran maestro, y hasta he llegado a intuir cuál será tu vía. Creo, Aurelius, que tú eres un viajero, un explorador, y que llegarás más lejos de lo que ninguno de nosotros ha llegado antes. —El maestro Houdin sonrió—. En mi caso, el don que me distingue de mis hermanos es una cierta capacidad para hacer... ¿Cómo lo diría? ¡Pequeñas trampas! Verás, soy capaz de saltarme algunas de las reglas que rigen el universo... O mejor dicho, soy capaz de hacer que otros se las salten. Soy como un sastrecillo, capaz de remendar la realidad a mi antojo.

El Gran Houdin acompañó a Aurelius hasta el centro del escenario, y colocándose frente a él, comenzó una extraña letanía que el muchacho fue incapaz de entender. Posó las manos sobre su cabeza, cerró los ojos, y se entregó a un esfuerzo callado que lo impresionó profundamente.

—Recordarás —le dijo—. Ese es mi regalo para ti.

Un fogonazo de luz cegadora se llevó la conciencia de Aurelius a un limbo infinito en el que permaneció perdida por tiempo indefinido. Aunque luego olvidaría casi todas las maravillas secretas que la magia de Houdin le permitió descubrir, en aquel momento se sintió partícipe de la eternidad, capaz de abarcarla en su totalidad y de entenderla por completo como una lágrima es capaz de contener el océano. De repente estaba allí y no estaba. De repente era parte de todo y no era nada. La magia, convertida en sangre pulsante del universo, fluía a través de todas las cosas, conectando cada átomo, comunicando cada espíritu.

Mientras Houdin, todavía el hombre de siempre y, sin embargo, un ser profundamente renovado, desgarraba la realidad con sus propias manos para recoserla a capricho aquí y allá, Aurelius veía el mundo desde todos los ángulos posibles, en todos y cada uno de los instantes del tiempo. Sería imposible explicar lo que ocurrió con palabras humanas, si bien ciertos conceptos abstractos quizás sean capaces de acercarnos a la verdad de aquel momento. En realidad, Houdin se dedicaba a alterar en su propio beneficio las reglas de este gran juego que es el universo. Podría haberlo librado para siempre de su propio peso, permitiéndole volar, o haber hecho que jamás necesitara volver a comer... Podría haber manipulado dimensiones y leyes matemáticas, las maneras de funcionar de ciertos tejidos vivos o la suerte misma, pero decidió hacer otra cosa, le donó el don del recuerdo. Y luego, con la mayor facilidad, mientras un caleidoscopio de maravillas fluctuaba a su alrededor sin dejar de mutar, mientras el Aleph se exponía sin tapujos ante su atónita mirada, el mago volvió a colocarlo de nuevo en nuestro universo. Un gesto de su mano, un sencillo gesto, y el alma de Aurelius regresó a su lugar y a su tiempo.

Inmediatamente llegó el perdón, y con él, el olvido. El teatro seguía allí, pero ya nada era lo mismo, aunque todo siguiera igual. Fuera, la tarde había terminado de tornarse en oscuridad, y el mago se preparaba para marcharse. El joven Wyllt sintió que había estado perdido toda una vida, quizás varias, y sin embargo, Houdin apenas se había separado un par de pasos de él.

—¡Ah, ya estás de vuelta!

—Sí maestro… Ha sido… —Aurelius se llevó la mano a la frente, ladeando la cabeza—. ¿Qué ha ocurrido?

—Nada, te has mareado un poco. A veces pasa, no te preocupes, pronto te encontrarás mejor.

Aurelius se rascó la coronilla extrañado. Se sentía bien, aunque un hormigueo pertinaz le recorría el cuerpo entero.

—Y ahora, si me disculpas —dijo el mago, alejándose un poco más—, creo que es hora de pensar en otras cosas… Cosas como la exquisita cena que me espera o la insobornable impaciencia de la señora Houdin.

—Gracias por todo, maestro —contestó Aurelius todavía desconcertado.

—De nada. En realidad soy yo quien debe estarte agradecido… Si te parece bien, nos encontramos aquí, mañana, a la misma hora.

Comenzaba Houdin a caminar hacia el fondo del escenario cuando Aurelius reclamó su atención de nuevo. Aquel hombre le había ofrecido una generosidad que quizás no merecía. Una mentira es la peor base sobre la que construir nada, y por eso decidió contarle lo que había descubierto, husmeando entre sus cosas, aquella tarde en la que se habían conocido. Decidió confesarle lo del hada.

—Hay una cosa más, maestro —dijo todavía aturdido.

Houdin se volvió. Esperó sus palabras mientras se cubría con la capa granate que, poco antes de comenzar los ensayos, había dejado colgada de una percha cercana.

—Quiero pedirle disculpas por una cosa.

—¿Disculpas…? ¿Por qué?

Aurelius miró a su alrededor. Solo prosiguió tras quedar convencido de que nadie escuchaba. Algunos de los muchachos trabajaban al fondo del patio de butacas, a la espera de que el francés diera la jornada por concluida. Como siempre era él quien se encargaba de apagar las candilejas, ya no quedaba casi nadie por allí. Seguramente, el señor MacQuoid lo esperara entretenido con alguna chapuza, pero desde luego, no estaba lo suficientemente cerca como para oír nada.

—Se trata de aquella vez… cuando nos conocimos en el setenta y uno.

El mago asintió.

—El señor MacQuoid me dio las llaves del camerino y… —Aurelius dudó.

—Vamos muchacho, no conoces la ira de la señora Houdin… Le debo también un poco de atención a ella.

—El caso es que… estuve curioseando entre sus cosas, maestro —dijo por fin, sintiéndose como si hubiera escupido un sapo de diez onzas.

—¿Y te gustó lo que viste? —Houdin sonrió, restándole importancia a aquella confesión que su aprendiz había imbuido de tanta gravedad.

—Pero, maestro… ¡Es que lo vi todo!

Houdin se llevó el dedo índice a los labios, rogándole silencio. Guiñó un ojo a la vez en señal de complicidad.

—Sí, lo sé —aseguró—. No serías mi aprendiz si no fueras un muchacho curioso… Me alegro de saber que el chiquillo que conocí se ha convertido en un hombre honesto. Es señal de que no me equivoqué contigo.

El mago comenzó a bajar la escalera lateral del escenario, alejándose de Aurelius. Aunque el muchacho no lo sabía entonces, aquellas serían las últimas palabras que habrían de cruzar. La última vez que se verían.

—Recuerda, Aurelius, que a partir de ahora eres también mi heredero, y que todas mis cosas te pertenecen. Podrás recurrir a ellas cuando las necesites… Imagino que seguirás conservando aquella llave que te entregué.

—Claro, maestro. La guardo con mis objetos más preciados.

—Muy bien, en ese caso creo que todo está preparado. —El mago sonrió de manera enigmática, alzando las cejas—. Cuida mucho de esa llave, es un objeto muy importante. ¡Ah!, y descansa. El de mañana será un día duro.

En pie sobre el escenario, Aurelius vio alejarse a su maestro. Una pena profundísima que fue incapaz de entender, una pena arbitraria e infundada se cebó en ese momento con su corazón, estrujándolo sin piedad. De alguna manera, Aurelius supo que, esa misma noche, la desgracia visitaría a su maestro, que Houdin emprendería su particular viaje a Ítaca y que, a partir de entonces, él habría de recorrer un arduo camino en soledad.

Desde luego no pudo verlo, no se le permitió ser testigo de la escena, pero sin duda pudo intuir que el peligro acechaba…

V

Un asunto entre caballeros

La noche cayó sobre Londres con la intención de mantenerlo en tinieblas para siempre.

Poco antes de llegar al hotel, Houdin pidió al cochero que se detuviera. El hombre obedeció extrañado, aunque no pudo evitar advertirle. No se habría considerado un buen cristiano si no lo hubiera hecho.

A esas horas, ni siquiera aquellos barrios eran completamente seguros, así que antes de marcharse trató de convencerlo para que entrara en razón.

Desoyendo sus consejos y alegando curiosidad, el deseo de todo extranjero de conocer aquella ciudad de manera más íntima, el mago bajó del carruaje y esperó. Tomó como único compañero un bastón de empuñadura plateada que la señora Houdin le había regalado por su aniversario, y tras despedirse amablemente de aquel hombre, le rogó que informara a su mujer de que no tardaría en llegar.

La niebla que había comenzado a ascender desde el Támesis, la misma niebla que terminó por devorar al carruaje en la lejanía, se abrió para dejar paso a la figura enlutada que Houdin esperaba. Lo supo cuando apenas era una silueta difusa. Sin duda, aquel caballero de porte distinguido y caminar seguro era el Cazador de Hadas. Sobrecogido por un miedo que siempre había creído dominado, tratando de no parecer intimidado, el mago caminó un par de pasos más… Su destino, uno muy oscuro, caminaba también a su encuentro.

—Señor Houdin —saludó el Cazador de Hadas, fingiendo sorpresa—. ¿Paseando a la luz de la luna?

—Ika el Errante... Nidhogg el Gran Gusano... Eres tú.

Houdin se detuvo en una esquina, al cobijo de la luz difusa de una farola, mientras el recién llegado cruzaba la calle en dirección hacia él. El mundo entero parecía haber quedado desierto, desolado por una epidemia de silencio y soledad.

—No te esperaba tan pronto —afirmó el mago.

—Procuro hacer bien mi trabajo... Hace días que estoy en la ciudad. —El Cazador de Hadas saludó educadamente, llevándose la mano al ala de su sombrero—. No sé por qué, pero me olía que ibas a terminar cometiendo una tontería, y me temía que sería aquí, lejos de tu casa.

—Tienes muy buen olfato, desde luego... Siempre lo has tenido.

—¿Te importa si te acompaño dando un paseo?

—¿Podría negarme?

—No, no creo. —De nuevo el Cazador trató de parecer amable—. Y, además, no sería educado —añadió.

—Muy bien entonces —consintió Houdin—. Acompáñame.

—Gracias, siempre te consideré un caballero, Jean Houdin... Así podremos conversar un poco de camino.

Ambos personajes comenzaron a remontar la calle, avanzando uno al lado del otro.

—En primer lugar, quiero que sepas que gozas de toda mi admiración —dijo el Cazador—. Has conseguido engañarme durante más tiempo que ninguno. Todavía ahora tengo la impresión de que te guardas algún as en la manga para intentar sorprenderme con un truco final.

—Nada podría hacer un sencillo prestidigitador contra el inmenso poder y la milenaria sabiduría de Caín Nublo el de la Cuchilla —contestó Houdin en tono conciliador, respondiendo con un halago a otro halago, y tratando de desviar la atención de la verdad.

—Todos esos autómatas y esos trucos baratos de barraca

de feria te sirvieron perfectamente de parapeto. Llegué a pensar que lograrías esquivarme eternamente... Lástima lo de hoy.

—¿Lo de hoy? —El mago trató de fingirse ignorante.

—Sí, lo de hoy —continuó el Cazador—. Las bendiciones que has invocado sobre ese muchacho han sido muy llamativas. Una muestra de auténtico poder, sin duda la mayor demostración de dominio que he visto en años, pero desde luego, una tontería innecesaria por la que habré de castigarte.

—Entonces —Houdin se detuvo—, ¿estoy sentenciado?

—Sabes que sí. Tú mismo has firmado el fallo... Con magia.

Por un instante, ambos permanecieron enfrentados sin decir nada. El Gran Houdin sopesó entonces iniciar un duelo, aunque el recuerdo del rostro de su esposa lo persuadió para optar por la vía del subterfugio. Para él, en aquel momento en que su vida estaba a punto de terminar, volver a verla, despedirse de ella suponía su mayor prioridad, y sabía que un arrebato de violencia prematuro le impediría hacerlo.

—¿No pensarás ejecutar la sentencia aquí mismo, en medio de la calle? —El mago apoyó su mano sobre el hombro de su verdugo, tratando de ganarse su clemencia. Intuyó que el Cazador de Hadas no andaría sobrado de amigos, que podía tratar de comerciar con él con una pizca de falsa cortesía y unas cuantas palabras disfrazadas de familiaridad—. No lo merezco. No creo que fuera digno para mí, ni propio de un caballero como tú.

—¿Estás tratando de engatusarme, Houdin?

—Bueno, no lo digas así. Te estoy ofreciendo un trato del que ambos podemos salir beneficiados. Tú obtienes algo de charla entretenida y yo, algo más de tiempo para despedirme de mi mujer. ¿Qué te parece? En ningún lugar dice que no puedas ofrecerme esa clemencia. Es más, un gesto así no hará más que engrandecer tu leyenda.

—Sé que no intentarás ninguna tontería. Ella sufriría mucho si lo hicieras. —La amenaza del Cazador de Hadas fue como una cuchillada de hielo. Un carámbano atravesó el corazón de Houdin de lado a lado—. Si te concedo esa gracia, te entregarás a mí esta noche, sin violencia. Resolveremos este asunto como caballeros. Te arrodillarás, me ofrecerás tu nuca y acabaremos con esto sin estridencias ni rencores.

—¿Estás tratando de engatusarme, Caín?

El Cazador de Hadas no respondió. Se limitó a esperar la respuesta del mago en silencio.

—De acuerdo —contestó por fin Houdin—. Si juras que no le harás daño a ella.

—Tu mujer no forma parte de la pendencia que nos ha reunido. Ella solo es culpable de un delito de amor, y yo, bastante tengo con juzgar los que atañen a la realidad. Esos no son de mi incumbencia.

—Dejaré el cerrojo sin echar y te esperaré en la cama, durmiendo a su lado. Te ruego que no nos despiertes.

—Muy bien, y tú, a cambio, de camino, me contarás alguna historia divertida. La eternidad puede resultar dolorosamente aburrida.

—Hecho. —Houdin ofreció su mano al Cazador de Hadas, que la estrechó sin dudar. A pesar de que ambos iban enguantados, un frío severísimo caló la piel del mago, penetrando en su carne y alcanzando sus huesos. Reanudando la marcha, se preguntó si sería así la caricia de la muerte.

—Sabes que no servirá de nada —dijo el Cazador, mostrándose apenado—. Todo se perderá, vuestro amor incluido.

—Sí, lo sé —contestó Houdin contrariado. La tristeza comenzaba, lentamente, a horadar su ánimo.

—Lo que ambos sentís se disolverá en el olvido, jamás habrá llegado a existir siquiera. Tu vida, tal y como la has vivido, desaparecerá, será sustituida por otra diferente o, simplemente, se borrará del flujo temporal. La realidad se reconfigurará para reparar el entuerto que has cometido. —El Cazador de Hadas se mostró extrañamente entristecido. A Houdin le pareció que, en cierta forma, aquel ser horrible se lamentaba de manera sincera—. Si algo odio de este trabajo, es ver cómo el amor se desintegra.

—¿Qué sabrás tú de eso?

—Es verdad, no sé nada. El amor es un néctar que jamás se me ha dado a beber. Y, sin embargo, me duele que se desperdicie... Imagino lo que sentirás tú.

—Estás siendo cruel conmigo y no hay necesidad.

—Sí, es cierto. Te ruego que me perdones —se disculpó educadamente el Cazador.

—Oye —preguntó Houdin, fingiendo ligereza, haciendo acopio de todas sus fuerzas para no saltar sobre el cuello almidonado de aquel monstruo que venía a robárselo todo—, ¿te he contado alguna vez cómo derroté a los mulás sin invocar un solo hechizo de magia verdadera?

A lo lejos, la regia silueta del hotel Hilton le advirtió de que su tiempo se agotaba. Houdin rezó al dios de la justicia para que su treta funcionara. Había arriesgado mucho, su vida entera, el recuerdo de todo lo bueno que había vivido... y lo había hecho por Aurelius. Tenía la esperanza de que aquel muchacho cambiara las cosas.

Adornándolas en extremo, Houdin fue narrando sus hazañas en Libia. Mientras se acercaba a la entrada del hotel, siguió recreándose en cada pequeña descripción, imitando a la perfección el acento de Napoleón tercero, describiendo con profusión de detalles los pormenores de todos los trucos que utilizó en aquella ocasión. Fue su último espectáculo, y trató de que fuera luminoso y colorido. Sin embargo, solo una parte de él se dedicó a las mentiras en aquel corto paseo, pues en ningún momento su pensamiento se alejó de Cécile.

Su Cécile, su querida y compasiva Cécile...

Antes de despedirse del Cazador de Hadas, tras agradecerle su deferencia, rogó de nuevo en silencio por el joven Aurelius.

—Estará a la altura —pensó.

Y luego se dispuso a cenar con su esposa por última vez.

VI

La maldición del recuerdo

Aurelius despertó entumecido y cansado, como si durante la noche hubiera tenido que atravesar a nado un océano de brea, aunque con solo recordar a Houdin, aquella pesadez se evaporó de inmediato. Sin perder un segundo, corrió a vestirse y se dirigió hacia la cocina, donde su padre lo esperaba ya preparando el desayuno. El olor a salchichas recién fritas, que llegaba serpenteando escaleras arriba, le confirmó que había dormido demasiado. Comenzaba una jornada más en la casa de los Wyllt, una que, por distintas razones, sería decisiva en su vida, aunque en ese momento no lo pareciera.

Aurelius se detuvo en el rellano de la escalera y miró hacia abajo, tomando fuerzas para enfrentarse a Maximilian. El día anterior había estado ausente de sus obligaciones, y temía que la generosidad del viejo se agotara pronto. Aunque había pagado de su propio bolsillo las horas extras que la señora Babcock y su hija habían empleado para sustituirle, estaba seguro de que su padre pretendería recuperarlo para la causa de la taberna sin concederle más treguas. Y sin embargo, no podía quedarse. Había acordado con Houdin un nuevo encuentro, y acudir a esa cita era para él más importante que ninguna otra cosa en el mundo. Solo necesitaba un poco más de margen, convencerlo para que le concediera otro receso. Un día más, con eso bastaría. Cuando el mago visitara la taberna y le contara sus planes, toda resistencia por parte de su padre desaparecería y él tendría libertad, por fin, para dedicarse a la magia…

—Buenos días, padre —dijo nada más entrar en la cocina.

Maximilian contestó con un saludo de diario, sin dejar de atender sus ollas y sartenes.

—Estás cogiendo costumbres de señorito. Te has levantado tarde otra vez. Acuérdate de que tienes que ir a encargar el carbón y a por el aceite para las lámparas.

El joven Wyllt miró a su padre. Analizó sus gestos y sus palabras sin decir nada, tratando de valorar su disposición a la clemencia. El viejo puso dos platos sobre la mesa y señaló un cazo que descansaba sobre una estufa cercana.

—Anda —dijo—, ocúpate de la leche antes de que suba y sc salga.

Aurelius obedeció, esperando el momento más apropiado para lanzar su ataque. Aunque ya era mayor, seguía sintiendo un respeto reverencial por aquel veterano soldado, licenciado de la guerra por la metralla y de las alegrías de la vida por la rutina y las obligaciones. Dudó. De repente se dio cuenta de que el hombre que había ejercido de padre en aquella casa durante tantos años no era ya más que un abuelo de hombros cansados, un viejo que había consumido su vida entera tratando de procurarle a él una mejor. Sé preguntó qué sentiría cuando le contara que su mayor anhelo consistía en alejarse de allí.

—Oiga, padre... —Tuvo que hacer acopio de todo su valor para hablar. Maximilian había tomado asiento en la misma silla en la que venía sentándose para desayunar desde hacía más de veinte años—. Necesito librar hoy también. Tengo que ir al teatro a ayudar al señor MacQuoid.

El viejo lo miró extrañado, frunciendo el entrecejo.

—¿Librar...? —preguntó.

—Sí —continuó Aurelius—. Es por lo del estreno... Hay mucha faena. Me necesita y no puedo fallarle.

—¿Quieres té? Está recién hecho.

Aurelius era capaz de descifrar el rostro de su padre sin la menor dificultad: cada pequeña variación en los pliegues de su piel, cada leve movimiento de cejas y labios... Le dio la impresión de que, en efecto, no sabía de lo que hablaba. Temió que el pobre hubiera perdido la memoria, que hubiera quedado afectado de uno de esos males del olvido que llegan con la edad, y comenzó a preocuparse.

—No nos dio tiempo a terminar los preparativos —añadió, abriendo las manos.

—Pero ¿qué preparativos?

—Los de la función del maestro Houdin. —Había hablado miles de veces del mago en aquella misma cocina. El viejo conocía de sobra la admiración que sentía por él.

—¿Te estás viendo con alguna muchacha? —preguntó de repente.

—¿Qué? —Aurelius era incapaz de asimilar aquella súbita amnesia. La imagen de la señora Milgram se presentó en su memoria. La mujer, una vecina de buen corazón aficionada a pellizcar las mejillas de los niños, había empezado a tener lagunas y a decir cosas absurdas durante el invierno anterior. La habían enterrado a finales de otoño, sin recordar siquiera su propio nombre, y el día del funeral, Aurelius no dejaba de preguntarse si el fantasma de la pobre desdichada habría sido capaz de leer el apellido grabado en su lápida.

—Ten cuidado con esas cosas, Aurelius, que ya eres un hombre y hay mucha mujerzuela suelta por ahí.

—¡Que no, padre!, que no me estoy viendo con ninguna muchacha —contestó Aurelius desconcertado.

—¿No será Emily Babcock? —preguntó Maximilian subiendo el tono, señalándolo con su dedo índice—. Ándate con ojo, que esas con los carrillos encendidos y cara de cordero degollado son las peores. Parece una mosquita muerta, pero tiene fama de tener menos vergüenza que dedos de frente… Y dedos de frente no tiene ni un par, permíteme que te lo diga.

—¡Y dale! ¡Que no me estoy viendo con Emily! No me estoy viendo con nadie. ¿Cree que me iría a las siete de la mañana a cortejar a una muchacha? —Aurelius trató de explicarse de nuevo, esperando que su insistencia hiciera comprender al viejo—. Ya le he dicho que tengo que ir al teatro a ayudar al señor MacQuoid.

—¿A qué teatro?

—Al de Dorset Garden… —Aurelius contestó asustado. No creyó que su padre fingiera—. ¿A cuál va a ser?

—No sabía que tuvieras tratos con el señor MacQuoid.

—Pero, padre —dijo, poniéndose en pie—, me está usted asustando.

—¿Cómo que te estoy asustando?

—¡Padre!, llevo casi diez años yendo al teatro a ayudarle por las tardes. ¿No me dirá que no se acuerda de eso tampoco?

—Al Teatro del Duque de York, ¿no? —El viejo alzó las cejas, tomándose poco en serio las desesperadas palabras de su hijo—. No, no me acuerdo de él. Ni tú tampoco… Lo derribaron hace más de un siglo. ¿Es que te crees que soy imbécil?

—Me refiero al nuevo, padre… ¡al nuevo!

—¡Ah, al nuevo! —El padre gesticuló, torciendo la boca y asintiendo un par de veces—. ¿Y puede saberse dónde está ese teatro nuevo?

—¡Por Dios, padre!, lo sabe tan bien como yo —protestó Aurelius cada vez más preocupado.

—Pues no, no lo sé… Ni creo que lo sepas tú mismo, porque no existe. —El viejo se puso en pie y señaló otra vez a su hijo con el dedo. El carácter de soldado, atemperado por los años, comenzó a aflorar en el tono de su voz—. Mira, Aurelius, si quieres ir a algún lado, vete. Ya eres mayor. Yo me ocuparé de todo… Pero procura no meterte en ningún lío. Si me entero de que estás metido en algún asunto sucio, no vuelves a pisar esta casa. A mí no me mueve de mi sitio ni Dios… Llevo muchos años cuidando de mi reputación para que nadie venga a ensuciármela.

—¡No me lo puedo creer!

—Pues créetelo.

En ese momento, Aurelius apartó la vista del viejo Maximilian para buscar a su alrededor una señal, la que fuera, que le sirviera de agarradero. En un intento desesperado por convencerlo de su error, trató de encontrar pruebas que le dieran la razón en aquel duelo de sinrazones. Sacarlo de su terco olvido se convirtió en necesidad acuciante. Y de inmediato comprendió que algo muy extraño había sucedido durante la noche. Los pequeños detalles que antes había pasado por alto se volvieron insultantemente llamativos cuando comenzó a observar con detenimiento los muebles y enseres que los acompañaban... Conocía íntimamente cada rincón de aquella cocina, los fogones, el contenido de los armarios, cada desconchón en la vajilla... hasta las mellas en los cubiertos... Casi habría podido decir de memoria el número de vetas de madera que se marcaban en cada una de las tablas del suelo. O bien su padre se había dedicado a reformar completamente la casa durante la noche, o todo había cambiado. Hasta los adornos eran diferentes. Se trataba de sutiles alteraciones: una tetera vieja que parecía recién estrenada, el rabo de una sartén milagrosamente enderezado, otro bordado en las cortinas o una pintura nueva en la pared del fondo de la despensa... Tazas resucitadas y cosas por el estilo... Era como si un diablo juguetón se hubiera dedicado a cambiarlo todo, seguramente con la intención de quitarle la razón frente a su padre, quizás tratando de volverlo loco.

—¿Qué hizo anoche, padre? —preguntó Aurelius desconcertado.

—¿Cómo que qué hice? Dormir en paz, como hago siempre —contestó Maximilian de mala gana—. Es lo que solemos hacer los que tenemos la conciencia tranquila.

—¿Cuándo ha cambiado las cosas? —Si hubiera dispuesto de un espejo, Aurelius habría sido testigo de la trasformación que, lentamente, comenzaba a producirse en su rostro. La estupefacción se hizo patente en su gesto.

—Pero, bueno, ¿qué mosca te ha picado a ti hoy?

Sin siquiera contestar, Aurelius salió de la cocina y corrió hasta el pequeño salón en el que su madre se sentaba a coser por las tardes. La casa, casi siempre compartida con huéspedes, apenas disponía de dos habitaciones de uso exclusivo de la familia: una era un retrete —escrupuloso, Maximilian no quiso nunca que su familia se sentara sobre las inmundicias de los demás— y la otra, aquel saloncito en que el espíritu de su esposa parecía aguardar en silencio. El día que decidió comenzar a alquilar las habitaciones de arriba dispuso con sabiduría mantener aquellos dos reductos de privacidad, en los que Aurelius solía recluirse para leer o practicar sus trucos. También allí habían cambiado las cosas, aunque no lo suficiente como para hacer desaparecer el pesado aparador que tanto había enorgullecido siempre a su padre.

Sin demostrar el más mínimo miramiento por tan respetabilísimo mueble, Aurelius abrió el segundo de los cajones, esperando encontrarlo ocupado solo por mantelerías y pañitos apolillados. Maximilian había escondido allí la vieja petaca del tío Arthur hasta el día en que él la había tomado prestada para sobornar al señor MacQuoid. Si todo era como recordaba, seguiría en el bolsillo del viejo, pues jamás se había atrevido a pedirle que se la devolviera. La consideró primero un pago justo por haberlo llevado ante Houdin, y luego el regalo a un amigo que la merecía sin duda.

Con el corazón encogido, el joven Wyllt comenzó a revolver los paños, aunque no tardó en suspender la búsqueda. Nada más retirar las primeras capas de tela, el brillo del recipiente, retornado mágicamente a su lugar, le confirmó que la pesadilla era real. Había visto al señor MacQuoid bebiendo de ella unas horas antes. Habían comido juntos y lo recordaba perfectamente... y sin embargo, allí estaba, desafiándolo, convertida en testigo de una realidad que ni quería, ni podía recordar.

—Del señor MacQuoid sí se acuerda —inquirió Aurelius nada más entrar en la cocina—. ¡Dígame al menos que de él sí se acuerda!

—¿Walter MacQuoid? —Sí, al menos a él lo conocía. Nombre y apellido. Aquellas palabras en los labios de su padre supusieron un bálsamo tranquilizador para Aurelius. Al escucharlas, creyó posible encontrar explicación para todo lo demás—. Claro que me acuerdo... Lo que no sabía es que tuvieras tratos con él.

—Le hablo de Walter Acisclo MacQuoid, el del teatro.

—¿No fumarías nada raro anoche, Aurelius? —preguntó el viejo.

—¡No, padre! ¡Claro que no! Walter Acisclo MacQuoid —insistió desquiciado—, el del teatro.

—¡Pues no, entonces no! —Maximilian señaló un rincón, indicando una dirección que, al parecer, su hijo debía conocer—. El Walter MacQuoid del que hablo yo es el de la tienda de ultramarinos de la esquina, el padre de tu amigo Connor.

No esperó más. Sin permitirse ni la más mínima réplica, Aurelius dio media vuelta y corrió hacia la calle. Dando un portazo, trató de dejar atrás sus temores, aunque nada más pisar la acera obtuvo la confirmación de que algo terrible estaba ocurriendo. Cabía la posibilidad —remota, sin duda— de que su padre hubiera hecho todos aquellos cambios para gastarle una pesada broma. No era Maximilian hombre de juegos, pero era posible… Sin embargo, era totalmente imposible que el resto de los londinenses se hubieran confabulado con él, componiendo un aterrador teatrillo, para intentar volverlo loco… Y, a pesar de todo, parecía que así había sido.

Al igual que su casa, la calle mostraba evidentes alteraciones, pequeños detalles que habrían pasado desapercibidos para alguien que no fuera del barrio. Para un muchacho criado allí, eran llamativas señales, imposibles de ignorar. Y de todas ellas, sin duda, el escaparate pintado de verde de la tienda de la esquina fue la que más le impresionó. El apellido MacQuoid, grabado sobre el cristal, se convirtió en la sentencia encargada de cercenar sus últimas esperanzas. La sastrería de los hermanos Papathanassiou, con sus estirados maniquíes sin cabeza, se había esfumado en unas horas, cediendo su sitio a aquel nuevo negocio.

Caminando embelesado, cruzó de una acera a otra, y siguió luego calle arriba hasta situarse justo frente a la puerta de la tienda. A través del cristal pudo ver al que había sido su amigo durante tantos años. Sí, aunque estaba de espaldas y parecía rejuvenecido, menos cansado que de costumbre, era sin duda él. El señor MacQuoid ordenaba sacos de café y tarros de té, colocaba sus mercancías con cuidado sobre estanterías también pintadas de verde, a la espera de que las primeras clientas comenzaran a llegar.

Convertido en estatua de sal, Aurelius permaneció inmóvil frente al cristal. Trataba de afrontar su propia locura cuando una voz vagamente conocida logró sacarlo de aquel trance.

—¿Qué pasa, Wyllt?

Un muchacho recién salido de un portal cercano lo saludó de pasada con un sonoro palmetazo en la espalda. Lo supo de inmediato, se trataba del hijo del señor MacQuoid. Además de ser un calco de su padre, además de tener la misma boca, la misma nariz y el mismo color de ojos, caminaba con el mismo deje que el viejo. Sintió un inmediato afecto por él, que vino acompañado del surgimiento de nuevos recuerdos. De alguna manera, la presencia de aquellos nuevos MacQuoid activó un misterioso mecanismo en su cerebro que rápidamente comenzó a solapar imágenes de su vida pasada con otras pertenecientes a aquella realidad en la que acababa de despertar. Le costó distinguir cuáles eran verdaderas y cuáles falsas.

—¿Quieres algo, Tontelius? —El muchacho se detuvo un momento para mirarlo, sonriendo con extrañeza—. Te has quedado pasmado…

Aurelius no supo qué contestar. De repente pudo recordar diversos capítulos de una sincera amistad con aquel joven de pelo color panocha, cientos de tardes de juego. Podía recordar incruentas guerras de tirachinas, cazas de dragones que parecían gatos y maullaban al recibir sus pedradas como si lo fueran, partidas de *backgammon*, horas de estudio compartidas y hasta alguna pelea tonta, de esas que dejan pequeñas cicatrices en el alma y que, pasados los años, solo sirven para recordar lo pronto que curaban las penas cuando uno era niño… Sí, de alguna manera era capaz de acordarse de esa segunda vida, y sin embargo, podía recordar mucho más vivamente al otro señor MacQuoid, al viudo que había malgastado su existencia lamentando en secreto la pérdida de su único hijo. Había comido con él en el Nuevo Teatro del Duque de York solo un día antes.

—¿Dónde está tu madre? —preguntó Aurelius al fin, sin terminar de salir de su asombro.

—¿Dónde va a estar? En mi casa. —Cada vez más extrañado, el joven MacQuoid apoyó su mano sobre el hombro del que durante tanto tiempo había sido su amigo—. Oye, ¿te pasa algo?

—¿Y está...? —dudó—. ¿Está bien?

—Claro que está bien, idiota. —Sonrió—. Eres tú el que está un poco raro esta mañana.

Aurelius permaneció un momento en silencio, tratando de poner orden en aquel absurdo sin lograrlo del todo. Finalmente, negó con la cabeza, rindiéndose a la evidencia.

—Dile a tu padre que me alegro... —dijo, alejándose ya—. Que me alegro mucho de veros juntos... a todos.

Sin esperar respuesta, el joven Wyllt dio media vuelta y echó a correr. Como uno de esos boxeadores que, sabiéndose derrotados, sin aliento y con las muñecas rotas, se lanzan a golpear al contrario como si no hubiera para ellos un mañana, se entregó a una carrera furiosa con la que solo pretendió alejarse de allí. En ese preciso momento empezó a chispear débilmente, aunque apenas se dio cuenta. Dejando tras de sí un rastro de lágrimas que terminaron por mezclarse con el agua de lluvia, avanzó furioso, tratando de perderse para siempre por aquellas callejuelas. Pronto comprendió que nunca llegaría lo suficientemente lejos.

Solo cuando le faltó el aliento, Aurelius consintió en detenerse. Fue justo a la entrada del puente de Blackfriars. La pasarela que unía ambas orillas del Támesis quedaba a sus pies como una alfombra extendida para recibirlo en aquella nueva vida. Entendió que si quería encontrar la evidencia definitiva de su locura, tanto como si pretendía descartarla, debía cruzar. Solo visitando el Nuevo Teatro de Dorset Garden hallaría la prueba irrefutable ante la que finalmente habría de rendirse. Si como su padre afirmaba, nunca había llegado a construirse, la cuestión no admitiría más discusión. Por eso, mientras la lluvia arreciaba, reanudó la marcha, corrió hasta el otro lado y se adentró en la parte norte de la ciudad.

Haciendo el mismo recorrido que había repetido durante cada tarde en los últimos seis o siete años, giró en las mismas esquinas y cruzó las mismas calles hasta llegar al lugar en el que hundía sus cimientos el Nuevo Teatro de Dorset Garden. Sin embargo, bastante antes de llegar ya supo que no lo encontraría. La inconfundible silueta del edificio, que tantas veces había admirado al acercarse a la entrada principal, había mutado en un viejo tejado a dos aguas, de funcional vocación, muy distinto al que él conocía.

Y todo lo que quedaba bajo las tejas había cambiado igualmente.

Detuvo la carrera de inmediato al comprobar que el teatro se había convertido en un enorme almacén, aunque siguió caminando, como hipnotizado, hacia el lugar en que había estado la entrada principal. Colocándose en el mismo lugar en que había tropezado de niño, en el punto exacto en que se había encontrado con la magia por primera vez, se detuvo por fin. No cabía duda. A ambos lados, más allá de la que había sido la entrada principal y a su espalda, todo seguía igual. Poco más había cambiado. Las farolas, el color de las aceras, la casa de té de la esquina... Todo seguía allí, menos el teatro.

Tardó poco en entender que, con el nuevo Dorset Garden, se habría perdido todo rastro de Houdin, y esa certeza fue para él imposible de soportar. Totalmente derrotado, se dejó caer sobre el bordillo, y sin atender a otra cosa que no fuera su propio dolor, se rindió al llanto. Compuso una máscara con ambas manos y trató de esconder su cara tras ella.

Sin duda había perdido la razón. Y a pesar de todo, lo peor no fue saberse loco, sino entender que estaba solo en aquella recién llegada realidad, darse cuenta de que la magia había desaparecido, abandonándolo para siempre. Los encantamientos de alta hechicería, las hadas, los duelos mágicos con adversarios del lejano oriente, su suerte al ser elegido como discípulo del Gran Houdin... todo era mentira. Seguramente una mentira generada por su propia mente enferma que todavía se negaba tercamente a olvidar.

—¿Te pasa algo, muchacho? —Una voz desconocida interrumpió el hosco luto de Aurelius, transcurridos varios minutos. Un hombre mayor, con un mandil de cuero, acudió a socorrerlo, creyéndolo indispuesto—. Te llevarán detenido si se piensan que estás borracho.

Aurelius levantó la cabeza, procurando que la lluvia disimulara sus lágrimas. Ya era mayor de edad, no era de recibo que llorase como un chiquillo.

—No estoy borracho —se disculpó, limpiándose la cara.

—¿Te pasa algo? —insistió el hombre, ayudándole a levantarse.

—¿Trabaja usted por aquí? —preguntó Aurelius.

—Sí, ahí enfrente, en la bodega. Por eso te he visto... He pensado que te había dado un mareo. Como has llegado corriendo y te has tirado de esa manera al suelo...

—¿Dónde está el teatro?

—¿Qué?

—El Dorset Garden... ¿Sabe dónde está?

El hombre esperó un momento antes de contestar, seguramente sopesando la causa de la desorientación de Aurelius, tratando de comprobar si era peligroso o solo otra víctima de aquella inmisericorde ciudad. Por aquel entonces, Londres estaba habitada por una mayoría de vecinos censados de supuestas buenas costumbres, pero también vagaban por sus calles manadas de desheredados, enfermos de miseria y enloquecidos, peligrosísimos para todo aquel que guardara más de un penique en el bolsillo.

—¿Te refieres al viejo Teatro del Duque de York? —A aquel hombre le resultó extraño que Aurelius hiciera aquella pregunta. La lluvia, cada vez más intensa, se encargó de subrayar lo absurdo de su curiosidad.

—¿No se hizo por aquí cerca uno nuevo?

—No eres del barrio, ¿verdad?

—No sé de dónde soy...

—El viejo Dorset Garden estaba junto al río, pero lo derribaron hace más de un siglo. Lo sé porque lo transformaron luego en un almacén de madera... Mi padre trabajó allí.

—Y nunca se hizo uno nuevo, ¿verdad?

—No, que yo sepa... —Viendo que lo de Aurelius no era de gravedad, el hombre optó por volver a sus faenas—. Oye —dijo, alejándose—, mejor será que te pongas a cubierto. Vas a coger frío.

La siguiente estación en aquella procesión por el camino de lo imposible llevó a Aurelius de librería en librería hasta que, casi a la hora de comer, encontró por fin el documento que terminó de cerrar aquel círculo de dolor. Fue cerca de la iglesia de Saint Bride's, en una tienda de volúmenes de segunda mano que regentaba un judío apellidado Eysner, en la que recordaba haber comprado novelas más de una vez.

Allí, en una estantería dedicada a la magia que apenas parecía haber cambiado, Aurelius encontró un modesto librillo, encuadernado en tela granate, en el que se hacía un recuento de los más grandes prestidigitadores del mundo, así como de los hechos más destacados de sus biografías. Deslizando su dedo índice por la lista de nombres del prólogo, avanzó con ansia hasta dar con el que buscaba. No le fue necesario descender mucho. La esperanza renació en su alma al ver que Jean Eugène Robert-Houdin figuraba con letras mayúsculas entre los primeros destacados.

Descuidando la salud de aquellas páginas y despreciando por completo los demás nombres, pasó un buen puñado de ellas hasta llegar al lugar en el que se hablaba de su maestro. Allí terminó su dicha. Efectivamente, el Gran Houdin había existido también en aquella realidad, y como aseguraban sus otros recuerdos, había vivido en Francia, país al que había representado en aquella legendaria lucha de poder contra los mulás de Argelia... Aquel texto hablaba del árbol de naranjas, de la suspensión etérea y de algunos de sus más famosos trucos. Seguía existiendo un teatro Houdin en Blois. Sin embargo, el libro aseguraba también que el mago había muerto el 13 de junio de 1871. Aurelius jamás olvidaba una fecha importante. Según recordaba, había conocido al Gran Houdin varios meses después de ser enterrado...

Si esa tarde Aurelius no se quitó la vida al regresar a casa —recorrió el camino de vuelta, bajo la lluvia, pensando en la manera más fácil de hacerlo y en las palabras de disculpa que escribiría a su padre en su última carta—, fue únicamente porque, rebuscando, encontró en el bolsillo de su chaqueta la nota manuscrita que el día anterior le había entregado su maestro. En ella se le animaba a hacer un sencillo juramento, al parecer, único requisito imprescindible para ser nombrado miembro numerario de la sagrada hermandad de hechiceros a la que Houdin pertenecía. Debía hacer voto de salvaguardar siempre la magia en todas sus formas, entregarse a su custodia en cuerpo y alma... creer en ella.

—Todo cuanto recuerdas es cierto —aseguraba el epílogo de aquella nota.

Aurelius esquivó a su padre, que salió a su encuentro en cuanto lo oyó llegar con la intención de cortarle el paso frente a la puerta de la cocina. Prometiéndole una explicación que jamás llegaría a darle, corrió escaleras arriba y se encerró en su cuarto. Bajo una de las patas de su cama, en un hueco del entarimado del suelo, escondía una pequeña caja de taracea que había pertenecido a su abuela materna. Aquel diminuto joyero, caído en desuso varios años atrás, contenía todavía algunos de sus más preciados recuerdos de la niñez.

Dejando la nota arrugada sobre la colcha de la cama, trató de encontrar una prueba más, una que no admitiera duda. El papel, aunque supusiera en principio una alentadora pista, no le proporcionaría la solidez que necesitaba para reconstruir su seguridad. Él mismo había podido escribirlo para dar veracidad a su locura.

Se arrodilló y con sumo cuidado, rogando a todos los dioses para que se compadecieran de él, levantó la pequeña tapa...

Allí estaba. El saquito que Houdin le había entregado junto al billete de cincuenta libras seguía donde lo había dejado. Al abrirlo, la llave brilló con un tenue fulgor dorado.

VII

Villa Oniria

Perdida en un páramo de soledades…

La casa del Cazador de Hadas estaba en muchos lugares a la vez, sin llegar a estar en ninguno. Rodeada de un manto de brumas eternas, había sido concebida en un territorio de fronteras difusas al que resultaba fácil acceder si él quería, pero que era casi inalcanzable sin su permiso. Purgatorio, olvido, bajo astral… Él la llamaba Villa Oniria. En buena lógica, cualquiera habría podido pensar que aquel singular edificio y el ser que lo habitaba apenas recibirían visitas, pero no era así. De ningún modo. Cuando no tenía demasiada faena, el Cazador de Hadas se disfrazaba de humano, adoptaba el nombre de Giordano Telesio y gustaba de convertirse en anfitrión. Así, rara era la noche en la que no llegaban a su puerta varios carruajes cargados de selectos invitados, elegidos por sus defectos más que por sus méritos, con los que solía compartir cena y velada. Gustaba de reunirlos a su mesa para, durante un par de horas, escuchar sus perfectas y afectadas conversaciones, sintiéndose adorado por todos ellos.

En realidad, los utilizaba. Venía haciendo uso de hombres como aquellos desde hacía milenios, con la única intención de sentirse acompañado. Reyes de todas las épocas y rincones del mundo, cortesanos egipcios, avaros mercaderes de la vieja Cartago, emperadores mongoles y señores de la guerra de Cipango, banqueros americanos, adinerados empresarios… Era sorprendente ver cómo personajes tan distintos, tan alejados en el tiempo y el espacio, repetían de manera idéntica los mismos errores. Compraba, a precio nada barato, unas horas de entretenimiento que al final de cada velada le parecía siempre hueco e insustancial, una absoluta desilusión. Y de la misma manera en que quedaba defraudado por sus palabras, sus sonrisas de compromiso y sus halagos, quedaba indefectiblemente decepcionado por los besos robados a sus mujeres, por la fría calidez de sus vientres y el sucio ardor de sus lujurias. Ni siquiera las más salvajes perversiones fueron capaces de calmar una sed que, por momentos, le pareció insufrible. Sin embargo, era incapaz de renunciar a ellos, pues aunque en el fondo los odiase, sabía que los necesitaba para sobrevivir al hastío de la eternidad.

Cuando el reloj marcaba la hora de la despedida, y los muy necios montaban en sus carruajes para regresar a sus mansiones sin sospechar lo cerca del infierno que habían cenado, él se quedaba en la ventana, la mirada perdida en la bruma, preguntándose por qué no había cogido un cuchillo y les había cortado el cuello a todos. Solo en un par de ocasiones lo hizo, por probar, para ver si podía hallar en su sacrificio un sucedáneo al éxtasis que alcanzaba tras completar cada una de sus cacerías, pero ni siquiera para eso le valieron aquellos inútiles. Su sangre derramada sobre el mantel le pareció una ofensa a la vista; sus gritos de dolor, insultos desafinados...

Por eso aquella noche los despachó tan rápido. Un par de ministros y sus esposas, el arzobispo de Canterbury y un joven inventor estadounidense, apellidado Edison, en busca de capital para comercializar su última locura. Incapaz de apartar su pensamiento del manjar que lo esperaba en el sótano, apenas les prestó atención. No tardó en alegar una repentina jaqueca para excusarse, dejándolos solos. Dio orden al servicio para que se encargara de despedirlos y esperó en la habitación contigua, sentado en la penumbra y maldiciendo su tardanza, hasta que el silencio vino a confirmarle su marcha. Solo entonces, liberado de convenciones humanas y dispuesto a disfrutar de su merecido premio, se dirigió a la escalera.

Desviándose mínimamente, pasó primero por la biblioteca, donde en el interior de un armario estrecho guardaba sus útiles de trabajo. Algunas de aquellas crueles maravillas habían sido forjadas mucho antes de que el primer hombre pisara la Tierra y, sin embargo, las seleccionó sin mostrar la más mínima deferencia, introduciéndolas en el maletín de cuero que solía utilizar en sus salidas. Al fin y al cabo no eran más que cuchillas. Finalmente, tras coger también un quinqué de una de las mesas, pasó por la bodega y eligió la bebida, una botella de licor de ambrosía que reservaba desde hacía más de dos mil años. Antes de dirigirse a los pisos inferiores, derramó en su interior el contenido de un pequeño vial que sacó de otro viejo arcón. Le habían asegurado quc aquella ponzoña sería capaz de reblandecer la voluntad del más valiente.

Un laberinto de pasillos y escaleras que ningún ser humano habría sido capaz de recordar sin enloquecer lo condujo hasta la estancia en la que esperaba su prisionera. El sonido de un primer mecanismo de cuerda comenzó a escucharse en el mismo momento en el que salió de la bodega. Y a ese cansino tictac se sumó el de una segunda maquinaria un par de pasos después… y a ese otro, un tercero… y a todos ellos, otros mil. Un ejército entero de pájaros carpinteros parecía esperarlo tras la puerta.

El misterioso origen de tan caótica sinfonía quedó revelado en el momento en que el Cazador iluminó el lugar con su lámpara, espantando las sombras. La estancia no tenía techo; las ruedas, los pistones y las manecillas, los depósitos humeantes y las tuberías se superponían unos con otros, en las alturas, componiendo una desigual cúpula mecánica. Y las paredes formaban también parte de esa obscena maquinaria. Allí dentro olía a aceite, a hierro y a humedad. Justo en el centro de la sala, sobre una especie de altar forrado de azulejos blancos, esperaba su objeto de deseo. Cubierto por un paño de seda, brillaba un misterio, latiendo como el corazón de un dragón enfermo de tristeza.

El Cazador se estremeció, intuyendo el placer. Tras detenerse durante un momento, caminó decidido hasta el altar, dejó a su izquierda la bolsa y, sin pensárselo dos veces, retiró la tela. La pequeña constelación de luceros que componía el cuerpo del ser encerrado en la botella quedó a la vista. Su fulgor tiñó de ámbar rostro y pecho de su captor.

Dando las gracias a Houdin por aquel regalo, el Cazador de Hadas abrió el maletín y comenzó a colocar frente a él su macabra colección de cuchillos, bisturíes, tijeras y escalpelos. Era metódico en todo cuanto hacía, no podía evitarlo. Había repetido aquel ritual millones de veces, así que pudo permitirse el lujo de hacerlo sin apartar la mirada del hada... Porque eso es lo que era. Lo había sabido mucho antes de encontrarla en la habitación del mago. Su olor era inconfundible. Un hada, una delicada y maravillosa hada, quizás el ser más hermoso de la creación... Su bocado favorito.

El cristal que conformaba las paredes del ánfora comenzó a disolverse al adelantar la mano. No se sorprendió, pues esperaba que así fuera. Su propia naturaleza era antídoto de muchas formas de magia, solo la más poderosa podía plantarle cara. Liberado de su delicada prisión, el cuerpo de luz de la criatura se descompuso en un sinnúmero de chispas, que ascendieron hasta el techo de la estancia. Tras intentar en vano escapar por allí, fueron deslizándose por el aire de un lado a otro, como un enjambre de luciérnagas desorientadas, sin encontrar nunca una salida. Finalmente regresaron al suelo, más allá del altar, donde acabaron por rendirse, formando una esfera de luz perfecta.

El fulgor perdió intensidad mientras el Cazador se acercaba, aunque no llegó a extinguirse. Y entonces, de la manera más inesperada, aquel ser oscuro sufrió la más absoluta derrota que hubiera sufrido nunca. Ante su presencia, la magia había mutado en carne. Una muchacha joven, perfecta en su absoluta desnudez, lo esperaba acurrucada. Tiritaba de frío sobre un charco, apenas atreviéndose a mirarlo. Desde luego no era humana; dos delicadas alas transparentes, similares a las de las libélulas, le nacían de la espalda, elevándose por encima de sus hombros. Le pareció el ser más frágil y hermoso que hubiera visto nunca. Al observarla con detenimiento, pensó que, vestida, habría podido pasar, sin duda alguna, por la más bella de las princesas.

El Cazador se detuvo a su lado, en pie, sin decir nada, sintiendo que un irrefrenable temblor comenzaba a agitar su marchito espíritu. A lo largo de su vida había bebido la sangre de seres como aquel en millones de ocasiones; el hacerlo una vez más no debía de suponer ningún problema y, sin embargo, en aquel momento ya supo que no podría. Los ojos dorados de aquella doncella perdida lo castigaron tan duramente que apenas fue capaz de moverse. Su corazón, bolsa que había bombeado alquitrán a través de sus venas durante tantos siglos, comenzó a sangrar herido de muerte. E inmediatamente, para no reconocer aquella derrota ni ante sí mismo, se dispuso a buscar excusas que le permitieran esquivar su destino. Un breve período de reflexión le valió sobre todo para constatar una triste verdad que tuvo que asumir sin remedio. Había quedado atrapado en una paradoja: tenía hambre, un hambre que era incapaz de contener, y para calmarla debía causar dolor... debía herirla.

—Ven, anda, no tengas miedo. —Le ofreció su mano, y ella, en vez de tomarla, trató de retirarse. La fría pared forrada de engranajes le impidió alejarse mucho más. No había posibilidad de huida—. Toma.

El Cazador extendió la sábana frente a su cuerpo, prometiéndole cobijo. Cuando el hada renunció a cubrirse, él aceptó convertirse en su sirviente, y la colocó sobre sus hombros, intentando arroparla con el mayor mimo.

—Eso es, déjame cuidarte.

El tacto de aquella piel cálida rindiéndose a sus palabras supuso, a la vez, una bendición y el mayor de los castigos. El placer y el sufrimiento se mezclaron en las entrañas del Cazador, arañándole por dentro. Con pulso tembloroso, llenó una de las dos copas y se la ofreció.

—Toma... te ayudará a entrar en calor.

Lentamente, con un cuidado que no habría malgastado con ningún otro mortal, acercó el cáliz a la mano del hada para conducirlo luego a su boca. Al principio con muchas precauciones, ella terminó por beber. Primero un sorbo corto, accidentado, que provocó que el líquido se derramara y formara dos hermosas líneas granates a los lados de su barbilla. Luego otro más largo y sereno, animada por su captor.

Entendiendo que la primera prueba había quedado superada, el Cazador de Hadas se sirvió también y, para ganarse su confianza por completo, la acompañó bebiendo. Sabía que el veneno quedaría evaporado poco después de mezclarse con su saliva, y por eso aprovechó para disfrutar de aquella primera victoria con total tranquilidad. Lo hizo en silencio. No hablaron durante un rato. Se limitaron a estar uno frente al otro, y solo cuando la copa del hada quedó vacía, se atrevió a moverse para rellenarla. Acabó en cuclillas a su lado.

Tras hacerlo por tercera vez, ella renunció a beber más, y entonces el Cazador comprendió que debía afrontar la segunda etapa de su plan. Lentamente, la prisionera había ido cediendo, abriéndose a él hasta terminar por aceptar su tacto y sus palabras. Aunque una voz muda tronara en el interior de su alma advirtiéndola del peligro, los actos amistosos de su captor, sus palabras y la engañosa calidez del licor terminaron por adormecer todos sus miedos. Cogiéndola por los hombros, susurrándole zalameras mentiras, la acompañó hasta el altar, donde le pidió que esperara un momento. Tomó sus manos por las muñecas y la obligó a apoyarse en los azulejos, situándose a su espalda. En ese momento retiró la sábana, y la piel desnuda del hada quedó de nuevo a la vista. Aquello fue como verter sangre en la boca de un tiburón hambriento. El roce de sus alas, apenas un fugaz soplo de viento, le pareció insoportablemente sensual, quizá la más erótica de las caricias que hubiera recibido nunca. Un deseo irrefrenable se apoderó de él, y solo su férrea voluntad, forjada a través de siglos de esfuerzo, le permitió mantenerse firme. De buen gusto se habría abalanzado sobre ella para devorarla entera.

—A partir de ahora yo me encargaré de cuidarte —murmuró junto a su oído—. Seré tu custodio, te enseñaré, y aunque en algunos momentos llegue a hacerte daño, comprenderás pronto que es solo por tu bien.

Un cansancio soporífero se apoderó del hada, cuyos recelos

habían acabado evaporándose. Cerró los ojos y se limitó a esperar, sumida en aquella ignorancia recién llegada, plena de felicidad, que la envolvía por completo. La tibieza inesperada de un líquido cayendo sobre su nuca, un pequeño arroyo que luego discurrió entre sus alas, la espabiló levemente. Divertida, observó cómo su captor derramaba el contenido de una de las copas sobre su espalda. Entendió que se trataba de un juego. Las brumas de su mente le permitieron comprender al menos eso, y se dispuso a aceptar el goce con alegría. Volcando el peso entero de su cuerpo sobre ambos antebrazos, arqueó el espinazo, y justo en ese momento los fríos labios de su captor rozaron su piel por primera vez... Estaba bebiendo de ella...

Lágrimas negras brotaron de los ojos del Cazador de Hadas.

—Maldita seas... —susurró.

El placer supuso la certificación de la derrota que casi había llegado a olvidar. Una furia irrefrenable se adueñó entonces de su voluntad. La navaja de barbero fue su primera opción, pero no tardó en desecharla. Demasiado limpia. No. No se trataba de trabajo. Aquello era otra cosa... Rechazó todas las cuchillas que esperaban a su lado. Se apartó un par de palmos de ella y sin apenas pensárselo más, seguro de que si esperaba, terminaría por arrepentirse, dejó que la rabia guiara sus actos. Sus dientes, convertidos en las fauces de un monstruo, arrancaron de un solo bocado la primera de las alas del hada. Un grito terrible golpeó su negra conciencia, aunque tuvo fuerzas para seguir agarrando a su presa sin desfallecer. Inmisericorde, mantuvo intacta su decisión. Debía hacerlo, solo así tendría alguna posibilidad.

Escupió, maldiciendo su propia naturaleza tanto como la belleza que lo había convertido en prisionero. El ala se disolvió antes de llegar al suelo, descomponiéndose en mil copos de luz, que se esfumaron como pavesas arrastradas por el viento.

—Maldita seas —dijo, limpiándose con la manga la boca ensangrentada.

Y en silencio, maldijo también a Houdin por haberlo derrotado haciendo uso de un veneno tan dulce.

VIII

Del granate más profundo y plagada de espinas

Después de permanecer escondida durante muchos años en un hueco bajo la pata de la cama, la pequeña llave que Houdin le entregó a Aurelius volvió a colgar de su cuello noche y día. El muchacho necesitaba sentir su contacto, aquel delicado cosquilleo sobre su piel, para convencerse a sí mismo de que no había enloquecido.

Y es que, como bien entenderéis, le resultó duro asumir su nuevo lugar en el mundo. Por desgracia, Aurelius no podía confesar. De creerse el sucesor del más grande de los magos, pasó a ser un don nadie, el heredero de una cocina que apestaba a manteca requemada y a soledad. Y lo peor fue asumir que su mayor orgullo, el hecho de haber sido elegido por el Gran Houdin como su aprendiz, se había convertido en un secreto que no podía compartir con nadie sin despertar recelos. Las miradas de todos los que se cruzaron en su camino, el día en que descubrió su nueva existencia, le advirtieron que si le contaba algo a alguien, acabarían tomándolo por loco.

Así que a partir de ese momento se dedicó a callar, perseverando en secreto en sus creencias, en busca de nuevas señales que le ayudaran a sobrellevar la duda. Utilizó una vez más el trabajo como anestesia, aunque no desaprovechó la oportunidad, siempre que tuvo ocasión, de regresar a todos los escenarios que recordaba distintos. En realidad, el rebuscar aquí y allá hasta encontrar diferencias con las imágenes de su memoria se convirtió en una especie de pasatiempo al que dedicó la mayor parte de su energía. Como un amante viudo que acudiera a diario a adecentar la lápida de su amor perdido, tomó la costumbre de pasar todas las mañanas frente al solar en el que había hundido sus cimientos el Nuevo Teatro del Duque de York. Había días, cuando no llevaba prisa, en los que se sentaba y permanecía un buen rato allí, sin apartar la mirada del almacén que lo había suplantado, esperando que el fulgor de un fuego fatuo en un rincón sombrío o que un soplo de viento embrujado vinieran a hablarle de su pasado perdido.

Nada de eso ocurrió, así que acabó por tomar la decisión de ser él mismo quien resucitase la magia. Tras cerciorarse de que en la historia de eventos de la taberna no quedaba constancia alguna de sus trucos, decidió ser valiente y probar a revivirlos con el permiso de su padre. Por supuesto, el viejo consintió. Apenas tuvo Aurelius que alegar razones a favor de su pretensión, pues Maximilian llevaba días tratando de buscar algo que lograra animarlo un poco, y le pareció que concederle aquel capricho podría ser una buena idea. Aunque fingiendo indiferencia, tras insistir en que toda actividad farandulera quedaría suspendida si perjudicaba lo más mínimo al negocio —lo dijo así, literalmente—, le dio su bendición para comenzar esa misma noche.

Y de esta forma, una semana después de haberse marchado, la magia regresó a la vida de Aurelius, y todos quedaron enormemente sorprendidos por sus nuevas habilidades y su espontanea aptitud para la prestidigitación. Encaramado sobre un barril de cerveza, reclamó la atención de su público, esperando que no hubieran cambiado demasiado.

—Damas y caballeros —dijo—, no todo está perdido.

Desde luego, nadie llegó a entender el significado de aquella frase salvo él, pero lo cierto es que le bastó para ganarse la atención de casi todos los presentes. Interrumpiendo el diario ritual de exabruptos, alcoholes, escupitajos y melancolías de su selecta clientela, tomó un pañuelo prestado y comenzó el espectáculo. Al principio con cierto temor, no tardó en comprobar con regocijo cómo las desapariciones de relojes, los juegos con naipes y los demás prodigios que florecieron entre sus manos animaban el ambiente.

«Si os habéis olvidado de la magia, malditos idiotas, yo me encargaré de recordaros lo que era —pensó—. No seré Houdin, pero todavía me basto para embelesaros a todos.»

Los aplausos al final de la actuación, algún hurra eufórico que llegó a escucharse al fondo y las felicitaciones aderezadas con palmetazos cariñosos en la espalda se mezclaron para componer una suerte de indulto, a través del cual consiguió perdonar al universo por haberlo traicionado de una forma tan cruel. Es lógico que, entre tanta algarabía, ni siquiera llegara a darse cuenta de que su público había aumentado, mucho más si tenemos en cuenta el tamaño del nuevo espectador que, tan atentamente, había seguido su actuación. Solo cuando regresó a la barra para retomar su puesto como camarero, terminado el último de los trucos, reparó en la presencia de aquel individuo de aspecto singular. Un enano barbudo, que al primer vistazo le pareció un bulldog estreñido, le salió al paso, señalándolo con una pipa de espuma de mar que dejó tras de sí un rastro de humo lechoso.

—¿Va usted a seguir con esa pantomima o quizá la fortuna me bendiga y se digne a atenderme? —preguntó aquel tipo malhumorado.

—El espectáculo ha terminado ya —se defendió Aurelius—, pero incluso durante el tiempo que duran mis actuaciones, hay un encargado de servir. —Señaló al viejo Maximilian, que despachaba al otro lado del salón.

—Su señor padre me ha dicho que usted se ocuparía —alegó el enano.

—Discúlpeme. —Aurelius procuró disimular su desagrado—. Entonces no es sed lo que tiene…

—No, señor mío. Quería alquilar un par de cuartos.

—¿Le ha informado mi padre de precios y condiciones?

—Sí, hemos llegado a un acuerdo justo cuando usted se disponía a transformar los mocos de aquel caballero bizco en un clavel de papel. —Una sonrisa que era casi un insulto se dibujó en el rostro del enano—. Le pagaré en cuanto revise las habitaciones. Me ha dicho que usted se encargaría de cobrar y de acomodarnos.

—Muy bien. —Aurelius buscó a su padre con la mirada. El viejo Maximilian asintió desde el fondo, dando por buenas las palabras de aquel desconocido—. Sígame, por favor... Es por aquí.

Apenas acababan de abandonar el salón cuando Aurelius reparó en la montaña de bultos que aguardaba en el recibidor. Le extrañó que un hombre como aquel viajara con tal cantidad de equipaje.

—¿Todo esto es suyo? —preguntó, temiendo tener que cargar con ellos.

—Sí... mío y de la Baronesa.

—¿La Baronesa? —Un sinfín de posibles preguntas se agolpó en la garganta de Aurelius, aunque no dejó escapar ninguna de ellas. Entendió que aquel enano viajaba acompañando a una mujer, lo cual ya se le antojó raro. El que, además, la intitulara como baronesa le pareció casi una burla, una ofensa a su inteligencia. No era la casa de los Wyllt lugar que frecuentara la nobleza.

—Sí, está fuera, esperando... Si no es mucha molestia, le rogaría que guardara sus cosas en algún lugar seguro. El viaje ha sido largo y le gustaría irse a descansar lo antes posible... Podrá subirlo todo mañana. ¡Ah! Y tenga cuidado con aquel paquete. —Señaló un cofre de cuero que reposaba sobre otro mayor—. Contiene una vajilla de porcelana a la que tiene mucho aprecio.

—Muy bien. —Aurelius miró aquella monumental colección de bultos lamentándose por haber nacido.

—Su padre me ha dicho que las habitaciones están preparadas, que solo falta encender la estufa en la mía y la chimenea en la de la señora.

—Así es —contestó Aurelius diligente—. Si le parece bien, puedo adelantarme a hacerlo mientras usted la llama.

—Me gustaría echar un vistazo antes de cerrar el trato definitivamente, si no le importa.

—Desde luego, aunque ya le advierto que no encontrará lujos aquí. No sé si nuestras habitaciones serán dignas de acoger a una dama noble.

—Bueno, nos conformamos con unos colchones decentes, sábanas limpias y un poco de calor... Siempre y cuando no tengamos que compartirlos con roedores ni insectos de ninguna especie. La Baronesa no es de aquí, ¿sabe? No es tan rígida en sus costumbres como las damas inglesas.

El enano caminó tras Aurelius, escaleras arriba, hasta llegar al segundo piso. Al final de un pasillo no demasiado largo, presidido por un busto de bronce de Julio César, se encontraban las habitaciones, una puerta frente a la otra. Apenas se entretuvo en examinarlas. Un vistazo rápido, de los que Maximilian solía llamar «de sargento en campaña», fue suficiente revista antes de darles su aprobación. En realidad solo se entretuvo comprobando la solidez de las camas.

—¿Hay retrete?

—Sí, allí. —El muchacho señaló una estrecha puerta que quedaba al otro lado del pasillo, justo frente a la figura del emperador romano.

—La señora se quedará en esta. —El enano eligió para su ama la más pequeña de las dos habitaciones, la que carecía de ventanas, lo cual extrañó sobremanera a Aurelius.

—Pero esta es mucho peor... —objetó el muchacho—. La estufa calienta menos que la chimenea y la cama es más pequeña.

—Da igual. La conozco bien. Le gustará más. Aborrece los ruidos, y esa tiene la calle demasiado cerca. —Sin esperar más, el enano dio media vuelta y se encaminó hacia la escalera—. Termine, señor Aurelius. Voy a decirle a la Baronesa que nos quedamos y que ya puede subir.

—Muy bien —contestó el muchacho sin apenas levantar la cabeza, mientras colocaba los braseros bajo las camas.

El enano desapareció taconeando de manera impertinente, se hizo el silencio y, poco después, Aurelius volvió a escuchar pasos que se acercaban. Escoltándolos, un sonido metálico, como de monedas agitadas en el interior de una hucha de cuero. Estuvo seguro de que se trataba de la pareja subiendo la escalera y de que venían cargados. Dejó inmediatamente lo que estaba haciendo —soplaba con el fuelle algunas de las ascuas recién traídas, tratando de avivar el fuego— y se incorporó para recibir a la señora baronesa y a su singular mayordomo.

«¿Un cofre? —pensó—. No. Parece una bolsa… Seguro que son ladrones y cargan con el botín.»

Aguardaba haciendo suposiciones sobre el aspecto de la misteriosa baronesa —la imaginaba gorda y altiva, una rica venida a menos de las que se ven obligadas a empeñarlo todo menos su soberbia— cuando entró el enano. Efectivamente, iba cargado con un maletín, que arrojó sobre la cama sin el menor miramiento. El contenido metálico volvió a sonar. Y luego, sin prestar la menor atención a su supuesto botín, se colocó muy tieso frente a la puerta y esperó a que ella entrara, dando muestras de una marcialidad exagerada.

—Este es el vuestro, señora —dijo.

Como la irrupción de una lengua de fuego… Como una rosa que brotara en un desierto, del granate más profundo y plagada de espinas… Como una ola de sangre que, sin embargo, invitara a zambullirse en ella… De esta y de otras muchas formas describió Aurelius a la Baronesa, haciendo alusión siempre al color de su vestimenta y a la marea de sentimientos que le produjo su llegada. Y es que aquel debió de ser sin duda un encuentro de los que dejan huella. Cubierta de pies a cabeza por una larga capa bordada de color rojo, ya pudo saber antes de que se descubriera que era dama elegante de ademanes refinados. Y cualquier atractivo supuesto palideció en el momento en que, por fin, mostró su rostro.

En aquella época, la reina Victoria había ordenado bajar las faldas de todas las mesas de palacio para que las patas a la vista no incitaran a los caballeros al pecado. Por mandato de las buenas costumbres, los bajos se alargaron también hasta el suelo, y únicamente los hombros quedaron al descubierto en los vestidos de las damas inglesas. Sin embargo, tres palmos de piel a la vista bastaron para que Aurelius creyera encontrarse frente a la mujer más bella del mundo. Vestida también de rojo bajo la capa, el pelo recogido en un moño del mismo color, lucía una exuberancia salvaje de la que carecían todas las mujeres que había conocido. Muchas veces se avergonzaría por haberlo llegado a pensar, pero lo cierto es que vio en ella la sensualidad encarnada. Estuvo seguro de que sería la amante secreta de algún lord o de un rico heredero, una de esas emperatrices sin más reino que el de su propia carne y sin más leyes que las de sus propios deseos y ambiciones.

—Muy bien, pues entonces no se hable más. Págale —dijo, examinando el cuarto con la mirada.

Aurelius asintió servil cuando el enano abrió la cartera y le entregó el dinero convenido, adelantándole dos semanas de pago.

—¿Serías tan amable de subirme algo de cenar? —preguntó la Baronesa, dirigiéndose a Aurelius por primera vez. Dos ojos verdes, que parecían contener en su interior todos los mares, se encontraron con los del muchacho, que a punto estuvo de ahogarse en ellos. Apenas fue capaz de contestar sin tartamudear.

—Claro, señora. —La llamó así aunque apenas tendría unos años más que él—. Tenemos estofado. —Si hubiera ido desnudo no se habría ruborizado tanto.

—Bajaré en seguida, señor Aurelius —dijo el enano—. Si no le importa, yo elegiré el menú.

Durante las horas que siguieron a la llegada de aquella misteriosa mujer, Aurelius vivió apresurado, preso de una inquietud que no le abandonó ni siquiera en la cama. Dado, como había sido siempre, a dejarse aconsejar por la imaginación, comenzó a elucubrar extrañas teorías, en la mayoría de las cuales su magia era siempre una suerte de reclamo, a la llamada del cual había acudido tan extraña pareja. No podía ser casualidad. Aquella dama increíble había entrado por la puerta de su casa el mismo día en que él había decidido retomar sus actuaciones.

Por eso, a la mañana siguiente, Aurelius se levantó temprano. Su padre, que había bajado antes que él, pelaba manzanas para preparar un pastel, sentado en un taburete. Nada más pasar, le pidió con un gesto que entornara la puerta.

—No me parecen muy de fiar... —dijo susurrando, señalando con el pulgar el piso de arriba—. ¿Cómo es ella?

—¿No la vio, padre?

—No, solo de lejos, cuando atendía al enano. No bajó del coche hasta que cerrasteis el trato.

—Caliban —aclaró Aurelius—. Señor Caliban. Me dijo que lo llamara así cuando le serví la cena.

—¿Crees que es una puta? —preguntó Maximilian, bajando aún más el tono de voz—. No quiero tener problemas.

—Parece noble de verdad. Desde luego viste como si lo fuera.

—Sí, claro, si no tenemos en cuenta el detalle del color... Sé realista, hijo. Ninguna duquesa se hospedaría en nuestra casa.

—Al parecer, están buscando a un hermano de ella que desapareció cerca de aquí. No sé mucho, algo de un asunto de deudas de juego que se complicó. —Aurelius se reservó la información del maletín, temiendo que su padre se asustara y los echara a la calle sin aceptar excusas.

—¿Ves? —Maximilian golpeó la mesa como protesta, arrepintiéndose de inmediato—. Al primer problema van a la calle —dijo, volviendo a bajar el tono—. ¡Lo juro!

Apenas acababa de hablar así cuando el señor Caliban tocó a la puerta, apareciendo como por arte de magia. Aurelius, avergonzado, se preguntó si habría escuchado la conversación.

—Discúlpeme, señor Wyllt —dijo, asomando la cabeza—. Saldremos a las nueve y vendremos poco antes de la hora de comer. Me he tomado la libertad de anotarle las preferencias de la Baronesa en asuntos culinarios. Ni demasiada grasa ni demasiada carne, y todo muy hecho. —Acercó un papel escrito que pasó de las manos de Aurelius a las de su padre.

—Desde luego —contestó en tono amistoso Maximilian—. ¿Cuánto tiempo esperan quedarse?

—Un par de semanas. Puede que más, puede que menos —dijo el enano.

Todo estaba preparado sobre una de las mesas del salón cuando la señora se dignó a aparecer. Abandonado el largo vestido del día anterior, había cambiado su atuendo por otro más propio de una jornada de caza, que asombró tanto a Aurelius como indignó a su padre: pantalón negro ajustado a la manera de un jinete, botas altas y una guerrera roja, entallada, que la hacía parecer una generala dispuesta a entablar batalla. Y también había cambiado de peinado. El pelo le caía ahora sobre los hombros, formando una cascada de rizos bermejos que parecían inflamarse con cada roce del sol. Lo único que no había variado en su atuendo era la capa encarnada con la que se abrigaba del frío, que quedó recogida a su derecha, sobre uno de los taburetes.

Apenas perdieron tiempo en desayunar, y apenas lo perdió Aurelius, que comenzó a cargar con los bultos del equipaje en cuanto hubieron salido por la puerta. Su padre le había pedido a Connor MacQuoid que se pasara a ayudarle cuando tuviera un momento, pero ansioso como estaba por descubrir el secreto de la pareja, corrió al vestíbulo y se echó al hombro uno de los primeros baúles que encontró, sin esperar a que llegara su amigo. Había previsto dejar los bultos más pesados para el final y comenzar por los más livianos, procurándose así una coartada para entrar sin compañía en el cuarto que ocupaba la muchacha.

Con mucho cuidado, como temiendo encontrarse con el espectro difunto del barón —al que había imaginado asesinado por mil motivos, a cada cual más turbio—, entró en el dormitorio que el señor Caliban había elegido para ella y cerró la puerta. Pensó que tendría que buscar más, pero no tardó en comprobar el descuido con el que escondían sus secretos. Debajo de la cama, sin más... Alguien, seguramente el enano, había retirado el porta ascuas que Aurelius había colocado para calentar el colchón, sustituyéndolo por el viejo maletín.

Antes de atreverse a tocarlo, comprobó que nadie merodeara por los alrededores. Volvió a la escalera y echó un vistazo abajo; regresó al cuarto, cerró con llave y arrastró el maletín hasta sacarlo a la luz. Pesaba... Arrodillado frente a él, se preguntó si sería prudente husmear en los asuntos de personas desconocidas... Las dudas apenas pudieron disuadirlo. En el interior de aquella bolsa de cuero se encontraban las respuestas a muchas de las preguntas que se había planteado durante la noche, así que decidió sacarlas a la luz. El cierre apenas ofreció resistencia.

Soberanos de oro, armas, un pequeño botín de candelabros de plata, perlas y joyas... Cualquier cosa le habría extrañado menos que lo que encontró. Cuando la luz iluminó el contenido, mostrando solo cadenas, viejos candados y argollas de hierro, el muchacho no supo muy bien cómo encajar aquella imagen con el sinfín de historias que había llegado a imaginar. Y es que solo eran eso, cadenas.

Tomándolas en la mano, las observó con atención. Buscaba alguna señal, algún dato que le ayudara a comprender, pero no encontró más que frío hierro. Alrededor de las argollas había incomprensibles signos marcados, que interpretó como letras antiguas, pero por lo demás aquellos eslabones bien habrían podido servir para mantener prisionero a cualquier enemigo de la ley en la torre de Londres. Era todo cuanto contenía la bolsa, de manera que, sin perder más tiempo, procuró dejarla en el lugar exacto en el que la había encontrado, y volvió a empujarla hacia las sombras.

—Tendré que ver por dónde se mueven —pensó, empezando a imaginar nuevas y extravagantes teorías al respecto de la pareja.

Y luego bajó la escalera y continuó cargando bultos hasta que solo quedaron por subir los más pesados.

Durante toda la mañana, su vida pareció ser la misma de antes. A ratos, solo a ratos, Aurelius llegó a olvidarse de lo distinta que había sido unas semanas atrás...

IX

El indeseado inquilino de la señora Gyllenhaal

Aurelius no lo sabía, pero hacía días que una sombra maliciosa vigilaba la puerta de la taberna. Había comenzado a hacerlo al día siguiente de que todo cambiara, y precisamente aquella mañana abandonó su guardia por primera vez... Lo hizo para seguir a la mujer de rojo, prendido al vuelo de su capa como un bordado más.

La casa de Marion Gyllenhaal le había servido de refugio durante las últimas noches. Cansado de pasar frío, el Cazador de Hadas había decidido buscar un lugar tranquilo desde el que llevar a cabo su labor sin riesgos ni penalidades. Una visita a uno de sus muchos colaboradores le sirvió para dar rápidamente con la madriguera idónea. No tuvo que aportar avales. Tampoco se le exigió que hiciera depósito alguno. Ni siquiera llegó a firmar un solo papel. Obtuvo las llaves de manera inmediata y sin objeciones, junto con una sonrisa servil del secretario que se las entregó.

Ahorcada con el cordón de unas cortinas, la señora Gyllenhaal había fallecido sin descendencia. Nadie llegó a conocer con exactitud los motivos de su suicidio, aunque muchos dijeron sospecharlos, pues coincidió el hecho, casi exactamente, con la marcha de su más querida sobrina. Sea como fuere, lo luctuoso de su muerte complicó la venta de la vivienda, que sería clausurada poco después, a la espera de una resolución judicial. Pasó así a estar habitada únicamente por fantasmas de polvo cargados de reproches y por alguna que otra rata apátrida y despistada. No obstante, para el Cazador de Hadas resultó la atalaya perfecta. Y es que, por desgracia para Aurelius, el salón de la señora Gyllenhaal tenía una ventana que quedaba justo frente a la puerta de la taberna, y junto a ella, una mecedora. Tras las cortinas de esa ventana se había refugiado durante años la dueña, y en el mismo sitio se escondió aquel ser de ojos oscuros.

Sin embargo, un aroma, el inconfundible aroma de la magia, habría de forzarlo a abandonar tan privilegiado mirador apenas unos días después de haber tomado posesión del lugar. Satisfecho por haber vuelto a acertar, sonrió en la penumbra: una vez más, las presas habían acudido a merodear, atraídas por el aroma de la carnaza que les había ofrecido... Y es que por aquel entonces, para él, Aurelius solo era eso. Pura y simple carnaza.

Apartando el visillo con cuidado, el Cazador de Hadas esperó hasta estar completamente seguro de la dirección que tomaban la mujer de la capa roja y su pequeño sirviente. Tras observar cómo se detenían frente a la Tienda del señor MacQuoid, y al verlos reanudar la marcha, decidió que era el momento de comenzar a caminar. Bajó la escalera y, fingiendo indiferencia, tomó la calle para ir tras ellos. Imaginó que el espectro de la pobre señora Gyllenhaal se sentiría aliviado cuando aquel entrometido salió dando un portazo, después de haber ignorado sus quejas durante tantos días de convivencia forzada.

Sin duda era el mejor haciendo aquello, y lo era porque lo disfrutaba. Tenía experiencia, así como una pasión fanática por su labor que cualquiera habría calificado de pura y simple obsesión. La caza había sido su juego favorito durante miles de años, así que apenas le costó trabajo adoptar la pose casual que le había servido siempre para acosar a sus otras presas. Caminando a la distancia justa —lo suficientemente lejos como para no ser descubierto y lo bastante cerca como para no perder nunca el rastro—, avanzó entre la gente como si fuera invisible. La marea de vecinos que a esas horas discurría por las calles de Londres le sirvió para sumergirse en el más absoluto anonimato. Roma, Moscú, Toledo, Bengasi, Shanghái o Alejandría... prácticamente todas las ciudades del mundo habían sido escenario de alguna de sus cacerías. Y todas le habían prestado su complicidad de la misma manera en que lo había hecho aquella.

Mentalmente fue apuntando el recorrido de la pareja. Tras la tienda de los MacQuoid, donde husmearon, fingiendo que atendían a los precios de las patatas y las legumbres, siguieron calle arriba en dirección al río. Hicieron paradas similares en la pastelería del señor Gamp, en la carnicería de los hermanos Darnay y en la bodega de John Micawber, único lugar en que realmente llegaron a comprar algo, una botellita de absenta. Por último, se detuvieron en la lechería del señor Pecksniff, donde se interesaron por los quesos sin llegar a adquirir ni una cuña. Fueron, sin saberlo, repitiendo de manera casi exacta el itinerario que Aurelius seguía a diario en su otra vida cuando acudía ayudar al otro señor MacQuoid. Al parecer, el Cazador de Hadas no era el único capaz de rastrear el olor de la magia... Había, al menos, dos sabuesos más en la ciudad capaces de hacerlo.

Seguro de que no llegarían antes de la hora de comer al solar en el que había estado el teatro, y de que se entretendrían todavía un rato por aquella zona cercana al puente, el Cazador de Hadas decidió regresar a casa de los Wyllt. Necesitaba llegar a la taberna antes de que lo hicieran ellos, pues quería verse con el joven Aurelius a solas, sin despertar sospechas, así que tomó un coche de caballos y pidió al cochero que lo llevara de vuelta sin perder un momento.

—Sé que vive por aquí un muchacho muy talentoso que hace magia —dijo nada más entrar en la taberna, fingiéndose inocente—. ¿No serás tú por casualidad?

Aurelius, que colocaba jarras en un pequeño armario bajo la barra, asomó la cabeza para mirar al recién llegado. Se preguntó cómo habría conseguido entrar sin hacer sonar la campana de la puerta.

—Un tal Aurelius —añadió el hombre de luto sin moverse.

—Yo soy Aurelius... —dijo, acercándose a él con andares indecisos.

—¿Y es verdad lo de los trucos? Me han dicho que tu espectáculo es verdaderamente increíble.

—Bueno... —La llegada de aquel tipo oscuro le produjo una sensación de desazón que no pudo explicarse. No obstante, necesitaba saber. La más absurda señal podía ser el principio de un camino que lo llevara al conocimiento—. Soy solo un aprendiz.

—Verás, joven Aurelius, me llamo Giordano Telesio y soy muy aficionado a esto de la magia, aunque, la verdad, nunca me consideré muy dotado para la prestidigitación. Las artes del engaño no son mi fuerte, pero a pesar de mi falta de habilidad, lo cierto es que el tema me apasiona. —Señaló una mesa cercana—. ¿Te importa que nos sentemos un momento? No te entretendré mucho.

Aurelius asintió, yendo a tomar asiento, sin saberlo, frente al legendario Cazador de Hadas.

—Verás, esta noche doy una fiesta y me gustaría sorprender a mis invitados. Estoy buscando algo especial. El mes pasado contraté a una mujer que se decía discípula aventajada de Allán Kardec para que organizara una sesión de espiritismo en casa, pero fue todo un fracaso. Aseguraba ser francesa y era de Gloucester, la muy atrevida... ¡Nada! Una pantomima tétrica... —Fingió borrar el recuerdo de aquella decepción con un aleteo de su mano y una sonrisa falsa—. No, verás. Yo quiero algo más entretenido, un verdadero espectáculo de magia. Si han de engañarme, al menos quiero ser consciente de que lo están haciendo, y disfrutar de ello.

—Seguramente encuentre usted magos profesionales en Londres que sean capaces de hacerlo mejor que yo —se excusó Aurelius—. Como le he dicho, no soy más que un aprendiz.

—Sí, lo sé, pero es que lo que yo necesito es sangre fresca... Ya me entiendes. —Volvió a sonreír—. Busco gente con ideas sorprendentes porque la cuestión no es solo entretener a mis invitados de hoy. Estoy cansado de ver los mismos trucos repetidos miles de veces... No, no es eso lo que quiero. Lo cierto es que me gustaría establecer una especie de mecenazgo con algún artista joven y prometedor... Lo que busco es que alguien haga la magia que no puedo hacer yo y que me la ofrezca como regalo. A cambio, mi protegido recibiría algo también. Empezaría trabajando para mí en fiestas privadas y eventos pequeños, pero poco a poco iría ayudándole a montar un espectáculo que luego intentaría mover por los teatros de todo el país. Tengo amigos en el mundillo. No sé si sabes a lo que me refiero...

—Desde luego que sí —Aurelius contestó inseguro, tentado por las palabras del hombre de negro.

—¿Y bien?

—Bueno... como le he dicho...

—Podríamos empezar por lo de hoy, una humilde función en mi casa sin más compromiso por ninguna de las partes. Te pagaría bien, termine como termine la cosa. Si me satisface tu actuación y llegamos a un acuerdo, podemos seguir hablando... Piénsalo. Pierdes poco. Y si eres tan bueno como dicen tus vecinos, no creo que te sea difícil impresionar a mis invitados. Son unos necios engreídos.

—Está bien. —No podía negarse, y el Cazador de Hadas lo sabía. Una vez más, Aurelius mordió la manzana que le ofreció aquel ser oscuro.

—En ese caso mandaré un coche a buscarte sobre las cinco y media. Así no habrá retrasos. Te prepararé un esmoquin y un sombrero decente. ¿Veinte libras estará bien?

—Desde luego —contestó Aurelius, gratamente sorprendido. Aquella cantidad era cien veces mayor que la que él hubiera pedido.

—Pues entonces no se hable más. —El Cazador se puso en pie, ofreciendo su mano enguantada al muchacho. Con un apretón cerraron el trato—. Por favor, te rogaría, eso sí, que seas absolutamente discreto sobre nuestro acuerdo mientras yo te lo pida. Ya sabes cómo son estas cosas... No quiero que nadie sepa nada al respecto. Quiero dar la campanada, y te sorprendería saber lo rápido que corren los rumores cuando uno no quiere que lo hagan.

—Muy bien.

—No te entretengo más... Y recuerda, nada a nadie.

Dando media vuelta, el hombre de negro salió de la taberna. Esta vez sí, la campanilla de la puerta sonó señalando su marcha. Aurelius permaneció sentado un rato todavía, pensando en las repercusiones del trato que acababa de cerrar, rogando no haberlo firmado con sangre. Sin embargo, no tuvo tiempo de entretenerse demasiado. La voz de su padre llamándolo a capítulo fue como un toque de corneta que le recordó su obligación de volver al trabajo. La hora de la comida se acercaba y el tránsito de clientes comenzaba a incrementarse. Aprovechó para informarle de sus planes para la noche, sabiendo que, aun a regañadientes, seguramente después de advertirle por enésima vez de los peligros que escondía aquella infame ciudad, el viejo le concedería su bendición, librándolo de faenas.

—Ponte con las comidas, anda… Y recuerda que tendrás que pagar de tu bolsillo a Emily Babcock por cubrirte… Bueno, no será problema. Vas a ganar en una noche lo que gano yo en un mes de trabajo —protestó el viejo, alejándose—. Espero que el tuyo sea tan honrado como el mío y que no tengas nunca que agachar la cabeza, que la puedas llevar siempre tan alta como el tonto de tu padre.

Apenas había servido los primeros platos cuando el señor Caliban y la Baronesa entraron por la puerta. Nada más hacerlo, Maximilian se acercó a ellos, y más por proteger su reputación que por brindarles comodidad, les ofreció la posibilidad de comer en el saloncito interior. Solo en casos contados, con inquilinos de gran confianza de los que llegaron a ganarse su respeto y amistad, había tenido la deferencia de ofrecerles aquella intimidad. El joven Aurelius, que en ese momento desconocía sus verdaderas razones, se extrañó de tan repentina gentileza.

—Estarán más cómodos —respondió, torciendo el gesto cuando Aurelius le preguntó—, y se la verá menos… Fíjate en si bendicen la mesa.

Por fortuna, el viejo prefirió dedicarse a sus clientes habituales —alegó no tener fuerzas para subir y bajar escaleras— y encargó a Aurelius que se ocupara de servirles allí dentro. Lo cierto era que, desde que sellara su acuerdo con el hombre de negro, su mente se había dedicado única y exclusivamente a hacer conjeturas al respecto de su cita de esa noche. Sin embargo, hasta ese momento no había cabido en su memoria otro recuerdo que el de aquella mujer de cabello de fuego. A esa edad habita un demonio en el vientre de los hombres, que, ante la presencia de una hembra hermosa, despierta, toma su tridente y se convierte en dueño de todos sus actos.

Entró cargado con la sopera humeante, para encontrarse al enano de espaldas, junto a la ventana, absorto en la contemplación del paisaje ajetreado que quedaba al otro lado del cristal. Ella, por el contrario, lo esperaba sentada en el primero de los sillones, frente a la puerta, en posición mucho más relajada. Una camisa ancha de caballero, que apenas disimulaba lo generoso de su busto, era cuanto vestía bajo la guerrera, de la que se había librado antes de que Aurelius entrara. Se entretenía leyendo con displicencia un pequeño librito, que quedó abandonado a su derecha, en la misma mesilla redonda en la que su madre había dejado reposar sus labores tantas veces.

La capa colgaba del respaldo del sillón, derramándose hasta el suelo como una cascada de sangre.

—Les traigo la sopa —dijo.

Apenas tuvieron oportunidad de confraternizar, a pesar de que Aurelius hizo repetidos intentos para conseguirlo, regresando allí en más ocasiones de las que habría sido estrictamente necesario. Tratando de ganarse la confianza de la pareja, se dedicó a servirles sin escatimar esfuerzos. Con todo, le pareció que, llegados los postres, había logrado dar un paso más en pos de la cordialidad que buscaba: el señor Caliban cambió su gesto de perro con retortijones por uno de perro estreñido y ella se dirigió a él en un par de ocasiones, la última de ellas para rogarle que no encendiera la estufa de su cuarto aquella tarde.

Luego descansaron apenas media hora —el enano se fumó un par de pipas y la Baronesa regresó a la lectura— antes de prepararse para volver a la calle.

—¿A qué hora será la función hoy, maese Aurelius? —El señor Caliban lo sorprendió con aquella pregunta cuando ya estaba a punto de pisar la calle.

—Hoy no habrá función en la taberna. —Aurelius notó cierto aire de burla en el tono de aquel remedo de hombre, que llegó a molestarle profundamente. Contestó entre ofendido y extrañado, tratando a la vez de despreciar al enano y de alardear ante la Baronesa—. Al menos si se refiere usted a mis juegos de magia… Me han contratado para animar una fiesta en una casa de gente muy importante.

—¡Vaya, qué pena!

El enano y la mujer se miraron. Aurelius creyó advertir cierta contrariedad en sus gestos que no terminó de interpretar.

—Espero que mañana nos deleites con tus trucos de nuevo —dijo la Baronesa—. El señor Caliban me ha hablado muy bien de tus habilidades.

Y luego se marcharon. Eligiendo la misma dirección que habían tomado por la mañana, siguieron hacia el río hasta desaparecer varias esquinas más adelante. Casualidad o no, el caso es que una hora después de haber salido, llegaron al lugar en el que, según los recuerdos de Aurelius, había estado el Nuevo Teatro del Duque de York. Se detuvieron allí por fin. Procurando pasar desapercibidos, dedicaron el resto de la tarde a husmear, haciendo cálculos, preguntando a los vecinos, observando los detalles de los edificios colindantes hasta con lupa. Midieron los ángulos de esquinas y rincones con extraños compases que el enano sacó del interior de su abrigo y tomaron nota de todo. Ignoraban que mientras lo hacían, estaban siendo también objeto de estudio. Encaramado a un tejado cercano, el Cazador de Hadas los observó durante un rato hasta quedar convencido de que los engranajes de su plan habían comenzado a girar ya, y solo entonces abandonó su vigilancia para volver a su guarida.

El señor Caliban y la Baronesa regresaron satisfechos antes de la cena. Para entonces, Aurelius se había marchado ya.

Una berlina doble se detuvo a las cinco y media —ni un segundo antes, ni uno después— a la puerta de la taberna. Consciente de la hora de su cita, Aurelius miró por la ventana, todavía dudando de si debía montar en ella o no. Un ataúd que llevara su nombre escrito con sangre en la tapa no le habría parecido más tétrico, pero aun así no tardó mucho en aceptar el desafío que suponía. Decidido a saber, seguramente también animado por ese tipo de valentía absurda que se despierta en los hombres frente al recuerdo de la mujer deseada, corrió a su habitación para recoger sus cosas. Le había asegurado al enano que aquella noche no habría función. De haberse quedado, habría tenido que dar muchas explicaciones y ninguna habría sonado tan elegante y misteriosa como el relato de su actuación en la casa del señor Telesio.

En el mismo petate viejo en que Maximilian había guardado sus bártulos siendo soldado, metió sus naipes, sus botes trucados y sus cajas mágicas, su varita y sus dudas, y cargándolo sobre la espalda, se despidió del cuarto con un portazo.

—¿Señor Wyllt? —Un cochero tan misterioso como el hombre que lo había contratado, igualmente enlutado, se ofreció a abrirle la puerta en cuanto pisó la calle.

—Sí, soy yo —contestó Aurelius, halagado por el respeto con el que aquel tipo había pronunciado su apellido.

—El señor Telesio le espera. Si es usted tan amable. —Señaló al interior de la cabina—. Tiene una manta junto al asiento. Deme el equipaje, por favor.

Poco después, el carruaje comenzó a avanzar por la vieja Londres, alejándose de la taberna en dirección a las afueras. Al principio, Aurelius se mantuvo atento a los giros, al discurrir de calles y avenidas, tratando de recordar cada detalle del recorrido. Sin embargo, la niebla terminó por tragárselo todo, y llegó un momento en que le pareció que avanzaba por el fondo de un mar muerto, de aguas turbias, del que jamás se le permitiría escapar. Las luces se convirtieron en luminarias difusas, en vaguedades amarillentas que apenas eran capaces de ofrecer el asilo que toda claridad ofrece después del ocaso.

Por suerte, la casa de su anfitrión no tardó en materializarse frente a ellos. Primero fue un muro de piedra con puerta de rejas, luego un camino de adoquines flanqueado de farolas... Y al final, mayestática, la fachada de la residencia del señor Telesio... Al menos existía aquella isla de realidad.

X

Atrapado en una luz dorada

A Aurelius le sorprendió que su anfitrión lo esperara en la puerta, pero allí estaba, en pie, ignorando el frío de la noche.

—Espero que el viaje haya sido agradable —dijo, recibiéndolo con amabilidad.

—Por un momento llegué a creer que me había perdido para siempre —contestó el muchacho, entrando en la casa con el estómago anudado.

Nada más pisar el recibidor, pudo escuchar la algarabía en el salón. Era muy parecida a la que se formaba en la taberna cada tarde, aunque algo más discreta. Sopesando el volumen de las risas y la carencia de exabruptos, la calificó mentalmente de liviana, de alegría de clase alta, educadamente medida. Sin embargo, no se le permitiría sumarse a ella en ese momento. Una majestuosa escalera doble de mármol tallado y dos pasillos decorados con un discutible gusto barroco le sirvieron para reafirmarse en su idea de que no todas las casas pueden considerarse hogares.

Como había prometido, el hombre de negro lo condujo a una de las habitaciones del piso superior, donde le ordenó que se cambiara de ropa. Señalando un esmoquin perfectamente planchado que descansaba sobre la colcha de una cama con dosel, le rogó que se apresurara.

—Espero que sea de tu talla —dijo—. Te esperaré fuera. No te retrases, están ansiosos por conocer al gran Aurelius Wyllt. Cenarás luego.

Y de esta manera, también vestido de sombras, Aurelius debutó en Villa Oniria ante el público más sorprendente que hubiera podido imaginar. Ministros, generales y almirantes, algún empresario de éxito, varios embajadores extranjeros… Ninguno aparentaba ser lo que era. Disfrazados de bucaneros, de lobos feroces, de caballeros andantes o de dioses griegos, todos ellos iban acompañados de una o varias señoritas, a cada cual más afectuosa. A diferencia de los varones, aquellas mujeres habían sido vestidas con versiones parecidas del mismo uniforme: todas eran hadas de pega, maquilladas con brillantina y llamativo carmín de colores, adornadas con alas de papel de arroz. Aurelius sospechó que ninguna de ellas ostentaría el título de esposa.

El señor Telesio pidió un instante de atención para presentar a su invitado y, de inmediato, todos los asistentes abandonaron sus conversaciones para fijar la vista en ellos. Un pequeño estrado de madera hacía las veces de escenario, convirtiendo el salón en una suerte de teatrillo privado. Completaban el mobiliario varias mesas, que formaban un archipiélago de color, alrededor del cual circulaban los invitados. La colección de exóticos manjares que se apilaba encima de aquellos manteles bordados habría incitado a la gula a un muerto por indigestión.

Cuando el anfitrión les rogó que atendieran al espectáculo, ni uno solo de los presentes se atrevió a apartar la vista de Aurelius, compitiendo entre ellos por ser los más obedientes. Lo que ocurrió luego fue una mascarada en la que todo fue falso salvo el amor del joven Wyllt por la magia. Uno tras otro, sus modestos trucos de taberna fueron sucediéndose hasta formar un entretenimiento bastante decente: los relojes se trasladaron de bolsillo; se troceó un billete para volver a aparecer luego recompuesto; los pañuelos levitaron; se intercambiaron joyas; los naipes, obedientes, se plegaron a sus demandas, haciendo mil diabluras…

Transcurrida media hora larga, ya mostrados todos los juegos que se incluían en su repertorio, Aurelius decidió afrontar el truco final. Sabía de la importancia de aquel momento, así que decidió echar toda la carne en el asador. Terminó convirtiendo la diadema de zafiros de una de aquellas mujeres en un pájaro de papel, de plumas azuladas, que le entregó con ademán gentil.

—Sepa que acaba de llevarme usted a la ruina, caballero. —El hombre que la acompañaba se quejó en tono despreocupado, tratando de disimular su embarazo bajo una sonrisa. Una reverencia de agradecimiento fue su manera de recalcar su falsa seguridad.

Aurelius pidió a la dama que soplara y, en el mismo momento en que ella obedeció, el pajarillo ardió, convirtiéndose en una llamativa nube de tonos añiles. Luego, y sin disimular un ápice su satisfacción, señaló un jarrón de cristal que quedaba a su derecha y del que comenzaba a rebosar humo del mismo color. A petición de Aurelius, la mujer lo tomó y lo mostró al público. Cuando la neblina quedó disipada por un segundo soplido, la diadema apareció en el interior, asombrando a la audiencia. No era el truco de la puerta de tiza, pero suponía un digno colofón. La exclamación generalizada y la educadísima explosión de aplausos que sobrevino tras aquel poético y colorido remate se encargaron de acabar con todos sus temores. Finalmente, estuvo seguro de no haberlos decepcionado y, tras mirar de reojo a su anfitrión para comprobar que él también daba palmas complacido, suspiró aliviado. Saludó por fin, imitando al Gran Houdin.

Durante el resto de la velada, todo pareció dispuesto para satisfacer a Aurelius, para lograr que se sintiera halagado y en un ambiente de confianza. Como quien muestra un trofeo, el Cazador de Hadas fue presentándolo a sus invitados sin escatimar en loas hacia sus habilidades, y aunque en todo momento el muchacho tuvo la certeza de que era atendido por deferencia al anfitrión —ni uno solo de ellos mostró verdadero interés por sus palabras—, disfrutó dejándose engañar. Por un instante llegó a sentirse emperador entre reyes, poco le importó que su regencia fuera fugaz, impuesta, y sus dominios, campos de mentiras.

—Siéntete cómodo, Aurelius. Estás en tu casa. Toma cuanto te apetezca y no te preocupes por estos estúpidos... Si te place conversar con ellos, hazlo, y si no, despréciales con una sonrisa. Si tienes suerte, es posible que llegues a cazar un hada —dijo, sonriendo, el dueño de la casa—. Volveré en cuanto termine de atender unos asuntos.

El señor Telesio se despidió, abandonando a Aurelius, aunque en ningún momento pretendiera dejar de observarlo. Tras su marcha, algunos de los invitados trataron de establecer superficiales y respetuosas conversaciones con él, si bien el alejamiento del anfitrión fue como un exorcismo: disipó el encantamiento de atractivo que lo había protegido de la soledad tras finalizar su función. Con el paso de los minutos, todos ellos comenzaron a formar pequeños grupos. Algunos se dedicaron a comer y a beber, otros a la tertulia —criticaban a los del grupo de al lado antes de marchar con ellos para criticar a los del grupo anterior—, y unos cuantos comenzaron ostentosos cortejos que Aurelius consideró sumamente inapropiados para hombres de su posición.

Una pequeña orquesta de cámara entró para ocupar su puesto mientras él se atrevía a catar algunos de aquellos platos, y un camarero de gesto agrio le sirvió vino. El aburrimiento comenzaba a hacer mella en él cuando recordó la verdadera razón por la que había aceptado aquel trabajo. La memoria de sus recientes vivencias, adormecida durante las últimas horas por mor de las emociones, resucitó su determinación por descubrir la verdad. Recordó a Houdin, aquellos dos encuentros en el Nuevo Teatro del Duque de York, y se sintió indigno por haberse olvidado de él aunque solo hubiera sido por un segundo. Inmediatamente, alzó la cabeza en busca de las primeras pistas. No sabría decir por qué, pero nada más cruzar su mirada con la del señor Telesio había sospechado de él, había sabido que su presencia no era casual y que tenía mucho que decir en el extraño asunto de la desaparición de su vida pasada. La magia desprendía un aroma que empezaba a reconocer, y algo le decía que, caminando tras sus pasos, terminaría por dar con la senda que habría de conducirlo de regreso a ella.

Sin embargo, al principio, nada de lo que vio le pareció, ni de lejos, mínimamente relacionado con el mundo de maravillas que había perdido. Aquella enorme casona preñada de lujo no era más que un refugio de polillas y de gorrones. Aquellos invitados huecos, si acaso rellenos de oro, no eran más que hombres con idénticos pecados que los clientes de su taberna, pero con vicios mucho más caros... Sin perder la esperanza, Aurelius comenzó a avanzar hacia la puerta del salón, intentando que su caminar pareciera distraído.

«Siéntete cómodo. Estás en tu casa. —Las palabras de su anfitrión resonaron en su memoria—. Toma cuanto te apetezca.»

Tras abrir la puerta, Aurelius abandonó aquella atestada sala para salir al pasillo. Algunos de los invitados deambulaban ya por allí —la mayoría acompañados—, lo que le hizo sentirse más tranquilo. Nadie lo tomaría por un fisgón entrometido, nadie sospecharía de él. Era otro más de los huéspedes del señor Telesio, y había recibido permiso para disfrutar de su generosidad, tomara esta la forma que tomase.

Poco antes de cumplir los diecisiete años —podía recordarlo perfectamente aunque le parecía que había sido otro el protagonista—, Connor MacQuoid lo había llevado a conocer el primer y único burdel que había pisado en su vida. Asegurándose experto en esos asuntos de hombres que atañen también a las mujeres, su amigo le había recomendado huir de las putas que vendían su honra en plena calle. Las consideraba peligrosas, casi siempre portadoras de enfermedades, y en todo caso maleducadas y poco complacientes.

—Serían capaces de rebanarte el pescuezo por un par de chelines —le había asegurado.

Tratando de resistirse, lo había seguido de garito en garito, acabando en cada uno de ellos con un par de pintas de cerveza, sin darse cuenta de que todo aquel alcohol estaba ablandando su voluntad rápidamente. Con las rodillas temblorosas y preso de una euforia que le obligó a anteponer el compañerismo a cualquier otra consideración, Aurelius consintió en acompañar a su amigo hasta uno de esos fumaderos en los que los efluvios del opio se mezclaban con el olor del sudor, de la ginebra y de la decadencia humana. Recordaba aquel momento con vergüenza y se arrepentía de haber catado la carne de mujer, por vez primera, en un lugar tan indigno...

A medida que sus pasos fueron alejándolo del salón, la casa del señor Telesio comenzó a recordarle aquel antro cada vez más. Las risas provenientes de las habitaciones eran similares a las que había escuchado allí, algo más comedidas, pero igual de desvergonzadas. Las miradas de las damas que, acaso demasiado confiadas, susurraban al oído de todos aquellos caballeros sin abandonar sus copas le parecieron tan cargadas de avaricia como las de las mujeres de aquel lupanar... Tuvo la absoluta certeza de que cerca del pasillo alfombrado por el que transitaba, algunas de las elegantes señoras a las que había tratado de impresionar con sus trucos, ya ebrias, ya serenas, habrían comenzado a desnudarse frente a sus atentos acompañantes. Pudo comprobarlo poco después al abrir, distraído, la puerta de alguno de los cuartos.

La primera pareja a la que sorprendió detuvo un momento su juego amoroso cuando él entró en el dormitorio en el que se divertían, negándose a continuarlo hasta que se marchó. La segunda —en realidad un trío formado por dos jóvenes cariñosísimas y un caballero despreocupado— continuó a lo suyo sin mostrar demasiados reparos a su presencia. Despojadas de toda prenda de ropa, habían optado por conservar las falsas alitas que todavía adornaban sus desnudas espaldas. Aurelius habría jurado que la sonrisa de una de aquellas mujeres le sugería que no se marchara, que se quedara a mirar o que, si le apetecía, se animara a participar con ellos en la diversión.

Acobardado ante el inesperado cariz que estaban empezando a tomar los acontecimientos, dio media vuelta y trató de regresar al salón principal, aunque algo ocurrió que le impidió hacerlo. Cualquier otra persona habría creído que fue todo capricho del azar, que había terminado perdiéndose, sin más, en aquel laberinto de vicio y opulencia. Sin embargo, Aurelius no era una persona vulgar. Había conocido la magia, la verdadera, y era capaz de atender a detalles que a un mortal ordinario le habrían pasado desapercibidos. No tardó en darse cuenta de que la casa se empeñaba en distraerlo, cambiando sin que él se diera cuenta su propia fisonomía, provocando casuales cruces con mujeres de mirada turbadora, desorientándolo con aromas embriagadores. Es verdad que las puertas eran todas muy similares, que la mayoría de los pasillos parecían idénticos, que los floreros y los cortinajes se repetían cada tres pasos, pero juzgó no haber caminado suficiente como para equivocar de tal manera su rumbo.

Buscaba desesperadamente alguna pista que le ayudara a encontrar de nuevo el salón, decidido a acumular valor para preguntar a la primera persona con la que se encontrara, cuando algo le hizo detenerse en seco. Antes de doblar la siguiente esquina, asomó la cabeza para asegurarse de estar eligiendo bien, y una sola mirada le bastó para saber que no era aquel el camino que buscaba. Unos pasos más adelante, el pasillo comenzaba a oscurecerse. El número de candelabros encendidos disminuía conforme avanzaba con la mirada, llegando un punto en el que la luz era irremisiblemente derrotada por la oscuridad. Nada había allí, al fondo de aquel corredor, que pudiera interesarle. Sin duda, Aurelius habría dado media vuelta si no hubiera aparecido aquel fulgor dorado. Una rendija bajo una puerta le certificó que el universo seguía existiendo en aquel extremo. El resplandor lo atrajo como un faro habría atraído al timonel de una nave maldita, condenada a vagar a la deriva.

Por primera vez desde que todo cambiara, Aurelius creyó encontrar una señal. La luz latía, creciendo y perdiendo intensidad, recordándole el brillo que lo había llevado a descubrir el pequeño secreto de Houdin. No pudo resistirse. Sin pensárselo dos veces, caminó en dirección a ella, dispuesto a descubrir la naturaleza del misterio que suponía.

Tomó el pomo, lo giró lentamente y comenzó a empujar, rogando por encontrar lo imposible. Un hada, eso quería ver... Por desgracia, lo que lo esperaba al otro lado de la puerta no era sino la más hermosa de las mujeres. Sí, nada más que eso, la más hermosa de las mujeres.

La claridad dorada que había tomado por magia en estado luminoso provenía de miles de cirios, forrados de pan de oro, que abarrotaban la estancia, arracimándose en los rincones y junto a las paredes. Aurelius avanzó con pasos tímidos, apartando cortinajes de gasa, hasta llegar a una suerte de estanque artificial, del que la joven comenzaba a emerger en ese preciso instante. Sin reparar en su presencia, caminaba escaleras arriba dejando el agua, su piel todavía forrada de cristal, mientras mostraba la perfección de su perfil desnudo. Al llegar al último de los escalones, se recogió el pelo, formando con él un moño que exprimió con delicadeza. Luego, tras secarse sin prisa, terminó cubriéndose con una larga capa de color blanco.

Aurelius se supo atrapado. Quizás, salir corriendo, dejando tras de sí solo una sombra cobarde, hubiese sido la mejor opción; sin embargo, no pudo marcharse. Aun arriesgándose a ser acusado de grosero —cualquier mujer de las que conocía habría gritado pidiendo socorro nada más verlo— se mantuvo en pie, observando hechizado por aquella hermosura.

De repente, como si desde el principio hubiera sido consciente de su presencia y hubiera decidido ignorarlo hasta entonces, la joven se giró para mirarlo. Una sonrisa muy distinta a la de las demás mujeres que deambulaban por la casa, una sonrisa como de niña pequeña se dibujó en ese momento en su rostro. Antes de bajar la mirada sonrojado, Aurelius quedó sorprendido por el parecido de aquella muchacha con el hada de Houdin. Siendo distintas —la una, una mujer perfecta, y la otra, una muñeca embellecida por la memoria—, le pareció encontrarse ante su recuerdo encarnado. Y por un instante, se habría atrevido a jurarlo, le pareció que la muchacha brillaba con el mismo fulgor dorado.

—Dis... discúlpeme, señorita —alcanzó a balbucear, volviendo el rostro.

Ella permaneció en pie sin decir nada, apenas preocupada

de ocultar su desnudez. En su gesto se mezclaron inocencia y picardía, lo cual la hizo parecer todavía más hermosa.

—He… he visto luz y he entrado sin darme cuenta de que estaba usted aquí —mintió.

La muchacha volvió a sonreír, dio media vuelta y se encaminó hacia una gran cama de aspecto oriental, redonda y cubierta de almohadones, sobre la que se dejó caer despreocupada. La capa cayó a su espalda, formando un marco irregular sobre el que su hermosura quedó claramente definida.

—¿Eres Aurelius? —preguntó.

—Sí… Aurelius… Aurelius Wyllt.

—El mago —afirmó misteriosa—. El señor Telesio me dijo que vendrías.

Aurelius permaneció clavado al suelo. Habría costado menos sacar la espada *Excalibur* de su piedra que moverlo a él de allí y, sin embargo, una sola palabra de la muchacha bastó para romper ese encantamiento de estupor. Cuando ella se lo pidió, comenzó a moverse sin dudarlo un instante, seguro de que no podía haber en aquel requerimiento maldad alguna.

—Ven, te lo ruego. —Señaló una mesita cercana atestada de botellas de licor de todas las formas y tamaños—. Toma una copa de esas, llénala y acércate.

Aurelius obedeció.

—¿Cuál prefiere? —preguntó, señalando las botellas.

—Elige la que más te guste… Por el color o el aroma —contestó ella divertida—. Te complacerán todas.

Pocos hombres de aquella época habrían asumido la falta de recato de la muchacha como lo hizo él. Dudo que se hubiera podido encontrar un solo inglés que no la hubiera calificado de fulana indecente. Sin embargo, Aurelius creyó estar frente a una princesa, y aunque los reparos propios de su educación victoriana llegaron a dificultar hasta su respiración, no pudo sino admirarse por su gracia y belleza. Era la segunda vez en su vida en la que se le permitía observar unos pechos de mujer, seguramente la primera que lo hacía sin prisas y sin sentirse sucio, y lo cierto es que le parecieron maravillosos, dos frutos de vida que deseó poder degustar. Supo que contendrían un néctar de sabor inigualable, del que jamás llegaría a saciarse.

Reprimiendo sus ansias, procurando parecer sereno, tomó asiento junto a la muchacha y le ofreció la copa. Ella bebió un sorbo corto y lo miró admirada, como si no hubiera visto nunca antes a un hombre tan de cerca. Las llamas que coronaban cada una de las velas colaboraron aportando a la escena matices dorados de cálido misterio. El aire, tibio en el resto de la casa, era allí una suerte de calima febril que animaba a la confianza y al recreo.

—¿Qué buscas, Aurelius? —preguntó ella, mirándolo fijamente.

Al principio fue incapaz de contestar. Sopesó varias respuestas distintas, a cada cual más hueca y educada, pero todas neutras, carentes de riesgo. Sin embargo, no tardó en decantarse por la más peligrosa. Dijo la verdad.

—Busco la magia…

Y a partir de ese momento todo se desbordó. Apenas cruzaron cuatro palabras más. No hizo falta. Los labios de la muchacha se acercaron a los suyos, sellándolos con un beso de tal dulzura que Aurelius estuvo seguro de no poder librarse jamás de aquel sabor. Lenta y delicadamente, comenzó a desvestirlo para cubrirlo luego de caricias… Sin darse cuenta, fue arrastrado por una corriente insalvable, sumido en la cual, apenas fue consciente del lugar al que estaba siendo conducido. Todo resultó extrañamente natural; cada gesto, consecuencia lógica del anterior. Era como si el destino hubiera concertado una boda entre ellos al principio de los tiempos, como si se conocieran y se desearan desde antes de haber nacido.

—¿Cómo te llamas? —preguntó Aurelius.

—Elige un nombre para mí —dijo ella incorporándose, quedando apoyada sobre su torso desnudo.

—¿Te gusta Miranda? —A esas alturas, el muchacho habría aceptado cualquier juego que ella le hubiera ofrecido. El de elegir un nombre era, sin duda, el más fácil de todos—. Creo que significa «maravilla».

De manera inexplicable, Aurelius se vio amando a aquella mujer con la que apenas había cruzado dos palabras. Sobró pasión entre ellos, sobró ansia por conocer y sobró calor, pero en ningún momento llegó a encontrar rastro de la suciedad que, según se suponía, venía aparejada con todo acto carnal.

Inexperto en esas lides, Aurelius no tuvo más opción que la de dejarse guiar. Fue la muchacha la que, tras recorrer su cuerpo casi entero, convirtiendo sus ternuras en pasos seguros, cogió su mano y la llevó por fin a acariciar su pecho. Fue ella la que, sin pronunciar palabra, le dijo dónde debía buscar en cada momento… Y estaba a punto de perderse en ese paraíso cuando notó un regusto salado en uno de aquellos besos, y al buscar la causa de esa sazón, se dio cuenta de que dos regueros dorados discurrían por las mejillas de su amante. Lloraba, aunque no daba muestras de sentirse dolida, ni se había quejado de torpeza alguna por su parte.

—¿Qué te pasa? —preguntó, profundamente conmovido—. ¿Te he hecho daño…?

Ella negó con la cabeza y sonrió con amargura, desviando la mirada.

—El amor duele —contestó, besándolo en el cuello.

Aurelius y la muchacha se abandonaron a partir de ese momento a una ceremonia apasionada que los llevó muy cerca de fundirse en un mismo ser. Le hubiera preguntado si era un hada, pero el miedo a ensuciar la perfección de aquel momento con palabras le impidió hacerlo.

Abrazado a ella y al silencio, se quedó dormido.

—Despierta, muchacho.

Al abrir los ojos, Aurelius se encontró en una alcoba helada, muy distinta a la estancia que lo había acogido antes de quedarse dormido. El rostro sonriente del señor Telesio, alumbrado por la luz de un candil de aceite, parecía esculpido sobre marfil. Alrededor todo era penumbra.

—He quedado muy satisfecho con tu actuación, joven Wyllt —dijo, alejándose—. Ahí tienes el dinero que te prometí. —Señaló una bandeja con billetes que quedaba junto a una de las mesitas.

Aurelius se incorporó en la cama, todavía aturdido. Tanteó a su lado, tratando de encontrar el cuerpo de la muchacha, pero no tardó en descubrir que estaba solo. Sintió un gran alivio al saber que era así.

—Si te parece bien, quisiera que nos viéramos de nuevo. Me gustaría volver a repetir la experiencia... probarte con otro público.

Aurelius siguió callado.

—Me han dicho que has podido divertirte tras la cena. —La boca del señor Telesio se expandió hasta convertirse en la sonrisa de un lobo hambriento—. Me alegro de que así haya sido... Y te aseguro que si sigues a mi lado, podrás hacerlo siempre que quieras. Mi mayor afán es establecer un contrato entre nosotros del que ambos salgamos beneficiados.

Pronunciada la última de sus palabras y sin entretenerse siquiera un segundo, dejó la lámpara en la misma mesita en la que aguardaba el dinero y se encaminó hacia la puerta.

—Es tarde. Termina de vestirte y vete a casa, o tu padre se preocupará —ordenó—. Lo he dispuesto todo para que te lleven de regreso... Y recuerda —añadió ya saliendo—, voy a imponerte pocas condiciones, pero hay una que es indispensable y de obligado cumplimiento por tu parte si quieres que sigamos en contacto. En caso de que la rompas, tendríamos que poner fin de manera inmediata a toda relación contractual entre nosotros.

Aurelius se sentó al borde de la cama antes de ponerse en pie. Alguien se había encargado de vestirlo, volviendo a ponerle el pantalón.

—Nadie debe saber nada de lo que ocurre en esta casa. Tengo amigos muy influyentes a los que la publicidad de nuestras reuniones les sería muy perjudicial. Lo que hacemos en estas fiestas, por muy inofensivo que sea, resultaría mal entendido por la mayoría de la gente. —El señor Telesio hizo una pausa para sopesar el efecto de sus palabras en el joven Aurelius—. Comprendes la importancia de mantener la discreción, ¿verdad?

El muchacho contestó con un lacónico «sí». Habría aceptado cualquier condición con tal de volver a encontrarse con ella.

XI

La maldición de la Baronesa Roja

Acababa de bajar la escalera cuando el viejo llamó a Aurelius para demandarle explicaciones sobre lo ocurrido durante la noche. Por suerte, Maximilian quedó satisfecho antes de lo que él esperaba. Solo necesitó contarle la parte inocente de su aventura para que desistiera dando por buenas sus palabras, rindiéndose por puro cansancio. Su hijo estaba allí, y estaba bien. Era un buen muchacho y se había ganado veinte libras... No quiso saber más.

Ya indultado por su padre, Aurelius siguió bregando entre cazos y cacerolas hasta que el pequeño señor Caliban llegó para invitarlo a acompañarles. Sorprendido por aquel cambio de talante, el muchacho fue incapaz de negarse. Unos minutos después, se encontró sentado frente a la joven baronesa, tan sorprendido como si la reina Victoria lo hubiera requerido en palacio, e igualmente intimidado. Aunque acababa de desayunar, obedeció y se sirvió té. No bebió, pero sumergió su mirada al fondo de la taza para disimular su inquietud. Por algún motivo inexplicable, comenzó a forjarse la extraña idea de que aquella muchacha de cabello encarnado sería capaz de leer sus gestos, cada uno de sus dubitativos movimientos, hasta descubrir su secreto. Con solo pensarlo, perdió la escasa seguridad que le permitía enfrentarse a ella.

—Tendrás que contarme, maese Aurelius, cómo fue tu estreno fuera de la taberna. —El enano lo señaló con la punta de un cuchillo, los carrillos llenos. Por primera vez abandonó el usted para tutearle—. Los principios son siempre muy importantes.

—La verdad es que me fue bastante bien —contestó Aurelius, tratando de disimular su euforia.

—Pues me alegro. Aunque espero que tu reciente éxito no te anime a dejar las exhibiciones aquí. Como te dije, mi señora está deseando conocer tus habilidades. —El señor Caliban y la Baronesa se miraron. Ella contestó asintiendo.

—Puedo hacer un pase privado para ustedes si lo desean. —Animado por su reciente éxito, y procurando alejar al enano del recuerdo de su salida nocturna, les ofreció su magia. Trataba de ser discreto como le había pedido el señor Telesio—. Esta misma noche, si no hay mucha gente... Y si les apetece, claro.

—¡Excelente idea! ¿No os parece, señora?

—Desde luego. —La Baronesa sonrió, convirtiendo el misterio en gesto—. ¿Después de la cena sería posible?

—Por supuesto. —El hecho de triunfar frente a aquella mujer le pareció factible por primera vez. Un día antes habría sido incapaz de barajar las cartas en su presencia sin temblar de pies a cabeza, pero en aquel momento se descubrió ansioso por enfrentarse a ella—. Después de la cena, aquí mismo.

—Pues en ese caso no se hable más —sentenció el enano—. Hoy no comeremos en la taberna, pero volveremos pronto por la tarde.

Lo cierto era que aquella pareja extraña olía a intriga y, dadas las circunstancias, no había aroma que pudiera atraer más a Aurelius. Ella, una mujer vestida del color de la pasión, tan bella y misteriosa como una serpiente de coral, y él, un hombrecillo insignificante con la cara arrugada que, sin embargo, parecía capaz de comerse a bocados un perro rabioso. Y a todo eso había que sumarle lo inusual de su comportamiento y el tema de las cadenas... No había vuelto a husmear en su equipaje, la decencia le había impedido hacerlo, pero estaba seguro de que si lo hacía, terminaría encontrando alguna verdad inquietante. Aun así no podía apartarse de ellos cuando los tenía cerca. Era como una especie de encantamiento.

Como de costumbre, ella se mantuvo casi en total silencio, en segundo término, observando atenta. De sobra sabía que, se colocase donde se colocase, su rostro era siempre el centro al que apuntaban todas las miradas. Hasta el momento en que se levantaron para marcharse fue el enano el que llevó el peso de la conversación, sorprendiendo a Aurelius con un interés de aspecto sincero por la magia. Desde luego sabía del tema. Conocía a Zanoni, a Míster Macallister, a Henri Decremps y al Gran Houdin, y sabía de prestidigitación, aunque negaba ser capaz de agitar una varita con un mínimo de gracia. Nadie habría dicho que aquel tipo, de aspecto rudo, escondía dentro de sí un alma cultivada, tan interesada por saber, pero así era. Un nuevo misterio se sumó a la larga lista de Aurelius mientras conversaba con él.

Luego, como cada día, baronesa y mandadero se marcharon, dejándolo solo entre fogones, así que no tardó en regresar al recuerdo de su recién estrenada amada. Apenas se acordó de su vida perdida. Permaneció con ella durante el resto de la jornada hasta que la luz de la tarde comenzó a perder brío, amenazando con convertirse en noche. No pasó nada en aquellas horas que no fuera habitual en la taberna, así que tuvo tiempo de sobra para cumplir con sus obligaciones y preparar su exhibición en el saloncito.

—Me han pedido que les haga unos cuantos trucos —dijo, apoyándose sobre la barra, tratando de restar importancia a su pase privado—. He pensado que no le importaría, padre. Así se les verá menos por aquí.

—¡Mucha magia me parece ya! —protestó el viejo Maximilian, echándose el trapo al hombro y retirándose de allí con andares derrotados.

Eran poco más de las cinco cuando regresaron. Aurelius les sirvió la cena, siguiendo las estrictas instrucciones que el señor Caliban había dejado escritas, y luego se dispuso a comenzar con el espectáculo. Encendió para la ocasión todos los candelabros del salón, algunos de los cuales no habían mantenido llama alguna desde hacía decenios.

—Es cosa sencilla —dijo, disculpándose, antes de empezar—. No soy más que un aprendiz…

—¡Tonterías! —negó el enano, cada vez más amigable—. Tienes un don, maese Aurelius, y debes ser tú el primero en verlo si quieres que lo vean los demás.

Aquella recién estrenada amabilidad le agradaba. El muchacho asintió satisfecho y se preparó para dar comienzo a su espectáculo con la mayor dignidad. La Baronesa lo observaba tan atenta como de costumbre, y creyó entrever cierta avidez en el brillo de su mirada. Sin pretenderlo, cometió entonces su primera infidelidad, una de esas veniales, de las que nadie reconoce, pero que todo hombre comete de vez en cuando. Y es que seguía pareciéndole hermosa; por mucho que intentara ser casto de pensamiento, le era imposible. Sin embargo, su belleza era de un tipo muy diferente a la de la muchacha que lo había cubierto de besos la noche anterior. El halo de misterio que envolvía su salvaje carnalidad era la cualidad que la hacía parecer más apetecible. A veces uno puede encontrar la belleza en el peligro, en el dolor, en la sangre, en la muerte o incluso en la podredumbre que llega tras ella… También en ciertos pecados.

—Si no te importa, me gustaría hacer unas observaciones mientras nos deleitas con tus trucos.

El enano sacó de su maletín de piel varios objetos que procedió a colocar en una mesa cercana. Lentes engarzadas de diferentes colores, una especie de catalejo pequeño que procedió a alinear tras ellas, algo parecido a un reloj sin agujas, un par de astrolabios raros y algún que otro cacharro más, cuya utilidad el muchacho fue incapaz de reconocer. Dignos de pertenecer a uno de esos charlatanes de nombre rimbombante, que van de aldea en aldea prometiendo la cura a todos los males y adivinando el porvenir, se entretuvo alineándolos con extremo cuidado hasta formar con todos ellos un conjunto de lo más singular.

—Te he sorprendido, ¿verdad? —dijo, señalando el último de los instrumentos—. Déjame que me explique... Verás, este aparato es un medidor Aarne-Thompson. Se lo compré en un pueblecito de Austria a un viajero finlandés. Un capricho. Hace unos meses, un amigo también aficionado a este tipo de ciencias... —Se llevó la mano a la barba para reflexionar brevemente—. ¿Cómo las podríamos llamar? —Señalando a Aurelius con el dedo, pareció dar con las palabras que buscaba—. ¡Menos ortodoxas! Sí, eso es, ciencias menos ortodoxas... Pues ese amigo me aseguró que con estos instrumentos pueden medirse ciertas capacidades de las personas, como el talento mágico... No te preocupes, no interferirán en tu espectáculo, ni siquiera hacen ruido.

Aurelius esperó asombrado hasta que el enano terminó de ajustar su instrumental y solo entonces dio comienzo a su función. Tratando de imitar en todo a su maestro Houdin, repitió uno tras otro los trucos que había incluido en el programa del día anterior. Aunque el público era muy distinto, pretendió conseguir el mismo éxito. Al principio expectantes, la Baronesa y el señor Caliban se mostraron durante todo el tiempo sumamente atentos, llegando a comentar al oído, gratamente impresionados, algunos momentos de la actuación de Aurelius. Y una vez más, la magia encontró acomodo en la casa de los Wyllt.

Plenamente satisfecho, el muchacho puso el punto final, tratando de repetir el efectista colofón que tanto éxito le había deparado en la función anterior. Ambos, ama y sirviente, se miraron complacidos sin decir nada, hasta que el enano se adelantó para dirigirse a Aurelius.

—¿Un aprendiz, dices...?

—Sí, señor —contestó Aurelius satisfecho—. Solo un aprendiz.

—¿Y se puede saber quién fue tu maestro, muchacho?

—Bueno... —Aurelius dudó, aunque finalmente se decantó por decir la verdad. Cualquier otra respuesta habría sido una traición imperdonable—. He aprendido de algunos libros, pero considero al Gran Houdin como mi maestro.

—¿Sería posible que nos ofrecieras otra velada de magia? —El enano se volvió para mirar a la Baronesa, seguramente buscando su aprobación—. Con trucos que no nos hayas mostrado hoy.

Sorprendido por aquella petición, Aurelius trató de buscar una excusa. Sin embargo, no tuvo tiempo de exponerla. La Baronesa apartó la cortina y miró a la calle, interrumpiendo la conversación con gesto preocupado. Las últimas luces del día terminaban de consumirse al otro lado del cristal.

—Deberá ser en otra ocasión —dijo, señalando el cielo—. Se hace de noche, señor Caliban.

—Es cierto… es cierto. —De repente, la urgencia se apoderó del enano, que comenzó a recoger todas sus cosas de forma apresurada—. Se hace tarde para nosotros, y el día ha sido largo. Nos retiramos.

—Iré a prepararles el cuarto —dijo el muchacho, abandonando sobre la mesa un pañuelo que había utilizado en su último truco.

—No, no te preocupes, estará todo bien… —Ya avanzando hacia la escalera tras la muchacha, el señor Caliban se volvió por última vez—. Mañana hablaremos de esas maravillas que mantienes tan en secreto y, si te parece bien, organizaremos otra velada.

—Será un placer volver a entretenerles —dijo Aurelius.

—Toma. —Volviendo atrás, le entregó un billete de cinco libras. La capa encarnada de la señora se perdió de vista, escaleras arriba—. Esto es por las molestias… ¡Ah!, y una cosa más. —El enano se acercó para hablarle al oído—. Puede que esta noche escuches algo de ruido en la habitación de la Baronesa. No te preocupes por nada. —Le guiñó el ojo, sonriendo—. Intenta ser discreto. Yo me ocupo de todo…

Y luego, él también desapareció, dejando solo a Aurelius.

Finalmente, los últimos clientes abandonaron la taberna y, tras terminar de recoger, Aurelius subió a su cuarto. Sus pensamientos habían regresado ya a su historia de amor cuando un golpe seco en el techo, justo sobre su cabeza, lo obligó a incorporarse, despertando su más insana curiosidad. Aguzó el oído atento, esperando que tras aquel primer aviso viniera la serie de topetazos que le confirmaran, con su rítmica insistencia, que el enano era en realidad el príncipe azul de aquella extravagante baronesa. Sin embargo, lo que escuchó no fue la cadencia de la pasión. Desde luego volvió a oír ruidos, repentinos empujones, como forcejeos que llegaron a arrastrar las patas de la cama, y alguna patada en la pared, un par o tres de gemidos más parecidos a los de un enfermo en agonía que a los de una amante satisfecha. Nada escandaloso, pero sí lo bastante sospechoso como para sacarlo de su ensoñación de amor adolescente.

La luna llena, rasgada por nubes como cuchillas, alumbraba su cuarto, manteniéndose en guardia junto a él, impidiéndole conciliar el sueño. Espabilado por su claridad y por aquellos sonidos extraños, tuvo que reordenar rápidamente sus ideas para enunciar nuevas conjeturas. Primero pensó en la epilepsia —el señor Martin, el maestro, le había hablado hacía años de grandes hombres que habían sufrido aquel mal—, y de inmediato se sintió indigno por haber formulado indecorosas teorías al respecto de la baronesa y su relación con el enano. Luego recordó ciertas historias de marineros, historias que hablaban de extrañas enfermedades contagiosas que habían llegado navegando con ellos desde las colonias, y el temor sustituyó a la culpa en su interior. No obstante, ese miedo que a otros nos habría impedido movernos fue como un ascua que prendió rápidamente su joven curiosidad. Yesca encendida, Aurelius se dio cuenta de que una insobornable ansia por saber había comenzado a quemarle las entrañas, y supo que solo con respuestas podría extinguirla. Por eso, caminando a hurtadillas, tomó el candil de su mesita y se dirigió hacia el pasillo.

Los ruidos apenas seguían una secuencia; iban y venían, amontonándose de manera caprichosa en pequeñas series, creciendo en intensidad y apaciguándose luego por un rato. La mayoría de las veces lamentos graves y quedos; en un par de ocasiones o tres le parecieron inquietantes llantos como de infante, aullidos sofocados por el dolor.

Llegado al rellano del tercer piso, se detuvo un momento para escuchar. Una repentina pesadez en la boca del estómago le advirtió de que regresara, pero ya llegado a aquel punto, se negó a plegarse a sus temores. Tenía que saber, y por eso dejó la vela junto a la efigie del viejo emperador Julio César y caminó a tientas, pegado a la pared, hasta situarse frente a la cerradura. Sí, eran gruñidos animales, una suerte de padecimiento contenido que de vez en cuando devenía en rabia...

Durante un instante, Aurelius dudó. Se planteó si lo más cuerdo no sería correr hasta el cuarto de su padre para despertarlo, ponerlo sobre aviso y huir juntos de allí, gritar pidiendo auxilio y dejar que fuera la policía la que se ocupara del asunto. Sin embargo, y a pesar de lo inquietante de la situación, sintió que tras aquella puerta se encontraban muchas de las respuestas que había estado buscando, y decidió mantenerse firme. Desde luego no era una historia de amor lo que se ocultaba allí dentro...

Desobedeciendo los consejos de la cordura y todos los mandamientos de la buena educación, Aurelius tragó saliva y se agachó con la intención de escrutar el interior del cuarto, aunque no llegó a hacerlo. Apenas había acercado su ojo al de la cerradura cuando escuchó el inequívoco sonido de una silla siendo arrastrada, e inmediatamente después, unos pasos rápidos, sin duda los pasos del señor Caliban, avanzando en dirección a la entrada. Dando traspiés, retrocedió hasta el rellano y tomó de nuevo el candil con intención de volver a su dormitorio. Pero no le dio tiempo a hacerlo. Apenas había avanzado un par de pasos más cuando la puerta se abrió a su espalda.

—¡Aurelius! —La voz del enano resultó inesperadamente tranquila, habló casi en susurros, tratando de no elevar el tono.

El muchacho se detuvo como alcanzado por un disparo en la espalda. Se giró despacio, preparándose para formular unas disculpas que, estaba seguro, no le servirían de mucho.

—Es que... están haciendo demasiado ruido —dijo terriblemente avergonzado.

El enano permaneció junto a la puerta, en mangas de camisa, mirándolo fijamente. Desde luego no presentaba la guisa de un amante sorprendido.

—Sí, es cierto. Discúlpanos. —Ni el más mínimo reproche escapó de la boca de aquel hombre, lo cual alivió inmediatamente a Aurelius.

—No, no es que me molesten… —se explicó—. Vamos, a mí no… No he subido por eso… Lo que pasa es que si continúan con el escándalo y los golpes, es muy posible que mi padre se despierte y termine subiendo. Está sordo solo de un oído, pero el otro le sigue funcionando bastante bien.

El enano asintió, entornó la puerta tras de sí y pidió a Aurelius que se acercara con un gesto de la mano.

—Escucha, muchacho, mañana te lo explicaré todo, pero ahora te pido por favor que procures que no suba nadie. Intentaré que se calme —señaló al interior del cuarto—, pero a veces resulta complicado…

Quizá malinterpretando el gesto de Aurelius, su expresión de embarazo, el señor Caliban procedió a explicar aquel extraño asunto.

—Perdona que no te lo hiciera saber, pero es que se trata de algo muy comprometido… La Baronesa sufre una extraña enfermedad que a veces cursa con violentos e inesperados ataques. No debes tener cuidado, no se trata de ningún mal contagioso, ni nada de eso. Como has visto, cuando el dolor no se ceba con ella, goza de buena salud, pero en ocasiones, el agotamiento hace que sufra terribles indisposiciones bastante penosas… Es cosa de familia, y hace tiempo que no le pasaba. La mala fortuna, y seguramente el cansancio acumulado, han querido que vaya a sufrir una de esas crisis precisamente esta noche.

—Puedo avisar a un médico. —Viendo que la actitud del criado era amistosa y que no se había tomado a mal su intromisión, Aurelius trató de mostrarse servicial.

—No, no hace falta. —El enano caminó hasta colocarse frente a él. Sus ojos a la altura de la cintura de Aurelius, lo miró, dejando entrever una sinceridad que poco tenía que ver con sus palabras.

El muchacho tuvo la impresión de que le mentía y, sin embargo, sintió que debía confiar en él. En ciertos momentos debemos disculpar las falsedades, pues es posible que se usen para protegernos de verdades demasiado dolorosas.

—Llevo ocupándome de los ataques de la Baronesa desde que era una niña. Sé cómo hacerlo… Es solo cuestión de esperar un poco. Se irá calmando. Ya lo verás.

—Muy bien, en ese caso, y si no necesitan nada, vuelvo a mi cuarto. —Aurelius asintió y, sin esperar más explicación, se dirigió hacia la escalera.

—Una cosa más, Aurelius… —El muchacho se volvió de nuevo—. Te rogaría que procuraras que nadie se enterara. No queremos problemas. Esto ya es bastante doloroso para una mujer como ella.

—No se preocupe… No diré nada… a nadie.

—Y otra cosa…

—Dígame —Aurelius aguardó solícito.

—Por favor, no comentes el asunto con ella tampoco. Se sentiría muy dolida conmigo si supiera que he hablado de esto contigo. —Un quejido agudo, como de cachorro herido, escapó del cuarto, subrayando la última petición del señor Caliban—. Esta enfermedad es una maldición para la pobre, su mayor desdicha… —El enano bajó la mirada y suspiró, mostrando una pena auténtica, profunda, de las imposibles de falsear—. Le ha costado su posición, casi todas sus amistades y, desde luego, la posibilidad de tener una familia propia. Sabe que, seguramente, muera sola por su causa. Imagínate lo que es eso para una mujer como ella.

—Desde luego —contestó Aurelius conmovido—. No se preocupe. Estaré atento y si veo que mi padre se despierta, trataré de distraerlo.

—Muchas gracias, muchacho. —Una sonrisa calada de cansancio se dibujó en la cara del enano antes de que ambos se despidieran—. Sin duda serás un gran mago.

Y sin volver la vista atrás, Aurelius se dirigió entonces de vuelta a su cuarto. Preocupándose de ser prudente, caminó despacio y dejó la puerta entreabierta para vigilar posibles movimientos de su padre. Tal y como había asegurado el señor Caliban, los golpes fueron volviéndose cada vez más débiles y escasos, hasta que por fin cesaron. Poco después, el silencio terminó venciendo en la pugna que durante tanto tiempo había mantenido con la rabia y el dolor. Tras la llegada de la calma, Aurelius aguardó un rato, la oreja atenta, entregado a la causa de aquellos desconocidos sin explicarse el porqué. No se escucharon más quejas. El sufrimiento, fuera cual fuese su naturaleza, parecía haber cesado… Dio gracias a Dios por ello.

Cuando la noche quedó por fin en calma total, escuchó unos pasos cortos que recorrían el pasillo y entendió que, cumplida su faena, el señor Caliban regresaba a su cuarto. Sintiéndose aliviado, se dedicó durante un rato a rumiar ideas, tratando de buscarle sentido a toda aquella locura, hasta que el cansancio terminó por imponerse a dudas y sospechas.

XII

El cendal

Aurelius aguardó temeroso hasta que el señor Caliban entró en la cocina.

Con la mayor naturalidad, como si todo lo acaecido durante la noche no hubiese tenido la menor trascendencia, el enano le solicitó el desayuno doble de todos los días, rogándole, únicamente, que añadiera un ponche con huevo para la Baronesa. Todo rastro de cansancio había desaparecido de aquel cuerpo escaso, y su expresión y sus movimientos eran de nuevo los del hombre implacable, de ánimo volcánico, que Aurelius había conocido ya en su primer encuentro.

Se alegró de que así fuera. No había podido quitarse de la cabeza las quejas de la mujer, aquella agonía que finalmente había acabado por diluirse en silencio. Había pasado la mañana preocupado, preguntándose si la pobre habría recuperado las fuerzas suficientes como para continuar con una vida medianamente normal. Acompañado por el recuerdo de los últimos días de su madre, le había sido imposible no imaginarla postrada en cama o bajando la escalera con el rostro demudado, apoyando su flojedad en el hombro del señor Caliban. Por eso, aquella normalidad, el hecho de que el enano apenas se entretuviera refiriéndose a su encuentro nocturno, le alivió tanto.

—La señora bajará de inmediato —dijo el señor Caliban después de asegurarse con un par de vistazos de que estaban solos—. Ya se encuentra mucho mejor.

—Me alegro mucho —contestó Aurelius—. Llegué a preocuparme mucho por ella.

—Bueno, todo ha pasado ya, y hoy se ha levantado bastante mejor. Dejémoslo estar… Te agradezco tu interés y también que cuidaras de que tu padre no se enterara. Nos has ahorrado problemas y, sobre todo, dolorosas explicaciones.

El resto de la mañana, así como los días que siguieron hasta su siguiente encuentro con el señor Telesio, transcurrieron sin incidentes, aunque a partir de ese momento, Aurelius notó que tanto el enano como su joven señora comenzaban a interesarse más por él. El carácter áspero de aquel señor Caliban que había entrado en su taberna unos días antes pidiendo asilo fue deshaciéndose como azúcar al fondo de una taza de té caliente. De la misma forma, la joven baronesa —que, efectivamente, reapareció a la hora habitual sin dar muestras de debilidad alguna— se mostró cada vez más proclive a la conversación, mucho más confiada y cercana al trato. A pesar de que se había convertido en cómplice de sus desventuras nocturnas, Aurelius estuvo siempre convencido de que la familiaridad entre ellos aumentó a raíz de un encuentro fortuito que se produjo esa misma mañana.

Una vez cumplidas sus faenas matutinas en la taberna —tras terminar de batir el merengue para el pastel de limón—, Aurelius encaminó sus pasos hacia el río, dispuesto a acabar lo antes posible con la larga lista de requerimientos de su padre, para dedicarse a su particular búsqueda. Desde el día en que todo había cambiado, había convertido aquellas excursiones en verdaderas expediciones en busca de la magia perdida. Mientras iba de la tienda de los MacQuoid a la panadería, de la bodega a la lechería o a la frutería, su mirada no cesaba de escrutar cada rincón, atento a posibles cambios, aunque todas aquellas salidas habían terminado en rotundos y dolorosos fracasos.

Sin embargo, esta vez, el sufrimiento había sido mucho menos intenso. Anestesiado por el recuerdo de su nuevo amor, se sentó a esperar justo frente al lugar en que había estado la fachada del teatro. Rumiando incomprensiones, se dedicó a ver pasar a la gente, perdido en el interior de su propia cabeza. Habría podido malgastar allí el resto de la mañana, y quizás lo hubiese hecho si una mano no hubiera tocado su hombro, obligándolo a abandonar sus cavilaciones.

—Nada más y nada menos que maese Aurelius… —El señor Caliban, del que se había separado solo un par de horas antes, salió del portal que quedaba a su espalda, encontrándolo a sus pies. La Baronesa, tan recuperada como si hubiera pasado la noche descansando a pierna suelta, lo acompañaba como de costumbre—. ¿Te encuentras bien, muchacho?

Al verlos, Aurelius se puso inmediatamente en pie.

—Sí, sí, estoy bien… —dijo—. Es solo que estaba tomando un respiro.

—Un respiro, sí. —El enano continuó descendiendo hasta la acera—. Es bueno tomarse un respiro de vez en cuando. ¿Vas de regreso a la taberna?

—Sí, volvía ya. Tengo que comprar todavía algunas cosas y se me hace tarde. Lo haré de vuelta…

—Nadie diría que vas con prisa. —El señor Caliban ladeó la cabeza ligeramente.

—¿Vienes mucho por aquí? —La Baronesa parecía estar terminando de encajar en su mente un puzle complicadísimo, del que Aurelius fuera la última pieza.

—Sí, bueno… Depende del día, pero al cabo de la semana recorro casi todas las tiendas del barrio; algunas, varias veces.

—No, no me refiero a estas calles —insistió intrigada tras mirar de reojo a su sirviente—, me refiero a este lugar en particular. —Señaló el firme adoquinado con el dedo—. No es que el sitio tenga mucho atractivo.

Aurelius calló un momento. Sopesó brevemente su siguiente respuesta y, como casi siempre, optó por decir la verdad.

—Sí, lo cierto es que suelo venir a menudo por aquí… Casi todos los días me siento un rato en estos escalones.

—En ese caso puede que él nos sirva mejor que nadie. —De nuevo se dirigió a su sirviente—. ¿No cree, señor Caliban?

—Desde luego. —El enano frunció el ceño antes de sonreír asintiendo.

Aurelius esperó sin ni siquiera sospechar el auténtico motivo de la curiosidad de la pareja.

—Quizá te resulte algo extraño lo que voy a decirte, pero lo cierto es que tanto la Baronesa como yo vamos en busca de... —dudó el señor Caliban—. Bueno, no sé cómo decirlo... en busca de algo que se ha perdido. Tenemos ciertas pistas, rastros, como señales de lo que desapareció, pero poco más. Quizá tú que conoces bien el lugar y que has estado siempre por aquí puedas ayudarnos a encontrar lo que necesitamos.

—¿Algo que se ha perdido...? —El sentimiento de certeza fue inmediato y rotundo. De alguna manera inexplicable, supo que la Baronesa y su sirviente buscaban lo mismo que él. Sí, no le cupo duda—. ¿A qué se refiere?

—Bueno, no sabría decirte exactamente... —contestó el enano, adelantándose, dando muestras al hacerlo, de una confianza con su ama de la que pocos criados ingleses disfrutaban por aquel entonces—. No me atrevería a hablarte con la sinceridad con la que voy a hacerlo si no fueras una persona abierta... ¿Cómo te lo explicaría? No me refiero a un objeto, o quizá sí... Bueno, es complicado, pero hay veces en las que uno sueña con algunos lugares que conoce y resulta que son distintos... Sabes a lo que me refiero, ¿verdad, muchacho? O con lugares totalmente desconocidos que, a fuerza de ser visitados mientras dormimos, terminan por ser familiares... No sé si me explico.

Ambos, baronesa y enano, se colocaron a los flancos del muchacho.

—Quizá tú hayas visto o sentido algo raro, Aurelius. —En esta ocasión habló ella—. Cualquier cosa, por tonta que parezca, podría valernos. Te lo aseguro. Un sueño, como dice el señor Caliban, pero también una sensación persistente, un presentimiento... hasta un cosquilleo.

Aurelius avanzó un par de pasos sin poder apartar la mirada de la acera de enfrente y, finalmente, se volvió hacia ellos. Esperó un momento antes de contestar, empleando todas sus fuerzas en la ardua tarea de retener sus lágrimas.

—Recuerdo otra vida —dijo—. Recuerdo a otro yo...

Enano y Baronesa se miraron sin decir nada, mostrando la complicidad que compartían.

—Recuerdo un teatro... Lo llamaban el Nuevo Teatro de Dorset Garden y estaba ahí enfrente. —Señaló el lugar—. Me recuerdo a mí mismo tropezando allí, más o menos a la altura de aquel charco, y recuerdo los cartelones que anunciaban la llegada del Gran Houdin... Recuerdo un encuentro con él y toda mi adolescencia practicando trucos de magia entre las bambalinas de ese teatro... Recuerdo haber sido nombrado su aprendiz... Pero nada de eso ocurrió. —Aurelius se dejó caer de nuevo sobre la acera. Se sentó en el bordillo y bajó la cabeza. Trató de refugiarse de la tristeza cerrando los ojos—. No sé si estoy loco, pero lo cierto es que recuerdo otra vida... otro mundo. —Suspiró—. Quizás eso les sirva. A mí me vale de poco.

Si Aurelius no se hubiera encerrado en sí mismo, habría podido observar el asombro en la mirada del enano, la complicidad con la que él y la Baronesa se miraron, y la sonrisa que se dibujó en su rostro inmediatamente después. Preso de una euforia que llamó la atención de algunos de los viandantes, el señor Caliban se colocó frente a él y lo zarandeó con fuerza.

—Escucha, Aurelius... quizá sea eso, precisamente, lo que andamos buscando.

El muchacho alzó la mirada.

—¿Ves? —El enano se dirigió a la joven Baronesa sin soltar a Aurelius—. Te lo dije. Te dije que el joven Wyllt olía a magia verdadera, que nos conduciría a la verdad. Los extremos de varias cicatrices conducían a la taberna. No podía ser por casualidad.

—¿Eres consciente de las implicaciones que tiene lo que está diciendo, maestro Calibán? —preguntó ella—. Dice que recuerda el mundo anterior al cambio.

—Desde luego que lo soy. —Sonrió—. ¡Maldita sea! Desde luego que sí...

Aurelius trató de sacudirse de encima la congoja en la que se había convertido la alegría de saberse acompañado por fin.

—Entonces, ¿ustedes no creen que esté loco? —preguntó.

—No más que ningún otro hombre con esperanza —dijo el enano—. Vamos, levanta. Te acompañaremos de vuelta. Me da la impresión de que tendremos mucho de lo que hablar por el camino.

—Sí, y no creo que sea prudente hacerlo en medio de la calle —apostilló la Baronesa muy seria.

Aurelius caminó de regreso a la taberna, sintiendo que había sido indultado de una pena de soledad que a punto había estado de llevarlo a la locura. Renacido, abordó el trabajo con una alegría que llegó a sorprender al bueno de Maximilian. Por fortuna, el viejo había renunciado a entender aquellos cambios de humor tiempo atrás. Los atribuía a ese tipo de atontamiento, propio de la pubertad, que su hijo ya debía haber dejado de lado, pero del que parecía incapaz de librarse por completo. Animado por una energía incontenible que a punto estuvo de costarle muy cara —derramó el vino sobre uno de los clientes más quisquillosos—, terminó sus faenas y corrió al saloncito para encontrarse de nuevo con la pareja. Le pidió permiso a su padre para ausentarse y volvió con ellos, dispuesto a recibir respuestas.

—Si te sirve de consuelo, te diré que yo creo en tu historia y que estoy convencido de que ese otro pasado que recuerdas es tan real como el que recordamos los demás. Resulta complicado de explicar, pero si nos concedes tiempo, terminaremos haciendo que lo entiendas. —Volviéndose hacia la Baronesa, el señor Caliban señaló su bolsa de instrumentos antes de continuar hablando en tono animado—. Todo concuerda: las cicatrices, las lecturas de la máquina Aarne-Thompson, los indicadores secundarios... y, sobre todo, su historia. Sin duda, el Houdin que recuerda pertenecía a la hermandad, puede que haya sido el último de los ajusticiados por el Cazador.

—Sí... Mi maestro me dijo que debía hacer un juramento para convertirme en su aprendiz, y lo hice. Dijo que a través de esas palabras entraba a formar parte de una hermandad o algo así. Juré salvaguardar siempre la magia en todas sus formas, entregarme a su custodia en cuerpo y alma.

El enano y la Baronesa lo miraron muy serios, la gravedad marcada en sus miradas.

—Tengo pruebas de lo que digo —añadió Aurelius exultante—. Tengo una nota escrita de su puño y letra, la del juramento. En ella dice que todo cuanto recuerdo es cierto… Y una llave, esta llave. —Sin pararse a pensar en las consecuencias que su acción podía acarrearle, seguro de haber encontrado personas capaces de creerlo, se abrió la camisa y mostró la llavecilla dorada que colgaba de su cuello. Aquella pequeña maravilla brilló como queriendo dar credibilidad a sus palabras.

—Déjame ver eso, muchacho —boquiabierto, el señor Caliban tendió su pequeña mano, esperando que Aurelius le permitiera examinar la llave.

Apenas un vistazo le bastó para identificar la naturaleza de aquel objeto. Dejándolo colgar de la cadena dorada, se dedicó a perseguir sus movimientos ondulantes con la mirada durante un momento.

—Guarda esa llave. —No tardó en devolvérsela a Aurelius, cambiando radicalmente la expresión de su rostro—. Que no la vea nadie. Más adelante, si me lo permites, me gustaría estudiarla con detenimiento, pero ahora mismo deberías esconderla.

—Será mejor que invoques cendales cuanto antes —dijo la Baronesa.

El señor Caliban hizo una señal con la mano y la mujer se apresuró a cerrar la puerta. Lo hizo con cuidado, procurando no hacer ruido, tras comprobar con un vistazo que no había nadie en el pasillo. Colocó una silla bajo el picaporte para trabarlo y se dirigió hacia la ventana para correr las cortinas. Apartándolas mínimamente, inspeccionó la calle, y tras asegurarse de que no había nada de lo que preocuparse, se situó de espaldas a la pared, mirándolos directamente. Aurelius habría jurado que apoyaba su mano derecha en la empuñadura de algún tipo de arma, seguramente un cuchillo, que quedaba oculto a su espalda, bajo la capa.

—Cierra los ojos, Aurelius —ordenó el enano.

—¿Qué pasa? ¿Qué van a hacer?

—Te lo explicaremos mañana, ahora se hace tarde y no podemos perder tiempo. Te parecerá una tontería, pero me permitirá dormir más tranquilo. No notarás nada...

—Dile la verdad, maestro. —La Baronesa se adelantó hasta colocarse frente a Aurelius—. Antes o después tendrá que saberlo.

De cerca, cuando uno tenía la certeza de poder tocarla con solo estirar el brazo, su belleza impresionaba mucho más. Aurelius se sintió intimidado, sorprendido en una nueva traición al recuerdo de su recién nacido amor.

El enano asintió y, tras consentir con un quejido de disgusto, procedió a explicarse.

—Estamos convencidos de que todo cuanto recuerdas es cierto —afirmó muy serio—. La magia existe. Apestas a poder y has de saber que hay depredadores a los que tu aroma les parece de lo más atractivo... Siento hablarte con esta rudeza, pero la verdad es que es así. Cierra los ojos y déjame si no quieres acabar convertido en otro recuerdo perdido. Voy a invocar un encantamiento que te protegerá, que te hará invisible a todo mal. Algo sencillo pero muy efectivo, créeme.

Aurelius tragó saliva y permaneció callado. Asintió y se dejó caer mansamente sobre uno de los sillones. Cerró los ojos y esperó. Aquellas frases que a cualquier otro le habrían parecido una sucesión de absurdos y embustes, a él le sonaron a verdades absolutas, irrefutables y cargadas de sentido.

—Entonces —preguntó—, ¿son ustedes magos...?

—Bueno, muchos piensan que no soy más que un farsante —contestó sonriendo el señor Caliban—. Aunque hice el mismo juramento que tú hace demasiados años.

El enano comenzó una cansina cantinela que apenas le produjo un leve erizamiento del vello de los brazos, quizás un ligero cosquilleo a lo largo de la espalda. Sin embargo, aquella letanía lo envolvió de una manera inexplicable. Se sintió acogido en un asilo de paz donde ningún mal podría alcanzarlo. Intuyó que se trataba de palabras tan antiguas como el pasado del que había surgido el tiempo, puede que más.

—Es importante que sigas haciendo tu vida normal, Aurelius. Mañana nosotros saldremos temprano y fingiremos ir de compras. Nos encontraremos como hoy, aquí, y seguiremos hablando de todo esto —dijo el enano tras terminar el ritual—. Te ruego que nos hagas caso, y por favor, procura no acercarte mucho a la zona del teatro.

—Lo intentaré —contestó Aurelius satisfecho.

—Ahora nos retiramos, se hace tarde.

La Baronesa apartó la silla que había utilizado para atrancar la puerta y, sin mediar otra palabra, se dirigió al piso de arriba. El enano la siguió, no sin antes rogarle a Aurelius que subiera la cena y la dejara junto a la puerta de su cuarto.

—Es posible que esta noche escuches ruido también, pero no te preocupes… Como ves, llegada la mañana, se encuentra totalmente repuesta. Si notas algo raro, cualquier otra cosa, no dudes en subir y avisarme. Llama a la puerta y yo saldré. Por lo demás, procura que todo siga como está y que tu padre no se entere de nada.

—Necesito saber —dijo—. Si corro peligro, lo corre él también.

—Mañana. Ahora hazme caso, sigue haciendo tu vida de siempre y no tendrás de lo que preocuparte. Nosotros cuidaremos de ti, aunque no nos veas a tu lado.

Y luego él desapareció también subiendo los peldaños de dos en dos. Aurelius esperó un momento, sintiendo la paradoja de saberse amenazado, pero, a la vez, completamente tranquilo, satisfecho por haber reencontrado su lugar en el mundo. Por fin había vuelto a dar con la magia; no existían palabras de advertencia ni peligro, por oscuro que fuera, capaces de agriar aquella sensación de plenitud.

—Pensaba que no ibais a salir nunca de ahí. —Maximilian se plantó en jarras frente a la puerta de la cocina y le espetó uno de sus inofensivos reproches—. Ya iba a mandar un aviso a Scotland Yard para que entraran a por ti.

—Perdóneme, padre —Aurelius se disculpó de inmediato, tratando de componer una mentira, a base de medias verdades, que resultara mínimamente creíble—. Me pidieron que les enseñara todos los trucos que sé y no había forma de contentarlos. Ya sabe cómo es esa gente: cuando algo les gusta, parecen no tener hartura. Una cosa nos llevó a otra y terminaron entreteniéndome más de la cuenta.

—No te fíes de ellos... Ni un pelo.

—Pagan bien, padre, y no me han pedido nada diferente a lo que me piden esos otros de gratis. —Señaló al salón—. Los entretengo y los sirvo. Eso es todo.

—Muy bien, muy bien... —Maximilian agitó su mano como tratando de borrar el recuerdo de las últimas palabras de su hijo—. Sigue perdiendo el tiempo con todas esas sandeces si quieres, pero avísame al menos cuando vayas a desaparecer.

Aurelius quedó sorprendido por la facilidad con la que el veterano soldado había dado su brazo a torcer. Puede que, aunque no quisiera admitirlo, se alegrara de que su hijo hubiera sido bendecido con el don de la imaginación... que fuera especial, y no un hombre de color ceniza como él.

—Te necesito aquí, ya estoy viejo para sacar yo solo todo esto adelante.

—Lo intentaré, padre...

—¿Lo intentaré...? No lo intentarás. Lo harás. —Ya había dado media vuelta, dirigiéndose al salón, cuando se giró de repente para encararse de nuevo con él. Al parecer había olvidado decirle algo—. Toma, anda. —Sacó un sobre lacrado del bolsillo de su chaqueta y se lo entregó de mala gana—. Lo trajo un tipo, un cochero que parecía un enterrador. Dijo venir en nombre de un tal señor Telesio. ¿Te suena? Me dijo que era para ti.

—Gracias, padre. —Aurelius tomó el sobre—. Sí, es para mí. Lo esperaba. Es el hombre de la otra noche, el que me pagó aquellas diez libras.

—Procura no meterte en ningún lío. —Maximilian lanzó aquel último consejo, mezcla también de amenaza, antes de retirarse para volver a ser el viejo disconforme de siempre—. No me gusta nada la marcha que estás tomando. ¡Y muévete! Es casi la hora de la cena.

Ignorando la reprimenda de su padre, Aurelius buscó un rincón para leer la nota: «Mañana, a las seis. —La letra del señor Telesio era picuda, una letra de proporciones perfectas, casi de imprenta, que atestiguaba lo meticuloso de su carácter—. El carruaje pasará a recogerte. Estamos ansiosos por volver a encontrarnos contigo».

«Estamos…»

XIII

Cicatrices

Tardarás toda una vida en empezar siquiera a comprender, y cuando la muerte te alcance, pensarás que apenas sabes nada. Pero no te preocupes, eso no solo les pasa a los magos... Les pasa a todos los hombres sensatos.

Aurelius tomó asiento frente a la Baronesa en una de las mesas del fondo, la que quedaba más cercana a la chimenea. Esperó, mirándola fijamente, forzándola a explicarse. Por fortuna, los golpes y lamentos habían escaseado durante la noche anterior, y eso le permitió enfrentarse a ella con mayor firmeza. De otra manera, si la hubiese creído débil, la piedad hubiese sido más fuerte que su determinación y habría terminado por rendirse una vez más.

Mientras la mujer le hablaba en tono pausado, como acariciando cada palabra, el enano, separado de ellos un par de metros, conversaba alegremente con otro de los clientes, atiborrándolo de amigables mentiras. Maximilian acababa de salir con el señor MacQuoid en dirección a la iglesia, al entierro de un cliente de los de toda la vida, y Aurelius había decidió utilizar aquella tregua para demandar las primeras respuestas. La llegada de aquel entrometido había obligado al señor Caliban a retirarse, ejecutando un preciso movimiento táctico, que solo pretendía alejar de la conversación oídos indiscretos.

—Hay tantas cosas que necesito saber. —Aurelius volcó el peso de su cuerpo sobre el tablero de la mesa. Procuraba hablar en un tono lo suficientemente bajo como para que nadie pudiera escuchar, pero que fuera, a la vez, lo bastante alto como para no despertar sospechas—. Necesito respuestas o me volveré loco.

—Las tendrás cuando las tengamos nosotros, no te preocupes. —La Baronesa bebió un sorbo del coñac que, un momento antes, Aurelius le había servido en una de las copas más finas de la casa.

—No quiero recibir más largas —insistió el muchacho—. Quiero saber a qué peligro me enfrento y, si es posible, me gustaría saberlo ya. Si me han advertido es porque algo temen... Por favor, llevo demasiado tiempo perdido y estoy empezando a agotar la poca paciencia que me queda.

—Nosotros te protegeremos —afirmó muy segura la Baronesa—. En cierto modo, hemos venido a eso.

—Por favor... —rogó—. Necesito saber.

—Algunas verdades hieren como cuchillas. Luego no te quejes si sangras... ¿Estás dispuesto a recibirlas a pecho descubierto?

—Sí, me arriesgaré. —Aurelius zangoloteó la cabeza desesperado. Clavó su mirada en los ojos verdes de la muchacha e insistió firmemente convencido. Entendió, mirándola, por qué era precisamente aquel el color de la esperanza—. No puedo esperar más.

La Baronesa sopesó brevemente las opciones de que disponía. No tardó en dar su brazo a torcer.

—Serás mago, Aurelius, de eso no me cabe duda —dijo—. Sé de lo que hablo. Y no me refiero a uno de esos farsantes que van de pueblo en pueblo engatusando a necios por cuatro peniques, sino a los que consiguen volar, un mago capaz de hacer que el universo olvide sus leyes para servirlo... de los que amaestran dragones... Seguramente ese Houdin que recuerdas se dio cuenta de tu potencial y por eso te eligió. —La Baronesa miró al señor Caliban. Sonrió satisfecha al ver que, finalmente, el enano había conseguido librarse de aquel molesto borracho—. Sin embargo, como tú mismo dijiste, en este momento no eres más que un aprendiz.

—Pues enseñadme. Un aprendiz necesita eso, aprender, y no dispongo de mucho tiempo. Mi padre volverá pronto y no quiero que me vea entretenido. Está muy descontento, dice que la magia me está distrayendo del trabajo.

—Muy bien, pues aquí va tu primera lección, aunque no sé si soy la más indicada para dártela... Por ahora solo necesitas saber esto: la magia es real, tanto que muchos la consideran el motor que anima al cambio en el universo. La quietud es muerte, Aurelius, y la magia, la chispa que enciende los milagros. La vida sería imposible sin ella... Sin embargo, es materia peligrosa. Como en el caso de cualquier otra fuerza, existe una contraria, un contrapeso que busca el equilibrio, el regreso a lo estático. Y cuando un mago invoca ciertos encantamientos, se arriesga a llamar la atención de ese contrapeso. ¿Cómo podríamos llamarlo...? —dudó, seguramente buscando la palabra más asequible para un profano—. De esa *antimagia*.

—Sí, mi maestro me habló de eso. Me advirtió de lo peligroso que era hacer uso de ciertos encantamientos.

—La magia invocada tiene más probabilidades de llamar la atención cuanto más poderosa y evidente es. No sería muy arriesgado que un hechicero hiciera aparecer un pelo en un bolsillo de su chaqueta, porque la aparición de ese pelo apenas quebrantaría las leyes naturales. Podría, en buena lógica, haber estado ahí desde siempre. Sin embargo, sería muy peligroso invocar, de la nada, un dragón de seis cabezas en medio de una plaza pública... No sé si me explico. El mago procura que la magia parezca siempre casual, un fenómeno natural, para evitarse problemas.

—Sí. Lo que no entiendo es qué tiene que ver conmigo todo eso... Yo apenas sé sacar una paloma de una chistera. No creo haber llamado la atención de nadie con mis trucos. A veces me cuesta hacer que los clientes de mi padre me atiendan durante más de cinco minutos seguidos.

—Bueno —el enano habló por primera vez, tomando asiento junto a Aurelius—, todavía no sabemos demasiado, y precisamente ese es nuestro cometido, descubrir la verdad de lo que ha pasado contigo. Sin embargo, ya hemos averiguado algunas cosas. Verás, Aurelius… —La escasez de clientela le permitió hablar con franqueza y cierto desahogo—. Los magos hablamos de una figura legendaria a la que hemos llamado el Cazador de Hadas. Hay muchos que ni siquiera creen en su existencia, que explican las cosas sin necesidad de personificar sus temores, pero la mayoría de nosotros nos referimos a él para interpretar el fenómeno que se produce cuando alguien rompe el orden natural de manera flagrante. Y es que si el encantamiento que se invoca es demasiado poderoso y no se hace tomando las precauciones necesarias, no tarda en reimponerse el equilibrio. La naturaleza se revuelve, se sacude… El mago y su recuerdo desaparecen, y toda la realidad al completo se reconfigura para borrar su existencia del libro del tiempo… Hay colegas míos que creen en la existencia de un agente ejecutor de ese cambio, una monstruosidad escapada del más oscuro infierno, que se encarga de dar inicio al proceso, ajusticiando al culpable, cazándolo. Por eso, a la avenida de ese castigo, a esa compensación es a lo que llamamos la ordalía del Cazador de Hadas. Así es como bautizamos hace siglos a ese supuesto verdugo… Bueno, en realidad es mucho más complicado, pero podríamos comenzar explicándolo así.

—¿Es posible que eso, ese Cazador de Hadas, fuera lo que hizo desaparecer a mi maestro?

—Todavía no estamos seguros, aunque yo juraría que así fue. Cuando se produce una de esas ejecuciones, queda un rastro, una especie de perturbación en la realidad que solo algunos magos expertos en búsquedas somos capaces de reconocer. Las llamamos «cicatrices». —El señor Caliban miró a Aurelius tan serio que el muchacho llegó a sentirse intimidado—. Y hay una que va desde el lugar en el que estaba ese teatro que recuerdas hasta esta casa precisamente.

Incapaz de pronunciar una sola palabra, Aurelius esperó a que alguno de los dos siguiera hablando. Después de tanta sed de verdad, temió haberse atragantado.

—El señor Caliban y yo viajamos investigando este tipo de

asuntos por todo el mundo desde hace mucho tiempo, y eso nos ha llevado a forjar nuestras propias teorías al respecto del Cazador de Hadas.

—En principio no deberíamos tener ningún problema, y cuando digo «deberíamos», te incluyo a ti también —apostilló el enano, que ya no parecía tan pequeño—. Usamos encantamientos especiales para borrar nuestro rastro y pasar desapercibidos, hechizos que vienen sirviéndonos bien desde hace siglos.

—Cendales —afirmó seguro Aurelius.

—Eso es, cendales. —El enano sonrió, apuró la pinta de cerveza que él mismo se había servido antes de sentarse y, tras limpiarse la boca con la manga de la chaqueta, continuó con su explicación—. Aprendes rápido, Aurelius... Además —añadió, tomándolo del brazo—, tú no has hecho nada por lo que debas preocuparte. Aunque la magia parece dispuesta a servirte sin poner peros, no creo que le hayas pedido mucho todavía... Sin embargo, el hecho de que recuerdes me preocupa. No deberías poder hacerlo. Nadie debería.

—Quiero aprender más —dijo cabizbajo, temiendo que su sueño pudiera esfumarse por segunda vez.

—Mira, durante unos días, nosotros nos dedicaremos a seguir investigando. Iremos de aquí para allá y procuraremos no molestarte mucho para que tu padre no se sienta incómodo. Nos veremos de vez en cuando e iremos hablando. Lo haremos con disimulo, durante la sobremesa o a la hora de la cena, cuando esté despistado. Mientras tanto, tú no tienes más que seguir con tu vida normal, procurando no llamar mucho la atención. Haz lo que venías haciendo antes de conocernos, sin acercarte mucho al teatro, y no te preocupes por nada más. Dile a tu padre que te encuentras enfermo o algo así...

—¡Maldita sea! —Aurelius recordó su cita de esa noche y no pudo reprimir su rabia.

—No te preocupes. Nosotros estaremos vigilando. Quizá no sean más que manías mías... En realidad, el Cazador de Hadas, exista o no, es un bastardo muy fiel a sus costumbres y, puesto que no tiene ninguna cuenta pendiente contigo, no creo que regrese por aquí. Lo cierto es que, por lo que nosotros sabemos, jamás ha atacado a alguien que no hubiera profanado gravemente el orden natural.

Enano y Baronesa cruzaron sus miradas fugazmente, y aunque Aurelius fue incapaz de desentrañar el misterio que ocultaban, sintió cierta desazón. Una sospecha, la de que no se le había dicho toda la verdad, comenzó a horadar su renacida seguridad. Aun así, no se atrevió a insistir más. Habría tiempo...

—¿Escondiste la llave como te pedí? —El señor Caliban bajó el tono de voz para preguntar.

—Sí. La metí en una caja que guardo en mi cuarto.

—Has hecho bien. Sigue con tus funciones si quieres —continuó el enano—. Luego, cuando todo termine y hayamos resuelto el misterio del Gran Houdin, nos ocuparemos del asunto de tu formación. ¿Qué te parece?

Apenas empezaba a asentir Aurelius cuando la campanilla de la puerta sonó, advirtiendo del regreso de Maximilian. Como accionado por un resorte, se puso en pie y fue hacia él, olvidándose de todo lo demás, incluida la cortesía debida a cualquier dama. Tomó el abrigo de su padre y lo acompañó a la cocina, donde el viejo pretendió sacudirse entre fogones el frío que le perseguía. Fingiendo interesarse por los detalles del funeral, Aurelius procedió a hacer un pormenorizado recuento de las faenas cumplidas antes de incorporarse a las que le quedaban pendientes. Luego, disfrazado de hijo obediente, pasó el resto de la tarde aparentando dedicarse en cuerpo y alma a la taberna, mientras buscaba la manera más discreta de acudir a su cita con Telesio. A pesar de las advertencias de peligro del señor Caliban, se había negado a renunciar a Miranda desde el principio.

Decidió valerse una vez más del bueno de Connor, al que recordaba cómplice de cientos de aventuras pasadas. Alegando escasez de azúcar, cruzó la calle hacia la tienda de los MacQuoid, en busca de su ayuda.

—Como ahora tratas con gente importante, pensaba que ya no querías saber nada de los pobres —dijo Connor Mac-

Quoid, a la vez compañero de toda la vida y a la vez un desconocido, disfrazando de sorna amigable un cierto resentimiento. Apoyado en el mostrador, parecía haberse tomado un momento de respiro mientras su padre atendía a las clientas—. ¿Sabes? —continuó en voz baja—. El sábado boxeo contra un irlandés en el almacén de Jim Hatton. Voy a darle una paliza rápida, y luego podemos salir por ahí a celebrarlo. ¿Qué te parece?

—Me parece que estás loco y que un día de estos te van a arrancar la cabeza...

—Si la cosa se da bien —dijo, sacándolo de la tienda—, muy pronto voy a estar peleando en el Lillie Bridge.

—Sí, serás el nuevo James Figg. —Aurelius se dio cuenta de que la preocupación que sentía por su amigo era absolutamente real. Por nada del mundo quería volver a encontrarse aquella turbiedad, aquella pena, en la mirada del señor MacQuoid. Por eso trató de quitarle a Connor de la cabeza la estúpida idea del boxeo—. ¿Y pelearás sin guantes?

Connor asintió, cerrando el puño frente a su cara. Ciertamente, era un buen puño, bastante amenazador, aunque Aurelius lo juzgó tan escaso de malicia que estuvo seguro de que jamás convertiría a su amigo en un campeón.

—Mira, tengo una idea bastante mejor —dijo—. Estoy ganando algo con esto de la magia. Hoy mismo voy a dar una función en la casa de un tío rico que el otro día me soltó diez libras. Si me haces un favor esta noche, el sábado salimos a dar una vuelta. Tú eliges el itinerario y yo pago hasta el último trago. ¿Qué te parece? —Aurelius esperó un momento, sopesando los gestos de su amigo. Eran nuevos para él y, sin embargo, era capaz de interpretarlos como si hubiesen sido los suyos propios reflejados en un espejo—. Aunque, claro, tendrás que suspender lo de la pelea. Si te parten la cara, no habrá mujer que se acerque a nosotros... Ya eres bastante feo con la nariz en su sitio.

—Pero ya he dado mi palabra.

—No seas terco, anda. Podremos ir a visitar a esa Christine tan dulce de la que tanto me has hablado, la del Loto Azul. ¿Qué te parece?

Connor evitó mirarlo. Mantuvo el silencio durante un momento haciéndose el digno, hasta que finalmente claudicó con una sonrisa mayor que su propia cara.

—Bueno, lo pensaré… ¿Y qué es eso que quieres que haga?

Aurelius sonrió también, satisfecho por haber vencido en aquella pequeña lid.

—Mira, mi padre está un poco inquieto con el tema de la magia. Ya sabes cómo es. La otra noche fui a la casa del fulano ese del que te hablo. Hice allí mis trucos, y resulta que le gustaron mucho. Total, que me pidió que volviera… Me paga bien, pero el viejo se enfadará si me voy antes de cerrar hoy también, y como el hombre este ha quedado en mandar un cochero a recogerme a las seis, quiero que estés atento. Cuando lo veas, sales y le dices que vas de mi parte, que espere a la vuelta de la esquina y, sobre todo, que tenga paciencia. Es posible que me retrase un poco. ¡Ah, y otra cosa! Quiero que vengas al cerrar y que le eches una mano a mi padre. Eso te lo pagaré aparte.

—Oye, Aurelius… —El joven MacQuoid sobreactuó, fingiendo reflexionar. Se llevó la mano a la boca, entornó los ojos y dejó que su mirada se perdiera en las alturas—. ¿No me estarás ocultando nada…? ¿No será una princesita la que te tiene tan entretenido? —Arqueando solo una de sus cejas, mostró un enojo de pega que en realidad era pura complicidad—. Tú estás muy misterioso últimamente…

—Estoy empezando a dar a conocer mi espectáculo por ahí —se explicó Aurelius—. Te lo he dicho.

—Espero que solo sea eso lo que estés dando a conocer —dijo en tono de mofa Connor, señalando la bragueta del joven Wyllt.

—Venga, MacQuoid, déjalo ya, que siempre estás pensando en lo mismo… —Aurelius se sorprendió de que su amigo hubiera dado con la verdad tan fácilmente y se preguntó si su secreto sería igual de evidente para los demás.

—¡Anda la leche! ¡Serás bribón! —Un golpe seco en la espalda y una ostentosa carcajada sirvieron para dar fe del afecto que los unía. Seguro de haber dado con la verdad que Aurelius mantenía oculta, Connor lo agarró por el cuello y comenzó a castigar su coronilla sin piedad. Una dolorosa ristra de capones fue la sentencia que dictó en esta ocasión contra él. El joven Wyllt recordó haber recibido aquel castigo en otras mil ocasiones al menos—. ¡Pero si mi Tontelius se me ha enamorado de una linda señorita! ¿Es guapa?

—¡Anda, calla! —le reprendió Aurelius mientras forcejeaba—. No sé de dónde sacas eso. Si mi padre te escucha hablar así, no me dejará salir en un mes, así que cierra esa bocaza. Te he dicho que voy a trabajar.

—¿Cómo es? —insistió Connor—. Venga, cuéntame algo... Ya decía yo que te encontraba un poco raro últimamente.

—¡Quita! Me voy. —Aurelius consiguió zafarse de la presa de su amigo usando la misma estratagema que recordaba haber usado todas las ocasiones anteriores, con un buen apretón en la entrepierna—. Y no te olvides de lo que te he dicho, es muy importante. O tendrás que quedarte el sábado a limpiar las letrinas de la taberna si quieres oler algo de alcohol.

Dejando a Connor plantado en la acera, Aurelius corrió de regreso a la taberna, donde continuó con su farsa hasta que el que el señor Caliban y la Baronesa se retiraron a sus habitaciones. Luego, después de subirles la cena, bajó sin perder un momento, tomó sus cosas y, tras dar cuatro explicaciones rápidas a su padre, salió huyendo en busca del carruaje.

—Procuraré volver pronto, padre —dijo casi a la carrera—. Connor MacQuoid vendrá a echarte una mano. Ya le he pagado. Lo hará mejor que esa holgazana de Emily Babcock...

—No lo hará como tú —protestó el viejo con gesto agriado—. ¡Es tendero, no tabernero!

La niebla, densa y amarillenta como un puré de patatas, había engullido la mayor parte de Londres cuando Aurelius salió a la calle. Las formas, que en la distancia corta eran todavía sólidas, se disolvían cuatro pasos por delante de él y, por eso, al principio fue incapaz de saber si el cochero enviado por el señor Telesio había tenido la suficiente paciencia. Con el corazón en la garganta, tanteando las paredes a paso ligero, anduvo hasta el final de la calle y dobló la esquina en busca del carruaje. No tardó en encontrarlo. Para cualquier otro, aquella estampa tétrica habría supuesto un sobresalto —parecía que la propia muerte, en busca del alma del último difunto, acabara de llegar—, pero Aurelius se sintió salvado cuando lo encontró todavía esperando.

—Perdóneme por el retraso —se disculpó con el chófer antes de subir.

Un latigazo y un *arre* seco fue toda la respuesta que Aurelius recibió de aquel hombre, aunque a decir verdad, cuando el coche echó a andar, apenas le importó su falta de cortesía. Marchaban hacia la casa de Telesio, en dirección al lugar en el que se había encontrado con ella, y eso era lo único importante.

Una vez más, el camino pareció alejarlo del mundo para conducirlo hasta un océano de incertidumbres del que ningún hombre vivo habría sido capaz de escapar. Para alguien criado en Londres, aquel estofado de bruma, en el que la humedad procedente del río Támesis se mezclaba con la inmundicia vomitada por las chimeneas de las fábricas, era algo tan habitual como el té de las cinco. Sin embargo, Aurelius tuvo siempre la impresión de que aquella era una niebla especial, una suerte de olvido, parecido al duermevela que precede a la muerte. Y, por algún motivo, y aun ignorando el aspecto que podría tener ese Cazador de Hadas del que le había hablado el señor Caliban, sin ni siquiera saber si tenía un cuerpo, temió encontrárselo, dispuesto a cortarles el paso.

Por fortuna, nadie se interpuso entre él y sus anhelos. La nada reinó a su alrededor hasta que la puerta de la mansión de Telesio apareció, señalando el final de su trayecto y, en cierta manera, su regreso a la vida.

Como ocurriera en su primera visita, Aurelius fue conducido a uno de los dormitorios, donde se le pidió que se preparara mientras los sirvientes descargaban sus cosas. Lo hizo atenazado por los nervios, pues no tardó en darse cuenta de que en aquella ocasión todo habría de ser distinto: la quietud que había suplantado a los animados murmullos de las conversaciones de la noche anterior le hizo estar seguro de que el público sería muy diferente y de que, en consecuencia, su función también habría de serlo.

Solo cuatro caballeros acudieron al reclamo de su magia, al parecer mucho más atractiva para las damas que, cuanto menos, los triplicaban en número. Risueñas en exceso y complacientes a más no poder, Aurelius entendió que aquellas mujeres eran meros obsequios, como el vino o las viandas, que el señor Telesio ofrecía a sus invitados... Todas, excepto la joven que había bautizado como Miranda. Ella no. Ella, sentada a la izquierda del anfitrión, destacaba entre todas las demás sin pretenderlo, disfrutando de un estatus especial frente al amo de la casa.

—Siento llegar tan tarde —dijo Aurelius, disculpándose.

—No te preocupes, con los años he aprendido a ser paciente. —El señor Telesio acudió a recibirlo sin dar en ningún momento muestras de enojo. De hecho, lucía una de esas sonrisas de porcelana que a Aurelius le desagradaban tanto, pero ante la que era imposible poner ninguna objeción—. Al menos cuando la espera merece la pena... —añadió—. Anda, deja que te presente. El público de hoy no te conoce todavía.

Telesio condujo a Aurelius, tomándolo por el brazo, hasta colocarlo en el centro del salón, y sin escatimar en halagos, lo exhibió ante sus invitados como si se tratara de la encarnación de todas las virtudes. Usó para ello los términos más elogiosos, una ristra de alabanzas y vaticinios de grandeza con la que cualquiera habría quedado sumamente complacido. Sin embargo, Aurelius apenas fue capaz de atender a las dos o tres primeras palabras. Cuando su mirada se encontró con la de Miranda, el resto del universo dejó de tener importancia. Allí estaba ella, esperándolo de nuevo, radiante. Quedó deslumbrado por su luz y durante un buen rato fue incapaz de ver otra cosa. Solo regresó a la realidad cuando los aplausos de los presentes le indicaron que era el momento de comenzar.

Cada vez más seguro de sí mismo, dedicó toda su atención a Miranda, convirtiéndola en destinataria única de su magia. Su espectáculo resultó ser una especie de callada oda al amor que ella recibió con la mirada encendida, y de la que los demás fueron ignorantes observadores. Uno tras otro, fue desgranando todos sus trucos, añadiendo pequeñas variaciones a la representación, para terminar obteniendo, al final, un éxito similar al que obtuviera días atrás. Sin embargo, en esta ocasión, su premio no tardó tanto en llegar. Apenas terminados los aplausos, el señor Telesio se dirigió a él para comunicarle su completa satisfacción. Señaló a la muchacha y con gesto displicente lo liberó de obligaciones por aquella noche.

—Me da la impresión de que estos compromisos no te agradan demasiado —dijo, señalando a sus invitados—. Aunque, con el tiempo, tratar con estos necios deberá ser parte de tu formación, por ahora creo que puedo liberarte del mal trago. He dispuesto que os sirvan algo de cena en el invernadero. Allí estaréis más tranquilos. Miranda te acompañará… —Miró a la muchacha, tratando de disimular su odio bajo un velo de amabilidad que bastó para engañar a Aurelius—. Hablaremos de compromisos y firmas luego, si te parece bien.

Y así, encadenado a su sonrisa, Aurelius avanzó de la mano de su amada. Apresurados, dejaron atrás pasillos y escaleras hasta llegar a una enorme sala, de techos acristalados, en la que el dueño de la casa parecía haber escondido un pedazo de la mítica Babilonia. Curiosamente, el cielo parecía despejado cuando entraron allí; todo rastro de niebla había desaparecido. Cuando se detuvo frente a Aurelius, una luna pujante bañó de claridad el rostro de la muchacha, haciéndola parecer de porcelana.

Apenas se hablaron. Comenzaron a besarse allí mismo, como si no cupieran entre ellos otras palabras que las dichas en silencio. Obedeciendo los deseos de su amo, los sirvientes de la casa habían adecentado un rincón del invernadero para convertirlo en un acogedor saloncito, en el que los esperaba la cena. Sin embargo, ni siquiera se acercaron a los platos. Se sirvieron vino y, a continuación, formado un ovillo de risas y arrumacos, fueron explorando aquella espesura, el jardín del Edén que Telesio les había concedido, hasta encontrar acomodo en un rincón tranquilo. Alguien había olvidado una vieja *chaise longe* entre las flores más raras, sobre la que se dejaron caer juntos.

No se concedieron más demoras. Sin pedir permiso más que a la diosa Venus, Miranda comenzó a desnudarse. Hizo lo mismo con él… Y luego se dedicaron a adorarla, amándose con avaricia. Dejando de lado todo recato, la muchacha comenzó a mostrarle las sendas de un territorio por el que Aurelius jamás había transitado. Aboliendo con cada uno de sus gestos los tabúes que el puritanismo había instaurado en su mente, le descubrió las maneras de la absoluta pasión. Ninguna porción de su piel le estuvo prohibida. Sin duda, aquella criatura deliciosa era una sacerdotisa iniciada en las más antiguas artes del placer, una maestra ante la que él se arrodilló, convirtiéndose para siempre en aprendiz.

—¿Quién eres? —Solo cuando hubieron terminado, tras haber saciado su hambre devorándose mutuamente, Aurelius se atrevió a preguntar.

Ella, tendida a su lado, apenas se preocupó de cubrir su desnudez. El muchacho se sorprendió de que un ser tan salvaje, tan carente de límites, pudiera, a la vez, parecer tan absoluta y sinceramente inocente.

—No te preguntes quién soy —dijo ella—. Con saber de quién soy te sobra: soy tuya.

Aquella respuesta habría bastado para contentar a casi cualquier hombre; sin embargo, para Aurelius resultó dolorosamente insuficiente. Una vez conquistado el cuerpo, no tardó en querer hacerse también con el alma de su amada, con su pasado, su presente y, sobre todo, su futuro.

—¿Trabajas para el señor Telesio?

—Soy su invitada —contestó ella, desviando la mirada.

—¿Su invitada…? —Aurelius dudó. Hasta ese momento había pensado que la muchacha era una suerte de regalo exquisito que aquel hombre le había ofrecido para ganarse su favor. Por primera vez cayó en la cuenta de que, muy posiblemente, el obsequio fuera él… Esa certeza le hizo sentirse profundamente vulnerable, tanto que le costó encontrar fuerzas para continuar bregando en su determinación por saber—. ¿De dónde eres? No pareces de por aquí.

—Soy de muy lejos…

—¿Eres española? —Aurelius había escuchado leyendas que describían la belleza de las mujeres de esa tierra, tildándola de incomparable.

—No, no soy española. Soy de un lugar mucho más lejano, uno que ni siquiera sale en la mayoría de los mapas. —La muchacha sonrió, tratando de disimular su inquietud—. De un lugar en el que las fuentes dan miel de ambrosía y el hambre no existe…

—¡Vamos! —protestó Aurelius—. No me tomes el pelo.

—Soy de aquí —afirmó ella, volviendo a la seriedad que Aurelius le reclamaba—. Soy de ahora… Y soy tuya. Lo demás, ya te lo he dicho, no debería importarte.

Incómoda, la muchacha trató de rehuir la conversación. Se volvió de repente, quedando boca abajo junto a Aurelius. Por primera vez, el muchacho pudo verle la espalda. La habría descrito, sin duda, como una espalda perfecta —no la afeaba ni un solo lunar— si no hubiera sido por un llamativo detalle que consiguió romper en mil pedazos aquella atmósfera apacible en la que creía estar a salvo de todo sufrimiento. Dos finas cicatrices, a la altura de los omóplatos, profanaban tal perfección, dando testimonio de un dolor pasado.

—No soy como esas otras —dijo—. Soy la ahijada del señor Telesio, su protegida. Mi madre y él fueron grandes amigos en otro tiempo, cuando vivíamos en la India.

Aurelius adelantó la mano con la intención de acariciar las marcas, aunque no llegó a hacerlo. De repente, como intuyendo su acercamiento, la muchacha regresó a él. Se incorporó y, quedando de rodillas a su lado, le habló en tono despreocupado.

—Ayer hablé con el señor Telesio —continuó—. Te tiene en gran estima… Piensa que eres especial, que serás un gran mago. Y ve con muy buenos ojos el que nos encontremos cada vez que vengas a su casa… ¿Querrás hacerlo? ¿Querrás que nos sigamos viendo?

—No hay cosa que me importe más que estar contigo...

Aurelius apenas tuvo tiempo de añadir nada más. Era capaz de imaginar mundos de fantasía que habrían dejado con la boca abierta a más de uno y, sin embargo, le costaba creer que todo pudiera ser tan absolutamente perfecto. No obstante, la incuestionable realidad de aquellos labios besándolo de nuevo le hizo olvidar todas sus dudas. Una vez más se rindió sin condiciones al tacto de aquella piel dorada y, una vez más, se entregó al amor. En aquella ocasión hubo tiempo para la mesura, para un conocimiento mucho más pausado, de movimientos más serenos y sentidos, de susurros, en el que él bebió el sudor de ella y ella terminó alimentándose del fruto de su carne.

—Escucha, Aurelius. —Consumada la pasión, la muchacha quedó tendida a su lado, la cabeza sobre su pecho, muy cerca de su oído. Casi murmurando, le habló con una voz que él juzgó muy distinta, seguramente más auténtica, y por primera vez teñida de miedo—. Debes hacerme caso en una cosa. Es muy importante...

Aurelius hizo ademán de incorporarse, aunque ella se lo impidió, tapándole la boca con la mano. Había delicadeza en su gesto, en todos sus movimientos se encontraba presente, pero también había firmeza, una determinación que le sorprendió sobremanera.

—Telesio puede parecer un vividor caprichoso, uno de esos ricos herederos de costumbres liberales, ya lo has visto, pero no te equivoques, su voluntad es de acero. Sabe muy bien lo que hace y lo que quiere. No te tomes sus palabras a la ligera. Me imagino que te habrá pedido que seas discreto, que no hables a nadie de nuestros encuentros...

—Así es. No quiere que nadie sepa el tipo de fiestas que organiza.

—Es muy importante que, por ahora, le hagas caso. Si se entera de que has desoído cualquiera de sus peticiones, será inflexible. Perderá la confianza que tiene en ti y ya no volveremos a vernos.

—Pero… —Aurelius iba a solicitar explicaciones cuando Miranda selló su boca con un nuevo beso.

—No hay peros… No puede haberlos. Llegado el momento te lo explicaré todo, pero por ahora tendrás que confiar en mí. Debes hacerme caso, te lo ruego. Es muy importante si quieres que nos sigamos encontrando…

Miranda se levantó, dejándolo acostado. Aurelius volvió a quedar sobrecogido por su belleza. Pensó que tras mil años viéndola, seguiría impresionándole. Y todos aquellos dones le habían sido entregados a él.

—Ahora tengo que irme. Vístete antes de que venga, y come algo. —Señaló la mesa que había quedado al otro lado de una muralla de hojas verdes—. Nos veremos muy pronto… Y por favor, ten mucho cuidado, querido mío. Hay sombras cuya única vocación es la de devorar toda luz… y tú brillas con gran fuerza.

XIV

El compromiso de los dragones

Al finalizar su segundo encuentro con la muchacha, el señor Telesio le ofreció a Aurelius un contrato de mecenazgo, por virtud del cual sus destinos quedaban definitivamente ligados. La magia del joven Wyllt sería de su propiedad durante los siguientes años, pues debería actuar para él donde y cuando quisiera. A cambio, el muchacho le concedería un mísero diez por ciento de cuanto ganara, cantidad con la que, según le aseguró, pretendía cubrir sus gastos de representación. No le quedó más remedio que firmarlo. Lo hizo con mano temblorosa, seguro de que si no tomaba la pluma y estampaba su rúbrica en el papel, corría el peligro de no volver a verla.

A partir de ese momento ya no fue imprescindible la magia, y en las dos siguientes visitas a Villa Oniria, ni siquiera se le pidió que llevara sus cosas. Al parecer, convencido de las habilidades de Aurelius, el señor Telesio decidió que las funciones quedaran temporalmente suspendidas. En ambas ocasiones salió a recibirlo y, tras breves charlas de puro compromiso, lo animó a buscar a Miranda, insistiendo en lo mucho que le agradaba aquella recién nacida amistad con su ahijada.

Pero Aurelius no era tonto. Desde el primer día le había extrañado que aquel caballero tan bien relacionado, sin duda poseedor de una fortuna inmensa, fomentara sus encuentros con la muchacha de la que decía ser padrino y protector. Al fin y al cabo, por mucha fe que tuviera en su magia, él no era más que el hijo de un tabernero, un don nadie, y ella, una princesa de belleza inigualable. Sin duda habría sido capaz de encontrar prometido, con el menor esfuerzo, entre los herederos de las más nobles familias de Inglaterra.

Por fortuna o por desgracia, esa desconfianza no tardó mucho en cobrar cuerpo de sospecha, sospecha que más pronto que tarde terminaría por convertirse en oscura certidumbre. Siempre había intuido la maldad en el señor Telesio; sin duda había algo más que altruismo y confianza en aquel trato del que parecía sacar tan escaso beneficio. Sin embargo, aunque se propuso averiguar qué era ese algo, no dejó de tener presente, ni por un instante, las palabras de Miranda. Por eso decidió actuar con cautela, siguiéndole la corriente hasta averiguar la verdad. Escondería sus temores, se mantendría agazapado esperando, atento a todo cambio, aprendiendo, observando...

—Sí, sé lo que piensas... —le dijo Telesio tras aquel encuentro en el invernadero—. Piensas que es demasiado hermosa para ti, que se trata de un bocado demasiado dulce para un paladar como el tuyo... y puede que lleves razón. En realidad no creo que sea digna de ningún hombre. Es demasiado buena para un simple mortal... —Un trago de coñac le valió para establecer una pausa dramática en medio de su parlamento—. Sé que eres inteligente, Aurelius, y que en este mismo momento estás preguntándote el porqué de todo esto, por qué te he regalado el que considero mi mayor tesoro... la verdadera razón de mi generosidad... En realidad, muchacho, solo estoy adelantándote un pago, pues ambos hemos firmado un acuerdo comercial por el que, al final, yo saldré mucho más beneficiado que tú.

Aurelius esperó en pie, sin atreverse a responder, atemorizado por la sonrisa de su mecenas.

—Por desgracia, muy pronto tendré que partir en viaje de negocios y ella tendrá que acompañarme... Recorreremos medio mundo. —El señor Telesio observó atentamente la reacción de Aurelius. Al muchacho le costó disimular su desconcierto ante aquel radical giro de la conversación—. Aunque no has de preocuparte —añadió Telesio—. En un par de meses estaremos de vuelta, y te aseguro que, en ese tiempo, me ocuparé de que no te olvide.

—Pero... —Atrapado de nuevo en un laberinto de pesimismo, Aurelius trató de hallar una salida rápida. Lo hizo a la desesperada, buscando la compasión de Telesio—. ¿No podría quedarse? Aquí, en Londres... Yo vendría a visitarla a diario, cuidaría de ella.

—Querido socio, sé que eso te haría enormemente feliz, y si pudiera la dejaría contigo, pero créeme, me resulta totalmente imposible. Es imprescindible que visitemos algunas de las propiedades de su padre.

Aurelius pensó que aquel hombre le mentía de manera descarada y, sin embargo, fue incapaz de enfrentarse a él para pedirle sinceridad. De alguna manera, intuía que la verdad era peligrosa, sobre todo para ella.

—El viejo era un hombre muy emprendedor —prosiguió Telesio—, pero, por desgracia, estableció la mayoría de sus negocios fuera de Inglaterra, y para cumplimentar ciertos papeleos, lo mejor es estar presente... Un albacea podría hacerlo, pero compréndelo, no sería lo mismo.

Aurelius se sentó derrotado. Apuntaló el peso de su cabeza con ambos brazos, incapaz de soportar la idea de separarse de Miranda. La magia había regresado, no podía permitir que volvieran a arrebatársela.

—No debes preocuparte de nada. Hemos firmado un contrato. —El señor Telesio se acercó hasta situarse a la izquierda de Aurelius. Apoyando su mano sobre el hombro del muchacho, trató de animarlo, aunque su tacto resultó demasiado frío para ofrecer el más mínimo consuelo—. Aunque no lo creas, puedo entender tu decepción. Mi compromiso ya no es suficiente para ti... —Solo cuando se supo amo de toda la atención de Aurelius, avanzó hasta la mesa del fondo, una pesada mesa de roble tallado junto a la que ya lo había recibido en otras ocasiones. Haciendo gala de sus habituales ademanes teatrales, se agachó para abrir uno de los cajones. Al principio, Aurelius fue incapaz de ver qué era lo que buscaba, pero pronto entendió. Se trataba de una pequeña cajita de ébano tallado—. Mira, tengo una cosa que, sin duda, te animará. Quizás hubiese sido más correcto que los hubieras elegido tú... Espero que me perdones por haberme tomado la libertad.

El señor Telesio abrió el estuche y le mostró a Aurelius el contenido. Un par de anillos idénticos, de un metal que fue incapaz de reconocer. Eran hermosos, desde luego: una pareja de dragones con las colas enroscadas. Cada uno de ellos aferraba con sus garras un huevo, de un negro tan profundo que negaba hasta la posibilidad de un reflejo. Sin duda se trataba de joyas únicas que él habría tardado varias vidas en pagar. Aun así, le resultaron también enormemente inquietantes, más propias de los dedos de una bruja de cuento que de una muchacha tan llena de vida como su Miranda. Sin embargo, las aceptó sin poner ni un pero.

—Perdóname que te hable así, Aurelius, pero ya sabes que no soy amigo de perder el tiempo con rodeos. Sé que os amáis... De sobra sabes que conozco la naturaleza de vuestros encuentros y que jamás los he condenado. Sabes que soy un hombre de ideas liberales y costumbres relajadas... —Sonrió—. Me gusta que la gente se divierta, pero entiendo que lo vuestro está pasando a ser algo más que un simple juego. Lo cierto, ya lo habrás descubierto, es que a mí jamás me ha importado lo más mínimo la opinión de los demás. Vivo mi vida gobernándome por leyes que la mayoría de hombres no entenderían... Pero, por desgracia, caminamos por el mundo. Estarás de acuerdo conmigo en que ella vale demasiado como para consentir que nadie ensucie su nombre. La gente es muy mala y no tardarían en comenzar a murmurar... Los propios criados hablan ya.

Aurelius tomó la pequeña caja y la observó de cerca. Sin duda, aquellos anillos eran algo fuera de lo común. No obstante, unos grilletes, por mucho que estuvieran forjados con oro, no dejaban de ser las pulseras de un prisionero.

—Son un regalo. Pídele la mano antes de que nos marchemos. Entrégale uno a ella y quédate tú con el otro. Así mataremos dos pájaros de un tiro: podrás estar seguro de que no te olvidará y nadie se atreverá a juzgarla. —Arqueando las cejas, se llevó una mano a la barbilla para reflexionar durante un momento—. Además, si te acepta, la fortuna de su padre será tuya también.

Aurelius levantó la cabeza y lo miró sin disimular su desagrado.

—Bueno… No me entiendas mal. Sé que no eres un interesado. En realidad, cuando hablo de su fortuna, no te estoy tentando con ningún dulce, sino cargando sobre tus hombros una gran responsabilidad. No sabes, Aurelius, lo tranquilo que me quedaría si alguien como tú se encargara de aconsejarla y de cuidar el patrimonio de su familia. Por desgracia, yo no puedo dedicarle todo el tiempo que necesita, bastante tengo con mis cosas, pero tú… Sé que tú estarías dispuesto a amarla y a cuidarla sin poner condiciones.

Mudo de incredulidad, Aurelius fue incapaz de hacer comentario alguno. Aquella propuesta, al menos la parte referida a la posibilidad de conseguir el monopolio del amor de la muchacha, superaba con creces sus más locos sueños. Intuía también en ella la más peligrosa de las encerronas.

—No es una imposición, claro está. —El señor Telesio contraatacó, tratando de mostrarse lo más razonable posible—. Tómalo como una señal más de buena voluntad por mi parte. Pensé que te haría sentir mejor, más tranquilo, pero no te veas forzado a hacer nada que no quieras… Sé lo complicado que es dar un paso así, lo valiente que hay que ser… Eres muy joven.

Aurelius volvió a mirar los anillos.

—Nada me gustaría más —dijo al fin—. Muchas gracias, señor Telesio… Sin embargo, entenderá que debo informar a mi padre de todo.

—Por supuesto. —Telesio sonrió de manera amigable—. No te consideraría el muchacho cabal que creo que eres si no contaras con él para una decisión tan importante. Sin embargo, te rogaría que esperaras un poco más. Si no te parece mal, puedo acudir con Miranda a la taberna antes de que nos marchemos para comunicarle la noticia. Cuando os vea juntos, y le cuente los planes que tengo pensados para ti, no podrá negarse... ¿Qué te parece?

—Como usted diga. —Aurelius consintió satisfecho. Cabía la posibilidad de que el mal que había intuido en aquel hombre no fuera más que un absurdo prejuicio. Al fin y al cabo, desde el momento en que se habían conocido, no había hecho más que favorecerlo.

—Calculo que tendréis todavía un par de ocasiones de veros, a lo sumo tres, antes de que nos marchemos. Aprovéchalas.

Telesio trató de poner punto final a aquella conversación de manera unilateral, con un gesto de la mano, volviendo la vista a sus papeles.

—Por cierto —volvió a interpelar Aurelius—, todavía no sé su nombre... Su verdadero nombre, me refiero.

—¿No se lo has preguntado? —La malicia afloró en el gesto de aquel hombre extraño—. Eso no es muy cortés.

—Sí, claro que se lo he preguntado, pero me da la impresión de que me miente siempre.

—No, no te miente. Es verdad que se llama Miranda... Acertaste su nombre a la primera. —Telesio sonrió de nuevo—. ¿Qué pasa?, ¿te resulta tan difícil creerlo? No hablo a la ligera cuando digo que serás un gran mago.

Aurelius tomó los anillos y salió sin perder un momento de aquella casa. Se dejó conducir una vez más a través del océano de niebla, y ya de regreso en su cuarto, sabiéndose protegido por la familiaridad del hogar, se sentó frente a ellos para observarlos durante un buen rato. Quedó como hipnotizado por la oscuridad que aquellos dragones custodiaban. Debían ser señal de su dicha y, sin embargo, fue incapaz de sentir frente a ellos otra cosa que no fuera inquietud.

Decidió guardarlos junto a la llave de Houdin, en el viejo joyero de la abuela, junto a sus mayores esperanzas. Por fortuna, ni un solo quejido turbó el silencio de la noche, aunque esa quietud no ayudó a aliviar demasiado sus temores. Una nueva preocupación —la preocupación por el bien de Miranda— vino a sumarse a la posibilidad de que ese supuesto Cazador de Hadas pudiera aparecer por la taberna. Telesio había sembrado una semilla de incertidumbre que ya comenzaba a echar raíces en su ánimo. Sin embargo, si de verdad estaba destinado a ser el gran mago que todos suponían, no habría hombre, por rico que fuera, capaz de oponerse a su voluntad. Como Houdin en Argelia, se enfrentaría a sus propios mulás, derrotándolos costara lo que costase. Y así se lo hizo saber a Miranda en su siguiente encuentro.

—He firmado un contrato... A partir de ahora podremos vernos más a menudo.

Miranda no contestó. Se limitó a apartar la mirada, tratando de huir de Aurelius. Parecía aterrada, a punto de echarse a llorar.

—Ten cuidado con Telesio, Aurelius.

—¿Qué es lo que ocurre? —le preguntó, tratando de saber algo más—. ¿Por qué le tienes tanto miedo?

—Quizás debieras tenérselo tú también —respondió ella.

—Me ha traído hasta ti, ha confiado en mí. Me trata bien... No puedo tener más que agradecimiento hacia él.

—No he querido hablarte de todo esto antes porque no quería asustarte. Temía que huyeras de mi lado si te contaba la verdad. —Miranda tomó sus manos con los ojos humedecidos—. Ahora estoy segura de ti... No es bueno, créeme. Me hace daño... me tiene prisionera.

Aurelius la abrazó con fuerza hasta asegurarse de haberla serenado. Ya entonces sabía que no puede existir mejor consuelo que el del tacto de una persona querida.

—No dejes que te engañe, Aurelius...

Todas esas maneras propias del goce, que los seres humanos llevamos repitiendo desde hace siglos a la hora de amarnos, les sirvieron en aquella ocasión para disimular sus confidencias, disfrazándolas de suspiros de placer. Aprovechando un abrazo o un beso en el cuello, dos o tres palabras furtivas se deslizaban hacia el oído de Aurelius. Luego él contestaba de la misma manera, ocultando así sus secretos a observadores indeseados. Estaba decidido a luchar por ella, y así se lo hizo saber, y aunque al principio la muchacha se mostró asustada, no tardó mucho en rendirse a su determinación. Pretendía escapar con ella antes de que Telesio se marchara, sacrificar la seguridad que le ofrecía su vida en la taberna y el cariño de su padre, solo por concederle la libertad. ¡Pobre infeliz! Llegó a pensar que el mundo se plegaría a sus deseos presentando como aval la sinceridad de su amor, y que no habría poder capaz de detenerlo.

—Hablaré con mi padre, y si no se presta a ayudarnos, nos apañaremos. —En ese momento pensó en maese Caliban y tuvo la seguridad de que el enano les ofrecería asilo a su lado—. Yo me ocuparé de todo.

—Está bien —consintió ella sin dejar de besarlo—. Iré contigo. —Dos preciosos regueros de lágrimas, que Aurelius tomó como señal de entrega total, quedaron marcados en las mejillas de la muchacha—. Pero debemos ser muy cuidadosos… No sabes hasta qué punto es peligroso.

—Lo haremos mañana. No esperaremos más.

—Todavía tenemos tiempo. El barco no parte hasta dentro de dos semanas.

—Mañana —insistió Aurelius—, antes de que pueda esperárselo.

Sellaron aquel compromiso con el consiguiente ritual de besos, y más le hubiera valido hacerlo solo así. Por desgracia, deseoso de mostrar la solidez de su compromiso, Aurelius tomó la mano de la muchacha y le ofreció uno de los anillos. Deslizó el metal, remontando con lentitud su dedo perfecto, sintiendo cómo ella se estremecía al recibirlo. Y luego, tomó para sí el otro y se lo puso también.

—Estos anillos son casi una ofensa, lo sé, pero nos servirán para esconder nuestras verdaderas intenciones. Sospecharía si no los usáramos.

—¿Te los ha dado él? —Miranda fue incapaz de disimular su desagrado.

—Sí.

Durante un momento, la muchacha observó su mano en silencio.

—Está bien —dijo al fin—. Me escocerá la piel, pero lo llevaré si prometes cambiarlo pronto por otro elegido por ti.

—No te preocupes —la tranquilizó Aurelius—. No tardaré en hacerlo. Aunque sea de hojalata, será mejor que este.

—En ese caso, juro no quitármelo hasta el día en que me traigas el tuyo. Lo llevaré como quien carga una penitencia, hasta que seamos libres. —Miranda bajó la vista , tratando de esconder sus emociones—. Al menos si tú juras hacer lo mismo.

—¡Claro que lo juro! —Se apresuró a asegurar Aurelius—. Nada me hará más feliz que librarte de él… Y también te juro que no tardaré mucho en hacerlo.

—Eres mi paz y mi alegría, Aurelius —dijo ella—. Y siempre seré tuya.

Y tras haberla marcado de esa manera como algo querido, habiéndose entregado a ella y a la causa de su liberación, abandonó una vez más la casa de Telesio, pensando que sería la última vez que lo haría solo. Curiosamente, en aquella ocasión, su mecenas ni siquiera se había dignado a recibirlo, lo que facilitó las cosas. Si se hubiera enfrentado a él, le habría costado mantener el tipo. Tratar de esconder sus mentiras ante aquella mirada ácida que parecía verlo todo, sospechar de todo y saberlo todo de antemano le habría resultado complicado. Por fortuna, uno de los criados había disculpado a su señor, asegurando que había salido no hacía mucho. Al parecer, había tenido que ausentarse para ultimar uno de sus negocios antes del viaje.

De regreso, las ideas comenzaron a hervir en su cabeza. Había mucho en lo que pensar todavía, mucho que planificar. Era consciente del poder de su enemigo y tenía que actuar con mucha inteligencia si no quería terminar en prisión, acusado de rapto, o lo que es peor, destripado en algún cruce de caminos… Apenas había empezado a esbozar su plan de huida cuando el cochero detuvo las caballerías a la puerta de su casa. Era tan tarde como de costumbre, la niebla era la misma que de costumbre, la luz, escasa como de costumbre… Sin embargo, nada más poner el primer pie en la acera, Aurelius notó que algo extraño ocurría. Aquella noche habría de ser diferente.

Aunque fue incapaz de explicarse el porqué, se sintió extrañamente desvalido, triste e inquieto a la vez. Dejó de pensar en Miranda para ponerse en guardia de manera casi refleja. Cuando el carruaje comenzó a alejarse y se vio allí solo, notó un escalofrío en la nuca que lo obligó a volver la cabeza. Era la misma sensación que había sentido tantas veces de pequeño, al recorrer a oscuras el pasillo de su casa. Como entonces, sospechó que una presencia lóbrega y difusa, pero a la vez inquietantemente real, esperaba al acecho, a su espalda…

Estuvo seguro de que el diablo lo observaba.

Tuvo miedo.

XV

El comienzo de la caza

La primera señal inequívoca de que algo ocurría, de que no se trataba de la imaginación jugándole una mala pasada, la encontró ya en la puerta de servicio. Echó mano a la llave y, como cada noche, casi a tientas, se dispuso a abrir… Pero no llegó a hacerlo. Alguien había arrancado de cuajo el viejo cerrojo, dejando en su lugar un hueco de bordes astillados, que inmediatamente se convirtió en augurio de la peor desgracia. Cuando Aurelius trató de examinarlo, los goznes chirriaron, quejándose como lo habría hecho un gato moribundo, y la puerta comenzó a abrirse lentamente.

—¿Padre…? —Asustado, Aurelius interpeló al vacío sin demasiado convencimiento—. ¿Hay alguien ahí?

Forzándose a ser valiente, avanzó hacia la oscuridad del zaguán. Un par de pasos, nada más, y luego se detuvo. Sospechando la presencia de algún ladrón, trató de escrutar los rincones más cercanos, a la espera de que un movimiento o algún mínimo destello le advirtiera del peligro. Sin embargo, no encontró nada más que oscuridad y, por eso, decidió seguir avanzando. Tres pasos más, lo suficiente para llegarse a la alacena. Sobre ella esperaban, entre bandejas viejas, soperas y candelabros, varios quinqués de uso habitual en la cocina. Tomó el primero y buscó en el cajón las cerillas para encenderlo. Aprovechó también para coger un cuchillo de una de las cuberterías que su padre guardaba allí, y así, armado con luz y acero mal afilado, reanudó su búsqueda.

—¡Padre! —insistió.

El primer gran dilema fue elegir el camino a continuación. Podría haber tomado las escaleras para ir directamente al piso de arriba, pero no quería dejar tras de sí estancias sin revisar. Prefería temer a lo que quedaba por delante, fuera lo que fuese, que tener que avanzar preocupándose también por la retaguardia. Salón y luego cocina, o cocina y luego salón. Para terminar de pasar revista a aquel piso, cualquiera de las dos rutas habría valido, así que sin ninguna otra razón de peso, Aurelius se encaminó hacia la barra, esperando no encontrarse con ningún cliente indeseado.

Avanzando con cautela, fue encendiendo algunas lámparas, convencido de que la presencia de luz le otorgaría cierta ventaja en caso de encontrar problemas. Miró debajo de las mesas y en los pocos rincones —dos o tres— en los que un visitante nocturno habría podido esconderse. Descorrió alguna cortina, y tras asegurarse de que no había nadie allí, entró en la cocina. Con un par de vistazos rápidos la descartó también como refugio del mal, así que aprovechó para cambiar de arma, abandonando el pequeño cuchillo para tomar uno más amenazador. Eligió rápido; los que utilizaban para trocear carne siempre le habían impuesto respeto. Aunque usarlo para defenderse de un extraño era harina de otro costal, al menos le valdría para caminar más seguro.

La despensa le pareció entonces el siguiente lugar que explorar. Su puerta cerrada se presentó ante él como una tercera prueba de valor que debía superar. Dispuesto a hacerlo, dejó el quinqué encendido encima del fogón, lo bastante cerca como para que la luz alcanzara a alumbrar el interior. Agarró el pomo con una mano y levantó el filo del cuchillo con la otra. Recibió la penumbra con un tajo al aire que nada más ejecutado le pareció ya ridículamente inútil. Sin duda lo habría valorado más si un ladrón se hubiera abalanzado sobre él, dispuesto a rebanarle el cuello. No ocurrió así, de manera que tras asegurarse de que el lugar estaba igualmente vacío, se dirigió hacia la escalera.

Las sombras proyectadas desde un plano inferior hacen siempre que una figura parezca mucho mayor, más amenazadora. Llegan a confundir con facilidad. Por eso, Aurelius tardó un poco en reconocer al hombre que aguardaba en lo alto de la escalera. No era otro que el pequeño señor Caliban, que permanecía muy quieto en el rellano, ligeramente agachado, como escrutando la oscuridad. Un sonido rítmico, que el muchacho reconoció de inmediato, atraía toda la atención del pequeño mago. Se trataba del gruñido cansino de la vieja mecedora de su madre, uno de los muchos muebles que Maximilian, siempre fiel a su recuerdo, se había negado a echar al fuego tras su muerte.

Consciente de la presencia de Aurelius, el enano hizo una señal con el dedo pidiendo silencio. Al hacerlo, un destello metálico llamó la atención del muchacho: iba armado con una suerte de pistola enorme, de extraña manufactura, que en sus manos parecía todavía más desproporcionada.

Ñic, ñic... Ñic, ñic... La mecedora mantuvo su lastimera y cansina cantinela. Aurelius había escuchado aquel sonido mil veces, le había recordado siempre los mejores momentos de su vida, a su madre, su niñez... No era capaz de explicarse la razón por la que, en aquel preciso momento, le producía un desasosiego tan grande.

Comenzó a subir peldaños en el mismo momento en que el enano le dio permiso para hacerlo con otro gesto de su mano. Se sintió entonces el ser más torpe y pesado del mundo, un bailarín vestido con armadura, así que trató de salvar el trámite de la escalera de la mejor manera posible. Ya que no podía hacerlo discretamente, lo haría, al menos, de la forma más rápida. Superando los escalones de dos en dos, se llegó hasta el lugar en que el señor Caliban esperaba.

Ñic, ñic... Ñic, Ñic... Ñic, ñic...

—Apaga eso —le ordenó el enano, señalando el candil.

Antes de girar la ruedecilla que extinguía el brillo de la lámpara, Aurelius tuvo tiempo de comprobar que el señor Caliban iba mucho mejor pertrechado que él. Había cogido también una daga que guardaba en la cinturilla del pantalón y algunos objetos más, cuya utilidad era incapaz de adivinar, pero que intuyó armas o herramientas mágicas.

—Toma. —Le entregó un manojo de llaves señalando el

piso de arriba—. Cuando yo te diga, subes y la libras de las cadenas sin perder un momento.

—¿Qué pasa? —insistió Aurelius.

El muchacho obtuvo como respuesta la repetición del mismo gesto de antes, acompañado de un silencio similar. Pidiéndole que se situara tras él, el enano avanzó hacia la puerta del dormitorio de Maximilian, que permanecía abierta y, con mucho cuidado, la empujó hacia el interior. Como tratando de perpetuar el misterio de la situación, la puerta fue abriéndose poco a poco, muy lentamente.

Ñic, ñic... Ñic, ñic... El sonido se repitió un par de veces más, hasta que todo quedó en silencio.

Efectivamente había alguien allí, y no era el padre de Aurelius. La luz de la luna, oblicua y enigmática, se filtraba por la ventana atravesando los visillos, recortando una silueta que esperó sin hacer un solo movimiento. Quienquiera que fuese les daba la espalda, usurpando un lugar sagrado que siempre había pertenecido a su madre.

—Me he tomado la libertad de pasar sin llamar. —Una voz aterradora, que sonó como una cuchilla arañando un cristal, a chirriar de dientes, a porcelana masticada, a llanto de niño huérfano, los recibió sin dar señales de la más mínima preocupación. Aunque Aurelius fue incapaz de reconocerla, sí que llegó a notarla extrañamente familiar.

Sin dar muestras de prisa alguna, tomándose su tiempo como habría hecho un viejo de huesos carcomidos por el reuma, el visitante se puso en pie. La cabeza cubierta por un sombrero de copa de líneas rectas, se trataba de un hombre alto —al menos en ese momento le pareció humano— y extremadamente delgado. Vestía como un enterrador, y siguiendo una moda ya anticuada, cubría su espalda con una raída capa de cuero que terminaba fundiéndose, en su parte inferior, con las sombras que los rodeaban.

Lentamente fue volviendo la cara hasta quedar con la mirada fija en Aurelius. Cuando los ojos del muchacho se encontraron con los de aquel ser, un miedo lacerante, mucho más severo que el que había sentido hasta entonces, se aferró a sus tripas tratando de estrangular su firmeza... Ya nunca jamás sería capaz de olvidar aquella imagen: como castigada por un hambre milenaria, la piel macilenta de aquella blasfemia viviente se pegaba a sus huesos, marcándolos de manera espantosa. Era un enviado de Satanás, una plaga encarnada... No podía ser otra cosa.

Sin embargo, no huyó de allí. Afrontó el horror como un auténtico héroe, sin apartar la mirada de aquellos ojos negros, manteniendo la cordura ante aquel rostro cubierto de cicatrices mal cosidas que parecían supurar petróleo. Se mantuvo firme ante aquellos labios arrugados de cadáver y aquellos dientes puntiagudos... La mayoría de hombres habrían tratado de escapar de una locura así, pero él permaneció quieto, totalmente quieto... Y cuando aquel ser de pesadilla se giró, Aurelius siguió su movimiento con la mirada. Casi sin pretenderlo, terminó reparando en la figura que, tendida a su lado, esperaba absolutamente quieta.

—Ika el Errante... —Petrificado por lo horroroso de aquella visión, el enano apenas alcanzó a susurrar tres palabras.

De repente, todos los temores del muchacho comenzaron a mutar, transformándose en un dolor muy profundo. Ese dolor no tardó en convertirse en pura rabia. Aquel engendro agarraba un enorme cuchillo con su mano izquierda, uno muy parecido al que había tomado él en la cocina, pero que se diferenciaba del suyo en un detalle importantísimo: el del monstruo todavía goteaba sangre. Pequeñas gotas de icor de vida que, rozadas por los rayos de luz de luna, brillaban fugazmente antes de caer al suelo. Sin duda, aquel demonio se había valido de aquel acero herrumbroso para, a la manera de un vulgar matarife, cercenar la garganta de su padre. El bueno de Maximilian yacía muerto sobre su propia cama, con la mirada perdida en la eternidad.

Ni siquiera ese instinto de supervivencia, que procura convertirnos siempre en cobardes vivos, pudo evitar que Aurelius se lanzara sobre aquel engendro, dispuesto a cobrar venganza. Negando la realidad con un grito, el muchacho cargó enloquecido contra el monstruo. Tal acto de furia insensata cogió desprevenido al señor Caliban, que apenas alcanzó a impedirlo.

—¡No, Aurelius!

Una esquiva rapidísima y un solo golpe le bastaron a aquel ser para deshacerse de él. Como si nada pesara, Aurelius salió catapultado y terminó cayendo al otro lado de la estancia. Desarmado y sangrando por la boca y la nariz, chocó ruidosamente contra las puertas del viejo armario de sus padres, a cuyos pies se derrumbó sin conocimiento.

El pequeño señor Caliban apretó el gatillo de su pistola y disparó casi a ciegas. No apuntó demasiado, pues su intención era ganar tiempo para replegarse; ni siquiera se planteó causar daño real al ser que tenía enfrente. Al fin y al cabo, se trataba de una leyenda encarnada, y aunque tenía ciertas teorías al respecto, no estaba seguro de que a las leyendas se las pudiera herir.

El hecho de que aquel monstruo esquivara primero el tajo de Aurelius y se apartara luego de la descarga de su pistola le valió, no obstante, para albergar cierta esperanza. Mientras se retiraba caminando de espaldas, en dirección al lugar en el que yacía tendido el muchacho, el señor Caliban empezó a creer en la posibilidad de que se le pudiera dañar de alguna manera. No se habría apartado si hubiera sido absolutamente invulnerable. Con todo, fuera o no mortal, era endiabladamente rápido, virtud que le bastó para evitar la mayor parte del daño. Girando sobre sí mismo con la velocidad de una serpiente, se cobijó tras una columna de madera, donde esperó muy quieto.

—Sí, caballerete —dijo—. Soy Ika el Errante, aquel al que también llamaron Eclépides de Hades…

Aurelius pareció recuperar el sentido en el mismo momento en que el señor Caliban llegó a su lado. Tomándolo por el hombro, trató de ayudarlo a levantarse.

—He sido Ingro el Nubilita y Caín Nublo el de la Cuchilla. —Una mano enguantada, la mano que agarraba el cuchillo, asomó, revelando la razón de aquel último apelativo—. He sido el Lobo, la Culebra, el Coco, la Plaga y el Piojo… Durante un tiempo fui Deyer Primus, y unos siglos después, los hombres comenzaron a llamarme Épsilon Omega... He sido y soy Ahir Hasad, el Cazador de Hadas... y he venido a por vosotros.

El señor Caliban aprovechó el receso que le concedió aquel parlamento para ayudar a Aurelius. Todavía conmocionado, trastabillándose al caminar y bastante desorientado, el muchacho se dejó llevar fuera de la alcoba. Una vez en el pasillo, el enano gesticuló, murmurando palabras extrañas, y la puerta del dormitorio se cerró tras ellos. Ambos cayeron sobre los primeros peldaños de la escalera. Como segunda respuesta a su magia, manos invisibles empujaron un enorme armario que se desplazó bloqueando la puerta.

—¿Tienes todavía las llaves? —le preguntó a Aurelius.

—Sí, creo que sí. —El muchacho, conmocionado, echó mano del llavero que guardaba en el bolsillo y se lo mostró.

—Pues entonces, corre.

El miedo se hizo evidente en cada uno de los movimientos del pequeño mago. Habría podido decirse que resudaba auténtico pavor.

—Sube y libérala... o moriremos todos —añadió el enano.

Dentro del dormitorio se hizo el silencio. Apagado el fuego de la ira —un golpe frío suele ser la mejor manera de terminar con casi todo tipo de ardores—, Aurelius entendió que la única posibilidad de vengar a su padre pasaba por la obligatoriedad de sobrevivir. Un pragmatismo impropio de su persona se apoderó de sus actos, haciéndole ver también el peligro que corría la baronesa, seguramente encadenada a causa de su cruel enfermedad. Por eso corrió en dirección al piso de arriba dispuesto a liberarla. Dejó solo al enano, que ya había dado muestras sobradas de saber defenderse.

—¿No tienes miedo, pequeño? —La voz estridente del monstruo se dejó oír desde el otro lado de la puerta—. ¿No me digas que no tienes miedo ahora que sabes que tengo pruebas contra ti...?

El señor Caliban aprovechó para recargar su pistolón, pero lo hizo sin abandonar las murmuraciones. Mientras introducía balas en el tambor del arma, trataba de reforzar los cendales invocados sobre Aurelius. Casi seguro de que su hora había llegado, intentó protegerlo a él, nombrándolo custodio de todas sus esperanzas.

—¡Maldita sea, hijo de puta! —gritó—. ¡Ven aquí, anda! No creo que tengas que esconderte de mí si eres tan jodidamente poderoso.

No hubo respuesta a aquel desafío. El señor Caliban continuó esperando, siguiendo con la mirada el ruido que los pasos de Aurelius producían sobre su cabeza. Más lentamente de lo que hubiera deseado, fueron avanzando hasta el lugar en el que se ubicaba la habitación de la Baronesa. La oscuridad parecía haberse tragado el horror que había venido a cazarlos, aunque estaba seguro de que pronto contraatacaría. Inasequible al desaliento, trató de aprovechar aquel momento de paz para organizar una defensa. No tenía intención de dejarse matar fácilmente.

Mientras comenzaba a invocar nuevos encantamientos, tomó la bolsa de cuero que colgaba de su cinturón, la abrió y sacó de su interior tres esferas de cristal que brillaron en la oscuridad como tres estrellas recién nacidas. Se trataba de redomas, pequeñas botellas cargadas de un inusual líquido fosforescente, que arrojó frente a él. Pretendía, acaso, usarlas para protegerse de un avance del enemigo por ese lado. Sin embargo, a pesar de tomar tantas precauciones en dirección al frente, el pequeño mago descuidó la posibilidad de que se produjeran ataques por otros flancos, error que a punto estuvo de costarle muy caro...

Aurelius había quedado momentáneamente detenido a la entrada de la habitación. Al abrir la puerta, había encontrado a la Baronesa casi desnuda, escasamente cubierta por una maraña de cadenas, y a pesar de la urgencia, apenas había sabido cómo reaccionar. Fue ella, que parecía ser bien consciente del peligro que los acosaba, quien lo alentó para que comenzara a abrir los pesados candados, indicándole en cada caso cuál era la llave necesaria.

A punto estaban de llegar al último de ellos —el que retenía, precisamente, sus muñecas—, cuando la ventana de la escalera estalló. Aurelius entendió que el enemigo había avanzado por la cornisa de la fachada para entrar por el lado izquierdo, sorprendiendo así al señor Caliban.

—Quédate aquí —dijo la Baronesa, librándose del peso de sus ataduras.

—Tenemos que huir… —Creyendo que ella era incapaz siquiera de entender lo que ocurría, se opuso a dejarla bajar.

—Sé lo que habéis encontrado, Aurelius… No bajes —ordenó ignorándolo, comenzando a rebuscar entre sus cosas—. Si dejas de escuchar ruido y no nos oyes, trata de escapar tú. Por la ventana o por donde sea… Y no mires atrás o morirás.

Terminando de decir eso, sacó de un estuche de madera un par de enormes cuchillos curvos de aspecto antiguo, casi espadas, que blandió frente a él, dando muestras de una gran maestría en su uso. Sin duda, la joven Baronesa era mucho más que una niña criada entre algodones. De hecho, a pesar de su juventud, había veces en las que parecía haber vivido mil vidas, todas ellas peligrosas.

—Ten siempre a mano una buena cuchilla —dijo—. A veces la magia no es suficiente.

Y al avanzar, su salvaje desnudez quedó por un momento iluminada por la luna. Lucía marcas y rojeces en aquellos lugares en los que las cadenas habían rozado su piel, pero ni siquiera los más escandalosos arañazos eran capaces de afearla. Aurelius se maravilló de su belleza tanto como de su valentía, aunque todas sus disquisiciones quedaron interrumpidas cuando el dolor comenzó a cebarse de nuevo con ella, impidiéndole hasta dar un paso. Creyendo que la enfermedad había venido a traicionarlos en el peor momento, se acercó corriendo para ofrecerle un brazo en el que apoyarse.

—¡No, déjame! —ordenó ella, esforzándose por sobreponerse al inmenso sufrimiento que padecía—. No te acerques a mí, Aurelius…

Antes de salir, giró la cabeza para mirar de soslayo al joven Wyllt. Apenas fue un roce de miradas, que le bastó, sin embargo, para darse cuenta de que algo había comenzado a cambiar en ella, y no me refiero en este caso a un gesto, ni a la llegada de nuevas emociones, sino a un verdadero cambio físico... Sus ojos, siempre verdes, comenzaron a amarillear como si el otoño, con toda su tristeza, hubiera llegado de repente a su alma. Sin embargo, Aurelius apenas tuvo tiempo de comprobar si aquella variación era auténtica o si se trataba de algún tipo de capricho provocado por la escasez de luz, pues alertada por el ruido de la lucha en el piso inferior, la muchacha emprendió la carrera y lo dejó solo.

Incapaz de quedarse a esperar el desenlace de los acontecimientos, Aurelius desobedeció todos los consejos de la lógica y salió tras ella. Es cierto que había un monstruo allí abajo, que la taberna apestaba a peligro y a muerte, pero apenas le importaba. Aquel demonio había acabado con la vida de su padre sin tener ningún pleito con él. Si el pobre Maximilian tenía cuentas pendientes con alguien eran a su favor, y sin duda de agradecimiento. Y a pesar de todo le había cortado el cuello... Solo tenía ganas de devolverle el dolor que sentía multiplicado por mil.

Efectivamente, el señor Caliban había sido sorprendido por el enemigo mientras Aurelius trataba de librar de las cadenas a la Baronesa, y desde ese momento, luchaba por sobrevivir haciendo uso de su magia y de toda su fuerza. Tras atravesar una ventana, el Cazador de Hadas había caído sobre él, comenzando una lucha cuerpo a cuerpo en la que el pequeño mago parecía tener todas las de perder. Tras aquella primera carga de su enemigo, había recibido ya las primeras cuchilladas, dos cortes que habían apuntado a su corazón y que, por pura fortuna, habían terminado por herirlo en el costado y en el hombro izquierdo.

Sin embargo, aun caído, apabullado por el peso de aquella oscuridad asesina, el enano había sido capaz de defenderse. Primero con una segunda descarga de plomo a bocajarro y, luego, con nuevos encantamientos. El último de ellos convirtió el suelo bajo los pies de su enemigo en una suerte de barro invisible en el que le fue mucho más difícil manejarse. Acostumbrado a zafarse de adversarios mayores y siempre confiados en la victoria, el señor Caliban había desarrollado, ya de niño, técnicas poco vistosas pero muy efectivas para librarse de sus abusos.

Cuando Aurelius salió a la escalera y observó la escena, el Cazador de Hadas se encontraba de pie, frente al enano, recomponiéndose. Despojado del sombrero, miraba incrédulo sus manos manchadas de sangre negra, y la ristra de orificios de bala que decoraban su chaqueta de cuero. Puede que, por primera vez en milenios, alguien hubiera conseguido hacerle sangrar, pero a pesar de que eran varias las heridas, Aurelius intuyó que no habrían de ser mortales. Parecía más indignado que verdaderamente herido.

—Creo que hemos convertido este asunto en una reyerta barriobajera de lo más desagradable, lo cual no tiene mucho sentido —dijo el Cazador de Hadas, sacudiéndose el polvo—. Pensaba que éramos seres civilizados...

Preocupado también por el estado de la Baronesa, Aurelius apartó un momento la vista del duelo para buscarla en la escalera. La creía desnuda y enferma, caminando como una mártir hacia una muerte casi segura, pero lo que se encontró fue algo muy distinto. Lo que vio lo dejó totalmente petrificado, tan sobrecogido que, al principio, apenas fue capaz de hacer otra cosa más que implorar a Dios pidiéndole clemencia. Sirviéndose de la penumbra, usándola a modo de camuflaje, la que había sido una de las más hermosas mujeres que había conocido bajaba apoyando la espalda en la pared, deteniéndose de cuando en cuando para mediar con un nuevo aguijonazo de dolor... Sufría una terrible agonía, perdiendo con cada paso que daba una pizca más de humanidad... Y es que su cuerpo entero había empezado a cambiar: su osamenta había comenzado a deformarse horriblemente y su piel, antes perfecta, aparecía cubierta de pelo por todas partes. Había crecido más de un palmo en el proceso. Apenas transcurridos unos segundos desde que terminara de liberarla de las cadenas, era ya más bestia que ser humano, un engendro animal que nadie habría sido capaz de reconocer como de nuestra especie.

La transformación se consumó llegada al rellano, lugar en el que se entretuvo apenas un par de segundos para recuperar el aliento. Aurelius dio gracias porque la falta de luz le impidiera reparar en los detalles de aquel rostro maltratado por la maldición. El hecho de ver sus labios convertidos en fauces babeantes ya le resultó suficientemente doloroso... Tal fue así que tuvo que apartar la mirada.

Mientras tanto, el señor Caliban había reiniciado la lucha abajo. Cada vez más cansado y debilitado por la pérdida de sangre, había logrado defenderse contra pronóstico, esquivando a la muerte durante un par de asaltos más. En las dos o tres últimas ocasiones, la guadaña había pasado demasiado cerca de su garganta. No obstante, cualquiera, por poco ducho que fuera en estos asuntos, se habría dado cuenta de que su brío comenzaba a agotarse rápidamente. Un tajo por la derecha, otro por la izquierda, y vuelta a empezar. Esquivar iba convirtiéndose en tarea cada vez más complicada, de modo que no tardó mucho en llegar el final de la lucha. Aunque lastimado, el Cazador de Hadas parecía incansable, cada vez más furioso. Era como si sus heridas dejaran de sangrar al poco de haber empezado a hacerlo. Un momento de descanso le bastaba para reponerse y volver a la carga con una fuerza y un odio renacidos. Por desgracia, en el caso del señor Caliban, todo era distinto.

En un primer momento, apenas notó un golpe seco en el estómago. No creyó que la cosa fuera tan grave, aunque de inmediato llegó el dolor, y con él, una especie de calentura húmeda que comenzó a bajarle por la entrepierna. Era sangre, un caudal de sangre demasiado escandaloso como para ser compatible con otra cosa que no fuera la muerte. El filo herrumbroso del Cazador de Hadas había trazado un círculo en su abdomen, partiéndolo en dos... El señor Caliban lo maldijo en silencio por haberlo condenado a morir de una manera tan indigna, destripado como un cerdo, pues apenas tuvo fuerzas para quejarse con palabras. Dejándose caer de rodillas, miró la oscuridad que pretendía llevárselo, sintiendo que todo terminaba.

—Es una pena que haya tenido que ser así —dijo la muerte.

No hubo lugar a más parlamentos. El Cazador de Hadas se tomó un momento para recuperar el aliento, limpiándose la cara, y sin demorarse más, se adelantó ansioso por terminar el trabajo. Agarró al enano por los pelos y levantó su cuchillo dispuesto a rebanarle el cuello. El dolor debió de ser terrible a juzgar por la manera en la que gritó el pequeño mago.

—¡Estás maldito, Ingro! —sentenció moribundo.

—Sí, ya lo sé —contestó el monstruo con sorna—. El mundo entero está maldito. La muerte es la peor de las maldiciones. Yo solo trato de divertirme mientras llega mi hora.

Iba a descargar el último golpe cuando una tempestad de furia cayó sobre el brazo del Cazador de Hadas, impidiéndole ejecutar su sentencia. Totalmente completada su transformación, la Baronesa se lanzó sobre aquel engendro, dispuesta a hacerle pagar por sus crímenes. Enredados en una maraña de golpes, fintas y contraataques, de arañazos y mordiscos, ambos rodaron, alejándose del señor Caliban, que quedó en el suelo, tendido sin fuerzas. Aurelius aprovechó entonces para correr con la intención de prestarle auxilio, convencido ya de que poco más podría aportar en aquella lucha que no fuera consuelo. Se sintió perdido, seguro de que el Cazador de Hadas acabaría con todos ellos, aunque en ningún momento se le ocurrió huir. Creyó que era su deber acompañar a aquel hombrecillo al que casi ni conocía y que, sin embargo, había arriesgado su vida en un vano intento por defenderlo.

Trataba de retener la sangre, apretando el estómago del enano con las manos y la tela de su propia camisa, cuando al levantar la mirada, sintió que sus esperanzas renacían. Fue al ver la manera en que la Baronesa se entregaba a la batalla, al ver su fuerza, su valentía rayana en la locura y su determinación salvaje... Se dio cuenta de que, abandonada la prepotencia con la que se había manejado en su duelo con el señor Caliban, el Cazador de Hadas comenzaba a replegarse. Abrazados, formando una extraña pareja de baile, cazador y cazadora avanzaron a lo largo del pasillo, alejándose de ellos. El monstruo, sorprendido por la virulencia de aquel ataque, apenas alcanzó a defenderse. Todo gesto del animal en el que se había convertido la joven Baronesa, sirvió para ir, poco a poco, empujándolo de regreso a la ventana. A dentelladas, haciendo uso de los dos cuchillos que había tomado de las cajas, a patadas o codazos... Y no se trataba únicamente de furia salvaje. Había un propósito en cada movimiento, inteligencia. Ambos se hirieron, desde luego, pero sin duda fue él el que se llevó la peor parte en aquel asalto.

—¡Ah, por fin! —exclamó el Cazador de Hadas en uno de los recesos de la lucha. Ambos jadeantes, aprovecharon para volver a tasar sus opciones mientras recuperaban fuerzas—. Hacía milenios que no encontraba un adversario que estuviera a la altura —dijo, sonriendo—. Te agradeceré la diversión con una muerte rápida. —Y tras dictar sentencia de esa manera, puso punto final a su parlamento, limpiando la sangre de su cuchillo con la lengua.

No le sirvió de mucho aquel intento por amedrentar a su adversaria. Poseída por la rabia, la Baronesa cargó de nuevo. La sangre volvió a brotar: uno, dos, tres cortes certeros del Cazador de Hadas consiguieron herirla, la última vez muy cerca del corazón, pero ella apenas se amedrentó. Aprovechando la cercanía que aquellos golpes le habían procurado, lanzó una dentellada sobre el brazo del monstruo, que quedó atrapado como por un cepo. En aquel combate, los detalles, por nimios que parecieran, habrían de decidir al vencedor. Un mal gesto o un descuido tonto, una pizca de suerte adversa, un baldosín descuadrado en el suelo, un tajo afortunado…

El Cazador quedó inmovilizado solo un momento, instante que ella aprovechó para contraatacar con sorprendente rapidez. Un aullido de júbilo acompañó el golpe que le valió para cortar a cercén la cabeza de su enemigo, que rodó hasta el lugar en el que Aurelius atendía al señor Caliban… Un maloliente fluido oscuro salpicó paredes y suelo, antes de que el tronco descabezado del Cazador de Hadas se derrumbara y cayera a los pies de la mujer lobo. Era sangre, aunque por su color y consistencia se asemejaba a la pez más negra.

Aurelius miró al enano, todavía terminando de asimilar lo que acababa de vivir. Cumplida su misión de protegerlos, la muchacha se dejó caer malherida. Un llamativo restregón de sangre sobre la pared que quedaba a su espalda se convirtió en testimonio de su entrega. El combate parecía haber terminado, pero no así las urgencias, pues la gravedad de las heridas del señor Caliban presagiaba nuevos pesares a no mucho tardar si no se apresuraban a buscarle algún tipo de cura.

—Mi padre… —dijo el muchacho, señalando la puerta bloqueada del cuarto y haciendo ademán de levantarse para correr hacia ella.

—¡Espera, Aurelius! —El pequeño mago lo agarró por el brazo, impidiendo su marcha—. Tu padre no está ahí… Tu padre está muerto.

—¡No!, déjeme… —El muchacho intentó soltarse, despreciando con un gesto de rabia las palabras del señor Caliban—. Está ahí dentro.

—¡Escucha! —insistió el enano con un ladrido—. Está muerto… Por mucho que te duela es así… Yo lo estaré pronto también. Pero ni tú ni ella lo estáis todavía.

—Tengo que verlo.

—¡No! —El enano clavó su mirada en la de Aurelius. Aquellos ojos eran dos ascuas—. ¡Escucha! Hazme caso, por favor.

Aurelius permaneció quieto, en total silencio.

—Escucha, no se mata tan fácilmente al Cazador de Hadas… —La última aseveración del maestro Caliban cayó como un jarro de agua helada sobre sus esperanzas—. Tenéis que huir, y sin perder un momento. He reforzado los cendales, no podrá seguir vuestro rastro de magia, al menos durante un tiempo, pero si logra dar con vosotros de otra manera, no tendrá piedad, y te aseguro que tiene medios para hacerlo.

Al fondo del pasillo, los suspiros de cansancio de la Baronesa comenzaron a evolucionar hasta que llegó de nuevo la agonía. Abrazada a sus propias rodillas, abandonados a su lado los cuchillos, la criatura mantenía una nueva lucha, esta vez contra el dolor que la transformación parecía acarrearle siempre. Ante aquel suplicio, los cortes y las magulladuras parecieron perder importancia. Aurelius dudó entre correr a ayudarla o terminar de escuchar las razones del enano. Por una cuestión de respeto, por considerarlas sus últimas palabras, decidió permanecer al lado del señor Caliban.

—Sube arriba y coge mis cosas, te serán útiles... Y luego, llévatela. —Señaló a la muchacha, que lentamente iba recuperando su forma humana—. Busca cerca del Támesis a un tal Hans, uno al que llaman Medioerizo, él os ayudará. Toma... —Sacó unos frascos de su bandolera y los colocó sobre la mano de Aurelius—. Viértelos sobre sus heridas, le ayudarán a caminar hasta que lleguéis a un lugar seguro.

—¡No, maldito cabezota! —La Baronesa habló desde la otra punta del pasillo todavía dando muestras de dolor, la voz sobrecogida y entrecortada—. De ninguna manera te vamos a dejar aquí.

—Os retrasaría mucho... para nada. —El señor Caliban retiró la mano de su herida y mostró la palma cubierta de sangre.

—Bueno, eso habrá que verlo. —La muchacha se puso en pie y caminó hasta ellos como pudo. Se dejó caer de rodillas a su lado.

Aurelius trató de apartar la mirada. No quería ofenderla, estaba sucia y desnuda, herida y cansada... Estuvo seguro de que ninguna mujer habría querido que la vieran así.

—Corre, Aurelius, sube y tráeme mi costurero. Luego coge también la bolsa de cuero del señor Caliban y lo que necesites de tu cuarto.

Sin demorarse ni un segundo, el muchacho subió a toda prisa la escalera. Regresó con los útiles de costura y la bolsa de maese Caliban poco después. Para entonces, la joven baronesa había encontrado ya ropa con la que cubrirse. Un largo abrigo y unos pantalones que habían pertenecido a Maximilian le valieron para esconder su cuerpo desnudo.

Sonriendo agradecida, tomó las cosas del maestro y procedió a lavar el corte que parecía más grave, el del estómago. Vertió sobre la herida el contenido de una de las botellitas que el enano guardaba en la bolsa y la sangre comenzó a burbujear transformándose en una suerte de espuma maloliente, de aspecto desagradable. Una vez quedó detenida la hemorragia, pidió luz y se esmeró en coser a toda prisa. Aurelius consideró tal esfuerzo totalmente inútil, pues el tajo era hondo y pensaba que si no lo hacía la pérdida de sangre, la gangrena terminaría matando al pobre señor Caliban.

Por fortuna, no tardó en rectificar sus opiniones. Aquella improvisada y burda cirugía, unida al poder contenido en el líquido de la redoma, obró milagros con la herida, que pareció mostrar de inmediato cierta mejoría.

—Hechizos de cura —dijo la Baronesa refiriéndose al enano—. Mientras, yo te vendaré.

—Pero apestaremos a magia —protestó el señor Caliban dolorido.

—Ahora esmérate con tus letanías y olvídate de todo lo demás. Me procuraré ventaja. Tienes una obligación para conmigo. Cúmplela.

La Baronesa se puso en pie con dificultad, repartió el contenido de otra de las botellas sobre sus propias heridas y corrió luego hasta el lugar en el que se encontraba la cabeza del Cazador de Hadas. Se detuvo un momento ante ella, como pensando lo que hacer a continuación, aunque no tardó en tomar una decisión: de un puntapié, la arrojó por la ventana. Luego empujó el mueble que el señor Caliban había usado para bloquear la puerta del dormitorio de Maximilian con el fin de dejarla franca al paso, y se dirigió al piso de arriba.

—Entra y despídete de él si quieres. —Señaló el interior del cuarto—. Siento concederte un luto tan precario, pero no te retrases mucho. Como ha dicho el señor Caliban, tenemos poco tiempo.

Aurelius dispuso de unos minutos, no más de cinco o seis, para velar el cadáver desangrado de su pobre padre. Colocándose a la altura de su almohada, se atrevió solamente a acariciar su frente. No se habían tocado desde hacía años, recordaba haber recibido un último beso suyo después del funeral de su madre, pero desde entonces poco más... Por eso le dolió tanto aquel desaire frío de su cadáver. Hasta ese momento se había negado a aceptar la verdad, pero cuando el tacto le confirmó que la calidez había abandonado aquel cuerpo para siempre, terminó por claudicar. Lo que tenía frente a sí no era más que un cascarón vacío... Injustamente ejecutado por culpa de unos pecados que no eran suyos, el cadáver de Maximilian permanecía tendido, rendido por primera vez en su vida. Su cara, ya la cara de otro, la de un fantasma, seguía manteniendo todas sus arrugas, aquel mapa de esfuerzos y desazones que mostraban sin lugar a dudas la naturaleza de su amor por él. Y es que aquel hombre lo había querido con devoción absoluta, con dedicación constante... sin condiciones. Aurelius lamentó haber despreciado durante tanto tiempo los esfuerzos del viejo por ofrecerle una vida mejor. En realidad, jamás había llegado a valorarlo como se merecía. Teniéndolo por algo seguro, creyendo que jamás llegaría a echarlo de menos, había preferido siempre soñar a estar despierto a su lado. Y, sin embargo, ya comenzaba a extrañarlo... De forma increíblemente dolorosa. De forma desgarradora.

Las lágrimas de Aurelius se mezclaron, junto a la cama de su padre, con una maldición callada. Sin que el Cazador de Hadas lo supiera, un peso más vino a recaer sobre su negra conciencia.

—Coge tus cosas. —La Baronesa apareció vestida con su propia ropa en el marco de la puerta. La sangre calaba los trapos que había utilizado para ocultar sus heridas. Por fortuna, la tela del vestido era roja también—. Tendrás que cargar con el señor Caliban.

Aurelius obedeció con los ojos todavía húmedos, sintiendo que hasta en ese momento se mostraba rácano con su padre. Tomó algunas cosas —unos cuantos libros, el dinero que había conseguido ahorrar en las últimas semanas, un camafeo que había pertenecido a su madre y un par de mudas limpias—, y lo guardó todo apresuradamente en el saco de campaña del viejo Maximilian. Antes de despedirse del que había sido su cuarto con un último vistazo, se colgó del cuello la llave de Houdin.

—He utilizado una de mis cadenas para sujetar a ese bastardo a la estufa. —La Baronesa señaló el cadáver decapitado del Cazador de Hadas—. Aunque no creo que eso nos dé mucha ventaja.

—Pero han bastado para inmovilizarte antes arriba... —El muchacho se volvió hacia la escalera, extrañado.

—No eran las cadenas lo que retenía a la bestia, sino la magia inscrita en ellas... y ya has visto que los hechizos de maese Caliban no sirven de mucho contra él.

Aurelius se echó a la espalda al enano, y la muchacha los cubrió con una capa vieja que había pertenecido a un cliente olvidadizo. Luego, tras animarlo a caminar con un empujón amistoso, encendió una cerilla y la acercó a las cortinas, que comenzaron a arder casi de inmediato. Mientras Aurelius se despedía de su padre, ella había aprovechado para bañarlas con el contenido de los depósitos de todas las lámparas que había encontrado.

—Lo siento mucho. Sé lo duro que es perderlo todo...

A veces uno llega a confundir los arrabales del sueño con el comienzo de la vigilia, de manera que, recién despertados, nos resulta difícil saber si un ruido, una sombra furtiva o un soplido de viento ha venido acompañándonos desde el otro lado, prendido al pijama. Sin embargo, Connor MacQuoid supo de inmediato que los ruidos que acababan de despertarlo eran absolutamente reales, varias descargas como de fusil que lo obligaron a levantarse y correr a la ventana.

Durante un par de minutos, procurando ser lo más discreto posible, se parapetó tras las cortinas para observar la calle, sin encontrar pistas que le aclararan lo sucedido. Todo seguía igual allí abajo: las farolas alumbraban una soledad cotidiana que en poco se diferenciaba de la de otras noches.

A punto estaba de darse por vencido, aceptando la posibilidad de que en aquella ocasión se tratara efectivamente de un sueño, cuando un nuevo ruido terminó por convencerlo de que algo extraño ocurría: cristales rompiéndose, seguramente una pedrada en una ventana... De inmediato, pensó en ladrones, en el asalto a la casa de alguno de sus vecinos. Los sonidos eran claros, aunque no demasiado cercanos.

Tomando asiento sobre la cama, pero sin abandonar la vigilancia de la calle, Connor se puso los pantalones y se calzó.

Los minutos transcurrieron lentamente hasta que un fulgor anaranjado le hizo ponerse en pie. Regresó de nuevo a la ventana, esta vez sin guardar tantas precauciones. No lo dudó. La abrió y esperó con medio cuerpo vencido sobre el vacío, temiendo que sus peores temores quedaran confirmados.

Efectivamente, sus sospechas eran ciertas... Había fuego en la casa de los Wyllt, un fuego pujante que ardía en el primer piso, demasiado cerca del dormitorio de su amigo Aurelius.

—¡Fuego, padre! —exclamó, echando a correr. Se entretuvo apenas un momento para aporrear con violencia la puerta del dormitorio en el que descansaban Walter y su esposa—. Hay fuego en casa de los Wyllt...

—¿Qué pasa? —Alarmados por los gritos del muchacho, ambos salieron de la alcoba, candil en mano, todavía en camisón.

—Hay fuego, padre, en la casa de Aurelius —contestó Connor, dirigiéndose hacia la escalera—. Voy a ver... Usted avise a los vecinos, por si hiciera falta.

Connor MacQuoid bajó a toda prisa y corrió en dirección a la taberna. Cruzaba la calle, siguiendo una diagonal trazada a ojo, cuando observó que una figura salía de la casa caminando con aire indolente. Habría jurado que se trataba de un hombre sin cabeza, aunque no tardó en descartar la idea al ver la naturalidad y despreocupación con la que se movía el individuo.

—¡Oiga! ¿Está usted bien?

Aquel tipo extraño avanzó dos o tres pasos más y se arrodilló en medio de la calle para tomar algo del suelo, un bulto más o menos redondo, del tamaño de un melón. A juzgar por la facilidad con la que lo levantó, no se trataba de una piedra. Y luego, ignorando a Connor, dio media vuelta y se encaminó de nuevo hacia la taberna. Parecía querer escapar de él, aunque tampoco se apresuró demasiado, de manera que el muchacho no tardó en llegar a su altura.

—¡Oiga!

Connor iba a agarrarlo por el hombro para reclamarle una explicación cuando se adentró en el rodal de luz que una de las farolas dibujaba a sus pies. Efectivamente, y por inverosímil que pudiera parecer, aquel hombre que caminaba delante de él era un espectro decapitado. Volviéndose, se mostró sin ningún tipo de reparo. El bulto que cargaba bajo su brazo, aquello que se había entretenido en recoger, no era otra cosa que su propia cabeza, una horrible cabeza plagada de cicatrices que, a pesar de todo, parecía seguir viva.

—Siento que hayas tenido que ver esto, muchacho. —La cabeza habló con una voz áspera y húmeda, una voz de pesadilla que ya de por sí habría bastado para matar de miedo al más valeroso.

Connor fue incapaz de moverse. El cuello cercenado de aquella criatura todavía goteaba sangre negra…

Y sin mediar más palabra, el monstruo lanzó una sola cuchillada, rápida y certera, que partió en dos el corazón del joven Connor MacQuoid. Ni siquiera se entretuvo mirando el resultado de su crimen. Lo despreció como habría despreciado el más vil despojo y se alejó de allí, dejándolo tirado sobre la calzada.

Mucho antes de llegar a él, el viejo Walter supo que se trataba de su propio hijo. Rogando por que todavía quedara alguna esperanza, corrió en su auxilio pidiendo ayuda. Se dejó caer junto al cadáver, lo abrazó y, desafiando a la muerte, gritó para que se apiadara de ambos e intercambiara sus almas. Al ver que no habría piedad para ninguno de los dos, maldijo al destino y se abandonó a la desesperación. Castigado con la misma injusticia en dos existencias distintas, el espíritu del señor MacQuoid se encaminó hacia la locura. Quizás esperara encontrar allí la clemencia que la realidad le había negado…

Connor, su Connor, el chiquillo cuya sonrisa había conseguido sanar su dolor tantas veces, el muchacho custodio de todas sus esperanzas, el hombre del que más orgulloso se habría sentido… todos habían muerto. Y él, con ellos.

XVI

Hans el Medioerizo

No, espera… Viene alguien.
—¿Él?
—No, no creo que sea él.

Aurelius había creído en un principio que dos bolsas de equipaje no serían demasiado estorbo; sin embargo, a cada paso que daba parecían pesarle más. Y es que también cargaba con el señor Caliban. Aquel discurso heroico del mago, lamentándose por el retraso que les causaría, comenzaba a cobrar sentido. Por eso, agradeció que la Baronesa le rogara silencio y le mandara detenerse con un gesto. Se soltó de su brazo —venía apoyándose en él desde hacía un buen rato— y avanzó un par de metros para olfatear la oscuridad.

A pesar de todos sus esfuerzos, y con más pena que gloria, habían conseguido alejarse solo tres o cuatro manzanas de la taberna. Además, Aurelius no había olvidado la rapidez con la que se había movido durante el combate aquel monstruo sediento de sangre. Lo sospechaba muy veloz en la caza, un depredador hambriento. Si, como afirmaban, matarlo era tan difícil, no les quedaba otra opción que la de continuar, y hacerlo lo más rápidamente posible. La cuestión era: ¿Hacia dónde? ¿Dónde podrían esconderse de él? Aunque los cendales del señor Caliban hubieran disimulado su rastro mágico, estaba seguro de que habrían dejado pistas. Huellas, manchas de sangre… cualquier rastreador experto sería capaz de seguirlas con facilidad.

—Creo que es un policía. —La Baronesa se volvió para mirar a Aurelius—. Debemos evitar problemas… Allí. —Señaló un callejón cercano—. Nos esconderemos hasta que pase.

Tres barriles colmados de basura y el cabezal de una cama vieja les sirvieron de parapeto. El señor Caliban quedó tendido a su espalda, sobre un charco de agua sucia, mientras ambos esperaban. Blanco como un sudario, había conseguido librarse de la muerte, aunque no parecía capaz de aguantar demasiado sin recibir cuidados médicos. El hecho de tener que viajar encogido resultaría sin duda muy perjudicial para él, amén de dolorosamente incómodo. Por suerte, había empezado a perder fuerzas, de tal manera que deambulaba ya cercano a la inconsciencia, sin quejarse de nada.

—Tenemos que buscar un médico —se atrevió a decir Aurelius cuando hubo pasado el peligro.

—Tenemos que escapar del Cazador de Hadas —corrigió la Baronesa—. Y con lo que quede de nosotros luego, ya veremos lo que puede hacerse… Vamos, estamos cerca del río. Tomaremos uno de los canales de alcantarillado en cuanto lleguemos allí. Por muy buen olfato que tenga ese demonio, no podrá seguir nuestro rastro por las cloacas.

La red de alcantarillado se extendía bajo los pies de los londinenses, formando una suerte de ponzoñoso sistema sanguíneo por el que discurría toda la inmundicia humana. Más de mil millas de canales, considerados ejemplo de progreso, que quizás definían mejor que ninguna otra obra humana la naturaleza de aquella ciudad. Un reino de oscuridad fundado en el subsuelo, con sus propias fronteras, sus propias bestias secretas y sus propias leyes, que todos conocían, pero que todos pretendían ignorar. La Baronesa propuso que se adentraran en él para escapar del Cazador de Hadas.

—Las alcantarillas… —masculló Aurelius.

—No te parecerá un lugar tan malo si nos permite escapar.

Casi habían llegado a la orilla del río cuando la muchacha señaló un pequeño túmulo de ladrillos que quedaba al otro lado de la calle. Un montículo de arena y un cajón cerrado con cadenas que seguramente contuviera herramientas, varios sacos y una escalera vieja sugerían que la obra había quedado inacabada. Sin duda se trataba de algún tipo de pozo, una entrada al subsuelo de las que usaban los baldeadores para hacer su trabajo. Cuando Aurelius se acercó al lugar, la Baronesa retiró la tapa de madera que cubría el agujero y, agachándose, olfateó el interior durante un momento.

—Mierda… Intenso y persistente olor a mierda —dijo, mirando a Aurelius—. Desagradable para una dama, pero perfecto para nosotros, dadas las circunstancias.

—Está oscuro…

—Anda, ayúdame con esto. —La Baronesa ignoró el último comentario de Aurelius yéndose hacia la escalera. Ya la tenía agarrada por un extremo cuando el muchacho llegó a su lado.

Aurelius bajó primero. Aunque llegó a temer que las maderas de los travesaños terminaran partiéndose bajo sus pies por el peso, no tardó en llegar abajo sin problemas. Luego lo siguió ella, que se adentró en la penumbra tras asegurarse de que la tapa volvía a su lugar, quedando más o menos bien colocada. Con más trabajo que el muchacho —se la notaba cansada, casi exhausta—, llegó hasta su lado, donde volvió a hacer un alto. Cerrada la boca del pozo, la oscuridad había venido a borrar los rastros de formas que, apenas un momento antes, indicaban todavía la existencia de paredes, suelo y techo… dos caminos entre los que elegir.

—Espera. —La Baronesa escarbó en su bolsa hasta dar con lo que buscaba.

Solo cuando regresó la luz, Aurelius supo de qué se trataba: era un farol pequeño, parecido a los que suelen usar los mineros. Tras encenderlo, señaló el largo túnel que se abría ante ellos. El tramo que quedaba a su espalda, igual de recto y de incierto, fue ignorado desde el principio. Parecía totalmente segura del camino que debían seguir.

—Por aquí —dijo—. Vamos. No perdamos ni un momento. Corremos un gran peligro.

Y así lo hicieron. Superando túneles de distinto tamaño y hechura, pequeños pasillos de mampostería por los que apenas cabía un hombre agachado y auténticas galerías abovedadas de varios metros de altura, Aurelius y la muchacha marcharon hasta casi agotar sus fuerzas. Un par de ratas descaradas fueron los únicos inconvenientes que les salieron al paso.

—Calculo que fuera estará amaneciendo —dijo la mujer, dejándose caer al suelo tras la larga marcha—. Creo que es momento de descansar.

Caminando sobre plataformas de madera, acaban de llegar a una estancia grande, en la que confluían tres canales distintos para formar otro mayor. Una auténtica cascada de inmundicia, de poco más de un metro de caída, indicaba que se hallaban cerca de una de las desembocaduras principales de la red. La Baronesa se permitió el lujo de abandonarse a la pereza solo durante un par de minutos, el tiempo necesario para recuperar el aliento.

—Mira en la bolsa de maese Caliban —ordenó—. Debe de haber dos botellas más como las que hemos utilizado para lavar las heridas.

Aurelius dejó al enano en el suelo, ya inconsciente, y obedeció sin rechistar. Se sentía como un náufrago, atrapado en la pequeña isla de claridad que los rodeaba. Más allá del círculo de luz dibujado por la linterna en el suelo, todo era oscuridad. Temió que aquellas sombras albergaran al mal que venía persiguiéndolos, que el rostro odioso de aquel demonio pudiera emerger de ellas para reanudar su caza sin previo aviso. Sin embargo, no permitió que el miedo le ganara aquella batalla. No podía. El señor Caliban parecía haber empeorado.

El enano era un hombre metódico y cuidadoso. Utilizaba diferentes bolsas y estuches de cuero para ordenar sus cosas de la mejor manera. No obstante, las prisas y la violencia de su encuentro con el Cazador habían provocado que el contenido de algunos de aquellos envoltorios quedara revuelto al fondo del saco. Por fortuna, la pequeña talega en la que guardaba sus botellas todavía se mantenía cerrada, y a Aurelius no le costó ningún trabajo dar con los frascos que reclamaba la Baronesa.

—Hay cinco... —Algunos brillaron con luz propia cuando Aurelius los sacó a la luz. Se imaginó al señor Caliban, en mejores circunstancias, cazando fuegos fatuos para enclaustrarlos en aquellos recipientes.

—Las verdes. Las otras déjalas en su sitio.

—Tenemos suerte, de ese color quedan tres. —Sin perder un momento se las entregó a la Baronesa quien se bebió la primera de ellas.

—Dale otra a él. —Señaló al señor Caliban mientras recuperaba fuerzas—. Y procura no desperdiciar ni una gota.

El señor Caliban esperó, respirando pesadamente, mientras la Baronesa se recuperaba lo suficiente como para volver a encargarse de su bienestar. Malherida también, necesitaba cada vez de más descansos como aquel para recuperar fuerzas.

—Mis heridas son de menor gravedad que las suyas —comentó, arrodillándose a su lado—. Sobre todo, la del estómago me preocupa mucho. Mira. —Se bajó el vestido hasta dejar uno de sus hombros al aire, y apretó la carne de su propio brazo alrededor de uno de los cortes más feos que había sufrido. Una lágrima de pus oscura comenzó a formarse de inmediato—. La cuchilla de ese bastardo tiene algo que hace que las heridas se pudran con demasiada facilidad. Algún tipo de veneno... Empiezan a dolerme demasiado, así que no creo que a él le quede mucho tiempo. —Señaló al señor Caliban—. No usaría estas pócimas si tuviera otra opción. Ahora mismo apestamos a magia, así que nuestra única posibilidad pasa por que el maestro se despierte y refuerce de nuevo los cendales.

La Baronesa tomó uno de los frascos y se lo dio a beber al enano, que pareció mejorar casi de inmediato. Recuperó parte del color perdido y se retorció en sueños como agradeciendo el alivio. Luego bañó nuevamente la herida con el contenido de la última de las redomas, guardándose unas gotas para una emergencia.

—Tenemos que buscar al Medioerizo. Me debe varios favores. —El maestro Caliban abrió los ojos, aunque a Aurelius le dio la impresión de que los párpados le pesaban como si fueran de plomo. Habló con dificultad, dando muestras de su agotamiento—. Él nos ayudará.

—Los cendales, maestro. —Inmisericorde, la Baronesa le recordó la obligatoriedad de usar la magia para mantenerse ocultos—. Si no, no tardará en encontrarnos. He tenido que usar las últimas pócimas.

El enano asintió, y Aurelius se preguntó si estaba en condiciones de invocar encantamientos de ningún tipo. Cuando comenzó de nuevo a recitar sus letanías, rogó a Dios para que no equivocara las palabras, para que tuviera fuerzas suficientes. Su vida, la de todos, dependía de ello.

—Si puede, deberíamos continuar, maestro. —Aurelius miró a la Baronesa.

—No me queda más remedio que poder, Aurelius.

Un par de horas después, agotado el aceite de ballena que daba brío a la llama, la lámpara de la Baronesa se rindió a la oscuridad. Habían atravesado para entonces un buen trecho de túnel, procurando ir siempre pegados a la orilla del Támesis. Sin escuchar ni ver nada sospechoso, nada que los llevara a preocuparse, habían avanzado pendientes, sobre todo, del camino y del estado del señor Caliban. Hasta que, de repente, la luz que los había acompañado dándoles asilo se extinguió y todo pareció cambiar. Aurelius se sintió perdido y fue incapaz de dar un paso más.

—¿Escuchas eso? —La Baronesa, que caminaba un par de metros por detrás de él, se detuvo a su lado. Lo agarró del brazo y solo aquel contacto amigo fue suficiente para espantar la mitad de sus temores.

—¿El qué? Yo no escucho nada…

—Tenemos que salir —dijo ella con tono calmado—. Es una gaita.

En ese momento, Aurelius creyó oír algo. Se trataba de un eco débil, muy lejano, un eco que parecía provenir del más allá. Acaso, pensó, el lamento de un fantasma muerto hacía siglos.

—Sí, parece que lo oigo —contestó él—. Tiene que haber una salida cerca de aquí.

No se equivocaba. Una columna de luz inclinada marcaba su meta a la vuelta de la siguiente esquina. Allí la música podía oírse algo mejor. Dejando atrás el túnel por el que caminaban, ascendieron una estrecha rampa de piedra que los llevó hasta la base de una escalerilla de salida. Un pozo de inspección, muy parecido al que habían utilizado para entrar en las alcantarillas, se abría sobre sus cabezas, aunque en esta ocasión coronado por una tapa de hierro colado. En cualquier caso, el peso no fue inconveniente para la Baronesa, que se había adelantado para subir antes que Aurelius. Utilizando el hombro y uno solo de sus brazos, la levantó hasta procurarse una rendija lo bastante ancha como para mirar afuera. Mientras ella ojeaba el exterior, él seguía sospechando de las sombras, temiendo que la oscuridad terminara por darle un bocado.

Finalmente, nada de eso ocurrió.

—Vamos, sube —ordenó la Baronesa—. Parece que no hay peligro.

Lanzándola fuera de un empujón, la Baronesa se libró de la pesada tapa. Aurelius ascendió lentamente tras ella hasta llegar arriba, y solo tras comprobar que el mundo seguía allí, dejó al señor Caliban en el suelo y se detuvo a recuperar el resuello. El sol plomizo de aquella mañana húmeda le pareció el más brillante y acogedor que hubiera visto jamás, y sin darse cuenta, se encontró dando las gracias a Dios por la luz del día y los colores con los que su misericordia pintaba las cosas. Sin embargo, aunque se lo pareciera, no habían ido a salir en medio del paraíso terrenal, sino que se encontraban en las cercanías de la estación de Deptford, justo frente a la isla de los Perros. Los barcos de la compañía de las Indias Occidentales arribaban no lejos de allí.

—Vamos, busquemos un lugar donde no despertemos sospechas. Cualquier problema ahora podría costarnos muy caro.

La Baronesa había elegido ropa de montar creyendo, con buen criterio, que un atuendo más femenino supondría un inconveniente a la hora de caminar; sin embargo, no se había librado de la capa. Cubierta de barro e inmundicias hasta las rodillas, el rojo intenso seguía envolviendo su figura, como escoltando una belleza que ningún poder, por diabólico que fuera, sería capaz de extinguir. Aunque cansada y herida, a Aurelius le pareció hermosa. Por un momento, al verla adelantarse, al ver la pertinaz firmeza con la que se esforzaba por librarlos del mal, sintió una profunda compasión por ella.

—Allí. —Señaló unos barracones cercanos a las vías—. Vamos.

La triste cantinela de la gaita había mudado, convirtiéndose en una alegre giga irlandesa. Alguien tocaba no lejos de aquel lugar, ignorando sus pesares.

—Distinguiría esa gaita entre mil… Es la de ese zafio del Medioerizo.

Avanzando con cautela, llegaron hasta el más cercano de los almacenes, cerca del cual establecieron un improvisado campamento. Una pared de ladrillo, último vestigio de algún taller derruido en favor del progreso ferroviario, y unos cuantos raíles desechados les sirvieron para tomar un respiro sin llamar demasiado la atención. Aurelius acomodó como pudo al pequeño señor Caliban en un hueco y la Baronesa se arrodilló a su lado para darle a beber las últimas gotas de pócima que le quedaban. Luego, se puso en pie y, tras ojear los alrededores en busca de la fuente del sonido, comenzó a alejarse de ellos con paso sorprendentemente brioso.

—Escucha, Aurelius —dijo, volviéndose—. Procura que no te vea nadie. Se creerían que lo has atacado para robarle y tendríamos problemas. Intentaré volver lo más rápidamente posible… Si ves algo sospechoso, corre. Déjalo y corre. —Señaló el cuerpo tendido del señor Caliban—. No te arriesgues por él… Lo tiene casi todo perdido.

Aurelius pasó más de un cuarto de hora esperando. La cercanía de los muelles comerciales más importantes convertía aquella zona de los arrabales de Londres en un lugar con bastante actividad, aunque es cierto que ellos parecían haber salido en la margen más tranquila del río. En aquel lado, la estación era el principal foco de movimiento, si bien en ningún momento llegaron a acercarse demasiado al edificio principal. Permanecieron en la zona de los almacenes, junto a las vías muertas en las que descansaban los más viejos vagones, ya retirados del servicio. Seguramente por eso, en todo aquel tiempo solo tuvieron dos visitas, y ninguna de ellas llegó a suponer una verdadera molestia. Primero se les acercó un viejo mastín, saco de huesos y pulgas que continuó hacia el este olisqueando el camino, y al rato, un chiquillo siguiendo la misma ruta, quizás buscando al animal. Ninguno de los dos se detuvo a mirarlos siquiera.

Aun a la luz del día y acompañado por el inconfundible rumor de la actividad humana —esa suerte de sinfonía que mezcla voces, martillazos, ladridos, algún silbido de locomotora y, en este caso, hasta el canto de una gaita—, el miedo seguía presente en Aurelius. La imagen del rostro del Cazador de Hadas junto al cadáver de su padre perduraría en su memoria durante muchos años, atormentándolo. Así que, haciendo uso de la vieja estratagema familiar, procuró buscarse algún tipo de ocupación que le evitara mirar directamente a sus temores. No tenía otra cosa que hacer más que atender al pequeño mago, de manera que decidió convertirse en su enfermero; le desabotonó el chaleco y la camisa, y procedió a retirar con cuidado los paños que habían utilizado para vendarle el abdomen. Demasiado ensangrentados, comenzaban a oler a estofado podrido, tan mal que le costó reprimir las náuseas. Y el aspecto de la herida no era mucho mejor. La carne, amoratada en las cercanías de la costura, parecía haber empezado a descomponerse ya.

Aurelius se despojó de su propia camisa y comenzó a hacerla jirones. Pretendía tapar la herida de nuevo, más por ocultar aquel horror que confiando en que el vendaje pudiera ser realmente beneficioso para el mago. A media faena, la gaita dejó de sonar. Durante un momento levantó la cabeza y se detuvo inquieto, tratando de averiguar el porqué de aquel silencio. No encontró razón que le hiciera sospechar de ningún peligro, así que continuó con las curas, echando de menos un fogón en el que poder calentar agua para limpiar el corte.

Luego se sentó a esperar junto al maestro Caliban. Las prisas y el miedo se habían impuesto a las demás consideraciones durante su huida, impidiéndole pensar en todo lo que había perdido, hasta que la llegada de aquella calma traicionera lo obligó a enfrentarse a su drama.

De repente fue consciente de que ya nunca volvería a ver a su padre, de que jamás volvería a escuchar su voz... Y a la certeza de esta pérdida se unió pronto la desesperanza de saberse perdido, sin hogar, sin posibilidad alguna de volver a ver a Miranda. Todo. Lo había perdido todo... Y como pago a su sacrificio, había descubierto un mundo plagado de peligros, habitado por monstruos horribles.

—¿Cómo está el maestro? ¿Sigue vivo?

A punto estaba de claudicar ante la pena cuando la Baronesa apareció acompañada por un tipo de aspecto extravagante. Rápidamente, se secó los ojos con el dorso de la mano para recibirla con la mayor dignidad.

—Sí, pero creo que cada vez va a peor —contestó, agachándose al lado del enano—. Acabo de mirarle la herida... Tiene un aspecto muy feo.

—¿Y dices que habéis utilizado ya dos viales de savia de tejo? —El acompañante de la Baronesa, llamémosle Hans, se arrodilló junto al maestro Caliban. Sin pedir permiso, procedió a deshacer el trabajo de Aurelius, retirando los retales que había utilizado para tapar la herida. Un gruñido y un gesto de desagrado bastaron para que el joven Wyllt viera confirmado su desesperanzador diagnóstico.

—Así es —respondió ella.

—En ese caso, solo el propio abuelo puede ayudarlo ya.

—¿Hay por aquí un maestro tejo? —La Baronesa se adelantó hasta colocarse junto al tal Hans.

—Estamos en Londres, mi querida Gabrielle. —Por primera vez, Aurelius escuchó que alguien la llamara por su nombre en vez de por su título—. Aquí hay de todo, si estás dispuesta a pagar por ello...

—Nos llevarás a él, Medioerizo, y lo harás sin perder un

momento. —No se trataba de una petición. Por el tono, Aurelius supo que era una orden, casi una amenaza—. Se lo debes.

—No me recuerdes mis obligaciones, niña. Las conozco de sobra. —Poniéndose en pie, el tal Hans se enfrentó a la Baronesa sin dar muestras de temor. Aurelius se dio cuenta entonces de que había algo extraño en su mirada. Uno de sus ojos parecía perdido, era extrañamente grande e inexpresivo. Sin duda se trataba de uno de esos ojos de cristal que algunos tuertos utilizaban para disimular su tara—. Le daré asilo como es ley y, además, procuraré salvarlo, pero no porque me gruñas al oído, sino porque sé lo que es el agradecimiento… Pero a vosotros dos no os debo nada. ¿Verdad, caballero? —preguntó, volviéndose hacia Aurelius para saludarlo con un artificioso y teatral ademán—. ¿A que a usted no le debo nada?

Aurelius permaneció en silencio mientras la Baronesa trataba de reprimir su rabia. Temió que sus ojos comenzaran a amarillear de un momento a otro.

—Por cierto, ¿se puede saber quién es este joven? —El Medioerizo comenzó a caminar a su alrededor.

Como habría hecho un sastre que tomara medidas para cortar un traje, comenzó a tasar al muchacho con descarados vistazos.

—Es Aurelius Wyllt —le informó la Baronesa—. Está bajo nuestra protección.

—¿Aprendiz del maestro Caliban?

—No. No ha sido iniciado todavía… Pero el maestro hubiera querido que lo fuera.

—¿Y puedo preguntar la razón por la cual cubrís con cendales a un ajeno?

—Sería largo de contar. —Mirándolo fijamente, la Baronesa trató de subrayar la importancia de sus siguientes palabras—. Te basta con saber una cosa: el maestro quiere que se le proteja. Así que no perdamos tiempo. ¡Ika viene tras nuestros pasos! —alegó, bajando la cabeza—. No tiene que andar muy lejos de aquí…

—¿Ika? —Entre extrañado y sorprendido, acaso incrédulo,

el Medioerizo buscó una respuesta que, seguramente, no quería escuchar—. ¿Qué Ika?

—Vamos, Medioerizo, no te hagas el tonto… El que va tras todos nosotros. El mismísimo Caín Nublo. El que nos convertirá en leyendas.

—Está bien. —El semblante de aquel hombre pareció oscurecerse de repente—. Me pagarás por ti y por el muchacho. Nada por el maestro —insistió.

—¿Qué quieres? —La Baronesa lo miró con desprecio, claudicando ante sus demandas.

—Lo que siempre quise… —respondió, acercándose de nuevo a ella—. Besos. Tus dulces besos. Que me abraces y que, al menos durante una noche, no dejes de mentirme hasta que yo te diga.

Aurelius se sintió profundamente ofendido, aunque fue incapaz de decir nada.

—Eres un bastardo, Medioerizo. —La Baronesa escupió a sus pies.

—Vamos. —Sonrió—. Utilicemos esos maderos para cargarlo. —Se refería a los restos de una puerta abandonada que quedaba no lejos de allí, sobre unas piezas de hierro oxidado—. No creo que sea bueno que lo movamos mucho… Solo tenemos que llegar al río.

XVII

El tejo

Hans el Medioerizo tenía una barcaza con la que cruzaba el río a diario. Procuraba ser discreto, no discutir de política, jamás blasfemaba en voz alta, se emborrachaba moderadamente y nunca se peleaba con nadie. Además, no solía cobrar caro; por un par de chelines te llevaba de una orilla a la otra. Y gracias a esa manera de proceder había logrado sobrevivir durante años sin demasiados problemas. Entre viaje y viaje se entretenía tocando la gaita de balde para los chiquillos y los viajeros que esperaban en el muelle, pero esa pequeña excentricidad apenas llegó a llamar nunca la atención de nadie. Esforzándose por ser invisible, había logrado esconder su verdadera naturaleza, una naturaleza única que muy pocos habían llegado siquiera atisbar. Porque debajo de su raída capa de retales se escondía un ser singular, hijo de la magia, que ningún hombre de ciencia habría tolerado como humano. Aurelius pudo ver su verdadera faz nada más entrar en su casa, una pequeña cabaña prestada que ocupaba cerca del río, y terminó de entender así el porqué de su apodo.

—Habéis tenido mucha suerte. Que yo sepa, solo queda un maestro tejo vivo... Lleva cientos de años plantado cerca de aquí.

Acababan de acomodar en un camastro al señor Caliban cuando el hombrecillo se quitó la capa. Su cuerpo comenzó entonces a cambiar y, sin dejar de ser el mismo, se convirtió en otra cosa. Al igual que ocurriera con la Baronesa, aquel ser escondía en el fondo de su alma un animal al que solo concedió libertad tras saberse a salvo de miradas entrometidas. Una vez desatada, la magia obró, mezclando en un solo cuerpo la gracia de un erizo y los rasgos de aquel tipo vulgar. Los pelos de su barba se transformaron en pequeños pinchos y lo mismo le ocurrió a su cabello, que dejó de ser lacio y castaño para convertirse en un cepillo de gruesas y larguísimas púas puntiagudas. Su nariz se afiló hasta parecer un hocico y sus ojos se volvieron negros como dos escarabajos de luto.

—Soy Hans el Medioerizo —dijo, dirigiéndose a Aurelius—. Bienvenidos seáis a mi casa.

Sin perder un segundo, aquel ser extraño se acercó a una alacena vieja que parecía sostener desde hacía siglos la pared del fondo de la estancia y la abrió. Tras un suspiro de duda, eligió un frasco pequeño, también relleno de líquido verde, y se fue hasta el enano para dárselo a beber.

—Mucho jugo podría matarlo —afirmó—. Está muy débil y se han dado casos en los que el exceso de savia se ha convertido en veneno.

—No pierdas el tiempo entonces y llévanos hasta el tejo. —La joven Baronesa lo miró furibunda.

—Cuéntame ese asunto del Cazador de Hadas —pidió Hans.

—No hay tiempo, y lo sabes. Tendrás que arriesgarte.

—Pero si va tras vuestros pasos…

—Tendrás que arriesgarte —insistió la muchacha— o el señor Caliban morirá por tu culpa y tendrás una deuda de honor con un fantasma y otra conmigo. No quieres eso, ¿verdad, Hans?

—Está bien… —El Medioerizo la miró fijamente, como rebuscando en su interior. No tardó en asentir consintiendo—. Tengo un caballo y un carro. Voy a prepararlos y saldremos en seguida. Tardaré un poco. Tengo que buscar a alguien que me sustituya en el pontón. Mientras tanto, comed algo, lo necesitáis.

Antes de salir, les ofreció pan duro, los restos de un pastel de carne que parecía haberse cocinado para el bautizo de Matusalén y una cuña de queso curado que fue, de tan selecto menú, lo único que llegaron a probar. La Baronesa se dedicó a comer en silencio, tratando de evitar en todo momento que su mirada se cruzara con la de Aurelius. Había colocado sus dos enormes cuchillos sobre el tablero de la mesa, a su lado, y de vez en cuando se levantaba y echaba un vistazo por la ventana para asegurarse de que fuera todo siguiera bien.

—¿Quién es ese maestro tejo? —preguntó Aurelius, tratando de forzarla a romper aquel silencio tan incómodo.

—Un ser mágico —contestó mohína sin añadir ni una palabra más.

—¿Como tú?

—No… Como yo no. Es un árbol. Si tenemos suerte, curará las heridas del maestro Caliban.

—Parece que hemos conseguido librarnos del Cazador.

—Por ahora.

El señor Caliban volvía a respirar tranquilo sobre las mantas, marcando con las subidas y bajadas de su pecho los compases de un silencio que cada vez iba volviéndose más incómodo. Las terribles tiritonas que lo habían maltratado durante las últimas horas habían menguado hasta casi desaparecer, y parecía haber recuperado parte del color. Siempre se producía una leve mejoría tras la ingesta de aquellas pócimas.

Apartando su plato, la Baronesa se puso en pie y agarró la bolsa en la que llevaba sus cosas. Al lado de la cama, un viejo biombo chino de imitación ofrecía la intimidad que necesitaba para escapar de la mirada del muchacho. Antes de refugiarse tras él, acercó el palanganero de Hans y tomó jabón y unos trapos que encontró tendidos cerca de la estufa. Utilizó la excusa del aseo para ocultar, tras tallos de bambú y osos panda bordados, sus miedos y recelos.

Aurelius esperó antes de contraatacar.

—Así que Gabrielle… —insistió al rato.

—Gabrielle, sí. Un nombre como otro cualquiera. —La muchacha contestó con desgana, con tono resentido.

—Llegué a pensar que te habían bautizado con un título nobiliario.

—Pues ya ves… Te equivocaste.

La Baronesa trató de imponer de nuevo el veto de silencio,

pero Aurelius no se rindió. Perseveró, intentando romper aquel extraño mutismo que no entendía y que juzgaba tan injustamente caprichoso.

—¿Sabes? En un solo día lo he perdido todo. Mi casa, mi padre… mi vida entera. He perdido mi pasado, que ardió, y también mi futuro. Porque, aunque no lo parezca, yo pretendía forjarme un futuro. —Aurelius acarició el anillo con el que pocas horas antes había sellado su compromiso con su amada Miranda—. Puede que haya hecho algo que te haya ofendido, pero la verdad, no alcanzo a ver qué es. Desde que ese demonio entró en mi casa, me he dedicado únicamente a obedecer tus órdenes y a tratar de sobrevivir, así que si he hecho algo mal, espero que me lo digas…

—No has hecho nada mal, Aurelius. —La muchacha salió por fin de detrás del biombo. Con la cara lavada y el pelo recogido en una trenza, mudada de ropa, parecía renacida, aunque en su gesto había un pesar que Aurelius tardó en desentrañar; era vergüenza… Por una u otra razón, aquella mujer hermosa se sentía tan avergonzada que era incapaz de mirarlo a la cara.

—Entonces, ¿qué es lo que pasa? —preguntó Aurelius.

La Baronesa, Gabrielle, tardó un momento en contestar.

—Ya has visto lo que soy —dijo—. Siento haber tenido que mentirte.

—¿Lo que eres…? —El joven Wyllt se puso en pie—. Sí, desde luego que lo he visto… Eres mi última esperanza.

Habría comenzado ahí uno de esos diálogos sentidos, cargados de sinceridad, que llevan a hermanarse a personas con sangre de colores muy diferentes, pero precisamente en ese momento, el Medioerizo entró apremiándolos. Otra vez cubierto con su capa y otra vez hombre, señaló al percherón que esperaba fuera, no lejos de la puerta. El animal, ya enganchado a un viejo carromato, daba muestras de una paciencia de la que parecía carecer su dueño.

—¡Vamos! No hay tiempo que perder —dijo, animándolos a moverse con un nervioso aleteo de la mano.

No tardaron mucho en acomodar al maestro en el carro.

Hans tomó las riendas y Aurelius se sentó a su lado, dejando que Gabrielle se ocupara del señor Caliban. Una hora y pico después, el camino que los había llevado hacia el sur, alejándolos de la ciudad, comenzó a discurrir junto a un murete de piedras viejas. Una casona, que el Medioerizo señaló como su destino, apareció a lo lejos, a la derecha. Los temblores habían vuelto para mortificar al pequeño mago, que sudaba dando muestras de un gran sufrimiento mientras se batía de nuevo en un desesperado duelo con la propia muerte. Murmuraba palabras que ninguno de sus acompañantes era capaz de entender, negando con la cabeza, como resistiéndose a aceptar una sentencia que ya había sido dictada y que a punto estaba de ejecutarse.

La Baronesa había terminado de relatar la historia del ataque del Cazador poco antes. Abandonando la dirección que venían siguiendo, Hans se dirigió hacia la entrada principal de la finca, y allí detuvo el carro. El jardín que rodeaba la casa, asilvestrado por el abandono, había conocido días mejores, aunque el edificio seguía manteniendo, a pesar de los maderos que cegaban las ventanas, gran parte del señorío de su juventud. Se trataba de una de esas mansiones solariegas, sin abolengo, que algún mercader adinerado había construido antes de arruinarse. El tiempo la había convertido en monumento a la futilidad de los esfuerzos humanos, a lo absurdo de nuestras vanidades.

—Esperad aquí un momento.

Hans el Medioerizo se adentró en los terrenos de la finca y se dirigió hacia la entrada de la casa. No había caminado ni cien pasos cuando un hombre le salió al encuentro, azada al hombro. Aurelius pensó que, seguramente, se trataba del guardés de la hacienda.

El uno plantado frente al otro, discutieron durante un buen rato. El Medioerizo señaló en un par de ocasiones hacia el lugar en que se encontraba el resto del grupo, mientras aquel tipo negaba repetidamente con la cabeza, mostrándose inconforme con los argumentos que se le presentaban. Y cuando todo parecía indicar que aquel encuentro no terminaría bien, que se opondría a permitirles el paso, las palabras de Hans parecieron convencerlo. Lo miró fijamente, asintió un par de veces ante las últimas razones del Medioerizo y cedió, acompañándolo de regreso al carro.

—Este es maese Lucio Anneo —dijo Hans, señalando al hombre que le acompañaba—, guardián del tejo del Ravensbourne, custodio numerario de la orden del saber verdadero.

—Gracias por atendernos, maestro. —La Baronesa se adelantó para saludar con una reverencia.

El hombre dejó la azada apoyada en el muro y avanzó hasta el lugar en que descansaba agonizante el maestro Caliban. Levantando las mantas que lo cubrían, echó un vistazo rápido al cuerpo del enano, quien a esas alturas había vuelto a perder la conciencia.

—No os permitiría ni acercaros a la casa si no se tratara de él. —El hombre, un aciano de pelo canoso y ojos cansados, los miró entre ofendido y temeroso—. ¡Vamos, pasad! —exclamó, haciendo señales para que lo siguieran—. Iremos derechos. No hay tiempo que perder.

Traqueteando sobre las piedras del camino, el carro avanzó en dirección a la casa. La senda continuaba en línea recta, hasta llegar a un hito forrado de musgo, a partir del cual se dividía en dos. En aquel punto, maese Lucio les ordenó que giraran, y el Medioerizo, que manejaba de nuevo las riendas, obedeció. Siguieron, colina abajo, hasta que un pequeño riachuelo les cortó el paso. Los restos de un molino centenario, muros de piedra sin techumbre y algún vestigio de la maquinaria que había servido antaño para robar agua al río, aguardaban en aquel lugar, envejeciendo con tranquilidad. Junto a ellos, dando muestras de la superioridad de la naturaleza sobre cualquier obra del hombre, esperaba el tejo. Parecía haber ocupado el mismo sitio desde el primer día de la creación.

—¡Vamos, ayudadme a llevarlo ante él!

El anciano agarró al señor Caliban por debajo de los hombros y Aurelius cargó con el resto de su peso. Un puñado de lápidas antiguas formaban un tétrico corro a la derecha del árbol. Colocándolo con cuidado, lo situaron junto a la base del tronco. Las raíces habían aflorado, formando, justo allí, una suerte de cuna natural en la que el cuerpo del mago encajó perfectamente.

—¿Estáis seguros de que lo queréis así? —preguntó el guardián del tejo en tono solemne.

—Sí —afirmó segura la Baronesa—. No nos queda más remedio. No habríamos venido a poneros en peligro si hubiéramos tenido otra opción.

—Pero sois conscientes de que el maestro tejo es viejo y de que recela de los hombres... Os aviso, en ocasiones es injusto y se muestra caprichoso. Se ha vuelto egoísta y huraño. A veces gusta de hacer sufrir, paga con los demás el dolor que los años le han acarreado... Y suele cobrar muy caro por sus servicios.

—Despertadlo, maestro Lucio, os lo ruego. —Desesperada, la Baronesa trató de acortar aquella insufrible espera.

—Muy bien. —Sin previo aviso, el viejo descargó una inmisericorde coz sobre una de aquellas centenarias raíces—. ¡Despierta! —voceó—. Tienes visita.

El suelo se estremeció cuando ramas, tronco y cepa comenzaron a retorcerse. Un quejido que parecía provenir de las entrañas de la tierra espantó los pájaros de los alrededores, y Aurelius, que nunca antes había tratado con un ser como aquel, creyó que el suelo iba a abrirse de un momento a otro, para tragárselos a todos. La madera crujió como si un gigante tratara de troncharla, aunque no llegó a saltar ni una sola astilla.

—La vida de tres zarzos, la vida de un perro —declamó el maestro Lucio. Hasta la última rama del tejo se agitó, aceptando con desgana el renacer al que había sido forzado—. La vida de tres perros, la vida de un caballo. La vida de tres caballos, la vida de un hombre. La vida de tres hombres, la vida de un águila. La vida de tres águilas, la vida de un tejo...

Como si hubiera terminado de desperezarse, sus movimientos comenzaron a ser cada vez más pausados. Finalmente, llegó un momento en el que solo las ramas más altas de la copa se agitaron al viento, y el quejido del árbol se convirtió en un murmullo.

—La vida de un tejo, el largor de una era... —El anciano terminó con una reverencia y señaló a Aurelius, a la espera de que el muchacho completara el dicho.

—Siete eras —concluyó asombrado Aurelius— desde la creación hasta el día del juicio.

En ese mismo momento, las raíces que acogían el cuerpo tendido del maestro Caliban comenzaron a moverse como serpientes encantadas. Crecieron hasta rodearlo por completo, dejándolo prisionero en una jaula de madera retorcida. El enano se quejó con un tímido gemido, dejando ver que no tenía fuerzas para nada más y que, más pronto que tarde, acabaría abandonando la lucha.

—No temáis —intervino maese Lucio, apoyando su mano derecha en el tronco del árbol—. El tejo no le dejará morir... Al menos hasta que haya hablado con él y se haya convencido de que no merece la pena esforzarse. Conozco a maese Caliban desde hace años y sé que no será así, que este viejo cabezota sabrá apreciar su valía y se ocupará de sanar sus heridas... —El anciano bajó la mirada. Suspiró profundamente, como dando muestras de un profundo hastío, y luego prosiguió—: Pero antes de nada, tenéis que saber el precio que os impone, y él tiene que saber si estáis dispuestos a pagarlo.

Todos aguardaron en silencio. De repente, una de las ramas más gruesas del tejo, dotada de movimiento, se arqueó hasta situarse frente al rostro de la Baronesa. Pareció señalarla, aunque en realidad trataba de llamar la atención de los presentes sobre el milagro que estaba a punto de producirse. Y es que precisamente aquella rama comenzó a dar fruto en ese mismo instante, quedando preñada de pequeñas bolitas encarnadas. La Baronesa extendió la mano, dando muestra de total sumisión, aceptando con valentía un destino, fuera el que fuese, que aquel árbol acababa de trazar para ellos.

Solo una hoja y uno de los frutos fueron a caer sobre su palma.

—El viejo tejo quiere que le entreguéis algo verde y algo rojo —dijo entristecido el maestro Lucio—. ¡Maldito seas, mil veces, rencoroso y desagradecido tallo reseco! —Transformando su desconsuelo en enojo, el mago se encaró con el árbol, que pareció rugir de nuevo—. ¡Maldito seas! —Repitió señalándolo, dando muestras de una gran valentía.

Aurelius y la Baronesa esperaron un momento tratando de comprender. El Medioerizo les cubría las espaldas y, por esa razón, el muchacho no pudo ver la expresión de su rostro. Fue una suerte; se ahorró, manteniéndose en la ignorancia, una pizca del profundísimo dolor que habría de llegar en cuanto entendiera.

—Algo verde y algo rojo —repitió Aurelius complacido, incapaz de entender la razón del enfado de maese Lucio. Y sin esperar nada más, se dirigió hacia el carro y comenzó a rebuscar entre los sacos en los que habían guardado sus cosas—. Vuestra capa y algo más... Algo verde... Algo verde... ¿Lleváis algo verde, Baronesa?

La muchacha lo miró fijamente, y entonces, al encontrarse con su mirada, comprendió por fin. Quedó petrificado a la sombra del tejo.

—No —respondió la Baronesa, manteniendo la cabeza alta—. Al menos en el equipaje no...

Aurelius permaneció un momento en total silencio, incapaz casi de respirar. No había nada más verde que los ojos de Gabrielle... No podía haberlo.

Otra de las ramas del árbol, una que terminaba en una amenazadora y desnuda pica de madera avanzó hasta colocarse frente al maestro Lucio. El viejo custodio la agarró con ambas manos y sin disimular un ápice el desprecio que en ese momento sentía por el tejo, la partió en dos, quedándose con el extremo. Sin duda, aquel trozo de madera podía hacer las veces de daga ceremonial en la más impía de las ofrendas. Sin duda, sería capaz de atravesar carne inocente sin mostrar ninguna clemencia.

—Es una verdadera lástima que los arcos pasaran tan pronto de moda —dijo el Medioerizo, subrayando sus palabras con un ruidoso gargajo que fue a caer entre las raíces del árbol—. En tiempos de Robin Hood, los tejos estuvieron a punto de extinguirse. Al parecer, no talaron los suficientes.

—Mis ojos y unas cuantas gotas de sangre… ¿Eso valdría? —preguntó claudicando la Baronesa.

—¿Sus ojos y su sangre? —repitió maese Lucio, volviendo la cabeza hacia el tronco.

No se produjo respuesta. Un crujido de satisfacción fue todo lo que se escuchó en el lugar, pues nadie se atrevió a hablar. Conmovidos unos, todavía incrédulos otros, se mantuvieron en pie, esperando que el corazón reseco del tejo se arrepintiera de su abusiva petición y renunciara a sus demandas.

—¡No, de ninguna manera! —Ignorando el poder al que se enfrentaba, Aurelius se adelantó un par de pasos para alzar la voz en contra de aquella injusticia—. No lo permitiremos… Eso no es un precio, es un castigo.

La muchacha lo miró sin decir nada, envuelta en un sudario de tristeza.

—No nos queda más remedio, Aurelius. ¿No lo entiendes? No se trata de un acto de altruismo… Lo necesito… Necesito que el maestro Caliban cuide de mí cuando salga la luna llena. —Suspiró—. Y tú lo necesitas también si quieres sobrevivir.

—No. —Aurelius se adelantó hasta situarse junto al cuerpo del enano. Se arrodilló y comenzó a romper las raíces que lo mantenían prisionero—. Buscaremos en otro sitio. Y si no lo encontramos, yo cuidaré de ti. Pero no permitiremos que este monstruo abuse de…

No había terminado todavía de hablar cuando conoció por primera vez el poder del tejo. Se escuchó un nuevo rugido, pura rabia de la madera, un brusco golpe de viento pareció abofetearlos y una de las ramas más altas se movió para agarrarlo como habría hecho la garra de un dragón. Casi antes de darse cuenta, Aurelius quedó aprisionado entre tallos y hojas, a más de dos metros del suelo. Incapaz de moverse, casi de respirar, siguió bregando inútilmente, tratando de escapar de un abrazo del que jamás, ni en cien años, había conseguido librarse.

—Conseguiré un hacha —gritó—. La mandaré afilar y volveré aquí…

Las ramas crecieron formando una mordaza alrededor de la

boca de Aurelius, penetrando hasta su garganta. Sus protestas terminaron convertidas en una jerga ininteligible, compuesta por resoplidos, medias palabras, amagos de tos y maldiciones sofocadas.

—¿Y bien, señora? —preguntó el guardián, cabizbajo.

—Acepto —respondió la Baronesa—. Pero no por considerar justo el precio, sino porque no me queda más remedio. Aunque me reservo el derecho a reclamar frente al Consejo de Heliastas.

El Medioerizo impidió que la Baronesa se acercara al árbol. Caminando con presteza, pero tratando de parecer confiado, se colocó en su camino. Levantó el brazo, pidiéndole una oportunidad para intervenir.

—Quizás el sabio tejo del Ravensbourne —dijo— estaría dispuesto a negociar un descuento… Quizás su sabiduría podría concedernos una caridad de la que, finalmente, ambas partes pudieran salir beneficiadas.

De nuevo todos callaron a la espera de una contestación. La tensión podría haber hecho que el corazón de un hombre temeroso se partiera en dos. Aurelius dejó de forcejear en las alturas, esperando que la vía diplomática tuviera más éxito que su desaforada ofensiva de quejas.

—Seguramente haya cosas que puedan satisfacer más al maestro tejo que los ojos de la Baronesa. Son, como toda carne humana, joyas hermosas que muy pronto se pudrirán sin remedio —continuó Hans, haciendo gala de unas dotes persuasivas que había mantenido ocultas hasta ese momento—. Yo no soy más que un humilde erizo sin custodio, pero quizás pueda ofreceros algo que os satisfaga más: una oda a vuestra sabiduría cantada con tanta modestia como pasión. —Presentó su gaita. El instrumento, que hasta ese momento había viajado a su espalda, pasó por mor de un solo gesto a estar en sus brazos—. O tal vez un riego de vino dulce, unos poemas recitados al atardecer o una partida de ajedrez… No sé. Se me ocurren mil cosas mejores que dejar ciega a esta mujer. Iríamos a donde hiciera falta para satisfacerlo, convirtiéndonos en las piernas que el maestro no tiene.

El tejo volvió a retorcerse.

—El maestro tejo pregunta si estarías dispuesto a ser tú el

que pagara en vez de ella. —El guardián señaló al Medioerizo con la estaca afilada que el árbol le había ofrecido.

—Desgraciadamente, hoy no he venido vestido de verde, y mis ojos son del color del otoño, todo tristeza. —El Medioerizo introdujo su mano izquierda en el bolsillo de la chaqueta y estiró de la tela hasta ponerla a la vista. Trataba así de mostrarse pobre, dando a entender que carecía de reservas para afrontar pago alguno.

—Dice que podrías ofrecerle tu hígado —respondió el custodio, traduciendo un nuevo y gutural crujido. Su expresión era cada vez más sombría.

—Una vez fuera de mi cuerpo —argumentó Hans— dejaría de producir bilis, así que el maestro tejo se quedaría sin verde también... Pero si lo que os interesa es solo la amargura y el dolor, podría llevarme un morral cargado de vuestros frutos y sembrarlos en medio de un campo de batalla, o utilizar una rama vuestra para esquejarla en el tronco de un ciprés de cementerio.

—El maestro tejo dice que eres demasiado presuntuoso si piensas que puedes engatusarlo con tus embustes.

—Solo intento ofrecerle un mejor trato... uno del que todos salgamos beneficiados —insistió el Medioerizo—. Apuesto a que el maestro se aburre aquí mortalmente, y puede que por esa razón su carácter se haya agriado de esta manera. Quizás el ajedrez no sea de su gusto, pero esté dispuesto a jugar a los dados o al *bridge*, como hacen los caballeros de Londres.

—El maestro pide que te apartes si no tienes nada más interesante que ofrecerle —concluyó el custodio.

Derrotada por la testarudez del árbol y dispuesta a sacrificarse por el bien de maese Caliban, la Baronesa avanzó hasta situarse a un par de pasos del tronco, justo frente al hombre que traducía sus crueles peticiones. Sin mediar palabra, arrancó de su mano la afilada estaca y se arrodilló entre las raíces.

—No sé cuánto apego le tendrás a tu pútrida madera, pero te convendría saber una cosa, tejo reseco. —Abandonando el tono zalamero que había usado hasta ese momento, Hans el Medioerizo desafió al gran árbol, señalándolo con el dedo. A la vez comenzó a dar cortos pasos, alejándose de él. De inmediato, las ramas y raíces que aprisionaban a Aurelius y al maestro Caliban se contrajeron, amenazando con estrangularlos. Los gritos del muchacho quedaron ahogados bajo la inmisericorde mordaza de madera viva que había crecido en torno a su cabeza—. Seguramente ninguno de los presentes escapemos al Cazador de Hadas. Los hay de la opinión de que ninguna criatura mágica puede evitar su ordalía… Sin embargo, este muchacho puede ser el primero en conseguirlo. Gabrielle la Roja y el señor Caliban le han ayudado a hacerlo. ¿Y sabes lo que significaría si lo lograra? Pues significaría que hay esperanza. Para él, pero también para mí y para ti. Para todos nosotros… Y tú, necio pedazo de madera sin fuste, en vez de ayudarlo, estás intentando aplacar el rencor que te carcome el corazón con carne y sangre… la carne y la sangre de los que intentan salvarte.

El tejo se retorció ligeramente, como volviendo una cara sin ojos ni boca hacia el muchacho.

—¿Sabes? Dicen que recuerda a los caídos… pero veo que a ti todo eso te da igual. —El Medioerizo siguió alejándose—. Yo no puedo hacerlo, aunque tengo también muy buena memoria. A pesar de mi aspecto, me precio de ser una persona tenaz, capaz de dedicarme a una tarea con constancia hasta completarla… Con las venganzas suelo ser especialmente concienzudo.

La Baronesa se puso en pie y se volvió a mirarlo. Puede que se preparara para un nuevo combate.

—Si dañas a alguno de ellos —continuó el Medioerizo—, te aseguro que desandaré mis pasos, regresaré a Londres y me dedicaré a buscar al Nubilita hasta encontrarlo. Sí, te juro que lo haré. Le entregaré gustoso mi vida, pero antes de probar su cuchilla le contaré que cerca del Ravensbourne vive un árbol viejo y rencoroso que necesita una poda urgente.

El tejo cometió el error de perder el tiempo rugiendo. El suelo volvió a estremecerse, pero no con fuerza suficiente como para derribar a Hans. Cuando el árbol quiso lanzar su ira sobre él, este se había colocado ya fuera de su alcance. Una esquiva rápida y una corta carrera fueron todo lo que necesitó para escapar de sus maliciosas ramas. El Medioerizo quedó frente a él, los brazos en jarras, desafiándolo orgulloso.

—Le prestaré mi propia hacha y le haré un mapa de este lugar —añadió, sonriendo—, así que ya puedes empezar a mostrarte mínimamente razonable si aprecias en algo tu vida. Yo tengo las patas cortas, pero tú las tienes todavía más.

El Medioerizo había lanzado un órdago sin saber si aquella bravata suya le valdría para doblegar la dura madera en la que se escondía el alma del tejo o si, por el contrario, supondría la perdición de sus amigos. Con el corazón desbocado, esperó en pie, tratando de mostrarse mucho más valiente de lo que en realidad era, hasta que el custodio del árbol alzó la mano pidiendo mesura.

—El maestro tejo impondrá un precio justo y razonable. —El árbol volvió a rugir a modo de airada protesta—. ¡Lo harás! —insistió maese Lucio, volviéndose hacia él—. Y no por el temor de ver tu corteza reseca ardiendo, sino porque, por mucho que te esfuerces en disimularlo, eres una criatura del bien... Y si no lo haces, consideraré que todos estos años a tu lado, sirviéndote, han sido un gran error y me marcharé a ayudarles.

El tejo volvió a estremecerse. Una lluvia de hojas afiladas se desprendió de las ramas. Esta vez, más que un grito, el terrible crujido pareció un lamento, la queja de un chiquillo malcriado al que hubieran regañado por primera vez.

—Pediré mi exención al Consejo de Heliastas y abandonaré tu custodia —concluyó el viejo mago.

El silencio se convirtió en el rey de la colina. Solo el viento, irreverente, se mostró ajeno al drama que allí se representaba, atreviéndose a soplar en las alturas. La Baronesa se volvió de nuevo hacia el árbol y esperó hasta que Aurelius fue depositado en el suelo. Ramas y hojas se retiraron para liberarlo y, en ese momento, todos supieron que la bravata del Medioerizo había surtido su efecto. Derrotado, tratando de esconder bajo la corteza la vergüenza que sentía, el tejo volvió a hablar.

—Habrá un descuento. Un ojo en vez de dos, y una pequeña mutilación en vez de toda la sangre de un cuerpo... Pero habrás de pagar tú, Hans —tradujo el custodio—. ¿Estás de acuerdo?

Hans esperó antes de contestar.

—Podría estarlo —dijo al fin—. Yo elijo el ojo que pierdo... Y respecto al castigo...

—Un dedo tuyo, Hans. No es un precio caro por devolver la vida al maestro Caliban y curar a la Baronesa.

Todos miraron a Hans, temiendo que se negara a aceptar la propuesta.

—¿Qué dedo? —preguntó Hans—. ¿Te valdría uno del pie? El meñique de mi pie izquierdo, por ejemplo.

—Sí, le valdrá —el custodio contestó sin esperar confirmación del tejo—. El maestro acepta.

—Pues si jura curarme para que pueda caminar sin problemas, estoy dispuesto a mutilarme por su capricho —dijo Hans, sorprendiéndolos a todos.

—Por la potestad que le confiere la magia, el maestro tejo entregará cincuenta años de su propia vida para sanar a maese Caliban, la mitad para limpiar las heridas de la Baronesa, y unos cuantos para hacer que tu pie cicatrice. Solo tendréis que beber de su savia.

—Entonces, trato hecho. —Hans el Medioerizo saludó con una reverencia sin avanzar ni un solo paso en dirección al tejo—. Pero que conste que solo haré efectivo el pago cuando vea recuperado al maestro. Ni un segundo antes.

—Muy bien, soy testigo, y por los poderes que me han sido conferidos valido el trato. Una vez más, el sabio y benévolo tejo del Ravensbourne ha servido a la causa del bien. Así que, acompañadme a la casa, ya he visto bastante por hoy. —El maestro Lucio comenzó a caminar en dirección al carro—. Podéis esperar allí mientras vuestro amigo se recupera. Será cosa de poco más de un día... Carezco de lujos, pero, al menos, estaréis bajo techo... Quemaremos unos troncos para caldearnos —añadió, mirando al tejo de reojo.

Un par de horas después, mientras Hans hacía guardia en una ventana, Aurelius se tendió sobre una cama que le pareció tan vieja como el tejo y se dejó vencer por el sueño. No soñó con hadas, ni con magos, ni con erizos parlanchines… ni siquiera con viejos tejos rencorosos. No soñó con hermosas y feroces mujeres lobo ni con los besos de su amada Miranda, aunque todas y cada una de las noches desde que abandonara Londres había anhelado sentir su piel. Tampoco le permitió al Cazador de Hadas turbar su descanso con pesadillas. Esa noche, Aurelius soñó con su padre. Volvió a ser niño y caminó junto a él de la mano por un hayedo dorado por el otoño. Y no tuvo miedo a nada.

XVIII

El cebo

No todas las criaturas mágicas son buenas.

Gabrielle había pedido permiso al maestro Lucio para ocupar una habitación del tercer piso, una con ventanas orientadas hacia el camino, desde la que pudiera vigilarse la llegada de cualquier visitante. Tratando de compensar con cortesía el desaire del tejo, el viejo custodio había encendido la chimenea para procurarles algo de calor, aunque el frío había conquistado toda aquella planta hacía años y no parecía dispuesto a dejarse desahuciar con facilidad. Aurelius y ella habían dormido durante la primera guardia, mientras Hans, que en ese momento descansaba ya sobre un sofá, se cuidaba de su seguridad. Despertaron poco después de que cayera la noche, descubriendo que el cansancio les había robado casi un día entero de vida.

—La bondad no tiene mucho que ver con todo esto. —Gabrielle apoyaba su antebrazo sobre el marco de la ventana mientras velaba la oscuridad—. En realidad, lo que se encarga de proteger los custodios es la magia en sí misma. Los encantados, los demonios y los fantasmas, todas las criaturas feéricas no son más que diferentes manifestaciones animadas de… no sé cómo llamarlo… de una energía. Son una consecuencia de su existencia. Yo misma pasé a ser magia el día en que contraje mi enfermedad, y ya sabes que cuando la rabia se apodera de mí, no me comporto, precisamente, como un ser bondadoso.

Aurelius asintió.

—Los magos sospechan que la presencia de seres fantásticos es una especie de medida de la salud del universo. Piensan que el día en que muera la última de las hadas, el último duende o, como dice maese Caliban, el último de sus protegidos, la magia habrá sido derrotada, y eso supondrá una catástrofe sin parangón… Y no te hablo de una cuestión filosófica, sino de algo muy real. La magia es la pequeña diferencia que existe entre el milagro de la vida y la muerte absoluta. ¿No lo has pensado nunca? Las cosas, todos los procesos que se dan a diario en la naturaleza y que vemos como normales, podrían haber salido rematadamente mal. Hubiese sido lo más lógico. Habría podido ocurrir en millones de ocasiones si la suerte nos hubiera dado de lado mínimamente. La magia es esa pequeña diferencia que consigue que lo imposible se convierta en habitual. Se encarga de lograr que todo salga como debe salir. Un exceso de realidad, una aplicación demasiado severa de las leyes matemáticas haría que la vida se detuviera. ¿Qué crees que es más fácil, que el semen de un hombre germine en el vientre de una mujer dando como fruto un ser humano perfecto, o que esa semilla se malogre? Piénsalo. Y sin embargo, ese proceso se repite a diario, una y otra vez, en todos los rincones del mundo…

—Y entonces, ¿el Cazador de Hadas?

—Uathubu, Ahir Hasad, Eclépides de Hades, Deyer Primus, Nidhogg el Gran Gusano, la Guadaña… Al parecer, existe desde siempre. Muchos dicen que el Cazador de Hadas es también un ser mágico que nació de la propia necesidad del universo de autorregularse… Que se trata de una especie de elemento compensador necesario, como las epidemias que diezman a las comunidades de animales que proliferan en exceso, amenazando con destruir su propio hábitat, o las guerras, si hablamos desde el punto de vista humano.

—¿Y ese equilibrio requería que mi padre muriese? —Aurelius la miró dolido—. Si es así, permíteme que dude de toda esa mierda.

—Bueno, yo también creo que se trata solamente de un asesino sádico y vengativo. Nada más. Solo te cuento lo que me contaron a mí. Explicar este tipo de cosas no resulta sencillo. Sé algunos encantamientos que el maestro Caliban me ha enseñado, pero estoy muy lejos de poder decir que soy una hechicera.

Aurelius se acercó a la chimenea. Tomó un tronco del leñero y lo arrojó al fuego. Las llamas recibieron con satisfacción aquel alimento, ardiendo con renovada fuerza. Rogó por que algún día el alma del Cazador de Hadas lo hiciera también, pagando todas sus culpas.

—Quizá debas esperar a que el maestro Caliban esté aquí. Él te lo explicará todo mejor que yo. —Gabrielle abandonó la guardia por un momento para mirar a Aurelius.

—No, por favor —rogó el muchacho, regresando a su lado—. Necesito saber.

—Ya te he dicho que sé muy poco de hechicerías —se disculpó, volviendo la vista a la oscuridad—. La magia corre por mis venas en forma de maldición, pero apenas sé nada a ciencia cierta de ella, salvo que duele.

—No necesito que me enseñes a hechizar. Te estoy pidiendo que me hables, que no me dejes solo otra vez... De las cosas que sepas, de lo que has vivido con el maestro Caliban... Te lo ruego, no te calles.

—Muy bien. —Una sonrisa fue la bandera con la que Gabrielle anunció su rendición—. Siéntate aquí, a mi lado. —Señaló un viejo sillón que quedaba a su mano—. Hablaremos mientras vigilamos. Yo cuido de que no te duermas y tú procuras que no me duerma yo, ¿te parece bien? —Sin esperar respuesta, entendió que el muchacho aceptaría su proposición—. Tráete el vino.

Aurelius obedeció. Lentamente el frío comenzaba a retirarse.

—¿Sabes? Yo había perdido las ganas de vivir... —Gabrielle comenzó su relato sin apartar la vista de la ventana—. Ocurre cuando la esperanza se agota... El maestro Caliban me rescató, me demostró que la generosidad y la bondad tienen todavía su hueco entre los hombres. Pocos magos se habrían atrevido.

—¿Qué pasó? —Aurelius temió haberse excedido nada más enunciar la pregunta. No quería que una palabra torpe ahuyentara la confianza que, lentamente, iba surgiendo entre ellos.

Sin embargo, Gabrielle apenas se mostró incómoda. Más bien al contrario, aceptó las dudas del muchacho con naturalidad y se dispuso a desnudar su verdad frente a él.

—Quizás esto que voy a contarte te parezca más increíble que todos los prodigios que has contemplado en estos últimos días porque... —dudó—, bueno, porque creo que tu padre te quería... Y tal vez pienses que siempre es así, pero no es verdad. Desgraciadamente, un amor como el que el Cazador de Hadas ha malogrado con su cuchilla es algo difícil de encontrar. —Los preciosos ojos verdes de Gabrielle se volvieron hacia los de Aurelius. El muchacho tuvo que esforzarse para no volver a llorar—. Mi madre no me quería, Aurelius, nunca me quiso. Durante muchos años dudé de que realmente fuera ella la que me hubiera parido... Aunque creo que sí salí de sus entrañas. Con el tiempo he aprendido que eso es tanto como decir que durante unos meses invadí su cuerpo, pero significa poco más. Ocurre con más frecuencia de la que te imaginas.

—Maximilian no era mi padre natural. Pagó por mí...

—Eso da igual, y lo sabes.

Aurelius asintió.

—Vivíamos cerca de Nevers, a la orilla del río. Ella contaba que mi padre había muerto en la revolución del cuarenta y ocho, pero los chiquillos de los alrededores no desaprovechaban oportunidad para asegurarme que vivía y que cantaba misa todos los domingos en una parroquia cercana. Los muy malnacidos sabían que mi madre había sido amante del cura y que había vivido amancebada en su casa hasta que el obispo tomó cartas en el asunto. Estuvieron llamándome cosas horribles hasta que les enseñé lo doloroso que podía resultar ofender a una señorita con buena puntería. Tres o cuatro chichones bastaron para granjearme una reputación de peligrosa que me permitió olvidarme de sus burlas. —Gabrielle sonrió, aunque Aurelius supo que no había alegría en su gesto, solo amargura—. ¿Sabes? Al principio, yo pensaba que las señoritas que venían a vivir con nosotros eran las sirvientas de mi madre y que todos aquellos hombres que nos visitaban eran amigos de la familia. Cuando uno es pequeño, todo parece tener sentido, y todo es limpio... Estuve creyéndolo hasta que comencé a hacerme mayor y entendí de qué vivíamos. Dejar de ser la sobrina del cura sin levantar escándalo le salió muy rentable a mi madre. Pudo comprar una casa y establecerse de manera independiente, de tal forma que los hombres pasaran a servirla en vez de tener que servirlos ella.

Aurelius se extrañó de que Gabrielle le confesara el indecoroso pasado de su madre, su condición de ama de putas, sin ni siquiera sonrojarse. No hizo ningún comentario. Sirvió vino y se limitó a escuchar atentamente.

—Mi vida era muy parecida a la que llevabas tú en la taberna, Aurelius, con la diferencia de que yo nunca llegué a tener una familia. Sin embargo, mentiría si dijera que viví una tortura horrible. No, no fue tan malo, simplemente un desperdicio... Hubo gente que me quiso, un ama vieja que me cuidó y algunas muchachas que llegaron a apreciarme de verdad. Un par de ellas fueron como hermanas. Lo malo es que, cuando se trata de amor, a uno no le vale cualquier beso, solo busca los que le son preciados, y tiende a repudiar los demás como si nada valieran.

—Sí, sé a qué te refieres. No recibiste los que querías recibir, sino los de gente que pasaba por allí. Y eso es como no recibir nada... Sé lo que duele esperar el beso de una madre, sabiendo que nunca te llegará.

—De todas maneras, como te digo, tampoco fue algo tan horrible. Al menos hasta que comencé a hacerme mayor.

—¿Qué pasó?

—Durante años, mi madre había mantenido una relación... ¿cómo podríamos llamarla? —dudó—, especial. Sí, una relación especial con un adinerado terrateniente de la zona, un bastardo que mandaba por allí más que Satanás en los infiernos. Decían que era hijo o nieto ilegítimo del último duque de Nevers. No sé. El caso es que aquel tipo tenía dinero suficiente como para permitirse una esposa de lujo para las recepciones oficiales y otra, de tapadillo, para las frías noches de invierno, en las que la decencia es un estorbo. Mi madre había sido durante años la segunda de esas mujeres, sin duda una más de una larga colección, aunque ella se creyera única. Al parecer, todo el cariño que me escatimaba a mí se lo regalaba a aquel gordo asqueroso, y con eso y con sus indudables mañas para satisfacer al sexo contrario, consiguió mantenerlo a su lado durante mucho tiempo.

Gabrielle hizo un alto para beber un trago. Pareció enjuagarse la repugnancia que sentía con aquel caldo granate de sabor tan dulce.

—No sé qué pasaría exactamente, si él llegó a decirle algo a mi madre. El caso es que primero me di cuenta de que me buscaba con la mirada. Yo tenía trece años. Había notado que los hombres comenzaban a tratarme de manera distinta a como lo habían hecho hasta entonces, y las muchachas me recomendaron permanecer en mi cuarto a partir de que oscureciera. Luego pasó a interesarse por mí cada vez que venía. Aprovechaba los momentos en que mi madre andaba distraída para regalarme piropos. Alababa el gusto que había tenido la naturaleza haciéndome crecer tan rápido y tan bien. Ensalzaba mis andares, mi sonrisa, el color de mis ojos, la tersura de mi piel... ¿Sabes de lo que te hablo, verdad?

—Desde luego.

—Sin duda, aquel interés enfureció a mi madre. De ignorarme casi siempre, pasó a tenerme todo el día presente, convirtiéndome en objeto de todos sus enojos. Los celos la hicieron enloquecer. Fue entonces cuando empezó mi calvario, curiosamente cuando comenzó el del pueblo.

—¿El del pueblo?

—Sí. Encontraron al primer hombre muerto justo el día de mi cumpleaños. Descuartizado, con las tripas fuera, medio devorado por un animal salvaje que ni los cazadores más veteranos fueron capaces de reconocer. La noticia de aquel macabro asunto se extendió pronto por toda la región, pero las cosas no se pusieron verdaderamente serias hasta que se produjo el segundo ataque, un par de días después: dos hermanos pastores, también horriblemente mutilados... Se organizaron partidas de caza y se puso en guardia al retén de soldados que acampaba en las afueras del pueblo. Convencidos de que se trataba de una bestia, algún tipo de lobo enloquecido, los hombres formaron cuadrillas de búsqueda y batieron el bosque, pero todo fue en vano... Encontraron rastros confusos y llegaron a matar algún perro salvaje, pero nada más. Por suerte, aquel día los ataques cesaron misteriosamente y aunque muchos aseguraban que aquellos animales no habían podido causar las heridas de las víctimas, se cargaron las culpas sobre ellos y todo empezó a calmarse.

Aurelius y Gabrielle se miraron muy serios. El muchacho comenzaba a intuir los derroteros por los que continuaría la historia.

—El miedo regresó apenas transcurrido un mes. Volvieron a encontrar otro cadáver en el bosque, el de un buhonero, cliente de la casa de mi madre, que solía frecuentar el pueblo. Según se dijo, quedó tan desfigurado que solo lo reconocieron por sus cosas. Imagínate el revuelo que se armó. La gente se dejó llevar por el miedo, nadie salía a la calle caída la tarde y el paso por el bosque comenzó a estar restringido y vigilado. El temor se convirtió casi en epidemia cuando, a la noche siguiente, cinco soldados de una patrulla fueron encontrados muertos junto a sus caballos. ¡Cinco! Y no quedó ahí la cosa. Los ataques se repitieron así, durante unos cuatro meses, siempre en noches de luna llena, siempre con la misma virulencia... Y todos los esfuerzos de las gentes del lugar por encontrar al animal responsable fueron inútiles.

—No tardarían en llegar los rumores —intervino Aurelius.

—Claro. La superstición pasó a gobernar casi todas las actividades del pueblo y pronto comenzó a desconfiarse del vecino... El rencor encontró buen acomodo entre las sospechas. Nadie se fiaba de nadie.

—Ya me imagino.

—Un día, alguien sugirió que podía tratarse de un licántropo... En mi país, esas leyendas son bastante habituales, aunque cada vez la gente cree menos en ellas. Primero se dijo en voz baja, se susurró la posibilidad, pero poco a poco los vecinos fueron convenciéndose de que, efectivamente, había algo sobrenatural en aquellos asesinatos. En realidad así era... El clamor sobre los ataques del feroz de Nevers se dejó oír en toda Francia.

—¿Te atacó a ti? —Aurelius interrumpió el relato de Gabrielle, adelantando el final de la historia—. ¿El licántropo te atacó a ti y te transmitió su maldición?

La muchacha bajó la mirada, rebuscando entre sus más dolorosos recuerdos. Cerró los ojos y continuó su relato.

—Un día, alguien sugirió que la mejor manera de atrapar al monstruo era ofrecerle un cebo. Se encontraron libros antiguos, manuscritos, en los que se aseguraba que la bestia sucumbiría ante la pureza de una muchacha virgen. Por supuesto, las personas que propusieron aquella manera de actuar lo hicieron bajo cuerda, al amor de la lumbre en reuniones secretas, pero eso no significa que no lo hicieran en serio. Algunos eran personajes importantes del pueblo… y entre ellos estaba el amante de mi madre. Se había visto enormemente perjudicado en sus negocios por aquel clima de miedo.

—No puedo creerlo. —Aurelius miró conmovido a la Baronesa.

—Sí, sé que resulta difícil de creer. Mi madre me ofreció gustosa. Fingió sufrir cuando me cubrió con aquella capa encarnada, llegó incluso a derramar lágrimas de bisutería haciéndose la víctima, pero en realidad sentía que entregándome al sacrificio, se quitaba una rival de en medio y se ganaba la consideración de su amante. Pensaba que él quedaría profundamente impresionado por aquella muestra de amor incondicional, por aquel sacrificio suyo. Además, estaba convencida de que el gordo terminaría pronto prefiriéndome a ella y tenía miedo de perder el privilegio de su verga… —Suspiró—. ¿Sabes? Yo apenas era una niña, y me abandonaron una noche en medio del bosque… me ofrecieron como carnaza.

Aurelius se puso en pie para acercarse a Gabrielle. La Baronesa estaba desnudándose frente a él de una manera en la que ninguna mujer lo había hecho antes y sintió la obligación de consolarla con un abrazo. No se atrevió a dárselo.

—Lo que me cuentas es terrible —dijo.

—Sí. —Gabrielle volvió la vista a la oscuridad—. Aquellos hombres prepararon su emboscada en un claro cercano al camino y corrieron a esconderse. No tardé en ver llegar a un muchacho. Me preguntó qué hacía allí sola y se ofreció a acompañarme. Yo lo conocía de vista. Era Richard, el hijo del molinero. Venía a veces a traernos harina. Su padre había muerto poco tiempo antes del primer asesinato. Me aseguró que vagaba por los bosques buscando a la bestia y me tendió su mano... Nada más verlo sospeché de él, pero ya era tarde. Tenía miedo, Aurelius, tanto miedo que no pude ni moverme. Apenas alcancé a defenderme con unas cuantas mentiras estúpidas. Le dije que me mandaba mi madre, que había una mujer enferma al otro lado del río y que le llevaba medicinas y algo de comida caliente. —Suspiró—. Pensarás que ya sabes cómo termina la historia.

—Sí, más o menos.

Gabrielle calló un momento.

—Ni te lo imaginas... —Volvió a encararse con Aurelius—. Cuando la bestia se apoderó del cuerpo de aquel muchacho, se abalanzó sobre mí y me tiró al suelo. Pensaba que iba a devorarme, pero por algún motivo que desconozco se contuvo. Dudó. Me miró a los ojos y se quedó quieto. Ahora sé el esfuerzo que debió de suponerle. Cuando la rabia se apodera de ti, es imposible resistirse a ella. Quema el alma, y una sed terrible, abrasadora, se pega a tu garganta, convirtiéndote en una bestia... Cuando llega la luna llena, esa necesidad se convierte en un ansia que solo la sangre es capaz de acallar, y él la resistió... Al menos hasta que sonó el primer disparo. —Gabrielle era sin duda una mujer dura, pero con cada palabra que pronunciaba iba pareciéndole más desvalida—. Cayeron diez hombres aquella noche y otros tantos resultaron muy malheridos, pero al final consiguieron clavar su cabeza en una pica, y a la mañana siguiente, la mostraron orgullosos en la plaza del pueblo. —Gabrielle miró fijamente a Aurelius—. Y el cebo apenas sufrió unos cuantos arañazos...

—¿No te mordió?

—Sí, desde luego, en el alma, pero mi carne ni la tocó. —Gabrielle volvió a observar la oscuridad—. Según la tradición, la maldición debía pasar a aquellos hombres, a los heridos por el licántropo, pero no fue así. Por algún motivo fui yo la castigada... Quizá porque pequé al alegrarme de seguir viva.

Durante un largo rato ambos callaron. Sumidos en sus propios pensamientos, se dedicaron a interrogarse en silencio, como suelen hacer las personas cuando tienen demasiadas preguntas que contestar y pocas respuestas.

—¿Por qué sigues vistiendo de rojo?

—Desde aquel día he derramado mucha sangre. —Gabrielle reconoció sus pecados con la voz rota—. Procuro que no se me olvide en ningún momento que tengo una deuda pendiente con todos los inocentes que he matado... y otra con los culpables de que lo hiciera. El rojo es el color de mi venganza, de mi dolor, pero también de mi penitencia, y solo me lo quitaré cuando ajuste cuentas.

—¿Por qué me lo has contado? —preguntó al fin Aurelius—. ¿Por qué me has contado todo esto?

—No soy muy buena explicándome, Aurelius... —dijo Gabrielle, recomponiéndose—. Quería que te dieras cuenta de que no es cuestión de bondad o maldad, de que las apariencias engañan. Los seres mágicos son importantes por lo que representan, no por su moralidad... Con los magos ocurre igual, los hay malos y buenos, algunos son auténticos malnacidos. ¿Quién si no dedicaría su vida a proteger a un demonio perdido?

—Sí, ya me he dado cuenta... Ese tejo del río es un jodido bastardo.

—No, el tejo no es malo, simplemente está resentido, dolido con la vida. Hace mucho tiempo entregó su amor sin condiciones a los hombres que lo plantaron y un buen día se dio cuenta de que esas personas no volverían. Se le condenó a ser casi eterno y no entiende que los demás muramos tan pronto. ¿Sabes los años que puede llegar a vivir un tejo? Le ha ocurrido tantas veces que es incapaz de soportar el dolor. Cree sufrir una traición cada vez que lo abandonan, y unas tumbas junto a sus raíces apenas lo consuelan. Ha llorado demasiado, durante muchos años... ¿Nunca te has encontrado con gente así?

En ese momento, el recuerdo del señor MacQuoid, el del primero, el del viejo tramoyista que se apiadó de él, se presentó ante Aurelius, dándole argumentos para condenar al árbol.

Aquel hombre y el tejo se parecían mucho y, sin embargo, Walter no se había dejado derrotar por el rencor. Había vencido a la pena, negándose a convertirse en un tronco hueco y reseco.

—Es un bastardo egoísta y cruel —dijo—. Se cree *Yggdrasil.*

—No deberías ser tan severo.

—Él lo ha sido contigo. Severo y muy injusto. ¿Por qué debía yo ser mínimamente justo con él?

—¿Sabes? Al final todo forma parte de un ciclo, todo está conectado. Lo que yo hago, lo que tú haces, lo que hace el tejo... Hasta las acciones del Cazador de Hadas. No podemos actuar sin que nuestros hechos afecten a los demás... Poco tiempo después de que aquel muchacho fuera decapitado me escapé de casa. Comencé a sentir cosas, a sufrir síntomas que era incapaz de explicar. No podía entender lo que me ocurría, y temiendo que acabaran por cortarme el pescuezo a mí también, decidí marcharme. Vagué por aquellos bosques durante un par de semanas, buscando la manera más fácil de quitarme la vida, hasta que el señor Caliban dio conmigo y me salvó. Estaba a punto de lanzarme al río cuando me encontró. Tuve suerte, ya que según me contó meses después, el Cazador de Hadas iba tras mis pasos, y a punto había estado de dar conmigo en un par de ocasiones. Si la luna llena me hubiera sorprendido sola, sin duda me habría encontrado... ¿Y sabes qué? Resulta que fue el propio Ika quien me maldijo sin saberlo. Estudiando las cicatrices, nos enteramos de que mató al mago que cuidaba de aquel muchacho y lo dejó desamparado, sin nadie que lo guiara en las noches de luna llena. De alguna manera, el joven lobo consiguió escapar como nosotros. El maestro Caliban descubrió que el molinero había sido custodio como él antes de encontrarse con el Cazador de Hadas. Al parecer, la realidad se recompuso disfrazándolo de hombre vulgar cuando la cuchilla de ese demonio le rebanó el cuello... El caso es que la bestia que protegía, el muchacho, quedó sin custodio y eso provocó que acabara transmitiéndome su maldición... Y gracias a esa maldición tú estás vivo ahora mismo.

—Ya veo.

—Siempre pensé que todo este dolor debía de tener un sentido... No sé, me gusta creer que mi sufrimiento no será en vano. ¿Sabes, Aurelius? Nunca se lo he dicho a nadie, pero estoy convencida de que el destino me convirtió en lo que soy con un fin, y ¿sabes cuál es ese fin?

Aurelius negó con la cabeza.

—Creo que nací para dar caza al Cazador. Creo que mi misión es conseguir lo que nadie más ha conseguido, y después de todo lo que ha ocurrido en los últimos días, estoy todavía más convencida. Tú y yo, Aurelius, vamos a acabar con ese bastardo, hijo de mala madre... Tú y yo... y el señor Caliban.

El maestro Lucio llegó en ese momento, interrumpiendo la conversación. Tocó a la puerta con los nudillos y entró sin esperar respuesta. La hora de la cena había pasado hacía rato, pronta estaba la del desayuno, pero sin duda entendió que en aquellas circunstancias podía abolirse la rígida etiqueta inglesa. Traía platos y cubiertos, que comenzó a colocar sobre una mesa cercana.

Al verlo, Aurelius fue incapaz de permanecer sentado. Se puso en pie, y tras hacerle saber cuál había sido su oficio hasta hacía dos días, se ofreció a ayudarle. Formando equipo como si llevaran haciéndolo desde siempre, sirvieron un pequeño banquete en un momento: sopa caliente, empanada de pastor, queso azul, pudin recalentado y una tarta de manzana recién hecha; las fuentes montadas unas sobre otras sin dejar un palmo de mantel libre... Aurelius pensó que todos aquellos platos habían sido cocinados en el paraíso y, sin hacerse de rogar demasiado, se sentó frente al viejo custodio y comenzó a comer. Olvidándose de magias y de recientes tribulaciones, se entregó a la cuchara mientras Gabrielle permanecía todavía junto a la ventana.

El maestro Lucio, siempre hospitalario, sirvió una ración y se la acercó para evitar que tuviera que moverse, aunque ella apenas comió. No se atrevió a decirlo, prefirió permanecer atenta, en silencio, tratando de confirmar las advertencias del instinto. Habría jurado que alguien acechaba en la oscuridad... pero si se trataba del Cazador de Hadas, ¿por qué no atacaba?

—Coma, señora —dijo el mago—. El maestro tejo se ocupará de vuestras heridas en cuanto amanezca, y podréis marcharos.

XIX

La Causalidad

La noche fue tranquila.

Con todo, cuando Hans despertó por fin, Gabrielle lo llamó a un rincón y lo puso al día de sus temores. Erigida en protectora del grupo, decidió dejar de lado la antipatía que sentía por él para organizar una defensa en caso de ataque. Aurelius ignoraba el contenido exacto de aquellas confesiones privadas, pero supo sin lugar a dudas que algo malo ocurría. Tras señalar las oscuridades que quedaban más allá del muro de la finca, Gabrielle tomó sus cuchillos y abandonó apresurada la estancia.

—Coged las cosas y estad atentos —ordenó—. Si me oís disparar, no dudéis en salir corriendo. Y si no oís nada y pasa un buen rato, también.

Apenas se hubo cerrado la puerta tras ella, el Medioerizo le pidió a Aurelius que tomara cuanto considerara de importancia y que lo siguiera. Bajaron juntos, aunque no tardaron en separarse. Mientras él preparaba el caballo, el muchacho esperó inquieto en la cocina, cerca de la ventana.

No estuvo solo demasiado tiempo. Gabrielle tardó poco en regresar y, por suerte, en aquella ocasión no necesitaron huir. Les aseguró que estaban fuera de peligro y les pidió disculpas por haberlos alarmado de manera innecesaria, aunque Aurelius pudo observar una sombra de intranquilidad en su mirada que no llegó a desaparecer hasta que se marcharon de allí. En todo momento estuvo seguro de que escondía algo que no les había contado… En realidad así era. Es cierto que Gabrielle se aseguró de que la finca fuera segura, de que nadie rondara por los alrededores, pero no lo es menos que encontró rastros inquietantes: huellas de zapatos, demasiado recientes y demasiado elegantes como para no sospechar de ellas. Además, su infalible olfato le certificó que alguien con el mismo olor que el Cazador de Hadas había paseado por allí durante la noche.

Sin embargo, a su regreso, todos consiguieron apaciguar sus miedos, y aunque Gabrielle recomendó no abandonar las guardias, un cierto optimismo, precario y endeble, se instauró en la casa casi por decreto. Reunidos frente al hogar de la gran cocina, desayunaron juntos, compartiendo una familiaridad que Aurelius agradeció después de tanto drama. Luego, el maestro Lucio y ella se marcharon al encuentro con el tejo. Al parecer, el anciano señor de Ravensbourne había decidido dignarse a atender sus heridas a lo largo de la mañana, mientras se ocupaba también de maese Caliban.

Aurelius y Hans subieron poco después hasta una de las terrazas del tercer piso. Desde allí se encaramaron al tejado para vigilar los alrededores. Ubicándose en un punto estratégico, en el que quedaron bastante resguardados del viento, esperaron atentos a la más leve señal de peligro.

—Así que ese bastardo mató a tu padre. —Sentados, apoyando su espalda en una enorme chimenea de ladrillo, habían permanecido durante un buen rato en absoluto silencio.

—Sí —contestó con aspereza el muchacho sin añadir nada más. A pesar de haberlos conducido a la salvación, aquel hombrecillo extraño le resultaba profundamente desagradable. Estar junto a él era como estar sentado junto a un viejo perro sarnoso, uno de esos animales criado a base de patadas y descuidos que solo albergan resentimiento y desconfianza. Detestaba su aspecto desaliñado, sus ademanes burdos y siempre cargados de chulería, su olor a tabaco… sus lascivas palabras carentes de todo decoro. Pero, sobre todo, le desagradaba su manera de mirar a Gabrielle.

—Pero ¿era mago? —Quizá no fuera muy bueno interpretando los mensajes implícitos en el tono de ciertas respuestas, o puede que ignorara adrede la sequedad del muchacho, sacrificando parte de su propio orgullo con la intención de saber más. De cualquier forma, el Medioerizo siguió insistiendo, tratando de establecer un puente de confianza que le permitiera llegar a la verdad de Aurelius.

—No era mago —contestó Aurelius sin apartar la mirada del telón de nubes que velaba el horizonte—. De hecho, mi padre odiaba la magia. Como te dijo Gabrielle, soy capaz de recordar... Lo recuerdo todo. La realidad anterior a los cambios y la de después.

—¡Vaya!, eso suena muy complicado. No me explico cómo has conseguido mantenerte cuerdo.

Aurelius ladeó la cabeza en señal de asentimiento y entornó los ojos, aunque no dijo nada más.

—Puede que se equivocara.

El muchacho lo miró fijamente, demandando una explicación.

—Que en realidad fuera a por ti, quiero decir —aclaró el Medioerizo.

—Creo que mató también a mi maestro —contestó en voz baja, como avergonzado—. Recuerdo a un mago llamado Houdin del que casi nadie más se acuerda... Me eligió como aprendiz. Estoy casi totalmente convencido de que mi pesadilla comenzó con su muerte.

—Bueno, quizás ese malnacido de Ika decidiera quitarte de en medio antes de que aprendieras más, para ahorrarse trabajo, y que algo saliera mal... No sé, me parece muy extraño.

—El caso es que mi padre está muerto. Ese bastardo le cortó el cuello... Se lo robó todo, y yo no descansaré hasta hacérselo pagar.

—Bueno... —El Medioerizo suspiró—. Durante un tiempo yo pensé como tú. A veces, cuando estoy muy borracho, sigo pensando que es posible. Pero solo cuando estoy como una cuba.

—¿Tú también tienes cuentas pendientes con él?

—Claro, todos los arcadianos tenemos cuentas pendientes con él... Y si no las tenemos, sabemos que tarde o temprano las tendremos —contestó, tratando de disfrazar de ligereza la amargura que sentía—. Soy hombre y erizo, aúno en un solo cuerpo lo mejor de dos especies... Y a pesar de mi gracia innata, a pesar de mi singular melena de púas, no tengo custodio que invoque cendales sobre mi persona al caer la noche. ¿No te extraña? —Sonrió—. ¿Qué crees? ¿Que ningún mago ha sido capaz de soportar mis ronquidos?

Aurelius entendió de repente. Aquel ser extraño había corrido una suerte muy parecida a la suya.

—Somos muchos los que le debemos la vida al maestro Caliban —añadió—. ¿Sabes cómo lo llaman en la cofradía?

—No —contestó Aurelius con un gesto de la cabeza y, a la vez, de viva voz.

—Lo llaman Caliban el de la Escoba, Caliban el Basurero, Buscamierdas y cosas peores... Los envidiosos, los que no lo quieren bien. Dicen que no hay nada que lo haga más feliz que recoger los despojos del Cazador, aunque eso ponga en peligro a la hermandad entera. ¿Y sabes qué? Somos muchos los que se lo agradecemos. Todos los que nos quedamos en algún momento sin custodio tenemos cuentas de gratitud pendientes con él. Los magos suelen dar por perdido a todo encantado huérfano, sin amo... Él no.

—Gracias a Dios, sigue manteniendo sus viejas costumbres. —Aurelius recordó a su padre, su propia historia, y una vez más tuvo que esforzarse por no derramar lágrimas ante un desconocido—. Si sigo aquí, es por él.

—Tuvo que defenderse en un juicio sumarísimo y casi toda la hermandad se puso en su contra —continuó el Medioerizo—. Por suerte, encontró un resquicio en los estatutos por el que consiguió escapar, pero no creas que esa actitud le hace ser muy popular entre los suyos... A mí me importan una mierda esos estirados. La mayoría de nosotros estaríamos muertos si él no nos hubiera protegido entonces, si no se hubiera jugado el pellejo para buscarnos buenos escondites o nuevos amos. —Buscó las palabras en el horizonte. Tardó un rato en encontrarlas—. Mi agradecimiento hacia él es tan grande como mi odio hacia el Cazador, así que en eso creo que somos como hermanos, Aurelius... A mí también me robó, muchacho.

Aunque durante el resto de la mañana hablaron de muchas cosas más, apenas volvieron a referirse al enemigo. Quizás temiendo que si lo hacían, sus palabras terminaran por convertirse en una especie de invocación que atrajera el mal, decidieron olvidarse de él durante unas horas. Finalmente, superado ya el mediodía, Hans le pidió a Aurelius que bajara y preparara algo caliente para comer, asegurando que los demás llegarían cansados y que se lo agradecerían también. Al separarse de él, Aurelius sintió que en verdad compartían destino. Se sentía como otro monstruo desamparado, uno tan extraño que era capaz de cocinar y de recordar dos pasados a la vez, y se preguntó si terminaría tan solo como el Medioerizo.

Un par de horas después, cuando el muchacho acababa de encarrilar el guiso, apareció Hans, asegurando que Gabrielle y el maestro Lucio estaban a punto de llegar. Bajó la escalera apresurado para advertirle. Al parecer avanzaban ya camino a la casa y no tardarían en tocar a la puerta.

—Vas a triunfar con ese estofado como una puta ciega en una leprosería —dijo, ayudándole a colocar los platos.

Efectivamente, Aurelius se ganó un buen puñado de elogios por sus habilidades culinarias cuando los comensales llegaron por fin. Su mayor temor, el de que el dueño de la casa se tomara aquella libertad suya como una imperdonable intromisión en su intimidad —no hay lugar más sagrado en un hogar que la cocina—, quedó pronto desterrado al ver cómo maese Lucio agradecía a su regreso la mesa servida, tirando de cuchara y tenedor sin demasiados miramientos.

Sentados alrededor de una vieja tarima de roble, todos compartieron la alegría de ver a Gabrielle tan recuperada, el sabor de la caldereta de Lancashire de Aurelius y un vino de la casa que bien podría haber hecho sombra al mejor caldo de la bodega del Olimpo.

La tarde fue también tranquila, y a pesar de que con la caída del sol regresó la inquietud —era lógico que así ocurriera—, ya nada fue igual. La sensación de urgencia que les había perseguido desde que iniciaran su huida pareció desaparecer cuando

Gabrielle le mostró a Aurelius sus heridas ya curadas. Una llamativa cicatriz, medalla a su valentía, quedaría allí para siempre como recuerdo de su lucha contra el Cazador de Hadas.

—Si aparece por aquí, se va a llevar una buena sorpresa —comentó Gabrielle, envainando uno de sus enormes cuchillos.

—¡Maldito, Tejo! No me fiaba un pelo de él. —Hans se quitó la bota izquierda haciendo palanca en el talón con la punta del otro pie. Un calcetín demasiado parecido a un queso Gruyere, plagado de agujeros y con un aroma de lo más discutible, apareció envolviendo su pie. A pesar de la roña que los cubría, el Medioerizo mostró el lógico cariño por sus dedos, masajeando con fruición los que quedaban al aire—. Al menos ahora sé que pagaré un precio justo por sus servicios. —Miró a Gabrielle sonriendo antes de girar el cuerpo para darles la espalda. Cuando volvió de nuevo el rostro hacia ellos, su ojo izquierdo había desaparecido. Un desagradable vacío había quedado a la vista en su lugar. Efectivamente, era falso. Entre el dedo índice y el pulgar lucía una esfera de cristal blanco con la que jugueteó despreocupado—. Me costará un ojo y un jodido meñique que me des un beso, pero estoy convencido de que lo harás... Eres de las que pagan sus deudas.

Gabrielle fulminó al Medioerizo con una mirada ácida que habría disuelto de miedo a la mayoría de los hombres. Y aquel fue el incidente más remarcable de una larga tarde que, por lo demás, se desarrolló en un ambiente de cierta cordialidad. Muchos de los recelos que Aurelius sentía hacia el hombrecillo se desvanecieron cuando, guiñándole el ojo, le aseguró que se trataba de un viejo juego entre ambos. Al parecer, encontraba una gran satisfacción importunándola con sus palabras.

—Sé que nunca me lo dará —susurró al oído de Aurelius—. Pero me da igual... Algún día me casaré con una princesa.

La noche fue igual de pacífica, y cuando Aurelius despertó al amanecer, todo seguía en su sitio. Solo algunas pesadillas insolentes, que luego fue incapaz de recordar, se atrevieron a incomodarlo mientras descansaba. Sentada frente a la ventana, Gabrielle seguía vigilando el camino, y eso le reconfortó. No podía sentirse feliz, pero al menos durante un momento se consideró acogido, a refugio del mal que acechaba afuera.

—Será mejor que recojamos y lo tengamos todo listo para partir —dijo ella, rompiendo el hechizo—. Nos marcharemos en cuanto el maestro esté de vuelta.

Aurelius no necesitó preguntar más. Sospechó que aquellas prisas tenían su justificación, y sin perder un momento se preparó para hacerlo.

—Bajaré y terminaré de organizarlo todo.

Un par de horas después, Hans llegó a la casa con buenas noticias, un parche tapando el hueco que había quedado en su ojo izquierdo y un dedo de menos. Un milagro se había obrado en su ánimo, que en vez de ser rencoroso y huraño —al fin y al cabo acababa de ser mutilado—, parecía exultante. Llamándolos a voces, les informó de que el maestro Caliban llegaría pronto, totalmente recuperado. Preso de una energía frenética, convertido en sargento de intendencia, dispuso que Aurelius se encargara nuevamente de la cocina mientras él preparaba el carro.

—Tenía un uñero infectado en ese maldito dedo que había empezado a ponerse negro —afirmó eufórico.

—Será mejor que no te alegres tanto, Medioerizo —dijo Gabrielle, señalando el exterior—. Creo que ha estado husmeando cerca de aquí...

Un cubo de cola de carpintero no habría dejado tan parado al hombrecillo, que ya no volvió a recuperar el ánimo hasta que salieron de la finca. Aurelius no supo si aquellas palabras eran una advertencia real o si Gabrielle trataba de vengarse del Medioerizo por sus constantes insolencias, pero la sola posibilidad de que el Cazador de Hadas anduviera por los alrededores bastó para dejarlo helado a él también. Hasta que los dos magos entraron por la puerta no consiguió sentirse mínimamente aliviado. Incluso Gabrielle se permitió el lujo de abandonar por un momento esa actitud de constante alerta que había lucido para arrodillarse frente a su custodio y abrazarlo reconfortada.

—Me alegro de volver a verte, maestro —dijo con la voz rota.

El maestro Lucio cargaba bajo el brazo las ropas ensangrentadas del señor Caliban, que vestía una muda limpia. Totalmente recuperado, resplandeciente como si acabara de ser pulido, parecía listo para acudir a una boda real. Sus heridas habían pasado a ser un mal recuerdo. A Aurelius le sorprendió que apenas malgastara tiempo en saludarlos. Si acaso, se entretuvo un poco más con Gabrielle, despachando a los demás con un apretón de manos.

—No creo que debamos quedarnos mucho —dijo Gabrielle, cubriéndose con su capa encarnada. Aquellas palabras supusieron una confirmación aterradora. Era verdad, no había hablado solo para amedrentar a Hans—. Ha estado ahí afuera, estoy segura. —Señaló el mundo que quedaba al otro lado de la ventana—. Ha podido atacarnos y, por algún motivo, no lo ha hecho.

—Siéntate, por favor, Gabrielle, no tardaré mucho —rogó maese Caliban, señalando un sitio a su lado, en la mesa—. Si no nos ha atacado cuando estábamos débiles, no creo que lo haga ahora.

—Quizás estuviera esperando precisamente a que te recuperaras, maestro.

—Quizá... Pero tengo tanta hambre que si no me lleno la panza rápidamente, podría terminar lanzándome sobre tu cuello o el de Aurelius. Cuando el estómago protesta, soy más temible que el propio Ika. —El maestro Caliban trató de restar gravedad a la situación comenzando a servirse—. Hemos inspeccionado los alrededores de camino hacia aquí... Créeme, al menos ahora estamos a salvo. Lo mejor será que nos tomemos un respiro y tratemos de actuar con cabeza. No tardaremos demasiado.

Aunque Gabrielle prefirió no sentarse a la mesa y una vez más comió junto a la ventana, participó como los demás en la discusión que siguió al postre. Tras relatar brevemente la extraña experiencia de su estancia en las entrañas del tejo, el maestro Caliban se centró en Aurelius. Trató de explicarle los acontecimientos que habían vivido en las últimas horas, y las consecuencias que tendrían en su vida futura.

—En primer lugar quiero darte las gracias, Hans —dijo—. A partir de ahora cojearás por mi culpa.

—Es todavía más lo que te debo, maestro. —El Medioerizo sonrió mientras encendía su pipa.

—Creo que lo más prudente será que hagamos caso a Gabrielle y nos marchemos de aquí lo antes posible —dispuso el pequeño mago, señalando a Aurelius—. A partir de ahora tu vida va a cambiar mucho, y no solo porque el Cazador de Hadas vaya tras tus pasos, sino porque entrando en nuestra hermandad, has pasado a convertirte en fugitivo y ya jamás dejarás de serlo… No sé qué carajo querrá ese bastardo de ti, pero aunque no le debieras nada, habrías de aceptar que tu futuro será muy distinto a tu pasado. Y cuanto antes comiences a hacerlo, mejor. —Se detuvo un momento para elegir sus palabras—. Verás, ninguno de nosotros puede disfrutar ya de una existencia corriente. Como mucho, podemos disfrazar nuestras vidas de normalidad a ratos, durante cortos períodos de tiempo… A partir de ahora deberás temer al Cazador siempre, pero no solo a él. ¿Sabes? El mundo está lleno de idiotas que lo sirven ciegamente. Dicen que un día se sintió solo y que con la excusa de erradicar la magia creó una organización, la llamada Causalidad, que desde entonces lo acompaña en su maldita cruzada.

—¿La Causalidad? —preguntó Aurelius, aun sabiendo que el maestro Caliban se explicaría sin demora.

—Así es. —Asintió—. No sé si lo que se cuenta de su origen es cierto. Yo lo dudo, sinceramente, pero sí estoy seguro de que esa organización será tu verdadero calvario a partir de ahora. —Una nueva pausa le sirvió para aclararse la garganta con el exquisito vino de la casa—. Verás, Aurelius. A pesar de haberse mantenido oculta a los ojos de los mortales comunes durante tanto tiempo, es posible que la Causalidad sea la sociedad secreta más poderosa que exista. Conformada por todo tipo de individuos, sus tentáculos son capaces de llegar al último rincón del mundo, manipulando voluntades, manejando leyes a su antojo. Y es que todo el poder mundano está a su servicio: ejército, jueces, policías, banqueros, políticos, comerciantes, periodistas… hasta los clérigos. ¿Te imaginas lo que esos poderes pueden hacer con un hombre si se lo proponen? Una trituradora de carne es mucho más clemente con sus víctimas. Cuando sospechan que alguien pertenece a nuestra hermandad, se dedican a perseguirlo allí adonde vaya, convirtiendo su vida en un infierno. Tratan de forzarnos, a través de situaciones cada vez más complicadas, a usar la magia. Y en el momento en que, por un desliz o porque no queda más remedio, nuestra naturaleza queda al descubierto, es cuando aparece el Cazador y termina la faena...

Aurelius se quedó sin habla. El pequeño señor Caliban parecía decidido a contarle la verdad, doliera lo que doliese.

—Siento hablarte con esta crudeza. No puedo engañarte... Sin embargo, tendrás un arma para enfrentarte a ellos, y esa arma es nuestra hermandad. —Maese Caliban lo miró fijamente como si tratara de hipnotizarlo—. Tendrás que dejarlo todo atrás, puede que hasta tu nombre, y a partir de ahora vivirás escondiéndote bajo mentiras. A la vez te sabrás custodio de la mayor verdad, y eso compensará todas tus penalidades. Yo lo hice, maese Lucio lo hizo, Gabrielle y Hans también... Hace milenios que los magos venimos haciéndolo, y todavía no han podido con nosotros. Te buscaré un maestro lejos de aquí y verás como pronto llegará un día en que darás por buenas todas las penas que ahora te pesan tanto. Es más, agradecerás cada segundo de esta nueva vida que te brindo.

—Siempre he querido ser mago —contestó Aurelius. En el fondo, y aunque no se atreviera a reconocerlo ante ellos, sentía que había cometido un gran error. Sin duda, habría renunciado a cualquier sueño de haber sabido que el hecho de soñarlo supondría el menor mal para su padre.

—Y mientras tanto, seguiremos buscando el punto débil de ese bastardo... Te juro que llegará un día en el que le haremos pagar el dolor que nos ha causado. Ya estoy trabajando en ello. —Maese Caliban sonrió con franqueza, realmente convencido de que así sería—. ¿Qué me dices, Aurelius? ¿Contamos contigo?

—Hace tiempo que pronuncié mi juramento —afirmó el muchacho.

—En ese caso, creo que es momento de avanzar —habló Caliban, poniéndose en pie—. No podemos tomar el tren; sería demasiado peligroso. Tenemos que buscar una manera rápida y discreta de viajar hasta Dover. Cruzaremos el paso de Calais hasta Francia y, una vez lejos de Inglaterra, convocaremos al Consejo de Heliastas de la hermandad. Tengo un amigo que nos buscará hueco en un barco sin problemas.

—Hay un carruaje pequeño en el cobertizo —informó maese Lucio—, de cuando esta casa estaba habitada. Será más cómodo que el carro en el que habéis venido y mucho más discreto. Podéis adecentarlo un poco, no está en malas condiciones. Maese Hans podría hacer de cochero y Aurelius de mozo… El percherón puede pasar a ser un elegante corcel con un poco de magia.

—Mi viejo *Gallo* será feo, pero es un caballo fiel y todavía está fuerte —apostilló el Medioerizo, defendiendo a su jamelgo—. Nos servirá mejor que ningún otro.

—Pues entonces no se hable más —dispuso el maestro Caliban, poniéndose en pie—. Veamos ese carruaje. Volveré a ser mandadero de la joven Baronesa.

Sentado en el pescante, Aurelius miró a su espalda y esperó mientras el maestro Caliban, totalmente repuesto, ayudaba a Gabrielle a subir al coche. Tenía deudas, debía una venganza al fantasma de su padre y un puñado de lágrimas, robadas a Miranda, que no había terminado de pagar, pero se esforzaba por olvidarlas a ratos, pues sabía que si no lo hacía, jamás lograría sobrevivir. Por eso agradeció la partida. El camino, incierto o no, era promesa de nuevas aventuras, obligaba a mirar adelante.

Convertidos en aristocrática comitiva, avanzaron al trote en dirección hacia Bromley, dejando atrás al viejo tejo del Ravensbourne. Utilizando sutiles encantamientos, naderías para el señor Caliban y prodigios asombrosos para Aurelius, el maestro disfrazó el rostro del muchacho y cambió su propio aspecto, talla incluida. Además, por unas horas, Gabrielle dejó de cubrirse con su capa encarnada y optó por usar una de color verde, prestada por el maese Lucio.

—Si realizas este tipo de encantamientos en una habitación a oscuras, o si usas algún tipo de maquillaje mientras los invocas, la magia resultará menos llamativa... Por así decirlo, olerá menos... Si puedes simular que cubres los rostros con algún tipo de máscara y haces creer a los presentes que el cambio es cosmético y que se debe al uso que haces de ella, todavía disimulas más el hechizo. ¿Entiendes lo que te quiero decir, Aurelius?

—Sí, maestro. —Aquellas explicaciones parecían evidentes para él.

—Siempre que puedas, procura que la magia no parezca magia. Esa es la primera regla para evitar al Cazador. No necesitarás cendales muy poderosos si la sigues a rajatabla.

Al principio, el muchacho se extrañó de que el maestro se esmerara tanto procurando cambiar su aspecto. No tenía mucho sentido usar magia para disfrazarse si el Cazador se sentía atraído por su aroma. Sin embargo, su opinión cambió al anochecer, cuando en la hospedería en la que se alojaron, el enano le mostró un periódico del día. Esperó hasta que se reunieron en uno de los cuartos, asegurándose con ello una cierta privacidad, y señaló entonces la sección de sucesos. Una estrecha columna narraba el horrendo asesinato, en Londres, de un posadero veterano, licenciado del ejército y apellidado Wyllt.

La crónica, aventurándose en terrenos que cualquier lector con criterio habría juzgado de discutibles, daba por hecho que los culpables del crimen y del posterior incendio de la casa del fallecido eran su propio hijo y la amante de este. Además, se advertía de la presencia de un tercer sospechoso, un enano que, bien como cómplice o bien como autor material, había colaborado con ellos. Y por si todo esto no fuera ya suficiente ultraje, Aurelius se enteró en ese momento de que su amigo Connor había sido asesinado y de que su muerte se cargaba también en su haber. Al parecer, había sorprendido a los criminales en plena faena, pagando un precio demasiado alto por ello.

Nada más apartar la vista del papel, la figura de aquel señor MacQuoid de su primer pasado se superpuso en su imaginación a la del viejo vendedor de ultramarinos. Por primera vez, la tristeza de ambas figuras casó perfectamente entre sí. Casi pudo verlo, arrodillado junto al cadáver de Connor, roto por la pena, clamando ante aquella injusticia. Dicen que no hay condena peor que la de sobrevivir a los propios hijos, y a él se le había forzado a sufrirla en dos universos distintos.

La Causalidad había actuado con premura. Entendió perfectamente la razón de aquellos disfraces sobrenaturales. No eran para esconderse del Cazador, sino de los hombres que le servían.

—¡Maldita sea! —Incapaz de contener su rabia, arrugó el papel con ambas manos y lo arrojó a la chimenea. Le fue imposible reprimir el llanto y eso le hizo sentirse todavía más furioso—. ¡Connor también! —se lamentó—. Juro que les haré pagar por esto... Lo juro. Desde luego que sí.

Apenas durante un momento se respetó el luto de Aurelius, aunque un duelo no debe juzgarse por su duración, sino por la profundidad del silencio que lo acompaña. Si atendemos a esa medida, estoy en condiciones de asegurar que ha habido pocos más sentidos que aquel. Sin embargo, a pesar de que todos en el cuarto habían conocido dolores parecidos y les resultó fácil comulgar con su pena, no pudieron permitirse un descanso demasiado largo. Luciendo uno de sus elegantes gestos, Gabrielle cubrió sus hombros con la capa verde que le había regalado maese Lucio y se dispuso a salir.

—Iré a echar un vistazo —anunció—. No creo que nos hayamos librado del peligro todavía.

Apenas había dado tres pasos hacia la puerta cuando el enano habló de nuevo. Hans el Medioerizo permanecía en pie, mudo y muy quieto, acobardado por la rabia del muchacho.

—Descansa, Aurelius —le rogó—. Te diré una cosa que te confortará, y no se trata de una opinión mía ni de un deseo, sino de una verdad absoluta e irrefutable. Dicen que solo Dios es eterno, y hay mucha gente que piensa que ni siquiera él lo es. Todo lo demás tiene un tiempo, un principio y un final... No hay injusticia que pueda perpetuarse por siempre, por poderosa que sea. Piénsalo.

XX

La logia de los cazadores de cazadores

A partir de aquella noche, al miedo de ser alcanzados por el Cazador de Hadas vino a sumarse el acoso de la Causalidad, cada vez más agobiante. Los carteles que los señalaban como enemigos públicos comenzaron a brotar por los rincones como setas tras un día de lluvia, y el número de controles policiales se multiplicó en aquellos caminos. Por suerte, los retratos que pretendían ser fiel reflejo de sus rostros fueron su mejor escondite; eran tan desafortunados que nadie llegó a cobrar las quinientas libras que se ofrecían por su captura.

En las dos ocasiones en que tuvieron que enfrentarse al compromiso de identificarse resolvieron el aprieto de manera rápida y diligente. En primer lugar, el maestro Caliban ante un oficial de zapadores del ejército de su majestad. Su pelotón había recibido órdenes de cuidar un puente romano, deteniendo a todo el que pretendiera cruzarlo. En aquel episodio, el pequeño mago dio muestras de una soltura para el trato y de una inteligencia envidiables, y con la ayuda de algún hechizo menor, consiguió paso sin llamar la atención. Tras su marcha, aquel hombre creyó haber ganado un amigo.

La segunda vez sería el Medioerizo el que resolvería el apuro, aunque no de manera tan elegante como el maestro. Un guardabosques demasiado terco y demasiado enamoradizo, amigo de beber a deshoras, quiso intimar con Gabrielle en una posada cercana a Ashford. Hans acabó con la disputa partiéndole el corazón en dos con su navaja y enterrándolo en una letrina. Pretendió zanjar el asunto con un funeral de coces y un escupitajo en la cara que quizá no mereciera aquel desgraciado, pero la cosa se complicó. Por desgracia, el hijo del posadero lo sorprendió en plena ceremonia, así que no les quedó más remedio que huir de aquel lugar de forma apresurada, con un verdadero crimen a sus espaldas. El muchacho quedó inconsciente sobre un charco de sangre caliente y por primera vez corrieron verdadero peligro.

Con todo, el esfuerzo de sus enemigos fue en vano y, tres días después, embarcaron con rumbo a tierras francesas, dejando atrás la costa de Dover y muchos de sus temores.

Simbad, Salah Simbad. Así se llamaba el viejo mameluco que se prestó a llevarlos en su nave. Al parecer, aquel capitán que alardeaba de haber recorrido los siete mares de punta a cabo también guardaba deudas de agradecimiento y amistad con maese Caliban. Un ruiseñor amigo del tejo había volado, adelantándose a ellos, para informarle de la pronta llegada del grupo y de sus necesidades. El pequeño mago apenas había tenido que encantar su pico para utilizarlo como mensajero, lo cual sorprendió mucho a Aurelius, que hasta ese día se había mostrado convencido de que en la cabeza de un pájaro no cabía un garbanzo de sentido común.

—Nos llevará. Solo debemos esperar. —Maese Caliban se había mostrado muy seguro a su llegada al puerto, a pesar de que por ningún lado encontraron rastro del tal Simbad ni de su barco—. Esta noche estará aquí. Vayamos a comer algo mientras.

Y no se equivocó. Hans salió en busca de alguna señal del capitán cuando el atardecer empezaba a mudar en noche y regresó al poco, cargado de prisas y de buenas noticias. Según contó, había caminado haciéndose el distraído por los muelles, hasta que, a lo lejos, algo llamó su atención. Se trataba de un farol. Un marinero encaramado a la proa de un bote lo utilizaba para alumbrar la mar, convirtiéndose así en una especie de mascarón viviente que espantaba las brumas frente a él. Lentamente, aquella luz fue avanzando hasta llegar a un pequeño atracadero en el que aguardaban varios barcos sin lustre, seguramente de humildes pescadores de la zona. Para cuando quisieron tocar tierra, Hans esperaba, el pie sobre un bolardo, cargando de tabaco su pipa, fingiéndose meditabundo y desocupado.

—¿Sois hombres de Simbad? —preguntó sin más miramientos. Si no lo eran, no tendría más que saludar educadamente y marcharse.

—¿Eres el maestro Caliban?

Cuando Hans les explicó que no lo era, pero que, efectivamente, venía en su nombre, no tardaron en informarle de lo que había dispuesto su capitán. Le pidieron que fuera a recoger a los demás sin perder un momento, pues una nave esperaba a un par de millas de allí para llevarlos a Francia.

Partieron poco después. Hans el Medioerizo los acompañó hasta el muelle cargado con parte del equipaje y, fingiendo que daba su trabajo por terminado, se despidió allí de ellos. A la postre consiguió su beso, seguramente uno mucho menos cálido de lo que había soñado, aderezado de manera cicatera por Gabrielle con tres palabras de reconocimiento que debieron de saberle a muy poco. Aquel habría podido ser el punto final de su historia juntos, pero no lo fue. El maestro Caliban esperó hasta que concluyeron las despedidas para encararse con él, y solo entonces le reveló sus verdaderas intenciones.

—He conseguido pasaje para ti también, Hans —le dijo de sopetón—. No puedes quedarte. Has cruzado la línea, y lo sabes. Ahora corres un gran peligro. Ese muchacho de la taberna y su padre te han visto la cara.

—Llevo muchos años sobreviviendo solo, maestro —contestó cabizbajo el Medioerizo—. No tengo miedo... Ya no.

—Sí, ya lo sé. Serías capaz de despistar a Belcebú en el mismísimo infierno... Y por eso te necesito. —En realidad, el enano trataba de embaucarlo para llevarlo consigo, por miedo a lo que pudiera ser de él.

—Pero, maestro, tengo un negocio que mantener: el río, el pontón... y cientos de amantes que se cortarían las venas si no me volvieran a ver.

—Pretendo luchar por una causa en la que siempre has creído —dijo de repente.

—Yo ya no tengo más causa que la mía propia, maestro Caliban.

—¡Vamos, Hans! —protestó el enano, señalando al Medioerizo con su dedo índice—. Tal vez engañes a los demás, pero no a mí. Recuerdo perfectamente la cara de aquel chiquillo que recogí. Recuerdo tus palabras, todas ellas. Y tus lágrimas y tus juramentos también.

—De eso ha pasado ya mucho tiempo… Demasiado, me temo.

—No el suficiente. Y lo sabes.

—Ya no te debo nada, maestro —se disculpó Hans con poca convicción, como hacen los que intentan convencerse a sí mismos más que a los demás.

—¿Cómo que no me debes nada, malnacido? —Por un momento, el maestro Caliban volvió a ser el enano malencarado que había entrado en la taberna de los Wyllt pidiendo asilo y comida—. Me debes tu amistad, como yo te la debo a ti, pero, sobre todo, me debes sinceridad. Y ambos nos debemos una oportunidad. —Un momento de silencio le valió para tasar el efecto de sus palabras en la conciencia de Hans—. Hace tiempo que estoy decidido a hacerlo. Solo esperaba el momento adecuado, una señal que me indicara que es posible. —Su dedo giró hasta apuntar a Aurelius—. Ahora la tengo… Hemos sobrevivido. Estoy convencido de que las palabras del loco Geppetto ante el tribunal de herejes eran ciertas. Nosotros somos la prueba. —Hans respondió a un tirón en la manga de su chaqueta arrodillándose frente a él—. Creo que ha llegado el momento de intentarlo. No será hoy ni mañana, pero en unos años estaremos preparados. Estoy seguro. Hay que darle una lección a ese bastardo. Creo que es el momento de formar nuestra propia hermandad secreta. Nuestra logia de cazadores de cazadores… Y te quiero en ella.

Hans se acarició la barbilla, fingiendo cavilar durante un momento.

—La verdad es que me apetece mucho patearle el culo a ese estirado. Casi merecería la pena morir solo por intentarlo —dijo al fin—. Sí, creo que estoy obligado a ir... Pero solo lo haré si aceptáis dos condiciones.

—A ver si puedo satisfacerlas. —El enano frunció el ceño.

—La primera es que me permitáis mearme sobre la tumba de ese malnacido cuando lo enterremos.

—Bueno —consintió maese Caliban—, espero poder cumplir ese capricho, pero no te aseguro nada. ¿Y la segunda?

—Otro beso de Gabrielle —Volvió el rostro hacia ella y sonrió con gesto bobalicón.

—Tendremos que buscar socios decentes en otro sitio —ladró la muchacha furibunda. Aurelius temió que esta vez le fuera imposible retener al lobo que escondía en sus entrañas. Pensó que saltaría sobre el cuello del Medioerizo con la intención de terminar con su acoso para siempre—. ¡Vámonos, maestro! No lo necesitamos. Es más, creo que nos estorbaría... Este piojoso impertinente se queda en tierra.

Y sin esperar a nadie más, Gabrielle dio media vuelta y, mascullando maldiciones, saltó al bote.

—Acepto, maestro —concluyó Hans divertido, tendiendo la mano al pequeño mago sin dejar de mirarla—. Será un honor luchar a vuestro lado.

Aurelius dudó de que en algún momento Hans hubiera deseado quedarse. Es más, supo que aquel ofrecimiento de maese Caliban le había salvado la vida en más de un sentido. Seguramente, si alguna vez el Medioerizo tuvo un hogar, fue a su lado, estuvieran donde estuviesen.

—No podré garantizar tu seguridad si continúas tonteando así con ella —dijo el enano, estrechándosela—. Es más, puede que la anime a beberse tu sangre... por idiota. —Sonrió—. ¡Ah!, no olvides la gaita. El viaje será aburrido.

El corto trayecto en bote fue tenso. Gabrielle viajó en proa dando la espalda a Hans, y Aurelius agradeció que el frío y la humedad fueran templando los ánimos hasta conseguir que entre ellos se estableciera una tregua de silencio. No tardaron en avistar las velas de la goleta que habría de llevarlos, y la sola visión de aquellos trapos supuso un alivio para él. El fin de la huida estaba cada vez más cerca. Un mar, solo un mar, parecía separarlos de la salvación.

—El capitán les espera en cubierta —había informado antes de soltar amarras el que parecía el jefe de los remeros—. Él casi nunca pisa tierra firme.

Contrabandista con fama de no conocer el miedo, el tal Simbad había prosperado a base de jugarse el pellejo en cientos de ocasiones, hasta llegar a ser dueño de la pequeña flota de naves que era su mayor orgullo. Todas ellas se dedicaban a la mercadería de trapicheo —maese Caliban dejó entrever que, en ocasiones, también a la piratería—, y casi siempre llevaban en sus bodegas mercancías o pasajeros que, sin duda, habrían resultado comprometedores para otros buques.

—No te preocupes, muchacho. —Atento al timón, Simbad parecía un auténtico príncipe. La costa de Inglaterra no tardó en disolverse en la oscuridad a lo lejos—. Ese bastardo necesitaría montar un dragón para alcanzarnos, y no lo tiene… Los dragones están todos de nuestro lado.

El señor Telesio llegó al muelle caminando con parsimonia y se detuvo al borde del entarimado. Su reflejo en el agua lo imitó, convirtiéndose en el gemelo invertido y desdibujado de su propia oscuridad. Casi unidos por los pies, ambos, copia y original, se dedicaron a esperar con idéntica paciencia. Sin apartar la vista de la nada que quedaba frente a él, sacó su cartera y pagó generosamente a su informador, un viejo marinero artrítico, de huesos combados por la vejez, que se detuvo a su espalda.

—El de la capa de retales estuvo vagando por los embarcaderos hasta que llegaron a recogerlos —dijo, agradeciendo con explicaciones innecesarias aquellas libras—. Varios hombres en un bote. No eran de por aquí. Los habría conocido. Conozco a todos los marineros de esta zona. Además, un par de ellos llevaban turbantes.

—¿Viste si llevaba una gaita?

—Sí, estoy seguro. Pararon a comer a la taberna del Cojo y vi cómo descargaban el equipaje. Le vendieron al dueño su caballo. Vi los tubos asomando del hatillo que llevaba al hombro.

—Y dices que lo acompañaban un hombre, un muchacho joven y una mujer…

—Sí, eso es.

—¿Una pelirroja guapa, con pinta de puta cara?

—Una dama de muy buen ver, desde luego —reconoció avergonzado el viejo.

—Muy bien. —El señor Telesio sonrió. Al hacerlo, notó un latigazo de dolor que atravesó su espalda de un extremo al otro. Fue como si le arrancaran el espinazo con un gancho, pero aun así, apenas se movió.

La mayoría de sus heridas habían curado ya, aunque algunas todavía seguían recordándole el combate en la casa de los Wyllt. Llevándose la mano al pañuelo que cubría su cuello, se permitió un gesto de debilidad que, inmediatamente, prometió no repetir—. Puedes irte.

—A su servicio, señor —se despidió el viejo.

Apenas había dado aquel hombre un par de pasos, alejándose en dirección a la taberna más cercana, cuando el caballero de negro llamó su atención nuevamente, de manera inesperada. Al volverse, el marinero creyó encontrarse con la muerte misma. Alejado de la luz de su farol, aquel tipo delgado, de piel cetrina y movimientos elegantes le pareció un fantasma rencoroso… Temió por su alma pecadora.

—Oye, abuelo —dijo Telesio, tratando de parecer amigable—, he oído que vas por ahí contando cuentos a los chiquillos.

El hombre esperó muy quieto, la linterna en alto, sitiado por las sombras que los rodeaban. No dijo nada.

—Dicen que son muy entretenidos. Que les hablas de tus aventuras de juventud y que las adornas siempre de manera distinta… que incluyes sirenas y rodaballos gigantes y ballenas parlantes y tonterías de esas entre tus andanzas… y que todos se ríen mucho al escucharlas.

—Los críos son los únicos que me prestan atención ya —asintió lastimero el viejo.

—A mí me encantan esas historias, sobre todo las de marineros muertos y maldiciones —afirmó, dando un paso hacia él—. ¿Sabes? Dirijo un pequeño periódico en Londres y publico relatos de vez en cuando. Quizá tus cuentos me sirvan de inspiración.

El señor Telesio volvió a echar mano a su cartera y sacó un segundo billete. Lo mostró a modo de cebo, seguro de que el viejo no tardaría en morderlo.

—Cinco libras si me acompañas a tomar un trago y me cuentas alguna de esas historias —añadió—. Ya que he venido hasta aquí… A lo mejor nos hacemos famosos los dos. ¿Qué me dices?

La promesa de felicidad que contenía aquel papel timbrado bastó para que el viejo comenzara a caminar hacia el borde del embarcadero. Haciendo oídos sordos a todos sus temores, se acercó hasta tener el billete a mano, momento en el que Telesio se giró para quedar mirando al mar, apartándolo de su alcance. Trató de que aquel movimiento pareciera lo más casual posible. Procuró evitar, a la vez, que el hombre notara cómo rebuscaba bajo su chaqueta con la otra mano.

—Espero no defraudarlo —dijo el viejo, haciéndose ver mientras remarcaba su interés por cobrar.

—No te preocupes. No lo harás… Toma.

El señor Telesio le ofreció el billete y él lo cogió como si recibiera el perdón a todos sus pecados.

—Y dices que tomaron rumbo a Francia… Eso es en esa dirección, ¿no? —Con un gesto de la mano invitó al hombre a señalar el punto exacto por el que los había visto desaparecer. A la vez, con pasos cortos y perfectamente medidos, fue modificando poco a poco su posición. Hizo uso de la familiaridad que acababa de comprar para apoyar su mano izquierda sobre el hombro confiado de su acompañante.

El viejo miraba de reojo el billete, bendiciendo la suerte que le había permitido ganarlo con tal facilidad, cuando observó las manchas. Goterones encarnados salpicaron su casi completa felicidad, advirtiéndole de que algo extraño, y no precisamente bueno, acababa de ocurrir. El dolor llegó de inmediato, pero después que la sangre. Notó una presa férrea, cómo lo agarraban por detrás, cómo le arrebataban el farol, y se dio cuenta de que la muerte se había colocado a su espalda. El cuello comenzó a arderle cuando ya era demasiado tarde, y solo notó el sabor a herrumbre en la boca en el último momento. Para entonces, el mundo comenzaba a desdibujarse a su alrededor.

Un gesto rápido —sin duda compasivo— le bastó al Cazador de Hadas para degollar a aquel viejo marinero, que apenas se enteró de que le había llegado la hora de zarpar hacia el olvido. Se marchó, dejando en el mundo un último quejido humilde y destemplado. Atónito, aún tuvo tiempo de sentir un postrero soplido de soledad, gracias a la cual el Cazador se ganó un perdón que no merecía. Y es que en ese momento agradeció hasta la presencia de su verdugo. Como llevándolo en un baile, Telesio lo tomó del brazo y lo acompañó en su última caminata. No fue por clemencia, no cabía esta en su corazón de carbón. Fueron dos pasos con los que lo condujo al borde del embarcadero, desde donde lo arrojó al mar.

Nadie más, salvo quizás el diablo, presenció aquella escena. Nadie escuchó el sonido del cuerpo muerto recibiendo sepultura en el agua... Nadie echó de menos al viejo marinero hasta muchos días después. Era viudo, pobre, borracho fiel de demasiadas parroquias sin santo y padre de hijos que navegaban muy lejos, aunque vivieran cerca.

—Muy bien —dijo el Cazador, limpiando el filo de la navaja con un pañuelo de seda. Acostumbrado como estaba a caminar solo, había aprendido que conversar consigo mismo le ayudaba a evitar la locura—. No podría haber salido mejor... Si todo sigue su curso, muy pronto el trabajo estará terminado.

XXI

Batalla en la isla Leviata

De porte elegante y piel morena, dominaba el inglés tan bien como el francés, aunque no desaprovechaba ocasión para acariciar los oídos de sus invitados con un dicho en alguna de las muchas lenguas orientales que tan bien conocía. Solvente y ameno conversador, se tocara el tema que se tocase, parecía constantemente rodeado por ese halo de exótico misterio que envuelve a los viajeros impenitentes. Era, además, alto y fuerte, un hombre de tez morena que había curtido su cuerpo a base de bregar con la mar, sin llegar a embrutecerse durante el viaje. Presidiendo la mesa de su camarote a la hora de la cena, solía desplegar su colorida panoplia de encantos, convirtiéndose al hacerlo en el anfitrión ideal. El capitán Simbad habría sido capaz de encantar a una sirena con una sola sonrisa, tras haberla invitado a comer pescado con patatas.

—Es tarde para cenar —dijo, sonriendo amigablemente—. Les pido disculpas por no haber ido a recogerlos. Mi situación durante los últimos meses está volviéndose… ¿cómo lo diría?, cada vez más comprometida. Tengo demasiados asuntos pendientes aquí como para regresar a tierra.

Aurelius se había sentado a su derecha mientras Gabrielle ocupaba el sillón que quedaba a su izquierda. El maestro Caliban y Hans el Medioerizo habían sido relegados al otro extremo de la mesa. Tras el postre, el capitán ofreció una cata de vinos —requisados días antes a un carguero español— y tabaco recién traído de América. Logró así, con dos sencillos detalles y un poco de amabilidad, multiplicar la consideración que ya le tenían sus invitados. El calor de la pequeña estufa que ardía al fondo del camarote terminó por sellar entre ellos un pacto de camaradería, que bien habría podido prolongarse hasta la madrugada si las circunstancias lo hubieran permitido.

—Sin embargo, temo que debamos hacer un alto en el camino en un par de horas. Me informan de que hay movimiento inusual de barcos en la ruta del paso de Calais. Todo el canal de la Mancha parece infestado de patrullas, así que es muy posible que debamos dar un rodeo. Tengo un asunto urgente que atender. ¿Tienes interés por llegar a algún puerto en especial, maestro?

—Nos urgía abandonar Inglaterra —respondió Caliban—. Francia era el destino más cercano, pero no tenemos preferencia por ningún puerto, siempre y cuando no nos demoremos mucho… Aunque viendo como tratas a tus invitados, me estoy planteando enrolarme contigo y no dejar esta nave jamás.

—Hace años que sabes cómo trato a mis invitados, maestro, y tú eres, sin duda, uno de los que más aprecio. Te mereces estos pequeños detalles y mucho más que pudiera ofrecerte. —Simbad sonrió, señalando al enano con la punta de su dedo índice—. Pero te advierto que si pasas a formar parte de la tripulación, ya no serás un invitado, sino uno de mis empleados, y por mucha estima que te tenga, tendrás que comer el mismo rancho que mis marineros.

Iba a contestar el maestro Caliban cuando llamaron a la puerta. Un par de toques cargados de urgencia y la voz del contramaestre bastaron para que el capitán Simbad permitiera el paso, cancelando de manera repentina aquella animada conversación. Un marinero entró acompañado por el rugido de la ventisca, que extendió sus tentáculos helados en un vano intento por atraparlos. Por fortuna, se hallaban a buen cobijo bajo la cubierta. Cuando el hombre cerró, la única frialdad que permaneció con ellos fue la de su rostro mojado. La tormenta y su enojo quedaron desterrados fuera.

—Capitán —dijo, señalando a la popa—. Hace un buen rato que nos siguen. Parece una fragata de la marina francesa.

Creo que podemos darle esquinazo, pero será mejor que subáis. La mar está comenzando a picarse mucho. Un viento del norte con muy mala idea nos está complicando bastante las cosas.

—Voy en seguida —contestó Simbad, poniéndose en pie—. Avise al segundo, señor Khawam. Pídale que acomode a mis invitados y que se cuide de que no les falte de nada.

El capitán echó mano a su chaqueta y pidió disculpas por ausentarse.

—Siento no poder evitar el balanceo —dijo, besando la mano de Gabrielle—. Espero que descansen a pesar de todo.

Sin demorarse más, se cubrió con un pesado gabán y salió escoltado por el marinero. La conversación pareció entonces perder interés para todos, y un incómodo silencio pasó a sustituirla.

—Bueno —intervino Hans, recostándose sobre su silla—, esto está empezando a moverse demasiado para mi gusto, pero al menos aquí estamos secos.

—Mala señal será si dejamos de estarlo —añadió Gabrielle, torciendo el gesto.

No tardó en llegar el segundo para conducirlos a los camarotes, tal y como había dispuesto el capitán. Gabrielle ocupó el más pequeño, y Hans y Aurelius se prepararon para compartir el de enfrente con maese Caliban. Tardaron en encontrar acomodo en aquellas estrechas literas, y ni siquiera aliándose con el cansancio acumulado consiguieron dormirse. Durante un buen rato, Aurelius fue incapaz de borrar de su mente los rostros de aquellos que había perdido. Pero aquella angustia no duró demasiado. Fue pronto reemplazada por otra de muy distinta naturaleza, una de esas que se agarran a la boca del estómago y te roban todas las fuerzas. Los balanceos de la nave, cada vez más violentos y seguidos, terminaron por provocarle unas náuseas terribles que fue incapaz de contener. Seguramente vomitara todo sentimiento romántico cuando devolvió la cena, antes de tirarse derrotado sobre el jergón. Sin saberlo, sufría en sus carnes las consecuencias de la batalla que, desde hacía rato, se libraba fuera.

—No es uno, capitán, son varios. —El contramaestre le

ofreció el catalejo a Simbad—. Nos siguen desde hace rato y no parecen dispuestos a abandonar.

—Somos más rápidos que ellos, los dejaremos atrás…

—La tormenta arrecia, señor.

—Sí, ya lo veo, pero no nos queda más remedio que jugárnosla. —Acostumbrado a los desaires del mar, Simbad miró a la tempestad y se dispuso para la brega. Recibió una bofetada de lluvia. Una vez más, habría de luchar contra su amante más querida.

Durante varias horas, el capitán y sus hombres se enfrentaron a las olas y a la furia del viento, tratando de escapar de aquellas naves, hasta que cercana la madrugada, y no sin gran sacrificio, lograron perderlas de vista. Fueron horas de gran angustia, en las que el casco de la goleta llegó a escorarse de manera muy peligrosa, en las que las velas y los mástiles sufrieron lo indecible, y en las que varios hombres estuvieron a punto de caer por la borda. Parecía que la propia naturaleza se hubiera aliado con sus enemigos para castigarlos por alguna cuenta pendiente del pasado. Tras un largo tira y afloja en el que la magia de Simbad y su conocimiento del oficio se presentaron ante las adversidades como único aval para solicitar clemencia, por fin llegó la calma, y de nuevo consiguieron tomar ventaja.

—¿Seguimos rumbo hacia su isla Leviata, capitán? —preguntó el segundo—. Quizá no sea lo más prudente…

Afónico de tanto gritar, la garganta ardiéndole y el cuerpo entumecido por el frío, Simbad se mantuvo al timón sin abandonar sus obligaciones.

—Estas aguas se están volviendo demasiado peligrosas. ¡Maldita sea! Me he confiado demasiado.

—¿Qué pretendéis hacer, maestro?

—Protegerla, como he hecho siempre.

Rompían albores cuando un grumete de pelo anillado llamó a la puerta del camarote, solicitando la presencia en el puente del maestro Caliban. Ya despierto —al menos la debilidad le había permitido dormir durante un rato—, Aurelius pidió acompañarlo. El mago accedió y, poco después, se presentaron frente a Simbad. Un grupo de marinos veteranos, seguramente los de su mayor confianza, hacían corro alrededor del capitán, aconsejándolo cuando lo solicitaba y recibiendo sus instrucciones.

—Voy a necesitar tu colaboración una vez más, maestro —dijo Simbad nada más verlos.

—Haré cuanto esté en mi mano para ayudarte, amigo mío. ¿De qué se trata?

—Mira. —Simbad le ofreció su catalejo y señaló un punto en el horizonte—. Sabes qué es eso, ¿no?

—Una isla pequeña...

—Esa es la isla Leviata, mi querido colega. Y creo que ha llegado el momento de esconderla. Me temo que ya no se encuentra segura en estas aguas. Hay demasiado tráfico. Esta noche hemos sido perseguidos por varias naves.

—¿No sería entonces más prudente alejarse de ella? —dudó maese Calibán—. No sé... tratar de despistarlos. Tomar rumbo a otra parte.

—Me arriesgo entonces a que la encuentren. Estoy seguro de que la Causalidad está tras esta caza... No me extrañaría que el Nubilita fuera en una de esas naves.

—¿Qué tengo que hacer? —preguntó el enano, mirándolo muy serio.

—Invocar cendales y prestármelos —contestó Simbad con gesto grave—, los más poderosos que conozcas... Puede que te pida alguna magia más.

—Cuenta con ellos —sentenció el pequeño mago.

Poco después, los hombres volvieron a sus puestos y la goleta de Simbad comenzó a avanzar rumbo a aquella misteriosa isla. Maese Caliban le pidió entonces a Aurelius que fuera a despertar al grupo, quedando en encontrarse con él en la cocina. Le aseguró que recibiría explicaciones entonces.

Obediente —un hambre canina había suplantado a las náuseas del día anterior—, el muchacho abandonó la cubierta. Inmediatamente empezó a tejer en su cabeza un sinfín de teorías al respecto de la importancia de aquel pequeño pedazo de tierra. De todas ellas, la que implicaba un tesoro escondido, rédito de muchos años de piratería y contrabando del capitán, fue la que cobró mayor fuerza. Sin duda, el miedo a que sus enemigos encontraran su escondite era la razón que movía a Simbad a navegar en aquella dirección. Sería su particular y privadísima isla Calavera.

—Te agradezco mucho que me dijeras la verdad, maestro —dijo Simbad cuando se quedó a solas con maese Caliban—. Hoy en día, la franqueza es virtud que escasea, y más entre los miembros de nuestra orden.

—Las cosas se están poniendo complicadas, Simbad. Si acudieras a los cónclaves, lo sabrías.

—No soporto a la mayoría de esos idiotas. Llevan tanto tiempo discutiendo entre ellos que se han olvidado de lo que buscan realmente. Me moriría de aburrimiento si tuviera que aguantarlos más de cinco minutos.

—¿Yo también te aburro?

—Tú eres distinto, maestro... Siempre lo has sido.

—Soy mago, como ellos.

—No. Puede que tengas responsabilidades parecidas a las suyas, pero eres muy diferente, y lo sabes. Tú jamás permitirías que las leyes te alejaran de la justicia. Ellos piensan que te dedicas a cuidar de esa muchacha lobo que te acompaña, pero yo siempre he pensado en ti como en la persona que se dedica a ser la conciencia del Consejo, el custodio de los custodios.

—Me gustaría convocar un cónclave para hablarles de lo ocurrido, aunque no sé si me harán caso. Tienen demasiado miedo... —Maese Caliban se apoyó en la baranda de la escalera que quedaba a su espalda.

—¿Qué has averiguado, maestro?

—No tengo pruebas firmes, pero estoy preocupado. Estoy comenzando a notar cosas raras... Muy raras.

—¿Cosas raras? —Simbad abandonaba la observación de la mar para lanzar fugaces miradas a su acompañante.

—Un encono especial en el Cazador. Nuevos comportamientos, nuevas maneras... Más odio.

—Pero ¿es posible que ese hijo de puta nos odie más? Ha mermado la hermandad hasta dejarla reducida a unas docenas de locos vagabundos. La magia corre más peligro de extinción que nunca. ¿Cuántos dragones quedan? ¿Dos? ¿Tres? Lleva miles de años dedicado a su loco genocidio.

—Está comenzando a matar a gente inocente. Mató al padre de Aurelius. Lo vi con mis propios ojos.

Sorprendido ante aquella afirmación, Simbad abandonó por primera vez la gobernanza del barco para centrar toda su atención en el pequeño mago.

—Quizá fuera mago en otra realidad y tú no lo recuerdes.

—No. Llevo años estudiando las cicatrices. Lo habría notado. Además, el muchacho es capaz de recordar el mundo anterior y asegura que su padre era un simple tabernero —continuó Caliban—. Créeme. Ha comenzado a matar de otra forma, rompiendo las leyes ancestrales. Es como si tuviera prisa, como si no fuera capaz de controlar su hambre. El Cazador de Hadas es una fuerza de la naturaleza, aunque siempre pensemos en él en términos humanos. No debería dejarse llevar… Pero es como si, después de tantos siglos encarnado en una forma humana, estuviera empezando a desarrollar los mismos vicios que cualquier otro mortal. Ha sucedido algo que lo ha cambiado todo. Noto desajustes en la realidad, un desamparo de los cánones de Grimm, fallas en los algoritmos distópicos y ese tipo de cosas. —Antes de continuar, asintió un par de veces, tratando de dar apoyo con gestos a sus últimas palabras—. Siento hablar así. Sabes que nunca me ha gustado ser catastrofista, pero las señales son cada vez más abundantes. Presiento que el Hambre de Propp de la que hablaba Geppetto está cercana, y me temo que quizá sea demasiado tarde para esquivarla.

—Estás hablando del fin de todo, del colapso de la mismísima realidad…

—Así es. Cada vez tenemos menos poder, y cada vez estamos más desunidos. Lo hombres rara vez alcanzamos a ver la verdad. Pensamos que nuestras vidas son las más importantes del universo, que somos protagonistas de la historia y que la creación entera se levantó para servir como telón de fondo a nuestras andanzas. En el fondo somos incapaces de creer en nuestra propia muerte, pero es posible que nos estemos enfrentando al fin de todo... Quizás el universo esté muriendo y nuestras pequeñas miserias no sean más que un síntoma de su agonía.

—Lo que dices suena muy tétrico. No hables así ante el Consejo o te encerrarán a ti también.

—Tengo que ser sincero, pero esperaré hasta el próximo concilio. Necesito pruebas que apoyen mis sospechas y, lo que es más importante, una solución. El que piense que corremos peligro no significa que no esté dispuesto a luchar. Ya sabes cómo soy. Soy mago. Lo primero que aprendí es que la voluntad puede imponerse a los mandatos de la realidad.

Durante un momento, ninguno de los dos volvió a hablar. Se mantuvieron en silencio, seguramente divisando el oscuro futuro que los esperaba más allá de la proa.

—¿Y el muchacho? —preguntó al fin Simbad.

—Tiene una habilidad natural. Es especial, algo único. Al parecer, era aprendiz del último ajusticiado por el Cazador. Una cicatriz en Londres me llevó hasta él. Lo encontré casi por casualidad.

—Y lo acogiste, claro... ¡No tienes remedio!

—Lo acogí como es mi deber, como habrías hecho tú. Caín Nublo intentó matarlo a él también por hacer trucos con naipes y pañuelos. ¿Qué querías que hiciese, que lo dejase solo, abandonado a su suerte?

—¿Vas a entregarlo al Consejo para que le busquen otro maestro?

—Había pensado hacerlo, sí, pero he cambiado de opinión. —Maese Caliban miró al capitán Simbad con el ceño fruncido, muy serio—. Voy a solicitar que me permitan iniciarlo.

—No creo que confíen en ti. Se negarán.

—Alegaré que lo necesito para progresar en mi investigación. Usaré su miedo en mi favor... —Tras otra pausa, maese Caliban continuó desnudando sus intenciones—. Como te he dicho, ese chico es capaz de recordar, Simbad. Alguien usó su vía del alma con él. Se le concedió algo parecido a la Absoluta Memoria. Cualquier ajeno habría enloquecido, pero él ha podido con ello. Ha estado fuera de la realidad y ha visto los mundos infinitos… Pero la principal razón por la que quiero que permanezca conmigo no es esa.

—¿No? ¿Y cuál es?

—Ese muchacho es una buena persona. Gracias a él he recuperado la esperanza. No se lo entregaré a esos necios. De ninguna manera. Por ahora vendrá conmigo. Luego, ya veremos.

—¿Sabes qué, maestro? No seré yo quien te critique. Creo que haces lo mejor —sentenció Simbad.

Aurelius descubrió poco después que Simbad conocía los caminos del saber verdadero. Lo hizo usando su inteligencia y prestando un mínimo de atención, lo cual le valió a maese Caliban para reafirmarse en su convencimiento de que sería un gran mago. La confirmación de que el capitán era otro hechicero la obtuvo del catalejo que utilizaba para otear la lejanía. Aquel hombre había tenido la deferencia de cedérselo mientras conversaba con sus ayudantes, para que pudiera observar la isla Leviata. Aurelius la había encontrado sin dificultad, como si hubiera sido un vigía experto. La había visto claramente, flotando en medio del mar, muy cerca del horizonte. Sin embargo, a simple vista le había sido imposible hallar rastro alguno de ella. Era como si al apartar el anteojo, desapareciera por completo. Además, tardaron demasiado en llegar a sus costas. Cuando el tiempo fue pasando, y comprobó que la isla se encontraba mucho más lejos de lo que había supuesto, entendió que el mameluco había disfrazado el rastro de su magia haciendo uso de una herramienta mundana. Seguramente, Simbad habría podido contar los pelos del culo de una gamba al otro lado del mundo sirviéndose de un papel enrollado. Aquel viejo catalejo no era sino un engaño que le permitía hacer posible lo imposible.

Y es que a pesar de que el capitán siguió forzando a sus hombres para que navegaran a la desesperada, no llegaron a su destino hasta pasadas varias horas. Situado junto a la amura de babor, Aurelius observó con atención el lugar, sin llegar a entender muy bien su importancia, ni la razón de que variaran el rumbo para llegar hasta allí, ni mucho menos su extraña geografía. La isla Leviata no era más que una pequeña elipse de roca oscura, a ratos cubierta de verdín, en la que escasos conatos de vegetación convivían con la humedad y la soledad más absoluta. Del tamaño de un coliseo romano, puntiagudos afloramientos de roca poco más altos que un hombre formaban una suerte de pequeña cadena montañosa que la dividía en dos de norte a sur. Además, los marineros de Simbad habían aprovechado los restos de alguna nave vieja para construir allí un pequeño muelle de madera y varias casetas cerca de la orilla.

—Ya sabe lo que hay que hacer, señor Tozeur. Cada uno a su puesto y a cumplir, como siempre —gritó Simbad, encaramándose a la amura. Se preparaba para saltar a tierra, todavía agarrado a las jarcias—. Maese Caliban, te espero abajo, no tardes mucho.

A esas alturas, todos en la nave sabían cuál era su cometido, el lugar que debían ocupar y cómo debían moverse. A Aurelius se le pidió que permaneciera en el puente, sin estorbar demasiado, junto a Gabrielle y Hans el Medioerizo. Se le permitiría continuar allí mientras la cosa fuera bien, pero sabía que debería correr a su camarote a la menor señal de peligro, donde habría de esperar encerrado hasta que le mandaran salir.

Convertido en espectador privilegiado —ellos eran los únicos que se mantenían ociosos en cubierta—, pudo observar los acontecimientos sin perder detalle. Un hombre con pinta de haber navegado ya con Ulises salió de la única cabaña que parecía habitada y se dirigió hacia el embarcadero, donde esperó al capitán Simbad y a su escolta. Tras saludarlos a todos, conversaron durante un momento formando un corro pequeño, hasta que el maestro Caliban llegó y se unió al grupo. Las últimas instrucciones se repartieron en ese momento. Cinco de los marineros que acompañaban al capitán se dirigieron entonces a los barracones, formaron una cadena humana y se pusieron a cargar las barcas. Sacaron de allí lo que consideraron de más valor: mantas, libros, sacos con vituallas, toneles... Ni un solo cofre con oro.

Mientras tanto, y sin perder un momento, el capitán y el pequeño mago se dedicaron a preparar una hoguera, amontonando restos de madera que encontraron al lado de uno de los cobertizos. Como si la llegada del fuego hubiera espantado toda prisa, se sentaron junto a ella, el uno frente al otro. Aurelius se extrañó de aquel comportamiento. Parecían conversar despreocupados, pero cuando las llamas comenzaron a cambiar de color y cobraron vida, supo que hacían algo más que calentarse a la intemperie.

—Ese presumido está abusando de la magia —dijo el Medioerizo, negando con la cabeza sin apartar la mirada de ellos—. ¡Maldito Simbad! —masculló—. El maestro Caliban es un virtuoso invocando cendales, pero no creo que todo su poder baste para esconder el rastro del encantamiento que intenta invocar ese insensato. No sé cómo ha podido prestarse a colaborar en esta locura.

—¿Qué intenta? —preguntó Aurelius.

—Lo sabrás pronto.

En ese preciso instante, una voz de alarma hizo que Aurelius abandonara la extraña escena que trataba de entender para buscar con la mirada mar adentro. El vigía que hacía guardia sobre la cofa del palo mayor llamó la atención del segundo de abordo, a la sazón gobernante de la goleta, para alertarlo sobre la cercanía de un inoportuno grupo de naves que se acercaba por poniente. Todos se detuvieron, aparcando durante un momento cuanto estaban haciendo para otear el horizonte. Como accionado por un resorte invisible, el capitán Simbad se puso en pie y comenzó a ladrar órdenes a diestro y siniestro. Solo su seguridad, y la confianza que demostró profesarle la tripulación, evitaron que la isla se convirtiera en un ejército en desbandada.

Comportándose como valientes, los hombres terminaron sus faenas y se dispusieron a embarcar. Lo hicieron de forma apresurada, pero sin enloquecer por la urgencia, guardando un cierto orden. Y mientras tanto, siguiendo el plan trazado por el capitán que todos los oficiales conocían de antemano, la goleta de Simbad corrió a colocarse al otro lado de la isla. Navegó rodeándola, hasta convertirla en una suerte de pequeño parapeto natural tras el que pretendieron refugiarse. Aurelius sabía poco del arte de la guerra en cualquiera de sus formas —su padre apenas le había hablado de sus años en el ejército—, nada en absoluto de batallas navales; sin embargo, intuyó que, en caso de refriega, aquella maniobra apenas les proporcionaría protección alguna.

Lentamente, las naves perseguidoras, mucho mayores que la de Simbad y con motor a vapor, fueron acercándose hasta colocarse, como quien dice, a tiro de piedra. Eran tres, y dos de ellas navegaron rodeándolos, formando una suerte de pinza que, aun para los legos en la materia como Aurelius, resultaba de lo más amenazadora. Parecían dispuestas a la caza, deseosas de atraparlos, y sin duda se les presentaba una ocasión de lo más propicia para hacerlo.

—¡Embarcad! —gritó el capitán, señalando las dos barcazas—. ¡Embarcad todos!

Apenas había comenzado la gente a obedecer cuando la muerte se cernió de improviso sobre su tripulación. La primera andanada marcó el comienzo de la desigual batalla que todos temían. Los primeros disparos borraron con su violencia la preocupación que Aurelius había sentido al ver cómo el maestro Caliban se perdía de vista entre aquella estampida de marinos a la fuga. Los cañones tronaron a lo lejos e, inmediatamente, antes incluso de que los alcanzara la metralla, los hombres supieron que había llegado la hora de morir. La madera explotó frente a ellos, convirtiéndose en una lluvia de fuego y astillas traicioneras que apenas tuvo clemencia de nadie. El estruendo pareció querer tragarse el mundo.

Afortunadamente, Aurelius dispuso una vez más de la custodia de Gabrielle, que saltó en el momento justo, empujándolo para apartarlo de la trayectoria de uno de los proyectiles. Aquella muchacha se movía con una velocidad que, aun en su forma humana, rayaba lo sobrenatural. Gracias a ella pudieron contarse entre los afortunados a los que solo se les cobró aquel día con sangre y dolor, pues fueron varios los que pagaron con la propia vida.

Hay momentos, seguramente los más comprometidos, en los que una mano amiga tiene más valor que todo el oro del mundo. Cuando ella le ofreció la suya, prestándose para ayudarle a levantarse, Aurelius agradeció que el destino la hubiera puesto a su lado. No le importó en absoluto su maldición, que mudara sus labios en fauces durante las noches de luna llena. Herida en la cabeza, la frente dividida por un fino hilo de sangre, su primera preocupación había sido atenderlo, procurando apartarlo del peligro.

Por suerte, Aurelius había quedado tendido, mirando al cielo, de manera que pudo ver a la perfección los daños que aquella primera andanada había causado en los mástiles. Eso los salvó. Devolviéndole el favor, tiró con fuerza de la mano de Gabrielle, obligándola a apartarse de la trayectoria de la verga que se le venía encima. Enredados los aparejos, trapos, cabos y palo describieron un movimiento pendular al partirse el madero, que se llevó por delante cuanto se interpuso en su caída. Bien habría podido costarle la vida a ella si Aurelius no hubiera estado atento. La fortuna quiso que los restos de la vela terminaran cayendo cerca de ellos, sin causarles el menor daño.

Durante un momento, Gabrielle permaneció tendida sobre Aurelius, respirando agitada, sus rostros casi pegados. Al notar su aliento en el cuello, aquella calidez, el muchacho no pudo evitar estremecerse. Sus miradas llegaron a encontrarse, aunque rápidamente huyeron el uno del otro. Ambos callaron su agradecimiento, ocupados como estaban tratando de disimular su embarazo. Y es que aquel fue uno de esos instantes eternos que apenas duran un suspiro y que, sin embargo, se recuerdan siempre.

—¿Estás bien? —Aurelius necesitó de todo su valor para enfrentarse de nuevo a la mirada de Gabrielle.

—Sí —contestó ella, tratando de recuperar el resuello—. Nos ha faltado poco…

Cuando se pusieron en pie, todo era desconcierto y escándalo en cubierta. Los marineros que quedaban vivos, todavía conmocionados, trataban de obedecer las órdenes del contramaestre sin llegar a entender bien lo que estaba ocurriendo. Solo una de las barcazas que habían zarpado alejándose de la isla seguía intacta y las aguas aparecían salpicadas de cuerpos destrozados o de hombres desesperados que luchaban por mantenerse a flote mientras pedían ayuda a gritos. Una vez seguro de que Hans había salido sano y salvo del primer ataque, la preocupación de Aurelius fue certificar que maese Caliban siguiera también con vida. Corrió hasta la baranda, tan deseoso de encontrarlo que a punto estuvo de saltarla; poco le faltó para terminar en el mar. Durante un instante rebuscó con la mirada y, por suerte, no tardó en dar con él. El enano iba en la única barcaza que se había librado, acurrucado junto a la roda, seguramente haciendo uso de su magia para procurar alguna posibilidad de supervivencia a los que viajaban a su lado.

Con todo, y a pesar del caos que había desencadenado, pocos capitanes habrían calificado de buena aquella primera tanda de disparos. La mayoría de los cañones erraron el tiro, de modo que los proyectiles acabaron perdidos en el mar o impactando contra las rocas, y la nave de Simbad logró, mal que bien, mantenerse a flote. Una calma tensísima sucedió a la confusión inicial. Los hombres sabían que más pronto que tarde volverían a recibir el fuego enemigo —las otras dos naves avanzaban por babor y estribor—, y aunque agradecieron aquel receso que les permitió atender a los heridos y rehacerse mínimamente, no pudieron librarse del miedo que los atenazaba. Hasta el último de ellos tenía la certeza de que su única posibilidad consistía en huir mientras todavía les quedase algún mástil sano.

Hans acudió corriendo, sorteando cadáveres y marinos apresurados, esquivando maldiciones y gargajos, hasta el lugar en el que se encontraban Gabrielle y Aurelius. La lógica distracción que trajo la batalla hizo que todos se olvidaran del capitán Simbad y de la suerte que había corrido, pero cuando el Medioerizo señaló a tierra, Aurelius supo ya que sucedía algo digno de atención.

—¡Maldita sea mi sombra! —exclamó Hans sin bajar el dedo.

No era improcedente su extrañeza. Al principio, Aurelius dudó, pero de inmediato supo que la vista no le engañaba, que el mayor de los prodigios, literalmente hablando, cobraba vida frente a él. Y es que la isla había comenzado a temblar y a moverse, como si un extraño terremoto hubiera decidido cebarse con ella a la vez que aquellos cañones franceses. Varios de los disparos habían impactado en su superficie, marcando lo que hasta ese momento había creído roca con enormes cicatrices. No tardó en brotar de ellas un fluido densísimo, de color profundamente encarnado, que el muchacho tomó por lava ardiente... Pero no lo era. Pudo comprobarlo cuando aquella especie de melaza correosa llegó al agua, tiñéndola de inmediato. La mar se volvió roja, tan roja como la sangre de un infante sacrificado a dioses impíos.

Terminó de entender un momento antes de que llegara la gran revelación. De repente la tierra se abrió y un chorro de vapor brotó del hueco, formando una suerte de palmera blanca, de dimensiones descomunales, ante la que Simbad quedó ridículamente empequeñecido. Un enorme geiser surgió a un par de yardas del lugar en el que el capitán luchaba por mantener el equilibrio. Un rugido gutural lo acompañó, como señalando el descontento de la tierra ante lo traicionero de aquel ataque... Solo que no era la tierra la que se quejaba.

La isla comenzó a desplazarse en ese mismo instante. Al principio con lentitud, después con más rapidez. Primero hizo ademán de sumergirse, y Aurelius llegó a pensar que desaparecería para siempre bajo las aguas, huyendo de la maldad de los hombres, pero luego pareció elevarse de nuevo sobre la línea del mar... A partir de ese momento, su progresión siguió esa rítmica cadencia de elevaciones e inmersiones; una vez tras otra. Hasta que quedó patente que aquello que el muchacho había tomado por un accidente geográfico era otra cosa. Cada una de aquellas oscilaciones levantó olas enormes, revelando a la vez la espalda de una gigantesca criatura. No tardaron en mostrarse unas aletas, a continuación unas gigantescas alas coriáceas y, al final, una larguísima porción de cola espinada, de mayor longitud que los cuatro barcos juntos. Parecía moverse con parsimonia, como si tras siglos de letargo sufriera lo indecible para levantar aquellos miembros descomunales, pero en realidad se trataba de una falsa impresión. Lo cierto era que avanzaba con más rapidez que ninguna de las naves presentes. Y cada vez iba ganando más y más velocidad.

Simbad saltó al agua en el mismo momento en que se reveló la verdadera naturaleza de aquella criatura, dejando que el monstruo —pues eso era— avanzara libre. Mientras Aurelius miraba boquiabierto, incapaz de creer lo que veía, nadó en dirección a la barcaza en la que viajaba el maestro Caliban. El hombre que la gobernaba había ordenado volver atrás para auxiliar a los camaradas que en ese momento luchaban por sobrevivir en el agua, de manera que no tardó en ser rescatado.

Aunque trató de recordar las lecciones de mitología de la escuela, Aurelius fue incapaz de identificar a la criatura. Habría aventurado que se trataba de una especie de dragón marino, un ser de aspecto antediluviano, de cuello largo, cuya cabeza parecía mezclar rasgos reptilianos con otros más propios de un depredador acuático.

El monstruo bramó como si su garganta fuera capaz de dar inicio al Apocalipsis y lanzó una dentellada al cielo antes de recibir la segunda andanada de disparos. En aquella ocasión, apenas dos o tres de los proyectiles consiguieron herirlo. Ni los cañones franceses, ni los hombres que regentaban las piezas de artillería estaban preparados para apuntar contra un blanco tan rápido. Además, aunque lo hubieran estado, no creo que nadie hubiera podido reprocharles el fallo, teniendo en cuenta la aterradora visión que avanzaba en dirección a su cubierta.

—No nos matarán los putos franceses —masculló Hans—. Lo hará ese bastardo del Cazador…

—Trata de proteger a su criatura, Hans —alegó molesta Gabrielle—. Es su obligación como custodio. Y ella lo defiende también.

Nadie sobre la cubierta pudo librarse del encantamiento en el que los sumió la contemplación de aquella aterradora maravilla. Las dos naves que trataban de rodearlos habían comenzado a virar a una velocidad que, comparada con la del monstruo, resultaba tediosamente lenta, así que, seguros de que los franceses no intentarían un tercer disparo, los hombres abandonaron sus faenas durante un momento. Hasta los que atendían a los heridos se pusieron en pie para mirar.

—Siento haberos puesto en este compromiso, maestro. —Simbad y el señor Caliban llegaron al puente poco antes de que la criatura alcanzara a las naves enemigas—. Los hombres que dejé aquí apostados me informaron hace días de presencias sospechosas. Incluso me dijeron que los tripulantes de una fragata inglesa desembarcaron y estuvieron haciendo preguntas, que recorrieron la isla de punta a punta, tomando muestras y metiendo sus narices donde nadie los había llamado.

—Será difícil ocultar el rastro de tu leviatán, maestro Simbad.

—Siempre lo ha sido, y hasta ahora lo había conseguido. No me quedaba más remedio que tratar de esconderlo en otro mar. Hace unos días encontré correo en la última nave que abordamos. Eran cartas dirigidas a varias sociedades científicas y a algunas de las universidades inglesas más importantes. Supe por ellas que nos habían descubierto... Lo siento. Lo habría hecho de manera más discreta si hubiera dispuesto de tiempo, pero...

No había terminado de hablar cuando todos quedaron mudos, incluido él, que parecía tener palabras para todo. El monstruo llegó a la altura del barco que había abierto fuego contra ellos, se sumergió y solo volvió a emerger tras herirlo de muerte. Las protuberancias de su espalda actuaron a modo de sierra gigante, abriendo una brecha en el casco imposible de reparar. Luego, una vez superada la línea de su deriva, volvió sobre sus pasos, se elevó sobre las aguas, mostrándose en toda su grandiosidad, y se lanzó sobre el buque para terminar de partirlo en dos. Sí, parecía un dragón, una especie de ancestral señor de los mares.

Una sola dentellada le bastó... El barco no tardó en hundirse.

Inmediatamente después lo siguieron las otras dos naves, sufriendo suertes parecidas.

—¿Ves, muchacho? —dijo Simbad, volviéndose a Aurelius—. Te dije que los dragones estaban de nuestro lado.

XXII

Los que iluminamos a las estrellas

La nave de maese Simbad quedó anclada frente a las costas holandesas, mientras uno de los botes los llevaba hasta la playa de Scheveningen. Aurelius pisó la arena y sintió que ya no había vuelta atrás. Una lengua de agua espumosa se encargó de hacer desaparecer las tres o cuatro primeras huellas que dejó tras de sí.

—Vamos —dijo Hans, apremiándolo a caminar.

Habían sido varias jornadas, pero Aurelius tuvo la impresión de haber pasado toda una vida en el mar. Lo que en un principio habían presumido como una travesía de horas terminó convirtiéndose en una huida bastante más larga y azarosa. Después de despertar a la criatura navegaron con precaución, tratando de evitar más encuentros. Los días siguieron consumiéndose sin que la oscuridad acudiera con demanda alguna, de tal forma que no tardaron en recuperar la esperanza. De vez en cuando, el dragón asomaba la cabeza, o se alzaba sobre las olas para volver a zambullirse junto a ellos. En un par o tres de ocasiones llegó incluso a desplegar sus alas y saltó mostrándose extrañamente contento. Incapaz de apartar la vista de aquel espectáculo asombroso, Aurelius se preguntó cómo habría logrado ocultarlo maese Caliban. La palabra *enorme* se quedaba pequeña para describir la colosal majestad de aquel ser.

—Navegamos en paralelo a las costas holandesas —dijo el mago—. Llegaremos pronto si no hay ningún inconveniente más.

—Ya debería de haber venido, ¿verdad, maestro? —Aurelius hizo una pausa, apartando la mirada del mar, para buscar el rostro del enano—. El Cazador —se explicó—. Debería de haber aparecido ya, ¿no es así?

—Lo cierto es que yo lo esperaba anteanoche.

—Sí, lo sé. Te vi preparar las armas y te escuché murmurar durante horas… Me fijé en tu mirada.

—Puede que mis cendales hayan conseguido despistarlo, aunque me resulta complicado de creer. No sé… —Suspiró—. La verdad es que casi nadie sabe mucho sobre el Cazador y sus hábitos. Casi todo lo que sabemos de él son leyendas y suposiciones. La naturaleza de Ika es una de las más importantes realidades de nuestra hermandad, influye en casi todas nuestras acciones, pero es también nuestra mayor superstición. Quizás llegue esta tarde o lo haga mañana. Es posible que se retrase un mes, o un año, o toda una vida… aunque es cierto que la tardanza me resulta extraña.

Sin embargo, el Cazador de Hadas no se presentó ese día, ni al siguiente; ni habría de llegar al otro. Y así, casi convencidos de haberlo burlado, alcanzaron por fin su destino. Evitando el puerto de Rotterdam, mucho más transitado y peligroso, el capitán optó por dejarlos cerca de La Haya, donde se despidieron definitivamente.

Era de nuevo noche profunda cuando pisaron tierra. La ciudad parecía deshabitada, tan desierta como si una plaga se hubiera cebado con ella, convirtiéndola en un enorme camposanto. No deambularon, sino que siguieron el itinerario marcado sin dudar por maese Caliban, por lo que Aurelius intuyó que el enano conocía bien aquellas calles. Entre fachadas que se le antojaron lápidas, avanzaron apresurados hasta llegar a una casa de huéspedes de aspecto respetable, frente a la que se detuvieron por fin.

Una anciana salió a recibirlos candil en mano. Sin duda conocía al maestro, e incluso pareció alegrarse de verlo a pesar de lo intempestivo de la visita, por lo que el muchacho supo que habían llegado de nuevo a territorio amigo. La calidez del dormitorio en el que pasó aquella primera noche y el olor a flores de las sábanas ejercieron sobre su mente una suerte de efecto sedante ante el que apenas opuso resistencia. Ni siquiera la sombra del Cazador de Hadas consiguió turbar su sueño, que fue placentero y muy profundo.

La señora Zondervan, así se llamaba la mujer, los amparó sin escatimar deferencias con ellos, y gracias a sus guisos y a sus atenciones, aquel lugar se convirtió en un refugio en el que llegó a creerse a salvo de todo mal. Fuera parecía rondar el demonio, pero terminó por convencerse de que mientras no pisaran la calle, no podría alcanzarlos. Permanecieron allí casi una semana, y aunque Hans y Gabrielle parecían siempre en estado de alerta, durante aquellos días no advirtió señal de peligro alguno. No habría demasiado que contar sobre aquel período de tensa calma si durante una de las sobremesas no hubiera llegado a ocurrir un episodio, en apariencia sin importancia, que acabaría por marcar de manera radical el rumbo de la historia de Aurelius, y con ello el destino de los hombres.

Terminada la cena, se dedicaba el muchacho a retirar platos y vasos cuando notó que el maestro Caliban reparaba en el anillo que lucía en su mano derecha. Ya en otras ocasiones había notado que se fijaba en él, aunque nunca antes parecía haberle concedido demasiada importancia. Sin embargo, aquel día esperó a que todos se hubieran retirado antes de dirigirse a Aurelius para mostrarle su curiosidad.

—Hace días que llevo fijándome en esos dragones —dijo, acudiendo a la cocina—. No los llevabas cuando te conocí, ¿verdad?

Aurelius había decidido mantener el anillo en su dedo como señal del compromiso adquirido con Miranda. No quería terminar de renunciar también a eso. El Cazador de Hadas le había arrebatado todo cuanto había llegado a querer… Y en el expolio se había llevado, además, su honor. La apresurada huida le había impedido cumplir su promesa de rescatar a Miranda y no pasaba un día sin que la imaginara prisionera de Telesio, llorando desesperada, incapaz de entender su traición.

—Es un recuerdo… —En el mismo momento en que el enano señaló el anillo, Aurelius notó que el miedo se agarraba a su estómago como un pulpo hambriento. Por algún motivo que entonces sería incapaz de explicarse, sintió que ponía en peligro a la muchacha con solo nombrarla—. Lo utilizo para marcar la deuda que tengo pendiente con el Cazador.

—Déjame verlo.

El enano extendió la mano, y a Aurelius no le quedó más remedio que entregárselo. Lo hizo a disgusto, recelando por primera vez de él. Maese Caliban lo tomó con delicadeza y, frunciendo el ceño, se dedicó a observarlo durante un buen rato. Lo miró de cerca y de lejos, desde casi todos los ángulos posibles, y hasta llegó a murmurar ciertas palabras que Aurelius sospechó encantamientos.

—Pertenece a alguien querido para ti, ¿verdad? —preguntó.

—Así es, maestro.

—Los sentimientos, cuando son lo bastante fuertes, pueden establecer vínculos mágicos entre las personas. Algunos objetos ayudan a que eso ocurra, actúan como nudos que mantienen unidos los destinos, favoreciendo los encuentros. Pensar en alguien es, en cierto modo, invocar la presencia de su espíritu. Se trata de un tipo de hechicería mundana, pero nada desdeñable.

El muchacho asintió entristecido.

—Es… era —rectificó— un anillo de compromiso.

—Ya entiendo… Por eso el vínculo es tan fuerte. —Maese Caliban suspiró, lamentando las penas de Aurelius—. Dicen que la mejor manera de sobrevivir es olvidar, pero yo no estoy de acuerdo. Yo creo que olvidar es morir un poco. Por desgracia, no podrás volver a Londres en mucho tiempo, así que pienso que haces bien manteniendo presentes a los que has tenido que abandonar. Pero, por ahora, no podrás quedarte más que con el recuerdo…

El enano le devolvió el anillo y Aurelius lo guardó en el bolsillo izquierdo de su chaqueta.

—Lamento que hayas tenido que renunciar a tantas cosas,

muchacho. Imagino que ahora mismo te sentirás hueco, así que, para evitar que rellenes ese vacío con amargura, creo que debemos empezar a hacerlo con otra cosa. —Sonrió—. Magia, por ejemplo. ¿Qué te parece?

Aurelius lo miró sorprendido. Había aguardado ansioso que el enano se ofreciera a instruirlo. No había cosa que deseara más.

—Trabajaremos también otras materias, si no te parece mal. La primera serán los idiomas. No puedes ir por el mundo sin entenderte con la gente… Hay encantamientos que conceden el don de lenguas, pero no hay necesidad de usar hechicería si eres capaz de apañarte por ti mismo. Y, por supuesto, creo necesario que aprendas algo de esgrima. Gabrielle se encargará de eso.

—Muy bien, maestro. —Aurelius asumió aquella primera propuesta con buena disposición, aunque le costó esconder su desánimo. Esperaba que se le ofreciera mucho más. Necesitaba otro tipo de saberes.

—Además, como digo, creo que ya va siendo hora de comenzar tu educación en el arte verdadero. —Caliban observó cómo se iluminaba el rostro de Aurelius—. Magia primordial, sus usos y maneras. Yo te enseñaré todo cuanto sé y tú me enseñarás a barajar naipes con elegancia. ¿Qué te parece?

—Quiero aprender… Necesito aprender, maestro —contestó Aurelius profundamente emocionado, remarcando con énfasis su última frase. Por primera vez se le ofrecía aquello que tanto había ansiado. Acarició el anillo que el señor Telesio le había regalado, pensando en aquel amor que ya por entonces le parecía tan lejano. Lo creyó perdido para siempre—. Lo único que me queda es la esperanza de vengarme de ese monstruo y no creo que lo consiga lanzándole reproches a la cara. Solo convirtiéndome en mago lo conseguiré.

—En ese caso, y si me aceptas como tutor, empezaremos con las lecciones. Has de saber, querido Aurelius, que no ejerzo hace años como maestro, pero puedes estar seguro de que pondré todo mi interés en enseñarte. Y mientras yo te ayudo, tú me ayudarás a mí. ¿Qué te parece? —El pequeño mago le ofreció, sonriendo, la palma de su mano.

—Me parece un trato justo, maestro. —Aurelius aceptó su proposición estrechándola con fuerza. Aquel contacto borró de su mente la mayoría de sus temores y casi todas sus penas.

—Sinceramente, no estoy convencido de que sea posible vencer al Cazador de Hadas, pero sí que estoy decidido a intentarlo. Me asquea vivir bajo esta dictadura del miedo. —Maese Caliban se acercó a Aurelius para hablarle casi al oído—. Escucha, muchacho, si queremos tener la más mínima oportunidad, necesitamos saber. Así que hemos de aprovechar cualquier fuente de información que podamos encontrar. No podemos preguntar abiertamente a los magos que nos crucemos porque nos tildarían de locos. Además, se echarían sobre nosotros dispuestos a silenciarnos de mala manera. La mayoría de ellos están tan fosilizados por el miedo que temen romperse al menor susto... Y ha sido así durante miles de años. Pero hay alguien que sin duda estaría dispuesto a unirse a nuestra causa.

El enano palmeó el asiento de una de las sillas, invitando a sentarse a Aurelius.

—Tenemos que buscar a Geppetto. Que yo sepa, es el único mago vivo que ha jurado acabar con el Cazador, y según se dice, quien más sabe de nuestro enemigo. Ha dedicado su vida entera a estudiarlo.

—¿Geppetto el Loco?

—Veo que alguna vez me has escuchado hablar sobre él.

—Te he oído nombrarlo, sí.

Maese Caliban se detuvo un momento a reflexionar antes de continuar su discurso.

—Geppetto era un custodio, como yo. El pobre perdió a la criatura de la que se ocupaba a manos del Cazador de Hadas. Dicen que el odio lo hizo enloquecer, por eso lo llaman así... Aunque yo procuro no hacerlo. Geppetto era uno de los numerarios más sabios de la hermandad, uno de los pocos maestros vivos cuya vía del alma ha quedado revelada... ¿Sabes? Yo soy de los que piensan que la primera palabra pronunciada fue la primera mentira. Cada vez estoy más convencido de que le concedieron ese título, el de loco, para restar crédito a sus teorías.

—¿Sus teorías?

—Sí... Lo encerraron en una mazmorra antes de invocar los más poderosos encantamientos para mantenerlo prisionero. Dijeron que era un peligro para todos, pero yo creo que lo único que pretendieron fue enterrar sus razones.

Aurelius asintió.

—Se volvió peligroso, pero eso no significa que sea un demente. El odio lo ha transformado, ha alterado radicalmente su manera de pensar y, sobre todo, lo ha liberado de muchas de las convenciones sociales que nos amordazan a los demás. No sé con cuánta razón, pero anuncia la llegada del fin de la magia, y eso no le gusta a nadie. Se ha convertido en predicador del advenimiento del Hambre de Propp. ¿Y sabes qué? Lo peor de todo es que ansía que llegue... Piensa que el Cazador de Hadas no es más que otro ser mágico y cree que ese apocalipsis supondrá también su fin.

Aurelius y maese Caliban quedaron en silencio, el uno frente al otro, pero alejados por un infinito de pensamientos.

—¿Cuál es tu vía del alma, maestro? —preguntó de repente el muchacho—. Recuerdo que Houdin me habló de las vías del alma antes de desaparecer.

—¿Y te explicó lo que son? —El pequeño mago pareció relajarse, volviendo a una posición de reposo más informal.

—Bueno... algo —dudó Aurelius—. Hechizos que los grandes magos invocan de manera natural. Un tipo de magia única que distingue a cada maestro.

—Las vías no son encantamientos, Aurelius. Son más bien todo lo contrario: el dominio absoluto sobre la realidad, al menos sobre una parte de ella, sin necesidad de intermediarios. Las han definido como la capacidad de doblegar el universo mediante el uso exclusivo de la voluntad. Son dones innatos que poseen algunos magos... Los más grandes.

—¿Y cuál es la tuya?

—¿La mía? —El enano entornó los ojos y sonrió—. Yo no tengo ninguna. O si la tengo, no la he descubierto todavía. Soy una vulgaridad, Aurelius; más artesano que artista. —El maestro dio una profunda calada a su pipa, alzó las cejas y se disculpó mostrando las palmas de ambas manos—. Espero no haberte decepcionado.

—No, desde luego que no —se apresuró a contestar Aurelius, aunque cualquiera se habría dado cuenta de que estaba siendo más amable que sincero.

—Mientes muy mal. —El maestro guiñó un ojo y soltó en una sola bocanada todo el humo que acababa de tragar—. ¿Por qué me lo preguntas?

—El maestro Houdin me dijo que yo estaba destinado a ser un explorador, que viajaría más lejos que ningún hombre... que esa sería mi vía del alma. —Suspiró—. A veces siento que casi podría dar un paso y llegar a esos lugares, aunque también me siento como si no supiera qué camino tomar.

—Creer que se puede hacer algo no es poder hacerlo, pero sí supone el primer paso para conseguirlo.

—¿Cómo podré saber si es cierto? ¿Cómo podré saber si tengo un don?

—Lo sabrás. —El pequeño mago señaló a Aurelius con su pipa—. Llegará un día en que lo sabrás. Podrás hacer algo que ningún otro hombre puede, y entenderás que ese algo es tu vía del alma... Quizá lo único que te hace falta es que alguien te empuje un poco, y yo estoy dispuesto a ser ese alguien.

—Y la vía del alma de ese Geppetto, ¿en qué consiste?

—No lo sé. Algunos dicen que puede trasladar su espíritu de un cuerpo a otro, y que de esa forma logró salvarse tras el ataque del Cazador, pero nadie lo sabe con seguridad. Lo que sí sé es que es la única persona viva, aparte de nosotros, que se ha enfrentado a nuestro enemigo y ha logrado sobrevivir.

—Muy bien, maestro. Busquémoslo entonces.

—Será complicado, así que, mientras lo hacemos, será mejor ocuparse de otras cosas. ¿Qué te parece empezar con un poco de teoría? De esa que luego se demuestra totalmente práctica.

—¿Mi primera lección de magia? —Aurelius miró a Caliban tan emocionado que le resultó imposible no sonreír.

—Eso es. A ver, ¿cómo lo explicaría sin resultar pedante? —Maese Caliban inauguró sus lecciones sin más prolegómenos, sentándose frente a él—. En realidad, muchacho, lo primero que debes hacer es desaprender algo. Antes de sembrar es bueno limpiar el bancal de rastrojos, ¿no crees?

Aurelius asintió. Expectante, se mantuvo con la mirada fija en su nuevo maestro. El enano alargó entonces la mano y tomó una manzana de una cesta colmada que adornaba la mesa de la cocina.

—¿Ves esta manzana? Lo primero que tendrás que hacer es dejar de pensar en ella como en algo ajeno a ti. Y no me refiero al hecho prosaico de que, al comerla, pase a formar parte de tu ser. La manzana, como todo el universo que nos rodea, es mucho más que un objeto, y a la vez, mucho menos… No es sino lo que tú has creído que es, o más bien, lo que le has permitido ser.

—Ya. —Aurelius lo miró muy serio. No se atrevió a decirle la verdad por miedo a parecer un ignorante, pero lo cierto era que apenas había comprendido el sentido de aquel galimatías. Prefirió callar.

—¿No has entendido nada, verdad? —Maese Caliban frunció el ceño y se mesó las barbas. Guiñando un ojo, alzó la mirada hacia el techo del salón. Pareció buscar en las alturas una manera de explicarse mejor, aunque desde luego no encontraría nada escrito allí, y mucho menos la respuesta a sus preguntas.

—La verdad es que no, maestro. —Aurelius se vio forzado a ser sincero—. No alcanzo a ver lo que quieres que entienda.

—Llevas razón, perdona. Estoy un poco desentrenado. Me parece que no me he explicado muy bien. —Maese Caliban arrugó la nariz, repensándose sus argumentos—. Bueno, la verdad es que me he explicado peor que mal… Así que empecemos de nuevo.

Aurelius esperó.

—Lo que quiero decir —continuó el mago— es que los hombres hemos creado una gran mentira de la que nos hemos erigido en centro inamovible, interpretando la creación, esta fruta incluida, de una manera muy simplista. En realidad no creo que exista un universo, sino muchos, y todos conviven de forma solapada, superponiéndose a veces, mezclándose, dependiendo unos de otros... Existe un universo de lo pequeño en cada grano de azúcar, tan vasto que nos sería imposible explorarlo en un millón de vidas, y de la misma manera existe un universo de lo muy grande para el que todo este planeta, con todos nuestros logros y miserias, no es sino un grano de azúcar insignificante. Y dentro de cada uno de ellos hay otro sinfín de realidades. Y estas progresiones se repiten hasta el infinito. Si miramos hacia abajo, nos encontramos con un pozo sin fondo, y si miramos hacia arriba, con una interminable torre de Babel que atraviesa el cielo sin llegar a tener nunca cúspide.

—Ya...

—Existe un universo... no uno, muchos, para cada tiempo pasado, y existirá uno para cada tiempo futuro. Y existe un universo para cada una de las opciones que ha ofrecido la vida desde su inicio, un universo surgido de cada bifurcación del camino de la existencia. Has de entender que todo es relativo, Aurelius, y que nada suele ser lo que parece, salvo una cosa...

—¿Qué cosa, maestro?

—El yo.

—¿El yo? —Aurelius, cada vez más desorientado, convirtió la afirmación de maese Caliban en una pregunta, resaltando así sus crecientes dudas.

—Sí, el yo. ¿Y sabes por qué?

—No, maestro... La verdad, no alcanzo a seguirte.

—Todos esos universos de los que te hablo, Aurelius, están en ti. Cobran verdadera forma en tu cabeza cuando los interpretas. —Maese Caliban golpeó con sus nudillos la sien del muchacho—. Hasta que no entran en tu alma no existen de verdad. El barro necesita tanto del alfarero como el alfarero del barro. Cuando la realidad te pide ayuda para ser, deja de tener el poder absoluto. No le queda más remedio que plegarse a nuestras demandas. Si el universo está en mí, soy yo el que mando sobre sus leyes, y no al revés. No sé si ahora entiendes mejor lo que quiero decir. Somos nosotros, los seres conscientes, los que alumbramos a las estrellas con nuestra luz, y no al revés.

—Sí, maestro, tiene sentido. —Aurelius recordó el caudal de imágenes que lo asaltó cuando Houdin invocó sobre él aquel hechizo que le permitiría recordar.

—Desde luego que lo tiene. Es la piedra angular sobre la que se sostiene todo el poder del mago. Aunque el hecho de conocer esta verdad no resulta suficiente como para permitirnos imponer nuestra voluntad sobre las cosas... Hay que tener una gran firmeza para lograrlo. De alguna manera, hay que hacer un esfuerzo consciente por enloquecer sin abandonar la cordura. Todo mago es un lunático que se cree cuerdo y que ha conseguido esconder su demencia al universo. Más o menos sería algo así: para volar deberás creer primero que vuelas y, luego, hacer que todos los demás lo crean también. —Lo señaló con la punta de su dedo índice—. Parece algo imposible, pero te aseguro que no resulta tan difícil cuando te das cuenta de que esos otros existen solo en tu interior. Como primera lección, creo que es suficiente.

Aurelius reflexionó, clavando su mirada en la manzana que su maestro acababa de morder. El señor Caliban adelantó entonces la mano y tomó otra que dejó sobre el mantel, frente a él.

—Existe una realidad en la que me como esa manzana y otra en la que no —dijo con los carrillos llenos—. Y solo el mero hecho de haberme planteado hacerlo les ha dado vida a ambas... en mi interior. ¿Lo entiendes?

El mago apoyó su dedo índice entre las cejas del muchacho, y un destello de comprensión iluminó su mente. Por un momento, Aurelius pudo verlo, dos realidades superpuestas.

—Así que, en cierta medida —continuó—, puedo hacer con ella lo que quiera.

El enano cubrió la fruta con su mano. Al apartarla, apareció bañada en brillante caramelo dorado.

—Y como no quiero que creas que te tomo el pelo, te propondré también un ejercicio práctico. Algo que, en principio, podría parecerte radicalmente alejado de lo que hemos hablado, quizás hasta una contradicción. Toma. —Maese Caliban se sacó del bolsillo un pequeño volumen de tapas de piel. Abrió el libro por las primeras páginas y le mostró el contenido. Estaba escrito en perfecto inglés—. Este encantamiento que ves aquí es un cendal básico, el primero que ha de aprender un iniciado. Una manera de canalizar tu poder para esconder pequeños rastros de magia. Memorízalo. Te ayudará. Aunque el poder surge de nuestra propia voluntad y algunos grandes hechiceros llegan a invocar sin necesidad de letanías, al principio es necesario usarlas para que nos ayuden a creer en lo que hacemos. En realidad no son más que algoritmos, herramientas de las que algún día quizá puedas llegar a prescindir... Cuando lo sepas de memoria, empezaremos a practicar. Te prestaré algún objeto encantado para que trates de ocultármelo.

—Muy bien, maestro.

—Puede que como inicio en el saber verdadero no te parezca nada del otro mundo, pero nunca debes menospreciar los cendales. Gracias a ellos, la magia existe todavía. Si yo no invocara inmediatamente uno sobre esta manzana que acabo de hechizar, el Cazador no tardaría en aparecer... Otro día hablaremos de convertir príncipes en ranas y de cosas por el estilo.

—Empezaré en seguida. —Aurelius tomó el libro con verdadera devoción.

—¡Ah, otra cosa! Mañana o pasado partiremos. Esta ciudad no es segura ya. Hay demasiada gente haciendo preguntas... Prepárate, el viaje será largo.

XXIII

Rutas de realidad y otros viajes

Un día después de que Aurelius iniciara su formación, el grupo abandonó la residencia de la señora Zondervan. Hans llegó apresurado a media mañana, casi sin aliento, y les advirtió de la presencia de un par de curiosos caballeros, ingleses sin duda, que llevaban días husmeando por los alrededores. Sin perder un momento, maese Caliban ordenó que recogieran el equipaje y que se prepararan para marchar.

Por fortuna para ellos, una antigua tradición de fidelidad obligaba a los magos a ofrecer ayuda y asilo a todo custodio. Gracias a esta ventaja, a la generosidad de los muchos amigos de maese Caliban y a su costumbre de convertir los más insospechados rincones en refugios ocultos, consiguieron sobrevivir sin apreturas durante las primeras semanas de su huida. Descubrieron que el enano disponía de una madriguera en casi cada ciudad del mundo. En algunos lugares, el asilo tomaba forma de pequeño apartamento; en otros, de sótano oculto bajo un granero en el que apenas cabía una persona; en ocasiones, de mansión, de cuarto alquilado o de panteón amueblado en el más solitario cementerio.

Y de esta manera fueron escondiéndose hasta abandonar los Países Bajos. Una nueva patria, el vasto imperio alemán, los acogería a continuación, convirtiéndose en el siguiente capítulo de su huida. Sin librarse por completo de las precauciones, siguieron avanzando hacia un destino que Aurelius, siempre confiado en maese Caliban, ni siquiera se molestó en preguntar. Dejándose llevar apresuradamente de una ciudad a otra, se dedicó al estudio de la hechicería y acabó demostrando tal habilidad que llegó a sorprender a su maestro. Mientras el grupo devoraba caminos yendo de un refugio al siguiente, él devoraba el conocimiento con avidez.

El acoso de la Causalidad los obligaba a escapar siempre, y Aurelius entendió que ya nunca podría quedarse quieto en ningún lugar. Pronto, pensó, debería buscarse un disfraz bajo el que ocultar su verdadero yo. El Gran Houdin se había escondido tras las candilejas, haciendo creer que su poder era puro artificio. Maese Simbad se había hecho pasar por mercader sin patria y el maestro Caliban, por sirviente de una dama noble caída en desgracia. Él creía tener tiempo todavía para decidir la forma de su máscara, pero estaba seguro de que jamás podría volver a mostrarse al mundo tal y como era.

Seguramente, el primer paso para asimilar su condición de vagabundo fue habituarse a su nueva familia. Un afecto que no tardaría en transformarse en sincera amistad comenzó a surgir entre Hans y él, y aunque no terminó nunca de acostumbrarse a sus modales, acabó por tolerarlos como toleró la enfermedad de Gabrielle. Curiosamente, aquel pequeño erizo tuerto y su gaita pronto se convirtieron en la principal fuente de alegría de Aurelius, y por eso no dudó en pedirle que le enseñara a tocar. Y de la misma manera en que fue haciéndose a ellos, terminó por acostumbrarse a las nuevas rutinas que los acompañaban, a las prisas y a todas esas mentiras que se convirtieron en su hogar.

Pero, sin duda, el cambio más profundo de los muchos que se produjeron en él durante aquellas primeras semanas de viaje fue el que afectó a su manera de mirar —y, por tanto, de ver— a Gabrielle la Roja. Y es que, poco a poco, el enigma que había sido la muchacha fue transformándose en una verdad cargada de sinceridad. La que había creído una manzana envenenada se reveló como un fruto de fragancia intensa y piel brillante, que prometía sabores inigualables para quien se atreviera a morderlo. Y se trataba de un fruto que siempre estaba al alcance de su mano. Aunque ella intentara en vano mostrarse lejana y él se forzara a seguir siendo fiel de pensamiento a Miranda, lo cierto es que, en secreto, empezó a sentir que aquella familiaridad podría ser peligrosa para ambos.

Essen, Kassel, Magdeburgo... Las ciudades fueron quedando atrás como los días, y en cada una de ellas, Aurelius dejó una puerta de tiza dibujada en una pared, en recuerdo de su paso, y un buen puñado de maldiciones. Decidido a encontrar el secreto de Houdin, dedicó gran parte de su tiempo libre a estudiar el más asombroso de sus trucos, aunque jamás consiguiera tener éxito emulándolo.

También lo hizo en Berlín, donde se permitieron su primera parada larga. Después de tanto viaje necesitaban un poco de reposo; sentir, aunque fuera por un momento, que tenían algo parecido a un hogar, aunque a decir verdad, si se detuvieron allí, no fue solamente para descansar. Y es que justo en aquella ciudad vivía Heinrich Karl Brugsch, el primero de los magos que maese Caliban quería presentarle a Aurelius, custodio que escondía su verdadera naturaleza bajo una máscara de lo más académica. Maese Brugsch decía ser arqueólogo, un enamorado del antiguo Egipto, y en realidad no mentía del todo... Hacía años que se encargaba de proteger a la que él llamaba su emperatriz, Isetnofret, una mujer de singular belleza, al parecer hija del mismísimo Ramsés II.

Con él, Aurelius aprendió mucho sobre los asuntos de vivos y muertos, sobre las palabras justas y sobre la adecuada manera de mirar al pasado. Aprendió, además, que no todas las momias son cadáveres resecos y que Moisés —el que el Antiguo Testamento nombra como justísimo patriarca de las tribus de Israel— era tan egipcio como su hermano el faraón al que traicionó. La historia de su origen, lo del río y todo eso, no fue más que un cuento copiado de Sargón I, antiguo rey acadio, con el que justificó su sed de poder... En el resto de su biografía bíblica apenas había verdad alguna.

De Alemania pasaron al Imperio austrohúngaro, a Viena, donde volvieron a hacer otra larga parada. De allí se dirigieron a los Principados Unidos de Valaquia y Moldavia. En Chisinău, Aurelius conoció a la misteriosa Mina Harker, paisana perteneciente a la orden de custodios y también perdidamente enamorada de su criatura, el hombre maldito, en otra vida llamado Vlad Drăculea. De ella aprendió que, en ocasiones, las mujeres no buscan un amor que las haga morir de dicha, sino todo lo contrario, un sufrimiento que las haga sentir dolorosamente vivas. De él, de aquella elegante criatura de ojos encendidos, que hasta los demonios pueden llegar a querer con pasión.

Al principio, el enano sintió remordimientos por exponer de esa manera a Aurelius. Sin embargo, tras el tercero de aquellos encuentros, comprobó su habilidad para sacar provecho de cada cita y dejó de temer por él. Se dio cuenta de que quienes estaban siendo examinados sin saberlo eran sus hermanos de cofradía, y ya no volvió a preocuparse más. Aunque algunos de ellos fueron verdaderamente duros con Aurelius, estuvo seguro de que todos terminarían pagando más de lo que ganarían. Los magos no estaban acostumbrados a la sinceridad. Vivían en mundos tan alejados del que habitaba su aprendiz que no supieron reconocer sus verdades cuando las dijo. Por el contrario, llegaron a creer las pocas mentiras que pronunció, confundiendo, casi siempre, unas con otras.

Y mientras tanto, en secreto, Aurelius fue aprovechando aquellos encuentros para intimar también con el que ya consideraba su enemigo eterno. Desde el primer momento se había tomado aquella proposición de acabar con el Cazador muy en serio, y por eso dedicó tanto tiempo a practicar la magia como a investigar su misteriosa naturaleza. Fue curioso; cuando su acoso se relajó un poco, empezó a tenerlo presente de otra manera muy distinta. Al dejar de sentir la quemazón del peligro, arraigó en su interior el verdadero odio, ese odio helado que jamás cede, que nunca acepta aplazamientos y que nunca se rinde.

Pronto tuvo que darle la razón a maese Caliban. Se dio cuenta de lo poco que se sabía del Cazador a ciencia cierta y, lo que resultó peor, constató las escasas ganas que tenían los magos de encontrar respuestas. La comunidad entera —a la que ya sentía pertenecer— vivía también en un constante proceso de huida, con la diferencia de que su escapada era física y la de los hechiceros, de carácter intelectual, casi moral. Les bastaba con ir sobreviviendo, con mirar para otro lado. Al parecer, el enano era el único mago que proyectaba en serio plantar cara al monstruo, aunque lo hacía de manera demasiado lenta para su gusto, así que una tarde compró un cuaderno de tapas de cuero y comenzó a escribir en él sus propias notas al respecto. Datos que para otros podrían parecer triviales, a veces sencillas especulaciones, palabras literales de algunos de los custodios que lo acogieron, esquemas y símbolos copiados de antiguos grimorios que apenas entendía. Y sin que él mismo llegara a darse cuenta, aquel humilde librillo se convirtió en la mejor y más completa monografía escrita jamás sobre el Cazador de Hadas.

Recorrieron Rusia casi de punta a cabo, entrando por Tiflis y saliendo por Irkutsk en dirección a Mongolia. De allí pasaron a China, y de China, por el Nepal de los Rana hasta la India. De Bombay, en barco, a Hong Kong. De Hong Kong a Shanghái y luego a Osaka, terminando en Yokohama. Fueron infinidad de ciudades y varios meses de viaje durante los cuales Aurelius conoció al maestro Mussorgsky y a su demonio violinista Chernabog Lisoy; a Aleksandr Afanásiev, custodio encargado de mantener prisionera a la bruja caníbal Baba-Yaga; al maestro Han Bangqing y al espíritu cantor de los nenúfares que con tanto esmero cuidaba; a Matsudaira Katamori, el mago samurái, y a su dragón *Ryū*…

Un incidente cerca del puerto de Yokohama, que terminó con un desconocido degollado, otro estrangulado, y un rasguño de bala en el hombro de Hans, convenció al maestro de que debían mover pieza una vez más. Al registrar los cadáveres de aquellos tipos, el Medioerizo comprobó que eran hombres al servicio de su majestad, seguramente agentes de Scotland Yard que viajaban de incógnito. Quedó convencido de que llevaban meses siguiendo sus pasos, y esa sospecha se convirtió en inquietante certeza al leer los periódicos del día siguiente: con grandes titulares, informaban de la presencia de un grupo de peligrosos maleantes ingleses, cuyo rastro de maldad llegaba hasta la orilla del mismísimo Támesis.

Los extranjeros resultaban sumamente llamativos en aquella zona de Oriente, así que maese Caliban buscó pasajes en el primer carguero seguro que encontró y se preparó para atravesar el océano. Aurelius entendió que una ciudad como Nueva York sería un buen escondrijo para ellos. Se trataba de uno de los lugares más poblados del mundo, en el que el trasiego de inmigrantes era continuo.

Cuando llegaron allí, había pasado más de un año. Un año desde que abandonaran Inglaterra… un año durante el cual jamás dejaron de notar el aliento helado del Cazador en sus nucas.

XXIV

El Club Avalon de Nueva York

Después de haber recorrido medio mundo, los ojos del muchacho se habían acostumbrado a contemplar maravillas. Había conocido los más exóticos lugares y había visto todo tipo de urbes. Había paseado por delante de los más ostentosos palacios y había cruzado los puentes más largos... Sin embargo, ninguna otra ciudad era como aquel Nueva York, un crisol en el que se mezclaba lo mejor y lo peor de los demás sitios que había visitado. Metrópoli desmedida en todos los sentidos, hacía que Londres pareciera un recuerdo provinciano. Y es que ya por aquel entonces bullía de vida. La industria y el comercio la habían convertido en un monstruo que, aunque todavía joven, amenazaba con tragarse a todo el que osara acercarse a ella. Irlandeses que huían de la miseria tras la hambruna de la patata de mediados de siglo, chinos venidos para trabajar en los ferrocarriles, los primeros italianos en busca de un mejor porvenir para sus hijos... Armenios, indios, rusos, polacos, griegos, judíos de todas partes del mundo. Hombres a millares trataron de invadir aquella tierra de oportunidades, y todos ellos construyeron sus propias madrigueras allí, agujeros a los que no tardaron en llamar «casas».

La que habitaron Aurelius y el resto de la compañía pertenecía a un irlandés amigo del maestro Caliban, que los acogió como si fueran parte de su propia familia. El hombre, que había prosperado vendiendo antigüedades, resultó ser también del gremio. Custodiaba a un pequeño duende llamado Rumpelstiltskin, que, al parecer, había viajado desde el viejo continente en el mismo barco que su padre muchos años antes.

Se trataba de una vivienda acogedora, al menos en los pisos superiores. El bajo y el primero se usaron como almacén durante tanto tiempo que habría resultado tarea faraónica vaciarlos. Haciendo un gran esfuerzo, el hombre despejó la cocina de cajones, muebles y cacharros viejos para facilitarles la vida allí, y con eso, y con el espacio que encontraron arriba, les bastó para considerar aquel sitio como su nuevo hogar.

Como era de esperar, Nueva York incluía dentro de su interminable lista de asombros una modesta comunidad de amigos de la magia, en la que maese Caliban trató pronto de introducir a su aprendiz. A esas alturas, Aurelius había aceptado ya su nueva vida, progresando de manera sorprendente en el dominio de la alta hechicería, y casi había terminado de olvidarse de aquel primer amor que durante unos días había llegado a creer eterno. El de la pasión, como todo fuego, puede llegar a quemar, dejando horribles cicatrices en el alma, pero si no se aviva de vez en cuando con un beso o una caricia, termina por apagarse lentamente. Sin embargo, no tardó en darse cuenta de que las ascuas que escondía en sus entrañas no tardarían en volver a prender. La presencia constante de Gabrielle a su lado resultaba sumamente peligrosa en este sentido. Cada vez procuraba pasar más tiempo a su lado, salían a menudo a pasear juntos, y por muy largas que fueran las horas de conversación que mantuvieran, siempre se le hacían cortas.

El acoso de la Causalidad pareció darles una tregua en América, y maese Caliban fue poco a poco sintiéndose más tranquilo. A partir de su segunda semana de estancia allí, comenzó a permitirles pequeñas excursiones sin su protección, uniéndose a ellos los viernes para acompañarlos al Club Avalon. Mientras Hans salía a dar una vuelta por los tugurios de la zona —decía que por motivos de seguridad—, acudían al ateneo más elitista, donde pasaban la tarde entretenidos, y si no había luna llena, también alguna que otra velada. Bajo la máscara de una sociedad literaria para cultos adinerados se escondía uno de los círculos más sorprendentes que cualquier ser vivo hubiera imaginado. En los sótanos de un viejo telar, cerca de lo que hoy es el barrio de Hell's Kitchen, los hechiceros de Nueva York habían establecido su particular club social. Refugio de apariencia vulgar, nadie habría esperado, admirando su fachada, que contuviera las maravillas que en realidad contenía.

Aurelius quedó profundamente sorprendido el primer día que pisó sus salones. Tras atravesar varias puertas de hierro colado y bajar una estrecha escalera, se llegaba por fin a una suerte de vestíbulo vigilado que suponía el último escollo para adentrarse en el territorio de lo imposible. Todo el que quería pasar de allí debía demostrar que pertenecía al oficio invocando frente al portero un cendal de cortesía. El hechizo servía a la vez para identificarse y para ocultar los prodigios que el local ocultaba. A partir de ahí, las estancias se sucedían, combinando con la mayor naturalidad lo posible y lo imposible. Varias bibliotecas en las que los libros de botánica y de aritmética reposaban apoyados sobre antiguos grimorios mágicos, un par de salas de juego en las que a veces se apostaban hasta las almas, dos o tres salones para fiestas que cambiaban de aspecto casi a diario, un pequeño museo —llamado «sala de reliquias»— que habría hecho enloquecer al más audaz de los fabuladores, y hasta un fumadero en el que los magos y sus criaturas, abandonados a la indolencia, retozaban entre efluvios mentirosos, creyéndose inmortales e indultados de cualquier culpa.

—Casi todos los viernes hay conferencias, exhibiciones o debates. A veces, pequeños concursos —informó el maestro Caliban a Aurelius al poco de entrar allí. Junto a ellos, varios caballeros conversaban formando un corro alrededor de una señorita de piel plateada y ojos profundamente azules, que sonrió al verlo pasar. Los hombres saludaron educadamente a maese Caliban, dando muestras de conocerlo—. Algunos custodios traen aquí a sus protegidos para que se aireen un poco —susurró—. Hay una pequeña piscina en el salón del fondo para las sirenas, las náyades y las nereidas. Será agradable, para variar, que podamos mostrarnos despreocupados y decadentes de vez en cuando, ¿no te parece?

Aurelius asintió y se dejó llevar. Volvía a estar en el camerino de Houdin.

—Esta noche va a venir a cenar el maestro bibliotecario Andersen. Ha puesto como excusa un afloramiento mágico al norte, cerca de aquí. Dice que quiere que le acompañe a sellarlo, pero creo que lo que en realidad le importa es conocerte. Parece ser que cada día eres más famoso en el mundillo, Aurelius.

—¿Es ese el Andersen que cerró el pozo de Krakatoa hace unos años? —preguntó Aurelius admirado—. ¿El Hans Christian Andersen del que me hablaste?

—Ese mismo. Un payaso afeminado. —El maestro Caliban se acercó a la chimenea para calentarse las palmas de las manos—. Fuimos muy amigos en otro tiempo. —Sonrió—. Ahora ya no lo somos tanto, pero sigue guardando las formas conmigo. Es uno de los heliastas del Consejo.

Poco después, un grupo de educadísimos camareros con los ojos vendados comenzó a servir la cena. Lo hicieron con tal profesionalidad que nadie habría dicho que eran incapaces de ver en absoluto. Aurelius tuvo la impresión de que esperaron pacientes, repartiendo té y bebidas de compromiso a los presentes, hasta que el tal Andersen entró por la puerta.

—Ahí lo tienes —dijo maese Caliban tomando asiento, fingiendo que ignoraba su llegada—. No te muevas, deja que reciba su ración de coba. No tardará en acercarse.

Efectivamente así fue. Maese Caliban se entretuvo conversando con Gabrielle mientras vigilaba con el rabillo del ojo las progresiones del recién llegado. Hombre delgado de maneras exquisitas, el maestro Andersen parecía flotar en una nube de algodón, al son de una música celestial que solo él parecía escuchar. Desde luego, no tenía aspecto de hechicero, su rostro de hurón amigable era de los que apenas inducen al respeto. Casi nadie habría sospechado que era capaz de invocar magia con la misma finura con la que una geisha acariciaba seda y, sin embargo, así era.

Repartiendo sonrisas y pequeñas confidencias, saludando a unos y otros, fue dando saltos de un grupo al siguiente hasta llegar al extremo de la mesa, donde esperaban sentados Aurelius, maese Caliban y Gabrielle. Solo entonces, cuando el maestro Andersen se encaminó hacia él, el enano se puso en pie. Mascullό una maldición en voz baja y, haciéndose el encontradizo, saludó y se dispuso a presentar a sus acompañantes.

—Me alegro de verte, Ernest —dijo el recién llegado, llamando a maese Caliban por su nombre de pila. Su alegría pareció bastante sincera—. Siento haberme retrasado.

—Estás horrible —le espetó sin previo aviso el enano—. No creía que un ser humano vivo pudiera arrugarse tanto.

—Siento no poder decir que has encogido un palmo —contraatacó rápidamente Andersen—. Pero veo que sigues teniendo la mala baba de siempre. En eso no has menguado. ¿Has pedido el vino que te recomendé?

—Sí, y espero que te siente como un tiro. —Maese Caliban forzó una sonrisa tan cargada de falsedad que casi ofendía mirarla.

—Todavía me guarda rencor por una jugarreta de juventud de la que nadie, salvo él, se acuerda ya —explicó el maestro Andersen con la mirada puesta en Aurelius y Gabrielle—. Lo convertí en rana, lo metí en un bote y me fui de paseo con su novia. —Sonrió—. Yo en aquella época todavía andaba perdido, catando carne y pescado a la búsqueda de mi sabor preferido... En fin, no fue más que una broma, pero se lo tomó tan mal que desde entonces no me soporta.

Aurelius dudó de que aquello fuera verdad, y esperó sin decir nada a que su maestro lo presentara.

—Aquella pobre muchacha no me lo perdonó nunca. Me dijo que hubiese preferido que la enterraran viva a compartir una tarde de bucólico paseo contigo —dijo maese Caliban, despreciándolo con un mohín.

—Aunque no lo creas, yo también me alegro de ver que sigues arrastrando tu culo gordo por el mundo. —El maestro Andersen le ofreció la mano, y maese Caliban la estrechó con fuerza.

—Esta es Gabrielle, mi protegida, y este es el muchacho del que tanto has oído hablar, Aurelius Wyllt.

—Espero que pronto puedas deleitarme con tu espectáculo. —El recién llegado ignoró al maestro Caliban con otra sonrisa y se dirigió a Aurelius—: Todos hablan maravillas de ti, hasta el cascarrabias de tu maestro.

Tras los saludos de rigor, tomaron asiento por fin, y los camareros comenzaron a servir la sopa. Tratando de mostrarse cordial, el maestro Andersen evitó todas las puyas del señor Caliban, dedicándose a derrochar sentido del humor y buenos modales. Poco a poco, aquellas primeras tensiones fueron diluyéndose, hasta desaparecer por completo llegado el postre. El viejo bibliotecario se mostró encantador con Gabrielle, conciliador con el maestro Caliban, y siempre atento y afectuoso con Aurelius. Su conversación era como una tela de araña azucarada en la que fueron quedando atrapados sin llegar a sentir más que comodidad. A pesar de lo extraño de su aspecto, sabía usar las palabras justas en cada ocasión. Aderezaba su discurso con anécdotas que siempre eran apropiadas, o con medidas dosis de sabiduría que admiraron a Aurelius sin llegar a resultar empalagosas.

—He notado un afloramiento siguiendo el Hudson hacia el norte, cerca de Fort Montgomery. Me gustaría que vinieras, Caliban. Es posible que sea un afloramiento natal… —Esto último lo dijo arrimándose al oído del enano, procurando hablar en voz baja, aunque Aurelius pudo escucharlo perfectamente—. Hay varias cicatrices que apuntan al lugar y nadie es tan bueno como tú rastreándolas. Si quiero tener una idea mínimamente aproximada de lo que pasó allí, necesito que vengas conmigo.

—Ya veo…

—Si se trata, como creo, de una nueva cuna, quisiera que estuvieras a mi lado. Además, no me gustaría que el asunto cayera en manos indeseadas. He oído que William Cody va para allá, y no me haría ninguna gracia que se hiciera con otro trofeo para sus jaulas.

—¿Buffalo Bill? —preguntó, arrugando el entrecejo, maese Caliban.

—Sí, con su tribu de salvajes, su rifle Winchester y toda su palabrería.

El enano dio un trago a su copa y dejó que su vista se perdiera en el pasado. Aurelius conocía perfectamente aquella expresión de disgusto, pues se había encontrado con ella cada vez que su maestro había tenido que afrontar un dilema importante.

—¿Por qué sospechas que pueda ser una cuna? ¿Has investigado las raíces?

—Sí, y he preguntado a una vidente... Estoy casi convencido.

Maese Caliban volvió a sumergirse en sus propias cavilaciones. La trivialidad de sus palabras durante la cena, el relajo de su gesto, fueron suplantados por gravedad y preocupación.

—Casi preferiría que fuera ese paleto de Buffalo Bill el que diera con la criatura, si es que de verdad existe... Al menos en su circo están bien alimentadas y, que se sepa, no ha perdido ninguna.

—¿Aún me guardas rencor por aquello?

—No es rencor...

—Sí es rencor. Me odias porque acabé con aquel dragón. Sigues pensando que lo hice para medrar, para quedar bien ante los miembros del Consejo... para ganar fama.

Caliban permaneció callado. Aurelius y Gabrielle lo secundaron, seguros de que entre él y el maestro Andersen se libraba el último asalto de un duelo antiquísimo sobre el que no debían preguntar. Al menos en aquel momento.

—La jodida verdad es que no tuve otra opción —añadió Andersen, apesadumbrado—. Si hubieras estado a mi lado como te pedí, sabrías que es cierto, ¡maldita sea! Bien caro estoy pagando aquel asunto... No te haces una idea de lo mucho que lo he lamentado en estos años. Y sin embargo, no puedo decirte que me arrepienta. A veces, la única manera de evitar un mal es acometer otro. Aquel ser era demasiado peligroso.

Las miradas de los dos magos se cruzaron por un momento. Cualquiera que hubiera osado colocarse entre ambas habría ardido de inmediato.

—Está bien —concluyó maese Caliban, cediendo por fin—. Iré contigo y buscaremos ese afloramiento.

—Gracias, amigo. —La tensión que mantenía rígida la espalda del maestro Andersen comenzó a menguar por fin. De golpe pareció diez años más viejo, pero también diez veces más tranquilo.

—Pero te comprometerás a entregarme la criatura que encontremos, si es que la hay —sentenció el enano—. Seré yo quien le busque custodio.

—Puedo prometerte que hablaré ante el Consejo en tu favor. Lo haré si tú consientes en escucharnos en caso de que haya peligro.

Maese Caliban asintió.

—Y ahora —añadió, alzando su copa—, disfrutemos de lo que queda de cena. Brindemos, riámonos y hagamos oídos sordos a la memoria. Hagamos como si los pecados de estos años se hubieran esfumado y volvamos a ser jóvenes por una noche. ¿Te parece?

—Nada me gustaría más, amigo. —Los magos chocaron sus copas—. Nada me gustaría más…

Volvían a casa en carruaje, tras haberse despedido del maestro Andersen, cuando Aurelius se atrevió por fin a interrogar al señor Caliban. En realidad, había esperado ansioso el momento de encontrarse lejos de Andersen para exponerle sus dudas, aunque hubiera disimulado distrayéndose con Gabrielle.

—Un afloramiento, también llamado *shíde*, es una conexión puntual con otra realidad, una especie de puente que se establece de manera fugaz y que luego desaparece.

—¿Con otra realidad? —Aurelius sabía algo del asunto. Había hablado de ello con algunos maestros y había estudiado las bases de la cartografía mágica, pero consideró que aquel era buen momento para obtener una pizca de información adicional. Animado por el licor, maese Caliban solía dar explicaciones mucho más certeras. Podaba sus argumentos de añadidos y se dirigía siempre al corazón de las ideas.

—Sí, con otro universo como el nuestro, pero con sus propias leyes —continuó—. Sería complicado de explicar. Cuando lleves años estudiando metamagia, te acercarás al conocimiento necesario para hacerte una idea real de lo que quiero decir, pero más o menos significa eso. No son muy abundantes, cada vez menos, pero hay que vigilarlos con mucha atención, y sobre todo, hay que acudir a ellos antes de que los encuentre el Cazador porque en muchas ocasiones, cuando se abren, permiten la llegada de criaturas.

—¿Criaturas?

—Eso es, criaturas. Seres mágicos, retoños de otros planos. Ya sabes, hadas, duendes, dragones… —Maese Caliban apartó la mirada al pronunciar aquella última palabra. Aurelius intuyó retazos de dolor en su rostro justo antes de que lo hiciera—. Vamos, Aurelius. No te hagas el tonto… Todo esto ya te lo he explicado.

—Las criaturas que acogéis los custodios —afirmó Aurelius, ignorando la venial reprimenda de su maestro.

—Sí, todas ellas, incluidos los peores demonios… Antiguamente, los afloramientos eran más abundantes. Y cuando digo «antiguamente», me refiero a hace cientos de años. Hay maestros que opinan que, por aquel entonces, el nuestro y los demás planos se encontraban mucho más cercanos, en algunos casos casi solapados. Hasta tal punto era así que llegaron a darse verdaderas invasiones que los magos de aquellas épocas debieron de contener. —Recompuesto, volvió a mirar a Aurelius—. La última datada se produjo en la vieja Irlanda, en el siglo catorce.

—Entonces, si las criaturas mágicas proceden de otros universos, ¿Gabrielle qué es? Me contaste que naciste en Francia. —Aurelius miró a la muchacha, tratando de hacer casar su historia con la de maese Caliban.

—Sí, y no te mintió. La que nació en otro universo fue la enfermedad que padece. Su maldición… —El enano la tomó de la mano, para consolarla, como habría hecho el más amoroso de los padres, logrando que sonriera—. Ella es tan francesa como el vino de Burdeos, aunque mucho más deliciosa.

—¿Y un afloramiento fue la causa de que el maestro Andersen y tú os distanciarais?

—Sí. —El señor Caliban miró a Aurelius con gesto grave—. Un afloramiento y lo que llegó a través de él…

Aurelius esperó pacientemente mientras su maestro se decidía a explicarse. Sabía que no tardaría en hacerlo. Dejó que el repiqueteo de las ruedas del carro contra los adoquines se convirtiera en una especie de cuenta atrás.

—Yo confiaba en él, pero me falló por completo —continuó al fin—. Sí, de una manera rotunda. Se dejó llevar por el grupo de cobardes que lo acompañaba… Se dejó convencer y optó por el camino fácil. Sí, Aurelius, me demostró ser fantoche sin valor. —Suspiró, negando a la vez con la cabeza—. ¿Sabes? Durante mucho tiempo trabajé con él. Formamos un gran equipo, esa es la verdad. Íbamos juntos de aquí para allá, investigando cicatrices, buscando las vidas perdidas de los magos ejecutados por el Cazador. Éramos los mejores en eso. He de reconocerlo, tenía una especial habilidad para imaginar posibilidades, para relacionar unas señales con otras, pero no habría conseguido nada sin mí. Yo era su sabueso, y me enorgullecía de serlo. En pocas semanas éramos capaces de juntar las pistas suficientes para averiguar qué había ocurrido en cada caso. Tardamos solo nueve días en descubrir que Bartolomeo Borghesi había pertenecido a la orden en otra vida y que había custodiado a un avatar de la diosa romana Minerva durante más de veinte años. Hoy en día se le recuerda como anticuario, como coleccionista de monedas aficionado a la Historia, pero nosotros descubrimos su verdadera profesión. Y lo que hicimos con él lo hicimos con otros muchos.

—¿Qué encontrasteis en aquel afloramiento, maestro?

—Encontramos un tesoro, Aurelius, uno de los mayores… y decidimos despreciarlo como si nada valiera.

—¿Qué tesoro, maestro? —Aurelius se vio forzado a insistir.

—Un dragón… Un dragón nonato… Un huevo hirviente. —Poco a poco el discurso del maestro fue ganando en vehemencia—. Yo le habría encontrado acomodo, te lo aseguro. Lo habría enterrado hasta dar con el mago que se hiciera cargo de él, y si no, me habría encargado yo… Pero aquel atajo de cobardes pensó que sería demasiado peligroso, que al crecer se convertiría en una fuerza de la naturaleza imposible de controlar. —Llegado a este punto, suspiró, tratando de reencontrar la calma—. Tú lo viste con tus propios ojos. Viste al dragón del capitán Simbad y al del maestro samurái Katamori. Ambos se las apañan para esconder a sus criaturas, uno en el fondo del océano y el otro entre los bajorrelieves de aquel templo, al lado de su casa. Lo harían en el mismísimo infierno si fuera necesario... Y hay más. Al menos otros dos que yo sepa. El maestro Henry Bessemer esconde otro en un gran horno de fundición en Inglaterra y el joven maese Tesla guarda al suyo entre extraños aparatos en su laboratorio de Maribor. Si se quiere, hay maneras, por muy peligroso que resulte. Custodiar un dragón debería ser un honor, no una carga. Por sus venas fluye pura magia licuada. Son uno de los grandes misterios de la vida, maravillas vivientes.

Maese Caliban traspasó a Aurelius con aquella mirada suya de las ocasiones especiales, capaz de derretir el granito; habría conseguido que el Moisés de Miguel Ángel se sintiera culpable de los pecados de Adán.

—Sí, seguramente lo acompañe hasta ese afloramiento... No quiero que vuelva a ocurrir lo mismo. Estoy convencido de que jamás volveremos a ser amigos, y dudo que haya magia capaz de cambiar eso.

—¿Qué crees que encontraréis allí, maestro?

—No lo sé, Aurelius. No lo sé. Quizá la criatura que estés llamado a custodiar por el resto de tu vida... Quizá tu destino.

Aurelius quedó callado durante un momento, la cara vuelta hacia su propio reflejo en la ventanilla. Al otro lado del cristal, las calles discurrían lánguidamente al cansino ritmo del trotar de las caballerías. Aunque la oscuridad trataba de cercarlos, se dio cuenta de que siempre podía encontrar pequeñas islas de claridad —farolas, alguna ventana iluminada—, en las que refugiar la mirada.

—Si eso ocurriera, maestro —dijo al fin—, sería obligatorio convocar un concilio, ¿no es verdad?

—Si encontramos algo importante y hubiera una disputa por la propiedad del hallazgo, habría que hacerlo, sí. La norma de la orden así lo establece.

—Y a ese cónclave tendría derecho a acudir cualquier mago de la orden, ¿verdad? —Aurelius se volvió hacia maese Caliban con la mirada encendida—. Incluido el maestro Geppetto.

—Desde luego... Y con más razón si una de las partes reclama su presencia.

—Pues quizás el destino haya puesto a nuestro alcance el arma que venimos buscando —dijo el muchacho—. Utilicemos esa excusa para traer a Geppetto a nuestro lado.

XXV

De nuevo frente a la luz

Dos días después de su reencuentro en el Club Avalon, el señor Caliban partió junto al maestro Andersen hacia aquel afloramiento del norte. Como hombre metódico que era, decretó una serie de prevenciones antes de marcharse, con el único objeto de mantener a salvo a sus protegidos. La invocación de cendales por la mañana y un estricto horario de rondas de vigilancia, que Hans debía llevar a cabo sin falta, fueron solo algunas de ellas.

—El señor Medioerizo ha sobrevivido sin protección de custodio alguno durante más de treinta años —afirmó, tratando de tranquilizar a Aurelius—. Ya lo sabes, él dice que es gracias a su aguda inteligencia. En realidad debemos atribuirle el mérito a esa capa suya de retales, que lo hace parecer mundano cuando apesta a magia. Es un gran cendal de tela que, además, lo vuelve invisible a ojos viles.

—Pero se arriesga mucho, maestro. —El muchacho señaló al exterior con un gesto. En aquel preciso momento, el Medioerizo regresaba de una de sus rondas, silbando una alegre tonada y caminado despreocupado. Situados junto a la ventana, ambos pudieron ver cómo cruzaba la calle para dirigirse al portal—. Me parece injusto que sea siempre él el que se juegue el pellejo.

—No te preocupes, Aurelius. Sabe defenderse, te lo aseguro. Además, corre menos peligro estando fuera que aquí con nosotros. Maese Medioerizo es un don nadie a ojos del mundo, y no hay nada mejor para sobrevivir en las calles que eso... Si no existes, es imposible que puedan encontrarte.

—Pues aquellos tipos de Yokohama sí que dieron con él.

—Aquellos hombres dieron con nosotros siguiendo nuestras pisadas, no olfateando nuestro rastro de magia, y que yo sepa, terminaron bastante mal. No tengo miedo de la Causalidad, solo del Cazador, y no creo que haya nadie tan preparado para esconderse de él como Hans. No temas. Lo hará bien, y no se arriesgará si no es necesario.

La rutina diaria en la casa apenas cambió en aquellos días. Las tutorías de Aurelius, dirigidas a diario por maese Caliban, fueron sustituidas por varias horas de estudio en solitario. Por lo demás, la vida siguió siendo la misma por allí. Por la mañana, desayuno y salida a comprar. Luego clases de gaita, que a esas alturas habían evolucionado hasta convertirse en pequeños conciertos en los que Aurelius y Hans tocaban, y si había suerte, Gabrielle acompañaba cantando. Más tarde, estudio y labores del hogar. Comida con sobremesa y un rato de lectura. Después, magia otra vez y esgrima. Si el tiempo era bueno, otro paseo, cena y cada uno a su catre... Pero antes, el muchacho dedicaba siempre un rato al Cazador de Hadas. Mantenía muy presente la deuda que había contraído con el monstruo y no cejaba en su empeño de buscar maneras de acabar con él. En realidad, aquella se había convertido en su actividad más importante, el motor de casi todos sus actos, y aunque a veces se sintiera terriblemente frustrado por su falta de progresos, estaba convencido de que algún día saldaría la deuda de dolor que los unía.

Solo salían por la noche en ocasiones especiales, algunos días festivos, aunque procuraban no descuidar sus visitas al Avalon los viernes y sábados. Y es que esas salidas suponían una magnífica oportunidad de abandonar su rutina habitual, casi todos sus miedos, para relajarse, conocer gente interesante y disfrutar de actividades distintas. El hecho de vestir con elegancia y beber champán ejerce un efecto sobrenatural en el individuo, cuya consecuencia es una liviandad del espíritu que hace que todo importe menos.

Nadie puso pega alguna cuando Aurelius programó la salida de aquella noche. El maestro se había marchado hacía solo un par de días, y el calendario, que poco entendía de compromisos, había traído un nuevo sábado a sus vidas. Tocaba paseo, quizás alguna compra por entretenimiento, cena en el Avalon y luego velada. Ninguna de las precauciones de maese Caliban indicaba que debieran renunciar a nada de eso.

Hans salió para alquilarles un carruaje, advirtiendo que llegaría tarde, seguramente después que ellos. Al parecer, había trabado nuevas amistades mucho más ajustadas a sus gustos, vocabulario y costumbres. Aurelius supuso que se trataba de ese tipo de compañías de las que cobran por los besos y sintió cierta pena por su amigo. Aunque el Medioerizo volvía a lucir un orbe de cristal en la cuenca vacía de su ojo, y a pesar de ir acicalado por la magia, seguía siendo demasiado peculiar como para ser admitido entre gente elegante. Si a la tara de su aspecto le sumamos su afición a empinar el codo, el olor del tabaco de su pipa y su evidente falta de afinidad con el jabón, la sentencia a la marginalidad quedaba irremediablemente firmada. El pobre solo tenía hueco entre los desheredados, y quizás al lado del maestro Caliban, pero en ningún otro lugar.

—Cuida de Gabrielle —dijo antes de salir—, y si ves algo raro, avísame y regresa aquí inmediatamente. El maestro invocó unas brisas esclavas en esas botellas. —Señaló unos viales que el señor Caliban había dejado sobre el aparador de la entrada. Los frasquitos brillaban como si en el interior de cada uno revoloteara una familia de luciérnagas—. Ya sabes cómo funcionan. En caso de problemas, no tienes más que quitar el tapón y llamarme. Tardaré poco en escucharte. Yo he cogido otra, por si acaso.

Poco después, Aurelius terminó de vestirse, se acomodó el corbatín y bajó a la cocina para esperar a Gabrielle. Al principio no se dio cuenta de hasta qué punto estaba ansioso, pero lo cierto era que se sentía como si aquella fuera su primera cita. Las famosas mariposas, esas que todos hemos criado alguna vez por mandato del deseo, revoloteaban en su estómago haciéndose notar, aunque él procurara ignorarlas. En realidad era la primera vez que se vestía para salir con una mujer sin la compañía de otro hombre... La primera vez que Gabrielle y él saldrían a divertirse sin poner excusas.

Aunque trató de fingirse indiferente, apenas pudo disimular el rubor que encendió sus mejillas al verla aparecer. Vestida nuevamente de encarnado, alegre y sonriente, le pareció de una belleza estremecedora, casi otra persona. Estaba acostumbrado a verla, es cierto, pero aquella noche parecía recién bañada en la sangre de un dragón.

—Estás muy guapa —se atrevió a decirle.

—Gracias —contestó Gabrielle divertida, apenas atendiendo a sus palabras—. ¿Nos vamos?

—Claro, claro. —Aurelius corrió nervioso, adelantándose, para tomar su abrigo. Ella esperó sin moverse junto a la puerta. Había bajado ya cubierta por una de sus mejores capas—. El cochero nos espera desde hace un rato —dijo, señalando la calle.

El carruaje los dejó a cuatro manzanas del Avalon. Aurelius se dio cuenta, nada más pisar la acera, de que algo había cambiado en ella, y esa revelación lo alegró y lo asustó a partes iguales. Nunca antes Gabrielle le había ofrecido su brazo para que lo tomara. Hasta aquel día, ella se había mostrado cercana en ocasiones, pero jamás se habían tocado. Él la veía como se ve a una pantera enjaulada. La admiraba, alababa su belleza y, a ratos, en secreto, soñaba con poder acariciarla, pero jamás dejaba de tener presente su verdadera naturaleza. Las noches de luna llena que pasaba encadenada, aullando de dolor, eran afiladas cuchillas que cortaban sus lazos de afecto. Después de cada arremetida de la maldición, tardaba días en olvidar sus lamentos, una pena profundísima se apoderaba de él, y a veces le costaba hasta mirarla. Y cuando estaba a punto de superarlo, de nuevo llegaba otra noche de agonía, y la luna se encargaba de recordarle que jamás podría abrazarla. Era un ser salvaje, nacido de la rabia...

Sin embargo, aquel día fue diferente. Se firmó una especie de tregua secreta entre ellos y la realidad, y la Gabrielle que conocía fue suplantada por otra muy distinta, sin miedo a la risa.

Aquella tarde se entregó de una manera inusual, lo que provocó que verdaderamente disfrutaran el uno del otro. Aurelius recordaría luego el paseo, la cena, el baile e incluso el regreso a casa con una alegría especial. Solo en sus aventuras con Connor MacQuoid, ya perdidas en el pasado, se había sentido tan libre y despreocupado, tan bien acompañado.

Únicamente en una ocasión las sombras se atrevieron a turbar su alegría, rompiendo de manera inesperada la magia de aquella cita. Se disponían a regresar, tras salir del Avalon, cuando creyó ver algo a lo lejos. Fue solo un instante, uno de esos momentos en los que uno se siente observado por la malicia misma. Gabrielle acababa de subir al carruaje que habría de llevarlos de vuelta y él estaba a punto de hacerlo también cuando quedó parado en seco, los huesos calados de miedo. Sus ojos recorrieron la calle buscando la razón de aquella inquietud y, en ese momento, le pareció volver a verlo, una figura delgada, al acecho, observando envuelta en oscuridades... Por suerte, aquella presencia se esfumó cuando se forzó a escrutar la noche con más atención. No había sido más que un engaño, uno de esos juegos macabros a los que juega la noche con los que no la temen como debieran.

—¿Pasa algo, Aurelius? —preguntó Gabrielle al verlo dudar.

—No —contestó él, subiendo al coche. Estaba firmemente decidido a proteger la alegría que mostraba el rostro de la muchacha, costara lo que costase—. No es nada... Creí ver algo, pero no tiene importancia.

—Invocaste los cendales antes de salir, ¿no?

—Sí claro. Por supuesto.

Gabrielle asomó la cabeza y miró hacia el lugar en el que Aurelius había clavado los ojos. Durante unos segundos se dedicó a olfatear el aire sin decir nada.

—No es ese bastardo. Jamás olvidaría ese olor a bilis rancia. Además, el maestro invocó encantamientos de salvaguardia y ninguno de ellos ha avisado de peligro alguno.

Al no encontrar nada sospechoso, volvió a su asiento y esperó a que él lo hiciera también. Aurelius la siguió casi de inmediato. Pretendía borrar rápidamente aquel momento de su memoria. Apenas quedaba noche, ya regresaban. El reloj había marcado las doce y el carruaje que los llevaba podía convertirse en calabaza de un momento a otro. Tenía que aprovechar cada segundo...

Llegaron al portal, deshaciendo de manera casi exacta el camino que habían recorrido por la tarde, y tras despedirse con un par de sonrisas y algunas tímidas palabras de agradecimiento, cada uno se dirigió a su propio cuarto. Aurelius hubiera querido que el sueño se prolongara eternamente, pero no le quedó más remedio que admitir el despertar. Al cerrar la puerta de su dormitorio, se dio cuenta de que habría necesitado más... mucho más. Ya entre sábanas, se lamentó de su falta de valentía, de no haberse despedido de ella con un beso. De repente, dejaron de asustarle las dificultades: las maldiciones le parecieron obstáculos sencillos de salvar y la opinión de maese Caliban apenas le importó. Consideró rotos sus compromisos anteriores; el tiempo y las circunstancias los habían hecho caducar. Miranda no era ya más que otro recuerdo perdido. Tuvo que hacer grandes esfuerzos para no correr hasta el cuarto de Gabrielle y abrazarla apasionado... Y por primera vez, el anillo que llevaba en su dedo le quemó como si fuera de magma ardiente.

Por eso, a la mañana siguiente, se levantó temprano decidido a ofrecer al mundo un gesto con el que quedara clara su renuncia al pasado. Solo Hans andaba despierto cuando bajó la escalera. Sentado en un taburete frente a la estufa de la cocina, el Medioerizo bebía café con gesto cansado. Conociendo el mal genio que derrochaba en las mañanas de resaca, Aurelius decidió dejarlo a su aire y apenas cruzó un par de palabras con él. Tomó una rebanada de pan, la untó con mantequilla y salió de allí corriendo como alma que llevara el diablo. Sí, la decisión estaba tomada, y por eso se dirigió hacia el río sin mirar atrás.

Nueva York era por aquel entonces poco más que una isla, la pequeña Manhattan, flanqueada al oeste por un río, el Hudson, y por un extenso brazo de mar en su parte oriental. Al carecer de la mayoría de los puentes de los que dispone hoy, la urbe todavía no había rebasado los límites impuestos por la naturaleza para invadir las tierras de los alrededores. Sin embargo, sí que se había construido ya el acueducto de Croton y, sobre él, la pasarela destinada al tránsito de peatones que todavía se mantiene en nuestros días.

Dejando atrás varias manzanas, llegó a los confines de aquella tierra de promisión que los había acogido. Hacía frío, había llovido tímidamente durante toda la noche y el río corría brioso cuando se acercó al cauce. A su espalda, las calles bullían ya de vida, con su constante tráfico de vecinos y carruajes, y frente a él, esperándolo mayestático, el High Bridge se ofrecía como altar para el sacrificio. Tenía previsto recorrer solo la mitad de su longitud, acercarse a la baranda de piedra y, desde allí, arrojar el anillo al agua.

Por suerte o por desgracia, nada de eso ocurrió.

Aurelius se detuvo bastante antes de llegar a la entrada del puente. Una inesperada lucha se inició entonces en lo más profundo de su alma: la parte más idealista de sí mismo clamaba por mantenerse fiel a las promesas del pasado —promesas que jamás podría cumplir—, mientras la otra, la mitad más práctica, abogaba por abrazar el futuro con valentía. Sin embargo, la batalla fue breve. Había tomado una decisión, y alcanzado aquel punto no podía desdecirse. Aquellos dos dragones enroscados habían permanecido alrededor de su dedo, casi besándose, durante más de un año, y aunque en el pasado llegara a creerlos llenos de vida, en aquel momento no eran ya más que cadáveres. Por mucho que le doliera, había llegado la hora de deshacerse de ellos.

Aurelius giró el anillo, desenroscándolo, hasta tenerlo sobre la palma de su mano izquierda. Lo miró con pena, como habría mirado Abraham al hijo que se disponía a sacrificar, y después cerró el puño y comenzó a caminar decidido hacia la boca del puente. No había dado ni tres pasos cuando escuchó a su derecha el inconfundible sonido que producen los cascos de los caballos al trotar. Un carruaje negro, tan limpio que parecía pulido, avanzaba raudo en su dirección, dispuesto a atropellarle.

Apenas tuvo tiempo de apartarse. Saltó hacia atrás, esquivándolo por un par de palmos. Quizás el chófer anduviera distraído. El caso es que ni siquiera hizo ademán de evitarlo y apenas frenó. Las ruedas partieron un charco que ocupaba casi toda la anchura de la calzada, y enormes salpicaduras de agua y barro ensuciaron sus pantalones.

Sin embargo, aunque agraviado, el muchacho apenas levantó el puño para protestar. Quedó tan sorprendido por lo que vio que ni siquiera pudo moverse. Fue como si el destino lo abofeteara por su falta de fe. Una joven señorita viajaba abrigada en aquel carruaje... Una cuyo rostro habría distinguido entre un millón. ¡Qué digo entre un millón! Una cuyo rostro habría distinguido entre los de todas las mujeres nacidas: era Miranda, su prometida.

Ella ni siquiera lo vio, pero Aurelius no tuvo dudas. El coche avanzaba ya alejándose colina arriba cuando terminó de reaccionar. ¡Era Miranda! No podía perderla de nuevo. De inmediato quedó prisionero por el encantamiento de entusiasmo que lo atrapara en su primer encuentro, y todo lo demás dejó de importar.

Volviendo a colocar el anillo en su dedo, corrió desesperado tras los caballos. Al principio, su único afán era alcanzarla, aunque casi de inmediato se dio cuenta de que debía ser prudente también. No podía dejarse ver. Al menos, no tan pronto. El miedo volvió a regir sus actos. A partir de entonces, procuró seguirlos, sin perder de vista el carruaje, pero tratando de disimular que lo hacía.

La persecución duró poco. El cochero tiró de las riendas y los caballos giraron hacia el oeste. Recorridas tres o cuatro calles, frenó de manera repentina y se detuvo por fin. Una voz muda, quizás el instinto que vela por el bien de todo animal, le advirtió que se detuviera. De inmediato, Aurelius cambió la carrera por un trotecillo que no tardó en convertirse en temeroso caminar.

Apenas se había detenido cuando la puerta de la cabina se abrió y alguien comenzó a descender. Aurelius aguardó ansioso, pero la esperanza de que fuera Miranda yendo a su encuentro se desvaneció de inmediato. Los dos o tres caminantes que cruzaron frente a él apenas le impidieron reconocer a Telesio. Haciendo gala de los mismos movimientos elegantes que había lucido en sus encuentros anteriores, como reptando sobre hielo, se detuvo dándole la espalda y despidió al cochero. Un miedo inexplicable caló el alma de Aurelius en ese momento. La sangre de la creación, que es el tiempo, pareció dejar de fluir, y los planetas interrumpieron su danza continua... No sabría nunca explicar la razón, pero lo cierto es que se sintió irremediablemente perdido. Tratando luego de racionalizar aquella urgencia, pensó en Miranda, en el temor de que su presencia tuviera nefastas consecuencias para ella. También achacó aquel latigazo de terror al riesgo de volver a perderla sin ni siquiera haberle dado una de las muchas disculpas que le debía, pero ni una razón ni la otra alcanzaron a explicar lo que sintió. Fue algo demasiado profundo, demasiado visceral, en apariencia caprichoso. Un pánico como el que sienten a veces los niños al despertar de una pesadilla en la oscuridad... Y no era lógico, pues él era casi un mago y Telesio poco más que un hombre.

Como un náufrago que tratara de aferrarse al último tablón flotante, buscó a toda prisa un lugar en el que refugiarse. Un callejón a su derecha fue la única opción que se le ofreció, aunque nada más verlo, lo creyó ya demasiado lejano. Debía cruzar toda la calzada si pretendía buscar refugio en su interior. Apenas había empezado a caminar hacia él cuando Telesio se giró de manera repentina y lo miró fijamente.

Aurelius se detuvo como un ratoncillo hipnotizado por una serpiente. Podía escuchar los latidos de su propio corazón. Podía escuchar al diablo riéndose a su espalda. Sin embargo, pareció volverse invisible de repente y el mal pasó de largo ignorándolo. Por fortuna, Telesio apenas reparó en él. Puede que disimulase por alguna razón, o quizás, atendiendo a sus propios asuntos, no se fijara en los prójimos que caminaban atareados a su alrededor. Lo cierto es que el que había sido su mecenas lo ignoró por completo.

Al parecer indultado por el destino, Aurelius dio media vuelta y caminó a paso rápido intentando alejarse de allí. Nada más doblar la esquina, y sin poder apartar de su mente el rostro de Miranda, emprendió una furiosa carrera que no terminó hasta sentir que le faltaba el resuello.

Miranda estaba en Nueva York... Muy cerca, y a la vez alejada de él por un laberinto interminable de calles mudas en el que le sería casi imposible encontrarla. Aquel breve reencuentro provocó que resurgieran sentimientos que la lejanía y el tiempo habían conseguido embalsamar. Aurelius no sabía si la amaba todavía, pues los recuerdos se enredaban en su corazón con sus más recientes vivencias, formando una suerte de zarzal plagado de espinas en el que no se atrevía a indagar. Sin embargo, perduraba el deber, la obligatoriedad de cumplir sus promesas, costara lo que costase. Había jurado liberarla, librarla de Telesio, y seguía dispuesto a hacerlo...

Encontrar a Miranda se convirtió a partir de aquel momento en la más acuciante de sus obsesiones. El Cazador de Hadas, su venganza... Todo debería esperar.

Solo Miranda importaba.

XXVI

Primeros pasos en el laberinto

Gabrielle fue incapaz de entender el cambio que se produjo en Aurelius, el repentino mutismo en el que se envolvió sin dar explicación alguna. Llegó a media mañana, calado hasta los huesos, y en vez de calentarse en la estufa de la cocina, corrió a su cuarto y se encerró a estudiar. No salió hasta la hora de comer, declinó la oferta de Hans de practicar un rato con la gaita y, tras el postre, regresó rápidamente al dormitorio sin apenas alargar la sobremesa.

En realidad, ella ya se había encontrado en un par de ocasiones con silencios similares a aquel. Al menos otros dos hombres, un joven mago y un poeta arruinado, habían reaccionado de manera parecida al conocer la naturaleza de su maldición. En ambos casos, la pérdida de interés había llegado después de compartir lecho con ella, ya conseguido el trofeo de sus besos. Sin embargo, con Aurelius no había sobrepasado esa frontera. Tenía que reconocer que en las últimas semanas había empezado a verlo de otra manera, aunque escarmentada por aquellos desengaños, se había guardado bien de volver a venderse barata. Además, él conocía desde hacía tiempo la verdadera naturaleza de su mal y nunca le había importado. Es más, siempre se había mostrado agradecido al lobo que escondía en su interior por haberle salvado la vida.

—¿Qué te pasa, Aurelius?

Gabrielle esperó hasta el día siguiente para interrogarlo. Pasó en ese tiempo por diversas fases en las que tuvo que bregar con sentimientos muy distintos: duda, enfado, desprecio... Finalmente, decidida a entender la causa de aquel alejamiento, optó por abordarlo antes de que huyera de nuevo.

—Nada —mintió Aurelius—. No me pasa nada. ¿Por qué?

—¡Oye! —respondió airada—. ¿Es que crees que soy idiota? No sé de qué se trata, pero, desde luego, algo te pasa.

—¡Te he dicho que no me pasa nada! —contestó Aurelius irritado.

Sin embargo, casi de inmediato, Aurelius se arrepintió de haber alzado la voz. Gabrielle era inocente. Si alguien había errado, era él, y además, era incapaz de olvidar la deuda de agradecimiento que había contraído con ella. Bajando la mirada, trató de regresar a su cuarto, aunque entendió que no podría hacerlo sin volver a mentir. Había caído en una trampa, y aunque entonces desconocía la verdadera naturaleza de la misma, estaba seguro de que le sería difícil escapar de ella. Debía seguir manteniendo en secreto la existencia de Miranda como había hecho hasta ese momento. Sin duda era lo mejor, al menos hasta que regresara el maestro Caliban.

—¿Es algo que he hecho? —Gabrielle lo mantenía fuertemente agarrado por la muñeca y no tenía intención de dejarlo marchar sin una explicación.

—No... No has hecho nada malo.

—Entonces, ¿es algo que no he hecho? —La voz de la muchacha sonó profundamente triste, calada de decepción.

—No, desde luego que no... —contestó Aurelius avergonzado. Por un momento temió que Gabrielle fuera a ofrecerle algo que no pudiera tomar. Un día antes habría estado en disposición de aceptar cuanto le hubiera propuesto, pero ya no podía. En realidad, daba gracias al destino por haberse encargado de mantenerlos alejados aun estando tan juntos. De haber tomado un solo beso de ella, solo uno, en aquel momento se habría encontrado atrapado entre dos compromisos, a cada cual más difícil de romper.

—Dime qué te pasa, anda... —le rogó ella.

Aurelius dudó. Tardó un momento en componer una

mentira mínimamente creíble. Antes de enunciarla se sintió ya profundamente indigno. No encontrando donde parapetarse, usó el recuerdo de su padre —que siempre había considerado sagrado— para salir del paso.

—Es una tontería, no te preocupes... Se me pasará —dijo titubeando—. Es solo... que pronto será el cumpleaños de mi padre y llevo varios días acordándome de él.

Gabrielle soltó su brazo y se quedó mirándolo muy fijamente, quizá sopesando la veracidad de aquella confesión. Fuera cierta o no, había llegado a un callejón sin salida. No le quedaba más remedio que aceptarla y mostrarse amigable si quería seguir teniendo posibilidades de continuar rebuscando después entre los sentimientos de Aurelius.

—¡Vaya! —exclamó, torciendo el gesto—. Lo siento. No quería meterme en tus asuntos, y mucho menos hacerte sentir mal.

—No, no seas tonta —contestó Aurelius en tono conciliador—. Te agradezco que te preocupes por mí. Se me pasará pronto, ya verás. Es solo que ahora no me apetece mucho hablar.

Sentado de nuevo frente a la estufa de la cocina, Hans vigiló con discreción aquel encuentro junto a la escalera. El Medioerizo tenía una especial habilidad para observar sin despertar sospechas, basada en un profundo conocimiento de la naturaleza humana —sobre todo de sus bajezas— y en ciertas dotes actorales innatas. No le costó disimular su extrañeza, fingiéndose ocupado con su pipa. Atacó el tabaco con insistencia, tomando nota de todo en silencio, mientras Aurelius desaparecía escaleras arriba.

Lo cierto es que al muchacho no le quedaba ya más opción que la de seguir mintiendo, y a partir de ese momento procuró hacerlo de la manera más creíble. Por eso, poco después, bajó de nuevo la escalera y durante un buen rato se dedicó a actuar como si nada pasara. Ofreció una partida de dados a Hans y animó a Gabrielle a unirse a ellos. Jugaron, deambuló un rato por la cocina y, al notar que comenzaba a atardecer, salió por fin de la casa. Fingió haberse olvidado de comprar tinta, y alegó necesitarla con urgencia para excusarse.

Una brisa fresca acarició su rostro cuando pisó la calle, llevándose la mayoría de sus preocupaciones. Había invocado los cendales de rigor y un par de encantamientos de discreción antes de salir. Apretando el paso, caminó hacia el río sin perder un momento, sintiendo que una ansiedad creciente se apoderaba de él. No podía permitirse el lujo de perder un solo día si quería dar con ella. La sola imagen de una Miranda apoyada en la baranda de cualquiera de los transatlánticos que llegaban al puerto a diario, alejándose mar adentro, le producía un dolor lacerante que apenas conseguía apaciguar. Y esa triste postal podía convertirse en realidad en cualquier momento. No sabía qué planes tenía Telesio, si había viajado hasta allí con la intención de quedarse o si estaba de paso.

Pero apenas había abocetado un plan para dar con su rastro, así que decidió regresar al lugar en el que se había reencontrado con ella para comenzar a tirar del hilo desde allí. Pretendía hacer uso de la magia que conocía para dedicarse a buscar como buenamente pudiera, aunque de camino al río no paró de lamentarse por su falta de valentía. Si en vez de haber huido de aquella manera de Telesio, hubiera permanecido escondido, habría podido seguirlo. Pero no; atemorizado como un niño, se había alejado corriendo…

Repitiendo el mismo trayecto que había recorrido tras el carruaje, Aurelius caminó en busca de alguna pista que lo condujera hasta Telesio. Sin lograrlo en absoluto, se detuvo en el lugar en que se había detenido él. Rodeado de talleres y almacenes en los que la faena era constante, se preguntó si habría entrado en alguno de ellos. Puede que hubiera bajado allí para cerrar un negocio, o puede que hubiera seguido caminando, calle arriba, en busca de un destino tan difícil de adivinar como el número de pecados del hombre. De cualquier forma, no se permitió desfallecer. Optaría primero por entrar y preguntar, en todos ellos si hacía falta, y si nadie era capaz de ofrecer un clavo al que agarrar sus esperanzas, se arriesgaría, invocando un hechizo trazador, con la ilusión de conseguir, al menos, una dirección en la que caminar.

Decidido a hacerlo, Aurelius se dirigió hacia la puerta del primer almacén. Antes de entrar, se aseguró de que nadie lo hubiera seguido, volviendo la cabeza con disimulo. Sí, así era... O al menos eso creyó, pues ni en cien vidas habría sido capaz de descubrir al espía que, agazapado tras una chimenea, en un tejado cercano, observaba atentamente sus pasos. El Medioerizo era astuto por naturaleza, pero además había aprendido durante años a esconderse del mal que lo acechaba, convirtiéndose en un profesional de la mentira. Decidido a esperar, intrigado, Hans encendió su pipa y se acurrucó junto a los ladrillos, protegiéndose del frío con su capa de retales.

Aurelius regresó a casa un par de horas más tarde, más cargado de fe que de verdaderos motivos de esperanza. Finalmente, y tras descubrir con desilusión que Telesio no era cliente de ninguno de aquellos negocios, encontró a un afilador ambulante que decía recordarlo, pues aseguraba haberse cruzado con él varias veces. Aquel hombre le sugirió un camino a seguir, pero él ni siquiera pudo dar un paso en la dirección indicada, pues el tiempo se había consumido de manera demasiado rápida y le urgía regresar.

A partir de ese momento habría de dedicar gran parte de su energía a hilvanar una mentira que le permitiera ir en busca de Miranda sin despertar demasiadas sospechas. Buscó excusas, una buena coartada, y de todas las que sopesó, la que le pareció más creíble fue la de una exhibición en el Avalon. La mayoría de los socios del club se prestaban a deleitar a sus colegas, antes o después de las cenas, con juegos y entretenimientos varios. No resultaría extraño que él se ofreciera también a realizar su espectáculo allí. Si maese Caliban lo aprobaba, tendría vía libre para salir y podría retrasarse cuanto quisiera. Y es que aunque veía inevitable terminar hablándole de su búsqueda de Miranda, lo consideraba todavía demasiado prematuro. Tenía que aclarar demasiadas cosas. Tenía que asegurarse de que todos los cabos estaban atados antes de hacerlo y, sobre todo, debía ganar tiempo con respecto a Gabrielle... Necesitaba olvidar su sonrisa del sábado.

—¿Crees que al maestro Caliban le parecería buena idea que presentara mi número en el Avalon? —le preguntó esa misma noche.

—No creo que te pusiera ninguna pega —contestó ella—. Aunque con él nunca se sabe…

—Mañana iré a hablar con el presidente de la comisión y me ofreceré para actuar un viernes de estos. —Aurelius trató de mostrar cierto entusiasmo—. Empezaré a ensayar de nuevo en mis ratos libres. Así me distraeré un poco. Si luego el maestro no lo aprueba, me acercaré otra vez y pediré que se anule la representación.

Una vez perfilada su estrategia, Aurelius comenzó a dotarla de cuerpo real, y para ello retomó sus ensayos. Casi siempre que podía utilizaba el único salón vacío de la vivienda, o la cocina, para practicar a la vista de todos. Introdujo nuevas variantes en su viejo espectáculo, y por primera vez se planteó incluir en él el número de la puerta de tiza. Aunque aquella vuelta a los trucos de taberna suponía en realidad una estratagema para esconder sus salidas, Aurelius era incapaz de no tomarse la magia, cualquier tipo de magia, totalmente en serio.

Quiso el demonio de las casualidades que aquellas primeras jornadas de búsqueda, en ausencia del maestro Caliban, coincidieran con las tres noches del mes en las que la maldición atacaba con más virulencia a Gabrielle. Uno de los compromisos que más encarecidamente le había encargado respetar el maestro era ocuparse de las cadenas encantadas con las que debía sujetarla porque, de lo contrario, todos correrían un gran peligro. Durante las horas en las que el dolor fuera más intenso, Aurelius debía velar a los pies de la cama, invocando cendales que ocultaran el penetrante aroma de la magia que liberaba a la bestia.

Y así lo hizo. Advertido por ella, barruntaba una noche de sudor y convulsiones, de ira, babas y lucha, como tantas otras que había vivido, y sin embargo, no fue eso lo que encontró…

Sentados el uno frente al otro, fingiéndose más valientes de lo que quizás eran, esperaron en silencio la llegada de la maldición hasta que el ocaso dictó sentencia. Poco después la acompañó a su cuarto. Gabrielle le dio las gracias, y tras mirarlo como un reo inocente habría mirado a su verdugo, se acurrucó sobre su cama, dándole la espalda, y se dedicó a aguardar tranquilamente. Tratando de emplearse con el mayor cuidado y respeto, la sujetó y esperó hasta que los primeros síntomas empezaron a manifestarse. Parecía que en aquella ocasión el dolor iba a pasar de largo, pero no fue así en absoluto. Aurelius tardó un rato en advertir la llegada del martirio. Poco a poco, el lobo fue asomando el hocico, hasta devorar por completo a la mujer que conocía. La tersa piel de Gabrielle mudó, convirtiéndose en pelo negro; sus manos, en garras; y su voz se transformó en un quejido roto que intentó en vano convertirse en aullido. Bregando contra sus ataduras, la bestia giró sobre su espalda hasta quedar mirándolo fijamente... Y en ese momento, cuando aquellos ojos amarillos se clavaron en la conciencia del muchacho, ocurrió algo sorprendente. Como espantado por un hechizo exorcista, el martirio pareció menguar lentamente, hasta que retornó la calma. La respiración de la loba fue atemperándose de manera gradual y las convulsiones se redujeron hasta casi desaparecer.

Profundamente conmovido, Aurelius abandonó por un momento los encantamientos y adelantó la mano para acariciar la frente de aquella loba desvalida que le pedía piedad. Un perro moribundo habría mirado a su amo querido con mucha menos pena... No pudo resistirse a besarla. En la frente, como recordaba haber besado tantas veces a su madre enferma. Un solo beso preñado de piedad. Y ya no hubo más rabia aquella noche. Nunca antes había visto llorar a un animal, pero habría jurado que la bestia no hizo otra cosa hasta el momento en el que la luna se ocultó: llorar... llorar de pena.

XXVII

La semilla de kraken

Unos cuantos días después, maese Caliban regresó por fin. Llegó a media mañana, montado en una carreta que conducía un indio con cara de galápago disecado. Pidió ayuda para descargar el pesado arcón que traía consigo, y se dedicó a retomar su vida anterior como si acabara de terminar un paseo matutino. Parecía contento de haber regresado —la vuelta al hogar supone siempre el indulto de muchos pesares—, aunque Aurelius no tardó en descubrir en su mirada un brillo especial. Nada más verlo, supo ya que el regocijo de su maestro no se debía únicamente al reencuentro. Sin duda, el viaje había resultado provechoso, y no tardarían en averiguar hasta qué punto.

—He traído algo que os sorprenderá —anunció durante la comida, recreándose en la intriga—. Aunque necesito un momento de soledad antes de poder mostrároslo. Siento haceros sufrir, pero así debe ser.

Tratando de parecer calmado, Aurelius se encomendó una vez más a sus rutinas diarias: recogió los platos y fregó, preparó té y se sentó un rato junto a la estufa fingiendo distraerse con el periódico. No tardó en quedarse solo, momento que aprovechó para refugiarse en su cuarto él también. Tenía previsto ensayar su nuevo número de magia, sobre todo los detalles de reciente añadidura y la gran sorpresa final que pretendía introducir.

Meses antes, poco después de comenzar su estudio sobre el

Cazador de Hadas, había decidido iniciar un segundo proyecto privado. Al principio fueron solo ideas hilvanadas durante la noche, pero el asunto fue tomando cuerpo lentamente hasta convertirse en algo más. Y es que Aurelius no había llegado nunca a olvidar al maestro Houdin. En cierta forma estaba convencido de que aquella primera actuación en el Dorset Garden había supuesto una suerte de desafío y que solo podría considerarse mago cuando encontrara la solución al enigma que se le había planteado entonces. Debía atravesar una puerta de tiza si quería considerarse mago, y aquel falso número en el Avalon no era sino otra excusa para intentarlo.

Tras su primer encuentro con Houdin, Aurelius había descartado el uso de una artimaña mundana en el truco. El maestro había dibujado un rectángulo sobre un muro real, construido con auténtico ladrillo, y había hecho desaparecer a su mujer a través de él. No le cabía duda. Y no había usado dobles como sugirieron algunos, ni espejos. Tampoco era posible que la mujer se hubiera escurrido a través de una plataforma secreta; en primer lugar porque no la había —conocía bien los secretos del teatro—, y en segundo lugar porque no habría tenido tiempo de recorrer tan rápidamente el trayecto hasta el punto en el que había reaparecido... No, Aurelius sabía que aquel truco había sido real. Una muestra de magia verdadera.

Muchas veces desde entonces había dibujado puertas en paredes distintas. En casi todas las casas y habitaciones de hotel que habían ocupado en su viaje había dejado una, y en todas aquellas ocasiones había fracasado al intentar abrirlas. Incluso había llegado a comprar un pomo viejo que a veces utilizaba para darles un aspecto más real. Sin embargo, nada de eso había conseguido desanimarlo por completo. Desde el momento en que comenzara su educación mágica, había ido añadiendo pequeños detalles al proceso, encantamientos sencillos sobre todo, que esperaba le ayudaran a conseguirlo algún día.

Hacía unas semanas había dibujado los lados y la base superior de un sencillo rectángulo sobre el papel pintado de la pared, frente a su cama. Luego lo había decorado añadiendo el viejo tirador y escribiendo a su alrededor infinidad de letanías sacadas de distintos libros. La tiza se había convertido en fiel compañera de aventuras, en una suerte de talismán que siempre llevaba en el bolsillo. Suponiendo cuál sería el muro de la casa más proclive a dejarse vencer por la magia, tras realizar complicados cálculos, había elegido el de su propio cuarto. Utilizando los instrumentos del maestro Caliban, se había dedicado a observar aquel cuadrilátero como un naturalista habría observado la metamorfosis de un gusano. Todos los días hacía pequeñas modificaciones, y mientras se entregaba al estudio, esperaba paciente algún cambio, alguna pequeña señal que le indicara si iba por el buen camino.

Con todo, un día más le había tocado fracasar. Nada de lo que intentaba parecía valer en absoluto, y en aquella ocasión, su humor no era lo bastante bueno como para soportar con talante comprensivo un nuevo rechazo. Ansiaba continuar la búsqueda de Miranda, pero los acontecimientos parecían haberse confabulado para impedirle salir. Acabó maldiciendo la puerta y aporreándola desesperado.

—¡Maldita sea! —exclamó, apoyando la frente en la pared—. ¿Por qué no te abres para mí?

Una llamada desde el piso de abajo consiguió hacerle salir del laberinto de frustración en el que había acabado perdiéndose. Era maese Caliban, que reclamaba a voces su presencia, sin disimular un ápice sus urgencias. Con un gesto de desdén, Aurelius dio media vuelta y corrió al encuentro del mago, alejándose de la puerta dibujada en la pared de su cuarto. La voz del enano evaporó mágicamente su mal humor y la mayoría de sus frustraciones.

Hans y Gabrielle se encontraban custodiándolo cuando entró en la cocina. Uno a su derecha y el otro a su izquierda, observaban impresionados el contenido del cajón que había traído de su aventura en Fort Montgomery. Tan abstraídos estaban que apenas desviaron la mirada. Ignoraron a Aurelius como si fuera invisible. Extrañado ante aquel comportamiento, iba a contarles lo ocurrido cuando llegó a la altura de la mesa. Entendió con solo echar una mirada a su interior que les impresionara tan poco su entrada.

—Lo que tenéis ante vuestros ojos es una semilla de kraken dimensional —dijo maese Caliban—, un *hafgufa lynngbakr*, o lo que un mago instruido definiría como el avatar nonato de un señor octópodo del reino de Arcadia… Sin duda, el arma más peligrosa jamás creada.

El maestro Caliban había retirado la tapa del arcón para mostrar su contenido un momento antes. Anidando entre mantas viejas y sacos de arpillera, esperaba la criatura rescatada del afloramiento: una especie de huevo espinado, de aspecto gelatinoso, del tamaño de un melón grande, que parecía partido por la mitad.

—Al menos, una parte de su cuerpo y de su alma. La otra mitad se la ha quedado el maestro Andersen.

Bajo un cascarón semitransparente y salteado de gruesas púas, una extraña criatura flotaba entre humores verdosos sin parar de moverse. Se retorcía sobre sí misma, evolucionando continuamente, envolviéndose con sus propios tentáculos. Giraba alrededor de una fuente de luz pulsante que hacía las veces de yema y que podía verse a la perfección al observarla desde el lateral amputado. Y lo más llamativo de aquel ser no era su insospechada anatomía, sino el incomprensible hecho de encontrarse partido por una suerte de cristal invisible que, sin embargo, no había producido daño alguno en él. En realidad, parecía como si un hechizo hubiera hecho desaparecer la mitad exacta de la criatura: en su incesante movimiento, algunas partes de ella entraban en el lado inexistente para volver a aparecer al rato sin que ese paso por la nada dejara rastro alguno.

—Esto fue lo que encontramos allí —explicó—, y como ninguno se fiaba del otro, hemos decidido compartir el hallazgo.

Aurelius alargó la mano con intención de tocarlo.

—¿Puedo, maestro? —preguntó.

—Desde luego. —El señor Caliban asintió satisfecho—. Mientras se encuentre en estado larvario, no puede hacer ningún daño. Es tan inofensivo como un pulpo hervido. Además, solo es una mitad.

El muchacho acarició aquel extraño cascarón con el dedo. Era de tacto frío. Le recordó el cristal de una ventana en una noche de nieve.

—¿Qué ocurriría si creyera haber llegado a la mayoría de edad y decidiera que es hora de abandonar el huevo? —Hans miró al maestro sin disimular la repugnancia que sentía.

—Nada bueno para nosotros. Creo que llegaría al mundo con hambre. Seguramente comenzaría a devorar todo cuanto estuviera a su alrededor, la oscuridad incluida, y eso daría inicio a un proceso de crecimiento que jamás se detendría. Aumentaría su tamaño de manera exponencial con la vocación de fagocitar el universo entero.

Por un momento todos permanecieron mirándose en silencio. Solo Hans se atrevió a hablar.

—Y, claro, el maestro Andersen, que es un malvado sin conciencia, pretende acabar con este sapo tan simpático… y tú te has opuesto.

—Más o menos. —El enano sonrió.

—Apestará a magia como una mierda de elefante apestaría a mierda de elefante —añadió el Medioerizo—. O quizá más.

—Deja su rastro como cualquier criatura feérica. No creo que huela mucho peor que tú… Pero no has de preocuparte por eso, querido Hans. He invocado los cendales adecuados. El ambiente ha sido perfectamente perfumado. Puede que ahora esta casa desprenda un insoportable aroma a mierda de paquidermo, pero estamos absolutamente a salvo. Desde luego no olemos a magia.

De nuevo todos callaron. Durante un buen rato, se dedicaron a observar a la criatura sin decir nada.

—Varias cicatrices llevaban hasta el afloramiento de Fort Montgomery, y supimos que algunos de los lugareños habían sido ahorcados por pertenecer a una especie de secta. Según nos contaron, se dedicaban a robar niños y a sacrificarlos en extraños rituales, así que, sin investigar demasiado, intuí que alguien se había dejado llevar, adentrándose en terrenos peligrosos. Es posible que algún mago inexperto, quizás el acalde o el párroco del lugar, se dedicara a meter las narices donde no lo llamaban… No sé, a abrir portales o a realizar invocaciones sin fuste… El caso es que el Cazador se presentó ante ese paleto para hacerle pagar por su ignorancia y arrasó el lugar, aunque lo hizo demasiado tarde. Los barrió de la existencia, cambió la historia, convirtiendo a ese tipo en otro loco adorador del diablo y a sus vecinos en adeptos de su credo, y borró así todo rastro de hechicería de la realidad… pero el afloramiento ya se había abierto. Posiblemente nunca hubiéramos sabido nada del incidente si no hubiera sido por este príncipe.

—Corremos peligro si el Cazador anda tan cerca —dijo Aurelius muy serio.

—No más que si estuviera al otro lado de la puerta. Los cendales nos hacen invisibles.

—Quizá todo esto no sea más que una trampa para encontrarnos —insistió el muchacho—. Sin duda tendría el sitio bien vigilado.

—No te preocupes, Aurelius. Nos hemos ocupado de todo. Si no ha dado ya con nosotros es porque no ha podido hacerlo, y no voy a permitir que lo haga ahora. No me descuidaré. La próxima vez que nos encontremos con ese bastardo será para darle una lección.

—Espero que lo hagamos pronto —dijo Aurelius.

—No lo dudes —contestó el maestro Caliban, borrando toda liviandad de su rostro—. Cuando sepamos cómo… Pero ahora mismo tenemos algo más urgente entre manos.

—¿Algo más urgente que acabar con ese monstruo? —preguntó resentido el muchacho.

—Sí, mucho más. La vida… La vida siempre es más urgente que la muerte, Aurelius. —El maestro Caliban miró a su aprendiz de tal manera que no cupo posibilidad de réplica alguna. A veces, el enano podía llegar a parecer un gigante—. La muerte espera por siempre; la vida, no. Recuérdalo o podrías perderte en un camino de los que tienen difícil regreso.

—Pero tú mismo has dicho que esta criatura podría suponer el fin de los días, maestro. No entiendo por qué debemos protegerla.

—Si no lo entiendes, es que te he enseñado muy mal, Aurelius… O que tú has aprendido muy poco.

El muchacho fue incapaz de contestar. Esperó en silencio, aguardando las explicaciones del enano, que supuso llegarían de inmediato.

—¿No te das cuenta? —Caliban lo miró fijamente. Había fuego al fondo de su mirada, ese fuego que solo arde en el alma de los fanáticos, en el corazón de quienes creen haber descubierto la verdad absoluta—. Esta criatura es otra manifestación de la magia, como Gabrielle o Hans, como el dragón del capitán Simbad. Salvándola estaremos luchando también contra el Cazador… La primera misión de cualquier soldado es sobrevivir a la batalla para poder seguir combatiendo, y si permitimos que la magia se extinga, nos habrán vencido para siempre. Yo creo que merece la pena luchar por ella, aunque se corran riesgos al hacerlo. —El maestro Caliban suspiró—. En fin, no pretendo obligar a nadie a seguirme.

Un silencio pesado como la montaña de los pecados del hombre cayó sobre ellos tras el discurso del pequeño maestro Caliban. Durante un momento, nadie se atrevió a romperlo.

—Sí, será magia —dijo por fin Hans, echando mano a su pipa—, pero es magia de la jodidamente fea. Hace que me sienta como un galán.

Aquella última aseveración del Medioerizo fue tan irrefutable que le valió para plantar cara a todos los argumentos del maestro Caliban, y como llegó aderezada con cierto tono de humor sirvió también para rebajar la tensión acumulada en el ambiente. El enano volvió a sonreír.

—Tú eres mucho menos agraciado que ella, querido socio. Si atendiéramos a ese criterio, habría que sacrificarte a ti antes que a la semilla.

—¿Y si Aurelius lleva razón? —preguntó Gabrielle—. ¿Y si despierta?

—No lo hará todavía. Yo me encargaré de que así sea.

—Pero condenarla a un encierro eterno sería todavía peor que sacrificarla —añadió—. Sería como enterrarla en vida.

—En ese caso tendremos que buscar una solución. Como esperábamos, el maestro Andersen solicitará la convocatoria de un cónclave para dentro de unos días. Pretende acabar con el problema por la vía rápida de la ejecución, pero no se atreverá a hacerlo por su cuenta y riesgo, así que tratará de buscar apoyos en el Consejo de Heliastas. Yo me opondré a él, y lo sabe. Pero no me servirán de mucho todas las razones del mundo si no me presento ante ellos con un buen plan. Necesito una solución. Me costará convencerlos si la consigo, pues se han vuelto demasiado cobardes, pero si no doy con ella, ya puedo darme por vencido.

—La verdad es que he visto culos de leprosos bastante más atractivos, pero creo que si sigo mirando al bicho mucho tiempo fijamente, cabe la posibilidad de que le tome cariño. —Hans terminó de preparar la pipa y procedió a encenderla. Solía hacerlo cuando daba una discusión por zanjada y se sentía satisfecho con el resultado de la misma—. Me recuerda a una novia alemana que tuve…

—Es mi hermana… —interrumpió Gabrielle.

Hans abrió los ojos de manera desorbitada, sorprendido ante aquella última aseveración de Gabrielle. La muchacha frunció el ceño y negó con la cabeza, dando al Medioerizo por caso perdido.

—¡No! ¡Tu novia no, idiota! —se explicó la muchacha—. ¡Esta criatura! Esta criatura es, en cierta manera, mi hermana. Sangre que es pura magia corre por las venas de ambas. Y también es familia tuya, Hans. Al menos le debemos un poco de caridad.

—Entonces, ¿nos olvidamos de nuestro plan de utilizar este asunto para dar con Geppetto? —preguntó Aurelius, dirigiéndose directamente al maestro Caliban, incapaz de disimular su decepción.

—No, desde luego que no. Por suerte, ambas cosas son compatibles. Cuando se dé inicio a la causa para decidir quién logra la custodia del kraken, pediré como me pediste que maese Geppetto sea uno de los próceres que hable en mi defensa. La regla de la orden me permite hacerlo, y aunque se niegue, tendrá que acudir para renunciar en persona... Pero si te soy sincero, ahora mismo, para mí es mucho más importante salvar a esta criatura que dar con él. Y, la verdad, creo que debería serlo también para ti.

El muchacho esperó un momento. Todos aguardaban su respuesta.

—Solo un necio se empeñaría en no entenderte, maestro —dijo, claudicando con un suspiro—. Yo también estoy contigo... ¡Maldita sea! Desde luego, creo en la vida. Y si hablando en su favor le doy una patada en el culo a ese malnacido de Caín Nublo, pues mejor que mejor.

—En ese caso —concluyó maese Caliban—, creo que ha llegado el momento de ponerse a trabajar en serio. Busquemos soluciones, pensemos... A ver si entre todos logramos dar con una idea que nos sirva para salvar a esta criatura. ¿De acuerdo?

—De acuerdo —contestaron todos al unísono.

Esa misma tarde, Aurelius volvió a salir en busca de Miranda, aunque para dar con ella se viera obligado perseguir la sombra de Telesio. Lloviznaba con desgana, como si el cielo se lamentara, más por compromiso que de forma sincera, por el destino de la humanidad. Retomando sus pesquisas en el punto exacto en el que las había dejado, caminó calle arriba, en busca de un lugar que hubiera podido atraer la atención del que había sido su mecenas. La tarea no habría de resultar sencilla, pues una pujante industria comenzaba a florecer en la ciudad y aquel barrio se había convertido en máximo exponente de ella. Tras visitar unos telares, una pequeña imprenta y la ebanistería de un sirio bastante antipático, Aurelius se encaminó hacia el último negocio de la manzana. Se trataba de una herrería que hacía esquina, donde por fin el dueño asintió cuando le describió al individuo que buscaba. Al parecer, Telesio era cliente asiduo de aquel hombre; le venía encargando espadas y cuchillos desde hacía años.

—El próximo jueves vendrá a recoger el pedido —dijo, interrumpiendo por un momento su fanático martillear—. Así que si quiere encontrarse con él, no tiene más que esperarlo en la puerta. El señor Telesio jamás se retrasa.

Lamentándose por su falta de discreción, aquel hombre observó como Aurelius se alejaba a paso raudo. Las vehementes palabras de su esposa, amonestándolo una vez más por su ligereza de lengua y su ingenuidad, resonaron como una maldición divina en su cabeza. Se preguntó si no habría metido la pata, poniendo en un apuro a su cliente. En realidad, lo que le preocupaba no era el destino de Telesio —en el fondo despreciaba sus maneras altivas y la acidez de sus palabras—, sino la posibilidad de perder un comprador como él, de billetera tan colorida y tan formal en el pago.

Ignorando estos pensamientos, el muchacho se dirigió de regreso a casa. Había encontrado el extremo del hilo de nuevo. Si tiraba de él con cuidado, no tardaría en dar con Miranda. Jamás obtendría la paz si no lo lograba... Presentarse ante ella, ya fuera para estrecharla entre sus brazos o para decirle adiós, era para él tan importante como enfrentarse al Cazador de Hadas.

En realidad, en aquel momento, aquellas dos citas daban sentido a su vida.

XXVIII

El cementerio de las hadas

No puede decirse que maese Andersen llegara nunca a ser enemigo de Aurelius. Hablando con justicia, ni siquiera podemos considerar que llegara a serlo del señor Caliban, a pesar de los pesares. Sin embargo, sí que hubo un tiempo en el que, seguramente sin ni siquiera sospecharlo, pasó a convertirse en inesperado aliado del muchacho. Aquellos días de espera habrían resultado difíciles de soportar para él si, una mañana, el señor Caliban no hubiera recibido una nota en la que su antiguo camarada le solicitaba conocer de manera más cercana a su aprendiz. Puede que solo intentara tantear el terreno. Tal vez llegara a pensar que el muchacho podría servir de puente para restablecer aquella amistad perdida que apenas había vuelto a saborear durante su reciente viaje a Fort Montgomery, o quizás hubiera quedado impresionado por el talento natural y la insultante juventud de Aurelius.

—Sí, perdona… —maese Caliban lo puso al tanto durante la cena—. Estoy tan ofuscado con el estudio de esa criatura que se me había olvidado decírtelo. Quiere conocerte mejor. Me ha pedido que vayas a su casa. No le he dado contestación porque quería hablarlo primero contigo, aunque creo que sería interesante. Será un cobarde, pero sin duda sabe de magia.

—Muy bien, maestro. —Viendo que se abría otra puerta a la libertad, que podría facilitar su búsqueda de Miranda, Aurelius aceptó encantado—. Tendré la boca bien cerrada.

—Escucha, quiero que aproveches la oportunidad para

aprender cuanto puedas. Pero también quiero que tomes buena nota de todo, de cómo es su casa, de lo vigilada que está, de los hábitos de sus sirvientes y de los hechizos con los que se protege… de todo. —Viendo la extrañeza que se dibujaba en el rostro del muchacho, el pequeño mago procedió a explicarse. Dando un par de pasos, se colocó a su altura. Luego hizo un gesto con la mano, pidiéndole que se agachara. No quería tener que hablar muy alto—. No sospechará de ti. Bueno, no demasiado. Al fin y al cabo ha sido él el que ha pedido que vayas a verle. Además, es bastante proclive al enamoramiento, sobre todo cuando se trata de muchachos jóvenes como tú. —El maestro Caliban esperó algún gesto de desaprobación. Al no recibir más que una sonrisa, continuó explicando sus planes—. Aprovéchate de esa debilidad. Pero no te fíes demasiado. Es perro viejo, y no tiene un pelo de tonto.

—No me confiaré, maestro. Pero ¿qué interés tiene el que conozcamos sus hábitos?

—No pienso dejar que vuelvan a hacerlo, Aurelius. Por mucho que haya jurado someterme a los dictados del Consejo… ¡De ninguna manera! Si no consigo convencerlos para que me permitan mantener vivo al kraken por las buenas, entraré en su casa y me lo llevaré por las malas. Y cuando esa batalla tenga lugar, me será muy beneficioso conocer bien el campo en el que habré de luchar… Así que espero que estés atento a todo.

Aurelius sonrió.

—Y ahora vete. Un carruaje enviado por el maestro pasará a recogerte dentro de un momento. Se cuidadoso con los cendales y no te confíes.

Aurelius hizo ademán de marcharse, aunque no tardó en volverse de nuevo hacia su maestro. Necesitaba su aprobación en lo del asunto del Avalon si quería seguir con sus planes y había olvidado ponerlo al corriente de sus intenciones. Aquel le pareció un buen momento para hacerlo.

—He pensado en dar una pequeña exhibición en el Avalon, maestro —comentó—. Una exhibición de prestidigitación. Empecé a prepararla al poco de que te marcharas, pero he esperado a confirmar las fechas hasta que vinieras. Quería tener tu permiso. No me llevará demasiado tiempo tenerla lista, en realidad es el mismo número de siempre, pero restaurado. He mejorado los trucos con algunos hechizos y ahora el espectáculo es mucho más vistoso.

El maestro apenas dio importancia a las palabras de Aurelius.

—Ah, muy bien —contestó con la mente ya en otro lugar—. Me parece estupendo... Siempre y cuando no te distraigas mucho de tus estudios.

—No, maestro. Es pan comido.

—A veces un poco de vanidad puede incluso resultar beneficiosa para la salud. Esos idiotas van a quedar asombrados cuando vean de lo que eres capaz, y yo me divertiré mucho observando sus caras de memos.

El maestro Andersen, viajero impenitente, había comprado una casa cerca de Central Park, en la zona de Manhattan Valley, que solía habitar por temporadas. No era hombre de los que suelen pasar demasiado tiempo en el mismo sitio, pero había establecido dos o tres refugios a los que acudía con relativa frecuencia. Quizás el favorito de todos ellos era aquel que llamaba su «madriguera del Nuevo Mundo», un coqueto edificio que había tardado años en redecorar a su gusto. Tras un esfuerzo que siempre describió como titánico, había conseguido ocultar el papel pintado de las paredes tras interminables estanterías, en las que no cabía un libro más.

—Mi biblioteca es uno de mis mayores orgullos —dijo al poco de recibir a Aurelius—. Y también el parapeto tras el que me escondo de la Causalidad. En mi casa de Copenhague tengo libros escritos en lenguas que se consideraban muertas hacía milenios. Adoro esa forma de hechicería mundana que es la literatura... ¿Sabes? Digo que soy escritor, pero apenas sé entrelazar dos ideas con cierta gracia. Mis mayores éxitos han sido antologías. Llevo años viviendo del arte de otros.

Aurelius escuchaba muy atento. El maestro Andersen iba conduciéndolo de estancia en estancia, como habría hecho el orgulloso conservador de un museo. Infinidad de objetos extraños se amontonaban frente a los libros, formando una curiosa exposición que le recordó mucho al camerino de Houdin en el Dorset Garden. Lo cierto es que Aurelius se sintió como en casa nada más entrar allí.

—La mayoría de los libros que encontrarás aquí son sencillos cuentos, casi todos cuentos de hadas, que he ido recopilando con los años. Algunos tienen más de cuatrocientos años, como aquel ejemplar del *Calila e Dimna* de allí. —Señaló con satisfacción un manuscrito que guardaba en una vitrina cercana—. ¿Sabes cómo llamo a esta sala? —Esperó un momento antes de responderse a sí mismo—. La llamo «el cementerio».

Haciendo gala de la misma amabilidad que había derrochado en su anterior encuentro en el Avalon, el maestro Andersen le ofreció té y una deliciosa merienda nada más entrar allí. Conversaron un momento de manera informal antes de empezar a tratar sobre hechicería. El viejo mago solía interrumpir sus disertaciones para hablar de los temas más peregrinos. Para él, todo parecía tener relación con la magia, salvo la magia misma.

—¿El cementerio? —preguntó Aurelius extrañado.

—Así es, el cementerio. —El maestro Andersen asintió, describiendo un amplio arco con la palma de la mano—. He pasado la mayor parte de mi vida estudiando esos textos. Durante años he buscado entre sus páginas muchas de las respuestas que nos faltan, querido muchacho.

Aurelius permaneció en silencio. Había descubierto hacía tiempo que uno de los mejores acicates para que aflorara la verdad era permanecer callado. El no decir nada suponía, en ocasiones, preguntarlo todo, pues incitaba al interlocutor a seguir con su discurso en la dirección que creía más adecuada.

—Yo era poco mayor que tú cuando entré en contacto con la magia verdadera. Mi maestro sufrió un destino parecido al que sufrió tu Houdin, y un día después de desaparecer, la realidad se reconfiguró para borrar el recuerdo de su existencia hasta de mi memoria. —El maestro Andersen hizo una pausa, sopesando la extrañeza en el gesto de Aurelius—. Sí, el señor Caliban me lo ha contado todo... Nuestras biografías son más parecidas de lo que crees. En realidad, las historias de todos los magos suelen ser la misma.

Aurelius volvió a asentir.

—Verás, durante años olvidé todo cuanto había vivido con él, hasta que la magia volvió a encontrarme. Es una historia muy larga que quizá te cuente en otra ocasión, pero el caso es que aquí estoy. —Maese Andersen hizo una pausa para atender a su té. Añadió una cucharada de azúcar y lo removió con suma delicadeza—. Tras volver a ingresar en la hermandad, me dediqué a desenterrar esas verdades que el Cazador de Hadas se esmeraba por hacer desaparecer. Con la ayuda del maestro Caliban fui relacionando cicatrices y biografías que en apariencia eran de lo más vulgar... Así descubrí que bajo la historia mundana de muchos grandes hombres se escondían vidas secretas en la que la magia estaba muy presente.

—Durante años me sentí enormemente desdichado. —Aurelius sabía que debía ofrecer algo de sinceridad si quería ganarse la confianza del maestro Andersen, así que procedió a entregársela en pequeñas dosis—. Mi tutor desapareció y me dejó solo el recuerdo de su existencia, un recuerdo que era incapaz de casar con la realidad. Sin embargo, ahora me siento afortunado.

—Imagino que no debió de ser fácil para ti. Al menos, la realidad tuvo conmigo la clemencia de hacerme olvidar. Sin embargo, tú corriste menos peligro que yo, porque la magia nunca te abandonó. Yo podría haber vivido en mi nueva vida sin reencontrarme con ella jamás... Solo de pensarlo me estremezco. Como digo, la fortuna quiso que otro mago diera conmigo y me trajera de vuelta al camino del poder.

—Muchas noches he jugado a imaginar cuántos de los grandes hombres que conocemos pertenecieron también a la hermandad. Sé de muchos, pero me imagino que habrá otros tantos que fueron borrados de los anales de la orden.

—Bueno, es fácil intuir la magia bajo las vidas de aquellos que se dedicaron a la fantasía y al progreso. Resulta más complicado encontrarla en la semblanza de quienes terminaron siendo soldados, políticos o famosos hombres de ciencia. —Sonrió, tratando de esconder la amargura que acompañaba a sus palabras—. Es más fácil dar con las criaturas mágicas, porque como no caben en la historia de ninguna de las maneras, el truco para hacerlas desaparecer consiste en convertirlas en leyendas, en cuentos de hadas... —El maestro se puso en pie y se acercó a la estantería—. Todos y cada uno de los cuentos que conocemos son en realidad tumbas. Por eso llamo a esta sala «el cementerio». Me dedico a recopilarlos y a estudiarlos porque sé que cada una de esas historias esconde un cadáver.

—¡Claro! —Aurelius asintió admirado—. Tiene sentido...

—Lo que no cabe en la realidad acaba relegado al cajón de la fantasía. De esta manera se cumplen los dos requisitos que el universo ha de respetar: reorganizarlo todo de manera coherente y mantener un hueco en la historia para ese ser que existió. Las brujas, los duendes, las hadas, los gatos parlantes y los sapos embrujados, todas esas princesas y la mayoría de los héroes que encontrarás en esas páginas fueron seres que existieron en realidad... Arcadianos que murieron en nuestra realidad.

—Un cementerio... —Aurelius miró los libros de diferente manera. Las palabras del maestro Andersen supusieron una dolorosa revelación de la que no dudó ni un instante—. Hans y Gabrielle tendrán su propio cuento el día en que mueran...

—¿Te refieres a ese erizo humano y a la protegida del maestro Caliban?

—Sí. —Aurelius sintió que una garra de pena le arañaba el corazón.

—Sin duda alguna. —El maestro pareció compadecerse de Aurelius con un gesto de lamentación—. Si, como dice el maestro Caliban, eres capaz de recordar las otras existencias, lo tendrás mucho más fácil que nosotros. Sabrás que han muerto cuando encuentres sus historias escritas en alguna librería: Hans el Medioerizo y la dama lobo del manto rojo... Al menos podrás llorar ante sus cuentos. Es más de lo que se nos ha permitido a los demás.

El silencio que vino tras el discurso de maese Andersen no formó parte de ninguna estrategia. La conciencia se encargó de enmudecer a Aurelius. Miró aquellas estanterías repletas de libros y se preguntó cómo el mago había podido soportar vivir rodeado de fantasmas. Solo la posibilidad de que sus amigos terminaran por convertirse en meros recuerdos escritos le produjo un severo dolor. De repente volvió aquella urgencia de acabar con el Cazador que el tiempo y la tranquilidad habían terminado por adormecer.

—No quisiera entristecerte, querido Aurelius —dijo el maestro Andersen—. Los viejos hablamos de más, y casi siempre a destiempo… Aunque también es cierto que solemos decir la verdad. La cercanía de la muerte hace desaparecer la mayoría de los miedos.

—Mi maestro me dijo que deseaba usted verme —afirmó Aurelius muy serio, tratando de cambiar de tema—. Aquí estoy.

El viejo mago cruzó las piernas y apoyó la barbilla sobre su mano derecha, en una pose tan afectada que al muchacho llegó a parecerle cómica.

—Bueno, hace años, maese Caliban y yo llegamos a ser grandes amigos. Los dos éramos bichos raros a los que poca gente tomaba en serio, así que decidimos compartir soledades y frustraciones. Como sabes, nos distanciamos a raíz de un desafortunado incidente que nunca llegó a entender.

—Sí, eso lo sé —convino Aurelius.

—Yo jamás le he guardado rencor, y sigo esperando que un día recapacite y me comprenda. Te seré sincero, muchacho. Su alejamiento me ha causado un profundo pesar durante estos últimos años, y pensé que quizás tú podrías echarme una mano. No sé… He pensado en establecer entre nosotros una suerte de contrato privado. Yo te enseño algunos de mis trucos y tú, a cambio, escuchas mis historias y tratas de entender mi postura. Si logro que te apiades de mí, tendré mucho ganado. Estoy seguro de que entonces hablarás al maestro en mi favor.

—¿Me ha mandado llamar para que le ayude a reconciliarse con maese Caliban?

—Sí. Para eso y para conocerte, desde luego.

—De nada servirá que yo le hable bien de usted si se opone a él en el asunto del kraken —dijo Aurelius, totalmente convencido—. Será volver a repetir el mismo enfrentamiento nuevamente, solo que, en esta ocasión, la herida se abrirá sobre carne apenas curada.

—No creas que a mí no me dolió tener que tomar aquella decisión, Aurelius. Como me dolerá tener que acabar con la semilla que tu maestro y yo custodiamos si finalmente resulta necesario. Pero prefiero cargar con la culpa de un cadáver que ser responsable del fin de los días.

El maestro Andersen dejó su taza en la mesa sobre la que reposaba la tetera y se acercó a la estantería. Sacó un pesado volumen manuscrito y se lo ofreció a Aurelius. Era una especie de bestiario, bellamente ilustrado, en el que se describían al detalle las calamidades que ciertas criaturas podían traer consigo. *De las plagas arcadianas*, se titulaba. El maestro señaló con el dedo índice una miniatura que mostraba a un gran pulpo devorando una ciudad medieval. Los esfuerzos de los caballeros que bregaban contra la bestia parecían a todas luces insuficientes para detenerla.

—Pero maese Caliban está convencido de que podrá encontrar una solución. ¿No sería mejor ayudarlo en ese empeño que darlo todo por perdido?

—¿Crees que tomaría una decisión así a la ligera? —El mago mostró un semblante serio por primera vez—. No, hijo mío. Desde que ocurrió todo aquello no he hecho otra cosa más que buscar alternativas. Llevo años estudiando. En realidad, el fin último de todos estos viajes ha sido encontrar una solución por si la situación se repetía. —Maese Andersen bajó la mirada, dejando patente su derrota—. Pero no la he encontrado. Simplemente, no hay sitio para ciertas criaturas en este universo. La vocación de un kraken es la de devorar toda vida... No te lamentarías por acabar con el topo que malogra tu cosecha si, al hacerlo, evitaras que tus hijos murieran de hambre... No, Aurelius. No es el primero que llega, y no es el primero del que nos encargamos. Ahora la magia es más escasa y los magos hemos hecho juramento de protegerla a toda costa, pero no siempre fue así. En tiempos pasados no nos preocupaba tanto acabar con todo aquello que supusiera un peligro. Maese Caliban es un buen hombre, pero creo que le ciega el amor a la vida.

—¿Y si encontrara una solución? ¿Le apoyaría?

El maestro Andersen miró a Aurelius fijamente. Su cara de hurón dejó de parecerle graciosa. Sus ojos eran dos pozos por los que uno podía asomarse a una pena oscurísima.

—No la hay, créeme, pero si la hubiera, Caliban me tendría a su lado. Sin duda. Nada me gustaría más que volver a luchar junto a él.

El resto de la tarde se convirtió en una provechosa lección de antropología feérica. El maestro bibliotecario Andersen era, seguramente, el mago vivo que mejor conocía aquel universo paralelo bautizado en la antigüedad como Arcadia, y no escatimó en palabras a la hora de describir las maravillas que contenía.

A última hora, tras haber desgranado frente a Aurelius sus saberes, lo condujo al sótano en el que escondía la otra mitad del kraken. Idéntica a la que guardaba su maestro, parecía igualmente cortada a cercén por la mitad, igualmente viva e igualmente animada por un corazón de fuego verde que no cesaba de brillar. El maestro le había buscado acomodo en un cofre que los esperaba sobre una mesa, en el centro de un gran círculo formado por signos indescifrables.

—Consentí en compartir la custodia del avatar con tu maestro para lograr que entrara en razón. Llevo estudiando a esta criatura desde que la encontramos y cada vez estoy más convencido. Este tipo de seres son fruto del odio, armas vivientes. Quizás en Arcadia no sean tan dañinas, puede que allí el equilibrio de fuerzas mágicas sea diferente y un monstruo así no sea más peligroso que una manada de lobos en uno de nuestros bosques. Sin embargo, en esta realidad, su naturaleza se vuelve incontenible. Estoy seguro de que sería capaz de tragarse una ciudad como esta en cuestión de horas.

Dejándose llevar por la curiosidad, Aurelius avanzó un paso y se agachó frente al círculo de inscripciones que rodeaba a la criatura. Pretendía marcharse con toda la información que el maestro Andersen le permitiera obtener, y por eso se esmeró intentando guardar en su memoria el trazo de cada glifo, cada aroma, cada uno de los pequeños detalles con los que se encontró en su visita. Sin embargo, al adelantar la mano para tocar el entarimado del suelo, notó que una fuerza invisible le impedía hacerlo. Sin duda la magia, una muy poderosa, se encargaba de mantener al kraken bajo custodia, impidiendo que nadie se acercara demasiado a él.

—Habrá requerido de poderosos cendales para ocultar una magia tan poderosa —afirmó Aurelius, levantando la mirada.

—Tendré que reforzarlos ahora que te he traído aquí abajo. Mientras mis hechizos han permanecido ocultos no han desprendido demasiado olor a magia. Ya sabes cómo funciona el asunto. La magia se vuelve más peligrosa cuando se hace más evidente. Pero no te preocupes, estamos a salvo.

Aurelius se puso en pie.

—He creído necesario tomar algunas precauciones para mantener a una criatura tan peligrosa a buen recaudo —añadió—. El maestro Caliban me conoce bien, y desde hace muchos años. Sabe cuáles son mis debilidades, que no me resistiría a ser amable con un joven mago tan apuesto como tú. —Sonrió—. Lo cierto es que no hay nada que me plazca más que encontrarme al lado de un príncipe atractivo que me regale recuerdos con los que fantasear durante la noche... Así que en vez de luchar contra mi propia naturaleza, tratando de negarte secretos que finalmente te consentiría, he decidido entregártelos todos, pero siendo prudente. De la misma manera en que Caliban me conoce, yo le conozco a él. Dile que he invocado anillos de custodia alrededor de la criatura y que los he aderezado con una justa cantidad de maldiciones de ceniza. Además, he utilizado también trampas-ordalía. Si intenta forzarlas con su magia, el Cazador de Hadas sabrá inmediatamente la localización del kraken y acudirá a imponer su justicia... Habrá fracasado.

El joven Wyllt consideró aquella cita de lo más provechosa, y habría procurado alargarla si el maestro Caliban no le hubiera advertido del peligro que corría exponiéndose en exceso al escrutinio de Andersen. Para que no sospechara de que había una intención oculta en aquellos encuentros, debía mostrarse amigable pero huidizo. Debía darle a probar néctar suficiente como para despertar su sed, pero nunca tanto como para saciarla. Que fuera su anfitrión el que demandara otra visita.

—El concilio será dentro de unos días —dijo el mago, tratando de ser amable una vez más—. Espero que, al menos hasta ese momento, pueda volver a disfrutar de tu grata compañía, Aurelius.

—Claro, maestro. Para mí será un honor volver a visitarlo.

XXIX

Puertas se cierran… puertas se abren

Los días transcurrieron con tal lentitud que, por momentos, Aurelius llegó a creer que alguien había untado con cola los mecanismos de los relojes. Solo aquellas visitas vespertinas a maese Andersen consiguieron apaciguar a ratos sus ansias. Ya sabía que el antiguo socio del señor Caliban, además de ser un gran mago, era un excelente conversador. Lo había descubierto nada más conocerlo, en aquella primera velada en el Avalon. Lo que no había llegado a sospechar es que llegaría a sentirse tan cómodo en su presencia, que la farsa pasaría en un par de días a convertirse en verdadero interés por su mundo y sus enseñanzas.

A pesar de ello, llegado el jueves, todo dejó de tener importancia para Aurelius, salvo retomar su búsqueda. La noche anterior apenas había conseguido pegar ojo. Lo que días antes le había parecido una excelente pista desde la que partir hacia el encuentro de Miranda, pan comido, en las horas previas se le antojó una posibilidad cada vez más huidiza. Las dudas parecieron enraizar en su ánimo, amenazando con quebrarlo por completo. Cabía la posibilidad de que Telesio ni siquiera se presentara, e incluso si lo hacía, aquel no sería más que el principio de una dificultosa investigación que debería mantener en secreto. Si acababa descubriéndole, todo peligraría…

Por eso se levantó temprano y se preparó para desterrar sus dudas lo antes posible. Aunque el herrero le había asegurado que Telesio pasaba por allí siempre a la misma hora, hacia mediodía, él había decidido comenzar su guardia mucho antes para asegurarse. Solo Hans había amanecido cuando bajó y, como casi todas las mañanas, hacía guardia frente a la estufa, removiendo las ascuas con un atizador, perdido en sus propias cavilaciones. Aurelius pensó que no habría vigilado con más atención aquella portezuela de hierro colado si fuera una entrada al mismísimo infierno.

—Dile al maestro Caliban que volveré tarde. Tengo que recoger unas cosas que encargué para terminar de preparar mi número en el Avalon —dijo mientras se alejaba, apurando una taza de té de manera apresurada.

Y salió sin dar oportunidad a réplica, procurando disfrazar sus prisas de diligencia, y se dirigió hacia la herrería. Decidido a usar la magia solo cuando fuera indispensable, se había pertrechado con sombrero y bufanda para aguardar la llegada de su presa. Durante aquellos días de espera, había encontrado un almacén abandonado que le había parecido perfecto para ocultarse, y en el que había decidido establecer su cuartel general. Forzar el candado de la entrada apenas le había costado trabajo, y por los huecos que quedaban entre los maderos de la valla podía tener una perfecta visión de la entrada de la herrería.

Aurelius utilizó un viejo cajón de madera a modo de asiento y se preparó para esperar, tratando de parapetarse del frío entre muebles podridos y maquinaria herrumbrosa. No sospechaba lo dura que sería aquella guardia. Las horas se le antojaron eternas, pero lo peor de todo no fue soportar la espera, sino comprobar que el tiempo se agotaba sin que Telesio hiciera acto de presencia. Primero se engañó, achacando su ausencia a mil motivos, a cada cual más peregrino, pensando que no se trataría más que de un borrón en el intachable historial de puntualidad de su antiguo mecenas. Cuando las agujas comenzaron a alejarse de la hora marcada y siguió sin verlo aparecer, comenzó a preocuparse de verdad.

Finalmente, el herrero salió para ir a comer, cerrando la puerta tras de sí, y en ese momento estuvo seguro de que Telesio no acudiría. Desesperado, a punto estuvo de correr tras el hombre para interrogarlo. Si no lo hizo, fue por puro miedo, temiendo que su curiosidad terminara por ser perjudicial. No podía dejarse ver de esa forma. Con todo el dolor del mundo, decidió seguir esperando sin moverse del sitio, convertido en estatua de sal. Y así permaneció durante las siguientes tres o cuatro horas, hasta que sobrevino el atardecer, y el frío y las decepciones se hicieron insoportables.

Seguro de haber fracasado, se forzó a esperar un rato más, hasta que el humo en la chimenea de la fragua comenzó a escasear. Poco después, el herrero y sus empleados salieron de nuevo, tomando direcciones distintas, y Aurelius abandonó por fin su escondite. Derrotado en cuerpo y alma, corrió de regreso a casa, sin ni siquiera entretenerse en buscar una mínima coartada para su escapada. La lluvia, que durante la tarde había venido a sumarse a su suplicio, castigándolo a ratos, decidió entonces convertirse en insistente aguacero, quizá para señalar de manera inequívoca su capitulación.

Llegó a la puerta calado hasta los huesos y de tan mal humor que apenas se detuvo a observar la naturalidad con la que todos se tomaron su larga ausencia. Hans lo saludó con una sonrisa forzada, inclinando ligeramente la cabeza en señal de falsa pleitesía. Gabrielle lo despreció, prefiriendo conversar con el autor difunto de un viejo libro de aventuras a cruzar una palabra con él, y solo el maestro pareció alegrarse por su llegada.

—¿Ya has vuelto? —El señor Caliban señaló un plato de comida que esperaba sobre la mesa de la cocina, tan fría como el recibimiento que le otorgaron—. Hans dijo que tardarías en volver, pero ya había empezado a preocuparme…

—Estoy cansado —contestó mientras cenaba. Apenas se molestó en disimular su desencanto—. He tenido que andar de un sitio para otro durante todo el día. Y al final no he conseguido nada de lo que quería.

Huyendo de las preguntas, corrió escaleras arriba y se encerró en su cuarto. En realidad, el Medioerizo, que llevaba varios días tras sus pasos, se había encargado de tranquilizar al maestro, ocupándose, una jornada más, de vigilarlo a escondidas.

Aurelius pensaba que al día siguiente tendría que dar explicaciones, pero en aquel momento solo deseaba paz y calor, sentarse en la penumbra frente al fuego, para lamentarse a solas de su más reciente derrota. Ya llegaría el momento de justificarse, y quizá de pedir ayuda a su maestro.

El enano, preocupado, lo vio escabullirse apresurado hacia el piso de arriba. Disimuló su inquietud fingiéndose atareado en la cocina y no se atrevió a hacer comentario alguno. Casi de inmediato, relacionó aquella actitud esquiva con el gesto de enfado que Gabrielle había lucido durante todo el día. Hans le había informado del acercamiento que, en su ausencia, se había producido entre ellos y sabía lo peligroso que podía ser inmiscuirse en cuestiones que no eran de su incumbencia.

Aurelius suspiró aliviado al saberse solo. Acababa de librarse a patadas de las botas, con el mismo desprecio que del resto de su ropa mojada, cuando la fortuna quiso que su mirada fuera a descansar sobre la puerta dibujada en la pared. El fuego, pujante, quedó reflejado en el picaporte que días antes había clavado sobre el papel pintado para darle un aspecto más auténtico a la puerta... Y en ese preciso instante algo mágico ocurrió. Su entendimiento se vio iluminado de repente por un fogonazo de locura. Lo real y lo imposible parecieron casar de manera perfecta en su cabeza.

Lentamente, como atraído por un encantamiento, se giró hacia la falsa puerta y comenzó a caminar hacia ella. Pensó en Miranda... y estuvo seguro de que, solo dando un par de pasos más, podría alcanzarla.

—¡Ábrete, maldito Sésamo! —exclamó, golpeándola con el puño—. Necesito que te abras...

Aurelius notó un golpe seco, una especie de crujido, y observó que algo cambiaba frente a sus ojos: la figura que había dibujado hacía tantos días se convirtió en una grieta recta por la que escapaba un fino hilillo de luz. Al principio apenas pudo creerlo.

Temeroso, acercó la mano hasta el pomo y comenzó a girarlo. Un clic que jamás antes se había llegado a producir fue la respuesta a su gesto... Poco a poco, comenzó a abrir la puerta. Los goznes ficticios chirriaron, quejándose por haber permanecido ociosos durante demasiado tiempo.

Es difícil explicar la nada, porque no es negra, ni gris, ni tiene color alguno. Tampoco ofrece formas que mirar, ni luces ni sombras en las que reposar la vista. Una ausencia infinita apareció frente a él, y su sola observación ya le produjo vértigo y un miedo que apenas fue capaz de controlar. Al otro lado de la puerta se extendía un erial de vacío que amenazaba con tragarse todos los colores del mundo, todas las obras de Dios y todos los recuerdos humanos. Los ojos mortales no están hechos para ver según qué cosas y, en aquella ocasión, Aurelius se arriesgó sin saberlo a perder hasta la razón. Protegiéndose la cara con el brazo, retrocedió un par de pasos.

Tardó un momento en terminar de asimilar lo que había ocurrido, aunque finalmente no le cupo duda. Sí, la había abierto... Lo supo, acaba de descubrir su vía del alma. Había llegado el momento de ser valiente. Tragó saliva, y procurando no mirar de frente aquel vacío aterrador, avanzó hasta colocarse de nuevo frente a él. Muy lentamente, estiró el brazo e intentó tocar algo al otro lado, cualquier cosa que se encontrara más allá del muro. Al principio no sintió nada, ninguna sensación le advirtió de que corriera peligro. Tardó poco en comprobar que su carne seguía allí sin sufrir daño, aunque no pudiera verla.

Sin pensarlo, dio un paso más. Cerró los ojos y se sumergió en la magia. Sobresaltado por la severa impresión del contraste, volvió a abrirlos casi de inmediato. De repente se sintió como si le hubieran abandonado en medio del océano. Seguía notando el suelo bajo sus pies y podía respirar, pero la calidez de su cuarto había pasado a convertirse en una penumbra fría e inquietante que lo sobrecogió. La luz parecía haberse extinguido casi por completo.

Al otro lado de una suerte de murete bajo, situado unos pasos más allá del lugar en el que apareció, brillaba un tenue fulgor dorado, gracias al cual pudo ver algo. Totalmente quieto, esperó un momento, permitiendo que sus ojos se acostumbraran a la ausencia de luz. Aprovechó aquel primer instante para asegurarse de que la tiza continuaba en su bolsillo. Había llegado a una estancia enorme, con paredes de hierro, forradas por un sinnúmero de tuberías y piezas de maquinaria. Unas y otras se entrelazaban formando una abigarrada jaula metálica que se le antojó impenetrable.

A Aurelius le resultó extraño que su don lo hubiera conducido hasta un lugar así. Había pensado en Miranda antes de solicitar su auxilio. Sin embargo, la puerta lo había transportado hasta aquel lugar húmedo y maloliente en el que, nada más abrir los ojos, se había sentido totalmente perdido.

Nada parecía haber allí que pudiera interesarle, y una inexplicable sensación de desasosiego comenzó a crecer en su interior. Solo la presencia de aquella luz, un faro que iluminaba al náufrago en que se había convertido, le sirvió para mantener la calma. Era cálida, prometía calor, cierta familiaridad... La imagen del hada de Houdin acudió en ese momento a su mente. Había pasado mucho tiempo desde aquel primer encuentro, pero podía recordarla perfectamente. Cada pequeño detalle.

Aurelius comenzó a moverse muy despacio. Ignorando todas las señales de peligro, avanzó hasta llegar al altar tras el que se ocultaba la fuente de aquel fulgor. Sin detenerse, lo rodeó con la intención de descubrir su naturaleza...

Y entonces pudo verla.

Sí, allí estaba de nuevo. Acurrucada en el interior del mismo recipiente de cristal, envuelta en la misma luz... La asombrosa criatura con la que se había encontrado por primera vez en el camerino de su primer maestro. Poco había cambiado en ella, salvo un detalle que le resultó tan doloroso como revelador. Y es que aquellas preciosas alas que tan bien recordaba habían desaparecido, siendo sustituidas por dos diminutas cicatrices, idénticas en todo a las que lucía Miranda en su espalda.

Mucho antes de que se girara para acomodarse, mucho antes de poder contemplar su rostro, ya supo de quién se trataba. Las piezas del puzle encajaron mágicamente y por fin entendió. Aquel ser luminoso era la misma muchacha con la que se había comprometido. Una versión reducida de la que tantas veces le había regalado sus besos, una versión que brillaba envuelta en magia, pero ella sin duda.

Aurelius quedó petrificado. Su vía del alma lo había llevado al lugar correcto, fuera cual fuese.

Sin embargo, apenas tuvo tiempo de sonreír, porque casi en el mismo momento en que se giró el hada, un sonido lejano, como de enormes goznes chirriando, le advirtió de que debía salir de inmediato de allí. Escuchó a alguien caminado, pasos seguros que se dirigían directamente hacia ellos, y el miedo se desbocó en su interior. No habría sido capaz de explicar el porqué, pero de manera casi instintiva supo que debía escapar, que algo muy malo se acercaba.

En ese preciso momento, Aurelius cayó en la cuenta de que difícilmente podría dibujar una puerta en aquellas paredes, pues apenas presentaban un palmo de superficie lisa. Desperdició un instante eterno desesperándose antes de dar con la solución a su urgencia. Terminó de rodillas junto al altar, tratando de esbozar en uno de sus laterales una pequeña compuerta por la que cupiera su cuerpo, aunque fuera encogido. Aquel intento se convirtió de inmediato en un nuevo fracaso. La tiza apenas dejaba rastro sobre la superficie vidriada de los azulejos, de modo que, casi sin pensarlo, cambió de lienzo y comenzó a trazar líneas directamente sobre el suelo.

Los pasos eran cada vez más cercanos. Escuchó un portazo metálico. Fuera quien fuese el que se aproximaba, lo hacía sin miedo, silbando una vieja tonada irlandesa que Aurelius había aprendido a tocar unos meses antes. En ese momento le pareció la música más aterradora que hubiera escuchado nunca. Las notas rebotaban de pared en pared, convirtiéndose en remedo distorsionado de la alegría que aquellos acordes contenían.

Apenas acababa de trazar el último lado del cuadrado cuando escuchó que los pasos se detenían. Su respiración era cada vez más agitada. Sin duda, aquel tipo acababa de darse cuenta de que había alguien más allí... Aurelius sintió haber cometido un gravísimo error entrando en aquel lugar.

Incapaz de controlar su propio miedo, ordenó abrirse a la puerta del suelo. Lo hizo sin utilizar palabras, pensando únicamente en la seguridad de su cuarto... Como respuesta inmediata, el color del yeso se vio sustituido por la luz. Apareció la grieta, y la materia se retiró para mostrar una nueva porción de nada infinita. Finalmente, aceptó la ruta sin ningún tipo de precaución. Cerró los ojos, dio un paso para situarse sobre el nuevo portal y comenzó a caer hacia el otro lado.

Aterrizó sobre la alfombra de su dormitorio, dudando de si el horrible grito que acababa de arañar su alma había sido real o no. Le pareció haber escuchado el inconfundible sonido de una puerta abriéndose a su izquierda, y luego una maldición que le heló la sangre, pero jamás llegaría a estar totalmente seguro de no haberlo imaginado todo. Quizás había sido su propio miedo el que había aullado, o quizás el paso por aquella nada traía a veces ecos de otros mundos que oídos humanos eran incapaces de asimilar. De una forma u otra, el caso era que estaba de regreso. Y a salvo.

Corrió hacia la puerta de tiza y, sin perder un momento, se apresuró a cerrarla. Apoyó la espalda sobre la pared y se dejó caer al suelo. Escondió la cabeza entre las piernas, y durante un buen rato se dedicó a recuperar el aliento. Aurelius había vivido durante los últimos meses entre asombros, y sin embargo, nada habría podido prepararlo para algo así. Se sorprendió de no haberlo pensado antes. En aquel momento le pareció tan obvio... Miranda no podía ser más que un hada y él, el custodio marcado por el destino para protegerla.

O quizá no... Tal vez todo aquel asunto no fuera más que una tela de araña, tejida con mentiras, por la que él había caminado ignorante hasta quedar atrapado.

XXX

Trampas ordalía, anillos de custodia y la llave para abrirlos

El maestro Caliban, lupa en mano, miró atentamente la puerta de tiza dibujada por Aurelius. Se acercó hasta la pared y comenzó a examinar cada pequeño detalle, todos los signos garabateados por su aprendiz sobre aquel papel de flores. Observó, tocó, pegó la oreja al muro tratando de escuchar, y hasta se diría que olisqueó, como un sabueso viejo a la caza de una pista perdida. Tras fracasar en su búsqueda, fuera cual fuese, salió del cuarto y regresó con sus bolsos de cuero. Del primero de ellos extrajo su viejo medidor Aarne-Thompson y del segundo, algunos aparatos que solo él entendía, pero que parecían serle de gran utilidad cuando estudiaba las cicatrices. Muchos de ellos habían estado presentes el día en que Aurelius le había mostrado sus trucos por primera vez.

—No necesito más que pensar en un lugar —afirmó el muchacho—. La puerta se abre y me muestra el vacío del que te hablé, maestro. Luego, con solo dar un paso, estoy allí.

Gabrielle, Hans y maese Caliban esperaban en pie, a su lado, formando una especie de pequeño tribunal que todavía no se había atrevido a pronunciar veredicto alguno. Solo el Medioerizo parecía escatimar cierta atención a sus palabras. Mientras los demás lo escuchaban con rostro serio, él se dedicaba a limpiar la roña acumulada bajo sus uñas con la punta de un abrecartas, sin disimular su hartazgo.

—Has abierto un portal, de eso no cabe duda —afirmó el maestro Caliban en tono admirado—. Hay trazas que indican que el espacio se plegó exactamente en este punto. ¿Qué viste cuando miraste al otro lado?

—No vi nada. —Aurelius se llevó la mano a la frente, dudando—. Bueno, la verdad es que no sé lo que vi… Me resulta muy extraño. Es como si una nube cubriera mis pensamientos cuando pienso en ello.

—Lo de abrir portales no es algo nuevo. Muchos magos han conseguido hacerlo a lo largo de los siglos. Existen complicados encantamientos que lo permiten, como también los hay para cerrarlos. En realidad, un afloramiento es un portal como el que tú has abierto, pero que aparece de manera espontánea, natural. —Maese Caliban se dio la vuelta, tratando de ganarse la atención de todos los presentes—. Lo que no es nada habitual es que lo abra un muchacho de veinte años, que lleva poco más de uno estudiando magia verdadera, y que lo haga sin ayuda alguna.

—Usé unas cuantas letanías —alegó Aurelius, señalando los signos escritos en la pared.

—Sí, las he visto… Pero eso no es suficiente. Es como si un niño fuera capaz de construir un puente usando únicamente palos y barro. —El enano dio un paso, adelantándose hacia el muchacho, lo tomó por el brazo y le habló muy serio—: ¡Maldita sea, Aurelius! No me equivoqué contigo. Tienes un don.

Sonriendo satisfecho, Caliban volvió a sus instrumentos. Había formado una línea de estrafalarios artilugios justo frente a la puerta de tiza, y se entretuvo un rato mirando las lecturas que le ofrecían. Utilizó una especie de astrolabio y miró a través de las lentes que lo componían, tratando de confirmar la verosimilitud de sus impresiones. Luego tomó nota de todas aquellas dataciones en su cuaderno de campo.

—Bueno, en realidad, me alegro de que sea así —dijo al terminar, señalando la pared—. Un portal puede ser algo muy peligroso, y no me refiero solo a lo llamativos que resultan para el Cazador. Los nodos mágicos sirven para recorrer distancias enormes dando un solo paso. Podrías entrar por esa puerta, Aurelius, y aparecer en otra similar en China, o en medio del desierto de Gobi, o justo en el Polo Norte. Y no solo valen para moverse por este mundo… Algunos, los más complicados de abrir, son capaces de conectar realidades distintas, planos diferentes de la existencia.

—¿Y cuál es el peligro, maestro? —Aurelius intuía la respuesta, aunque quiso escucharla de labios de su tutor. En asuntos de magia no se podía dar nada por supuesto.

—El peligro radica en que, de igual manera que entramos en ellos, algunas cosas pueden salir de su interior. Cuando me dijiste que estabas intentando emular al Gran Houdin con el asunto de la puerta de tiza, te dejé porque pensé que te serviría como motivación, pero si te soy sincero, nunca pensé que lograrías abrirla… Al menos no tan pronto. Si lo hubiera sospechado, no sé si te habría permitido intentarlo.

—¿Adónde crees que puede conducir, maestro?

—Normalmente un portal conduce a donde el invocador quiere que conduzca. Como digo, lo más habitual es que se usen para recorrer largas distancias en poco tiempo. En casos de urgencia extrema, los magos que saben del asunto los abren para viajar lejos. Este tuyo podría haberte llevado a casi cualquier lugar, pero los más peligrosos no son los que sirven para viajar por el mundo, ni siquiera los que llevan a otros planetas de este universo nuestro. —Maese Caliban hizo una pausa para reflexionar—. Los más peligrosos son los que abren vías de comunicación con otros planos. Antiguamente, cuando la magia era más abundante en la Tierra, eran frecuentes las conexiones con Arcadia. De allí provienen todas las hadas, las criaturas feéricas como Hans o el kraken dimensional que hemos dejado en la cocina. Pero últimamente es raro que se establezcan puentes con esa realidad. Algunos magos expertos en cosmología opinan que nuestro universo se aleja irremediablemente del plano arcadiano y que, por eso, cada vez los contactos son menores. El último afloramiento datado, si no contamos el del kraken, se produjo hace más de cuatro años.

—¿El reino de las hadas es un lugar peligroso? —preguntó Aurelius sorprendido.

—Todos los reinos lo son si se da con los individuos equivocados. El mal no es patrimonio único de nuestra realidad, Aurelius. Hay datadas invasiones provenientes de Arcadia que los magos antiguos tuvieron que afrontar y que resultaron muy costosas en vidas. Sin embargo, existen planos que son algo más que peligrosos, universos en los que el dolor, el pecado y la codicia son leyes que rigen la existencia, incluso de manera más exagerada que en este mundo nuestro... —El mago miró a Aurelius con gesto grave—. Los infiernos, por ejemplo, habitados por demonios que nos odian porque para ellos cualquier rastro de bondad es el error más absoluto. Para un diablo, el peor diablo es un hombre...

—¿Y crees, maestro, que mi puerta de tiza puede conducir a uno de esos infiernos? —Aurelius había quedado hondamente impresionado por las palabras del enano. El hecho de que su mayor logro en el mundo de la magia pudiera suponer un peligro para el mundo le resultó duro de asimilar—. En ese caso no volveré a intentar abrirla jamás. Tiraré la manivela al río y no volveré a tocar el yeso en mi vida.

—Como he dicho, Aurelius, los portales llevan a donde el invocador quiere ir, y en tu caso no creo que tengas ninguna intención de emular a Dante... Muy bien. —El enano suspiró—. Así que vuelve a hacerlo. Quiero verlo.

—¿Adónde?

—A donde tú quieras... A cualquier lugar que podamos reconocer rápidamente.

—De acuerdo.

Aurelius asintió y se volvió para colocarse frente a la puerta. El proceso volvió a repetirse siguiendo al pie de la letra su relato. Aunque no podía ver lo que quedaba más allá de aquel rectángulo de vacío, el enano supo de manera instintiva que no le mentía.

—Las puertas me han llevado siempre al lugar solicitado, pero no sé si mi poder funcionará con otros —dijo, señalando el hueco—. No sé si podré llevar a alguien conmigo.

—¡Maldita sea mi sombra! ¿No pretenderás que nos metamos ahí? —Hans protestó dando un respingo, recién recuperado su interés por la magia—. No me jugaré una sola púa de mi santo culo si no vas tú delante. Tendrás que hacerme una demostración primero. ¡Bien seguro!

—No —dijo el maestro Caliban, mostrándose firme—. Si Aurelius cruza delante, es muy probable que el portal se cierre tras él. El experimento de hoy es diferente, Hans. Ya sabemos que es capaz de abrir estos portales, y yo le creo cuando me asegura que ha viajado a través de ellos. Lo que debemos averiguar es si nosotros podemos valernos también de su magia para ir de un lugar a otro.

—Ya. Y buscáis un voluntario que dé el paso, ¿no? —preguntó Hans, sonriendo cínicamente.

—Eso mismo. —El enano perdió solo un instante recapacitando sobre cuál debía ser su manera de actuar—. Esperad un momento —les rogó—. Necesito una cosa para hacer nuevas mediciones.

Se disponía a salir el maestro cuando, sin mediar palabra, Gabrielle se dirigió a la puerta y atravesó el umbral. Una última mirada a Aurelius, cargada de misterio, fue su despedida. Sus movimientos fueron tan rápidos y decididos que todos se quedaron sorprendidos. Antes de que nadie pudiera alegar una sola palabra en contra de su decisión, había desaparecido ya en la nada.

Aurelius miró asombrado al señor Caliban y, sin esperar su consentimiento, corrió tras ella. De igual manera, desapareció en la nada. El mago quedó petrificado, a la espera de alguna señal, y solo reaccionó para interponerse entre Hans y la puerta cuando el Medioerizo se preparó para seguirlos también.

—¡No, espera! —dijo, levantando el brazo.

—Pero, maestro… —protestó Hans, dispuesto a rebelarse.

—Nada de peros —se impuso el pequeño mago, mirándolo fijamente—. Con dos riesgos hemos tenido bastante por hoy. No creo que sea necesario un segundo sacrificio si la magia de Aurelius no funciona como creemos.

Apenas convencido por la seguridad de maese Caliban, Hans consintió en esperar. Le costó trabajo, ya que era uno de esos románticos capaces de elevar valores como la amistad a categoría de mandamientos divinos, y el pensar que sus compañeros pudieran estar sufriendo algún daño mientras ellos aguardaban suponía una tortura insufrible para él. Aquellos instantes de incertidumbre no le habrían resultado tan dolorosos si una zarigüeya rabiosa se hubiera dedicado a roerle las entrañas. Por suerte, el castigo no duró demasiado. Apenas había transcurrido un minuto cuando Aurelius apareció de nuevo, emergiendo de la nada.

Al primer vistazo ya supo que todo había funcionado bien. El muchacho llegó sonriendo, derrochando satisfacción, y sin detenerse junto a ellos, corrió hacia el pasillo.

—¡Funciona, maestro! —dijo, volviendo la cabeza—. Voy a coger unas cosas. Esperadme…

Hans y el maestro Caliban se miraron arqueando las cejas a la vez en señal de incomprensión. Aurelius corrió hasta un cuarto cercano, del que no tardó en regresar. Apareció cargando con el más sorprendente equipaje: una manta y una sombrilla de color rojo, propiedad de Gabrielle, a las que añadió una botella de licor de avellanas que guardaba en una alacena, vasos y una bandeja de pastas.

—¡Vamos! —dijo, apremiándolos con un gesto de la mano.

Y sin esperar para asegurarse de que lo siguieran, volvió a cruzar la puerta y desapareció.

—Parece ser que hay fiesta al otro lado —dijo Hans.

—Entonces, démonos prisa —contestó maese Caliban, comenzando a caminar—. No vayamos a perdérnosla.

Hans el Medioerizo siguió al pequeño mago, que fue el siguiente en desvanecerse. No tan confiado como él, se detuvo frente a aquella nada aterradora, tal y como hiciera Aurelius la primera vez, tratando de tasar la locura que se disponía a cometer. Acaso un segundo de espera. No cabía ya la renuncia después de que todos sus compañeros hubieran cruzado aquel umbral.

Cerrando los ojos, dio un paso más.

Por fortuna, la voz alegre y amigable de Aurelius fue lo primero que escuchó. El susurro del viento y su roce cálido supusieron una invitación a abrir los ojos de nuevo que no pudo rechazar. Nada más hacerlo, descubrió que ya no estaba en Nueva York. Un cielo de pujantes rojos, añiles y dorados, de nubes teñidas por el capricho del sol vespertino, lo rodeaba por todas partes. Se encontraba en lo más alto de un promontorio que al principio no reconoció, en medio de un gran desierto. Con solo girar el cuello hacia su derecha terminó de entender. La gran esfinge, de la que tantas veces había oído hablar, aguardaba tumbada casi a sus pies, custodiando pacientemente aquellas piedras milenarias. Más allá, dos enormes pirámides, que sin embargo parecían mucho más pequeñas que aquella que los acogía, completaban el asombroso escenario.

—Creo que me he dejado las lámparas encendidas... —dijo maese Caliban tras él.

—Siempre quise visitar Guiza —afirmó Aurelius—. Mi viejo maestro de escuela describía las pirámides como si se hubiera criado a su sombra.

El muchacho tomó asiento junto a Gabrielle, casi al borde de la piedra, sobre la vieja manta que había tomado de su cuarto. Sirvió licor en los vasos sin prestar demasiada atención a aquel sobrecogedor paisaje.

—Brindemos —dijo maese Caliban, alzando una de las copas—. Celebremos el descubrimiento de la vía del alma de maese Aurelius.

—Así que el joven señor Wyllt ha resultado ser todo un mago —comentó Hans, vaciando su pipa. El viento corrió a llevarse las cenizas y a esparcirlas por aquella planicie infinita, como se lleva el tiempo la vida de los hombres—. ¡Quién lo hubiera dicho viendo sus apestosos trucos de taberna! —Sonrió—. Espero que sea capaz de llevarnos de regreso... o nos aguarda una larga caminata.

Aquella merienda en lo alto de la pirámide de Keops resultó tan grata para todos que Aurelius llegó a olvidarse por un rato de sus más acuciantes preocupaciones. A ratos alcanzó a entrever retazos de tristeza en los ojos de Gabrielle, pero la muchacha se dedicó a ocultarlos tan bien, tras gestos y palabras amigables, que terminó tomándolos por espejismos.

—Me pregunto qué diría mi padre si estuviera aquí... Una vez me llevó a ver Londres desde lo alto del Big Ben —dijo—. Él no era demasiado dado a los romanticismos, ya lo sabéis, pero aquel día parecía otro. Estuvo gran parte de la tarde con la mirada perdida. Me dijo que allí arriba se sentía a salvo de cualquier peligro... En cierta manera es como me siento yo ahora.

Puede que fuera la hospitalidad del espíritu de los faraones, o puede que la fuente de aquella tranquilidad procediera del efecto sedante de las palabras y las risas de sus compañeros, de las que tanto había huido últimamente. El caso es que, terminada la excursión, regresó a su vida renovado, seguro de que su empeño y su poder le permitirían afrontar los peligros que le acechaban.

—Puede, maestro, que haya encontrado la manera de resolver el asunto del kraken —dijo nada más regresar a su cuarto.

Hans y Gabrielle acababan de salir. Aurelius podía escuchar perfectamente sus voces despreocupadas mientras bajaban la escalera.

El señor Caliban mudó el gesto, sorprendido por la rotundidad de su aprendiz. Si por algo podemos alabarlo, es por haber confiado siempre, desde el primer vistazo, en el potencial de Aurelius. En aquella ocasión, mucho más cargado de razones, volvió a hacerlo. Arqueó las cejas y cruzó los brazos en demanda de más explicaciones.

—¿Sí? Muy bien, pues tú dirás cómo... A no ser que tus encantos hayan ablandado el corazón de esa comadreja, no veo la manera de esquivar su magia. No te dejes engañar por su aspecto. A pesar de sus maneras, el maestro Andersen es uno de los magos vivos más poderosos que existen.

—Creo que mi poder nos permitiría burlar los anillos de custodia que levantó alrededor de la criatura —expuso Aurelius—. Si no entendí mal tus explicaciones, todo depende de que la presencia de un espíritu no interrumpa el flujo mágico que los conforma. Si logro acceder directamente a su interior, no servirán de nada... No atravesaré la frontera que estableció para proteger al kraken, simplemente renaceré dentro. Las trampas ordalía funcionan de la misma manera, ¿no es verdad?

—Sí, bueno... —El pequeño mago dejó de fingir y comenzó a mostrar el interés que sentía por la proposición de su aprendiz—. En ese caso, lo que se forman son esferas de poder. Pero creo que si el maestro no las ha invocado demasiado pequeñas, tu vía del alma podría burlarlas igualmente... Aun así, recuerda que todavía nos quedan las maldiciones de ceniza.

—Estoy convencido de que si trabajamos juntos, podemos revertir esas maldiciones. —Aurelius pensó en Miranda—. Aprenderé, maestro, te lo juro. Me olvidaré de lo de la función en el Avalon y me dedicaré día y noche a estudiar. Sé que no te gusta alardear, pero no creo que maese Andersen sea mejor mago que tú. A ti todo el mundo te respeta, eres casi una leyenda.

—No sabes nada de maldiciones, muchacho. Tal vez sean el tipo de magia más poderosa. Se basan en el odio, en el convencimiento de que el mal puede imponerse a todo orden. —El enano dudó. Parecía que trataba de convencerse de lo alocadas que eran las ideas del muchacho buscándoles algún pero, aunque el tamaño de la oportunidad que se le ofrecía era una tentación demasiado grande—. Además, son peligrosísimas porque, en cierta medida, tienen alma propia. Cuando uno las formula, nunca sabe cómo evolucionarán, los recovecos que esconden las palabras con las que les damos vida.

—Sí, pero el maestro Andersen no es mala persona, ni tampoco un necio... No creo que las haya invocado a la ligera, ni que les permita salirse de madre.

—Son maldiciones de ceniza. No sabes de lo que hablas.

—En ese caso, enséñame. Aprenderé. Juntos podremos anularlas. Estoy convencido.

El enano esperó un momento sin decir nada, tasando las posibilidades reales de la propuesta de Aurelius. Acababa de ser testigo de los milagros de su poder desnudo. Había viajado a Egipto de un salto, en realidad dando un solo paso. ¿Qué no sería capaz de hacer aquel muchacho cuando refinara las posibilidades de su vía del alma? Le pareció que lo imposible comenzaba a disfrazarse de posibilidad.

—Bueno —dijo al momento—, supongamos que fuéramos capaces de entrar en casa de ese carcamal. Supongamos que nos hacemos con la otra mitad del kraken. ¿Has pensado qué podríamos hacer luego con él? Habría que esconderlo. Habría que buscarle un custodio muy poderoso que se ocupara de cuidarlo. —El maestro negó con la cabeza, entornando los ojos—. Yo creo que ya tengo demasiada prole como para admitir una boca más a mi mesa, y menos si es de ese tamaño. Y no me parece que tú estés preparado todavía para hacerlo. Ten en cuenta que la semilla es una de las armas más poderosas que se han creado, y no creo que pueda ser entregada a la beneficencia. Apesta a magia con tal intensidad que me paso el día invocando cendales sin descanso para ocultarla del Cazador.

—Encontraremos una solución también a eso. Estoy seguro.

—Sí, yo también estoy seguro de que lo harías. Cada vez estoy más convencido de que serías capaz de lograr cualquier milagro. —El maestro miró fijamente a Aurelius—. Sin embargo, esta vez puede que nuestro mayor problema no sea otro que la falta de tiempo. Se ha fijado la fecha para el concilio... Como me pediste, solicité que maese Geppetto acudiera en calidad de defensor nuestro y han aceptado. Tendremos que prepararnos muy bien.

Aurelius se volvió, dando la espalda al enano. Había llegado el momento de afrontar verdades y mentiras, y quizá no se atreviera a hacerlo de cara.

—Hay una cosa más de la que quiero hablarte, maestro —dijo Aurelius, cerrando la puerta de su cuarto—. Algo que no te había contado hasta ahora y que me preocupa mucho.

—Tú dirás, muchacho. —Caliban fue incapaz de disimular la inquietud en su tono de voz.

—Mi primer viaje no fue a Londres, maestro...

XXXI

Nuevas verdades, viejas mentiras

A ver si lo he entendido bien. ¿Quieres decir que crees que la muchacha con la que te comprometiste es un hada?

—Así es maestro. Juraría que sí.

Maese Caliban tomó asiento en la cama, frente a Aurelius. Sorprendido por el relato de su aprendiz, trató de buscar sentido a aquella increíble revelación.

—Al principio no quise hablar de aquel amor porque con solo rozar su recuerdo me escocía el alma. —Aurelius arrastró una butaca y se sentó frente al enano—. Pensaba que jamás volvería a verla… Y luego, conforme fueron pasando los meses y dejó de dolerme tanto, comencé a temer que si hacía mención a ese amor… otros salieran malheridos.

—¿Otros?

—Gabrielle —explicó avergonzado, apartando la mirada.

—Ya veo.

El suspiro con el que maese Caliban subrayó su asentimiento fue durante un rato la única tacha al silencio que se instauró en el cuarto. Siguió siendo así hasta que Aurelius continuó su relato.

—Ahora tengo miedo, maestro. No puedo explicar la razón, pero salí de aquella mazmorra calado de oscuridad y no puedo librarme de ella.

—Cualquiera habría sentido miedo siendo protagonista de una escena como la que describes.

—Sí, maestro. La impresión fue muy fuerte. El hecho de

descubrir que Miranda era un hada me sobrecogió, pero hay algo más. No sabría decir muy bien qué es, porque todo este misterio me supera. Ahora siento que todas las sombras me espían.

—Quizá lo mejor sea que vayamos a echar un vistazo. A mí también me resulta todo muy extraño… —El enano frunció el ceño, tratando de desentrañar aquel nuevo misterio que se le acababa de ofrecer—. Sin duda, ese Telesio del que me hablas conoce el arte verdadero. Nadie podría retener a un hada a su lado sin dominar la magia. Aunque también estoy seguro de que ha usado un nombre falso para relacionarse contigo. Llevo muchos años en este negocio y conozco a todos los magos con poder suficiente para hacer algo así. —Negó con la cabeza—. Ninguno de ellos responde a ese nombre.

—¿Y por el aspecto? ¿Te suena alguien como el hombre que te he descrito?

—Un rostro puede moldearse usando palabras arcanas, ya lo sabes… Ahora mismo no tenemos nada, Aurelius.

—Tenemos su rastro, maestro. Estoy seguro de que podría volver a abrir un portal que me condujera de nuevo a la mazmorra en la que la encontré.

—Muy bien, entonces no nos queda más remedio que intentar hacer uso de tu poder para arrojar algo de luz en este asunto. Aunque también creo que deberíamos intentar ser lo más cautos posible. Si de verdad viste lo que viste, y no fuiste víctima de ningún encantamiento traicionero, el misterio se acrecienta. No entiendo esa manera de proceder. Ningún mago capaz de retener a un hada en secreto, contraviniendo la regla de la orden, te la ofrecería de la manera en que cuentas que lo hizo. Los tesoros no se regalan… Y según me dices, prácticamente os concertó una cita.

—Ahora lo veo claro. Estoy seguro de que quería algo de mí. Lo que no entiendo es qué. Yo no tengo nada de valor… —De repente, Aurelius recordó la llave que Houdin le había entregado. Enmudeció de manera tan repentina que el maestro Caliban llegó a preocuparse.

—¿Qué pasa, muchacho?

—Bueno, maestro —dijo con la mirada calada de asombro—. Pensaba que no tenía nada de valor… pero ahora me doy cuenta de que tal vez estaba equivocado. Quizá sí tenga algo.

Aurelius corrió a buscar la vieja caja en la que había guardado la llave. Removió apresuradamente la ropa de uno de los cajones hasta dar con ella y la abrió frente a su maestro.

—La llave que me dio Houdin, maestro. ¿Te acuerdas de ella?

—¡Maldita sea! ¡Claro! Hace tiempo que vengo lamentándome por no haberle podido dedicar un momento.

—Quizás fuera esto lo que Te… —Aurelius se corrigió de inmediato—. Lo que ese malnacido quería.

—Es posible… Hay objetos arcanos por los que algunos hombres venderían su alma. Déjame ver.

Maese Caliban extendió la palma de la mano y el muchacho colocó sobre ella la preciosa llave plateada.

—La primera vez que me la enseñaste pensé que era demasiado hermosa para tratarse de un simple adorno. —El enano miró a Aurelius admirado—. Me pareció arcadiana, pero ya lo sabes, había asuntos más urgentes que atender y por eso no la estudié a fondo. Tal vez haya llegado el momento de hacerlo. ¿Qué te parece? Podríamos dedicar una parte del tiempo que nos queda hasta el concilio a esta pequeña preciosidad.

—Muy bien, maestro. Necesito saber. Son ya demasiados misterios.

—Además, creo que la suerte puede estar de nuestro lado en esta ocasión. —El enano entornó la mirada, sonriendo con malicia—. Es muy posible que tu Telesio acuda a la llamada de los heliastas… Si es un mago con un mínimo de renombre, lo hará. Los miembros del Consejo han considerado el asunto del kraken tan importante como para invocar un encantamiento de convocatoria general. Nos han citado a todos. Y si aparece, entonces sabremos a qué atenernos. La espera no será muy larga… Sí, yo te recomendaría prudencia, Aurelius. Todo este asunto me huele muy mal. —Maese Caliban adelantó la mano para tomar la de Aurelius—. A menos que creas que el hada corre un verdadero peligro. En ese caso estoy dispuesto a asaltar la oscuridad contigo esta misma noche…

El muchacho aguardó en silencio, sopesando las distintas opciones que se le presentaban, los pros y contras de cada una de ellas. Era cierto que había prometido liberar a Miranda, pero no lo era menos que había sido en otras circunstancias, cuando la creía una mujer de carne mortal como él. Además, sabía que un acto precipitado podía traer consecuencias nefastas para todos, y al fin y al cabo, ella había logrado sobrevivir sin su ayuda hasta aquel momento.

—No será mucho tiempo, ¿verdad, maestro? —preguntó resignado.

—No, no mucho. Unos días y tendremos a tu Telesio. —El señor Caliban lo señaló con el dedo—. Pero recuerda que con las respuestas llegará también el momento de dar explicaciones. —Señaló afuera, y la imagen de Gabrielle cayó como un aguacero sobre su ánimo—. Quizá debas prepararte también para eso…

El tiempo, siempre escurridizo, transcurrió de manera especialmente veloz durante los días previos al inicio del concilio. Dedicado casi exclusivamente al estudio de la llave, Aurelius se convirtió en un verdadero ermitaño, trasnochador y maniático, que solo abandonaba su cuarto para hacer los recados o visitar al maestro Andersen.

Un par de días después de aquella merienda en la cima de la gran pirámide Keops se presentó en el Avalon y se disculpó por anular su función. Poniendo como excusa un exceso de trabajo, prometió preparar el espectáculo para el mes siguiente. Sabía que muy pronto habría de enfrentarse a situaciones tan graves que cabía la posibilidad de que jamás volviera a pisar el club, pero decidió mentir una vez más para mantener la esperanza. La imagen de un Aurelius convertido en fugitivo, huyendo de la mano de Miranda de ciudad en ciudad, se convirtió en visitante asidua de sus soledades nocturnas.

—Entonces tendré que buscarme un nuevo acompañante, algún galante caballero que se preste a venir conmigo al Avalon.

Gabrielle, que había tolerado con resignación el creciente alejamiento de Aurelius, protestando si acaso con alguna mirada de reproche muy de vez en cuando, se rebeló al saber que había suspendido su actuación. Disfrazando sus palabras de broma, y parapetándose tras una sonrisa, enunció sus quejas una tarde, en uno de los descansos que él se permitía entre lección y lección. Apareció casi de improviso, sorprendiéndolo mientras se servía una taza de té.

—Bueno —continuó, apoyándose sobre el marco de la puerta—, no creo que me cueste mucho trabajo encontrar a alguien más guapo que tú, aunque no sé si conseguiré un caballero de andares tan graciosos.

Aurelius era incapaz de mirarla fijamente, sobre todo en aquellos momentos en que el azar dictaba que se encontraran a solas. Se sentía culpable de haber jugueteado con ella, de haber anhelado sus besos en aquellos meses de soledad. Aunque jamás había llegado a rozarla, lo cierto es que no podía olvidar la mañana en la que había corrido hacia el río, dispuesto a arrojar su anillo de compromiso a las aguas. Aquel gesto había supuesto, de hecho, su primera infidelidad real.

—Siento haberme comportado de manera rara durante estos días —dijo cabizbajo—. No te mereces que me haya alejado así de ti, pero...

—No, no te disculpes... —Aurelius iba a excusarse cuando Gabrielle lo interrumpió. Caminando rauda, se fue hacia él y lo agarró por detrás. Fue un movimiento demasiado veloz como para evitarlo sin parecer antipático. Colocando dos de sus dedos sobre la boca del muchacho, apenas rozando sus labios, lo obligó a callar—. No eres el primero que huye del lobo feroz —dijo, alejándose—, ni creo que vayas a ser el último.

—¡Espera! —Aurelius sabía que aquella sonrisa no era más que una máscara, que detrás de ella se escondían el dolor y la decepción, y lamentaba haber sido el causante de ambos—. No te vayas…

Gabrielle quedó plantada frente a él, y por primera vez pareció flaquear. Una sombra de amargura oscureció su gesto.

—Quiero pedirte disculpas. —Aurelius avanzó solo un paso hacia ella. Se habría acercado más, quizás hasta la habría tomado del brazo para obligarla a mirarlo, pero la prudencia le impidió hacerlo. No quiso provocar más equívocos—. Me he portado como un niño malcriado contigo, revolcándome en mis propias preocupaciones, pero no creas que olvido lo que hicisteis por mí… Todo este asunto de mi vía del alma, lo del concilio y lo del kraken… Muchas cosas han cambiado en las últimas semanas, y quizás no haya sabido afrontar los cambios con la entereza necesaria. Al final, vosotros, que sois mi familia ahora, habéis acabado pagando mis cambios de humor.

—Te he pedido por favor que no te disculpes, Aurelius —dijo Gabrielle—. No has hecho nada malo. Cada uno elige vivir su vida de la manera que cree más adecuada. Sé que has estado muy ocupado.

—No quiero que te enfades conmigo —rogó el muchacho.

—No te preocupes —contestó ella—. No lo haré.

—Prometo acompañarte al Avalon cuando todo esto termine.

—Muy bien. —Gabrielle asintió antes de retirarse—. Aunque si yo fuera tú, no prometería cosas que luego no pudiera cumplir.

Y tras decir esto, volvió a sonreír y desapareció escaleras arriba.

Aquel triste episodio supuso una cierta liberación para Aurelius, que a partir de entonces pudo tachar la primera de su larga lista de preocupaciones. Hasta ese momento le había resultado difícil convivir en la misma casa con Gabrielle, pero el gesto de generosidad de la muchacha lo cambió todo. Casi convencido de que el daño que había provocado había sido menor, se encomendó a la práctica del saber verdadero sin descanso. Tenía trabajo por delante.

A la mañana siguiente de su excursión a Egipto, el maestro Caliban había llamado a Aurelius a su cuarto para discutir los detalles del plan para rescatar al kraken. Habían decidido comenzar a trabajar en él pocas horas después.

—No sé si será una locura —dijo—, pero nos lo plantearemos como si no lo fuera. Pensaremos en tu plan como posibilidad, y estaremos preparados por si esos carcamales del Consejo no entran en razones…

Y así lo hicieron, al menos hasta la tarde en que el maestro les informó de la llegada del circo de Buffalo Bill.

XXXII

Mecánica de las maldiciones

William Frederick Cody, alias Buffalo Bill, era un hechicero de dudosa reputación entre los del oficio que había entrado en contacto con el poder, siendo un crío, a través de un viejo chamán indio. Hombre de costumbres pedestres, se decía de él que durante años había comerciado con criaturas mágicas de todo tipo, aunque nadie se atrevía a mencionar tal aspecto en su presencia, pues manejaba el revólver con tanta soltura como los encantamientos. El caso es que el señor Caliban, que siempre parecía estar bien informado, renegaba de todas aquellas habladurías, y aunque no se consideraba íntimo amigo suyo, tampoco se contaba entre los que lo detestaban.

Fuera de una manera u otra, lo cierto es que la ley permitía a aquel que convocara el cónclave sugerir un lugar de reunión, y en aquella ocasión había sido el propio Cody, a petición del maestro Andersen y tras contemplar su mitad del kraken, quien había realizado el llamamiento. Ese punto, unido a la fama de infalible cendal que tenía la lona de colores bajo la que presentaba su espectáculo, resultó clave para que se eligiera su circo ambulante como cenáculo. Los magos se cuidaban mucho de reunirse en un mismo lugar sin tomar las precauciones adecuadas.

—Ha formado su pequeña ciudad a las afueras, al norte, en las tierras de un polaco amigo suyo —dijo maese Caliban, informándolos a todos durante la comida—. Viene con su mujer barbuda, sus indios y todos sus caballos. Muy pronto esta ciudad se llenará de magos, así que debemos ser mucho más cuidadosos que de costumbre.

Hans asintió, dando a entender que comprendía su misión aun antes de que el maestro se la encomendara. Al fin y al cabo, se había ganado el título de custodio oficial del grupo, dedicándose a vigilar para ellos durante meses. El Medioerizo era capaz de recordar los alrededores de todas las guaridas en las que se habían escondido, en todos y cada uno de los países que habían recorrido.

—Pasado mañana se harán las presentaciones. Yo te avalaré a ti, Aurelius, y el Consejo te examinará. Espero que no tengas problemas. Al parecer, han llegado dos nuevos numerarios, así que no creo que pierdan demasiado tiempo contigo. Además, estás en condiciones de sacarle los colores a algunas de esas momias. —Sonrió con malicia—. Al día siguiente, se comenzarán a discutir los pleitos. Creo que el de la semilla de kraken será el único importante. Si pensabas que el primer duelo de magos que ibas a presenciar sería con bolas de fuego y rayos de colores, ve olvidándote de ello. El primer duelo entre magos que verás será al más puro estilo político, y te aseguro que será duro y sucio. Tendré que terminar mis alegaciones y prepararlo todo. El maestro Andersen nada siempre a favor de corriente. Tiene muchos amigos en el Consejo, y los que no lo son suelen ser tan cobardes como él.

—¿Cómo actuaremos en caso de perder, maestro?

Aurelius y maese Caliban había trabajado en varios frentes durante aquellos días, pero apenas habían conseguido avanzar en ninguno de ellos. Preparar alegatos para su petición resultaba complicado sin la presencia de Geppetto, pero el Consejo había votado en contra de permitirles una audiencia previa con él. Habrían de comenzar a trabajar en la defensa del kraken a partir del inicio del cónclave, de forma apresurada, y con un hombre al que muchos creían loco de atar; tal vez el haber solicitado su presencia no había sido una idea tan buena. Y tampoco habían progresado demasiado buscando un escondite para el kraken ni, mucho menos, averiguando la utilidad de la llave de Houdin.

—Ya lo sabes. Si fallan en nuestra contra —contestó el enano—, haremos lo que teníamos planeado. Entraremos en casa de esa iguana de Andersen y nos llevaremos su mitad.

—Buen plan —apostillo Hans socarrón—. Muy bien cerrado, sin grietas y sin consecuencias negativas para ninguno de los presentes... Y ¿luego qué? ¿Lo escondemos en la pescadería de la esquina, entre las sepias y los pulpos?

Aurelius y el señor Caliban se miraron preocupados. Fue el maestro el que, una vez más, se aventuró a ofrecer una respuesta.

—Encontraremos un custodio y un escondite —afirmó sin demasiada convicción.

—¿Y si no es así? —insistió Hans—. Ese bicho es muy peligroso, y lo sabes.

—Me haré responsable de lo que pueda pasar —sentenció Caliban malhumorado, mirando al Medioerizo—. Ya lo he hecho otras veces. Y ahora dejadnos solos, por favor. Tenemos mucho que hacer todavía y cualquier cosa que no sea ayuda, está de más.

No obstante, aquel tiempo de estudio sí que había dado algunos frutos valiosos. Las maldiciones de ceniza que Andersen había utilizado para proteger al kraken le sirvieron para aprender mucho. Las verdades que encontró en los libros del señor Caliban, unidas a sus precisas y eruditas explicaciones, le bastaron para convertirse, en muy poco tiempo, en todo un experto en el tema. Gracias a su capacidad natural, y tras un par de semanas de práctica, Aurelius fue capaz de conocer la mecánica de las maldiciones con mayor profundidad que muchos magos veteranos.

Para su desgracia, descubrió que la magia impresa en ese tipo de encantamientos solía ser difícil de doblegar por la fuerza. Algunas anatemas se consideraban eternas. Sin embargo, descubrió también que la gran debilidad de las mismas radicaba en la necesidad irrevocable de ser enunciadas con palabras mundanas. Toda maldición estaba ligada a una frase y, como tal, era interpretable y manipulable. Además, en muchas ocasiones, la fuerza de la magia era susceptible de ser potenciada, añadiendo una condición que servía de llave para manipular su efecto.

—Una princesa maldita podría ser condenada a morir tras pincharse con una aguja —continuó el maestro en el momento en que quedaron a solas—. Sería complicado romper una maldición tan clara si el mago que la enuncia es ducho en la materia, pero no sería tan complicado reforzar el poder que la sustenta, añadiendo condiciones a la misma. Que en vez de morir, durmiera, y que pudiera despertar de ese sueño con un beso de amor verdadero. Por un lado, restas rotundidad al castigo, pero por otro, empleas ese poder en hacer la magia más fuerte.

—Ya entiendo —contestó Aurelius—. Se trataría de una especie de engaño. Haces creer a la magia que vas en su favor cuando, en realidad, estás procediendo en su contra.

—Eso es. El encantamiento se vuelve más poderoso, más difícil de anular con contrahechizos, pero a cambio se ganan opciones.

Aurelius asintió. Una vez más, lo asombroso parecía meridianamente claro para él.

—Pero creo que debemos dejar descansar a esa pobre criatura por ahora. Sería mejor que nos centráramos en las maldiciones que nos atañen, ¿no te parece? Nos queda poco margen para divagar.

Aurelius asintió sin decir nada.

—Aunque, en realidad, creo que esta parte la tengo casi completamente resuelta —continuó el maestro Caliban—. Maese Andersen es un gran mago, pero a la hora de invocar maldiciones no es tan brillante. Se cree bueno porque domina la técnica como nadie, pero le falta arte para odiar. Es demasiado blando. Como te dije, la base de ese tipo de encantamientos es el rencor, y él es incapaz de sentirlo por nadie. —Bajó la mirada avergonzado—. La magia no es ciencia exacta, contiene una porción de arte que siempre es imprevisible. Solo cuando me disponga a forzar el poder que protege a la criatura podré estar seguro de haberlo hecho bien, pero creo que lo he conseguido. Así que solo nos queda el asunto de encontrarle acomodo.

—¿Sabes, maestro? Muchas veces, recordando lo que el Cazador le hizo a mi padre, he pensado en eso que comentas del odio y las maldiciones.

—¿A qué te refieres, muchacho?

—Bueno, he pasado más de una noche en vela, buscando la manera de vengarme de ese monstruo, pero aparte de un odio infinito, no tengo mucho más.

—Ya veo... Has pensado que con el dolor que el Nubilita te causó se podía forjar la más férrea cadena, una que bastara para encadenarlo al infierno. —Maese Caliban sonrió, tratando de disfrazar su amargura con un gesto indulgente—. Escucha, Aurelius. Hace años que llevo dándole vueltas a una idea parecida... Una idea tan loca que no sé si algún día me atreveré a ponerla en práctica.

—También lo has pensado, ¿verdad, maestro? —Aurelius aguardó a que Caliban se explicara.

—Desde luego. —El enano temió haber cometido un enorme error confesándole aquello a su aprendiz, pero ya era tarde para retirarse. Sabía que el muchacho no se lo permitiría—. Ya sabes cómo soy. No me considero muy amigo de la filosofía, así que de la posibilidad teórica intenté hace tiempo pasar a lo real. Busqué, pregunté... Durante años dediqué casi todo mi tiempo libre a esa absurda empresa. Me permitía vivir con esperanza... Me aliviaba.

—¿Y qué descubriste, maestro?

—Bueno, como sabes, para cada maldición suele haber un solo invocador. Cualquier mago medianamente competente, armado con el rencor necesario, sería capaz de enunciar una. Pero ¿te has parado a pensar en el número de fantasmas que tienen cuentas pendientes con ese bastardo? El Cazador de Hadas viene sembrando el mundo de dolor desde hace milenios... Siempre he creído que si se pudiera canalizar el peso de todo ese odio en forma de una gran maldición conjunta, ni siquiera él sería capaz de soportarlo.

—Ya entiendo —convino Aurelius sorprendido.

—Durante ese tiempo me dediqué a trabajar en un nuevo tipo de encantamiento, una suerte de maldición-invocación que fuera capaz de reclamar las almas de todas las víctimas del Cazador, para entrelazar su rencor. No tardé en descubrir lo poco original que había sido. Muchos antes que yo lo habían intentado. Encontré varios encantamientos antiguos que me sirvieron de guía y, uniéndolos, trenzando las maldades de unos y otros, compuse un monstruo de retales que hasta a mí me dio miedo. Terminé hace unas semanas.

—Conozco a varios fantasmas que acudirán gustosos a escupir sobre la sombra de ese demonio —afirmó Aurelius en tono grave—. Y si no estoy equivocado, vendrían acompañados por miles más. Por poco que le afecte la magia, no creo que sea capaz de soportar algo así. —Suspiró—. En el peor de los casos, un encantamiento de esa naturaleza nos dará una gran ventaja en la lucha el día que nos enfrentemos a él. ¿Me enseñarías ese hechizo, maestro?

Caliban aguardó muy serio, sopesando la respuesta más adecuada a esa pregunta, una que alejara a Aurelius del peligro en vez de llevarlo hacia él.

—Está bien. Te lo enseñaré —dijo—. Al fin y al cabo, estoy seguro de que con el tiempo terminarías componiendo uno mucho mejor que el mío, pero has de tener mucho cuidado con él. Una magia así podría terminar devorándote. Además, has de tener en cuenta que no es un encantamiento probado, que se trata solo del experimento de un enano loco, necesitado de esperanza.

Aurelius asintió sin dudarlo.

—Sé que no estamos jugando, maestro —dijo.

—En cuanto a la letanía, lo cierto es que se trata de una magia bastante sencilla. La mayoría de las cosas que hacen mucho daño lo son. En un par de noches estarás preparado para usarla, aunque espero que no lo hagas nunca. Guárdala para un momento de desesperación, como último recurso.

—Así lo haré, maestro. Lo juro.

—Muy bien, en ese caso no tengo inconveniente en enseñártela. ¡Ah! Una cosa más —dijo el enano, cambiando de tema. Trataba de dejar cerrados todos los asuntos pendientes, aunque lo hacía de manera bastante desordenada—. Cuando te presente ante el Consejo, te harán muchas preguntas. Contéstalas con sentido y no te guardes nada salvo nuestra intención de acabar con el Cazador. Si te interrogan sobre eso también, diles que lo odias; es la verdad. Diles que te gustaría que desapareciera o que pasara el resto de la eternidad pagando sus culpas en el infierno, pero jamás que pretendes acabar con él. ¿Me has entendido?

—Sí, maestro. —Aurelius asintió cabizbajo.

—Y, por supuesto, tampoco quiero que menciones al kraken. No quiero que sospechen nada.

El resto de la mañana transcurrió entre consejos, lecciones y complicadas reglas de gremio, legalismos de hermandad que Aurelius encontró huecos y sin demasiado sentido.

Durante los últimos días le había resultado imposible librarse de la imagen de la pequeña Miranda, un lucero perdido en la noche que parecía querer señalar sus deudas de honor. Los remordimientos le carcomían el alma. Ansiaba que llegara la hora en que la campana marcara el inicio del concilio para reencontrarse con Telesio y poder ir a su encuentro, aunque a la vez temía ese momento. Pero cuando el enano abrió el armario, y le mostró sus apuntes, todo cambió. Aquella maldición suponía el primer acercamiento real a su objetivo, y Aurelius no podía permitirse el lujo de ignorarla.

Por eso, cuando los tres relojes del pasillo marcaron la hora de la comida y todos los cucos de la casa asomaron el pico para acompañarlos, sintió que el tiempo transcurriera tan rápido en ciertas ocasiones. Los pucheros, a los que acudía todos los días de manera fiel, le ofrecían siempre la oportunidad de evadirse del mundo por un rato, pero en aquella ocasión deseó poder renunciar a la comida. Por desgracia, maese Caliban no parecía dispuesto a hacerlo, así que finalmente tuvo que claudicar y abandonar el estudio para seguirlo hasta la cocina.

Acababan de colocar los platos y los cubiertos sobre la mesa cuando alguien llamó a la puerta. Solo faltaba Hans, que había salido un par de horas antes a comprar tabaco y a hacer las rondas de rigor. Solía volver siempre a esa hora, así que no se extrañaron. Aunque de vista andaba justo, tenía un prodigioso olfato que parecía aguzarse cuando hervía el puchero, de manera que nunca llegaba tarde a comer. Como si acudiera al mejor restaurante, y hubiera pagado la cuenta por anticipado, saludaba, procedía a cubrirse la pechera con una servilleta y se sentaba en su sitio a esperar que le sirvieran. Para él, a esas horas no cabía otro orden en el discurrir de los acontecimientos que ese.

Sin embargo, en esa ocasión, nada más entrar, el gesto de Hans auguró que el menú no sería todo lo sabroso que esperaban. Llegó respirando agitadamente, y en vez ocupar su lugar junto a Aurelius en la mesa, tomó un taburete y lo colocó frente a una de las ventanas. No se descubrió. Permaneció con la capa puesta, parapetado tras las cortinas.

—¿Qué ocurre, Hans?

El maestro Caliban dejó la sopera sobre la mesa y se acercó hasta él. El Medioerizo permaneció callado, vigilando el exterior.

—¿Qué pasa? —insistió—. Vamos, dime.

Solo cuando el mago llamó su atención por segunda vez, Hans se volvió para atenderlo.

—No lo sé, maestro —dijo, torciendo el gesto—. Por mi alma que no lo sé.

—Entonces, ¿a santo de qué tanta seriedad?

—Hay algo raro ahí afuera. No podría decir qué es, quizá tenga algo que ver con la llegada de tanto mago, pero no me gusta.

—Algo raro —insistió el enano—. ¿A qué te refieres?

—Ya te digo que no lo sé... Quizá no sean más que manías, pero esta tarde, mientras hacía la ronda, se me han erizado las púas de la nuca en varias ocasiones. No he visto nada sospechoso. Lo cierto es que no tengo una sola razón para justificar esos escalofríos, pero... ¡Maldita sea! No estoy tranquilo.

—Muy bien —dijo maese Caliban—. Habrá que invocar unos encantamientos vigía para asegurarse. Aurelius —requirió al muchacho—, anda, sírvele un plato a Hans, a ver si entra en calor. Gabrielle, por favor, termina de cenar y haz las maletas... Por si hubiera que salir corriendo.

XXXIII

El concilio

Vagones de madera de todas las formas y colores, algunas carretas viejas pendientes de jubilación, tiendas de lona de estilo militar y hasta una pequeña aldea india compuesta por auténticos tipis sioux... Regiones diferentes que conformaban un reino de lo más singular, aquella isla de los tiempos pasados, en la que todo, o casi todo, era falso y verdadero a la vez. El Lejano Oeste agonizaba, y lo hacía allí mismo.

Aurelius, Gabrielle y el señor Caliban llegaron a media tarde, cuando el lugar todavía bullía de vida. Finalmente, los miedos del Medioerizo habían resultado infundados, y a esas horas el muchacho volvía a preocuparse, única y exclusivamente, de sus propios asuntos. La noche anterior había sido tensa, pues el viejo Hans se había negado a dormir en su cama. Sus recelos los habían obligado a hacer guardia por turnos para acompañarlo mientras velaba la oscuridad. Por fortuna, nada malo ocurrió, y con el amanecer, sus temores comenzaron a menguar hasta casi extinguirse.

—De todos modos, avisaré al Consejo antes de que empiece el cónclave —aseguró el maestro de camino a la reunión—. Me quedaré más tranquilo si echan un vistazo. No creo que haya que tomarse a la ligera las corazonadas de Hans.

Ajenos a los asuntos de los magos, los visitantes iban de aquí para allá, pasando de una sorpresa a otra mayor. Risas y fanfarrias se mezclaban en el ambiente con el relinchar de los caballos y con algún que otro disparo perdido. El programa de eventos apenas sufrió modificación con motivo del concilio, más bien al contrario: toda aquella normalidad fue usada, como una especie de cendal mundano, para ocultar la magia. Las funciones de la tarde, con sus concursos, sus exhibiciones y sus teatrales peleas, tendrían lugar como cada día, siguiendo el calendario fijado tiempo atrás. Entre los asistentes se mezclarían los hechiceros que llegaran temprano, y sería al caer la noche cuando daría comienzo el ritual de acogida. Se presentaría a los jóvenes aprendices y, tras los primeros trámites, comenzaría el concilio.

El plan del maestro Caliban consistía en pasear por allí del brazo de Gabrielle, desentendiéndose de todo hasta que comenzara a atardecer. El Medioerizo acudiría después a recoger a la muchacha para llevarla de vuelta a casa. Hasta entonces, pinturas de guerra, plumas, caballos, humo de disparos y cornetas heroicas... Nada más. La magia y sus asuntos debían esperar.

Para Aurelius, sin embargo, aquella jornada sería muy distinta. Frustrado por la lentitud con la que se desarrollaban los acontecimientos, consideró cada segundo de los allí empleados como un terrible desperdicio. Y a aquella sensación de urgencia habría que sumar el miedo a tropezarse con Telesio. Caminó intranquilo durante todo el tiempo, preguntándose cuál sería su reacción cuando por fin se encontraran. Durante aquellas horas se arrepintió mil veces de haber firmado aquel contrato con él, y cuando la tarde terminó de agotarse y los primeros magos comenzaron a aparecer, su preocupación se convirtió en auténtica ansiedad.

Saludaron primero al maestro Brugsch, que paseaba del brazo de su protegida, admirándose de todas las maravillas que le ofrecía el circo de Buffalo Bill. Luego, el número de rostros amigos se multiplicó. No tardaron en encontrarse con otros custodios que Aurelius había conocido en su viaje. Deambulaban entretenidos o se dedicaban a conversar en corro, acompañados por personajes de lo más variopinto que intuyó maestros de otros rangos y oficios.

Ya se había vaciado el lugar casi por completo cuando alrededor de la carpa principal comenzaron a encenderse los faroles y los hechiceros se dirigieron a la entrada. Caminando cívicamente, tomándose la reunión como si de un vulgar evento social se tratara, avanzaron conformando nuevos grupos, dispuestos a ocupar su lugar en las gradas.

Hans, que había llegado puntual, esperó al maestro Caliban apoyado en unos toneles, junto a una familia de chinos con los que, al parecer, había hecho buenas migas casi de inmediato. Nada más verlos, espantó a los pequeños que jugueteaban a su alrededor y se dirigió hacia sus compañeros con paso cansino. De camino, todavía tuvo tiempo de vaciar la pipa y de admirar en silencio la belleza de Gabrielle.

—Todo en orden, maestro —dijo, forzándose a apartar la mirada de ella—. Llevo todo el día dando vueltas por los alrededores de la casa y no he encontrado nada sospechoso. Sigo teniendo esa sensación, la misma que tenía de crío cuando mi madre me mandaba a vigilar las cabras por la noche. —Escupió—. ¡Maldita sea! Es como si los espectros de todos mis muertos me persiguieran... Aunque lo cierto es que no he encontrado nada raro.

—No te preocupes. He informado al Consejo y les he pedido que invoquen encantamientos de vigía y de amparo. Si estuviéramos en peligro, lo habrían notado.

—De todas formas —añadió Hans—, seguiré alerta... Por si acaso.

—Muy bien —convino el maestro Caliban—. Y cuida de la señorita Gabrielle sin ponerte demasiado empalagoso o mandaré que te afeiten las púas.

—Por desgracia —dijo, acompañando sus palabras de una exagerada genuflexión— mademoiselle no aprecia lo bastante mi dulzor.

Aurelius y maese Caliban esperaron hasta que Hans y Gabrielle se acomodaron en el cabriolé que habría de llevarlos de vuelta. Solo cuando el carruaje se alejó balanceándose colina arriba, tomaron el camino hacia la carpa principal. Seguidos por los más rezagados, llegaron hasta la entrada, donde los últimos asistentes se agolpaban, remolones, dedicándose a la tertulia y al cotilleo.

Nada más pasar, Aurelius supo que en el espectáculo de esa noche no se dispararía un solo tiro, que la función sería muy distinta a las de la tarde, pero que, aun así, le depararía más de un asombro. No había dado ni tres pasos cuando la primera sorpresa lo obligó a detenerse. Y es que había esperado gradas de madera y sillas viejas, tela de colores chillones y arena bajo sus pies, una banda de soldados veteranos tocando instrumentos abollados y olor a estiércol de caballo, pero lo que se encontró fue algo muy distinto. Apenas tuvo que alzar la vista para apreciar la cantidad de poder que se había reunido en aquel lugar. El interior de la carpa era mucho mayor que su exterior, y habían sustituido las lonas y los tablones por pilares de piedra y vistosas vidrieras. Por mandato de los allí presentes, el lugar había mudado, convirtiéndose en una suerte de catedral circular en la que se ofrecía culto a la alta hechicería. Un anillo formado por unos veinte o treinta hombres y mujeres, puestos en pie, rodeaba las gradas en las que los magos habían tomado asiento por grupos.

—Son centinelas —dijo maese Caliban, señalándolos—. Magos elegidos de entre los mejores maestros para invocar cendales mientras se celebra el concilio. Ser llamado para desempeñar esa función se considera un altísimo honor. Significa que uno ha alcanzado un gran nivel de poder y que goza de la confianza de sus hermanos. Ellos y sus letanías forman el muro que nos oculta ahora mismo del Cazador de Hadas.

Aurelius asintió asombrado.

—En aquella balconada se situará el Consejo. —Maese Caliban señaló un altar que ocupaba el extremo opuesto a la entrada. Se habían dispuesto una gran mesa alargada y trece sillones sobre la tarima—. Aquel es Buffalo Bill, el anfitrión. Nosotros tenemos que ubicarnos allí. Ven, sígueme. No es bueno llegar el último si pretendes encontrar un sitio decente.

Aurelius caminó tras el maestro Caliban hasta llegar a la

zona de los custodios. Tras saludar cortésmente a Mina Harker y al conde Drăculea, recién llegados, el enano tomó asiento a su lado, golpeando la piedra del graderío para indicarle cuál sería su sitio. El joven Wyllt obedeció, sin apartar la mirada del lugar en el que habrían de situarse los heliastas, a la espera de que comenzaran a llegar.

No tardaron en hacerlo. Renunciando a la más mínima ceremonia, uno tras otro fueron abandonando las tertulias de las gradas para situarse frente a los butacones del estrado. La ansiedad de Aurelius se multiplicó con cada entrada. Primero un hombre calvo y pequeño con pinta de contable inglés. Luego un mandarín chino de aspecto aristocrático. Después una mujer negra vestida con coloridos ropajes, que avanzó acompañada por un león tan manso como un cordero, y tras ella, una pareja con pinta de funcionarios recién salidos de algún ministerio. A continuación, una gitana vieja, un albino que lucía una larguísima trenza, una princesa india, inválida, que caminaba apoyándose en muletas... Todos los miembros del Consejo ocuparon sus asientos hasta que solo quedó uno libre, el del maestro Andersen, que llegó el último, según maese Caliban, con el único fin de hacerse notar.

Aurelius recorrió la mesa de un extremo a otro con la mirada, buscando a Telesio, sin encontrarlo. Profundamente extrañado, trató de explicarse aquella ausencia haciendo mil cábalas. No estaba entre los miembros del Consejo de Heliastas, así que barrió los graderíos en su busca. Quizá lo hubieran investido de una dignidad que no le pertenecía. Quizá no fuera más que un simple maestro... Pero volvió a fracasar. A pesar de que se esmeró por encontrarlo, fue en vano; no estaba allí. Había renunciado a presentarse o lo había hecho cambiando su rostro con algún encantamiento. Aunque bien pensado, era mucho más probable que no hubiera usado disfraz alguno. Seguramente había sido frente a él, en el pasado, cuando había escondido su verdadero aspecto. Le pareció muy extraño. Era como si le faltara una sola rueda para dar cuerda al reloj de su futuro y no hubiera manera de encajarla. Confió en que la sabiduría de maese Caliban, que le había prometido estar atento a cada pequeño detalle, le permitiera dar con él.

—¿No falta nadie? —preguntó, refiriéndose a los miembros del Consejo.

—Desde luego que sí —contestó el pequeño mago, señalando a su derecha.

Aurelius observó que un par de hombres de aspecto extraño se dirigían hacia ellos. El primero, un tipo de andares rígidos embozado en una capa vieja, avanzaba con las muñecas encadenadas por argollas. Arrastraba una pesada cadena que el segundo agarraba como agarraría el collar de su perro más fiel.

—Maestro Geppetto… —Saludó el enano con una ligera inclinación de la cabeza.

En ese momento, el recién llegado se descubrió, retirándose la capucha. Se detuvo frente al enano y le ofreció su mano enguantada, mostrando por vez primera su rostro. El pequeño mago la estrechó sin dudar.

—Me alegro de verte, Caliban —dijo con voz cavernosa.

—¿Qué tal va todo, maestro Lorenzini? —preguntó el enano, volviéndose hacia el hombre de la cadena.

—Bueno —dijo el custodio, desenmascarando su nacionalidad con un acento marcadamente italiano—, cada vez más achacoso, pero aguantando como se puede… A usted lo veo muy bien, como siempre.

—¿Sabes, Caliban? —Maese Geppetto se adelantó, ignorando casi por completo al hombre que lo acompañaba—. Llevo días maldiciéndote. Había pensado escupirte a la cara por haberme traído de nuevo ante estos bastardos…

Aurelius quedó tan paralizado por la impresión como habría quedado Pigmalión al ver que su amada estatua cobraba vida. Aquel tipo, con el que su maestro había comenzado a conversar, era solo un remedo de ser humano, una enorme marioneta de madera tallada, más parecida a los autómatas que tan fielmente servían al Gran Houdin que a ninguno de los presentes. Su rostro podría haber sido colocado, sin desentonar, en cualquiera de los tótems indios que habían servido de atrezo para las actuaciones de la tarde. Y a lo imponente de su aspecto se unía lo agrio de sus palabras. Los temores de Aurelius comenzaron a tomar cuerpo de realidad. Había cometido un gran error pidiendo que maese Caliban reclamara a Geppetto como abogado de su causa.

—Sin embargo, esta tarde he podido dar un largo paseo... He vuelto a ver el atardecer y casi he llegado a sentirme vivo de nuevo. —La madera se plegó sobre la boca del mago, dibujando un remedo de sonrisa—. Lo cierto es que te agradezco que me hayas sacado del agujero en el que me pudría. Mientras venía hacia aquí, te he absuelto de cualquier pecado. En realidad fueron esos bastardos de ahí los que me condenaron, de manera que no he tenido más remedio que recapacitar. El que me permitas enfrentarme a su miseria una vez más es una deuda que siempre tendré pendiente contigo. Así que quizás pueda empezar a pagarte hablando en tu favor. Será un honor ejercer de defensor tuyo una vez más.

Maese Caliban sintió satisfecho.

—Gracias, maestro. Este es Aurelius Wyllt —dijo, señalando a su aprendiz.

—¿El muchacho del que me hablaste en tus cartas? —preguntó el muñeco.

—Sí. Tiene un gran talento... Estaba deseando conocer al gran Geppetto. Tiene muchas preguntas que hacerle.

Un codazo de maese Caliban despertó a Aurelius del trance de incredulidad en el que se hallaba sumido. El muchacho entendió que también debía ofrecer su mano al recién llegado, y así lo hizo.

—He oído hablar mucho de usted —dijo Aurelius.

—Sí, ya me imagino. —Cientos de ruedecillas giraron en el interior de aquel ser cuando se volvió para mirar a Aurelius. Aunque resultaba asombrosa la manera en que su rostro imitaba los gestos y movimientos de una cara real, aquellos ojos de cristal le parecieron a Aurelius aterradoramente fríos—. Espero que te hayan hablado mínimamente bien.

Aurelius no supo qué más añadir. Sin esperar otra palabra,

el maestro Geppetto se volvió hacia el hombre que lo acompañaba, y señalando un hueco junto al muchacho, tomó asiento a su lado.

—Si no os importa, maestro Lorenzini, me gustaría sentarme junto a este joven —dijo tras haber tomado posesión del sitio—. Será reconfortante escuchar una voz nueva, en vez de a los viejos buitres de siempre.

—Hay buena vista desde aquí, sí —consintió el custodio, acompañándolo con un gesto de resignación y una sonrisa de compromiso.

Y de inmediato, sin dar tiempo a que Aurelius terminara de ordenar mínimamente sus dudas, comenzó el concilio. El mago situado en el extremo derecho de la mesa sacó una piedra tallada de algún lugar bajo el mantel y golpeó tres veces el tablero con ella. Aquellos aldabonazos retumbaron de manera solemne en toda la estancia, llamando al silencio y reclamando la atención de los presentes. Tratando de cerciorarse por completo de la ausencia de Telesio, Aurelius se volvió y lo buscó a su espalda, en el único lugar en que podía haber pasado desapercibido. Pero tampoco lo encontró allí.

—No estés nervioso —dijo el maestro Geppetto, volviéndose de nuevo hacia él y señalando a la vez la mesa del Consejo—. No son más que un atajo de soberbios sin tres dedos de frente. ¡Atajo de eunucos! Si solo la mitad de lo que he oído de ti es cierto, podrás mearte en sus narices en un par de meses.

Tal y como había predicho el señor Caliban, tras las primeras formalidades y algunas invocaciones milenarias que Aurelius no llegó a entender dio comienzo la ceremonia de iniciación de los novicios. Uno a uno, los aprendices serían reclamados al estrado, adonde debían llegar acompañados de sus valedores. Un famoso hechicero ruso presentó al suyo en primer lugar. Los maestros se dedicaron a hacerle preguntas durante unos quince o veinte minutos, y él, a responder siempre con elegantes vaguedades mágicas. Concluida esta primera ronda, el Consejo dio voz al público y un par de magos más trataron de hacer alarde de su sabiduría, interrogándolo de nuevo. Una vez más, el muchacho supo salir del paso y, por eso, cuando las preguntas se agotaron, procedieron a tomar juramento de su compromiso y a convertirlo oficialmente en novicio hechicero.

Fue un proceso que a Aurelius le resultó insultantemente sencillo, frío como la firma de escritura de una tumba. No se escucharon clarines ni se invocó ningún encantamiento vistoso a la conclusión. Tampoco se pidió al aprendiz que recibiera de rodillas la bendición de los maestros, ni se golpearon sus hombros con ninguna espada. Después de tantos años de callada fidelidad a la magia, echó de menos una ceremonia algo más vistosa. Sin embargo, no dispuso de mucho tiempo para recrearse en la decepción, pues nada más retirarse aquel muchacho, el mago que ejercía como secretario del Consejo pronunció su nombre y maese Caliban se puso en pie para acompañarlo.

—Aurelius Wyllt, avalado por Ernest Caliban de Warwickshire —anunció el mago que había reclamado su presencia.

A partir de ese momento, se abrió la veda, y los heliastas comenzaron con sus preguntas. Nada más hacerlo, Aurelius notó ya que el tono con el que se dirigían a ellos era muy distinto del que habían empleado con el novicio anterior. Con el otro habían sido mucho más condescendientes, mientras que con maese Caliban y con él se mostraron secos desde el principio, en ocasiones innecesariamente cortantes.

Su interrogatorio fue, además, más largo y exhaustivo que el del anterior candidato, pero eso, lejos de disgustar a Aurelius, le supuso un orgullo que siempre recordaría. Se estaban empleando a fondo con él, un simple aprendiz. Solo el maestro Andersen se mostró amigable y conciliador con ambos. Y hasta tal punto fue así que llegó a salir en descargo del enano cuando se le recriminó por haber iniciado la educación mágica de Aurelius sin la venia del Consejo.

Poco a poco, el muchacho comenzó a sentirse más y más seguro. Cada una de las respuestas que dio le sirvieron para ir apuntalando de manera férrea su autoestima. Entendió pronto, a la tercera o la cuarta, que sería capaz de contestar dignamente a todas las preguntas que le plantearan haciendo uso de su sentido común y de los limitados conocimientos sobre hechicería de que disponía. Para él, existía una lógica evidente en la magia, siempre la había entendido de manera natural. No tenía más que dejarse guiar por ella.

—¿Y de dónde eres, muchacho? —preguntó el albino.

—Vivía en Londres, maestro —contestó Aurelius, bajando la mirada—. Aunque no soy natural de allí.

—¿Tienes familia?

—No, señoría. Mis padres murieron los dos.

Aquel hombre de piel lechosa y ojos enrojecidos lo obligó con sus palabras a caminar sobre el único terreno que podía resultar resbaladizo para él. Por primera vez desde que comenzara la conversación, Aurelius se sintió inseguro.

—No quisiera traer a tu memoria momentos dolorosos, muchacho, pero me gustaría saber cuál fue la causa de su muerte —continuó—. ¿De qué murieron tus padres?

—¿Es eso realmente pertinente para saber si será un buen mago? —protestó maese Caliban, interrumpiendo la conversación.

—Si el maestro Unzie se interesa por ese particular, tu aprendiz debe responderle —afirmó la gitana en un inglés perfecto—. Por favor, maestro Caliban, mantente al margen si no se te pregunta. La disputa contigo será después.

El enano miró a su aprendiz con gesto contrariado y asintió.

—Mi madre murió de tuberculosis —contestó Aurelius— y mi padre, asesinado... El Cazador de Hadas acabó con su vida.

Aquella franca respuesta provocó en el público la lógica reacción. Pocos fueron los que se mantuvieron impávidos ante la mención del terrible Ika. Murmullos, quejas, comentarios destemplados y alguna tos nerviosa, se mezclaron formando un pequeño gran escándalo que el secretario se apresuró a acallar. Golpeando varias veces sobre el tablero de la mesa, llamó al orden a los presentes, hasta restaurar el silencio.

—¿Tu padre era mago, muchacho? —preguntó extrañado otro de los maestros.

—No, señor —contestó Aurelius—. De hecho, mi padre consentía que practicara mis trucos porque pensaba que era bueno para el negocio. Teníamos una taberna, y creía que mis juegos de naipes atraían a los clientes, pero en el fondo detestaba la magia. Consideraba indecente todo trabajo que se realizara con una sonrisa en la boca.

Los miembros del Consejo interrumpieron sus preguntas. Reuniéndose por grupos, volviéndose entre sí con la boca tapada, se dedicaron durante un momento a comentar las últimas palabras del aspirante.

—Quizá tú, maese Caliban, seas capaz de explicar lo que ocurrió con el padre de este muchacho —dijo el chino—. Estarás de acuerdo con nosotros en que lo que cuenta es de lo más insólito.

—Llegué a Londres para estudiar una cicatriz por mandato de este Consejo —afirmó el enano.

—Sí, eso lo sabemos, y hemos leído tu informe. Sabemos que no has encontrado explicación a lo ocurrido, pero nos gustaría saber tu opinión al respecto, aunque no se trate más que de conjeturas.

—Aurelius fue elegido como aprendiz por un mago ejecutado. Si habéis leído mis escritos ya conocéis la historia. No creo que haga falta repetirla. —Maese Caliban frunció el ceño para mostrar su faz más seria—. Se trataba de Jean Eugène Robert-Houdin y no sería descabellado pensar que pertenecía a este mismo Consejo antes de que el Nubilita reorganizara la realidad para borrar su rastro.

Los miembros de la corte asintieron casi a la vez. El mismo rictus de gravedad marcó la expresión de aquellos rostros tan distintos.

—Según Aurelius, su primer maestro invocó sobre él algún tipo de magia que he sido incapaz de identificar. Imagino que haría uso de su propia vía del alma, y no de un vulgar encantamiento. Por eso no han quedado trazas de palabras que me hayan podido servir de pista. Ni siquiera usando el medidor Aarne-Thompson he conseguido averiguarlo. Sigo investigando qué fue lo que hizo exactamente aquel hombre y para qué lo hizo. Quizás ustedes sean capaces de dar con la verdad... —Maese Caliban hizo una pequeña pausa para tasar el efecto que sus palabras producían en los heliastas. Solo algunos le respondieron mirándose entre sí, por lo que no tardó en continuar—. Como ya he dicho en otras ocasiones, creo que algo está cambiando... No sé, quizá Caín Nublo cometiera un error y se confundiera de víctima. Aurelius dormía justamente sobre la habitación de su padre, en el piso de arriba, y doy fe de que aquella casa apestaba a magia cuando llegué. Estoy seguro de que lo perseguía a él cuando acabó con la vida del señor Maximilian.

Todos permanecieron en silencio, expectantes.

—Quizás haya actuado así otras veces y no nos hayamos dado cuenta —continuó—. Eso de que mata solo a los que son magia o a los que hacemos uso de ella puede ser un terrible error que hasta ahora hayamos podido pasar por alto.

Los magos del Consejo volvieron a apiñarse para debatir entre sí, aunque en esta ocasión el receso fue algo más largo. Un par llegaron a ponerse en pie y hasta intercambiaron algunas notas. Aurelius y el maestro Caliban permanecieron quietos, a la espera, hasta que cada uno regresó a su sitio. Para entonces, una sombra había cubierto por completo el rostro del maestro Andersen, que ya no volvió a levantar la cabeza. Hundió la mirada en sus apuntes y permaneció así, escondido, hasta el final de la vista.

—Estarás de acuerdo con nosotros en considerar el asunto como de gran importancia —dijo el albino.

—Sí, desde luego —contestó el maestro Caliban con absoluta sinceridad—. El ingreso de un nuevo mago, sobre todo si se trata de alguien tan dotado como mi aprendiz, jamás debe tomarse a la ligera.

Aquella última contestación fue tomada como un desafío por la mayoría de los miembros del Consejo. Se revolvieron en sus asientos ofendidos, y alguno llegó incluso a susurrar una maldición vacía de magia. Sin embargo, solo uno, un hombre con el rostro tatuado al estilo maorí, se atrevió a recriminarle su falta de respeto.

—No estamos aquí para batirnos en un duelo dialéctico, y menos aún en uno de egos e insolencias. —Señaló al maestro con la punta de su dedo—. No sé si te has dado cuenta, Caliban, pero has cometido una temeridad que nos ha puesto en peligro a todos.

—Aurelius es mago. Era mi obligación acogerlo. Y creo que vosotros debéis hacerlo también. Lo demás son excusas y palabrería.

—Y del tema de Cazador, ¿qué? —insistió el maorí, visiblemente disgustado—. Los aquí presentes tenemos una responsabilidad. —Señaló a sus hermanos—. Quizás tú no sepas lo que significa esa palabra, pero nosotros sí.

—Jamás he actuado a la ligera. Prometo seguir investigando, desde luego, pero no permitiré que el miedo me paralice. De cualquier forma, no creo que debamos sentirnos tan asustados. —El maestro continuó con su desafío. Antiguas rencillas y disputas volvieron a salir a la luz—. Hace más de un año de aquel ataque del Cazador, y tal y como podéis ver, seguimos vivos. Parece que se ha olvidado de nosotros.

De nuevo el interrogatorio quedó detenido. Algunos heliastas se miraron y asintieron, otros se dedicaron a intercambiar confidencias en voz baja. Un par de los maestros tomaron notas.

—Muy bien —dijo al fin uno de los de aspecto más europeo—. Es verdad que hemos de dar cobijo a este muchacho. Además, ha demostrado capacidad y sentido común, y por eso tiene nuestra bendición. Podrá seguir formándose y aprendiendo la regla de la hermandad. Sin embargo, consideramos que el asunto de su padre debe ser convenientemente investigado, y puesto que tú apenas has conseguido ningún avance en estos meses, creemos que ha llegado la hora de que sea este Consejo el que estudie el tema. Aurelius Wyllt dejará de estar bajo tu tutela cuando finalice el concilio y vendrá con nosotros hasta que este enigma se resuelva.

Sin hacer uso de magia alguna, aquel individuo consiguió congelar el corazón de Aurelius y hacer, a la vez, que le ardieran las entrañas. Aquellos hombres se disponían a cambiar su vida de la manera más arbitraria, sin más razón que la de su propio capricho. Lo sentenciaban, seguramente movidos por sus rencores y prejuicios, a mantenerse alejado de la única familia que le quedaba, de su maestro y de la posibilidad de rescatar a Miranda. Aquello fue demasiado para él. Habría aceptado cualquier castigo, aun sabiendo que era inocente. Habría dejado que lo azotaran con tal de convertirse en mago, pero aquello era demasiado... Era matar su alma.

—No me iré del lado del maestro Caliban —dijo Aurelius, tratando de mostrarse firme—. No sin una razón.

—Te irás porque quieres convertirte en mago —afirmó el maorí—. ¿Te parece poca razón?

La más olvidada de las tumbas habría parecido menos fría y silenciosa que aquella estancia.

—Por favor, Ernest —rogó maese Andersen, alzando la mirada por fin—. Entra en razón y haz entrar en razón a tu aprendiz. No somos enemigos. Luchamos del mismo bando.

Aurelius miró a su maestro, dispuesto a rebelarse contra los magos más poderosos del mundo y contra todas sus leyes. No le cupieron dudas. Lo recordó enfrentándose al Cazador y luego agonizando, de camino a ninguna parte, bajo las alcantarillas de Londres... Estaba decidido a renunciar en voz alta a cualquier título que aquellos hombres injustos pudieran ofrecerle cuando el enano se adelantó para hablar.

—Está bien —consintió, sorprendiendo a su alumno—. Pedimos perdón humildemente y acatamos el veredicto de este sabio Consejo. Aurelius será mago y yo renunciaré a ser su preceptor cuando se dé por clausurado el cónclave.

El enano se volvió hacia Aurelius y negó con la cabeza, pidiéndole tranquilidad. Solo por esa razón el muchacho se resistió a protestar de nuevo.

—Que comiencen los encantamientos de acogida —añadió secamente el albino—. Bendigámoslo y a otra cosa.

Terminados los rituales, y justo antes de que llamaran al siguiente aprendiz, Aurelius y el señor Caliban volvieron a sus asientos. El muchacho ardía en deseos de reclamar explicaciones a su maestro, y estaba dispuesto a pedirlas en el mismo momento en que dejaran de ser protagonistas de aquella pantomima. Sin embargo, ocurrió algo que lo persuadió para postergar sus quejas y reproches. Pasaban por delante de maese Geppetto cuando el hombre de palo adelantó la mano y lo agarró por la muñeca. Fue un movimiento inesperadamente rápido, digno de un cepo de caza, que lo sorprendió tremendamente.

—No te molestes discutiendo con ellos —dijo, arrimándose a su oído—. Haz caso a tu maestro y obedece. No nos queda demasiado tiempo... El Hambre de Propp está cerca. Búscame esta noche. Tenemos mucho de que hablar.

Aurelius quedó petrificado ante las inesperadas palabras de maese Geppetto. No se movió hasta que el señor Caliban llegó a su espalda, apremiándolo con un medido empujón, y aun entonces continuó con la mirada fija en aquel misterioso rostro de madera tallada. Deseó con todas sus fuerzas que en verdad estuviera tan loco como decían, aunque algo en lo más profundo de su alma le certificó que no sería así.

El siguiente aprendiz se presentó casi de inmediato. Los miembros del Consejo, creyéndose vencedores una vez más, se dedicaron a interrogarlo, ajenos a lo que ocurría en las gradas.

—Yo tengo ya poco que enseñarte, Aurelius —dijo maese Caliban, quien pensaba que la expresión de desamparo en el rostro de su aprendiz se debía únicamente al hecho de que hubiera renunciado a su tutela—. Si esos idiotas quieren que dejes de llamarme maestro, les daremos la satisfacción. Lo que no saben —añadió sonriendo—, es que jamás dejaremos de llamarnos amigos.

Y con solo aquella frase, el enano logró que Aurelius se sintiera mucho más seguro, que creyera en la posibilidad de una victoria.

—Y ahora nos prepararemos para afrontar la próxima batalla, sea la que sea... Y lo haremos juntos.

XXXIV

El Hambre de Propp

Corrían los espectros de regreso a la nada, acobardados por la cercanía del amanecer, cuando los heliastas dieron por concluida la primera jornada del concilio y levantaron la sesión.

Aurelius y el maestro Caliban regresaron a casa acompañados por un silencio difícil de descifrar, rumiando cada uno sus propias dudas y temores. La ausencia de Telesio había supuesto el enésimo fracaso del muchacho, uno que ya no estaba dispuesto a asumir. Decidido a tomar de una vez el timón de su propia vida, y visto el cariz que estaban tomando los acontecimientos, salió de la reunión convencido de que debía actuar lo antes posible. Tenía poder y pretendía usarlo, lo aprobase su maestro o no. El tiempo de espera se había consumido a la vez que su paciencia. Tenía que regresar al sótano oscuro en el que había encontrado a Miranda para liberarla costara lo que costase, aunque sabía que antes debía hacer otra visita. Valiéndose de su don, buscaría a Geppetto. Necesitaba hablar con él. El viejo maestro de madera le había pedido que lo hiciera, y Aurelius estaba deseando tasar su poder, ver si su vía del alma era más fuerte que los encantamientos que lo mantenían encarcelado.

Por eso, nada más entrar en su cuarto, se plantó frente a la puerta de tiza y le ordenó que volviera a abrirse para él. Una vez más, el ritual se completó de manera instintiva: una orden y el rostro de madera de Geppetto en su pensamiento. Y de nuevo, el universo entero se mostró dispuesto a servirlo.

Las penumbras volvieron a recibirlo al otro lado, aunque en esta ocasión le parecieron de naturaleza muy distinta a las que encontró al buscar a Miranda. Aquellas eran frías y severas, oscuridades que calaban el alma; estas eran algo más cálidas, como las que uno encuentra en un hogar de noche, cuando la madre y los hijos duermen y el padre vela su sueño. No tardó en reconocer el lugar, aunque no lo hubiera pisado nunca. Había llegado a una bodega. El olor a vino añejo era inconfundible. Un cirio enano consumía sus últimas horas de vida al fondo de la estancia, proporcionando una luz escasa pero suficiente para iluminar aquel rincón. Enormes toneles y centenares de botellas cubiertas de polvo y telarañas ocultaban las paredes, amontonándose en las bases de los pilares.

—Bienvenido seas, muchacho. —El maestro Geppetto lo esperaba sentado en un viejo butacón. Nada más verlo aparecer, se puso en pie sin mostrar la menor extrañeza—. Sabía que no tardarías.

—Gracias, maestro —respondió Aurelius, tratando de acostumbrarse a la escasez de luz.

—Anda, ven conmigo. —El enorme muñeco se adelantó, ofreciéndole su mano—. Te ruego que me disculpes. Este lugar al que me han traído es indigno, pero como no suelo tener demasiadas visitas, apenas me he molestado en quejarme ante mis carceleros.

Aurelius avanzó siguiéndolo, aprovechando para examinar de pasada los alrededores. Efectivamente, se trataba de una antigua bodega de techos abovedados, quizá la despensa de un convento. El hombre de palo lo invitó a sentarse cerca de él. Alguien había tenido la deferencia de amueblar un rincón, convirtiéndolo en hogar improvisado.

—Te ofrecería vino —dijo el mago—, pero no tengo vajilla... O quizá sí.

Como si del más vulgar prestidigitador se tratara, el maestro Geppetto tomó un pañuelo de su chaqueta y lo colocó sobre el tablero de una mesa, formando una pequeña montañita de tela. Tiró de él con un movimiento rápido y, al retirarlo, dos relucientes vasos aparecieron de la nada.

—Sabía que estaban en algún lugar. —Sin perder un momento los llenó, ofreciéndole uno de ellos a Aurelius—. Toma. Está caliente. Te sentará bien.

El muchacho apuró la bebida de un solo trago. El hombre de palo permaneció un buen rato en silencio, aguardando a que su invitado se sintiera más cómodo.

—¿Sabes? Si tuviera más confianza contigo y dispusiéramos de más tiempo, te pediría que me contaras tu vida sin escatimar en detalles, me han dicho que ha sido de lo más interesante, pero por desgracia se hace tarde… Y no creo que hayas venido aquí en busca de un biógrafo, ¿verdad?

—No, me temo que no.

—En ese caso prefiero que seas tú el que pregunte primero.

La repentina franqueza del muñeco sorprendió al muchacho. No se le concedería tregua aquella noche. Si quería sacar provecho de aquel encuentro, debía olvidar sus otras preocupaciones y sobreponerse a ellas.

—Si te parece bien —prosiguió Geppetto—, este será el trato: una pregunta y una respuesta sincera de cada uno. Así hasta que cualquiera de los dos crea tener suficiente o hasta que se haga demasiado tarde. ¿Tienes frío?

—Sí, un poco —contestó Aurelius, tratando de ganar algo más de tiempo.

—Eso es. —Las piezas que formaban la cara tallada del mago compusieron algo parecido a una sonrisa—. Primera pregunta franca y primera respuesta sincera.

Un solo gesto de su mano y unas palabras antiguas le bastaron al maestro Geppetto para encender fuego. De repente, Aurelius se dio cuenta de que se hallaba sentado junto a una vieja chimenea que hasta ese momento había permanecido oculta por las sombras. En realidad, habría jurado que el mago la había hecho aparecer de la nada. La oscuridad le facilitaba la posibilidad de materializar casi cualquier cosa sin alterar demasiado la realidad y, por tanto, sin llamar demasiado la atención del Cazador de Hadas. El calor le resultó tan grato que apenas le incomodó aquel peligroso alarde de poder.

—Perdona si no me arrimo demasiado al fuego —dijo Geppetto—. Eso también forma parte de la maldición de ser de madera. Nunca vuelves a sentir el calor junto a tus pies... Y ahora te toca a ti. —Señaló a Aurelius—. ¡Vamos! Es tu turno de preguntar.

—Mi maestro me ha dicho muchas veces que no hay nadie que sepa tanto sobre el Cazador como usted. ¿Es eso cierto?

—Nunca he medido mis conocimientos al respecto con nadie, pero me atrevería a decir que sí. Hace años que me dedico exclusivamente a odiarle y a buscar la manera de acabar con él. Diría que nadie ha llegado tan lejos en el conocimiento de su naturaleza como yo.

El maestro Geppetto tomó asiento por fin frente a Aurelius.

—Es mi turno —afirmó.

Aurelius asintió en silencio.

—Tú también quieres matarlo, ¿verdad? Quieres acabar con ese bastardo... Lo veo en tu mirada.

Aurelius dudó un momento antes de contestar. Recordó las palabras de su maestro, aquella prohibición tajante que le impedía desvelar la verdad, pero una vez más, optó por desobedecerlo. Su lucha contra el Cazador había pasado de ser un romántico juego de venganza a convertirse en una obligación imperiosa. Necesitaba respuestas rápidas, y aquel ser extraño era el primero dispuesto a dárselas.

—Sí, así es —dijo—. Estoy decidido a acabar con él. Lo odio porque mató a mi padre y a mi mejor amigo... ¿Cuál es su razón, maestro?

—Una muy similar a la tuya. —Geppetto giró la cabeza para mirar directamente a Aurelius. El muchacho habría jurado encontrar pena al fondo de aquellos ojos de cristal—. Pero si te hablo de ella, estaré dándote algo más que una simple contestación. Mi historia está formada por muchas respuestas y por un número aún mayor de preguntas. ¿Quieres escucharla de todas formas?

—Por favor, maestro. —El calor de la chimenea comenzaba a caldear el cuerpo de Aurelius y también su ánimo. El fuego tiene la cualidad de señalar siempre el hogar, esté allí donde esté.

—Tu maestro me contó lo que te ocurrió, muchacho, y te sorprenderá cuando veas lo mucho que tu pena se parece a la mía. ¿Coincidencia? No lo sé. Yo a veces he llegado a pensar que la magia tiende a acercarse a cierto tipo de personas, que busca un modelo de hombre siempre parecido. —El maestro se giró para servir otro vaso de vino. Curiosamente, el caldo seguía caliente—. Verás, yo empecé a estudiar hechicería siendo muy joven. Mis padres murieron ambos por unas fiebres y el amo de la finca en la que trabajaban, que no tenía hijos, me acogió y me trató como si lo fuera. Era un hombre bueno... A día de hoy me cuento entre esos afortunados que consideran tener dos padres, aunque ninguno de ellos me acompañe ya. —Le ofreció el vaso a Aurelius—. Él me enseñó los principios del saber y me introdujo en el mundo de la magia. Recuerdo aquellos primeros años en el oficio con verdadera nostalgia. Si la felicidad existe, pasé rozándola en más de una ocasión a su lado, aunque entonces no me diera cuenta.

Aurelius asintió. Le pareció que fuera su propia memoria la que hablara.

—¡Ah, hay una cosa que no te he contado! —continuó el maestro Geppetto—. Este cuerpo tallado que habito ahora es el más vistoso de los dos con los que he vestido mi alma. Antes de ser de madera, mi espalda era como la de un camello, tenía un brazo más largo que el otro y apenas podía andar cojeando. Estaba casi ciego y mi rostro era una máscara de fealdad que pocos se atrevían a mirar fijamente. Quizá por eso he resistido una vida entera enclaustrado en esta madera sin llegar a enloquecer, aunque lo cierto es que prefería el otro cuerpo, por imperfecto que fuera. Voy perdiendo el sentido del tacto poco a poco y eso me produce un gran pesar.

El maestro Geppetto le mostró las palmas de sus manos desnudas.

—Lo triste, Aurelius, es que crecí hasta convertirme en un mago poderoso, pero tras la muerte de mi segundo padre, ya nadie volvió a mirarme igual. Nunca más encontré comprensión en los ojos de otra persona. Si acaso, alguna vez, clemencia. Cuando tuve una mujer, fue pagándola, y después de escuchar las risas de algunas de ellas y las maldiciones de muchas de las que compartieron lecho conmigo, opté por renunciar también a la compañía femenina. Tras años de estudio, encontré encantamientos con los que podía esconder mi fealdad, pero al usarlos me di cuenta de que las mentiras jamás pueden saber a verdad. Me sentía vacío y sucio cada vez que recibía un beso disfrazado de hombre aparente, siendo un monstruo como era... Así que opté por la soledad. Asumí que jamás tendría esposa y que, por tanto, nunca recibiría el cariño de unos hijos.

—No quisiera causarle dolor obligándolo a recordar, maestro —se disculpó Aurelius.

—No, muchacho, no te preocupes. Hace tiempo que convertí mis penas en odio. Ahora ya no me escuecen tanto. —El mago negó con la cabeza y continuó con su relato—. El caso es que durante años me dediqué a indagar en los secretos del saber verdadero con la intención de hacerme respetar entre los nuestros. Convencido de que sería uno de los grandes, busqué mi propia vía del alma. Viajé por todo el mundo, aprendí de todo aquel que se prestó a atenderme y, poco a poco, fui convirtiéndome en mucho más de lo que había soñado. Unos años después de comenzar mi búsqueda llegué a entrar en el Consejo, y durante más de una década me dediqué a bregar en los campos de batalla de la alta política, administrando las leyes entre los nuestros. Fui nombrado Gran Adalid. Me convertí en el abogado de las causas perdidas, y luché tanto por ellas que casi llegué a perderme yo.

—Sabía que había sido defensor en los litigios contra maese Caliban —dijo Aurelius—, pero el maestro no me contó que hubiera pertenecido usted al Consejo.

—Defendí a Caliban en sus dos primeros juicios disciplinarios, sí, pero ya llevaba demasiadas injusticias a mis espaldas, y poco después me retiré. Asqueado, lo abandoné todo, volví a Italia y me dediqué a construir juguetes.

—Eso también lo sabía. El maestro guarda con gran celo una marioneta de palo que usted le regaló en una ocasión.

—Sí, la recuerdo… Un pequeño monstruito deforme. Se la regalé una vez que vino a verme, un par de años antes de mi famoso duelo con el Cazador de Hadas. —El maestro Geppetto adelantó el cuerpo para acercarse a Aurelius—. Verás, muchacho, a veces las prisas sirven para apuntalar las carencias humanas. Cuando desaparecen, el peso de la vida comienza a dejarse notar. Y la soledad pesa más que ninguna otra cosa, créeme. Fue por su culpa por lo que rompí mis votos en secreto. Falté a todas las leyes y me olvidé de lo peligroso que es creerse un dios, pero ¿sabes una cosa? Jamás me arrepentí, y nunca lo haré. Mi pecado, muchacho, es mi mayor orgullo. —La voz profunda del viejo maestro pareció a punto de romperse. Había un alma en el interior de aquella carcasa de madera, un alma tan viva como la de cualquier hombre de carne—. Viendo que el amor jamás vendría a mí, me fabriqué lo más parecido que pude conseguir. Tallé un muñeco de madera y, haciendo uso de mis poderes, lo convertí en un hijo. ¡Ojalá hubieras podido verlo, muchacho!

—Ojalá… —dijo Aurelius conmovido.

—Fui a la caza del espíritu de un infante recién muerto, y con la ayuda de un hada azul, le busqué acomodo en un cuerpo parecido a este. —Señaló su propio pecho—. No te aburriré con los detalles. Solo te diré que consideré a ese muñeco como mi hijo y que siempre seguirá siendo así. Junto a él viví los años más dichosos de mi vida. Aprendí más de sus caricias que de todos los libros que había leído hasta entonces.

Por primera vez, la mirada del maestro Geppetto pareció perderse en el pasado. Sus ojos abandonaron la realidad para zambullirse en una oscuridad que parecía no tener fondo.

—¿Y qué pasó entonces, maestro? —preguntó Aurelius para asegurarse de que la conciencia del mago seguía allí.

—Mi pequeño muchacho de madera era, en el fondo, un niño como cualquier otro. Yo lo protegía con cendales y le advertía de los peligros del mundo, pero no tardó en sentir curiosidad. Estaba vivo... ¡Qué necio fui! Pensé que me bastaría para contener sus ansias, pero el mundo lo tentaba desde el otro lado de la ventana. ¡Pobrecillo! No puedo culparle. En realidad, el responsable de toda aquella desgracia fui yo. —Geppetto se volvió para mirarlo directamente—. Una tarde me confié y salí a comprar, dejándolo en casa. Ocurrió lo que era de esperar. Mi pequeño Pinocchio decidió que era hora de salir a conocer el mundo. Pensaba que la vida tras el cristal sería tan clemente con él como lo había sido dentro de nuestra casa. —Suspiró—. Poco después corrí en su búsqueda, pero ya era tarde y lo sabía. Estaba seguro de que el Cazador había dado con su rastro y de que, tarde o temprano, vendría a reclamármelo... Pedí ayuda al Consejo y me la negaron, así que me preparé para enfrentarme a él.

—Es verdad, maestro —reconoció Aurelius profundamente impresionado—. Nuestras historias son muy similares en el fondo.

—El resto no merece muchas palabras. Imagino que ya te lo habrán contado. Desafié a ese bastardo, aun siendo consciente de que no podría acabar con él, y lo hice para defender a mi hijo.

Aurelius esperó un momento antes de enunciar su siguiente cuestión. Aquel silencio se convirtió en una suerte de duelo por el heredero muerto de maese Geppetto.

—¿Cómo es posible que recuerde todo aquello, maestro? —preguntó al fin—. La realidad debió de reorganizarse tras la desaparición de su hijo.

—Los hay que piensan que esa noche encontré mi vía del alma, Aurelius, que mi don innato me permitió guardar en una de mis marionetas mi propia esencia, con todos los recuerdos que atesoraba, pero no es así. —El maestro pareció sonreír—. No, muchacho. No usé mi vía del alma para refugiarme en un tronco de pino hueco. En realidad utilicé los mismos encantamientos que había usado años antes para fabricarme el amor de un hijo, encantamientos antiguos que ya usaban los maestros egipcios en su tiempo. Pretendía utilizar aquella magia para salvaguardar el espíritu de mi pequeño llegado el momento, pero no pude hacerlo.

—¿Qué ocurrió?

—Bueno, lo cierto es que le di una buena paliza la primera vez. Tras aquel primer asalto, el Cazador huyó, y yo, tonto de mí, pensé que lo había vencido y que jamás se atrevería a volver. Por desgracia no fue así. Al día siguiente regresó totalmente repuesto para terminar lo que había empezado. Era una noche muy cerrada, escuché ruidos y corrí al cuarto de mi pequeño… Cuando llegué a su lado era demasiado tarde. La cuchilla del Nubilita había dictado sentencia y, aunque no goteaba sangre, sabía que ya no podría hacer nada por salvarlo. Todos mis planes dejaron de tener sentido en ese momento. Me lancé sobre él, deseoso de encontrar la muerte, pero en vez de concedérmela, el muy bastardo se mofó de mi desgracia. Me humilló. Si hubiera hundido aquella hoja en mi pecho, se habría librado de un enemigo eterno, pero no le bastó con arrebatármelo todo; quiso, además, llevarse mi dignidad… Fue entonces cuando decidí sobrevivir. Necesitaba hacerlo para buscar venganza.

El maestro Geppetto bajó la mirada, derrotado por sus propios recuerdos. Lágrimas invisibles brotaron de sus ojos de cristal para terminar esfumándose en la oscuridad. Aurelius decidió guardar silencio por respeto. Finalmente estuvo seguro de haber encontrado al aliado que necesitaba.

—¡El loco Geppetto! —Añadió el muñeco, volviendo a alzar el rostro—. Así me llaman esos idiotas. ¡El loco Geppetto! Solo por atreverme a creer que la justicia pudiera llegar algún día me condenaron a permanecer encerrado en sótanos como este… Por haber faltado a sus arcaicas leyes y a su pacto de cobardía.

—¿Cree entonces de verdad que se puede derrotar al Cazador de Hadas? Sin metáforas. Me refiero a hacerlo realmente.

—Aprendí muchas cosas de aquella batalla, Aurelius. Y he tenido luego mucho tiempo para seguir investigando al respecto. —El maestro señaló sus notas, los montones de legajos que cubrían las mesas—. Las horas se me han hecho infinitas —dijo, poniéndose en pie—. Me imagino que el señor Caliban, que sabe tanto de cicatrices y ejecuciones, te habrá contado lo que ocurre cuando un mago cae bajo la cuchilla del Cazador. Te habrá dicho que la realidad no se recompone hasta que llega el sueño...

—Sí, hablamos de todo eso. Una vez, estudiando la muerte de mi primer maestro, le dije que todo había cambiado a la mañana siguiente de su desaparición, y me explicó el proceso. Sé que cuando el Cazador mata a una criatura, el custodio dispone todavía de unas horas de deferencia en las que se le permite recordar. Sé que todo se transforma con el primer sueño, que hasta entonces el mundo se mantiene intacto.

—En ese caso, imagino que sabrás cómo he conseguido retener el recuerdo vivo de mi hijo junto a mí.

—Sí —respondió Aurelius muy serio. Si su conjetura era cierta, se hallaba ante el hombre con la más férrea voluntad de cuantos había conocido—. Solo cabe una manera, manteniéndose despierto desde entonces.

El maestro Geppetto examinó sus papeles como si en ellos se encontrara la respuesta a sus males. Aurelius rogó en silencio para que de verdad hubiera dado con una solución que le permitiera vencer en aquel duelo milenario. Rogó para que su locura le hubiera permitido ver aquello que los cuerdos habían sido incapaces de vislumbrar siquiera.

—Escucha, muchacho. Tendrás que tener una cosa clara si quieres acabar con ese malnacido, y es la siguiente: no existen el día y la noche como cosas separadas. Hemos dado dos nombres a una mentira, pero ambos son variaciones de un mismo tema, el efecto de la rotación de este pequeño planeta alrededor del sol. Con el Cazador ocurre algo parecido. No es más que una manifestación de la magia, como lo es toda vida. Estrictamente hablando, no se le puede matar, aunque en el momento en que decidió encarnarse y dejó de ser una entidad dispersa adquirió ciertas debilidades de las que podemos aprovecharnos. Hasta los dioses sangran cuando deciden hacerse hombres. ¿Lo entiendes?

—Sí —respondió Aurelius, mirando las notas del maestro—. Creo que sí.

—Durante aquella pelea me di cuenta de que la magia apenas le causaba daño, pero que había maneras de herirlo. Conseguí hacerlo, Aurelius, casi siempre con armas mundanas. Y le dolió. ¡Vaya si le dolió! Cada una de aquellas heridas le hizo chillar de rabia. Saber eso podría darte ventaja en un combate contra él.

—Sí, pero eso no es suficiente…

—No, no lo es. Estoy convencido de que podría regresar de la muerte mil veces. Mientras haya magia, desgraciadamente, existirá el Cazador.

El maestro miró fijamente a Aurelius. Las llamas de la chimenea, que ardían pujantes a su lado, quedaron reflejadas en las cuentas de cristal que le servían de ojos. El infierno parecía ocultarse al fondo de aquella mirada. Y de repente, aquel fuego iluminó la razón del muchacho. Todo le pareció dolorosamente claro.

—¿Me está diciendo, maestro, que para acabar con el Cazador debemos acabar con toda la magia?

—Quizá sí, Aurelius… —El hombre de palo se irguió para mirarlo fijamente—. Puede que no exista otra opción. Al menos en este universo.

—Pero eso significaría… —Aurelius fue incapaz de terminar la frase.

—Significaría renunciar a todo lo que somos, al saber y a nuestros dones. Sí. Y renunciar a los arcadianos, ofrecerlos como sacrificio. Todas aquellas criaturas que los custodios se esmeran por proteger desde hace tanto tiempo desaparecerían también. Desde los grandes dragones a la más diminuta de las hadas.

Aurelius retrocedió un paso. Estaba aterrado. La solución que Geppetto le ofrecía era tan parecida al mal que pensaba erradicar que apenas encontró diferencia entre ambas. Su última esperanza se agotaba allí, en aquel momento, en aquel sótano oscuro.

—¿Y qué ganaríamos entonces? —alcanzó a preguntar.

—Ganaríamos justicia, Aurelius.

—No —se opuso—, ganaríamos venganza. No es lo mismo.

—Escucha muchacho, antes te he dicho que durante muchos años estuve buscando mi vía del alma. Al final di con ella... —Geppetto se volvió, ofreciéndole la espalda—. Como te he dicho, muchos creen que habito este cuerpo artificial gracias a mi don, pero no es así. Hace tiempo que descubrí cuál era mi poder innato y no es el de mudar mi carne por madera. ¿Sabes, Aurelius? Mi vía del alma me permite ver el fin de todo. No conozco la fecha en la que sobrevendrá el Hambre de Propp, pero intuyo su cercanía... No te mentí en el circo. He sido bendecido con la visión de mi propia muerte, pero también con la visión de la muerte de los demás, y te aseguro que no nos queda mucho tiempo a ninguno.

Aurelius permaneció muy quieto, sin moverse, horrorizado por la posibilidad de que el maestro Geppetto pudiera estar diciendo la verdad.

—Quizá solo nos queden días antes de que la magia se extinga... Puede que horas. He tratado de advertir a esos idiotas, pero no me han escuchado. Me pedían razones que no les he podido dar. ¡Sí, muchacho! Puedes creerme o hacer como ellos, pero muy pronto verás que no miento. Solo sé que ocurrirá. Moriremos la mayoría de los magos y todas las criaturas con magia en las venas... La realidad entrará en un período funesto en el que la tiranía de lo real se impondrá sobre cualquier deseo, y el poder mágico huirá del mundo.

El maestro Geppetto se giró hasta colocarse cara a cara con Aurelius. Sus ojos quedaron casi enfrentados. Curiosamente, los del hombre de palo contenían verdad y esperanza; los de Aurelius, solo duda y desesperación.

—Sin embargo —prosiguió— tú puedes sobrevivir, muchacho... Y solo tendrás que hacer un pequeño sacrificio para lograrlo.

Aurelius miró al mago de madera sin decir nada. Esperó temeroso a que terminara de explicarle las condiciones de su indulto.

—Dame la mano, anda. Tu mano derecha.

El muchacho obedeció temeroso. La mirada del muñeco quedó clavada en el anillo que marcaba su compromiso con Miranda, y un temor oscurísimo se adueñó de sus pensamientos. El sacrificio de todos los arcadianos, había dicho Geppetto.

—¿Le tienes mucho aprecio a este anillo? —preguntó.

—Sí, maestro.

—Pues debes sacrificarlo, y cuanto antes. No me preguntes tampoco la razón, pero lo sé. Había soñado con él muchas veces, y hoy, cuando nos hemos encontrado en el circo y he visto que lo lucías, he estado seguro. El manto negro que nos cubre a todos no alcanzará a atraparte a ti si te deshaces de él. Ese anillo fue forjado entre sombras, con hierro que sirvió para verter mucha sangre. Si me haces caso, muchacho, estarás entre los elegidos que sobrevivirán al apocalipsis que nos llega. Tú y tu maestro lograréis escapar. Y entonces tendréis la oportunidad de vengarnos a todos... Escucha, cuando la magia agonice, el poder del Nubilita se verá tan mermado que difícilmente podrá sanar su cuerpo al ser herido. Deberá elegir entre extinguirse o convertirse en mortal, y si algo he aprendido de él en estos años, es que optará por la carne... Y la carne se puede cortar. —El maestro Geppetto bajó por fin la mirada y comenzó a retirarse hacia las sombras—. En ese momento cambiarán las tornas, Aurelius, y el Cazador se convertirá en tu presa.

Por segunda vez, maese Geppetto le dio la espalda. Quizá considerara que estaba todo dicho, y teniendo en cuenta que el reloj corría en su contra, no quiso entretenerlo más.

—Entonces, ¿eso es todo? —Aurelius lo forzó a detenerse, y Geppetto comenzó a girarse lentamente, como accionado por algún mecanismo oculto—. ¿No soy más que un arma?

—No muchacho, desde luego que no... A veces la pasión me ciega y me dejo llevar. —El mago de madera zangoloteó la cabeza, golpeándose con la mano a modo de penitencia—. Muchas veces termino arrepintiéndome de haber parecido algo que no soy.

—¿Entonces?

—Has venido a mí, me has escuchado y solo por eso he adquirido contigo una deuda de gratitud que no puedo pagar con mentiras. Escucha, Aurelius, estoy convencido de que todo lo que te he contado es verdad. Quizá tú seas la mayor oportunidad que hemos tenido de acabar con ese bastardo, pero no puedo dejar que te vayas sin decirte algo más... No estoy tan corrompido por el odio como piensan los heliastas.

Aurelius se dedicó a esperar en silencio, sin decir nada, luchando por contener la marea de ira que crecía en su interior.

—La primera vez que oí hablar de ti, mi hijo todavía seguía vivo —relató Geppetto—. En esa realidad, el loco no era yo. Los que buscaban acabar con el Cazador eran otros. Pero entonces yo estaba tan prisionero del miedo como lo están ahora los miembros del Consejo. Tenía un tesoro, y aunque fuera de madera, era más preciado para mí que ninguna otra cosa. No podía arriesgarme a perderlo... Lo entiendes, ¿verdad?

—Temías por tu hijo. Claro que lo entiendo.

—Así es. Por eso no hice demasiado caso de Houdin cuando vino a pedir mi ayuda.

—¿Conociste a Houdin? —Aurelius era incapaz de creer lo que escuchaba. De alguna manera supo que Geppetto escondía la pieza que le faltaba al rompecabezas en que se había convertido su vida y que estaba a punto de ofrecérsela. ¡Claro, Houdin! Todo había empezado con él y todo debía terminar con él.

—Desde luego, y casi entré a formar parte de su logia de cazadores... —Maese Geppetto volvió a tomar asiento—. Un día me habló de una profecía y de un muchacho —dijo, alzando el rostro—. Los magos habían creído siempre que el Cazador de Hadas era una especie de guardián del equilibrio, el encargado de evitar que la magia se desbordara. Sin embargo, Houdin y sus amigos habían notado que algo no funcionaba bien. Era como si el perro encargado de guardar el gallinero no pudiera contener su apetito y hubiera empezado a devorar a las gallinas. Pensaban que el celo del Nubilita se había convertido en odio y que se había excedido en sus funciones.

Aurelius asintió.

—Creían que, por mor de ese equilibrio natural, muy pronto llegaría alguien que acabaría con la tiranía del Cazador, alguien que abriría el grifo para que el agua de la magia volviera a manar. Houdin pensaba, no sé muy bien por qué, que ese elegido serías tú. Oí hablar de ti antes de su primer viaje a Londres. Fue allí a invocar cendales para protegerte... Él no pensaba, como yo, que tú fueras el arma, pero estaba completamente convencido de que existía un arma. Antes de morir me dijo que había consultado oráculos y comparado profecías. Durante años se había dedicado a estudiar cartas astrales, a ir tras los videntes más poderosos para interrogarlos. Se jugó su propia reputación en busca de respuestas, hasta que creyó encontrarlas... —Geppetto miró directamente a Aurelius—. Me dijo que la clave de todo estaba en Arcadia. Había llegado a la conclusión de que el arma había sido escondida en algún lugar del reino de las hadas y que tú eras el elegido para encontrarla y usarla.

La última sentencia de Geppetto dio paso a un silencio absoluto.

—Esta condena me ha impedido ir a tu encuentro antes, pero hace años que esperaba poder hablar contigo —dijo el mago por fin—. Por fortuna, el azar te ha traído a mí, aunque yo me inclino más a pensar que el destino fluye en una dirección que los hombres, queramos o no, no tenemos más remedio que aceptar. No sé si Houdin tenía razón, Aurelius, o si la tengo yo, pero creo que es mi obligación contártelo todo. Me dijo que te había indicado el camino y que tenía fe en que supieras recorrerlo con valentía.

Aurelius fue incapaz de encontrar palabras que decir.

—De cualquier forma, la realidad se reconfigurará pronto, en un par de noches, así que aprovecha bien el tiempo que te queda... De eso sí estoy seguro. Si logro mantenerme despierto hasta entonces, habré vencido al Cazador. Habré conseguido mantener vivos mis recuerdos... Espero que tengas la oportunidad de maldecir a ese bastardo en mi nombre cuando lo tengas a tus pies. En mi nombre y en el nombre de todos aquellos a los que castigó con su odio.

XXXV

Ninguna venganza vale tan cara

Aurelius había llegado solo a la prisión de maese Geppetto, pero había salido de ella acompañado por una férrea determinación, convencido de que tenía una misión que cumplir y dispuesto a hacerlo. Llevaba horas sin dormir, aunque a esas alturas no había cansancio que pudiera convencerlo de postergar su búsqueda. Y es que mucho antes de regresar a su cuarto, casi antes de que el mago de madera terminara su discurso, había recordado la llave de Houdin y había entendido por fin.

Sentado en su escritorio, se dedicó a observarla con renacido interés durante un buen rato. Contó mil veces las hojillas que adornaban el anillo de la parte superior, miró y remiró los dientes y acanaladuras del vástago. Incluso trató de interpretar los destellos del metal a la luz del candil, como si hubiera un mensaje oculto en ellos... Durante años había vivido junto a aquella pequeña joya, pero nunca había llegado a prestarle demasiada atención. En todo ese tiempo la había considerado un talismán, una especie de herencia que lo mantenía en contacto con sus mejores recuerdos, pero nada más. Apuntalando las mejillas con los puños, la observó, tratando de obtener pistas al respecto de su utilidad. No tardó demasiado en considerar el uso más obvio. Una llave sirve para abrir cerraduras y él era capaz de convertir muros muertos en puertas mágicas. La lógica requería que su siguiente paso consistiera en probarla en una de ellas.

Y así lo hizo.

Una vez más, se plantó frente al rectángulo de tiza, dispuesto a forzar la lógica en beneficio de su causa. Lentamente fue acercando la llave hasta el falso ojo que había dibujado bajo el pomo para dar más realismo a sus ensayos... Ante su sorpresa, la pared se tragó el metal, que encajó perfectamente, girando sin dificultad.

Y de esta manera, el círculo terminó de cerrarse.

La puerta volvió a abrirse, mostrando al otro lado un paisaje que Aurelius no tardó en identificar. Aunque jamás había visitado aquel lugar, y dudaba de que ningún otro hombre lo conociera, no le cupo duda. No existían en nuestro mundo bosques tan exuberantes, con árboles de especies tan asombrosas; algunos flotaban sobre la superficie de la tierra, arrastrando sus raíces a varios palmos del suelo, y muchos de ellos resplandecían como si en vez de savia, por el interior de sus tallos corriera lava ardiente. Lagunas y riachuelos de aguas plateadas, flores de mil colores y animales tan sorprendentes que solo habrían cabido en la imaginación del más loco terminaban de componer aquel tapiz viviente. Las hadas —porque sin duda eran eso, enormes enjambres de hadas— pululaban frente a él, jugueteando, yendo de aquí para allá divertidas como si en aquel lugar no cupiera la preocupación.

Sí, la llave le había permitido abrir una puerta... una puerta que conducía directamente hasta Arcadia, allí donde las fuentes dan miel de ambrosía y el hambre no existe. Aquel era el reino de las hadas.

Sin perder un momento, dejando el portal todavía abierto, Aurelius corrió hasta el cuarto de su maestro, llamándolo a voces.

—¡Maestro! ¡Maestro Caliban! ¡Maestro, tienes que ver esto!

El escándalo provocó la lógica reacción en todos los miembros de la casa, que corrieron a levantarse alarmados. Hans llegó dando traspiés por el pasillo, apenas bastándose para sostener la lámpara de aceite con la que se alumbraba, y Gabrielle hizo lo propio, en camisón y armada con sus enormes cuchillos. Cuando el enano apareció en el umbral de la puerta de su dormitorio, todos miraron extrañados a Aurelius, que se detuvo con una sonrisa bobalicona frente a ellos, señalando su cuarto.

—¡Maldita sea, muchacho! —ladró el Medioerizo—. ¿Qué es lo que pasa?

—¡Lo tengo, maestro! —Aurelius era incapaz de disimular su entusiasmo—. He encontrado la manera. Creo que ya lo entiendo todo...

—¡Por Dios! —Hans escupió a su sombra en señal de desagrado—. Casi me matas del susto. ¿Te parece que son horas?

—¿Qué es lo que has encontrado? —preguntó el enano, restregándose los ojos.

—Venid —dijo Aurelius sin más—. Tenéis que verlo por vosotros mismos.

Y dando media vuelta, corrió de regreso a su dormitorio. Orgulloso como el artista que acabara de completar su obra maestra, se plantó frente a la puerta de tiza y esperó. Unos cuantos juramentos después, Hans asomó el hocico seguido del maestro Caliban y de Gabrielle. Boquiabiertos, los tres se detuvieron frente a aquel paisaje increíble, incapaces siquiera de demandar explicaciones.

—¡Bendito sea Dios! —exclamó el enano—. ¿Es eso lo que creo que es?

—Arcadia, maestro, no puede ser otro lugar —contestó Aurelius.

—¿Y cómo...? —Caliban no terminó de enunciar su pregunta.

Aurelius se le adelantó, apresurándose a dar explicaciones.

—Utilicé mi puerta para buscar a maese Geppetto. Estuve en su celda...

Caliban y Gabrielle se adelantaron para examinar el portal más de cerca sin dejar de prestar atención al muchacho.

—Me contó muchas cosas, maestro —continuó Aurelius—. Me dijo que su vía del alma le permitía ver el final de nuestro mundo. ¡Cree que ese final está cercano! Muy cercano.

—Sí, conozco sus temores. Me ha hablado de todo ello en varias ocasiones, llevamos intercambiando correspondencia desde hace mucho tiempo, y hoy ha vuelto a advertirme antes de salir del concilio.

—Entonces no hace falta que te repita lo que piensa, maestro.

—No, desde luego que no. Y menos a estas horas.

—Lo que no sé si sabes —continuó Aurelius— es que Geppetto conocía a Houdin...

Caliban negó con la cabeza.

—Al parecer, todos erais amigos en aquella realidad en la que él estaba vivo. —Aurelius hablaba haciendo vehementes gestos con las manos, incapaz de contener la energía que se había apoderado de su espíritu—. Había una sociedad de cazadores también en aquel plano, de la que mi primer maestro era miembro...

Ante aquellas palabras, Hans y Gabrielle parecieron perder interés por la contemplación de los paisajes arcadianos. Ambos se giraron casi al unísono para escuchar.

—Houdin le dijo a Geppetto que yo era una especie de... de elegido. —En contra de lo que hubiera sido de esperar, ninguno de los presentes esbozó la más mínima sonrisa ante aquella presuntuosa afirmación, así que Aurelius señaló la puerta y continuó con su relato—. Y le dijo también que había escondido un arma en Arcadia con la que sería capaz derrotar al Cazador.

Aurelius avanzó hasta la pared, extrajo la llave y cerró el portal. Al ofrecérsela al enano, Caliban comenzó a entender.

—Houdin confiaba en que yo buscaría el arma que había ocultado en Arcadia y por eso me dio esto. Había consultado videntes, quizá supo antes que yo mismo cual sería mi vía del alma... Ahora sé para qué era la llave. Nada más salir de la celda de Geppetto me acordé de ella.

La pequeña joya fue pasando de mano en mano.

—Y entonces me di cuenta, maestro. No sé si ha sido cosa de suerte, pero lo cierto es que mi afán por buscar la muerte de mi enemigo terminará sirviendo a la causa de la vida. Todo cobró sentido: tus palabras, los actos de Houdin, los miedos de Geppetto... la aparición del kraken. Tú mismo dijiste que la semilla estaba empezando a madurar de manera muy rápida.

—Crees que ese bicho pueda ser el causante del apocalipsis que tanto teme ese Geppetto. —Gabrielle, que hasta ese momento había permanecido en total silencio, asistiendo como espectadora a aquella última representación de Aurelius, entendió por fin.

—Sí, y maese Caliban, aunque no se haya atrevido a decirlo, lo cree también. —Aurelius miró a su maestro en demanda de una respuesta sincera—. ¿No es verdad, maestro?

El enano suspiró antes de claudicar con una respuesta.

—Jamás escondí el peligro que corríamos —dijo—. Solo esperaba que fuéramos capaces de ser lo suficientemente afortunados como para no tener que elegir entre la vida del kraken o la nuestra.

—Ya no tenemos que hacerlo, maestro —contestó Aurelius—. Sabemos de un lugar en el que una semilla de kraken no representaría peligro alguno: Arcadia. Y tenemos la manera de tender un puente hacia ese lugar.

Hay veces en que las verdades se manifiestan con una claridad tal que los hombres solo pueden arrodillarse ante ellas para bendecirlas. Son ocasiones escasas, que se dan muy de vez en cuando y que no admiten discusiones o dudas. Aquella fue una de esas ocasiones. Sin perder un segundo, maese Caliban se transformó en mariscal y comenzó a dar órdenes de manera inclemente. No había tiempo que perder. Un milagro había venido a aliarse con él, resolviendo la mayoría de sus problemas de un soplido, y no estaba dispuesto a desaprovecharlo.

—Maldita sea, casi había perdido la esperanza... —dijo—. Puede que lleves razón, Aurelius.

—¿Informarás al Consejo? —preguntó Hans.

—¿De cuánto tiempo disponemos, Aurelius? —El pequeño mago se dirigió a su aprendiz—. ¿Te dio una fecha Geppetto?

—No, maestro. Me dijo que el final se acercaba, que nos quedaban días, quizá horas, pero nada más.

—En ese caso no lo haré... No informaré a nadie. Sería perder el tiempo. Y ese es un lujo que ahora mismo no podemos permitirnos. Venid, quiero mostraros algo.

Caminando raudo, maese Caliban los condujo hasta la habitación en la que habían escondido la semilla de kraken. Allí los esperaba la criatura, cubierta por la misma manta que habían utilizado para arroparla la última vez. Nada más retirarla, el muchacho supo que había cambiado de aspecto de forma evidente. Seguía siendo la mitad de un todo, un ser partido en dos por una cuchilla invisible, pero el brillo del corazón luminoso sobre el que oscilaban los tentáculos se había intensificado en gran medida. Sin duda había crecido. Parecía mucho más inquieto y se movía como a impulsos.

—Al volver del concilio, hice mis últimas mediciones. No me cabe duda. Está a punto de eclosionar —dijo maese Caliban—. Hace horas que se mueve nervioso…

La luz verdosa que animaba el espíritu del kraken iluminó de repente el entendimiento de Aurelius. Las piezas del puzle encajaron por fin.

—Muy bien, esto es lo que haremos —dispuso, refiriéndose a Hans y a Gabrielle—. Vosotros dos guardaréis la casa y procuraréis dar largas si viene alguien preguntando por mí. Si es necesario, atrincheraos frente a esa puerta e impedid que pasen. Necesitamos tiempo. —Volvió la vista hacia Aurelius—. Mientras tanto, tú y yo entraremos en la casa del maestro Andersen, nos llevaremos su mitad de la criatura y la devolveremos a la sima de Arcadia de la que nunca debió salir.

El maestro Caliban suspiró. Sabía que aquel acto de rebeldía podía costarles muy caro y, sin embargo, asumió que no le quedaba otra opción. De su arrojo dependía que la humanidad viera un nuevo amanecer. Y del pasado mañana ya se ocuparía cuando llegara.

—Será peligroso, Aurelius —afirmó—. Creo haber resuelto el problema de las maldiciones de maese Andersen, pero nunca se sabe.

—No lo será más que dormir al lado de Hans.

Aurelius esbozó una sonrisa burlona que fue inmediatamente contestada por la mirada cómplice del Medioerizo. No hizo falta nada más. Ni declaraciones ni gestos. El muchacho se dio cuenta en aquel momento de que la hermandad que habían formado hacía tanto tiempo no necesitaba de más estatutos. Sería eterna e invencible, pasara lo que pasase. Había encontrado su lugar en el mundo, y estaba junto a aquellos tres personajes extraños, luchando a su lado.

—¿Sabes, maestro? Geppetto desea que se desencadene el apocalipsis... Está convencido de que solo existe una manera de acabar con el Cazador de Hadas y es erradicando la magia, matando a los magos y a las criaturas mágicas. Dice que cuando eso ocurra, se le debilitará lo bastante como para hacerlo vulnerable.

—¿Quieres decir que debemos elegir una vez más entre la vida y la muerte?

—Sí, maestro. Según él, solo existe esa posibilidad. Parecía totalmente convencido.

—Acabando con la magia...

—Así es. —Aurelius asintió muy serio—. Según él, si queremos deshacernos del Cazador, debemos ofrecer un gran sacrificio a cambio.

—¿Y tú que has decidido hacer, muchacho?

El silencio aguardó intrigado la respuesta de Aurelius.

—He elegido la vida, maestro. Ninguna venganza vale tan cara —dijo orgulloso—. Voy a por la llave.

De camino a su cuarto, Aurelius recordó la condición que el mago de madera le había impuesto para sobrevivir. Se miró la mano y sintió miedo. No se había deshecho del anillo. Seguía en su dedo.

Sin perder un momento, abrió la puerta de tiza y tras pensar en el más profundo de los océanos, se lo quitó y lo arrojó al vacío.

XXXVI

Primeras visitas nocturnas

No será fácil. He encontrado algunos lugares que podrían servirnos en los yermos de Arcadia, pero habrá que visitarlos primero. Espero que regresemos… Lo que no puedo asegurar es cuándo lo haremos.

Poco antes de partir con Aurelius, maese Caliban terminó de dar las últimas instrucciones, encomendando el cuidado de su secreto a Hans el Medioerizo y a Gabrielle. Pertrechado con una mochila que rebosaba, y armado como si marchara a la guerra, parecía dispuesto a conquistar él solo la tierra de las hadas.

—Es muy importante que entretengáis a las visitas mientras podáis —dijo, refiriéndose a Gabrielle—. Cuando esos idiotas del Consejo se enteren de lo que intentamos, vendrán a buscarme. Si comienzan a meter sus narices donde no deben antes de tiempo, todo podría irse al traste.

Muchos años después, Aurelius referiría los hechos ocurridos durante aquella larga noche haciendo hincapié en lo cerca que estuvo el mundo de acabar devorado por el inocente mal que era la semilla. Sin alardear en absoluto, relataría su asalto a la casa de maese Andersen, la facilidad con la que la magia de su maestro evitó las trampas dispuestas para impedir el robo y su posterior viaje a Arcadia. Quedó todo referido en uno de sus cuadernos. La complicada peripecia en busca de un lugar en el que acomodar al kraken y su lucha contra la bestia. Y como había predicho el pequeño Caliban, conseguirlo no les resultó tarea sencilla. La criatura, que nada más recuperar su unidad comenzó a despertar de su letargo, debía llevarse a una sima de poder en la que su presencia fuera bien acogida, lo más lejos posible de zonas habitadas.

Finalmente, y tras una complicada batalla en la que maestro y aprendiz estuvieron a punto de perder la vida, el *hafgufa lynngbakr* encontró un refugio que consideró de su gusto, y como si de un cangrejo ermitaño se tratara, reptó hacia las profundidades, despidiéndose de ellos con un ensordecedor rugido. Hacía solo unas horas que había nacido y ya resultaba aterrador, un leviatán que habría acobardado al más decidido de los héroes griegos.

Tal y como había imaginado el maestro, un ser como aquel solo podía encontrar asilo en su propio mundo, donde la magia dictaba leyes muy distintas a las que la realidad había establecido para nosotros. Aquí, el avatar del kraken era una aberración, un error que habría podido consumir toda vida. Allí no era más que una bestia salvaje, un espécimen de una fauna que, por increíble que pareciera, convivía con su entorno en perfecta armonía natural.

Sin embargo, Hans y Gabrielle jamás llegaron a conocer aquella historia. Permanecieron en la ignorancia, disfrutando de una noche relativamente tranquila, al menos hasta que los vaticinios de maese Caliban comenzaron a cumplirse y llegaron los invitados.

Poco después de que el señor Caliban y Aurelius salieran de la casa de maese Andersen cargados con el kraken, la noticia del robo corrió entre los magos como si el propio Mercurio fuera susurrándola de oído en oído. Tras rasgarse las vestiduras, los miembros del Consejo prometieron someter al enano a un juicio sumarísimo —el enésimo de su carrera—, amenazando incluso con prohibirle de por vida volver a hechizar. Locos de furia, corrieron en su busca para amonestarlo por su última falta de respeto, por su desconsideración y su anárquico comportamiento.

El primero en llegar a la casa fue maese Andersen, y en su descargo puede decirse que, al menos, fue el único que se mostró educado, se disculpó por importunarlos a horas tan intempestivas y se comportó de forma civilizada. Tras una tensa espera de casi una hora, harto de recibir las más amables mentiras, entendió que no encontraría allí al señor Caliban y que ni Hans ni Gabrielle le ayudarían a dar con él en otro sitio. Aun así, desesperado, trató de jugar su última baza, la de la sinceridad, con el fin de conseguir alguna información.

—Es muy importante que lo encuentre, caballero —dijo, volviéndose hacia Hans. El Medioerizo lo miraba de soslayo, fingiendo interés—. Si no doy con él, saldremos todos muy perjudicados... Por favor —insistió con gestos cada vez más airados—. Se lo ruego. Necesito saber de él. Algo muy grave ha sucedido. ¡Es muy posible que todos estemos en peligro!

—Ya le he dicho que no está, pero puede usted esperarlo aquí todo el tiempo que quiera. —Gabrielle trató de mostrarse conciliadora—. No creo que tarde mucho... Mientras tanto, podemos ofrecerle ponche caliente y unas pastas.

Tras invocar varios encantamientos con los que se aseguró de que ni el enano ni la criatura estuvieran escondidos en ningún rincón de la casa, salió dando un portazo, aunque es cierto que, antes de hacerlo, besó educadamente la mano de Gabrielle.

—Espero, caballero —dijo, dirigiéndose al Medioerizo—, que no tenga usted que arrepentirse de por vida de esta estúpida pantomima... Y no dude que volveremos a vernos.

Mucho menos amigable fue la llegada de los siguientes visitantes. Habían pasado un par de horas escasas desde la marcha del maestro Andersen cuando, ya entrada la madrugada, volvieron a llamar a la puerta. En aquella segunda ocasión, los toques fueron más bruscos y seguidos, toques imperiosos que vinieron acompañados de urgencias voceadas sin el menor civismo.

Una avalancha de airados caballeros empujó la puerta cuando Hans terminó de descorrer el último pestillo. Uno tras otro, casi en estampida, entraron a la búsqueda de maese Caliban, invadiendo el lugar como si una bula divina les permitiera hacerlo. Eran más de media docena, no tuvo tiempo de contarlos a todos. Mientras un par de ellos se retrasaban para interrogar al Medioerizo, los demás se distribuyeron por las distintas estancias de la casa, en busca de pistas sobre el paradero del pequeño mago.

El maestro Andersen, que llegó el último, decidió esperar en una butaca de la entrada, con las piernas cruzadas y la mirada perdida, sin decir nada. Sin duda había sufrido algún tipo de dolorosa amonestación por parte de aquellos hombres, pues solo despegó el pico cuando alguno se acercó a preguntarle, e incluso entonces respondió con sequedad. Parecía ausente, refugiado en su propio limbo de pensamientos y temores.

Mientras el grueso de aquella hueste de bárbaros avanzaba de cuarto en cuarto ignorando las quejas de Gabrielle, un par de magos —todos heliastas del Consejo— se entretuvieron con Hans, acosándolo a preguntas. El Medioerizo consiguió zafarse de ellos al principio, respondiendo con una nueva sarta de mentiras. Sin embargo, los juegos que le sirvieron para esquivar al maestro Andersen, un hombre limitado por las normas de la caballerosidad y la decencia, le valdrían de poco contra enemigos de corazón más duro. En el momento en que sus interrogadores entendieron que intentaba burlarse de ellos, decidieron cambiar radicalmente de estrategia. El que parecía más serio, uno con la cara sembrada de tatuajes, se puso en pie y, sin mediar palabra, comenzó a invocar un traidor encantamiento que pronto surtió su efecto. Hans miró a su espalda, sin entender por qué se retiraba aquel tipo, cuando comenzó a sentir un extraño escozor en la boca, que poco a poco fue convirtiéndose en insoportable quemazón. Cada mentira hacía que la irritación fuera más insufrible, de manera que no tardó en darse cuenta de que le había hechizado. Iba a echar mano a la navaja con la que solía defenderse en las trifulcas cuando otro hombre lo agarró por el hombro. Su toque fue gélido e inclemente, imposible de resistir para alguien como él. Cuando aquel tipo retiró la mano, Hans descubrió que era incapaz de hacer el más mínimo movimiento.

—Yo que usted ni lo intentaría —dijo el más bajo de los dos—. Respetamos a su custodio, pero le recomiendo que nos respete usted también.

Un relámpago de dolor recorrió el cuerpo de Hans de la cabeza a los pies. La navaja cayó al suelo, a su lado, y en el acto supo que todo estaba perdido. De poco le valieron sus esfuerzos tratando de resistirse, pues al cabo de un rato se encontró exhausto y entendió que la única opción de sobrevivir pasaba por intentar nadar a favor de corriente. El corazón le habría reventado si hubiera seguido luchando.

Una tras otra, las verdades fueron escapando de la boca del Medioerizo, que juró para sí vengarse de cada palabra de las que le obligaron a pronunciar. El plan del señor Caliban terminó por salir a la luz. Por fortuna, aquellos bastardos podían hacer ya muy poco por evitarlo; Aurelius y su maestro estaban demasiado lejos de su alcance. En el fondo habían conseguido salirse con la suya, y eso era lo único importante. Dio el dolor por bien empleado.

Pero el mayor castigo que recibiría Hans aquella noche no sería el que le acarrearía aquella humillación. Por desgracia, tendría que soportar otro peor cuando, apenas un momento después de acabar con él, los heliastas reclamaron la presencia de Gabrielle. No contentos con su confesión, decidieron que necesitaban cotejarla con la que obtendrían de ella. Hans se tomó aquel segundo acto del drama como una venganza contra su maestro, un acto cobarde de desquite que jamás podría perdonar.

Poco después de la llegada de los magos, condujeron a Gabrielle con engaños hasta la cocina. Lógicamente, desconocía lo sucedido con el Medioerizo, y por eso acudió, pensando que, una vez más, las mentiras serían suficientes. Había aprendido de él y, si bien no era tan hábil haciéndose pasar por tonta, era mujer, y creía que eso le daría una cierta ventaja ante aquellos caballeros...

No tardó en darse cuenta de lo equivocada que estaba.

Apenas había contestado a las dos o tres primeras preguntas cuando aquel par de bastardos pretendió repetir con ella el procedimiento usado con Hans. Sin atender a las más básicas normas de cortesía, comenzaron a invocar encantamientos muy similares a los que habían utilizado con el Medioerizo. Viendo que el pobre se retorcía sobre un sillón tratando de recuperar el aliento, pensaron que con una señorita les resultaría todavía más sencillo. No esperaban encontrarse con la desagradable sorpresa que, en forma de rabia, terminó saltando sobre sus cuellos.

Y es que con la llegada del dolor, la maldición comenzó a tomar poder en el alma de Gabrielle. Hans nunca llegaría a saber si la venida del lobo fue provocada por la irresponsabilidad de los magos, o si la muchacha intentó valerse de ella, al sentir que violaban su dignidad. De una forma u otra, el hecho es que las letanías surtieron un efecto muy diferente en Gabrielle del que habían provocado en él. Lentamente, y ante el estupor de los presentes, la pobre fue perdiendo su humanidad, mudando su belleza por aterradora furia, hasta dejar libre a la bestia. El vestido, rasgado por sus propias garras, quedó convertido en un manojo de jirones encarnados a sus pies, y un aullido cargado de ira se dejó oír en media ciudad.

—¡Maldita sea! —gritó el más alto de los magos, llamando a los demás—. ¡Venid aquí! ¡Venid aquí de inmediato!

Un gesto rápido le bastó a Gabrielle para agarrar por el cuello al más pequeño de los dos. Haciendo un esfuerzo que habría resultado imposible para la mayoría de seres vivos, se sobrepuso al poder del encantamiento y recuperó el control de sus propios músculos durante un segundo. Fue tiempo suficiente para atacar; aquellos hombres no eran más que enemigos, animales que habían venido a causarle dolor... presas que en justicia podía cobrarse.

Las garras del lobo comenzaron a crecer, penetrando en la

carne de aquel hombre. Incapaz de atender a otra cosa que no fuera su propia agonía, la hechicería dejó de valerle de nada. Mientras el mago de la cara tatuada se esforzaba por defenderlo, los demás miembros del Consejo corrían dispuestos a castigar a la protegida de maese Caliban por aquella osadía. ¡Y vaya si lo hicieron! Formando un semicírculo frente a ella, se dispusieron a invocar nuevos encantamientos que no tardaron en surtir efecto; el dolor comenzó a cebarse de manera inmisericorde con Gabrielle.

Sin embargo, ni aun así lograron que soltara su presa. A pesar del castigo que estaba sufriendo, a pesar de que las convulsiones se hicieron mucho más seguidas e intensas, siguió apretando y apretando. Poco a poco fue conduciendo a su enemigo hacia un cruel final, sin darse cuenta de que, al hacerlo, se acercaba también ella al suyo.

Aquel cuello de mortal habría terminado por claudicar con un crujido si los heliastas no hubieran incrementado la intensidad de sus hechizos. Por fortuna, llegó un punto en el que Gabrielle fue incapaz de soportar tal tortura. Aullando y babeando, terminó por abandonarse sobre la alfombra, rindiéndose ante el poder de aquellos bastardos. Libre por fin, el hombre que había sido su prisionero cayó al suelo malherido y se arrastró hasta la puerta. El maestro Andersen, que había acudido alarmado por el escándalo, se arrodilló para atenderle. Mientras los demás hechiceros se esforzaban en retener la furia de Gabrielle, él trató de taponar la herida con un pañuelo, comenzando a recitar de inmediato encantamientos de curación.

En ese punto habría terminado aquel desagradable episodio si hubiera cabido una brizna de caridad en el corazón de aquellos hombres. Como de costumbre, la piedad le sería denegada a la bestia. Ni siquiera cuando el mago dejó de correr peligro, sus hermanos cofrades cesaron en el escarmiento. Una condena que habría de llevarla a la muerte había sido dictada sobre su carne rabiosa y nadie allí parecía dispuesto a hablar en descargo del lobo. Por eso, Hans, que desatendido por todos había comenzado a recuperarse, aprovechó el desconcierto para escabullirse hacia el cuarto de Gabrielle. Haciendo un gran esfuerzo, casi sin poder caminar, se arrastró escaleras arriba en busca de una salvación. Todavía mareado y sin aliento, rogó al Dios de los erizos buenos para que se compadeciera de él, permitiéndole llegar a tiempo. Y al parecer, alguien en algún lugar escuchó sus ruegos. Aunque dando traspiés, regresó al poco, cargado con las cadenas que el maestro Caliban utilizaba para retener a su protegida en las noches de luna llena.

—¡Dejadme pasar, insensatos! —ladró desesperado—. La vais a matar… ¡La vais a matar!

El Medioerizo avanzó, apartándolos a empujones, y se dejó caer a los pies de Gabrielle. Antes de cerrar la primera argolla sobre el tobillo de la bestia se permitió una mirada de reprobación, tan cargada de desprecio y a la vez tan avalada por la justicia que aquellos hombres apenas pudieron soportarla. El hierro hechizado comenzó a hacer su trabajo de inmediato. La rabia pareció evaporarse y Gabrielle se rindió por fin. Uno tras otro, los heliastas comenzaron a abandonar sus rezos, disminuyendo el castigo. En el momento en que Hans terminó de envolver su cuerpo con aquellas cadenas, los aullidos y los horribles estertores eran ya lamentos de cachorro herido. La bestia quedó en el suelo, acurrucada, temblando agonizante.

—Aquí está todo visto —dijo el mago de la cara tatuada todavía agitado, la frente perlada de sudor—. Lo que nos queda por tratar lo trataremos luego con el maestro Caliban… Si es que llega a haber un luego.

Uno tras otro, y sin mediar más palabra, los magos fueron saliendo de la casa. El Medioerizo se sentó frente a maese Andersen, abrazado a Gabrielle sobre la alfombra, la espalda apoyada en el respaldo de un sofá caído. Poco a poco, la muchacha iba recuperando su forma humana. Su desnudez y su quietud, aquel respirar cansino tan propio de la agonía, hicieron que el viejo mago apartara la mirada avergonzado. Si el odio le hubiera permitido sentir algo, Hans habría sentido pena de él.

—Lamento que haya tenido que ser así —dijo maese Andersen, valiéndose de susurros.

—¿Que lo lamentas? —La voz del Medioerizo era ácido—. Lo sentirás mucho más cuando el maestro Caliban y Aurelius se enteren de esto. —Hans no había llorado en años, pensaba que su alma estaba demasiado reseca, pero en aquel momento, la rabia provocó una riada de lágrimas que a punto estuvo de ahogarlo—. ¡No habrá pozo, por profundo que sea, en el que puedas esconderte!

—Yo no quería que esto terminara así...

—¡Malditos cobardes! —Lo señaló con el dedo.

Sin valor para resistir el juicio del Medioerizo, el maestro Andersen dio media vuelta y se dirigió hacia la puerta. Caminó irremisiblemente derrotado, convencido de que en aquella batalla había perdido más que en ninguna otra que pudiera recordar. Estuvo seguro de que la jovial enemistad que lo unía a maese Caliban se convertiría en odio visceral cuando el erizo le contara lo sucedido. Habían asaltado su casa, forzado a sus protegidos, faltado a las leyes de la hermandad y de la hombría de bien.

—Comienza ya a invocar cendales, si es que sabes alguno —dijo antes de salir—. Yo lo haré también mientras camino de regreso a mi casa. Bastante malo es lo que ha ocurrido ya, no vayamos a estropearlo más.

El maestro Andersen cerró la puerta con cuidado tras de sí, como tratando de encerrar en la casa todas sus culpas. Hans permaneció un rato abrazado a Gabrielle, escuchando, mientras los pasos del mago se alejaban calle arriba. Siguió consolándola mucho después de que el silencio los cercara, sin apartar la mirada de su rostro doliente, temiendo que aquella palidez fuera señal que antecediera a la llegada de la muerte. Sin embargo, la respiración de la muchacha fue lentamente atemperándose, hasta que los gemidos y las convulsiones terminaron por convertirse en un sueño pesado que ya no le asustó tanto. Fue entonces cuando el Medioerizo recordó el cofre en el que el maestro Caliban guardaba sus viales mágicos y decidió correr a por ellos.

Tomando a Gabrielle en brazos, la acomodó en un sofá. No tenía nada a mano para cubrir su desnudez, así que utilizó su vieja capa para taparla. A continuación, subió al cuarto del enano, cogió el frasco que contenía el jugo de tejo y bajó sin perder un momento para dárselo a beber.

Con sumo cuidado, procurando no derramar ni una sola gota, vertió el contenido del vial en la boca de la muchacha, que pareció recuperarse en el acto. El rubor regresó a sus mejillas al primer trago y no tardó en abrir los ojos. Aunque parecía terriblemente cansada, al menos había abandonado la dolorosa agonía en la que el poder de aquellos hombres la había sumido.

—¿Cómo te encuentras, muchacha? —dijo Hans aliviado.

—¿Se han ido ya? —preguntó ella con un hilo de voz.

—Sí, se han ido.

—Estoy mejor… Solo necesito descansar un poco.

—Bien, dejaremos los bailes para luego.

Hans encendió la chimenea antes de encomendarse a nuevas labores. Decidido a hacer guardia al lado de Gabrielle, buscó la única pistola que el maestro Caliban había olvidado llevarse y puso agua a hervir para preparar café. Estaba dispuesto a descerrajarle un buen tiro en la cara al primero que asomara el morro por allí. Luego fue a por mantas y regresó junto a ella para arroparla.

No llegó a hacerlo.

XXXVII

Sin gloria ni despedidas, sin lágrimas de los amigos

El sonido de unos pasos fuera lo puso en alerta. Como accionado por un resorte, el Medioerizo dejó lo que estaba haciendo y se irguió, deteniéndose para escuchar.

—¿Qué pasa, Hans? —preguntó Gabrielle sin abandonar el sueño por completo.

—No pasa nada. Descansa... Solo voy a echar un vistazo.

Si Gabrielle hubiera estado despierta, se habría dado cuenta de hasta qué punto mentía. Hans aguardó atento, las púas de la nuca tiesas como clavos de hierro, tratando de no perder detalle de cada nuevo sonido. Los pasos continuaron hasta llegar justo a la puerta, lugar en el que se detuvieron por fin. Pensando que pudiera ser algún rezagado, se dirigió hacia el zaguán, dispuesto a poner las cosas en su sitio... En aquel momento sentía que no podía haber mejor sitio para sus balas que las frentes de aquellos bastardos.

Sin embargo, nadie llamó. El silencio volvió a extenderse por aquellas habitaciones como si toda la casa hubiera quedado sumergida en un pozo de brea. Solo la tenue respiración de Gabrielle, abandonada a un sueño calmado y clemente, le recordaba a Hans que seguían en el mundo de los vivos. Quiso, de todas formas, asegurarse de que ninguno de los magos hubiera vuelto, y por eso se acercó a la estrecha ventana de la entrada. Desde allí, gracias a los visillos, podía mirar afuera con cierto disimulo.

Pero no encontró a nadie al otro lado.

—¡Malditos bastardos! —masculló—. No creo que pueda pegar ojo en lo que me queda de noche.

Sin embargo, la tranquilidad ganada con aquella inspección apenas le duró un instante. Acababa de dejar caer la cortina cuando escuchó ruido en el piso de arriba. Las maderas del techo crujieron, traicionando a un nuevo visitante inesperado. Hans alzó la mirada y siguió el recorrido de unos pasos misteriosos que avanzaron hasta detenerse sobre su cabeza. Esta vez estaba seguro, había alguien en la casa, y a no ser que fuera un fantasma, no sería bien recibido.

Muy quieto, se dedicó a escuchar. Un frío severo, ese tipo de frío que suele acompañar a la muerte cuando sale de ronda, pareció calar los huesos de Hans, que pese a todo, trató de sacudírselo recordándose sus deberes. No podía permitirse el lujo de tener miedo. Le habían nombrado custodio de Gabrielle por una noche y pretendía hacerse digno de aquel título. Sin perder un momento, se dispuso a defender su honra y la de la muchacha ante nuevas humillaciones. Había dicho basta, y era hombre de palabra.

Tratando de mostrarse distraído, se dirigió a la cocina para comprobar si el agua hervía ya. Esperó un rato examinando de reojo el techo, y solo cuando la tetera empezó a humear, se descalzó y se encaminó por fin hacia el piso superior. Hastiado de tanta disputa y temiendo por la seguridad de Gabrielle, deseaba que el silencio se perpetuara, que no fuera más que otra falsa alarma. Sin embargo, aunque los pasos cesaron, no tardó en escuchar el vaivén de la vieja mecedora en el cuarto de la muchacha... Alguien lo esperaba sentado tranquilamente, retándolo con cada gruñido de la madera.

Procurando no hacer el más mínimo ruido, comenzó a subir muy despacio. Prefirió no coger luz alguna y confió en su habilidad innata para ver en la oscuridad, pensando que así ganaría alguna ventaja en el duelo que sin duda se avecinaba. Apenas había llegado al primer descansillo cuando notó que algo muy extraño ocurría. Los encantamientos que ocultaban su verdadera forma parecieron extinguirse y la máscara humana que escondía al erizo comenzó a retirarse lentamente... Aquello suponía un toque de atención importante y, desde luego, una llamada a la prudencia. El nuevo visitante sabía invocar eriales, contrahechizos capaces de disipar magias comunes.

La tetera comenzó a silbar en la cocina cuando Hans llegó al primer piso. Avanzando en guardia, se dirigió hacia el cuarto de Gabrielle. El ñic ñic de la mecedora era como el canto de una sirena, sabía que yendo a su encuentro podría terminar devorado, pero no podía resistirse a su llamada. Debía resolver aquel asunto.

Un par de pasos después ya pudo mirar al interior. Efectivamente, le pareció ver un bulto sobre la mecedora, una figura de forma indefinida que aguardaba cobijada entre sombras. Hans no era muy amigo de los combates a las bravas, era más hombre de fullerías y zancadillas, de pinchar y correr, pero estaba convencido de que su honor y el del maestro Caliban habían sido terriblemente ultrajados. Pretendía impedir que aquello volviera a suceder. Aunque prestada, aquella era su casa, su pequeño castillo, y estaba dispuesto a defenderlo.

Decidió reservar la pistola por si el combate se alargaba, y se preparó una vez más para usar su navaja. Un puntapié le sirvió para abrir la puerta de par en par. Cargando como un bisonte en celo, el Medioerizo se fue contra la mecedora dispuesto a entablar batalla. Llegó incluso a lanzar un par de cuchilladas que sajaron el aire frente a él, la última de las cuales pareció herir a alguien.

—¡No conocéis el respeto! —gritó.

Pretendía enseñar un par de afiladas lecciones al bastardo que había osado invadir la casa cuando se dio cuenta de hasta qué punto su estrategia había fracasado. Chocó contra la mecedora, que no ofreció la resistencia esperada, y a punto estuvo de caer al suelo. Una impertinente nube de plumas le confirmó el mal ojo que tenía tasando enemigos. El cuerpo de su adversario estaba formado por un par de almohadones de importación que el maestro había regalado a Gabrielle por su cumpleaños. Cubierto por una colcha vieja, el imaginario asaltante agonizaba destripado a sus pies.

—¡Maldita sea mi estampa! —dijo, sintiéndose ridículo.

El plumón, como una de esas nevadas a destiempo que apenas se atreve a cuajar, terminó de asentarse por los alrededores, sobre la butaca y los pies descalzos de Hans. Descubrió entonces que la ventana había quedado abierta. Seguramente, los magos la hubieran dejado así antes de marcharse... O quizá no. Temió haber cometido un error terrible al mostrarse de aquella manera tan impetuosa, y comenzó a desconfiar de inmediato de cada umbría, del regreso del silencio. No tardó en entender que había dejado su espalda torpemente desprotegida. El corazón comenzó a latirle con fuerza cuando se dispuso a afrontar aquel error estratégico. Muy lentamente, se giró, dispuesto a disparar a la primera sospecha de movimiento.

Un par de vistazos le bastaron para cerciorarse de que se encontraba solo en el cuarto. Nadie acechaba su espalda, ni lo esperaba escondido en ningún armario, ni bajo las camas... Terminó de respirar tranquilo tras registrar concienzudamente el piso entero. Sin embargo, estuvo seguro de haber recibido una visita. El hecho de que la magia que lo disfrazaba de hombre se hubiera extinguido era señal inequívoca de ello.

Más calmado, apuntó mentalmente informar de aquel particular al maestro Caliban cuando regresara, y se dispuso por fin a cerrar la ventana. Echó un último vistazo disimulado a la calle para asegurarse de que no hubiera más invitados indeseados por los alrededores. Todo estaba vacío, las zonas iluminadas por las farolas y las sombras que quedaban más allá. Ni siquiera los gatos rondaban por el barrio a aquellas horas.

Iba a echar el pestillo, había vencido el cuerpo ligeramente hacia fuera, cuando la sorpresa volvió a golpearlo violentamente. El miedo le impidió incluso temblar. Había algo en la cornisa, encima de él...

—Maese Hans el Escurridizo, supongo. —Aquella voz sonó a cristales arañados, a llanto de niño perdido, a huesos tronchándose... Sin duda, resultó injusto que aquel sonido terrible fuera el último que escuchara el pobre Medioerizo.

Alzó la vista, sabiéndose ya perdido. En un desesperado intento por evitar la muerte, procuró retirarse hacia el interior de la casa, pero ya fue tarde. Sus movimientos resultaron lentos, totalmente inútiles. La oscuridad más oscura se cernió sobre él, agarrándolo de las púas. Por fortuna no llegó a ver el rostro de su verdugo. Apenas pudo patalear. El Cazador de Hadas tiró de él hacia arriba, sacándolo por el hueco de la ventana con suma facilidad. Ya le había cortado el cuello antes de hacerlo. Y luego, manejándolo como a un pelele, lo arrastró hasta el tejado, donde terminó de darle muerte. Hans no pudo más que agarrarse la garganta, intentando en vano contener el manantial de sangre por el que se le escapaba la vida.

¡Pobre Hans! Era bueno, uno de esos seres de andares poco vistosos que nunca yerran, eligiendo la correcta dirección en su caminar. No merecía una muerte así, sin gloria ni despedidas, sin lágrimas de los amigos…

El nombre de Hans el Medioerizo figuraba en la lista de asuntos pendientes del Cazador desde hacía demasiados años. Sin embargo, aquella noche no había lugar para el placer, solo importaba el trabajo; debía terminarlo pronto y de la manera más eficiente posible. Ya tendría tiempo para reír después. Así que previendo que todavía le quedara faena en aquella casa, se disfrazó de persona y se descolgó hasta la ventana para echar un vistazo en el interior. Revisó primero los pisos de arriba sin dejar un rincón —siempre había sido metódico y siempre le había ido bien siéndolo—, y luego se dirigió al de abajo. Avanzando con total tranquilidad, sin prisa pero sin pausa, miró detrás de las cortinas y, como había hecho el propio Hans, bajo las camas y en el interior de los armarios. Solo se detuvo durante un momento frente a la puerta de tiza, tratando de analizar en silencio aquellas líneas blancas trazadas sobre el papel de la pared, pero tampoco perdió allí demasiado tiempo. Hacía siglos que había renunciado a entender todos los caprichos de los hombres, y consideró aquel como uno más, sin atribuirle demasiada importancia.

A continuación, revisó la cocina, sin encontrar nada de interés, y se encaminó hacia el salón. Estaba también vacío… Le extrañó que Hans hubiera encendido el fuego allí y no lo hubiera hecho en los dormitorios, pero al no dar con nadie más en la casa, lo entendió como alguna costumbre del Medioerizo y no le dio más importancia. Quizá quisiera caldear un poco aquellos fríos pasillos.

Sin saberlo, el Cazador de Hadas caminó junto al cuerpo dormido de Gabrielle. Pasó por su lado en un par de ocasiones, casi rozando su pelo, y fue incapaz de verla u oírla. Pocas magias podían rebelarse ante su poder, pero aunque él lo ignorara, todavía quedaban unos cuantos objetos, la mayoría tan antiguos como el tiempo mismo, con la potestad de hacerlo. Cubierta por la vieja capa de retales cosidos del Medioerizo, la muchacha era tan invisible para él como la generosidad para un banquero. Y eso la salvó.

Procurando no dejar demasiadas pistas de su presencia, cogió los zapatos de Hans, cerró la ventana y salió por la puerta principal. Aunque sabía que la realidad correría a encargarse de ocultar sus pecados, le gustaba hacer bien su trabajo.

—Bueno, Aurelius, pensaba inaugurar mi última cacería bebiéndome tu sangre. Te mereces el honor, pero veo que tendré que dejarte para el final —dijo—. Así podré dedicarte el tiempo que te mereces.

Otra vez siendo el elegante caballero de vestimenta oscura del que nadie habría sospechado, se encaminó tranquilo calle arriba, siguiendo el rastro del maestro Andersen. Podía olerlo sin dificultad. El muy idiota se había esmerado invocando cendales sobre aquella casa, pero no había sido tan escrupuloso ocultando su propio rastro.

Al Cazador llegó a parecerle que lo había hecho adrede. Quizás aquel hombre ansiaba morir.

Muy bien. No tardaría en satisfacerlo.

XXXVIII

La realidad sangra

Agonizaba la madrugada, amenazando con convertirse en alba, cuando Aurelius y el maestro Caliban regresaron de su viaje.

Frío y silencio… Nada más llegar, el muchacho quedó hondamente impresionado por la quietud que reinaba en la casa. Acababan de abandonar un mundo de vivos colores, de aromas exuberantes en el que cualquier oscuridad parecía condenada a la marginación. No le pareció extraño que el reencuentro con nuestra desteñida realidad le produjera un cierto desasosiego. Sin embargo, no era solo cuestión de contrastes. Hans solía mantenerse en vela cuando era necesario hacer guardia, así que le extrañó que no acudiera a recibirlos. Ni siquiera lo escuchó roncar.

—Parece que están abajo —dijo, encendiendo una lámpara. El fulgor anaranjado de la chimenea iluminaba débilmente la escalera.

Estaban cansados, habían recibido un soberana paliza, aunque Aurelius se sentía tan satisfecho por el éxito de su misión que habría deseado encontrarlos a todos despiertos. Ansiaba poder relatarles su aventura, la manera en que habían resuelto el tema del kraken y lo que habían visto al otro lado. No hubiese desdeñado una taza caliente de lo que fuera y un rato de atención. Tras aquella victoria, se sentía con fuerzas para enfrentarse a Telesio, al Cazador y a todos sus fantasmas. Para su disgusto, solo encontró a la muchacha dormida sobre el sofá, cubierta por la capa de Hans, y aquel hallazgo hizo que gran parte de su alegría se esfumara de repente.

—¿Qué ha pasado aquí? —preguntó el maestro Caliban, acercándose a ella.

Mientras Aurelius alumbraba la escena en silencio, el enano comenzó a examinar el salón. No le pareció normal encontrarla de aquella guisa, tendida sobre el sofá. Quizá porque era más viejo, o seguramente porque la conocía mejor que nadie, entendió que su desnudez no respondía a un capricho. Tardó muy poco en encontrar señales que le confirmaron sus sospechas: el vestido hecho jirones, un jarrón destrozado, la pata rota de una silla… y sangre. Había sangre en el suelo y en sus manos.

—¿Dónde está Hans? —le preguntó, atreviéndose a acariciar levemente su pelo.

—Ha ido a echar un vistazo —contestó ella sin abandonar del todo el sueño—. Los magos han estado aquí buscándoos.

—¿Estás bien? —preguntó el maestro en voz muy baja, acercándose a su frente.

—Sí, estoy bien —Gabrielle sonrió con la mirada perdida—. Solo necesito descansar.

El señor Caliban asintió, mirando a Aurelius con gesto serio. Tras cebar la hoguera con un par de troncos más, salió del salón sin añadir una palabra y se dirigió hacia la cocina. Apartó la tetera del fuego, encendió un par de velas y le pidió que le ayudara a buscar por la casa. En un momento habían revisado el edificio entero.

—No han perdido el tiempo esos malnacidos —dijo mientras tomaba asiento en la cocina. Parecía profundamente ofendido—. Esperaba que acudieran, pero no que fueran tan desconsiderados. He invocado un par de encantamientos de recuerdo en el salón y no me ha gustado nada lo que he visto. Han sido innecesariamente violentos con Gabrielle…

Aurelius esperó un momento antes de preguntar.

—¿Qué ha pasado, maestro? ¿Qué has visto?

—Los muy bastardos han venido a buscarme. Han entrado aquí y han hecho daño a mis protegidos. Hasta ahora yo me había limitado a tratar de esquivar sus absurdas reglas y a disculparme… A partir de hoy, ya no seré tan indulgente. A partir de ahora seré lo que quieren que sea, un enemigo.

Aurelius prefirió no preguntar más. Estaba seguro de que conocer los pormenores no le traería más que disgustos añadidos, así que prefirió fiarse del silencio que siguió a aquella declaración de intenciones.

—Parece que Hans se retrasa —dijo el enano, tratando de sacudirse las emociones.

—Puedo salir a buscarlo —se ofreció Aurelius.

—No, dejémoslo. Sabe cuidarse solo. Ha sido un día complicado, e intuyo que el de mañana lo será más. Come algo y vete a dormir. Necesito que descanses todo lo que puedas. Se avecinan tiempos difíciles para nosotros.

—Al menos, parece que hemos tenido éxito.

—Sí, eso parece… Seguimos vivos.

Aurelius abandonó la cocina, obedeciendo al enano. Arropó a Gabrielle con un par de colchas que encontró a su lado y se dirigió a su cuarto. Tenía la sensación de que todo iba a cambiar para él, pero no podía ni imaginarse hasta qué punto sería así. Lo cierto es que las transformaciones que en ese mismo momento se estaban produciendo no habrían de afectar solo a su mundo, sino que terminarían por modificar de manera radical la faz del universo entero.

Mientras él dormía, una cuchilla roñosa se dedicaba a cortar sin piedad, produciendo una herida que tardaría en dejar de sangrar. Cuando lo hiciera, se convertiría en una cicatriz mucho más horrible de lo que nadie jamás se atrevió a imaginar.

Aurelius despertó a media mañana, y nada más abrir los ojos volvió a sentir ese vértigo al que tanto temía. Al principio creyó que alguien lo había movido durante la noche, llevándolo a un dormitorio que no era el suyo, aunque tardó muy poco en darse cuenta de que no había sido así. Girando la cabeza, se encontró con sus cosas y vio que la puerta de tiza seguía allí, pintada sobre la pared. Pese a todo, los parecidos con la habitación en la que había cerrado los ojos eran tantos como las diferencias. El estampado de las paredes había cambiado, las cortinas, la disposición de los muebles y hasta su forma; incluso las dimensiones eran ligeramente distintas.

Viejos fantasmas lo asaltaron de inmediato, trayendo de regreso aquella sensación de desasosiego mareante con la que había tenido que convivir ya. Aurelius pensaba que jamás volvería a enfrentarse a un cambio como el que había sufrido su vida tras la desaparición de maese Houdin. No obstante, había vuelto a ocurrir... Ni siquiera esperó a vestirse. Todavía en pijama, salió de allí y bajó la escalera a toda prisa, llamando a voces a su maestro.

—¡Maestro Caliban! ¡Maestro Caliban!

Poco antes de entrar en la cocina, se cruzó con Gabrielle, que acudió a su encuentro alarmada por el escándalo. La muchacha le pareció distinta también: vestida con menos gusto del que era habitual en ella y más envejecida que la que había conocido, aunque sin duda se trataba de la misma persona... O al menos de una versión deslucida de ella. Pero a Aurelius no le molestaron aquellos cambios. Se alegró tanto de verla sana y salva, que apenas puso reparos a sus nuevas taras.

—¿Estás bien, Gabrielle? —preguntó, tomándola por las muñecas para examinarla de arriba abajo.

—Sí, claro —contestó ella extrañada—. ¿Por qué lo preguntas?

El enano llegó de la cocina en ese preciso instante, limpiándose las manos con un trapo. A juzgar por la expresión de su rostro, los gritos de Aurelius habían conseguido alarmarlo también.

—¿Qué pasa, muchacho?

Aurelius terminó de inspeccionar a Gabrielle y se volvió hacia su maestro sin decir nada. Aun antes de interrogarlo, supo que estaba perdido. Una colección de llamativas cicatrices, que el día anterior ni siquiera existían, afeaba el rostro del enano, que además lucía un parche muy parecido al que había utilizado el Medioerizo. Sin duda, aquel hombre, como la casa y la muchacha, era distinto del que había conocido.

—¿Ha vuelto ya Hans? —preguntó, temiendo la respuesta.

—¿Hans? ¿Qué Hans?

Aurelius se sintió morir al escuchar aquellas palabras. Entendió de inmediato cuál había sido el desencadenante de los cambios.

—¿No te acuerdas de Hans, maestro? —inquirió desolado—. ¿No te acuerdas del Medioerizo?

El señor Caliban lo miró muy serio, haciendo un esfuerzo que resultó vano.

—¿Qué ocurre, Aurelius?

—Voy a vestirme —dijo, llevándose la mano a la frente—. Coge tus cosas, maestro, tenemos que investigar una cicatriz.

—¿Una cicatriz? —preguntó el enano extrañado—. ¿Cómo lo sabes?

—Lo sé… —contestó el muchacho derrotado—. Por desgracia, lo sé.

Aurelius regresó a su cuarto sin dar más explicaciones. Hans había muerto; no le cupo duda. Buscaba un momento de tregua para descargar a solas sus maldiciones cuando pasó frente a la puerta del dormitorio que Hans había ocupado hasta el día anterior. Un solo vistazo le bastó para confirmar sus sospechas. Aquella habitación llevaba meses sin utilizarse, y no quedaba ni rastro de sus cosas; habían desaparecido sus ropas, la gaita, la reserva de ginebra que guardaba en el cajón… La realidad había obrado deshaciéndose de todas sus pertenencias.

Sin embargo, Aurelius apenas tuvo tiempo de velar el recuerdo del Medioerizo. Era evidente que ellos podían correr su misma suerte si se confiaban en exceso. Enjugándose las lágrimas, volvió abajo y le pidió a su maestro que comenzara a buscar precisamente en el antiguo cuarto de Hans. El enano obedeció sin demandar muchas explicaciones, ofreciendo así un voto de confianza a su aprendiz. No tardó en quedar sorprendido. Apenas había terminado de colocar sus aparatos cuando se giró hacia él con la boca abierta.

—¿Qué ha pasado aquí, Aurelius? —preguntó desencajado.

—Este era el cuarto de Hans...

—¿Hans? —El maestro negó con la cabeza, acercándose hacia la ventana de la habitación. La abrió y echó un vistazo afuera. Regresó al interior, tomo un extraño catalejo que solía utilizar para observar las cicatrices antes de empezar con las mediciones y volvió a mirar—. ¿Quién era ese Hans? —preguntó sin disimular su asombro.

—Hans era un amigo... Mío y tuyo.

—Pero ¿era mago? —insistió el maestro.

—No. Era un arcadiano perdido al que disteis custodia hace años.

—¿Y era muy poderoso?

—No... Era un hombre sencillo. Sabía tocar la gaita y defenderse en una pelea, pero no creo que supiera hechizar un cendal. Vestía una capa de retales que le permitía esconderse del mal. —Aurelius se acercó a la ventana—. ¿Por qué lo preguntas, maestro?

—Algo muy malo ha ocurrido, Aurelius... Algo horrible, aunque no sepa decirte qué es. Las cicatrices se extienden por toda la ciudad. La realidad sangra por costuras que me parecen recién recosidas. Jamás había visto nada igual. —El pequeño maestro Caliban miró aterrado a su aprendiz—. Anoche murió gente... mucha gente.

Un paisaje nuevo comenzó a redibujarse en su cabeza, y con solo examinarlo apresuradamente se dio cuenta de que muchos de los acontecimientos de los últimos días habían conspirado para darle forma. Recordó las oscuras palabras de maese Geppetto y sintió miedo. El mal que el viejo muñeco había vaticinado y el que ellos habían intentado evitar eran sin duda males distintos.

—Al final, las predicciones del maestro Geppetto han resultado ciertas —dijo, clavando la mirada en el rostro de su maestro—. El Hambre de Propp ha llegado.

—¿También debería conocer a un maestro Geppetto? —preguntó el enano.

El riesgo que corrían permaneciendo allí era mucho mayor de lo que había sospechado.

—Nos vamos —sentenció secamente—. No podemos perder un momento. Estamos en peligro. Os lo explicaré todo luego.

Apenas les permitió llenar un par de bolsas de manera apresurada. Apremiándolos sin clemencia, los condujo frente a la puerta de tiza y buscó un lugar lo bastante lejano en el que pudieran cobijarse mientras terminaba de ordenar sus ideas. Casi a empujones, les hizo atravesar la nada.

Aurelius había oído hablar de la isla de Chiloé a un arponero jubilado amigo de su padre. Podía recordar perfectamente la mayoría de los relatos de aquel viejo, y pensó que aquella roca perdida, en la que los barcos balleneros se detenían para comprar víveres, sería un refugio ideal. Más al sur apenas quedaba tierra; bajando un poco, uno terminaba encontrando las aguas escarchadas del cabo de Hornos.

Allí podría pararse, por fin, a llorar a Hans.

XXXIX

Una nueva realidad

Un verano que era un indulto, húmedo y educadamente magnánimo, los recibió en aquel rincón apartado del mundo, ofreciéndoles asilo. Cualquiera habría podido aliarse allí con el olvido, dejándose llevar por la traición y negando el pasado. Lástima que Aurelius no supiera hacerlo.

A su llegada a Chiloé, y tras regatear apenas unos minutos, maese Caliban consiguió alquilar un humilde palafito de madera, en el que corrieron a esconderse. El dueño, que también regentaba la mayor taberna del puerto, había aparecido poco después de cerrar el trato, ofreciéndoles un puchero humeante del que Aurelius no llegó a probar bocado. En realidad, tras aquel acto de inesperada hospitalidad se escondían sus ansias por saber, esa desconfianza endémica tan arraigada en las maneras de los que siempre han vivido lejos.

De cualquier forma, la maniobra fue estéril. No pudo trabar conversación con sus huéspedes, y menos aún conseguir alguna verdad de ellos. Incapaz de pronunciar una sola palabra, derrotado por el cansancio y la tristeza, Aurelius se encerró en su nuevo cuarto, donde pretendiendo abandonarse al sueño, esperó que fuera más clemente con él que la vigilia.

Le costó dormirse. Aunque el fantasma de Hans veló junto a su cama, rencores y deudas se empeñaron en turbar sus sueños, y apenas logró descansar. Despertó al atardecer, y por un momento fue incapaz de recordar. Más le hubiera valido no haberlo hecho. Con la certeza de seguir en el mundo llegaron los recuerdos, y con ellos regresó el dolor. Poco a poco, las imágenes de su existencia en aquel nuevo escenario fueron imponiéndose sobre su memoria, y esa sensación horrible de estar viviendo una vida ficticia volvió a apoderarse de él. El suelo dejó de ser estable y las verdades sobre las que había caminado durante el último año y pico se volvieron traicioneramente resbaladizas.

Arrastrando los pies como un penitente, se dirigió al comedor. El odio embotaba de tal manera su razón que, en ese momento, ni siquiera era capaz de plantearse una venganza. Se sentía como una de esas piñatas mexicanas que, colgadas de un alambre, se dedican a recibir palos sin poder responder más que con un tonto balanceo. Gabrielle, que leía despreocupada frente a la chimenea, lo miró sorprendida, recibiéndolo con una sonrisa que apenas fue capaz de entender. A excepción de las letras del libro, una copa de coñac medio llena y un candil encendido eran toda su compañía.

—¿Dónde está el maestro? —preguntó nada más entrar.

—Ya sabes, el custodio custodiado. Ha ido a emborracharse un poco... como cada noche. —Gabrielle entornó los ojos y giró ligeramente la cabeza en señal de resignación—. Me acercaré a recogerlo dentro de un par de horas si veo que no vuelve. No te preocupes, en ese estado la magia huye de él.

Cientos de imágenes repetidas, cientos de calibanes ebrios, tirados en las calles húmedas de otras tantas ciudades distintas, se materializaron en la memoria de Aurelius. Poco a poco, aquella otra realidad, desierta de magia, iba mostrándole sus secretos; la mayoría resultaban terriblemente descorazonadores.

—¿Tienes hambre? —Gabrielle se puso en pie. Hasta ese momento, Aurelius no había llegado a pensar demasiado en ella. Ni siquiera se había planteado la posibilidad de que algo hubiera cambiado entre los dos. Sin embargo, la muchacha se acercó y, sin el menor rubor lo abrazó, apretándose contra su cuerpo. Efectivamente, Gabrielle y él eran algo más que compañeros de desventuras en aquel nuevo universo—. Yo sí... —dijo justo antes de besarlo—. Hambre de ti.

Un caudal incontenible de sensaciones se derramó en ese momento sobre el corazón de Aurelius. En aquella línea temporal, Telesio jamás había necesitado ofrecerle a Miranda. Los besos más sabrosos que había podido degustar habían sido encarnados como la sangre y su enamorada jamás había brillado con el fulgor que envuelve a las hadas. En aquella realidad, Aurelius había aceptado la maldición de Gabrielle, prometiéndose en secreto a un lobo, jurando cuidarlo y amarlo incluso en las noches de luna llena.

No hacía ni dos meses que la muchacha había acudido a su cama por primera vez para regalarle toda su pasión, pasión que él había aceptado gustoso. De repente, su alma tuvo que ensancharse para compartir dos amores, uno real que no llegaba a sentir como suyo todavía y otro ficticio que seguía quemándole el alma. Hondamente impresionado por el impacto de aquel abrazo, fue incapaz de retirarse.

—Espera... —apenas alcanzó a protestar con una sola palabra.

Gabrielle, valiente en cualquier encarnación, comenzó a besarlo con avaricia, llevándolo a empujones hacia su cuarto.

—¿Qué te pasa? —preguntó—. No te preocupes, tardará en llegar.

—No, no lo entiendes... No soy el mismo Aurelius que era hace tres días. Déjame explicarte... —El muchacho trató de apartarla en vano. Lo hizo sin convicción, apenas retirando la cara—. Mi pasado está formado por remiendos de varias realidades distintas, por fragmentos recosidos. Puedo recordar perfectamente otra vida muy diferente a esta. Y con esos recuerdos me llegan sentimientos del hombre que fui.

—No, la verdad... No te entiendo, Aurelius —se quejó ella, retirándose un paso.

En aquel momento, a Aurelius le pareció la dignidad y la hermosura personificadas.

—No quiero hacerte daño —añadió él, bajando la mirada.

En ese instante, el rostro de la muchacha quedó oscurecido por la sombra que él mismo arrojaba. Aurelius sintió estar obrando de la manera más cruel e injusta.

—Pues me lo estás haciendo —contestó ella, profundamente decepcionada, las lágrimas engarzadas en sus ojos—. ¿Es mentira todo lo que me dijiste ayer?

Aurelius no pudo soportar aquel nuevo castigo. Una vez más, las acciones del Cazador, su injusto sentido de la justicia, terminaban por herir a un inocente. Decidido a no ser cómplice del dolor ni de la mentira nunca más, la abrazó con fuerza. Y en ese preciso instante se produjo el milagro. Aquel amor recién nacido del que ella le hablaba se transformó en algo verdaderamente real para Aurelius, tan real que no pudo renunciar a él. Al contacto con la piel de Gabrielle, sus entrañas comenzaron a arder. El rostro de Miranda emergió del fondo de su memoria para martirizarlo durante un momento, pero no tardó en desvanecerse. Resultaría casi imposible de explicar, y muy difícil de entender para cualquiera que no hubiera vivido sus dos vidas, pero lo cierto es que estaba siendo fiel a la verdad mientras mentía a su pasado de la manera más sucia... Y al hacerlo, se sintió liberado.

Aurelius y Gabrielle retrocedieron envueltos en besos y caricias, entraron en su dormitorio y se dejaron caer sobre la cama. Sin necesidad de más razones, el amor hizo acto de presencia en la casa, mostrando su rostro más sincero. Y en ese momento, el muchacho quedó profundamente impresionado, pues juzgó que aquella pasión era infinitamente más real que la que había sentido por Miranda... Por difícil que resulte de creer, así era. Gabrielle podía parecer mucho más torpe, carecía sin duda de muchas de las pericias que le había ofrecido el hada, pero tras cada uno de sus gestos había sinceridad y compasión, ese tipo de tristeza gozosa que se da cuando uno se entrega por completo.

Después sus labios volvieron a fundirse en un largo beso, y Aurelius no deseó otra cosa más que entrar en ella, refugiarse en aquel placer y olvidar todo lo demás. No pudo hacerlo.

—Escucha... —Aurelius habría querido preservar eternamente aquel momento, pero no pudo hacerlo. De repente entendió que mirar para otro lado no le acarrearía más que nuevo dolor, que tarde o temprano el Cazador daría con ellos, dispuesto a robar el color a aquellos ojos verdes que contenían la última esperanza para él. No podía permitirlo—. Los recuerdos van llegando, pero en el momento en que tú me hablas, cuando me tocas y me miras, las imágenes parecen cobrar vida de manera inmediata. Es más rápido que esperar. Ahora mismo se enfrentan dos realidades en mi memoria. Vivimos en la era del Hambre de Propp.

—Nunca había escuchado ese término.

—Bueno, no es más que una profecía de magos para magos... Se refiere a un período de tiempo, previo al colapso de la realidad, en el que el mundo quedará casi completamente desierto de magia. —Aurelius tomó asiento frente a ella—. Es un término que usaban nuestros colegas de esa otra realidad que recuerdo... Tres palabras que susurraban con temor. Y sin embargo, ahora mismo no me parece un lugar tan malo. Me escondería aquí contigo y aguardaría a tu lado a que me llegara la muerte.

—¿Y por qué no lo hacemos? —Miranda parecía incapaz de comprender, y él agradeció que así fuera.

—¿Sabes? Hasta hace unas horas, la realidad era bien distinta. Maese Caliban me había presentado ante el Consejo de Heliastas. Todos los magos importantes estaban allí... Calculo que seríamos casi un centenar, puede que más.

—¡Un centenar! —exclamó la muchacha incrédula, esbozando una sonrisa de satisfacción.

—Sí. Muchos... Solo los custodios seríamos más de una veintena. —Aurelius se sorprendió, incluyéndose en aquel grupo—. Se debatía un asunto de vital importancia. Hace unas semanas, el maestro encontró una semilla de kraken y los muy idiotas pretendieron ajusticiarla, la consideraban demasiado peligrosa como para dejarla vivir. Así que decidimos indultarla sin contar con ellos y le buscamos un acomodo en Arcadia.

El muchacho observó a Gabrielle, la extrañeza marcada en cada línea de su rostro, y no pudo evitar sentir una infinita misericordia por ella. Decidió ofrecerle alguna prueba que corroborara sus afirmaciones, así que le mostró la llave de Houdin que colgaba de su cuello.

—Puedo abrir portales a Arcadia con esta llave —se explicó.

Gabrielle observó con atención el colgante.

—Fue al regresar de nuestro viaje cuando la realidad se reconfiguró... El hecho de que no recuerdes nada de lo que ocurrió es señal de que todos han muerto. Estoy seguro de que quedarán rastros de ellos, pero me temo que ninguno haya sobrevivido.

—¿Y entiendes por qué ocurrió, Aurelius? ¿Tienes alguna explicación?

—Empiezo a tener sospechas, sí. —Aurelius bajó la mirada avergonzado—. Creo que todo tiene que ver conmigo... De alguna manera, el Cazador se sirvió de mí para encontrar a los magos y exterminarlos... —Aurelius se puso en pie y se acercó a la ventana. Pretendía ahogar su pena en la contemplación de las aguas. Al otro lado del cristal, el mar extendía su inmensidad hasta el horizonte—. Hace tiempo me entregaron un anillo, uno del que no pude librarme, y creo que ese anillo fue mi perdición. Entonces no me di cuenta, pero cada vez estoy más seguro... Visité a un mago poco antes de que todo ocurriera, uno al que llamaban Geppetto. Me advirtió de muchas cosas, y me dijo que debía deshacerme de él si quería sobrevivir.

—¿Cómo era ese anillo? —preguntó intrigada la muchacha.

—Era un anillo de hierro, con un dragón que enroscaba su cola sobre una piedra negra...

—¿No recuerdas la leyenda de la novia mutilada?

En el mismo instante en que Gabrielle hizo mención a aquella historia, los recuerdos parecieron resucitar. El momento y el lugar en que maese Caliban le había hablado de ella y todos los detalles acudieron a su mente.

—Se dice que el Cazador mantiene cautiva a la última de las hadas. —La muchacha, que se había colocado a su espalda, lo abrazó, cubriéndolo de la más cálida bondad—. Dicen que cayó prendidamente enamorado de ella y que la desposó con un anillo muy parecido al que describes... Al parecer, le cortó las alas por miedo a que huyera de su lado. Es un novelón sin demasiado fuste, nadie que se sepa acudió a esos esponsales, pero desde luego, la leyenda existe. Quizá tenga algo que ver con lo que cuentas.

Aurelius sintió que aquellas palabras de Gabrielle lo liberaban de un peso inmenso. Suponían la confirmación de la supervivencia de Miranda. Si la sospecha de su encierro había pervivido en aquella realidad, aunque fuera en forma de chisme susurrado, ella lo habría hecho de la misma forma.

—¡Maldita sea, Gabrielle! —Aurelius se volvió para abrazarla también, sintiéndose indigno—. Aquel anillo era un anillo de compromiso. Recuerdo otra vida, Gabrielle —dijo apenado, sin dejar de besarla—. Y en esa otra vida, mis besos no eran para ti.

—Por suerte, ahora estamos en esta —contestó ella, abrazándolo con fuerza. Parecía asustada como una niña pequeña.

Una hora después, Aurelius abrió una nueva puerta y se dirigió hacia la más incierta oscuridad, dispuesto a encontrar por fin algo de luz. Mientras Gabrielle dormía plácidamente dándole la espalda, escribió una nota para el maestro Caliban, explicándole su decisión, y otra para ella, pidiéndole perdón por las mentiras de sus otras vidas. En esta ocasión su plan era sencillo: liberar a Miranda si seguía con vida, traerla de vuelta, entregarla a la custodia de su maestro y correr luego al encuentro del Cazador. Buscaría en Arcadia, pero si no daba con el arma que Houdin había escondido allí, acudiría a la batalla pertrechado con una maldición y avalado por toda la justicia del mundo. Había llegado el momento de la sangre… No podía esperar más.

Lástima que, en ocasiones, ni toda la razón del mundo baste para conseguir una victoria. A veces la verdad acaba vencida por las más injustas mentiras… Por desgracia, esa era una lección que Aurelius tardaría muy poco en aprender.

XL

Esclavo de este ser de luz

Dispuesto ya a presentar la valentía como bandera en todas sus batallas, Aurelius avanzó un par de pasos y se adentró en la nada. Tratando de desterrar toda duda de su mente, dirigió la luz de su linterna hacia el fondo de la estancia. Aquella mazmorra forrada de hierro, en la que el hada había permanecido enclaustrada, volvió a parecerle en principio tan inhóspita como en la ocasión anterior, absolutamente vacía, aunque no tardó en darse cuenta de que no lo estaba. Un pequeño altar se interponía entre sus pasos y el débil fulgor dorado que parecía confirmar la supervivencia de Miranda.

No había terminado de recorrer la mitad del camino cuando la figura de una muchacha desnuda comenzó a surgir tras el muro de azulejos. Era ella. Con movimientos pausados, como una Venus que naciera de un mar de oscuridad, se puso en pie, y apenas cubriendo su desnudez con los brazos, quedó mirándolo fijamente, muy quieta. En ese preciso instante, Aurelius supo que algo había cambiado en su rostro; no parecía la criatura perdida y temerosa que le había entregado su amor.

—¡Aurelius! —Una sola palabra lo obligó a detenerse—. Eres tú, ¿verdad?

—Sí, soy yo —contestó conmovido—. ¿Estás bien?

—Sí, estoy bien.

Aurelius tardó un momento en continuar. Al principio no supo cómo afrontar aquel momento.

—He venido a llevarte conmigo —dijo—, a sacarte de este agujero.

—El universo podría cambiar mil veces y tú seguirías recordando siempre tus obligaciones —afirmó el hada—. Sin duda eres como Ika dijo que serías. Uno de esos tercos hombres de honor a los que solo la muerte puede rendir.

El muchacho avanzó temeroso hacia ella. Procuraba analizar sus palabras, ofreciéndoles la atención que merecían, aunque intentaba a la vez no descuidarse, lanzando frecuentes ojeadas a la oscuridad que lo rodeaba.

—Entonces, ¿te acuerdas de mí?

—Claro que me acuerdo de ti... Puedo recordar tus promesas y tus besos perfectamente. Cada uno de ellos.

—Bien, pues no perdamos un segundo. —Aurelius se adelantó hasta situarse junto a ella—. Es hora de marcharnos. Habrá tiempo luego para...

—¿Marcharnos? —lo interrumpió secamente—. Marcharnos... ¿adónde?

Aurelius supo que había vuelto a cometer un nuevo error cuando terminó de interpretar el gesto con el que el hada acompañó a sus palabras. No había en su rostro ni un solo rasgo que señalara un mínimo de conformidad ante aquella proposición. Es más, le pareció ofendida, casi rabiosa.

—Lejos de aquí —respondió asustado—. Donde sea... A este mundo o a Arcadia. No pretendo que te quedes conmigo. Puedo llevarte de regreso a tu tierra natal si es lo que quieres. Sé cómo hacerlo.

—Seguramente eso te haría muy feliz. —Miranda alzó la mano para acariciar con delicadeza la mejilla del muchacho. Un solo roce bastó para que se estremeciera de pies a cabeza—. Es verdad que eres especial, querido... Uno entre un millón.

Aurelius la tomó por la muñeca, pretendiendo llevarla de regreso a la puerta. Su urgencia era cada vez mayor.

—Démonos prisa. Te pondré a salvo de él.

—¿Y qué hacemos entonces con el amor?

Aquella pregunta de Miranda hizo que el corazón del muchacho se convirtiera en hielo. Con férrea delicadeza, el hada lo obligó a soltarla, quedando libre de nuevo.

—Hablaremos más tarde de todo eso, cuando estemos lejos.

—¡No! —espetó ella, tajante—. Tenemos que hablar ahora, quieras o no... Escucha, Aurelius, este lugar no es una cárcel. No fue diseñado para evitar que yo escapara, sino para impedir que entre ningún mago. Jamás habrías podido llegar hasta aquí sin el poder que te concede tu vía del alma... Y dudo que nadie más hubiera podido hacerlo.

El muchacho iba a pedirle explicaciones cuando la entrada de un tercer personaje acabó por segar de raíz cualquier posibilidad de réplica.

—Has sido muy considerado ahorrándome el ir a buscarte —dijo el recién llegado.

Un aguijonazo de miedo se clavó en el estómago de Aurelius, que notó cómo su pulso enloquecía. Telesio apareció a su izquierda, caminando despreocupado... surgiendo de entre las tinieblas. Cuando Aurelius lo vio, se volvió hacia él, iluminándolo con su linterna. Esperaba quizás que aquella claridad convirtiera su carne en cenizas, pero apenas consiguió molestarlo. Acostumbrado a la penumbra, el dueño de la casa se vio forzado a cubrirse la cara con la mano para procurarse sombra, pero eso fue todo.

—Baja eso, por favor —protestó—. ¡Vas a dejarme ciego!

Aurelius continuó con el brazo en alto, pretendiendo que la luz le sirviera de protección. Apenas empezando a entender, se preparó para lo peor.

—Creo, querida, que todavía no se ha dado cuenta —dijo Telesio sin dejar de avanzar hacia ellos con andares despreocupados.

—¡No des ni un paso más! —le advirtió Aurelius, mostrando por primera vez el arma que había tomado prestada de Gabrielle.

Telesio, umbría viviente, se plantó a unos metros de ellos sin dar la menor muestra de inquietud. Sus ojos eran los de un tiburón hambriento, su sonrisa, cargada de cinismo, la de una hiena. Jugueteaba con un viejo cuchillo de carnicero, de filo roñoso y mellado, que Aurelius conocía bien.

—Quizás el problema, mi querido muchacho, más allá de tus mentiras y tus miedos, sea el hecho de que jamás llegaras a pensar realmente en los demás... Ni siquiera te has planteado la posibilidad de que ella no quisiera estar fuera de aquí, ¿verdad?

Aurelius fue incapaz de decir nada. Miró al hada, esperando un desmentido que nunca habría de llegar.

—Díselo, Miranda... Hazle saber cuál es tu decisión... Cuál es tu sitio.

—¡No le tengas miedo! —Aurelius se dirigió a ella, tendiéndole la mano—. Estoy aquí, y he venido a liberarte. No podrá volver a hacerte daño.

—No tengo miedo, Aurelius —aseguró ella, retrocediendo hacia la posición de Telesio—. El dolor jamás me asustó... Siento haberte mentido.

Aurelius quedó clavado al suelo como si sus pies se hubieran convertido en raíces resecas. Fue incapaz de decir nada.

—¿Ves? No le asusta. Lo entiende como requisito imprescindible para saborear la absoluta verdad, y sabe que se lo ofrecí por pura generosidad. Ya te lo dije, el dolor es necesario para entender el goce, como lo es el día para entender la noche. Ella sabe que la sangre que ha vertido por mí no es más que jugo de pura pasión, una ofrenda al amor. Regamos con él nuestros sentimientos hasta hacer florecer una devoción que jamás comprenderás... Verás, Aurelius, Miranda se ha ofrecido completamente a mí porque sabe que yo la acogí sin ningún tipo de condición, aceptando el mal que podía causarme como un bien. Me convertí en su mentor y me dispuse a enseñarle la verdad, sin pedirle jamás que fuera otra cosa más que lo que es...

Como manifestación externa de una transformación más profunda que ya había comenzado a producirse en sus entrañas, la voz de Telesio comenzó a cambiar de forma gradual. Primero apareció el eco de un gorgoteo en su garganta, que rápidamente se concretó en un cambio en el tono y el timbre. Con cada palabra, la mutación se hacía más evidente. A esas alturas, Aurelius ya estaba seguro de que el hombre que tenía frente a sí y el Cazador eran la misma cosa, dos encarnaciones del mismo monstruo.

—Por suerte —añadió Telesio—, me respondió como ningún otro ser vivo lo había hecho antes. Y ante una respuesta tan cargada de sinceridad por su parte, no pude hacer otra cosa más que entregarme en cuerpo y alma a ella. Sí… Mi alma es ahora suya, tanto como la suya es mía.

Aurelius era incapaz de creer lo que escuchaba, aunque lo que más le sorprendió no fueron las palabras de Telesio, sino la completa entrega de Miranda; el que, sin dudarlo un momento, se dirigiera hacia aquel monstruo dispuesta a postrarse ante su oscuridad.

—Ella me ama, Aurelius —continuó Telesio—, pero eso no es lo más importante… Lo más importante es que yo, que soy el ser concebido por el universo para erradicar la magia, la amo también. Ya ves, el Cazador de Hadas es esclavo de este ser de luz… —Finalmente, aquella voz terminó de sonar aterradoramente familiar, como habría sonado una cuchilla que arañara un cristal, dientes chirriando o el llanto de un niño huérfano… Sonó como había sonado la voz del asesino de su padre—. Y es que otro de los muchos regalos que me entregó junto a su amor, seguramente el más importante, fue el de hacerme sentir capaz de controlar mi propio destino. ¿Sabes? Yo antes no era más que un títere. Se me hizo creer que era una fuerza de la naturaleza y que no tenía más opción que la de obedecer sus mandatos. Se me hizo creer que la caza era la vida. Debía mantener el equilibrio, dándome a una cruzada infinita en la que jamás podría terminar de salir victorioso. Se me concedió la existencia, pero marcando en mi alma una necesidad continua de sangre, una sed que nunca sería capaz de acallar. Sin embargo, a la vez se me advirtió de que si bebía demasiado, acabaría secando la fuente que daba sentido a mi existencia. ¿Puedes imaginar lo que significa eso?

El monstruo que había acabado con la vida de su padre, con la de Hans, con la del maestro Houdin, con la de su amigo

Connor y con la de otros tantos inocentes a lo largo de la historia, le hablaba, desnudando sus verdaderos sentimientos, mostrándole sus motivaciones y su mayor secreto. Aurelius habría llegado a sentir pena de él si la memoria le hubiera permitido olvidar todos aquellos crímenes. Por desgracia, el recuerdo de las miradas de sus víctimas lo había acompañado durante demasiadas noches. A pesar de todo, no pudo negarle una cierta gratitud. Por fin sus dudas comenzaban a desaparecer y a transformarse en respuestas… Por fin podía comprender.

—Es una paradoja, ¿verdad? Sé que acabando con la magia me dirijo a mi propia muerte, a la extinción, pero no tengo más remedio que actuar como lo estoy haciendo. —El hada se abrazó al monstruo sin dar muestras de la menor inquietud. La humanidad había ido abandonando gradualmente el rostro de su amante, y no tardaría en desertar del resto de su cuerpo, pero a ella no pareció importarle lo más mínimo—. Gracias a ella descubrí que se me había dotado de voluntad y que podía usarla para imponerme a las leyes de la realidad. De alguna manera, me enseñó a usar ese tipo de magia tan particular que es el libre albedrío… —El Cazador de Hadas sonrió, mostrando una horrible dentadura astillada—. Sabía que intentarías alejarla de mi lado. Si no hubieras sido tú, habría sido otro mago. Y que si mataba al que lo intentara, antes o después llegaría un nuevo héroe dispuesto a repetir la gesta… Sabía que mientras no acabara con todos vosotros, jamás podría descansar en paz. Así que decidí sacrificar parte de mi esencia para ganar tranquilidad.

—Me usaste… —contestó Aurelius asombrado—. ¡Me usasteis los dos!

—Sí, así es. Lo cierto es que no has sido para mí más que una herramienta. Te utilicé para encontrar a los magos… Fuiste mi sabueso particular. El anillo te mantenía unido a mí constantemente. Podía ver por tus ojos y oír por tus oídos. Gracias a que lo llevaste puesto en todo momento pude saber dónde se encontraba hasta el último de ellos y hacer un censo exacto de mis víctimas. El que decidieran reunirse en cónclave fue un regalo que agradeceré siempre. En un solo día acabé casi todo el trabajo…

La más oscura de las noches se cernió sobre los ojos del monstruo, su piel comenzó a cuartearse hasta dejar al descubierto aquella colección de cicatrices supurantes que Aurelius podía recordar tan bien.

—¿Y mi padre? —preguntó rabioso—. ¿Y Connor? ¿Qué tenían que ver ellos en todo este asunto?

—Deberías agradecerme lo de tu padre, muchacho. —El Cazador apartó al hada de su lado con una delicadeza inusitada y comenzó a avanzar muy lentamente, dando pasos laterales en dirección a la puerta. En ese momento, Aurelius se dio cuenta de que su enemigo se encontraba mucho más cerca de la entrada que había invocado que él mismo—. Lo maté para darte el empujón que necesitabas, para animarte a caminar. No habrías salido de aquel maloliente tugurio si él hubiera seguido con vida, así que, en cierta medida, te hice un favor. Era un lastre para ti… y también, por qué negarlo, para mí.

Aurelius estuvo tentado de lanzarse sobre el cuello de su enemigo en aquel momento. Habría dado cualquier cosa por una gota de su sangre. Solo la seguridad de saber que un gesto así sería el último de su vida le impidió hacerlo.

—El otro muchacho tuvo mala suerte —explicó el Cazador recreándose, remarcando con falsa lástima cada una de sus palabras—. Se cruzó conmigo en un momento muy inoportuno… Aunque, bien pensado, no deberías acusarme de crímenes que cometí en otra realidad. En esta soy inocente de toda culpa.

—¡Si me matas, estarás cavando tu propia tumba! —chilló Aurelius desesperado—. Y tendrás que hacerlo si quieres vivir tranquilo, porque pienso dedicar mi vida entera a perseguirte.

—¡Vaya! —se lamentó cínicamente el Cazador—. Tantas palabras y no me he explicado bien. Verás, muchacho, pretendo acabar con «casi» toda la magia, pero no con toda.

En honor a la verdad, hay que decir que en aquel momento Aurelius tuvo miedo. Por fin había llegado la hora. El destino había impuesto su voluntad una vez más, adelantándose a todos sus planes. No cabían más recesos, tendría que luchar sin el arma que maese Houdin había escondido en Arcadia para él, esperando que Geppetto estuviera en lo cierto y que la escasez de magia hubiera debilitado a su enemigo. Por un momento llegó a dudar, pues echando la vista atrás no se sintió más justo, ni más fuerte, ni siquiera más agraviado que ninguna de las anteriores víctimas del Nubilita. Quizás él no fuera más que otro cadáver, un olvido que todavía no se sabía olvidado... Alzar la mirada para enfrentarla con la de la muerte nunca resulta fácil.

Tuvo que hacer acopio de toda su valentía para comenzar a recitar en voz baja la maldición de maese Caliban. Arrojó la lámpara al suelo con todas sus fuerzas y el aceite desparramado empezó a arder, formando un desigual charco de fuego frente a él. Estaba convencido de que aquello apenas entretendría al Cazador, por lo que sin perder un segundo agarró con fuerza el cuchillo de Gabrielle y se preparó para hacer frente a su acometida.

El monstruo se dirigió sin prisa hacia Aurelius, tasando sus intenciones. Como una cobra que esperara el más mínimo descuido en su presa para atacar, caminó cauteloso, describiendo un círculo que apenas lo alejó de la pared. Si el odio pudiera tener rostro, habría elegido lucir uno muy parecido a aquel.

—Hoy acabará tu triste historia —dijo el Nubilita, babeando pez—. Y lo hará porque tú lo has querido así.

Aurelius supo que la maldición había funcionado poco después de que el Cazador pronunciara la última palabra de su letanía. Primero fue el silencio, un silencio casi eterno que solo duró un suspiro, y luego un terrible rugido de agonía... El dolor obligó al Cazador a detenerse. Mirando furibundo al muchacho, entendió. De repente estuvo seguro de que debía sobreponerse si quería sobrevivir y temió que por primera vez el enemigo estuviera a la altura. Haciendo un gran esfuerzo, intentó seguir avanzando en dirección a él. ¿Cómo había osado...? La agonía era terrible.

Se disponía a lanzarse sobre Aurelius cuando un peso invisible se lo impidió. Como si una gran losa hubiera caído de repente sobre sus hombros, se detuvo en seco. Llevándose las manos a la espalda, trató de librarse de aquella presión, pero fue incapaz de hacerlo. No había nada allí; en realidad, lo que estaba recayendo sobre su conciencia era el lastre de tantos pecados cometidos.

Aurelius esperó mientras el monstruo, sorprendido, luchaba por sobreponerse. Rogaba en silencio que su poder bastara para imponerle el castigo que tanto merecía. En el fondo de su alma, temía que no hubiera maldición capaz de doblegar al Cazador de Hadas, y dudó de ello hasta el momento en que apartó la mirada para fijar la vista en la oscuridad. Al principio apenas distinguió formas difusas, sombras reptando entre sombras, pero pronto comenzó a vislumbrar siluetas, cuerpos formados por jirones de niebla que avanzaban rodeando al monstruo caído. Al cabo de un momento no le cupo duda, le pareció que una hueste espectral, mucho mayor que ningún otro ejército reclutado jamás, formaba tras el Nubilita. Todos aquellos condenados lo señalaron en silencio... Y fue entonces, solo entonces, cuando comenzó a albergar verdaderas esperanzas de vencer. Maese Houdin, el capitán Simbad, Hans el Medioerizo... Incluso su padre acudió para ejercer de fiscal en aquel juicio sumarísimo.

Antes de poder reaccionar, una nueva piedra invisible fue arrojada desde el infierno, y sobre esa, otra más... Las piernas del Cazador comenzaron a ceder. Cayó de rodillas frente a Aurelius y volvió a rugir. Colocándose a cuatro patas, trató de luchar contra aquella presión insoportable, pero apenas pudo arrastrarse un par de pasos. Su voluntad era de hierro, y quizás hubiera podido aguantar el castigo eternamente, aunque por desgracia para él, sus huesos no eran tan fuertes. Desistieron tronchándose casi a la vez.

Golpeando con la barbilla en el suelo, quedó tendido, agonizando sobre un charco de caldo oscuro muy parecido al alquitrán, pura maldad fluida que había brotado de sus entrañas.

Parecía que el combate se acercaba a su fin. Aurelius estaba dispuesto a saltar sobre su enemigo para asegurarse de que así fuera. El sueño, acariciado durante tantas noches, de cercenarle el cuello estaba por fin al alcance de su mano. Cuando superado por el poder del encantamiento, el Cazador de Hadas dejó de moverse, colocó el cuchillo de Gabrielle sobre la garganta del monstruo, e invistiéndose con la potestad del verdugo, se preparó para decapitarlo de un solo tajo.

Pero no llegó a hacerlo.

Un inesperado relámpago de dolor, nacido a la altura de los riñones, recorrió su columna para señalarle el terrible error que había cometido. Cegado por la rabia, había ignorado el fulgor dorado que se aproximada por su espalda. Había volcado toda su atención en el Cazador, olvidándose de Miranda. Pero cuando sintió aquella terrible punzada, entendió lo que había ocurrido. Soltó el cuchillo y cayó al suelo de rodillas, incapaz casi de moverse. Al volver la mirada, la encontró a su lado, esperando en silencio. ¡Qué ingenuo había sido! Aurelius protestó con un quejido destemplado que ella ignoró por completo. Su rostro ya no era el de aquella hermosa muchacha que le había prometido amor eterno, sino el de la más severa locura; el odio había convertido el oro de sus ojos en metal al rojo vivo... Agarraba orgullosa el cuchillo del Cazador, que en aquel momento goteaba sangre de nuevo.

Aurelius supo que la herida era de importancia al observar el enorme charco que empezó a formarse de inmediato a sus pies. Al ver al hada reflejada en aquel espejo encarnado, entendió que siempre había que pagar un precio. Había pecado contra el amor, pues aunque sus actos perseguían un bien, sin duda había acometido un mal para llegar a él. Para acabar con el Cazador de Hadas se había convertido en un asesino. Pudo ver en el rostro de Miranda un dolor idéntico al que había sentido él.

—Lamento que haya tenido que ser así... —dijo.

En el fondo, Aurelius se sentía incapaz de creer que aquel momento hubiera llegado. Llevaba poco tiempo estudiando el saber verdadero, toda lógica mágica habría declarado en contra de aquellos acontecimientos, y sin embargo, allí estaban los hechos... Frente a ellos, tendidos sin vida. El Cazador de Hadas había muerto, aplastado por el peso de su propia maldad. Daba por bueno el sacrificio.

—Eres un idiota, Aurelius. —Miranda escupió sus palabras con desprecio, señalando el cadáver del Cazador—. No has entendido nada...

Un miedo superior al que sentimos cuando la muerte nos acecha es el que se siente al verla llegar, sabiendo que se dejan cuentas pendientes en el mundo de los vivos que jamás podremos saldar. Al girar la cabeza para mirar el cadáver de su enemigo, la razón se impuso a la justicia y Aurelius conoció ese tipo de terror. Primero fue un ligero temblor, luego una serie de repetidas convulsiones... La carne del Cazador empezó a hincharse, a burbujear y a retorcerse, y antes de que el muchacho pudiera lamentarse siquiera, el monstruo pareció cobrar vida de nuevo. A pesar de haber quedado convertido en un amasijo de despojos, se levantó y comenzó a recomponerse lentamente. Caín Nublo terminó de incorporarse, tomó su cuchillo y esperó mientras su cuerpo se regeneraba. Sus huesos crujieron al recuperar la forma.

—Bueno, ¿por dónde íbamos? —El eco de su voz resonó en la oscuridad—. ¡Ah!, ya sé. Iba a comerme tus tripas.

El muchacho alzó la vista para mirar fijamente al asesino que tenía enfrente, dispuesto a disimular su miedo y a afrontar la muerte con dignidad. La maldición de maese Caliban se había demostrado inútil. Geppetto estaba equivocado.

—Seguiré maldiciéndote desde el más allá. —Utilizó las pocas fuerzas que le restaban para escupirle su odio.

—Un detalle precioso, digno de la más heroica epopeya. —El Cazador de Hadas caminó hasta el lugar en el que se encontraba Miranda y con la mayor delicadeza le arrebató el cuchillo—. Aurelius Wyllt, el vengador, murió sin dar su brazo a torcer, orgulloso de haber enarbolado la bandera de la justicia hasta el final... ¡Qué asco de trama! Demasiado azúcar.

Caminando decidido, se dirigió hacia él, dispuesto a repetir una vez más el pecado que lo había llevado a convertirse en enemigo íntimo de la vida y la magia. Lo agarró por el pelo y tiró de su cabeza hacia atrás. El muchacho se forzó a mantener la mirada fija en su enemigo mientras esperaba la ejecución de su sentencia.

Dicen que el demonio se esconde en los pequeños detalles. No sé si eso es cierto en general, pero, sin duda, aquel día lo fue, pues el Cazador se volvió entonces para mirar a Miranda, cometiendo al hacerlo su mayor error. Si se hubiera mantenido en silencio, habría dispuesto del tiempo suficiente para terminar de ejecutar su plan. Habría podido acabar con Aurelius, y luego con el maestro Caliban y con Gabrielle, erradicando a sus tres últimos enemigos. Habría conseguido preservar solo una gota de magia, dando por desecado el río de poder del que había bebido durante siglos. Aquel resto, no obstante, hubiese bastado para permitirle sobrevivir. Alimentándose del dolor de Miranda, aunque solo fuera de vez en cuando, habría mantenido a raya la sed, consiguiendo estar para siempre a su lado. Pero cometió la torpeza de desvelar su única debilidad y, además, descuidó su espalda, ignorando la puerta que todavía permanecía abierta. No pudo ver a la loba hambrienta saltando sobre él, ni al pequeño mago que venía con ella.

Caliban y Gabrielle llegaron dispuestos a alistarse en el bando de Aurelius, dispuestos a unirse a su lucha, costara lo que costase.

XLI

Las lágrimas de Caín Nublo

El Cazador de Hadas se disponía a ejecutar su sentencia sobre Aurelius cuando entendió lo dolorosos que pueden resultar algunos errores. Pensaba que no tenía más enemigo que el muchacho, quien a lo sumo trataría de acuchillarlo en un último y desesperado acto de venganza... pero se equivocó.

Nadie, ni el más loco, habría podido imaginar siquiera que el pequeño señor Caliban, custodio en todas sus encarnaciones, pudiera llegar a actuar como lo hizo aquel día. Alguien que no lo conociera diría que iba tan borracho que erró el tiro, que cometiendo un terrible fallo alcanzó al hada cuando pretendía matar al Cazador, pero fue así. Él, que se había comprometido siempre, señalándose como adalid de la vida, entendió que la única posibilidad de salvar a sus amigos pasaba por sacrificar el alma de su enemigo. Había tenido apenas un momento para escuchar y observar, pero con eso bastó. Entendió de manera casi intuitiva. El discurrir de la existencia lo condujo hasta un punto ineludible en el que confluían los universos, y ese punto era la muerte.

Sí, eligió la muerte... Sabía que desaparecida el hada, la única magia que quedaría sería la que custodiaban ellos. El Cazador la necesitaría para sobrevivir y no podría matarlos.

Una sola palabra bastó para convertirlo en un borrón. Como si hubiera estado compuesto de arena y un viento furibundo hubiera decidido borrarlo de la faz de la Tierra, el enano se desvaneció de repente, pero lejos de avanzar hacia el Cazador, lo que hizo fue apartarse a un lado. Casi sin dar tiempo a que nadie pudiera reaccionar, apuntó su pistola hacia ella y disparó. Los cañones vomitaron fuego, y como respuesta inmediata a su furia, la sangre comenzó a brotar también de aquel pecho dorado. Aurelius recordaría el momento siempre con dolor, pensando en lo difícil que le resultó asumir aquella tragedia y perdonar luego a su maestro. Y es que, en cierta manera, había llegado a creer que la carne de Miranda sería inmortal. Pero no lo era en absoluto. Las armas de Caliban disparaban hierro candente; se había encargado de fundir las balas personalmente y conocía de sobra lo dañino que ese metal podía ser para los arcadianos. Tal vez nada más hubiera podido herirla...

Varias de aquellas postas bastaron para partirle el corazón.

Solo la oscuridad sería testigo de la batalla que vendría después. Por desgracia, ningún poeta presenciaría los hechos acontecidos en aquel sótano lóbrego, de modo que no se escribirían odas ni se compondrían canciones alabando la valentía de Aurelius y sus compañeros. De haber sido así, el bardo habría tenido que comenzar hablando del aullido de rabia que sacudió los cimientos del mundo y del posterior combate entre Gabrielle y el monstruo. Hablaría, sin duda, de las cuchilladas inmisericordes de Telesio, de las dentelladas de la loba, del odio de uno y de la entrega y el coraje de la otra... Y de la llegada de más dolor.

—¡Eso es, bastardo! Somos la única magia que queda. —El maestro Caliban corrió hacia Aurelius, rebuscando en su bolsa—. ¡Mátanos! —gritó—, ¡mátanos a los tres y todo habrá acabado! ¡También para ti, hijo de puta!

—¿Crees que me importa algo la muerte? —aulló el monstruo, librándose de Gabrielle con un fortísimo empujón.

La loba rodó un par de metros hasta chocar con una de las tuberías metálicas que cubrían las paredes, que al partirse escupió un maloliente chorro de vapor.

En este momento del relato, cualquier bardo que se precie dedicaría también un par de estrofas al dolor de Caín Nublo y contaría cómo se detuvo, antes de reanudar la lucha, para llorar por su amada. Usando los más sentidos adjetivos, describiría aquella escena, el momento en que el Nubilita reparó en el cuerpo tendido del hada. Desde luego, hablaría del pesadísimo sueño en el que quedó sumida Miranda y del sudario de luz intermitente que la cubría, brillando cada vez con menos intensidad. Un buen poeta aprovecharía el drama para contar aquel postrero intento del Cazador por salvarla y la manera en que se arrodilló a su lado. Se recrearía en el brillo de sus lágrimas negras.

Pero como digo, no había lugar para la poesía en una mazmorra tan atestada de odio. Aprovechando aquella tregua, el maestro y Gabrielle se reunieron cerca de la pared, tratando de recuperar el aliento. Mientras el monstruo lloraba abrazado al cuerpo moribundo de su amor, el enano entregó a Aurelius uno de los viales de savia de tejo que guardaba en su bolsa y se dispuso a organizar a los suyos. Sabía que dispondría de poco tiempo, así que optó por órdenes rápidas que fueran entendidas y ejecutadas de inmediato.

—Bébetelo y dirigíos hacia la puerta. Intentaré detenerlo como pueda.

—No, maestro… —protestó Aurelius desesperado.

—¡A la puerta, maldita sea! No es buen momento para motines. —Señaló la salida—. ¡Llévatelo, Gabrielle!

La expresión aterrada de Gabrielle obligó a Aurelius a apartar la vista del portal. Abandonando la discusión, se giró para mirar al monstruo, entendiendo de inmediato el miedo prendido en los ojos de la muchacha. Loco de ira, el Cazador había terminado de rasgarse la ropa frente a ellos, hasta quedar desnudo de cintura para arriba. Y luego, en un acto de demencia antinatural que Aurelius jamás podría olvidar, hundió las uñas bajo sus propias costillas y tiró de ellas hasta que crujieron, cediendo de manera horrible. Quizá pretendiera dar rienda suelta a la oscuridad que su alma contenía, y como si de la auténtica caja de Pandora se tratara, liberar al mal más absoluto. El hecho es que acabó así de abandonar la poca humanidad que le quedaba y se convirtió en algo mucho más siniestro. Una oscuridad reptante, de formas indefinidas, escapó del interior de aquel cuerpo roto para cubrir la carne del Cazador, dando a luz a un nuevo ser.

—No nos iremos sin ti, maestro.

La loba aulló cuando Aurelius negó con la cabeza, dispuesto a desobedecer.

—Bien, pues entonces, movámonos —consintió el enano.

Y sin esperar más, el señor Caliban terminó de descargar los tambores de aquellas pistolas suyas sobre la carne de la criatura.

El Nubilita se encogió, tratando de proteger al hada con su propio cuerpo, aceptando aquel nuevo dolor con gusto. No le sirvió de mucho, pues parte del daño fue a parar a ella sin que su heroico gesto pudiera hacer nada por evitarlo. No obstante, aceptó el castigo con satisfacción, sonriendo arrogante. Puede que en aquel estado, todas las baterías de cañones de la armada inglesa, abriendo fuego sobre él al unísono, apenas hubieran logrado herirlo.

Moviéndose con una delicadeza que nadie habría sospechado en un monstruo así, abandonó el cuerpo del hada en el suelo, ya carente de todo brillo, tomó su cuchillo y comenzó a erguirse. Un nuevo grito de rabia amenazó con derrumbar el techo sobre sus cabezas.

Gabrielle miró entonces a Aurelius asintiendo, y el muchacho la entendió sin necesidad de palabras. Seguro de que moriría si no lo hacía, destapó el pequeño vial y se tragó hasta la última gota. A continuación, con un gesto irrebatible, la apremió para que se dirigiera hacia la puerta mientras todavía se mantenía abierta.

Nada sucedió como esperaba. Una vez más, sus planes se vieron frustrados cuando el Cazador se abalanzó sobre él. Este apartó a maese Caliban de un manotazo y hundió el cuchillo con saña en el costado de Aurelius. El dolor le impidió hacer otra cosa que no fuera encogerse, y así habría muerto, retorciéndose como un cobarde, si en ese momento Gabrielle no hubiera llegado en su auxilio, librándolo del acoso.

A partir de ahí no pudo más que observar el duelo, arrepintiéndose por haber forzado a sus amigos a acompañarlo en aquella loca aventura. Maese Caliban, que había corrido en su auxilio en cuanto Gabrielle le había quitado de encima al monstruo, le entregó la última redoma curativa que le quedaba, se despidió de él con un apretón en el hombro y corrió a unirse a la lucha. El tiempo comenzó entonces a fluir lentamente, haciendo que cada uno de los tajos que recibían sus amigos en su nombre resultaran insufribles para él, que solo aguardaba. La furia de las dos bestias quedó entrelazada en una danza de muerte que únicamente pudo admirar entre lágrimas, aunque la tortura fue breve.

Aprovechando un lance del combate en el que Gabrielle quedó momentáneamente apartada de él, el Cazador se encargó de despachar a maese Caliban. Un gesto rapidísimo con el que pareció rasgar la oscuridad le bastó para marcar el cuello del enano con un tajo que comenzó a sangrar violentamente. Y no tardó luego en imponerse también a la rabia feral de la muchacha. Recuperado del castigo anterior, sus golpes eran demasiado rápidos, demasiado inclementes, y parecía no conocer el cansancio... Pronto, la pobre se vio tan arrinconada y herida, tan superada que no le quedó más opción que la de cargar a la desesperada. El monstruo aceptó aquella última cuchillada para alcanzar a su enemiga, hiriéndola de muerte. Aprovechó su propio empuje para revolverse mientras la agarraba por la muñeca, e hizo girar su brazo hasta quebrarlo. La hoja de Gabrielle regresó por donde había venido y terminó atravesándole el pecho.

Ahí acabó el combate. De esa manera tan injusta y abrupta.

Aurelius gritó desesperado y trató de ponerse en pie para correr a su lado. Gabrielle dobló la rodilla, bufando, y aceptó por fin lo inevitable... Ofreció la nuca a su enemigo sabiéndose muerta, y lo miró por última vez con los ojos humedecidos por la pena.

Los lobos podían llorar, hacía tiempo que lo había descubierto.

La cuchilla del Cazador de Hadas, que nunca conocería la misericordia, se elevó para dejarse caer sobre el cuello de Gabrielle. Lo atravesó de lado a lado y terminó asomando por la garganta, goteando sangre caliente.

—¡Maldito seas, Caín Nublo! —La rabia parecía haber saltado del oscuro corazón del Cazador al estómago de Aurelius, donde ardía quemando sus entrañas.

El muchacho recogió el cuchillo que había quedado en el

suelo y trató de utilizarlo a modo de bastón para ponerse en pie. En ese momento, acabar su vida al lado de Gabrielle era todo cuanto le importaba. Se disponía a morir junto a ella, cargando en un último acto de absurdo heroísmo con el que pediría la absolución por todos sus pecados pasados.

Llegó a dar los primeros pasos, dispuesto a hacerlo.

Y entonces notó que una fuerza irresistible lo arrastraba en dirección hacia la puerta que él mismo había abierto.

—¡Elige la vida, Aurelius! —gritó el maestro Caliban desde el suelo.

Un gesto de la mano le bastó para arrojar a su aprendiz a través de la nada. Lo último que escuchó el muchacho antes de que la oscuridad desapareciera fueron las palabras del enano llamando al fuego. Notó cómo la magia se convertía en luz y calor, y deseó que aquel fuera el preludio del castigo que esperaba al Nubilita en el infierno.

Aurelius cayó en el cuarto del que habían partido, golpeándose la cabeza contra un mueble y perdiendo el sentido. Permaneció sumido en la oscuridad durante una eternidad que duró varias horas, y a punto estuvo de no escapar jamás de ella. Por suerte, a ratos logró zafarse de los sueños febriles que enturbiaron su entendimiento durante ese tiempo. En uno de esos entreactos de lucidez alcanzó a recordar el último frasco de icor de tejo que el maestro había destilado. Consiguió bebérselo antes de rendirse de nuevo… Y eso le salvó la vida.

Cuando despertó al día siguiente, sus heridas habían desaparecido… El mundo había vuelto a cambiar.

No pudo dejar de llorar en días. Solo el recuerdo de Gabrielle y la deuda de honor que había adquirido con ella le impidieron quitarse la vida.

Por fortuna, no hubo poeta que narrara el dolor de Aurelius. De haber sido así, habría podido afirmar que jamás un hombre fue tan profunda y absolutamente derrotado.

Epílogo

Pequeños y grandes actos de rebelión (1891)

Aurelius caminó hasta la casa que Houdin había convertido en su particular museo y, quitándose el sombrero, saludó en perfecto francés al hombre que hacía guardia a la entrada. El viejo portero alzó el rostro, respondió educadamente y forzó una profesional sonrisa de compromiso, amparado en la cual se dedicó a esperar sin mover un solo dedo. Puede que su oficio consistiera en entregar a cada visitante una humilde papeleta con el nombre impreso de aquel lugar, pero lo ejercía con suma dignidad, sin apresurarse lo más mínimo.

Cometió entonces Aurelius su primer acto de rebelión del día, y sin preocuparse de las consecuencias, se permitió emular a aquel muchacho que hacía aparecer monedas tras las orejas de los borrachos en una taberna cercana al Támesis. Introdujo su mano en el bolsillo vacío de su abrigo y al sacarla, una cascada de napoleones de oro se derramó sobre la palma del incrédulo portero.

—¿Es usted mago? —le preguntó, visiblemente impresionado.

—Por supuesto —contestó Aurelius, sonriendo—. Admirador de maese Houdin y modesto continuador de su obra. Puede decirse que, en cierta manera, soy su último aprendiz.

—¿No me querrá hacer creer que son auténticas? —Mordiendo una de las piezas, el viejo procuró tasar su valor. No era la primera vez que intentaban deslumbrarlo con el brillo del oro falso.

—Sí, señor... —Aurelius sonrió—. Pero lo mejor de todo es que son suyas, porque si fueran auténticas y fueran mías, la cosa no tendría tanta gracia para usted, ¿verdad?

El veterano portero aguardó un momento sin decir nada, mirándolo con extrañeza. Había bastante oro sobre la palma de su mano como para comprar la prefectura entera, desde luego renta suficiente para proporcionarle un desahogado y placentero retiro.

—Me imagino que con esto podré permitirme un paseo calmado por el interior del museo —dijo Aurelius, señalando hacia la escalera.

—Por supuesto. —El nerviosismo se apoderó de repente del viejo—. Sí, claro, claro. ¡Sin duda, caballero! Podría usted quedarse a vivir en la portería si quisiera con un diezmo de esto. Vamos, que hasta le regalaría a mi mujer y a mi suegra.

—Solo pretendo ver las cosas del maestro, pero le agradezco el ofrecimiento de todas formas. Seguro que son grandes mujeres.

—Pero es... —El portero se descubrió la cabeza y comenzó a rascarse la frente de manera nerviosa. Se debatía entre la incredulidad de saberse rico y la culpabilidad por aceptar una cantidad de dinero tan exagerada, sospechando que pudiera ser el mismísimo Satanás el que intentaba poner a prueba su honradez—. Es demasiado, caballero.

—No si usted me proporciona la intimidad que necesito.

—¡Claro, claro! Desde luego —aseguró el hombre en tono servil, echándose las monedas al bolsillo—. Puede usted ir tranquilo. Yo me encargaré de que nadie le moleste, caballero. Pierda cuidado. Puedo llamar a mi hija si quiere que alguien le explique los detalles. Nadie conoce la historia de esos juguetes como ella.

—Se lo agradezco. Quizá más tarde.

Aurelius se despidió del viejo, satisfecho tras haber cometido su primera insurrección del día. Había hechizado sin preocuparse de invocar cendal alguno, y pretendía seguir haciéndolo durante lo que le restaba de jornada. Saludó y, sin perder un momento, subió los escalones de dos en dos para adentrarse en los dominios del Gran Houdin. Con pasos decididos se dirigió a la sala en la que lo esperaban las armas del maestro. Aunque durante los últimos meses había perdido casi toda la alegría que en otro tiempo le había acompañado, aquella mañana se sentía exultante.

De camino tuvo tiempo de pasar revista a lo que había sido su vida durante los últimos años. Tras la muerte de Gabrielle, Aurelius había tenido que recorrer solo y a pie varios desiertos: el de la desesperación, el de la soledad, el de las dudas... Al principio, incapaz de encontrar la más mínima señal de esperanza, había vivido como un auténtico fugitivo, escondiéndose de la Causalidad y sus adeptos, vagando atemorizado de pueblo en pueblo sin echar raíces en ningún sitio y negándose a invocar un solo encantamiento. Sin embargo, aquella condena autoimpuesta apenas le había servido para mantenerse oculto. El Cazador parecía tener seguidores en todas partes, hasta en el rincón más perdido del mundo; aquellos hombres vigilaban siempre, parecían no descansar jamás. No sabían, los muy ingenuos, que con su fanática devoción estaban conduciendo al universo a su fin, que eran agentes del mismísimo Ragnarok... O quizá sí lo sabían y no les importaba.

Hasta que un buen día cayó en sus manos un libro viejo, encuadernado con tapas encarnadas, que le hizo recordar quién era y cuáles eran sus obligaciones. Como bien había dicho el hada, Aurelius era uno de esos tercos hombres de honor a los que solo la muerte podía rendir. Fue en un pequeño pueblo de la costa de Irlanda, donde se escondió durante un par de meses. El maestro del lugar, un viudo leído con el que hizo buenas migas, tenía una hija llamada Gabriela, una chiquilla de unos seis o siete años con la que Aurelius no tardó en hacer buenas migas. Una tarde, la pequeña participó sin saberlo en uno de esos milagros que tiene la vida, momentos en apariencia sencillos que, a la postre, terminan por cambiar el mundo. Le pidió que le leyera un libro y, al abrirlo, Aurelius se encontró entre las páginas con otra niña, una vestida de rojo a la que un terrible lobo perseguía por el bosque. No pudo reprimir las lágrimas. La historia se titulaba *Caperucita Roja* y contenía lo que quedaba del espíritu de Gabrielle...

Sin dar muchas explicaciones, se despidió de padre e hija y se marchó para no volver jamás.

Un par de horas después dibujó una puerta de tiza en la pared de su cuarto y apareció en el centro de Londres, precisamente en el 14 de Great Russell. Desde allí, con paso decidido, se dirigió al mayor depósito de saber de Occidente, dispuesto a obtener respuestas. En realidad, casi cualquier librería le habría servido, y estuvo tentado de acercarse a la del señor Eysner para recordar viejos tiempos, pero decidió que la gran biblioteca del Museo Británico sería la más adecuada. Cualquier legajo que necesitara, por raro y antiguo que fuera, estaría a su disposición; se decía que incluso se guardaba allí una copia del acta de clausura del paraíso de Adán y Eva.

Y no se equivocó. Tomando como punto de partida los nombres y datos de los que disponía, Aurelius compuso una lista de fallecidos que pretendió cotejar con las verdades de aquella nueva vida. Estaba seguro de que todos los arcadianos que había conocido habían terminado por convertirse en leyendas, en personajes de los más exóticos cuentos de hadas. Asimismo, sabía que si encontraba rastros de los hechiceros, toda magia habría sido borrada de sus biografías. Los que no estuvieran muertos serían seres totalmente distintos, cascarones sin gracia a los que la cuchilla del Cazador habría extirpado la parte más colorida de sus almas.

Comenzó por Hans, no podía ser de otra manera. Después de tantos meses de cobardía, sentía que tenía una deuda con él. Lamentablemente, no tardó en descubrir su rastro en la obra de un par de hermanos alemanes, los Grimm. Aquellos tipos tan imaginativos habían incluido un cuento en una de sus recopilaciones que trataba de un ser muy parecido a su amigo. El ujier al que le pidió la información lo acompañó amablemente hasta un estante cercano y señaló un volumen que se había traducido hacía poco tiempo. Ojeando las páginas, Aurelius obtuvo la confirmación de la muerte del Medioerizo, al menos la del Medioerizo que él había conocido. El protagonista del relato lucía una melena de púas que le resultó dolorosamente familiar, montaba en un gallo al que había llegado hasta a calzar con herraduras y tocaba la gaita en sus momentos de holganza... Sin duda, aquel ser de palabras era el fantasma de su amigo y aquel libro, un certificado de defunción ante el que no pudo dudar. Solo el saber que al final de aquella historia recibía el justo premio que merecía —los besos de una auténtica princesa—, le permitió sobreponerse a la pena.

Y luego, Aurelius continuó buscando. Aquella tarde encontró rastros de muchos de los magos y las criaturas que había conocido, rastros que conducían siempre en dirección a la muerte. Localizó a maese Simbad en una colección de cuentos orientales, convertido en aventurero navegante de leyenda, y dio con las sombras de otros maestros que, si bien parecían seguir vivos, no eran ya los hombres que había conocido. Supo de un Brugsch que había publicado un magno estudio sobre la escritura demócrita de los egipcios en el año 1943. Localizó a un Afanásiev dedicado al folclore ruso, que había sido articulista y compilador de cuentos eslavos. Aquel sí había muerto, pero había un Mussorgsky que, mudado en músico, seguía vivo. Como el nuevo maestro Andersen, el nuevo Bangqing, el nuevo Tesla o el nuevo Katamori, quien obligado a abandonar a su amado dragón, había terminado por dedicarse a la política y a la espada. Y de igual manera que Hans, muchas de las criaturas que había conocido, incluidas las que estos hombres custodiaron en sus otras vidas, habían acabado enterradas entre letras.

En aquella ocasión, Aurelius no tuvo tiempo de localizarlos a todos. Algunos de ellos habían perdido la fama, o no la habían ganado todavía. Muchos habían pasado de ser seres reales a convertirse en ideas, semillas plantadas en las cabezas de escritores, dramaturgos y músicos, que tardarían todavía años en florecer. Con el tiempo terminaría por dar con todos.

Dedicó parte de su vida a buscarlos, ofreciéndoles su empeño como homenaje. Por eso, cuando años después localizó al maestro Geppetto y a su hijo de madera en las páginas del libro de Carlo Collodi, cuando encontró a Mina Harker y al conde Drăculea en la novela de Bram Stoker, a todos aquellos duendes, hadas y demonios en cientos de leyendas distintas, se sintió tan satisfecho y honrado. Muchos de ellos se habían contado entre sus amigos… Y todos esperaban que emprendiera la marcha y corriera a ocupar su lugar en el mundo.

Aurelius pasó los años siguientes explorando Arcadia. A la búsqueda de esa arma que Houdin decía haber escondido para él, recorrió el reino de las hadas de punta a punta. Las aventuras del muchacho allí son legendarias, y espero que haya tiempo para relatarlas en otra ocasión, aunque finalmente su peregrinar se convirtiera en un nuevo fracaso. No encontró nada, y durante un tiempo se sintió abandonado por la esperanza. Parecía como si su maestro hubiera jugado con él de la manera más cruel, mintiéndole de forma absurda…

Hasta que un día entendió.

El arma existía, y él la había empuñado siempre sin saberlo.

Al llegar a la sala que buscaba, su rostro quedó reflejado en el cristal de la vitrina en la que aguardaban firmes las espadas del maestro Houdin, perfectamente ordenadas. Algunos de aquellos filos, un par de sables y una bastarda que solía usar en su número del hombre decapitado, habían estado presentes el día de su primer encuentro, aquel glorioso y a la vez funesto día en el que había conocido al hada.

Tras examinarlas de manera concienzuda, Aurelius se decidió por una. Se trataba de una espada cruciforme de aspecto marcial, con la hoja grabada. Escrito en latín, aquel mensaje le pareció todo un presagio: «*Ad lucen per tenebras*» («Hacia la luz, a través de las tinieblas»). Usaría aquel filo en su duelo final, y lo haría en homenaje a todos aquellos caídos por la cuchilla del Cazador.

De nuevo sin invocar cendales, Aurelius alargó la mano, atravesó el cristal y cogió la espada. Revisó luego las pistolas y también se llevó una. De camino, hizo desaparecer ambas armas escondiéndolas en un bolsillo, el de su abrigo, que no tendría más de un palmo de profundo. Esa fue la cuarta vez que usó la magia aquel día a modo de desafío.

Antes de llegar al umbral, Aurelius pensó en Londres, sabiendo que cuando su cuerpo entero terminara de atravesarlo, ya no se encontraría en Francia. El olor a podredumbre propio de la ciudad en la que se había criado le certificó que su don había vuelto a funcionar. Sin apenas molestarse en comprobarlo, recorrió el callejón, reconociendo el aspecto de los adoquines encharcados sobre los que caminaba. Volvió la esquina y siguió paseando despreocupado, recreándose en el reencuentro. Londres seguía siendo el mismo monstruo de siempre, pero era su monstruo. Se alegró de haber vuelto convertido en un caballero, libre de la carga de miedos que hasta ese día le había impedido moverse con normalidad.

Decidido a hacer un festejo de cada uno de sus desafíos, Aurelius compró flores, las transformó en plata y las ofreció a las damas más bellas que encontró. Mientras caminaba, se dedicó a regalar juguetes a los niños, añadiendo alguna bendición de salud a dos o tres de ellos. Sin disimular sus poderes, ayudó a reparar la rueda averiada de un carro, mejorando el eje del vehículo con encantamientos de resistencia, convirtió sucias piedras en diamantes y se las ofreció a un mendigo, estiró la espalda de un muchacho contrahecho y curó a un perro sarnoso que lo siguió durante más de media hora. Aquel día, Aurelius repartió libros que nacieron bajo la sombra de su capa y transformó un par de desamores en renovada pasión. Llegado el mediodía, comió sin prisas en uno de los mejores restaurantes de Londres y reservó mesa para una pobre desdichada, de ojos profundamente verdes, a la que obsequió con un vestido de oro y un porvenir de ventura y risas. En definitiva, se permitió el lujo de usar su magia como no lo había hecho nadie antes, haciendo ostentación del poder y recreándose en su dominio. Hizo crecer flores entre los adoquines y manar vino de las fuentes, e incluso repitió su viejo espectáculo en medio de la calle, rodeándose de niños asombrados, de mujeres y de hombres atentos. Y al terminar, como si de un laborista en campaña se tratara, se dedicó al mitin, desgranando alegremente las virtudes de la magia y animando a los presentes a buscarla allí donde miraran.

Solo interrumpió su frenética actividad para detenerse a comprar un ejemplar de Caperucita Roja, aquel libro en el que, según creía, se encontraba prisionero el recuerdo de su amada Gabrielle. Lo guardó en un bolsillo de su abrigo, muy cerca del corazón, y satisfecho, se encaminó por Lillie Road hacia la residencia Apsley. Iba silbando una vieja tonada irlandesa que Hans le había enseñado a tocar, elevándola a la categoría de himno de su particular insurrección.

Tras un rato de placentero paseo, el arco de Wellington apareció frente a él, y el duque lo saludó sin mover un dedo desde su imponente montura de bronce. Aurelius atravesó aquel umbral de piedra sin detenerse, dispuesto a continuar su caminata por el parque. Su plan consistía en aprovechar los últimos rayos de sol como un condenado había aprovechado su última copa de vino, disfrutando de cada trago, alargando al máximo el placer de beberse la vida. Y luego, tras repartir cien libras más entre los transeúntes y unos cuantos dulces, siguió hacia el río, en dirección al Parlamento.

Ya se encontraba casi a los pies de la torre del reloj cuando volvió a hacer uso de su vía del alma. Eligió la puerta de una sombrerería sin pararse a pensarlo demasiado, simplemente porque le pillaba de paso y la decoración del local le pareció elegante. La abrió como habría hecho cualquiera de los clientes y la atravesó de una manera que solo a él le estaba permitido, desapareciendo de inmediato.

El poder se mostró obediente una vez más y permitió que

se materializara en el campanario del Big Ben. Sin duda, cualquier recién llegado habría dedicado un momento a admirar el paisaje, pero él apenas se entretuvo echando una mirada rápida a los tejados más cercanos. Procurando no perder tiempo, se dedicó a tomar nota de las peculiaridades del lugar, de las ventajas que le ofrecía y, sobre todo, de los peligros que pudiera esconder. Ya lo conocía, pero habían pasado muchos años desde su anterior visita.

Terminada la revista, se agachó, y valiéndose de una tiza que sacó de su bolsillo, dibujó un enorme cuadrado en el suelo de madera del campanario, lo más cerca que pudo de la pared. Ya cumplidas todas sus obligaciones, subió la escalera y se dedicó a observar la ciudad desde una de las cornisas superiores. Hacía fresco, pero no demasiado frío. Como una alfombra de retales, la vieja Londres se extendía a sus pies, casi infinita, mostrándole su mejor cara. Cualquiera que no hubiera conocido sus calles la habría creído una ciudad pujante, plagada de gente laboriosa y rebosante de virtud. Mientras se recreaba en su contemplación, Aurelius recordó el día en el que su padre lo había llevado allí por primera vez. Abusando de la confianza de un tío segundo de la familia, habían conseguido colarse una tarde junto a un grupo de albañiles y llegar hasta la última balconada. Poco había cambiado en el lugar, salvo él mismo.

«Tengo la impresión de que ningún mal puede alcanzarme estando aquí», casi le pareció escuchar el eco de las palabras del viejo Maximilian.

Acompañado por la memoria de su padre, Aurelius se dedicó a esperar al Cazador de Hadas. Sabía que después de sus desafíos de aquella jornada, Caín Nublo no tardaría en aparecer.

Lentamente, la luz del sol fue perdiendo pujanza, cediendo territorio a las sombras. Sabía bien de lo que era capaz el Nublista y estaba convencido de que jamás podría superarlo en un combate cuerpo a cuerpo, pero pretendía al menos darle trabajo durante un rato, así que se dedicó a invocar encantamientos que pudieran servirle durante la lucha. Utilizó, además, artes de consejo para convencer a los hombres que trabajaban en el edificio de que no se acercaran a los pisos superiores durante las siguientes horas.

Sinuosos jirones de niebla comenzaron a cercar el lugar justo antes de que Aurelius escuchara los pasos en la escalera. Abandonando el mirador, regresó al interior del campanario y esperó, mirando hacia abajo, a que el enemigo hiciera acto de presencia. Un par de portazos más tarde, la figura del señor Telesio apareció caminando con pasos decididos. Subía, sin dar muestras de apresuramiento, desde el piso en el que se ubicaba la maquinaria del reloj.

—¿Acaso tienes prisas por morir? —preguntó mucho antes de llegar a su altura.

—La última vez que nos vimos me quedaron muchas cosas por preguntarte, Ika.

—Esa familiaridad no me gusta nada —dijo el Cazador sin dejar de caminar hacia Aurelius—. Nunca te he dado permiso para tutearme. Además, se supone que deberías tenerme miedo…

—Puede que hayas conseguido volverme loco del todo.

Disfrazado nuevamente de caballero inglés, el enemigo se detuvo a un par de metros de Aurelius. Solo una estrecha escalinata de forja los separaba. Aunque volvía a ser el hombre con el que tantas veces había tratado, aquel con el que había firmado aquel contrato en otra vida, no pudo evitar estremecerse. Sabía el tipo de horror que se escondía bajo su capa.

—Sin duda estás loco… —Telesio trató en vano de dibujar una sonrisa en su rostro. Lo que apareció fue una mueca desagradable, remedo de lo que habría sido un gesto mínimamente amigable—. Nadie en su sano juicio se habría atrevido a blasfemar contra la realidad como lo has hecho tú hoy. Esta maldita ciudad, uno de los lugares más ordenadamente podridos del mundo, apesta hoy a magia de punta a cabo.

—Quería verte, y pensé que no habría forma de hacerte acudir más rápidamente —confesó Aurelius.

—Bueno, no ha sido una manera muy elegante de concertar la cita, pero he de reconocer que, al menos, sí ha sido efectiva. Además, te confieso que me gusta el escenario que has elegido. Un lugar grandilocuente, acorde con nuestra historia de mentiras, pecados y agravios. —Telesio dio otro paso al frente—. Lo malo es que, llegados a este punto, estarás de acuerdo conmigo en que no puedo hacer la vista gorda. Debo castigarte, Aurelius…

—Sin duda es tu obligación intentarlo —dijo el joven mago—. De cualquier forma, antes o después, este momento habría acabado llegando. Solo me he tomado la libertad de adelantar la convocatoria. He preferido ser yo el que escogiera la fecha y me he permitido disfrutar de un último día de diversión. Dado que estoy dispuesto a pagar por todo ello, no creí que te lo tomaras a mal.

—Los acontecimientos se precipitan… —El señor Telesio se descubrió, mostrando su negra y brillante cabellera. Arrojó su sombrero al vacío y bajó la mirada apenado—. Quizá sea mejor así.

—Tu final y el mío vendrán unidos, Caín. No puede ser de otra forma. Ambos tenemos cuentas pendientes que solo pueden saldarse con muerte.

—Yo no tenía prisa. —El monstruo se encogió de hombros—. Has sido tú el que me ha reclamado. El tiempo de vida que le escatimas a los que están ahí abajo quedará anotado también en tu debe de pecados.

—Asumiré ese cargo. Creo que ha llegado el momento de resolver este asunto, aunque me gustaría que antes de hacerlo nos tomáramos un momento y me permitieras pedirte disculpas. —Aurelius señaló el gran balcón que rodeaba el campanario, en el que había esperado la llegada del Cazador.

—Jamás rechazo una charla amigable, y lo sabes, por mucho que odie a mi contertulio… —Telesio se mantuvo firme frente a Aurelius. Su rostro, como tallado en alabastro, era incapaz de mostrar emoción alguna.

—Lo cierto, Ika, es que has cometido tantos y tan horribles crímenes que te mereces morir mil millones de veces. Aun así, puede que parándome a pensar en tu propia naturaleza, hubiera llegado a perdonar todos aquellos que cometiste ejerciendo tu deplorable oficio. Fuiste creado para ser lo que eres, no es tu culpa. Sin embargo, no puedo indultarte de los que cometiste por egoísmo.

—Te refieres a los que cometí por amor... —Por primera vez, la ira afloró en la expresión del Cazador de Hadas. Agarrando la barandilla metálica, comenzó a acercarse a Aurelius—. Quieres decir que me perdonas por ser un monstruo, pero que no puedes perdonarme por haber amado... Sabes que todos los crímenes que he cometido desde el día en que te conocí fueron ejecutados con la única intención de protegerla a ella.

—Sí, lo sé.

—¿Y no me concedes ni un gramo de tu piedad?

—Durante todos estos meses he pensado mucho en el dolor que me has causado. He recordado a mi padre cada noche, al maestro Caliban, a Hans, a Connor... Pero sobre todo las he recordado a ellas, a Gabrielle y a Miranda. Ambas fueron amores que me arrancaste de cuajo, amores sinceros, al menos por mi parte. He llorado hasta quedarme seco por dentro, Ika. Y ese dolor es el que me ha llevado a compadecerme de ti. Como te he dicho, pretendo pedirte disculpas por haberte apartado de ella, pero esa es toda la clemencia que obtendrás de mí.

Las palabras de Aurelius hablaban de paz, pero su pose señalaba el momento previo a un combate que habría de ser definitivo. Sin duda había dejado de ser un aprendiz para convertirse en otra cosa.

—¿Que lo sientes? ¿Y tú hablas de perdón?

—Sí, eso he dicho. Sé lo que es perder, el dolor que acarrea...

—No tienes ni idea, muchacho. —La ira comenzó a fluir por los ojos de Telesio como lava de un volcán maldito—. ¡No tienes ni idea! —gritó—. Yo renuncié a todo cuanto era por ella, incluso a mi propia naturaleza. Y tú me la quitaste por puro despecho. ¿Te crees que tus estúpidas disculpas pueden servirme de algo? No, de ninguna manera.

Aurelius esperó sin apartar la mirada. A esas alturas, ambos se encontraban ya casi frente a frente.

—¿Sabes? —continuó Telesio—, yo me desvaneceré cuando tu alma abandone este mundo, y luego la realidad entera se derrumbará. Roto el equilibrio de manera irreparable, cada ser vivo dejara de existir y, con ellos, desaparecerán los recuerdos y las esperanzas… Y tú, Aurelius, habrás sido el causante de ese desastre. Tú, con tu obcecación y tu envidia… Tú, con tu odio.

Aurelius utilizó la magia para hacer aparecer su espada. El filo entero surgió de su bolsillo, brillando hambriento frente al Cazador.

—¿Sigo dándote pena, muchacho, o ya vas teniendo ganas de arrancarme el hígado a bocados? —Telesio mostró su dentadura de tiburón.

—Disponemos de casi media hora antes de que suenen las campanas de nuevo. Deberíamos aprovechar el tiempo —afirmó Aurelius.

—¡Ah, la cuchilla! Siempre la cuchilla. —Telesio abrió su gabán, descubriendo la colección de filos que escondía bajo el paño. Tomó uno de ellos, el mismo con el que había ajusticiado a Gabrielle y al padre de Aurelius—. Al final, es ella siempre la que ha de resolver, por muy civilizados que nos digamos.

—Así es. Una amiga mía recomendaba tener siempre a mano una buena cuchilla… Me imagino que la recuerdas. Te cortó la cabeza una vez.

Aurelius era perfectamente consciente de su inferioridad. Sabía que las habilidades del Cazador de Hadas estaban fuera de su alcance y que lo avalaba un poder que ningún mortal sería capaz de alcanzar. Seguramente hubiera podido resolver aquel asunto de otra manera mucho más incruenta y civilizada, pero necesitaba batirse en duelo con él una última vez. Necesitaba desquitarse con la espada si quería poder mirar a los ojos a todos aquellos recuerdos que lo acompañaban por las noches.

La lucha comenzó como lo hacen todas las batallas, con un acercamiento rápido, sin poesía alguna. Ambos contendientes pretendían cobrarse el dolor del otro, y hacerlo de manera inmediata. Luego ya vendrían las fintas y los requiebros, los juegos y las demoras, pero al principio siempre se quiere sangre, y se quiere con urgencia. A pesar de saber que en la muerte del otro acabarían encontrando la suya propia, Aurelius y Caín Nublo se enzarzaron en una nueva pelea sin apenas contenerse. La magia del muchacho, cada vez más depurada, le valió para moverse con celeridad, a ratos para convertirse en un borrón de color que a su enemigo le era difícil de alcanzar. La esgrima y la alta hechicería se mezclaron con la inquina y la furia para ofrecer un espectáculo que la mayoría de los mortales habrían observado incrédulos. Un golpe arriba y una parada, una estocada abajo contestada con otra parada o con una esquiva asombrosa... Subiendo y bajando escalones, pasando de un balconcillo a una nueva plataforma, la lucha continuó hasta que, lógicamente, llegó la sangre.

El primero en chillar fue el Cazador, que manchó los maderos del suelo con la negra brea que corría por sus venas. Herido en un hombro, aceptó aquella afrenta con buen talante, tomando nota para cobrársela más adelante. Sonrió y, sin decir nada, volvió a la carga. Aquello habría bastado para la mayoría de nosotros, pero Aurelius no se detuvo ahí. Redoblando esfuerzos, trató de castigar nuevamente a su enemigo.

—Entonces, al final acabaste enamorándote de esa loba piojosa... —Entre golpe y golpe, Telesio todavía era capaz de escupir odio, palabras que pretendían distraer a Aurelius, obligarlo a atacar descuidando la guardia.

—No te atrevas ni a mencionarla —le advirtió el muchacho.

Tres más fueron las heridas que se cobró en nombre de sus caídos. Sin duda, Aurelius había aprendido en aquellos meses de huida. Sin embargo, no era más que un hombre, alguien que se enfrentaba a una fuerza irrefrenable de la naturaleza. Nadie puede detener a las mareas, ni existe mortal capaz de apagar la ira de un volcán. Los humanos no podemos acallar el viento, ni desterrar las nubes cuando pretenden convertirse en tormenta. Un tajo seco abrió una terrible cicatriz en la cara de Telesio, otro lo hizo sangrar por el costado y con el tercero logró alcanzarlo en un muslo...

Sin embargo, Aurelius sabía que aquellas heridas sanarían de inmediato.

—En realidad me conformo con verte así, arrodillado a mis pies, aunque solo sea por un momento —dijo.

El Cazador de Hadas lo miró sonriendo. Cada poro de su piel supuraba odio.

—¡Me levantaré una y mil veces! —ladró—. ¡Una y mil veces! Jamás podrás derrotarme, y lo sabes.

—Hace tiempo que te derroté, Caín Nublo...

Apenas había terminado de pronunciar el nombre de su enemigo, cuando este arremetió de nuevo contra él. Reanudó la lucha recuperado, como si Aurelius hubiera sido incapaz de rozarlo. Convertido en una bestia rabiosa, el Cazador de Hadas se lanzó sobre su cuello, abandonadas ya todas las precauciones, para acabar con él rápidamente. Sabía que era posible que aquella embestida le costara algún corte más, aunque no le importó. Sacrificar un poco de dolor merecía la pena si con ello obtenía el premio que buscaba: pretendía tener a Aurelius a su merced, recrearse en el miedo de su mirada, poder escupirle a la cara una última vez.

Rodando juntos, cayeron al lado de la gran campana y, desde allí, convertidos en un ovillo de furia, regalándose golpes y más golpes, fueron bajando escaleras, pasando de un nivel al inferior sin concederse tregua alguna.

Al final, Aurelius quedó tendido junto a la puerta de entrada, sangrando de manera escandalosa. El cuchillo de su enemigo, aquel filo roñoso que tanto odiaba, había vuelto a cebarse con su carne.

—Vas a morir hoy, Aurelius —sentenció el Cazador—. Te lo quito todo, muchacho, tu vida, tus recuerdos, y me llevo conmigo este estercolero de mundo que los humanos tanto valoráis. El pasado y el futuro... Todo.

—No lo entiendes, maldito idiota... —Aurelius sacó fuerzas de flaqueza para soportar el sufrimiento en aquel último asalto—. No habría venido aquí sin un arma con la que enfrentarme a ti. Esta vez no.

El cazador miró la espada de Aurelius que, huérfana, había quedado a sus pies.

—¿Sabes, Ika? Al final he comprendido... No lo había visto hasta ahora porque no terminaba de asumir mi destino, pero hace unos días lo hice por fin...

El monstruo dio un paso sin terminar de comprender. En la pertinaz insistencia de Aurelius, en su negativa a rendirse, había algo que siempre lo había intimidado.

—Quizá no pueda matarte —dijo el muchacho—, pero he descubierto que puedo hacer otra cosa. —Aurelius sacó la llave que Houdin le había entregado, aquella con la que podía abrir portales a Arcadia—. Llevo tiempo pensando cuál sería el peor castigo que alguien podría imponerle a un Cazador de Hadas... Cuál sería el peor infierno para alguien como tú.

Un gesto de la mano le valió a Aurelius para convertir el suelo del campanario en un cuadrado vacío. Su vía del alma volvió a funcionar perfectamente, ofreciendo una parcela de irrealidad insondable en la que cualquier hombre hubiera tenido miedo de zambullirse.

—¿Pretendes escapar de nuevo? —El Cazador miró a la nada sin dar muestras del más mínimo temor y corrió a colocarse de manera que Aurelius no pudiera alcanzarla. Con los brazos en jarras, se interpuso entre el joven mago y su última vía de escape, dando la espalda al portal—. No te lo permitiré.

—No, Ika, no pretendo escapar. —Aurelius arrojó la llave al interior de aquel vacío. La ausencia de todo fue sustituida de inmediato por una grieta, un pozo profundísimo al fondo del cual brillaba un extraño fulgor pulsante, de color verdoso—. He dado con tu infierno... Y creo que voy a desterrarte a él. Se llama Arcadia.

El Cazador de Hadas iba a hacer alarde de su incredulidad, sonriendo de nuevo, cuando escuchó el más ensordecedor rugido que hubiera escuchado nunca. Una bestia cuya garganta parecía contener todos los llantos, todas las tormentas, todos los juramentos y las peticiones de venganza del hombre, se escondía al fondo de aquella sima. Apenas tuvo tiempo de girar la cabeza. Aterrorizado por primera vez en su larga existencia, fue incapaz de moverse. Todo sucedió de manera sorprendentemente rápida. Varios tentáculos gigantescos, plagados de púas, surgieron del hueco, atrapándolo por las piernas. Durante un momento, el Cazador de Hadas trató de resistirse desesperadamente. Luchó descargando la furia de su cuchillo sobre aquellos apéndices enormes con una fuerza sombrosa, pero cada vez parecían ser más y retenerlo con mayor ansia. Aun así, quizás hubiera logrado liberarse si en ese momento Aurelius no hubiera echado mano a su bolsillo, reclamando la presencia del revólver que había tomado de la casa de Houdin.

Apuntando bien, apretó el gatillo y procuró no fallar…

—Esto es por Gabrielle —dijo—, y por todos los demás.

Varias flores negras, heridas que en otro habrían sido mortales, brotaron de inmediato en la cabeza, el cuello y el pecho del Cazador de Hadas, que no pudo hacer otra cosa más que sorprenderse de su propia derrota. El dolor le impidió seguir resistiéndose.

—Teníamos un contrato —dijo antes de abandonarse—. Te demandaré.

Varios tentáculos más vinieron a apoyar a sus hermanos, tirando de él hacia el pozo. Gritando horriblemente, el Cazador desapareció, atravesando el portal abierto por Aurelius, y solo en ese momento, el muchacho ordenó que el vínculo se desvaneciera. El puente entre el reino de la magia y nuestra realidad quedó clausurado por su voluntad.

No había ningún arma en Arcadia… El arma era su propio poder.

—Gracias, maese kraken —dijo Aurelius, respirando por fin—. Yo también elijo la vida…

La realidad seguía allí.

En aquel universo, Connor MacQuoid no se había encontrado con el Cazador de Hadas el día de la muerte de Maximilian Wyllt… Lo había hecho mucho después.

Sin terminar de conocer muy bien la naturaleza de su relación con Aurelius, el Nubilita tenía claro que existía un lazo de afecto entre ellos. Por eso, un par de semanas después de acabar con la vida de Gabrielle, seguramente para ofrecer un cebo que Aurelius pudiera morder, viajó a Londres y le cortó el cuello por segunda vez. Connor volvía de ganar su última pelea, con los nudillos lastimados pero sintiéndose como Hércules tras completar sus doce trabajos. Jamás llegó a entrar en su casa. Despreciando aquella alegría, Telesio lo ajustició sin mediar palabra. El pobre muchacho se desangró junto a una farola, cerca del lugar en el que su encarnación anterior había muerto de manera muy parecida.

Si en algún momento el Cazador de Hadas había soñado con ser perdonado por sus pecados, con aquella muerte, tan gratuita e injusta, tan malintencionada, perdió toda posibilidad de redención.

Aurelius tenía claro que debía empezar su labor por la casa de los MacQuoid, con los que había contraído tantas deudas en tantas realidades distintas. Por eso, una vez recuperado de sus heridas, regresó al barrio, dispuesto a reparar algunos de los errores que su enemigo había cometido.

Apenas se entretuvo un momento junto a la taberna. Al parecer, tenía ya nuevos dueños, así que muy pronto la vida regresaría, con su bullicio, a un sitio del que nunca debió ser desalojada. Satisfecho de que así fuera, se despidió de ella con una sonrisa y caminó hacia el lugar en el que había muerto Connor. Tal y como imaginaba, el fantasma de su amigo esperaba allí, sentado sobre la acera, con la mirada extraviada, sin comprender las razones de su propia muerte.

—Hola, Connor. —Aurelius lo miró muy serio. Había aprendido encantamientos que le permitían tratar con los espectros, pero jamás había invocado uno. Aquella era la primera vez que lo hacía.

—¿Aurelius? —La alegría afloró en el rostro del muchacho. Aunque lívido y mucho más delgado, era el Connor de siempre—. ¿Qué haces aquí?

—He venido a acompañarte.

—Pensaba que ya no te acordabas de mí —dijo el fantasma, dejando entrever en su gesto ciertos retazos de pena.

—Claro que me acuerdo de ti. ¿Cómo no iba a acordarme? —contestó Aurelius conmovido—. Eres mi amigo. Lo que pasa es que he estado muy ocupado con otros asuntos. Asuntos graves. Pero ya estoy de regreso.

Durante un momento, el fantasma pareció perderse de nuevo en sus propios pensamientos. El mundo, antes un lugar construido sobre leyes seguras e inamovibles, se había convertido para él en un gran enigma que no terminaba de resolver, un enigma difuso y huidizo que apenas era capaz de atisbar por completo.

—¿Sabes? No logro entender muy bien... Me duele la garganta —mostró la horrible cicatriz que el Cazador de Hadas había marcado en su cuello, sin darle la menor importancia— y soy incapaz de pensar con tranquilidad. Tengo sed, y sueño, pero no puedo irme a casa a dormir...

Aurelius ofreció su mano al espectro de Connor MacQuoid, animándolo a levantarse.

—Sabes que estás muerto, ¿verdad?

—¿Muerto? —Connor dudó, frunciendo el ceño y entornando levemente los ojos—. ¡Ah, sí, es verdad! Me cuesta recordarlo a veces. Ese hombre... Ese hombre de negro...

Aurelius miró fijamente a su amigo. Agradeció a la magia que le permitiera aquel privilegio.

—Tu padre está enfermo, Connor.

—¿Mi padre? ¿Qué le pasa?

—No lo sé muy bien. La edad... el cansancio. Te echa mucho de menos. No creo que le quede mucho tiempo. ¿Te gustaría ir a verlo?

—¡Claro que me gustaría! —Los ojos de aquel espectro perdido volvieron a ser por un momento los de su amigo vivo. Mostraron la misma fuerza, el mismo brío—. ¿Puedes llevarme con él?

Aurelius asintió, sonriendo satisfecho.

—Pues entonces, vamos. No perdamos tiempo.

—Escucha, me han dicho que ha perdido un poco la cabeza. Ha sufrido mucho desde que te fuiste. He pensado que sin duda le aliviaría verte vivo de nuevo… Que moriría más tranquilo si le cuentas que estás bien, que vas a venir conmigo de viaje o algo así. De esa manera no se perderá en las brumas como te ha pasado a ti. ¿Qué te parece?

El fantasma de Connor MacQuoid se miró las palmas de las manos. El entendimiento llegó a su alma de manera repentina, obligándolo a enfrentarse a la dura realidad. Estaba muerto, un frío perenne lo acompañaba… era un fantasma. Difícilmente podría engañar a su padre haciéndole creer otra cosa.

—Mira —continuó Aurelius—. Voy a ofrecerte mi propio cuerpo. Utilizaré un encantamiento sencillo para cambiar de aspecto y haré que tus rasgos se impongan a los míos. Seré como tú y durante un rato te permitiré habitar en mi interior. Retiraré mi conciencia al fondo de mi alma y os dejaré solos hasta que amanezca. Podréis hablar… despediros como Dios manda. Creo que eso os hará mucho bien a los dos. ¿Qué te parece?

—¿Puedes hacer eso? —El fantasma giró la cabeza admirado.

—Desde luego que puedo. He aprendido mucho. Ahora soy mago… un mago de verdad.

En ningún momento dudó Connor de las palabras de su amigo. No cabía entre ellos más camino que el de la sinceridad, así había sido siempre, y aquella noche volverían a recorrerlo juntos.

Poco después, la puerta del dormitorio en el que Walter Acisclo MacQuoid agonizaba esperando a la muerte se abrió, y su hijo apareció vestido de domingo para velar a su lado aquella última y difícil espera.

—¡Connor! ¿Eres tú?

—Sí, padre, soy yo —contestó el muchacho, corriendo a sentarse a su lado. Tomó su mano y el tacto lo llevó de regreso a la vida.

Asomaba el alba cuando el cuerpo de Aurelius, albergando todavía el espíritu de su amigo, abandonó el cuarto en el que descansaba el señor MacQuoid, sabiéndose absoluto vencedor en aquella última batalla contra el mal. Tras despedir a su padre, tras abrazarlo y besarlo por última vez, el fantasma de Connor se puso en pie, decidido a dejar este mundo. Antes de salir de la casa, se pasó también por el dormitorio de su madre para decirle adiós. Lo hizo sin abrir la boca, dedicándole un beso y una última mirada de compasión. Y luego, renunció por fin a la carne de su amigo, aquel refugio cálido que le había servido para reencontrarse con la paz.

Caminando al lado de Aurelius, avanzaron juntos en dirección al río. Por fin las sombras comenzaban a retirarse… por fin regresaba la luz.

—Morirá contento gracias a ti, Aurelius —dijo el fantasma—. Espero que no le cueste encontrar el camino… No sé cómo podré agradecerte esto que has hecho.

—No tienes nada que agradecerme, créeme. Me alegro de haber podido poner un poco de orden entre tanta locura. A veces encontrar tu propio destino puede resultar muy difícil. Tu padre era un buen hombre… En todas sus encarnaciones. Era lo menos que podía hacer. Se lo debía.

—Y ahora, creo que ha llegado también mi hora.

El espectro de Connor MacQuoid se detuvo junto a Aurelius. Una balaustrada de piedra tallada los separaba del cauce del río. Sin darse cuenta, había logrado por fin separarse del lugar de su muerte. Hasta ese día, una fuerza inexplicable, una suerte de cadena invisible, lo había mantenido prisionero allí, a los pies de aquella farola. Sin embargo, en ese momento supo que podría empezar a caminar hacia un sitio mucho mejor.

—Estoy convencido de que si sigues calle arriba, llegarás a la luz antes de que salga el sol… —Aurelius se volvió para mirar a su amigo—. Sin embargo, quizá puedas detenerte un momento, a mi lado, antes de marcharte. La eternidad es paciente, no creo que se disguste si te retrasas un poco.

Connor esperó, dispuesto a escuchar la propuesta de Aurelius.

—¿Sabes? Estoy convencido de que tu ayuda me vendría muy bien. Siempre me consideraron un bicho raro, así que no creo que caminar con un fantasma pueda perjudicar más mi reputación.

—¿Me estás pidiendo que me quede, Tontelius?

—Sí, más o menos. Tengo que repoblar el mundo de magia. No sé de cuánto tiempo dispondré; puede que de toda una vida o puede que no sea mucho. Cuatro manos trabajan más rápido que dos, aunque un par de ellas carezcan de carne y huesos. Además, soy un custodio y no tengo de quien cuidar.

El fantasma de Connor MacQuoid sonrió por fin.

—Oye —continuó Aurelius, echando mano a su bolsillo y mostrando el librito de tapas encarnadas que tanto apreciaba—, no te he contado todo lo que ha ocurrido en estos meses… ¿Sabes? Me enamoré del lobo feroz.

—Desde luego, vas a tener que contarme muchas cosas, Tontelius.

—Bueno, no hay prisa. Anda, vamos.

Y volviéndose a mirar por última vez la posada, sonrió.

—No todo está perdido —dijo.

De retales y buena voluntad

Cuento de Navidad de Hans el Medioerizo*

* *Nota del autor:* Aunque los acontecimientos relatados en este cuento transcurren unos años antes de lo narrado en *Los últimos años de la magia*, fue concebido para ser leído tras la novela... Así que avisados quedáis.

Para Santi

Sí, la buena voluntad puede tomar muchas formas.

Hans cogió su vieja capa y la observó con orgullo. Recordó el tiempo, ya lejano, en el que había sido de un solo color, fieltro verde adornado con delicados arabescos bordados por una mano inmortal. Recorrió con sus dedos las gruesas costuras que la convertían en un rompecabezas de piezas desiguales como si se encontrara con ellas por primera vez. Y aquel sencillo gesto, apenas un ligero roce, trajo consigo una súbita revelación. Aunque había cubierto sus hombros con aquel manto durante años, nunca hasta ese momento se había parado a pensar en lo mucho que había cambiado con el tiempo. El perfecto prado que un día fuera había terminado convertido por capricho de sus tijeras en un campo parcelado de todas las formas y colores: un retal de alpaca aquí, un pedazo de dril a rayas a su lado, un rombo de organdí recosido más allá... paño, cuero y hasta trocitos de seda robados a alguna dama despistada. Pero en contra de lo que pudiera parecer, se sentía orgulloso de haber mancillado así aquella perfección, pues sabía que cada corte había servido a su particular causa.

No obstante, cualquiera que lo hubiera visto llegar a casa habría notado en su gesto una preocupación difícil de disimular. Hans solía caminar siempre con aire seguro, silbando alguna tonada antigua, como riéndose de la seriedad de las cosas del mundo. Pero en aquella ocasión había vuelto tarde y apresurado, perdido el resuello y sudoroso. Y no había sido sin razón. Esa noche le había costado trabajo esconder su verdadera naturaleza, disimular las púas de su cabeza y mantener a raya el hocico que en otras ocasiones tan fácilmente había disfrazado de nariz humana. Gracias a las sombras había conseguido pasar desapercibido, pero sabía que cuando llegara el amanecer todo sería diferente. El asunto se enredaría. Incapaz de usar el disfraz de persona corriente que su capa le proporcionaba, estaba perdido.

Y fue al inspeccionar con detenimiento la tela, cuando temió haber sobrepasado el último límite.

Por la mañana todavía funcionaba. Había salido temprano, recorriendo Londres de punta a cabo, y entonces nada raro había sucedido. Pero, claro, a esas horas el último palmo de paño verde se bastaba para mantener el encantamiento que durante tanto tiempo lo había escondido del mal. Había sido luego, tras cortar la mitad de aquel pedazo, cuando la magia que lo protegía había comenzado a flaquear. De vuelta a casa, cerrada ya la noche, su capa tenía un hueco más... Uno que quizá fuera ya imposible de reparar.

Y, sin embargo, ya digo, se sentía orgulloso de haber obrado como lo había hecho. Hans era así, tan difícil de explicar como el crimen por amor de una madre.

Fuera había comenzado a nevar con insistencia. Apartando ligeramente el visillo de la ventana, dio gracias a la ventisca por haber tenido la deferencia de aguardar y permitirle así llegar seco a casa. Tras avivar el fuego del hogar y cebarlo con un par de troncos, suspiró y se forzó a recuperar la calma.

—Tranquilidad, maese Medioerizo —se dijo—. Sin prisa, pero sin pausa.

El calor del hogar es lo más parecido al abrazo de una madre que un hombre viejo puede conseguir. Conforta, espanta temores y nos hace creer que estamos a salvo de todo mal. Hans puso agua a hervir y se sentó frente a su soledad, fiel compañera durante tantas y tantas noches. No necesitaba explicarle nada, conocía su historia tan bien como él mismo, y aun así a veces se entretenía contándole cómo le había ido el día. Sabía que solo ella lo escucharía con la paciencia y atención que los demás le escatimaban.

Mientras lo hacía, extendió la capa sobre la mesa, tomó su viejo costurero y, a la luz de un farol, se dispuso a reparar el desgarrón. Un trozo de encaje color granate robado a un almohadón del dormitorio tendría que valer. Esperaba que cuando el remiendo estuviera terminado, el herido manto recuperara su poder.

Aguja en ristre, rogaba al Dios de los erizos buenos porque así fuera, aunque nunca se consideró hombre piadoso, y mucho menos merecedor de la misericordia del Todopoderoso. Quizá por esa razón, al poco rato pasó de los rezos a otros asuntos sin ni siquiera darse cuenta. Puntada tras puntada, la mente de Hans comenzó a olvidar las urgencias de su propia situación y emigró, saltando en el tiempo y en el espacio hasta el momento en el que se había desprendido de aquel último retal. Había sido aquella misma tarde, apenas unas horas antes.

—Mira, muchacho, voy a darte algo que te ayudará a caminar por el mundo.

Poniendo rodilla en tierra, el Medioerizo había apoyado sus manos en los hombros del pequeño Tom Fellow, de manera que el chiquillo pudiera mirarlo sin necesidad de alzar el rostro.

—Será mi regalo de Navidad para ti.

Incapaz de comprender, el pequeño había esperado con los ojos humedecidos por la emoción. Si a la esperanza se le hubiera dado un rostro para elegir, seguramente habría tomado el del joven Thomas para lucirlo como propio. Los regalos eran escasos en el hospicio y, cuando llegaban, solían tener ese carácter práctico que tan poco agrada a la gente con imaginación. Unos calcetines de lana o una bufanda, por muy útiles que fueran, por mucho cariño que se hubiera empleado en tejerlos, resultaban siempre una decepción para un niño. A esa edad —no podéis negarlo—, la mayoría los habríamos cambiado por el más vulgar de los caramelos con los ojos cerrados. Por eso Hans, seguro de que su presente resultaría un fiasco para el pequeño si no lo acompañaba de alguna otra baratija, procedió a explicarse mucho antes de haberlo entregado.

—Verás —dijo—: lo que voy a darte puede parecer una tontería. Pero no lo es... Mira.

Tras sacar de debajo de su capa el bulto que hasta ese momento había mantenido oculto —un manojo de papeles apenas atados con un cordel de pita—, comenzó a desenvolverlo con sumo cuidado. El muchacho fue incapaz de disimular su decepción al ver el humilde chaleco de cuadros que Hans le ofreció. Ni siquiera los llamativos botones dorados que el Medioerizo había utilizado para sustituir a los originales consiguieron contentarlo mínimamente.

—Lo que ves aquí puede parecerte poca cosa, pero no lo es. Fíjate. He cosido un pequeño trozo de tela verde en la parte interior. —Hans le dio la vuelta a la prenda y le mostró el forro. El niño se sorprendió al ver aquel remiendo—. Aunque te parezca que afea, y pienses que no pega ahí ni con cola, quiero que lo mantengas siempre en ese lugar. Lo he cosido con dobles pespuntes para que nunca se desprenda y, si ves que se suelta, no tardes en reforzarlo, ¿sabes? El chaleco, aunque está casi nuevo, no es nada del otro mundo. Se lo compré a un trapero amigo mío hace unos días. Pero ese retal de tela verde vale mucho más que el oro... Es mágico, Tom, y mientras lo lleves junto a ti te protegerá de cualquier mal. Debes intentar no perderlo nunca.

El muchacho, que durante meses había trabado una sincera amistad con Hans, dudaba de que alguien como él fuera capaz de gastarle una broma tan cruel. El Medioerizo podía ser socarrón y un cascarrabias, maldecía a destiempo y parecía ladrar incluso cuando se proponía regalar un piropo, pero nunca hacía uso de la crueldad para manejarse con la gente, mucho menos con los que consideraba sus amigos. Así que se limitó a escuchar en silencio esforzándose por encontrarle sentido a aquel galimatías. Le había prometido que tendría el mejor regalo de Navidad.

—Verás: hace años me entregaron una capa mágica para que me protegiera del mal. Llevo usándola desde entonces y siempre me ha funcionado bastante bien. Un día me di cuenta de que era demasiado larga para mí. Me arrastraba por el suelo y terminaba manchada de todo tipo de porquerías, así que decidí compartir un trozo del bajo. Ese día empezó todo.

Hans guiñó su único ojo sano y acompañó al muchacho hasta un banco cercano, donde le invitó a sentarse.

—No te contaré la historia entera porque es muy larga, pero, créeme, ese retal te protegerá. No eres el primero al que regalo un trozo... —Comenzó a rellenar su vieja pipa con un generoso pellizco de tabaco—. Puede que ahora te parezca una tontería, pero te aseguro que cuando pase el tiempo, entenderás lo que quiero decir y me lo agradecerás.

El muchacho asintió esforzándose por dibujar en su cara una sonrisa de compromiso que disimulara su decepción. Hans lo miró sonriente y al no recibir más respuesta que un lastimero cabeceo, entendió que debía iniciar la segunda fase de su plan.

—¡Ah, una cosa más! Ayer pasé por la relojería del señor Battaglia. Me debía un favor por unos recados ciertamente comprometidos que le hice. Cosas de mayores. Y como no quería cobrarle con algo tan vulgar como el dinero, me llevé esto.

Con un movimiento desganado, echó mano al bolsillo, rebuscó un momento y, como un prestidigitador ejecutando su mejor truco, volvió a sacarla. Le ofreció primero el puño cerrado, aunque no tardó en comenzar a abrirlo. El pequeño Tom quedó boquiabierto cuando Hans extendió los dedos y le mostró el pajarillo de juguete que había mantenido oculto. Metió una pequeña llave dorada bajo una de sus alas, dio cuerda a su corazón mecánico y el animal cobró vida. Empezó a picotear, enloquecido, recorriendo sin mucho criterio el desgastado tablero de la mesa en busca de migas de pan invisibles.

—Yo no lo quiero para nada —continuó—. Soy demasiado torpe. No estoy acostumbrado a cosas tan delicadas y seguro que terminaría rompiéndolo. Así que he pensado que quizá tú quieras convertirte en su custodio.

El muchacho saltó al cuello de Hans para abrazarlo exultante de alegría. El Medioerizo supo mucho antes de recibir el apretón que había conseguido su objetivo. Se preciaba de conocer en profundidad la naturaleza humana. Y sabía que no había mejor manera de disimular el sabor de un jarabe que mezclándolo con una buena cucharada de miel.

—¡Gracias, señor Hans!

El pequeño ruiseñor mecánico suponía la confirmación de las más brillantes esperanzas de aquel chiquillo. Efectivamente, el viejo era su amigo, jamás le habían regalado nada tan bonito. Todos los muchachos del hospicio tendrían envidia de su juguete.

—Y ahora cógelo todo y vete. Tienes cosas que hacer en la cocina y si no acudes puntual, la señora Pecksniff va a terminar regañándonos a los dos. Recoge la leña que he cortado y apílala bien antes de que se ponga húmeda. Pero, sobre todo, no te olvides de presentarte primero ante ella.

Mientras el chiquillo se alejaba corriendo pasillo arriba, Hans recordó las palabras de la cocinera, seguro de haber vuelto a acertar.

—Ese Tom Fellow es en verdad un niño con magia, señor Hans. Una criatura brillante cuyo corazón es incapaz de albergar maldad alguna. —Margaret Pecksniff era una de esas mujeres de aspecto rústico y ademanes desgarbados, dotada por la naturaleza con un cierto don de la videncia que la llevaba a acertar siempre en lo que a los asuntos humanos se refería—. Espero que el futuro no acabe por ensombrecerlo... ¡Sí, señor! —suspiró—. Eso espero.

Tras escucharla hablar así, Hans había tomado la decisión de darle al pequeño uno de sus últimos trozos de buena ventura. Unos días después, empleó en él más de la mitad de la tela verde que le quedaba. Recortó con cuidado el pequeño rectángulo, lo convirtió en dos pedazos desiguales y cosió el mayor en el chaleco que había pensado regalarle. No era la primera vez que lo hacía, a lo largo de los años había ido repartiendo retales como aquel a otros muchos chiquillos. Alrededor de medio centenar de críos, tan poco favorecidos por el destino como el propio Tom, habían podido disfrutar de la suerte que impregnaba el tinte de aquel paño mágico. Prendidos en las colchas de algunas cunas, cosidos a abrigos o a bufandas, a veces simplemente enganchados a un jersey con un imperdible, los retales habían pasado de formar parte de una regia capa bordada en el albor de los tiempos a convertirse en testimonios desperdigados de la buena fe del Medioerizo. Hans solía llamarlos «sus niños». Los niños del Medioerizo. Y aunque a muchos hacía años que no había vuelto a verlos, estaba seguro de que había ayudado a mejorar el porvenir de todos ellos. Consideraba la idea de partir el manto como la mejor que había tenido, y eso que era hombre de los dotados de ingenio y se jactaba de haber tenido muchas y muy grandes ocurrencias en su vida. Cuando la ginebra le calentaba el gaznate y se atrevía a contar su particular cuento de Navidad, afirmaba siempre que el día en que se plantó frente al camastro del pequeño Jackie Squerrs para colocar el primer recorte junto a su almohada había sido uno de los más felices que podía recordar. El pequeño Jackie, que no había parado de toser en días, pareció mejorar aquella misma noche y creció desde entonces sano como una manzana, sin volver a coger el más leve resfriado nunca más.

Los niños de Hans... Casi medio centenar... Los niños del Medioerizo.

Sin embargo, la magia no es materia con la que uno pueda jugar. Lo sabía bien. El hechicero bienintencionado que lo obsequió con aquel manto de color esperanza lo había hecho por una razón. Hans era un arcadiano, medio hombre, medio animal, y no habría podido sobrevivir ni cinco minutos en nuestro mundo si no le hubieran regalado el cendal tejido con el que disfrazaba su aspecto. El singular hombre erizo no sería tan bien tolerado por sus vecinos como el vulgar prójimo Hans. Aquellos que con tanta amabilidad lo saludaban cuando los llevaba de una orilla del río a la otra habrían corrido tras él, armados con antorchas y guadañas, al saber cuál era su verdadero rostro. Y aunque hubiera conseguido escapar de ellos no habría servido de mucho... El mismísimo Cazador de Hadas habría aparecido sin tardanza para terminar el trabajo.

No. No había cabida para alguien como él en el mundo. No sin el amparo mágico de aquella capa que siempre había intercedido por su suerte.

Por eso, mirando el diminuto triángulo de tela verde que le quedaba, último testigo del don que un día le había sido concedido, Hans creyó haber sobrepasado el límite. Era apenas mayor que su dedo. Temió que se deshilachara apenas empezara a recoserlo. Y puede que por un momento llegara a maldecir su propia generosidad, aunque la verdad es que no tardó en renegar de todo rencor. Ciertos sentimientos no cabían en el corazón del Medioerizo. Sí, había repartido su suerte quedándose con un pedazo demasiado pequeño, pero ¿y qué? ¿Quién podía contar una aventura como aquella? Había multiplicado una dicha por cien.

Acompañado de sombras, terminó de remendar la capa, ordenó sus cosas de nuevo y se sirvió la cena. De camino había comprado castañas y ron, y la señora Pecksniff había envuelto en papel de estraza un trozo de pastel de carne que había preparado, según le aseguró, expresamente para él. Así que, tan satisfecho como un emperador que acabara de conquistar el mundo entero, seguramente más incluso, cenó, tomó su pipa y se sentó frente al fuego a esperar... Temía que muy pronto vinieran a por él. Si había suerte, hasta podría ver un nuevo amanecer. No creía que Caín Nublo fuera a esperar mucho más.

Hans el Medioerizo pasó la Nochebuena de 1875 solo y esperando la muerte, pero feliz por haber vivido y satisfecho por haberlo hecho tan bien.

El tiempo, que no espera ni a reyes ni a mendigos, ya sean hombres buenos o demonios encarnados, se consumió aquella noche como se consume de manera habitual. Acaso con un poco más de lentitud en deferencia a los recuerdos del pobre Hans, aunque huyendo como hace siempre en dirección al olvido.

Comenzaba a clarear por encima de los tejados cuando Hans decidió que no había mejor manera de abandonar este mundo que viendo al sol nacer. Dispuesto desde luego a presentar un mínimo de dignidad en la batalla, tomó su navaja y un taburete viejo y salió a la calle cubierto por su capa de retales. Tendría que luchar por su vida ante el famoso Cazador de Hadas, y hasta en eso encontró una cierta satisfacción. Sería todo un duelo.

Desde luego que sí. No era ningún cobarde. Si la nieve caída durante la noche debía convertirse en sudario de su desgracia, que así fuera, aunque regalaría un par de buenas coces antes de recibir su sentencia.

Con todo, estaba seguro de que ese momento no había llegado todavía. Por alguna razón sabía que aún le quedaba un rato. Era el día de Navidad y su único deseo había sido el de ver amanecer.

Tras atravesar la cerca de madera que rodeaba su caseta, Hans pasó por su pocilga y se despidió con un par de besos de los Trumpan, la pareja de cerdos que con tanto mimo había cebado durante meses. Sin embargo, antes de marcharse, se lo pensó mejor, se volvió y los maldijo por traidores. Acababa de caer en la cuenta de que, después de tantos desvelos, terminarían cediendo su magra a algún desagradecido.

Sin detenerse demasiado —no era hombre de ceremonias— remontó la pequeña colina que quedaba a la espalda de su casa, dejando tras de sí un rastro de huellas en la nieve, quizá el último testimonio de la que había sido su vida. Había en lo alto de aquel cerro un viejo roble seco, a la sombra de cuyo tronco carcomido había observado el atardecer en multitud de ocasiones. No podía imaginar mejor lugar para contemplar el alba, así que, simplemente, se sentó allí a esperar.

Por fortuna, el destino fue una vez más clemente con él y Hans pudo disfrutar del espectáculo completo en toda su grandiosidad. Primero un clareo plateado más allá del horizonte y luego, poco a poco, el nacimiento dorado de un nuevo día. El sol se mostró al principio como un tajo de esperanza en la oscuridad, que al poco comenzó a crecer tiñéndolo todo de color. ¡Qué maravilla! Hambriento de vida como cualquier otro condenado a muerte, Hans disfrutó de cada brillo, del rojo forja que hizo sangrar al cielo primero y de la orgía de naranjas que llegaron a continuación, del blanco incandescente del disco solar que los sustituyó y de los añiles que vinieron escoltándolo.

Y es que no hay música más hermosa que aquella que sabemos irrepetible. Aunque, por desgracia, como tiene su principio, toda melodía debe tener también un final. Unos pasos a su espalda le advirtieron al Medioerizo de que la función estaba a punto de concluir. No pudo reprimir el miedo. Notó como el pulso se le desbocaba y al principio estuvo tentado de volverse. Sin embargo, no lo hizo. Si tenía alguna esperanza de presentar una mínima batalla, debía fingirse seguro, un rival a la altura del legendario Cazador de Hadas.

Mientras trataba de no alertar a su enemigo, moviéndose con lentitud, echó mano a su navaja.

—Has tardado demasiado en llegar —protestó sin volverse—. Imagino que tendrías trabajos más importantes que hacer.

—Es verdad que he tardado demasiado...

Hans esperaba otra voz. No sabía cómo sería la del Nubilita, nadie había vivido para contarlo, pero esperaba algo desagradable, palabras frías como el corazón de un ahogado, que hirieran... una voz que sonara como una cuchilla arañando un cristal, a chirriar de dientes, a porcelana masticada... y lo que escuchó fue algo muy distinto.

Escuchó la voz cálida y segura de un hombre justo y bueno.

Hans se puso en pie muy despacio y se volvió para mirar al recién llegado. Ni el traje planchado con cuidado escrupuloso, ni el elegante sombrero gris, ni la capa ni el bastón de empuñadura plateada con el que se ayudaba para caminar, ni siquiera el efecto de los años, que habían convertido su rostro de niño en el de un apuesto lord inglés, le hicieron dudar. Aquel hombre fornido que se había presentado a la puerta de su casa el día de Navidad era Jack Squerrs. El pequeño Jackie Squerrs, al que había regalado el primer retal de su capa hacía tanto tiempo. Lo supo nada más verlo, su sonrisa seguía siendo la misma. No obstante, por si le cabía alguna duda, el joven abrió el abrigo con el que se protegía del frío y le mostró una prueba irrefutable de que así era. Un rectángulo de paño verde cosido sobre el forro gris en la parte interior, de manera que siempre estuviera lo más cerca posible de su cuerpo.

—Esperaba a otro... —balbuceó Hans.

—Discúlpeme. Siento presentarme así, de improviso. Iba a mandar una nota para avisarle, pero, la verdad, no he podido hacerlo.

—No. —Por primera vez en años, la vivaracha lengua del Medioerizo fue incapaz de encontrar las palabras. Atragantado por los sentimientos, apenas supo qué decir—. No, no me entiendas mal... Es que...

—Soy Jackie Squerrs, señor Hans. ¿No me recuerda?

El joven se adelantó ofreciéndole la mano y el Medioerizo, incapaz de articular un discurso mínimamente coherente, optó una vez más por la acción sin reflexionar demasiado. Un abrazo podía servir tanto para expresar lo que sentía como para ocultar las lágrimas que amenazaban con traicionar su reputación de tipo sin alma.

—¡Claro! —consiguió decir por fin—. No pensarías que iba a olvidarme de ti. El pequeño Jackie, hecho todo un hombre... ¡Me alegro tanto de verte, muchacho!

Hay momentos preciosos que, sin embargo, quedan fuera de los libros de historia. No hay poetas que den testimonio de ellos ni se recuerdan en canciones ni en crónica alguna. Son momentos que cambian el curso del universo entero, pero de los que solo dan fe personas sencillas. Aquel habría sido uno de esos instantes si pudiéramos considerar a Hans y a Jack Squerrs hombres vulgares. Desde luego, no lo eran. El afecto que sentían el uno por el otro era tan puro como la fibra con la que se tejen los sueños de los recién nacidos.

—Escucha, muchacho. —Hans habló cabizbajo dando un paso para separarse de él. La prudencia le habló al oído rompiendo la magia de aquel momento. Aunque hubiera querido prolongarlo por siempre, no podía ser—. No hay nada que pueda alegrarme más que verte aquí, pero quizá corras peligro. Esa visita que espero... no es de alguien querido.

—Hoy es Navidad —contestó Jack, seguro de sí mismo—. ¡Nuestra Navidad! Y le aseguro que nadie va a venir a pudrírnosla. Cualquiera tan tonto como para intentarlo, se llevaría una sorpresa muy poco grata.

En ese momento, el joven señaló en dirección a la entrada de la casa. Varios carruajes acababan de detenerse allí mismo y un pequeño grupo de personas, de pasajeros, esperaba al pie de los caballos conversando de manera amigable.

—No he venido solo...

Por capricho de la magia, Hans supo sin lugar a dudas que el hombre en quien se había convertido el pequeño Jackie decía la verdad. El Cazador de Hadas no acudiría a su cita en aquella ocasión. De alguna manera, el encantamiento había logrado mantenerlo oculto incluso cuando la capa había quedado reducida a un mísero recorte de un dedo de ancho. Reunidos todos los fragmentos de tela que durante años había ido regalando, el poder se había incrementado de manera evidente. Ya empezaba a notarlo. Y es que no serían menos de una veintena los chiquillos y chiquillas que, convertidos en brillantes hombres y mujeres, aguardaban a la puerta de la casa de Hans. Todos cargados con cestas de viandas y regalos para celebrar la Navidad con él.

—Siempre me sorprendió que los demás muchachos pusieran cara rara cuando yo les decía que usted parecía un erizo. —Avanzaban sin prisa, disfrutando de cada paso, así que Jack tuvo tiempo de explicarse de camino—. Les decía que en vez de pelo tenía púas y me miraban como si estuviera loco. Pero yo siempre supe que usted era distinto. Quizá por eso me gustaba tanto estar a su lado. Me encantaban las historias que nos contaba, pero no era solo eso... Yo siempre supe que usted estaba hecho de pura fantasía.

Hans el Medioerizo se detuvo. Era difícil sorprenderlo. Parecía haberlo vivido todo antes de que ocurriera. Y, sin embargo, aquellas palabras llegaron a impresionarlo de manera muy profunda.

—Sí, maestro Hans... Yo lo sabía. Igual que supe siempre que este pedazo de tela me protegería tal y como dijo usted. Y de la misma forma sentí hace días que tenía que volver. He sido un desagradecido, hace años comencé a buscarlo, pero he de reconocer que no lo hice con suficiente ahínco. Siempre había prisas, cosas más importantes.

—No te preocupes. La vida nos lleva. Es complicado a veces... Yo tampoco te lo habría puesto fácil. No he parado. Yendo siempre de un sitio para otro. Escondiéndome hasta de mi sombra.

—Por suerte, hace unas semanas comencé a soñar. —Jack continuó animando a Hans a caminar—. Digo por suerte, aunque al principio no me gustó nada el asunto. Eran siempre pesadillas inquietantes. Veía a un hombre vestido de negro y armado con un cuchillo de aspecto temible acechándolo, rondando esta misma casa. Y sentía que estaba usted en peligro. Pero a los pocos días empecé a recibir cartas de los muchachos y supe que todo tenía sentido. Ellos también habían tenido oscuras premoniciones, algunos hasta visiones... Y así supimos que teníamos que volver. Que había llegado la hora de regresar. Lo único que nos faltaba era un camino que seguir, pero luego miré al cielo y vi la estrella. ¡Me pareció un milagro! Magia invocada por un espíritu generoso expresamente para nosotros. —El joven señaló un brillante lucero detenido sobre su cabeza. Se resistía a desaparecer en el azul del cielo—. En ese momento supe la dirección en la que debía caminar. Todos la supimos.

No tuvieron que esforzarse mucho más para encontrarse con los demás recién llegados. Mientras caminaban animados, damas y caballeros fueron a su encuentro, alejándose de los carruajes. Los niños del pasado, sí, pero todos convertidos en hombres y mujeres con futuro. El delgaducho de Charlie Dugan, mudado en avezado armador de anchas espaldas; las hermanas Wrayburn, cuya academia era famosa en toda la zona de Newcastle; Peregrine Fielding, el mocoso de Peregrine, crecido y doctorado en Medicina. Hans saludó a Peter Goldsmith, al que cualquier camisa le venía siempre grande. Iba vestido con un elegante traje a medida en el que no sobraba ni un hilo. Había estudiado leyes y su bufete era motivo de envidia entre muchos colegas. Y luego, estrechó la mano de Charles Coburn y abrazó a Clarence Webber, al cojito Eleuterio Fielding y a todos los demás.

Los niños del Medioerizo.

Y terminado el festín de saludos, todos entraron en la casa de Hans y, como si hubieran vivido allí siempre, acomodaron un lugar que a pesar de ser estrecho a él le había parecido demasiado ancho en demasiadas ocasiones... casi un yermo desierto. Muchos habían traído sillas, y los que no lo hicieron se sentaron sobre toneles y cajas, alguno incluso en el suelo. Varias tablas viejas se convirtieron en la más regia mesa, y en un momento sembraron sobre ella un festín que no tardaron en comenzar a regar con buen vino y mejores sonrisas. Hans sacó la gaita y, entre historia e historia, encajaron un par de buenas canciones.

Era el día de Navidad.

Y cuando, agonizando la tarde y saciados todos de felicidad, comenzaron a despedirse, Hans se encontró con una nueva capa de retales, quizá con menos tela que aquella que le habían regalado años atrás, pero con la suficiente como para mantener su magia de manera casi eterna. Pues sabían que se negaría a aceptar un solo jirón si alguno de sus niños quedaba desamparado, los muchachos habían llegado al acuerdo de desprenderse cada uno solo de la mitad de su regalo. Y con esas mitades volvieron a componer un nuevo manto, de aspecto singular, pero que le sirvió al bueno de Hans para permanecer a salvo unos cuantos años más.

—Cada uno ha traído algo como obsequio para usted, maestro Hans. —Antes de marcharse, Jack señaló un viejo biombo tras el que habían ido apilando sacos que el Medioerizo no había tenido tiempo de mirar—. Son cosas poco valiosas, si las comparamos con un gramo de pura suerte, pero seguro que le ayudan para continuar con su particular cruzada. Seguiremos viniendo por aquí... —Avergonzado, bajó la mirada—. Bueno, al menos yo lo haré, lo prometo. Y procuraré continuar aportando a la causa... Es posible que nosotros no podamos regalar paño encantado, pero la buena voluntad puede tomar formas muy distintas. Una bendición —repitió al pie de la letra las palabras que tantas veces había escuchado decir a Hans— puede ser de palabras, de agua, de pan o incluso de hierro y madera como un arado.

Hans y el joven se despidieron sin desperdiciar demasiadas frases. Un apretón de manos y otro abrazo sirvieron para refrendar un pacto de honor que jamás había dejado de tener vigencia. Y nunca más tuvo hueco la soledad en aquella casa. Cuando a la mañana siguiente Hans salió en dirección al hospicio, lucía con orgullo su capa recién estrenada y llevaba un monedero repleto de guineas y soberanos de oro que no tardó en comenzar a repartir entre nuevos ahijados.

Era cierto. La buena voluntad, como materia mágica que es, puede tomar muchas formas: unas veces se muestra como un vulgar trapo verde, en ocasiones se disfraza de palabra o de mano que se ofrece para ser agarrada... A veces de moneda, de gesto de clemencia o consuelo...

Puede ser de agua, de pan o de hierro y madera como un arado.

A veces, la buena voluntad toma incluso forma de sencillo cuento de Navidad.

La flor y el Cazador de Hadas

Houdin en China*

* *Nota del autor:* Los acontecimientos relatados en este cuento transcurren treinta años antes que los narrados en *Los últimos años de la magia*, aunque ha sido escrito para ser leído tras la novela. Una maldición de aburrimiento podría caer sobre aquel que lo hiciera en el orden incorrecto.

Durante siglos este reino inmenso que vosotros llamáis China le estuvo prohibido. ¿Te lo imaginas? Un lugar en el que la magia reinaba, plagado de prodigios. Un lugar en el que todo era posible.

Describiendo un amplio arco con la mano, el anciano le ofreció el paisaje que quedaba a sus pies. Una inmensa manta de vegetación cubría las montañas extendiéndose en todas direcciones. Parecía ocultar las osamentas de mil dragones que yacieran bajo tierra.

—Aparentas ser muy joven, maese Houdin, pero sé que no eres ningún necio. Tú no perteneces a esa recua que cree que solo es un cuento de viejos para chiquillos.

El extranjero sonrió de manera cómplice. Una mañana, un yin de alas encarnadas apareció frente a su ventana y, haciendo las veces de paloma mensajera, le entregó un pergamino en el que se le apremiaba a encontrarse con el maestro Li Bao. Era urgente, por eso aquella misma noche Jean Eugène Robert-Houdin abandonó Francia y emprendió el viaje de miles de kilómetros que lo llevó hasta allí. Desde entonces habían pasado meses. En aquel momento, admirando el paisaje, estuvo seguro de que aquella aventura estaba a punto de llegar a su fin.

Sin embargo, aun acostumbrado a los prodigios como estaba, tuvo una cosa por segura: que todavía le depararía más de un asombro.

—Yo mismo ayudé a levantar el gran muro con mis manos,

solo que entonces no era de piedra, sino del jade más brillante. —La voz de Li Bao invitaba a la calma—. Mis encantamientos sirvieron para marcar con cendales indelebles cada sillar de esta gran muralla. Por aquel entonces la magia era mucho más abundante. El mundo de ahora me parece un erial maldito cuando lo comparo con aquel tiempo. Créeme, los magos éramos aquí tan comunes como los granos de arroz en un año de buena cosecha. Puedo recordar a la perfección el entusiasmo con el que nos encomendamos a aquella tarea; marcar una frontera para el mal, señalar una línea que el Nubilita nunca pudiera cruzar. Y lo logramos. —Suspiró—. Me gustaría que hubieras podido verlo. Durante siglos no pudo poner pie en esta tierra.

El anciano recorrió con la mirada la longitud de la muralla sobre la que caminaban. Como una gran alfombra de piedra, el camino se extendía frente a ellos hasta convertirse en una cicatriz sobre las cimas de las montañas más lejanas.

—He oído historias, maestro —afirmó conciliador el joven Houdin—. Las mismas que hablan del inmortal Li Bao y de su sabiduría hablan también de aquel reino prohibido a la Causalidad en el que el Cazador de Hadas no podía entrar. El que solo tú puedas recordarlo no significa que no fuera real. Yo, al menos, jamás dudé de su existencia.

—Sé que algunos me llaman loco, que se ríen de mí a mis espaldas, pero créeme: en aquel reino no existían la sed ni el hambre —continuó vehemente el hechicero—, y solo nos quedamos con el dolor necesario para seguir valorando la vida como merece. La música brotaba de las piedras y el arte era la ley suprema. No he vuelto a oler perfume que se parezca ni por asomo a las fragancias que acompañaban entonces a la brisa. Los chiquillos daban vida a mariposas de papel y se dedicaban a perseguirlas entre risas sin miedo de ser castigados. Las criaturas mágicas paseaban por las ciudades y no necesitaban esconderse, se encontraban totalmente integradas en nuestras vidas, a veces constituyendo auténticas colonias o formando parte de los diferentes gremios. Y no solo nos ofrecían su presencia, sino también su industria y su sabiduría. Tejían y tallaban para nosotros, ayudaban con las cosechas, cuando había que levantar un puente o un palacio, fraguaban y construían para nosotros.

El maestro Li Bao se detuvo rumiando sus recuerdos.

—La única imperfección en aquel reino vino impuesta por los peligros que acechaban fuera de él. Y es que, aunque fuimos capaces de desterrar la guerra dentro de nuestras fronteras, no pudimos librarnos de ella por completo. Ese al que vosotros llamáis Caín Nublo tardó poco en darse cuenta de lo que pretendíamos y corrió hacia aquí dispuesto a derribar estos muros. Así que, con todo el dolor de nuestros corazones, tuvimos que formar ejércitos para defender nuestra libertad. Yo fui uno de los primeros en enrolarme y durante siglos tuve tropas a mi mando con las que me enfrenté a sus huestes. De manera periódica, con la llegada del invierno, el Nubilita abandonaba sus quehaceres y marchaba enarbolando la bandera de la muerte, decidido a derrotarnos. ¡Es terco el malnacido...! Pero, aunque tuvimos que sacrificar mucha sangre para hacerlo, una y otra vez logramos detenerlo.

Li Bao se lamentó cerrando los ojos y negando con la cabeza.

—No creas que fue fácil. Teníamos cuatro dragones a nuestro servicio, y la protección de estas piedras, pero él llegaba siempre acompañado de cañones que escupían metralla y hombres armados con hierro del más afilado.

—Ignoraba que hubieras sido soldado, maestro.

—Siempre hay una buena causa por la que luchar. ¡Claro que lo fui! De los mejores con el arco y muy competente también con la espada. Mi hermana y yo fundamos la academia de magia de batalla de Chang'an, que durante siglos abasteció de hechiceros al Ejército de la Gran Muralla. No te dejes engañar por el aspecto de estas manos arrugadas, no siempre temblaron como lo hacen ahora.

El anciano avanzó con pasos cansados hasta llegar a las almenas. Una vez allí apuntaló el peso de su cuerpo con su cayado y se abandonó a la observación del paisaje. Con la mirada perdida, pareció rendir pleitesía a aquel tiempo pasado que describía.

—¿Y qué ocurrió luego, maestro? —preguntó el joven Houdin colocándose a su lado.

—Pasó lo que tenía que pasar, mi apreciado muchacho —contestó el mago volviendo sus ojos glaucos hacia él.

—Al final fuisteis derrotados... —afirmó Houdin pesaroso.

—Sí. El final de toda historia es, por definición, siempre una derrota. Sería muy largo de contar y, aunque disfruto mucho de tu compañía y nada me gustaría más que poder hacerlo, apenas tenemos tiempo. Así que trataré de resumírtela. ¿Ves aquella zona de allí?

La muralla parecía menguar a lo lejos hasta hundirse bajo las montañas. Aunque millas después reaparecía volviendo a constituirse en espina dorsal de la sierra sobre la que caminaban, durante un buen trecho su imponente arquitectura quedaba reducida a pilas de escombros cubiertos de verdín.

—Ven, sígueme.

Con fuerzas renovadas, como si de repente hubiera conseguido dejar atrás a la mismísima vejez, el anciano se adelantó ascendiendo los escalones que quedaban frente a ellos. Emprendió una larga caminata, en silencio, que no detuvo hasta llegar a las inmediaciones de la enorme grieta. En efecto, un buen tramo de la Gran Muralla había sido demolido. El tiempo, que había sabido respetar la mayor parte de su extensión, parecía haber dado allí un gran tajo con su guadaña, derribando sillares hasta convertirla en un bosque de escombros. Li Bao tomó una estrecha escalera lateral y descendió al nivel del suelo. Sin dudar en ningún momento, avanzó hasta la mitad del hueco, donde por fin tomó asiento.

A sus pies, dos serpientes talladas en lápidas conmemoraban algún evento pasado que maese Houdin fue incapaz de descifrar.

—La defensa de esta zona de la muralla fue encomendada a dos jóvenes generales, dos cambiapieles llamados Qing Qing y Bai Bai. —El anciano mago señaló las losas con su vara—. Cada uno de ellos se encargaba de proteger un tramo. Uno, el que queda más allá de la grieta, y otro, el que se extiende a nuestra espalda, por el que hemos caminado hasta aquí. Eran guerreros valientes, entregados a la causa, de lealtad probada en mil batallas. Sus hombres los seguían con obediencia ciega. Hasta el más cobarde de ellos habría dado la vida por defenderlos. Los estandartes de la serpiente blanca y de la serpiente verde ondearon orgullosos en estas almenas durante décadas... Hasta que un día sus nombres aparecieron en una profecía de muerte.

—Siempre me interesaron las profecías. Durante mi juventud pasé mucho tiempo dedicado a estudiarlas —afirmó el maese Houdin.

—Sí, lo sé —sonrió el viejo Li Bao apoyándose en el hombro del francés—. Esa es una de las razones de que estés hoy aquí. No la única, pero sí una bastante importante. —Tras aguardar un instante tasando el efecto de sus palabras en el joven que lo acompañaba, continuó con su historia—: El caso es que, alarmada, mi maestra me ordenó investigar el asunto. Yo entonces era huérfano como tú. No había encontrado todavía criatura a la que custodiar y disponía de libertad para dedicarme a aquel asunto.

—¿Y qué averiguaste, maestro?

—Lo primero, que corríamos un gran peligro. Y lo segundo, que no podía dormirme en los laureles... Una luna; disponía de ese tiempo para desentrañar el enigma o todo estaría perdido.

—¿Tan poco? Interpretar una predicción de manera mínimamente acertada puede llevar años. A veces toda una vida.

—Sí, es cierto —admitió el maestro—. Y lo sabía, pero yo entonces era joven, mucho más de lo que lo eres tú ahora, y cuando uno es joven el tiempo fluye con más lentitud. Ya te darás cuenta cuando tu pelo se encanezca y tus huesos comiencen a combarse. Además, era osado. Muy osado.

—Diste con la verdad, ¿no es así, maestro?

—Averigüé lo suficiente como para acercarme a ella, sí. No recuerdo los caminos que seguí, pero el caso es que aquella profecía en la que los Señores Serpiente morían y nos hacían caer en la peor desgracia me llevó a otra mucho más antigua... Y, claro está, a otra historia. Las profecías siempre se encuentran plantadas en historias interesantes. —El maestro parecía conmovido por sus propias palabras—. No sé si estás dispuesto a asumir el peligro de escucharla. En realidad, te he mandado llamar para confiártela, pero debo advertirte: se trata de una historia que no ha terminado todavía y si la adoptas como tuya es posible que su final termine afectándote también a ti.

—¿Podría, al menos, saber algo más de ella antes de decidirme?

El viejo tardó en contestar. A ratos parecía perderse en sus propios pensamientos y tardaba en regresar al mundo de los vivos. Por fortuna, el viento, con su roce fresco, alcanzaba a traer su espíritu de regreso antes de que se marchara para siempre.

—Verás —continuó—: todo comenzó en el reino mágico de Xuan Pu, ese lugar que los europeos llamáis Arcadia. Aunque pueda parecer extraño, la desgracia de Qing Qing y Bai Bai empezó a fraguarse allí, el mismo día en que la joven princesa Cui Cui fue engendrada.

—¿Cui Cui...? —preguntó extrañado Houdin—. ¿Quién es Cui Cui?

—No la conoces porque todavía no te he hablado de ella. Ten paciencia y escucha: esa criatura celestial era hija de la más hermosa de las huli jing.

—¿Un hada...?

—Sí, un espíritu zorro, un hada, como decís vosotros. Y mucho antes de nacer despertó ya las envidias de todos. Es una historia trágica, pero no muy distinta de muchas que hayamos oído mil veces. Con cuernos o sin ellos, con o sin alas, los individuos somos todos muy parecidos, vivamos a este o al otro lado del velo.

El maestro hizo otro breve receso, quizá para ordenar sus propios pensamientos.

—El caso es que tales eran los augurios sobre su belleza y perfección que su propia madre terminó por odiarla de la manera más profunda. Una profecía, seguramente malintencionada y cargada de envidia, afirmaba que la pequeña sería el ser más colmado de gracias que se hubiera encarnado jamás. Pero esa visión aseguraba también que su nacimiento terminaría por alejarla del amor de su esposo para siempre.

—He escuchado historias parecidas en algunas ocasiones, sí.

—Así que la pobre muchacha nació maldita. Su propia madre, que si hubiera podido se habría librado de ella antes de traerla al mundo, la condenó imponiendo un terrible castigo a todo aquel que se atreviera a amarla. Lo hizo en secreto y amparada por la oscuridad, y al hacerlo perdió su propia alma... aunque poco le importó. —Li Bao tomó a Houdin del brazo—. Y no se detuvo ahí. Empleando toda su fuerza de voluntad concretó su odio añadiendo que aquel que se atreviera a tocarla caería en la peor desgracia. Sería condenado durante años a la más absoluta de las soledades y si no acababa con la vida de su amada, terminaría desterrado para siempre del mundo de los vivos.

—¿Y dices que esa historia se cruzó con el destino de aquellos dos generales? —preguntó intrigado Houdin—. ¿Cómo se llamaban...? ¿Qing Qing y...?

—Qing Qing y Bai Bai. Los Señores Serpiente. Así es. Aquella criatura nació brillando con un fulgor dorado que la habría destinado a reinar entre los suyos, pero el egoísmo y la envidia la condenaron a la peor de las existencias. Imagínate; nadie se atrevía a rozarla siquiera. No disfrutó de un solo beso y, poco después de aprender a hablar, la encerraron en una torre perdida y encomendaron su custodia a un viejo ciego al que advirtieron del peligro que corría si se dejaba embaucar por sus encantos. Puedes imaginarte cómo sigue la historia. Aquel carcelero la mantuvo prisionera durante mucho tiempo, hasta que, antes de morir, se apiadó de ella y la dejó libre...

—Si era tan hermosa no tardaría en llamar la atención fuera de su celda —supuso Houdin.

—Bueno, no sé muy bien la manera, pero el caso es que la muchacha consiguió vivir oculta durante bastante tiempo. Supo esconderse. Pero, como bien dices, su perfección sería su ruina antes o después. Así que, como es lógico, al final el amor apareció en su historia y la maldición se desencadenó de nuevo. Una tarde, un joven se encontró con ella mientras se bañaba en un lago del bosque, y quedó tan prendado de su hermosura que ya no tuvo otro objeto en la vida más que hacerse dueño de su corazón. El pobre desconocía la maldición y, loco de pasión, intentó convertirla en su esposa. Por desgracia, la muchacha había sido bien advertida en sus años de cautiverio y trató por todos los medios de rechazarlo. Pretendía evitarle un mal. Imagínate. Sabía que un solo beso suyo podría acarrearle la peor de las desgracias. —El viejo Li Bao miró tan fijamente a Houdin que el joven mago tuvo que apartar la vista—. Lo que ella ignoraba era que, negándoselo, le hacía el mismo daño, que no había nada que pudiera evitar el castigo una vez se activaba la maldición.

—Así de crueles son las maldiciones, sí —asintió Houdin pesaroso.

—Lo son. Y aquella era de las peores. Aquel muchacho, desesperado, acabó quitándose la vida pocos días después. Y ¿sabes qué? Que hasta el destino pareció maniobrar en contra de nuestra princesa. ¡Pobrecilla! El desgraciado pretendiente resultó ser además de su misma estirpe, un hermanastro que no había ni siquiera llegado a conocer, parido por su misma madre.

Houdin intuyó el final de la historia, aunque aguardó en silencio a que el maestro Li Bao prosiguiera. El sol, oculto tras las nubes más lejanas, se había disuelto ya y se había convertido en plata derramada sobre las cumbres.

—En resumidas cuentas: la muchacha fue apresada y condenada. Loca de furia, sabedora de que en el fondo había sido ella la causante de su propia desgracia, la reina de las hadas trató de buscar inocentes sobre los que volcar su culpa. Y lo consiguió. Como comprenderás, pocos fueron los que se atrevieron a concederle el beneficio de la duda a la joven princesa. Por miedo a caer bajo su influjo, ni siquiera la escucharon... Al final, fue condenada al exilio y expulsada de Arcadia.

—Expulsada a nuestra realidad... —aventuró el joven Houdin.

—Eres tan despierto como me contaron, muchacho. —Li Bao lo señaló con su dedo índice—. Eso es. Una vidente de confianza me informó de que llegaría a nuestro mundo, donde tomaría forma de flor. Y añadió que esa flor mágica brotaría justo en este punto, a los pies de la muralla.

—En el lugar en que se encontraba la frontera de las jurisdicciones de los dos generales —afirmó entendiendo Houdin.

—Efectivamente. —El maestro cerró los ojos como para ayudarse a recordar—. Y resultó que su fecha de llegada coincidía con aquel vaticinio que hablaba de muerte e infortunio. Había oído rumores de que un nuevo afloramiento se abriría en este preciso punto de la muralla. Todo coincidía.

—Pero, según veo, no llegaste a tiempo para evitar la desgracia... Toda esta destrucción fue provocada por su venida, ¿verdad?

El joven mago señaló las piedras cubiertas de musgo que los cercaban, antaño orgullosos sillares que habían formado parte del paramento.

—Había consumido casi todo mi tiempo cuando terminé de atar los últimos cabos y, aunque cabalgué raudo hasta aquí, tardé casi una semana en recorrer la distancia que separaba la casa de mi maestra de este sitio. Mi país es muy grande. No imaginas cuánto.

El anciano Li Bao se giró para mirar a Houdin con los ojos humedecidos por la emoción. Aunque hundidos y cercados por arrugas, decolorados y cansados después de haber visto tanto, por un momento le parecieron los de un niño perdido.

—Comencé a escuchar los tambores mucho antes de ver los estandartes —prosiguió—. Cuando desmonté sobre aquella montaña de allí, dos ejércitos formaban uno frente al otro dispuestos a entablar batalla. Lo tuve claro sin ni siquiera cruzar una palabra con ninguno de ellos. Ni Qing Qing ni Bai Bai renunciarían jamás al amor de la princesa Cui Cui, encarnada en aquella flor mágica que acababa de brotar entre sus jurisdicciones.

El anciano mago volvió a utilizar su cayado para señalar un punto no lejos del jugar en el que se encontraban.

—Aun así, los Ocho Inmortales son testigos, traté de impedirlo. Corrí a la tienda de Qing Qing y le conté lo que había averiguado, pero me tomó por un espía del que ya era su enemigo mortal y mandó encarcelarme. A duras penas conseguí escapar y llegar al campamento de Bai Bai, pero mi suerte fue similar allí. Antes de que pudiera hacer nada, comenzó la batalla. Me dio la impresión de que la belleza de aquella flor dorada había enloquecido hasta al último de los soldados, que cargaron unos contra otros sin ni siquiera darse cuenta de que sus delicados pétalos quedarían aplastados por los cascos de sus caballos. Así que, seguro de que no podría hacer nada para impedir la carnicería, me arrastré entre el barro y, sin que nadie me viera, desenterré sus raíces, invoqué un encantamiento de custodia y me la llevé conmigo. Los pobres locos estaban tan ocupados matándose entre ellos que ni siquiera se dieron cuenta.

—¿Te convertiste en el custodio del hada? —preguntó asombrado Houdin.

—Eso es... —asintió Li Bao—. Aunque en realidad lo que conseguí no fue más que una flor moribunda, herida de muerte... casi un cadáver. Devolverla a su estado natural me ha costado siglos y todavía no lo he conseguido del todo.

—¿Y qué ocurrió después, maestro? —Cada vez más intrigado, a Houdin le costaba acumular paciencia para aguardar el final de la historia—. Me imagino que ni Qing Qing ni Bai Bai se tomarían muy bien que les arrebataras al hada.

—Es muy posible, pero eso es algo que ya nunca pude preguntarles. La batalla se prolongó durante un día entero y, justo al anochecer de la segunda jornada, cuando los pocos que quedaban vivos se sentían exhaustos y derrotados, ese bastardo del Nubilita atacó la muralla. Sin nadie que la defendiera, logró derribarla por fin. Los mató a todos.

El lugar quedó de repente en absoluto en silencio. Ni siquiera el viento, que siempre es valiente, pues esconde en sus entrañas a un dragón, fue capaz de susurrar. Houdin y Li Bao se miraron sin decir nada.

—Y aquel día, China, el imperio en el que la magia era ley, fue invadido por la oscuridad. En poco tiempo el Cazador de Hadas eliminó a la mayoría de los magos y casi todas las criaturas mágicas que habitaban entre nosotros. Acabó también con los cuatro dragones que vagaban libres por estas tierras, casi extinguió a los fenghuang, que iluminaban con su fuego nuestras noches sin luna. Convirtiendo su marcha triunfal en holocausto, mató a los baihu, a los peng, a la serpiente Ba She... a todos los yaoguai, a los huli ying y a los tao. Yo sobreviví renegando de casi todas mis creencias y ocultándome tras un título de médico. Escondí al hada en el pozo más profundo que encontré y me preparé para olvidar.

—Me imagino lo que debió suponer eso para alguien como tú.

—Mis amigos, mis maestros, mi familia y sus criaturas. Todas sus obras. Lo que era y todo lo que ansiaba ser. Mi pasado y mi futuro. Mis esperanzas... Todo se esfumó en una noche, aunque, por suerte, el olvido me evitó gran parte del dolor. Imagino que ya te lo habrán enseñado, pero la realidad entera se recompone cuando muere un mago, borrando todas sus obras y convirtiéndolas en mentiras. —El viejo maestro se puso en pie. Pareció costarle demasiado trabajo hacerlo, como si tras relatar aquella historia hubiera envejecido mil años—. No fue hasta mucho tiempo después que conseguí recordar todo esto que te estoy contando. Descubrí un encantamiento que permite recoser las fibras del destino con el que recuperé la memoria. Si al final aceptas mi proposición, te enseñaré a invocarlo antes de que te marches.

—¿Y cuál es la propuesta si puede saberse, maestro?

—Verás, maese Houdin: durante aquellos años de soledad, me dediqué a curar al hada, pero, sabiendo el peligro que corría, mantuve su verdadera esencia dormida en el interior de una urna de cristal. Sin atreverme a darle un cuerpo que pudiera habitar en nuestra realidad, recompuse la flor, cada pétalo, cada hoja... Intenté mirarla como a una planta única de la que solo quedara un ejemplar, entenderla como una responsabilidad y, sobre todo, traté de no enamorarme de ella... Y durante varios siglos viví convencido de que lo había logrado.

Li Bao volvió a mirar a Houdin. De repente, el muchacho entendió que una pena antigua había terminado por derrotar al viejo por completo.

—Lo intenté... —repitió volviéndose hacia el horizonte—. Bien saben los dioses que lo intenté... Pero no lo conseguí.

Houdin volvió a esperar en silencio.

—¡Y yo me creía sabio! —se lamentó el viejo hechicero—. Verás, maese: aunque ni siquiera le di un nombre, aunque la llamé siempre «mi pequeña flor», sin más, y jamás le puse un rostro, hace unos meses me di cuenta de que no había hecho otra cosa durante los últimos siglos más que dedicarme a cuidarla, a esconderla del Cazador de Hadas y a curar sus heridas. Le hablaba cuando nos encontrábamos solos sin esperar respuesta, velaba su sueño eterno, celebraba cada nuevo brote que adornaba su tallo... ¿Y qué es eso sino amor? —Sonrió con amargura—. Lo cierto, querido amigo, es que la he amado durante todo este tiempo. Sin condiciones... sin mesura. Como se ama cuando uno es niño todavía. Aunque he tratado de negármelo, disfrazando mis sentimientos de obligación, la verdad es que ha llegado un momento en el que la he considerado mucho más importante que ninguna otra cosa.

—Nunca puede ser pecado amar —sentenció Houdin.

—No, pecado nunca... Tormento y éxtasis, principio y fin... mal y bien. El amor es la mentira más sincera.

Como afrontando una sentencia que hubiera sido ya dictada, Li Bao se puso en pie. La pena quedó desterrada de su rostro en ese momento, sustituida por la más firme determinación.

—Estoy condenado, maese Houdin. La maldición de Qing Qing y de Bai Bai es también la mía. Desde el mismo momento en que lo supe me dediqué a tratar de anular su autoridad, pero he sido incapaz. Es imposible modificar una magia que hunde sus raíces de forma tan profunda en otra realidad. No tengo poder suficiente. Es más, creo que las maldiciones, las enunciadas con auténtica sinceridad, son algo más que magia. Puede que un tipo de ley de rango superior a las más estrictas reglas del universo. Y temo que mis últimos intentos por forzar esas leyes hayan alertado a ese bastardo del Cazador de Hadas.

—Se dice que eres el mago vivo más hábil invocando cendales.

—Sí, y no los he descuidado. Pero, haya despertado a la bestia o no, lo cierto es que estoy maldito. Antes o después, haría algo que acabaría atrayendo la desgracia hacia mí. Y lo que es peor, también hacia ella. Así que he decidido tomar las riendas de mi destino antes de que la tragedia me alcance.

Intuyendo la petición del maestro Li Bao, Houdin se puso en pie también.

—He decidido romper mi encantamiento de custodia y emplear toda la magia que me reste en terminar de curar el cuerpo de mi pequeña princesa. Darle carne para ligarla a esta realidad nuestra y permitirle habitarla en paz.

—¿Pretendes abandonarla...? —preguntó Houdin extrañado.

—Pretendo liberarla, sí, pero no para salvarme yo, sino para salvarla a ella. Y de paso para salvarnos a todos y ajustar cuentas con el Cazador de Hadas.

—No entiendo cómo, maestro.

—He sabido que te has casado hace poco, Jean Houdin.

—Es cierto. Hace menos de un año.

—Y si mis averiguaciones no están equivocadas, creo que lo has hecho también por amor.

—Sí, sin duda, maestro. No lo habría hecho de otro modo. La vida es demasiado corta como para malgastarla mintiendo. Quiero a mi Cécile con toda el alma. Es la mujer más hermosa, inteligente y compasiva que conozco. Su fidelidad es la única cosa que tengo por segura en el mundo.

—Esa es la segunda razón —aseguró el anciano mago.

—¿La segunda razón...? —repitió desconcertado Houdin.

—Sí. La segunda razón de que estés hoy aquí. De que te haya llamado. No he necesitado invocar encantamientos de sinceridad en ti porque mucho antes de enviarte mi mensaje me aseguré de que eras la persona idónea. Pregunté, te observé sin que lo supieras. Sé que el amor que sientes por tu joven esposa es sincero. Y precisamente por eso, creo que estarás a salvo de la maldición... incluso convirtiéndote en el custodio de mi criatura.

El joven mago escuchó incrédulo, sin atreverse a dar la más mínima respuesta.

—He decidido entregártela a ti por esa razón precisamente, y porque sé que eres un hombre bueno y generoso, valiente, que sabrá cuidar de ella.

Houdin sabía que el maestro Li Bao había hecho un gran esfuerzo para contener las lágrimas. Mostrar sus sentimientos de manera tan abierta ya había supuesto un enorme sacrificio para él. Llorar frente a un extranjero suponía afrontar una de las peores derrotas de su vida, pero no pudo evitarla. No cabía otro camino. Lágrimas añejas, dolor macerado durante siglos que se rebelaba también ante la injusticia... Su pena licuada.

—Si aceptas, Cui Cui será tuya. Y puede que al hacerlo nos salves a todos.

Houdin asintió entristecido.

—¿Qué tendría que hacer, maestro?

—Ponerle un nombre... Solo eso. Marcharte con ella todo lo lejos que puedas... y olvidarme.

La noche anterior a la partida de Houdin, el maestro Li Bao caminó a la luz de la luna hasta el jardín y cavó un pequeño hoyo en el suelo con las manos. Rodeado de almendros en flor, enterró allí los pétalos dorados que durante tanto tiempo se había dedicado a mantener con vida, invocó un hechizo de cura y regó la tierra con sus propias lágrimas.

El milagro no tardó en materializarse. Una planta nueva brotó casi de inmediato y floreció como si la mismísima primavera obedeciese su voluntad. Frente a los ojos satisfechos de Li Bao, creció con rapidez extendiendo sus ramas y alargando sus tallos, poblándose de hojas hasta convertirse en un arbusto frondoso, adornado por una sola flor.

Li Bao acercó conmovido su mano y los pétalos de la corola se abrieron muy despacio. Al hacerlo, una muchacha diminuta apareció recostada en una cama de polen dorado. Dos alas de libélula adornaban su espalda.

«El ser más hermoso de la creación», se dijo admirado.

La pequeña mujercilla alada brillaba con un pulsante fulgor, como reflejando los latidos emocionados de su propio corazón.

El maestro Li Bao la tomó con el mayor cuidado y la besó. Un solo beso, le bastó con eso. Y luego la llevó adentro y la acomodó sobre lienzos de seda en el interior de un ánfora de cristal. Terminó de invocar sus bendiciones sobre ella y se fue a dormir seguro de que ningún sueño lo haría tan feliz como aquella realidad a la que ya había renunciado.

A los pocos días, mientras Houdin navegaba ya surcando el océano rumbo a Francia convertido en custodio de un hada, Caín Nublo, el Cazador de Hadas, visitó a Li Bao en su dormitorio. El viejo mago sabía que aquel encuentro suponía el cumplimiento en su propia persona de la maldición que durante tanto tiempo había tratado de evitar, aunque aceptó gustoso su sentencia. Tratando de esconder su satisfacción, preparó té y esperó despierto la llegada de su enemigo. Sabía que la cuchilla que segaría su vida acabaría también con el recuerdo de cuanto había sido, pero no le importó. Era por un bien mayor.

Antes de que llegara, preparó los cuencos y colocó su vieja espada sobre una mesa pequeña, al alcance de su mano. Luego esperó paciente y, cuando su verdugo apareció por fin, lo invitó a beber con él y le mostró el único pétalo de la flor que había conservado.

—Toma, huélelo... Tócalo —lo animó—. No encontrarás criatura más exquisita.

El Cazador de Hadas observó el pétalo durante un momento, sin atreverse a hacer movimiento alguno. Li Bao creyó estar frente a una cobra negra, dispuesta a saltar sobre él en cualquier momento, para maldecirlo con su veneno.

—Puede que algún día sea tuya —dijo sonriendo—. Aunque no será hoy... De hecho, espero que tardes mucho en encontrarla.

El Cazador adelantó la mano, intrigado, y estiró su dedo índice muy despacio. Una uña astillada y amarillenta rozó el pétalo, que de inmediato se marchitó convirtiéndose en ceniza. Bastó con eso. Durante una fracción de segundo, el monstruo entró en contacto con la esencia del hada. La luz más brillante deslumbrando a la oscuridad más profunda.

Su aroma dejó en su recuerdo una cicatriz incurable que lo atormentaría a partir de entonces...

Cuando sus ojos desorbitados se volvieron hacia Li Bao, el viejo mago supo que había vencido.

—Se llama Miranda —dijo sonriendo—. Recuerda ese nombre... Será tu maldición.

El Cazador de Hadas abrió su levita y, sin dar importancia a ninguno de sus movimientos, sacó un cuchillo de filo herrumbroso que presentó a su víctima.

—Así que es la hora de las espadas —dijo Li Bao echando mano a la suya—. Te permitiré luchar, e incluso creer que me has vencido. Pero recuerda también este día y recuérdame a mí... porque te hallas en presencia del hombre que te ha derrotado.

Breve reseña biográfica de algunos personajes importantes y unos cuantos porqués

Jean Eugène Robert-Houdin

Jean Eugène Robert-Houdin (no confundir con el escapista austrohúngaro Erik Weisz, más conocido como Harry Houdini) fue un ilusionista francés, considerado en la actualidad el padre de la magia moderna. Nacido el 6 de diciembre de 1805, su primer contacto con el mundo de la prestidigitación se produjo de manera casual a mediados de la década de 1820, al recibir de su librero, por error, dos volúmenes titulados *Divertimentos científicos*, en vez del tratado de relojería que había encargado.

Ese primer encuentro casual lo conduciría por caminos inesperados que nunca abandonaría ya, y lo convertiría en pocos años en experto prestidigitador y en una celebridad de su tiempo.

Como legado, Houdin ha dejado, además de una casa-museo dedicada a la magia en Blois, su ciudad natal, que es escenario de algún pasaje de esta novela, un sinnúmero de trucos legendarios (como el de la suspensión etérea, el del naranjo maravilloso o el del cajón ligero y pesado) y algunas obras dedicadas al arte de la prestidigitación, que todavía son admiradas y estudiadas por magos de hoy en día, como sus *Confidencias de un prestidigitador* o sus *Confidencias y revelaciones*. No obstante, puede que su mayor mérito fuera el de convertir la magia en un espectáculo de escenario, dignificándola y sacándola de las barracas de feria en las que había venido representándose hasta ese momento.

Houdin falleció de neumonía el 13 de junio de 1871 en Saint-Gervais-la-Forêt (Francia), convertido ya en leyenda.

Nota: *Iba yo a la búsqueda de un mago con enjundia que fuera capaz de acompañar a Aurelius en esta novela cuando me encontré con varias fotos de Houdin. Nuestras miradas se cruzaron —la mía ingenua y perdida, la suya cargada de determinación— y, como le pasara al joven Wyllt, quedé atrapado por su fuerza y su magia. Inmediatamente supe que Houdin era la reencarnación del espíritu del mismísimo Merlín y que reclamaba un sitio en esta historia que no le pude negar. No entendí bien el porqué hasta terminarla.*

Hans Christian Andersen

Mundialmente conocido, Hans Christian Andersen fue un escritor danés, nacido en Odense el 2 de abril de 1805, en el seno de una familia de origen humilde. Tras fracasar en sus intentos por convertirse en cantante de ópera y posteriormente en bailarín, en 1827 consiguió publicar su poema «El niño moribundo», con el comenzaría una larga y desigual carrera literaria. Autor de crónicas de viajes —se declaraba viajero impenitente—, teatro, novelas, distintas obras poéticas e incluso óperas, el éxito le llegaría, sin embargo, por sus recopilaciones de cuentos de hadas para niños, que pronto fueron traducidas y publicadas en varios idiomas. Entre los más famosos se encuentran *El patito feo, El traje nuevo del emperador, La princesa y el guisante, El soldadito de plomo* o *La sirenita.*

Hans Christian Andersen murió el 4 de agosto de 1875, a consecuencia de los daños sufridos en una caída años antes. Está enterrado en la casa en la que falleció, cerca de la ciudad de Copenhague.

Nota: *Tenía una deuda de honor con Andersen; todos los que hemos sido invitados a soñar de niños la tenemos. Y es que, en su* *caso, a la magistral sencillez expositiva con la que trató de representar la interminable lucha entre el bien y el mal, se unía una portentosa capacidad para imaginar. A diferencia de otros autores, que sobre todo se dedicaron a adaptar historias del folclore popular, Andersen era capaz de dar vida a singulares personajes fantásticos usando como ingrediente primordial su propia inventiva. Era sin duda un mago, un gran maestro, y no podía negarle el lugar que le corresponde por méritos propios en esta novela.*

Buffalo Bill

De nombre William Frederick Cody, el explorador, cazador y empresario estadounidense mundialmente conocido como Buffalo Bill nació en Le Claire (Condado de Scott, Iowa) en 1846. Tras quedar huérfano de padre muy joven, a los 11 años se vio obligado a aceptar un puesto como mensajero a caballo, en Kansas, lo cual le permitió convertirse pronto en jinete, rastreador y tirador experto.

Una vida de aventuras continuas lo llevó a participar en la guerra de Secesión, a trabajar para el Pony Express y a ejercer de explorador civil en las campañas del Quinto de Caballería contra la resistencia india al oeste del Mississippi. Sin embargo, la actividad por la que se ganaría el seudónimo con el que ha pasado a la historia sería la caza. Durante los años 1867 y 1868 la ejerció de manera profesional, proporcionando alimento a los obreros que por aquel entonces tendían las líneas de ferrocarril en el Lejano Oeste. Cuenta la leyenda que en poco más de ocho meses de letal dedicación abatió 4.280 piezas.

Consciente de la atracción que despertaba su figura entre la gente, en el año 1883 fundó un espectáculo (el *Buffalo Bill's Wild West*), mezcla de representación circense y exposición histórica teatral, que incluía desde exhibiciones de puntería a la representación de ciertos episodios de la conquista del Lejano Oeste de los que había sido protagonista.

Buffalo Bill murió el 10 de enero de 1917, al parecer rodeado de su familia y amigos, en la casa que su hermana poseía en la ciudad de Denver.

Nota: Buffalo Bill es el espíritu del Lejano Oeste encarnado... Un circo, una vida de aventuras sin igual, la puntería de Robin Hood... Y habría pasado por primo hermano de Gandalf con solo ponerle una túnica... ¿Alguien se pregunta por qué está en esta novela? No, ¿verdad?

Nikola Tesla

Siempre rodeado por un halo de misterio, el inventor, ingeniero y físico de origen austrohúngaro Nikola Tesla (nacido en Smiljan, en el Imperio austríaco, el 10 de julio de 1856), es considerado por muchos el padre de la tecnología del siglo XX. Es famoso, entre otras cosas, por la llamada «guerra de las corrientes» que mantuvo con el también inventor estadounidense Thomas Alva Edison (abogaba por la generalización de la corriente alterna, mientras el norteamericano defendía la continua).

Tesla ganó el Premio Nobel por su invención de la radio muchos años después de su muerte, en 1943, arrebatándole así el galardón a Guglielmo Marconi, quien lo había recibido de manera injusta haciendo uso de 14 patentes del croata en su desarrollo. Otros inventos y descubrimientos de los que es padre son la transmisión inalámbrica de energía eléctrica, la bombilla sin filamento, los dispositivos de control remoto o la bujía para el encendido de los motores de explosión. Terminó arruinado y relegado al ostracismo a causa de su singular carácter (se dice que afirmaba haber construido un aparato para comunicarse con el más allá) y de algunas dudosas decisiones comerciales que lo perjudicaron económicamente (cedió gratuitamente los derechos de muchas de sus patentes a George Westinghouse por una cuestión de amistad).

Nota: Tesla es una de mis debilidades. En cierto modo me sentía su alma gemela (su alma gemela de letras, eso sí). Su vida es tan grande como su leyenda y tiene ese halo que tienen todos los perdedores que induce a la clemencia y al acercamiento; por eso he incluido remedos literarios suyos en varias de mis obras. Una historia en la que aparece Tesla queda cargada de energía eléctrica y brilla mucho más. ¡Jódete, Edison!

Modest Mussorgsky

Mussorgsky nació en Pskov (Rusia) el 21 de marzo de 1839 y murió en San Petersburgo el 28 de marzo de 1881. Fue un compositor ruso, máximo exponente de la llamada corriente nacionalista, entre cuyas obras destacan la ópera *Borís Godunov*, canciones, composiciones corales o los poemas sinfónicos *Una noche en el monte Pelado* y *Cuadros de una exposición.*

***Nota:** ¿Quién podría conocer a un demonio de manera más íntima que Mussorgsky? Nadie (bueno, quizás el genial Mike Mignola, pero esa es otra historia). Sea como fuere, desde que pasé aquella primera noche en el monte Pelado, supe que este hombre había intimado con Belcebú, y por eso le encargué que custodiara al demonio violinista Chernabog Lisoy en mi novela. Sabía que apostaba sobre seguro.*

Heinrich Karl Brugsch

Heinrich Karl Brugsch, nacido en Berlín el 18 de febrero de 1827, fue un arqueólogo alemán, estudioso del mundo egipcio y experto en escritura demócrita. Procedente de una familia con raigambre militar, Brugsch comenzó a estudiar papiros e inscripciones desde muy joven. Asociado a varias excavaciones arqueológicas de la época (como las de la necrópolis de Tebas, Saqqara o Menfis), su trabajo se extendió a toda la cultura del

Antiguo Egipto, abarcando aspectos tan dispares como el calendario, la religión o la arquitectura de la época.

Falleció el 9 de septiembre de 1894 a la edad de 67 años en la ciudad alemana de Charlottenburg, hoy distrito de Berlín.

***Nota:** Me enamoré de Egipto recorriendo el Nilo hace unos cuantos años, y mientras lo hacía, no paraba de imaginar historias. Sus aguas son puro icor de magia; inducen a la fantasía. En uno de aquellos cuentos inacabados, un arqueólogo de película muda, de aspecto muy parecido a Errol Flynn, se enamoraba de la momia que encontraba en una tumba perdida… Cuando me puse a escribir esta novela, busqué el nombre de ese arqueólogo. Lo encontré el día en que Aurelius y su compañía llegaron a Alemania, era Brugsch.*

Sir Henry Bessemer

Henry Bessemer nació en Charlton (Inglaterra) el 19 de enero de 1813 y hoy día se considera el padre de la siderurgia moderna. Dotado de una gran capacidad creativa, patentó más de 117 inventos, entre los cuales figuraba un procedimiento que evitaba las falsificaciones de los sellos impresos en los documentos oficiales y que desarrolló con solo veinte años.

Años después, a la búsqueda de una materia prima con la que construir un cañón capaz de disparar los proyectiles mejorados que él mismo había diseñado, desarrolló un proceso innovador para la obtención barata de acero (el llamado «convertidor Bessemer»). Mediante la inyección de aire, el ingenio conseguía quemar las impurezas del hierro y acababa con miles de años de supremacía de ese metal… lo cual dio inicio a una nueva era en el mundo.

Henry Bessemer falleció en Londres el 15 de marzo de 1898, a la edad de ochenta y cinco años.

Nota: Quizá Bessemer fuera el auténtico padre de la revolución industrial: cada palmo de vía férrea y cada tornillo, por insignifi-

cante que parezca, lleva su impronta. Ni una sola de las innovaciones técnicas de aquella época habría sido posible sin su aportación. Puede que por eso mismo (y también seguramente por su capacidad para producir dinero) fuera un excelente candidato para ser nombrado miembro honorífico de la Causalidad, pero necesitaba a alguien capaz de esconder a un dragón, y pensé que un tipo con un horno como el suyo podría hacerlo muy bien. Además, Bessemer era un hombre creativo, y me gusta la gente creativa... Esas dos razones me bastaron para indultarlo y convertirlo en custodio.

Aleksandr Afanásiev

Aleksandr Afanásiev fue el folclorista ruso más importante de su época. Nació en Vorónezh el 11 de julio de 1826, donde se crió, y cursó estudios de Derecho en la Universidad de Moscú. Ejerció como profesor de historia antigua hasta ser despedido por la falsa acusación de otro escritor, lo cual lo llevó a dedicarse al periodismo.

A partir del año 1850 comenzó a desarrollar una intensa labor, recorriendo el país entero en busca de cuentos eslavos, hasta entonces transmitidos de manera oral de generación en generación.

Aleksandr Afanásiev murió en Moscú el 11 de octubre de 1871, a la edad de cuarenta y cinco años.

***Nota:** Afanásiev dedicó su vida a los cuentos de hadas y murió pobre, de tuberculosis. Antes de morir se vio obligado a vender su biblioteca personal. Siento su pena como propia. Se lo debía. Tenía que ser uno de mis custodios... De hecho, lo había sido ya sin pedirme permiso. No lo necesitaba.*

Han Bangqing

Han Bangqing fue un escritor chino, nacido durante los últimos años de la dinastía Qing (1856) en la prefectura de Songjiang, hoy distrito de Shanghái.

A pesar de ser considerado por muchos un niño prodigio, fracasó varias veces al afrontar los exámenes imperiales, lo que seguramente le llevara a emprender una singular carrera literaria, que iniciaría como cronista en el periódico *Shen Bao* de Shanghái. Atraído por la decadencia cosmopolita de las afueras de esta ciudad, donde abundaban los extranjeros y solían ignorarse las estrictas costumbres chinas, vivió durante años vagando de fiesta en fiesta, de una casa de placer a otra, perdido entre fumaderos de opio y dedicándose a cultivar una vida licenciosa y bohemia. Como es lógico, no tardaría en reflejar esta realidad en sus obras. Así, su novela primordial (*Las muchachas cantoras de Shanghái*) es una narración romántica que refleja la vida de un grupo de prostitutas.

Han Bangqing murió en 1894, a la edad de treinta y ocho años.

Nota: *Han Bangqing representa al escritor bohemio por excelencia, es chino y yo necesitaba un custodio chino, y además, su historia me resultaba tan atrayente que no podía ignorarla. Imaginando sus andanzas, casi podía oler el embriagador aroma del opio de los fumaderos. Es posible que algún día vuelva a su figura, concediéndole la importancia que merece. Por ahora mi homenaje consiste apenas en nombrarle, y pido disculpas por ello. Espero que el espíritu de los nenúfares del que lo he hecho custodio hable en mi nombre pidiéndole indulgencia.*

Matsudaira Katamori

Matsudaira Katamori fue un samurái que ostentó importantes cargos militares y políticos en las postrimerías del llamado período Tokugawa y en la primera mitad del período Meiji. Nacido en Tokio el 15 de febrero de 1836, era hijo de una familia noble (los Matsudaira). En 1862 fue nombrado gobernador militar de Kioto, donde se ganó la confianza del emperador Komei por su labor en el mantenimiento del orden y la seguridad de la ciudad.

Durante su vida ejerció varios cargos militares de importancia, hasta caer en desgracia tras ser derrotado en la batalla de Toba-Fushimi (1868) en el transcurso de la guerra Boshin. A partir de ese momento, y después de perdonársele la vida, vivió varios años de arresto domiciliario en Tokio, antes de terminar convertido en sacerdote sintoísta (abad) del santuario Nikko Toshogu.

Katamori falleció el 5 de diciembre de 1893, y recibió el nombre póstumo de Masane-reishin.

***Nota:** Cualquiera podría pensar que una biografía como la de Katamori es incompatible con la de un miembro de la logia de la alta hechicería. Este hombre era noble y ejerció importantes cargos políticos y militares sin que jamás le temblara el pulso... Pero necesitaba un custodio japonés para un dragón, y apareció él. Apenas me importó su historia. Era un samurái y, además, su nombre era musicalmente perfecto... El encanto del viejo Japón imperial le bastó para que yo perdonara sus pecados y lo convirtiera en custodio.*

Además de todos estos personajes reales, en la novela aparece un gran número de personajes nacidos en diferentes cuentos y obras de ficción. Dejo a discreción del lector buscar sus peripecias en los reglones de esas obras si le place, aunque quisiera, para concluir, hacer breves anotaciones sobre algunos de ellos.

Gabrielle la Roja, la Baronesa Roja, no es otra que la verdadera encarnación de la eterna Caperucita Roja, aunque mezclando su cándida esencia con la del vilipendiado Lobo Feroz. Nadie sabe de dónde surgió ese nombre de pila, pero quizástenga algo que ver con el de la escritora chilena Gabriela Mistral... Encontrar la razón de ese vínculo es tarea fácil, que el lector curioso no tardará en completar.

Hans el Medioerizo (Juan-mi-erizo o Juan Erizo) es uno de los muchos personajes a los que los hermanos Grimm hicieron inmortales. Me ha gustado este tipejo desde siempre: monta sobre un gallo, toca la gaita, cría cerdos, tiene púas y es un descarado... Además, la vida termina dándole lo que merece. Él solo podría llenar tres novelas como esta. Así que recomiendo encarecidamente la lectura del cuento original.

El hada Miranda es uno de los personajes de *La tempestad*, de William Shakespeare. No podía escribir una novela sobre un soñador inglés sin hacer referencia a este genio, así que, sin mostrar el menor pudor, me apoderé del nombre de la hija de Próspero, la adorné con alas y la convertí en cómplice de mis locuras. En ocasiones me han preguntado por las razones de su comportamiento, pero es un personaje por el que prefiero no abogar. Por respeto, dejo que sea ella misma la que explique sus motivaciones, todas esas decisiones que, en contra de toda lógica, es capaz de tomar y de defender hasta el final.

El recuerdo de Ernest Caliban de Warwickshire ha encontrado su sepulcro también en *La tempestad* de Shakespeare. Lo cierto es que se trata de un caso singular de custodio, tan ligado a ciertos acontecimientos de la novela que la realidad, al recomponerse, ha sido incapaz de separarlo de ellos. Miranda y Caliban están prisioneros en la misma isla literaria, como lo están Mina Harker y el conde Vlad Drăculea, aunque por razones distintas. Creo que en el caso del vampiro y su amada ha sido una ligadura de amor la encargada de mantenerlos unidos en la ficción... Posiblemente, en lo que respecta al enano, fueron sin duda una deuda, un pesar y quizás hasta un arrepentimiento póstumo los responsables de que permanecieran juntos.

Algo parecido le ocurre a Salah Simbad, cuya biografía en nuestra realidad ha sido sustituida por varios cuentos en *Las mil y una noches*. Quizá su vínculo con el dragón que custodia sea igualmente fuerte, o puede que su vida haya estado tan cargada de aventuras sorprendentes que la realidad se haya visto incapaz de digerir tanta maravilla. Hubo un Simbad en el mundo real, doy fe, aunque haya desaparecido.

Puede que algún día, si me lo permite, me dedique a relatar sus vivencias…

El maestro Geppetto es un caso especial dentro de los personajes ficticios de la novela, pues hay muchos lectores que creen que se trata del verdadero yo del genial Carlo Collodi (Florencia, Italia, 24 de noviembre de 1826 a 26 de octubre de 1890). Quizás el mago de madera, el hijo al que llora y el escritor que los concibió no sean más que diferentes rostros de un mismo ser o, si me apuras, distintas encarnaciones de un sentimiento, el amor filial.

El tejo es un árbol venerado desde la Antigüedad por ser portador de una herencia mágica. Incluido en los rituales celtas, seguramente a causa de su longevidad, puedo imaginarme la sombra de su copa sirviendo de templo a los antiguos habitantes del norte de España en multitud de ocasiones. Se trata de un árbol tóxico, que no obstante se ha usado para curar… Se trata de un árbol que puede verse fácilmente desde la lejanía… Decidí que el tejo del Ravensbourne sería un personaje de esta novela por estas razones y también, por qué negarlo, por el dicho popular inglés (puesto en boca de su custodio), en el que se le señala como el ser más longevo de la creación.

Y para terminar, otros personajes ficticios aparecidos en la novela sobre los que el lector puede entretenerse indagando son el demonio violinista Chernabog Lisoy, la bruja caníbal Baba-Yaga (elemento primordial de la tradición eslava), el espíritu cantor de los nenúfares del maestro Matsudaira Katamori o los cuatro dragones nombrados en la obra.

Agradecimientos

Esta novela seguiría siendo poco más que una loca idea dando vueltas en mi cabeza, si no fuera por el cariño que muchas personas han puesto en ella. No quisiera dejar pasar la ocasión sin dar las gracias a todos los que me han ayudado a lo largo de este increíble viaje.

En primer lugar a mi mujer Rogelia, cuyo esfuerzo y capacidad de trabajo sin límites me ha permitido tener tiempo para escribir. Es reconfortante saber que en un universo tan incierto como este en el que vivimos, hay algo que siempre se mantiene estable, una isla de seguridad en la que en cualquier momento puedo encontrar asilo: ese refugio es su amor incondicional. Esta novela es, sin duda, tan suya como mía... En realidad, todas lo son.

En segundo lugar, a mi madre. Por todo... No encontraría palabras suficientes para valorar sus años de entrega y amor, así que lo intento con cada beso que le doy.

La tercera mujer que quiero nombrar es mi agente literaria Déborah Albardonedo, quien me ha guiado por este camino, enseñándome y, sobre todo, soportando con paciencia infinita mis lamentos en los días oscuros. En todo momento tuviste fe en *Los últimos años de la magia*... Nada habría sido posible sin tu lucha y tu trabajo.

También quiero dar las gracias a mis «lectoras-cobaya», Antonia, Katy y Natalia, por alentarme con sus palabras de ánimo y su entusiasmo, y por orientarme sabiamente con sus consejos.

Valoro el tiempo muy por encima del oro, y vosotras habéis empleado parte del vuestro para que mi novela fuera mejor.

No quiero olvidarme de algunos amigos escritores que atendieron a mis letras y me guiaron con sus consejos: de José Antonio Castro, por contarme entre sus amigos desde aquella tarde en Gijón, y por explicarme lo que era un agente literario; de Francisco Narla, por cierta conversación telefónica en la que me hizo ver que «caminar con pasos negros y seguros» no era una buena forma de caminar; y de Concepción Perea, por ofrecerse también a ayudar cuando todo era zozobra...

A un gran amigo de toda la vida, Alberto Martínez Ruiz, por las fotos y tantas tardes de buena conversación.

Además quisiera dar las gracias también a los miembros del jurado del Premio Minotauro por haber tenido fe en mi historia: a Javier Sierra y Manel Loureiro, a Ángel Sala, a Adrián Guerra y a Marcela Serras. ¡Joder! Me habéis hecho muy feliz... Y a mi madre, también.

Y por supuesto, a todo el equipo de Minotauro (Pepe, Anna, Vicky...) por su cariño y su confianza. Trabajar con gente así es un placer.

A todos los periodistas, blogueros, libreros y amantes de las letras, que con su apoyo hacen posible que una obra como esta termine llegando a la gente. La verdad es que siempre me he sentido muy bien tratado por la mayoría de vosotros, así que os agradezco lo pasado y os anticipo mil gracias por lo que pueda venir.

Otra deuda de agradecimiento especial es la que tengo contraída con los maestros del Colegio Público María de los Llanos Martínez de Albacete, por enseñarme a leer, a escribir y, en cierta medida, a vivir... Soy lo que soy gracias a ellos, y por eso les estaré eternamente agradecido.

Y por último a ti, lector, mi cómplice imprescindible... Por prestarme tu voz permitiendo que mi historia exista en el universo que es tu propia mente.

Índice

booket

www.booket.com

www.planetadelibros.com